제3의 현장

이청준 李淸俊 (1939~2008)

1939년 전남 장흥에서 태어나, 서울대 독문과를 졸업했다. 1965년『사상계』에 단편「퇴원」이 당선되어 문단에 나온 이후 40여 년간 수많은 작품들을 남겼다. 대표작으로 장편소설『당신들의 천국』『낮은 데로 임하소서』『씌어지지 않은 자서전』『춤추는 사제』『이제 우리들의 잔을』『흰옷』『축제』『신화를 삼킨 섬』『신화의 시대』등이, 소설집『별을 보여드립니다』『소문의 벽』『가면의 꿈』『자서전들 쓰십시다』『살아 있는 늪』『비화밀교』『키 작은 자유인』『서편제』『꽃 지고 강물 흘러』『잃어버린 말을 찾아서』『그곳을 다시 잊어야 했다』등이 있다. 한양대와 순천대 교수를 역임했으며 대한민국예술원 회원을 지냈다.

동인문학상, 대한민국문화예술상, 대한민국문학상, 한국일보 창작문학상, 이상문학상, 이산문학상, 21세기문학상, 대산문학상, 인촌상, 호암상 등을 수상했으며, 사후에 대한민국 금관문화훈장이 추서되었다. 2008년 7월, 지병으로 타계하여 고향 장흥에 안장되었다.

이청준 전집 19 장편소설

제3의 현장

초판 1쇄 발행 2016년 4월 21일

지은이 이청준
펴낸이 주일우
펴낸곳 ㈜**문학과지성사**
등록번호 제1993-000098호
주소 04034 서울 마포구 잔다리로7길 18(서교동 377-20)
전화 02)338-7224
팩스 02)323-4180(편집) 02)338-7221(영업)
전자우편 moonji@moonji.com
홈페이지 www.moonji.com

ⓒ 이청준, 2016. Printed in Seoul, Korea

ISBN 978-89-320-2139-3 04810
ISBN 978-89-320-2120-1(세트)

이 도서의 국립중앙도서관 출판예정도서목록(CIP)은 서지정보유통지원시스템 홈페이지
(http://seoji.nl.go.kr)와 국가자료공동목록시스템(http://www.nl.go.kr/kolisnet)에서
이용하실 수 있습니다. (CIP제어번호: CIP2016007844)

이청준 전집 19

제3의 현장

문학과지성사

일러두기

1. 문학과지성사판 『이청준 전집』에는 장편소설, 중단편소설, 그리고 작가가 연재를 마쳤으나 단행본으로 발간되지 않은 작품과 미완성작 등을 모두 수록했다.

2. 전집의 권별 번호는 개별 작품이 발표된 순서를 따르되, 장편소설의 경우 연재 종료 시점을, 중단편소설의 경우 게재지에 처음 발표된 시점을 기준으로 삼았다. 단, 연재 미완결작의 경우 최초 단행본 출간 시점을 그 기준으로 삼았다. 중단편집에 묶인 작품들 역시 발표된 순서대로 수록하였으며, 각 작품 말미에 발표 연도를 밝혀놓았다.

3. 전집의 본문은 『이청준 문학전집』(열림원) 발간 이후 작가가 새롭게 교정, 보완한 내용을 충실히 반영하여 확정하였다. 특히 미발표작의 경우 작가가 남긴 관련 자료에 근거하여 수록하였음을 밝힌다.

4. 전집의 각 권에는 작품들을 수록하고 새롭게 씌어진 해설을 붙였으며 여기에 각 작품 텍스트의 변모 과정과 이청준 작품들의 상호 관계를 밝히는 글을 실었다. 이 글은 현재의 문학과지성사판 전집의 확정 텍스트에 이르기까지 주요한 특징적 변모를 잘 보여준다.

5. 이 책의 맞춤법은 국립국어연구원의 '한글 맞춤법'에 따르는 것을 원칙으로 하되, 띄어쓰기의 경우 본사의 내부 규정을 따랐다. 단, 작품의 분위기에 영향을 준다고 판단되는 방언이나 구어체 표현·의성어·의태어 등은 작가의 집필 의도를 살려 그대로 두었다(괄호 안: 현행 맞춤법 표기).
   예) ① 방언 및 의성어·의태어: 밴밴하다(반반하다) 희멀끄럼하다(희멀겋다) 달겨들다(달려들다) 드키(듯이) 뚤레뚤레(둘레둘레) 뎅강(뎅궁) 까장까장(꼬장꼬장)
   ② 작가의 고유한 표현:
   ─그닥(그다지) 범상찮다(범상치 않다) 들춰업다(둘러업다)
   ─입물개 개엾고 아심찮게도 목짓 펀뜻 사양기
   ③ 기타: 앞엣사람 옆엣녀석 먼젓사람 천릿길 뱃손님 뒷번
   그리고 나서(그러고 나서) 그리고는(그러고는)

6. 이 책의 외래어 표기는 국립국어연구원의 '외래어 표기법'에 따라 바꾸었다. 단, 작품의 제목이나 중요한 어휘로 등장하는 경우에는 원본을 그대로 살렸다.
   예) ① 맘모스(매머드) 세느(센) 뎃쌍(데생) ② 레지('종업원'으로 순화)

7. 이 책에 쓰인 문장부호의 경우 단편, 논문, 예술 작품(영화, 그림, 음악)은 「 」으로, 단행본 및 잡지, 시리즈 명 등은 『 』으로 표시하였다. 대화나 직접 인용은 큰따옴표(" ")와 줄표(─)로, 강조나 간접 인용의 경우 작은따옴표(' ')로 묶었다.

차례

제3의 현장　7

해설 樂出虛/장문석　300
자료 텍스트의 변모와 상호 관계/이윤옥　325

1

노래 다시 못 하네
거리엔 바람 소리―

엘리베이터 안에는 다른 사람이 없었다.

나는 언제나처럼 1층에서 엘리베이터를 타고 나서 15층 표지판
의 단추를 누른 다음 혼잣속으로 노래를 시작했다.

부르튼 입술로 목 메어 합창하던
우리들의 꿈과 운명, 그 찬란한 생명의 불꽃
자유의 노래―
사랑의 노래―

언제나 같은 노래. 나의 무대가 끝날 때마다 늘 마무리 곡으로

부르던 노래. 이즈음 아예 내 단골 상표가 되어버린 노래.

하루의 마지막 시간에 엘리베이터 안에서 하루를 마무리 짓듯 잠시 혼자 눈을 감고 그 소리 없는 노래의 뜨거운 열기에 다시 젖어들곤 하는 것이 이 무렵 나의 오래된 은밀스런 버릇이 되어 있었다.

더욱이 이날은 다른 사람이 곁에 없었으므로 중간에서 노래를 방해받는 일도 없었다.

그 노래 아무도 다시 부르지 못하네—

그새 또 한 해가 저물어가고 있었기 때문일까. 그래서 그것이 바로 가는 해에 대한 허무한 송별의 합창이 되고 있었기 때문일까. 이날따라 무대는 나의 노래에 대한 청중들의 호응이 유난히 뜨겁게 물결치고 있었다.

나는 그 마지막 합창의 뜨거운 감동이 가슴속에서 새록새록 되살아나고 있었다. 그러나 엘리베이터의 시간은 길지 않았다.

엘리베이터는 이내 15층 나의 1호실 앞에서 쉭 소리와 함께 멈춰 서고 있었다.

엘리베이터를 내렸다.

그러나 나는 현관문을 열기 전 거기서 잠시 더 시간을 기다린다.

혼자 엘리베이터를 타고 올라올 땐 노래에 늘 시간이 조금씩 모자랐다. 노래의 마지막 소절이 번번이 조금씩 남아 있곤 하였다. 나는 그 노래의 마지막 소절을 끝내기 위해 문 앞에서 조금씩 시간을 지체하곤 하였다. 그 역시 나의 버릇의 하나였다.

노래 다시 못 하네, 거리엔 바람 소리

노래 다시 못 하네, 불을 끄고 떠나려 하네

나는 마저 노래를 끝낸다.

그리고 비로소 현관문 자물쇠 구멍에 열쇠를 꽂는다.

정확한 시각은 밤 10시 45분—

모든 일이 그저 여느 날 그대로였다. 낮일에 그리 재수가 없었던 편도 아니었고, 밤에도 특별히 마음에 걸려올 일이 없었다.

하지만 그는 그때 이미 집 안에서 나를 기다리고 있었다.

자술서를 한참 계속해나가던 나는 거기서 잠시 펜을 멈추고 생각에 잠긴다. 마지막 문장이 아무래도 적당치가 않아 보인다. 그는 그때 이미 집 안에서 나를 기다리고 있었다? 그러나 그때까진 내가 아직 그것을 알 수 없었던 사실이 아닌가. 나는 분명히 시간을 앞지르는 진술을 하고 있었다.

시간은 절대로 앞지르지 않아야 한다. 지금의 생각을 기준으로 그때의 일을 기억 속에서 되돌이키려 하지 않아야 한다. 판단하거나 주장하려 하지 않아야 한다. 생각 자체를 그때의 시간대 위로 되돌려놓아야 한다. 나 자신이 그때의 시간대로 되돌아가 그것들을 다시 생각하고 말하고 행동해야 한다. 그 생각과 말과 행동만을 적어나가야 하는 것이다.

—나는 지금 그때의 일에 대한 당신의 의견을 묻고 있는 게 아니오. 당신의 판단이나 주장을 요구하고 있는 것도 아니구요. 내

가 묻고 있는 것은 다만 그때 당시의 당신의 순수한 생각이나 행동 그것뿐이란 말이오.

오 검사의 주문이 바로 그것이었다.

경찰 수사 과정에서부터 이번 사건을 직접 떠맡고 나선 젊은 검사였다. 웬일인지 이번 사건에 관심과 의욕이 그토록 유별난 검사였다. 잘된 건지 못 된 건지 아직은 분명한 걸 말할 수 없지만, 구속 기간 10일을 1차 연장해가면서까지도 아직 현장검증조차 제대로 치르지 못한 지지부진한 수사 상황이었다. 현장검증은커녕 피의자 진술조차 두 번씩 실패를 거듭해온 형편이었다. 그것은 애초이 사건이 초동수사 과정에서부터 완벽을 기할 수 없었던 데에도 얼마간의 허물이 있을 수 있겠지만, 보다 직접적이고 근본적인 원인은 내 기억력과 진술 태도에 어려운 문제가 있었기 때문이다. 그 어려움의 성질이 어떤 것이든 수사의 근본적인 실패 원인이 내 진술 과정에서부터 비롯되고 있다면, 검사가 내게 무엇을 요구하고 주문해오든 그것은 그의 적절하고도 당연한 권리일 수 있었다.

오 검사는 마침내 내 자술서 문장을 현재형으로 써나가보라는 극단적인 충고까지 해오기에 이르렀다.

—이번에는 정말 실패해서는 안 돼요. 그러기 위해서는 이제 당신 속의 어떤 확정의 고정관념을 버리고 당신 스스로가 허심탄회하게 다시 과거 속으로 돌아가보도록 하세요. 그 과거 속에서 현재형으로 생각을 하고, 현재형으로 말을 하는 겁니다. 뭣하면 당신의 진술서 자체를 아예 현재형 문장으로 써나가보는 것도 좋겠구요.

이번 진술서 작업이 세번째로 시작되기 전에 주문 반 충고 반 섞인 어조로 그가 당부하고 간 말이었다. 나의 어려움과 실패의 원인이 어디에 있는지를 알고 있는 그로서는 상당한 고심 끝에 짜낸 방법임이 분명했다. 뿐더러 제법 효과나 성과를 기대해볼 수도 있을 것 같았다.

나로서도 이번에는 그 검사의 충고를 따를 작정이었다. 그리고 사실 일을 시작하면서도 가능한 한 노력을 기울인 셈이었다. 진술서의 문장을 실제로 모두 현재형으로 쓸 수는 없더라도 생각만은 한사코 그렇게 해보려 애를 써온 셈이었다.

그러나 어떤 지나간 과거의 일을 현재형의 문장으로 다시 생각하고 말한다는 것은 단순한 시제상의 문제가 아니었다. 그것은 바로 사람 자체가 과거로 돌아가서 그 과거의 시간대의 일을 한 번 더 되풀이 경험하는 것이었다. 기억으로 과거사를 되돌아볼 때처럼 연결이 매우 정연하질 못했다. 때로는 전혀 앞뒷일이 이치가 안 맞는 경우도 있었고, 때로는 아예 연결이 끊어지고 없는 곳도 있었다. 일종의 혼돈처럼 보일 때가 많았다. 사람의 일이 원래 그런 것인지도 모르지만, 내게는 그 과거의 시간대로 되돌아간다는 것이 그만큼 힘들고 어려운 일이었다.

나는 그러나 단념하지 않았다. 이치에 맞지 않고 납득이 안 가더라도, 그것이 내게 되살아오는 대로 모든 것을 허심탄회하게 다시 경험하려 했다. 나의 판단과 주장을 덧붙임이 없이 그것들을 그대로 적어나갈 각오였다. 가능한 한까지 정확을 기하면서. 젊은 오 검사의 입버릇이 되어 있는 육하원칙을 염두에 두면서. 그것은 다만 오 검사의 시나리오를 실패시키지 않기 위해서만이 아니었다.

그것은 무엇보다 나 자신의 문제였다. 내 자신의 진실의 문제였다. 그렇게라도 하지 않고는 나 자신도 자신의 진실을 만날 수가 없었다.

검사의 실패는 곧 나의 실패였다. 그것은 오 검사보다 나의 파멸이 앞서는 일이었다.

나는 이윽고 마지막 문장을 지워버리고 새로운 마음가짐으로 다시 다음 진술을 계속해나간다. 이번에는 될수록 현재형 시제를 실제 문장 속에 빌려 써가면서.

……현관문을 열고 집 안으로 들어서고 나서도 나는 아직 아무런 이상을 느끼지 못한다. 나는 그저 평소처럼 무심히 신발장 위에 붙은 자동 시한등의 스위치를 누른다. 그때 밝아진 불빛 속으로 신발장 위에 놓인 흰 봉투 하나가 눈에 들어온다.

나는 아직 별생각 없이 무심스런 손짓으로 봉투를 집어 든다.

—백남희 씨에게.

우표가 붙지 않은 봉투 뒷면에 정중한 필체로 내 이름이 적혀 있다. 한 손으로 신발장에 구두를 벗어 넣으며, 다른 한 손으로 봉투를 뒤집어본다. 앞쪽에 적혀 있어야 할 발송인의 이름을 찾아볼 수가 없다.

하지만 나는 그것도 별로 대수롭게 여기지 않는다. 우표가 붙어 있지 않은 걸로 보아 단지 안에서 배달되어온 점포 광고물쯤 되겠거니 생각한다. 이 신축 아파트 단지에 주민 입주가 시작된 것은 이제 겨우 한 달이 조금 넘은 지난 11월 중순부터의 일이다. 내가 이곳으로 이사를 해 온 것도 그새 채 한 달이 되지 않은 지난 12월 초순께의 일. 단지엔 아직도 이사를 들어오지 않은 빈집들이 많았고, 주거 질서도 제대로 잡혀 있질 못했다. 주변 상가점포들의 광고활동은 그럴수록 더 극성스러웠다. 제일 먼저 발을 들여놓았음에 분명한 길가의 즐비한 부동산 소개 업소들을 필두로 만두집, 술집, 의상실, 정육점, 식품점, 바둑집, 태권도 도장, 신문 보급소 등등, 이미 문을 열었거나 열 준비를 하고 있는 멀고 가까운 영업소들의 선전 광고물들이 이 꼭대기 층 벽면집 문틈 속까지 심심찮게 자주 쑤셔박혀 들곤 하였다. 어떤 것은 광고지로, 어떤 것은 팸플릿 책자로, 또 어떤 것은 봉투에 넣어진 깔끔하고 정중한 서면 형식으로.

나는 이번에도 아마 그런 광고물의 하나려니 싶어진 것이다. 겉봉에 이쪽 이름을 적고 있는 것 따위는 조금도 이상해할 건덕지가 없는 일. 아파트 관리 사무소나 하다못해 경비실에까지도 모두 입주자 명단이 비치되어 있었다. 외곽 점포 사람들이 그것을 얻어내는 것은 어려운 일이 아니었다. 아니 그보다 그런 점포의 광고물이 아니고는 단지 밖에서 나의 이름을 이곳으로 적어 보낼 사람이 없었다.

이사를 한 뒤로 새 주소지를 일러준 사람이 없었다.

노래가 차츰 알려진 뒤부터 귀찮은 편지들이 끊이질 않았었다. 엉뚱한 개인사에 금전적인 도움을 청해오기도 하였고, 실없는 협박이나 사랑의 호소를 보내오기도 하였다. 대개는 그저 노래가 좋아서라는 순수한 격려의 내용이었지만, 그도 저도 나는 귀찮기만 하였다. 될 수만 있으면 노래로만 만나고 자신은 뒤에 혼자 숨어 살고 싶었다. 그래 이쪽으로 이사를 해왔고, 이후로 새 주소지는 누구에게도 비밀이었다. 가설이 쉽다는 바람에 혹 급한 쓸 일이 생길까 싶어 이사 이튿날로 매달아둔 전화기조차도 번호를 잘못 돌렸거나 오접이 되어오는 경우를 빼고 나면 벨소리가 제대로 울린 적이 없었다……

나는 결국 봉투의 내용물을 꺼내 보지도 않은 채 다시 신발장 위에 던져 올려버린다. 그리고 비로소 거실 마루 위로 천천히 몸을 이끌고 올라선다.

바로 그 순간. 문득 한 가지 불길한 생각이 뒤늦게 머리를 스치고 지나간다.

— 하지만 이 봉투가 어떻게 여기까지?

봉투가 신발장 위까지 올라와 있는 것이 비로소 머리에 지펴든다. 문을 열지 않고 밖에서는 절대로 가능한 일이 아니었다. 아침에 집을 나가면서도 그런 것이 눈에 띈 기억이 없었다.

나는 다시 몸을 돌이켜 봉투를 집어 든다. 그리고 비로소 거실 벽등의 스위치를 올리고 서둘러 봉투의 알맹이를 꺼낸다.

봉투에서 나온 것은 아닌 게 아니라, 여느 광고물과 같은 흔한 선전용 인쇄물이 아니다. 16절지의 하얀 백지에 겉봉과 똑같이 정중스런 필체의 볼펜 글씨가 3분의 2가량 채워져 있다.

서신의 일종임이 분명했다.

— 백남희 씨에게.

사연의 서두에서 발신인은 한 번 더 수신인의 이름을 확인해주고 있었다. 하지만 나는 이제 그 글의 발송인이 누구인지, 그것이 어떤 경위로 거기까지 전해져왔는지를 따지고 있을 여유가 없어진다.

나는 서둘러 사연을 따라 읽어 내려가기 시작한다. 그리고 서서히 사태의 심각성을 깨닫기 시작한다.

— 당신의 귀가를 환영합니다.

라고 말하는 것은, 이곳이 오늘부터 내 비밀 은신처로 정해졌기 때문입니다. 따라서 당신은 지금 내 손님으로 돌아온 것이며, 이제부터 그에 합당한 처신을 해주시기를 당부드리는 바입니다.

이 점 각별히 명심하시어 신중하고 현명한 행동을 바랍니다. 당신이 지금 어떤 처지에 처하게 되었는가를 옳게 깨닫고, 내 당부에 분별 있는 처신을 해주기만 한다면, 당신은 아무런 심신의 위해를 염려할 필요가 없으며, 미구에 당신은 행동의 자유를 얻게 될 것임을 약속드립니다.

그러나 그때까지는 나의 상당한 감시와 행동의 제재가 불가피하다는 점도 함께 이해해주셔야겠습니다. 당신이 해서 좋은 일과 해서는 안 될 일의 분별은 손님으로서의 당신의 현명한 판단 이외에 주인으로서의 나의 의사가 무시되어서는 절대로 안 되겠다는 말입니다.

다음으로 다시 당부를 드려두고 싶은 것은, 내 정체나 배후 또는 이곳에서 내가 하려는 일에 대해 일체 성급한 궁금증을 삼가달라는 것입니다. 알려고 해서 알아질 일도 아니려니와, 그것은 당분간 당신에겐 필요한 일이 아니기 때문입니다. 유념해둬야 할 것은 오히려 나는 당신의 모든 것을 알고 있으며, 나는 다만 혼자가 아니라는 것, 따라서 자위력도 완벽한 편이어서 당신의 어떤 불복이나 배신의 기도도 정확하고 단호한 대가를 치르게 될 뿐이라는 것입니다. 이미 짐작이 가고 있는지 모르지만, 나는 원래부터 말을 썩 좋아하지 않는 데다 성미까지 그리 온순한 편이 못 된 위인입니다. 게다가 이미 사람이기를 포기한 지금의 나로서는 심신에 여유가 많은 형편도 못 됩니다. 아무쪼록 나의 진심 어린 당부들을 명념하시어, 정확한 판단과 신중한 행동으로 자신도 불편스럽지 않고 내게도 부담이 덜 느껴질 예의 바른 손님으로 지내주시기 바랍니다. 그리하여 가능한 한 조속한 시일 내에 서로 간의 믿음 속에서 나와 내 일에 대한 당신의 궁금증들을 풀어버리고 더 넓고 자의로운 행동의 자유를 얻게 되시기를 진심으로 바랍니다.

만약에 일이 여의치 못할 경우, 유감스럽게도 나는 당신을 지금처럼 예의 바르게 응대해드릴 수가 없게 될 뿐 아니라, 그때의 행동과 일의 결과는 지금으로선 전혀 장담을 드릴 수가 없는 형편이니까요.

자, 그럼 이제 당신의 새 주인으로서의 내 인사를 직접 받도록 하여주십시오. 그리고 미처 미진한 일들은 시간을 두어가며 차츰 함께 의논해나가도록 합시다. 이런 식으로 먼저 인사를 드리는 것은, 말주변이 그리 좋지 않은 위인이라 가능한 한 일의 형편을 침착하고 조리 있게 설명드리기 겸해 당신의 놀라움을 줄여드리고자 함이니, 이 점도 함께 이해하여주시기 바랍니다.

1978년 12월 28일

당신을 직접 맞아들이지 못한 것이 유감인 당신의 새 주인

글의 사연은 거기까지가 전부다. 두말할 나위 없는 협박편지의 일종이었다. 침착하고 사무적인 어투의, 일방적인 통고나 선언조의 협박문이다. 어조만은 지극히 정중해 보였으나, 그것도 짐짓 본색을 숨긴 채 목소리를 가장하고 있는 식이다. 그 정중스러움에 오히려 비정하고 난폭스런 협박기가 느껴져왔다. 글을 다 읽고 나서도 나는 한동안 무엇을 어찌해야 좋을지 알 수가 없다. 종이쪽지를 손에 구겨든 채 멍청한 눈길로 실내를 이리저리 두리번거리고 있었다. 그새 무슨 위험한 폭발물이라도 집 안으로 굴러들어와 숨어 있는 것 같다. 하지만 그게 어떤 성질의 폭발물인지는 성급히 알려 하지 말라고 했던가? 그리고 그 폭발물이 이젠 나를 대신해 이 집의 주인 노릇을 해나갈 참이라고? 게다가 그는 스스로 사람이기를 포기한 위인이라 했겠다? 그렇다면 그는 벌써 어떤 끔찍스런 범죄를 저지르고 숨어 쫓기는 흉악범이란 말인가? 배후가 어떻고, 해야 할 일이 어떻고…… 나를 이미 속속들이 알고 있다는 그 정중하고 침착한 글의 문면도 그저 단순한 절도범이나 강력범의 협박은 아닌 듯싶다. 하지만 나는 그런 문면의 내용에도 불구하고 사태의 심각성이 당장은 현실로 실감되어오질 않는다. 얼떨떨한 기분 속에 설마하니(!) 싶은 생각마저 들어온다.

하지만 나는 이내 다시 그 편지가 신발장 위에 놓여 있던 사실이 생각난다. 그리고 협박자가 새 주인으로서의 자신의 환영인사를 받으라던 능청스런 주문이 머리에 떠오른다.

─그렇다면 이미 이 집 안에서 침입자가 나를 기다리고 있단 말인가.

나는 다시 정신을 가다듬고 집 안을 이리저리 살피기 시작한다. 거실 창문의 커튼도 살펴보고, 현관문 자물쇠통도 다시 한 번 살핀다.

이상이 있는 곳은 아무 데도 없어 보인다.

하지만 그걸로는 아직 안심이 될 수 없다. 나는 오히려 두려움만 더해간다. 안방과 서재 쪽이 아직 수상한 어둠 속에 숨을 죽이고 있었다. 이젠 그쪽을 살펴봐야 할 차례다. 한데 그쪽으로 오금이 말을 잘 들으려질 않는다. 그쪽은 아예 공포의 벽이다. 가볼 수도 없고 안 가볼 수도 없는 진퇴유곡의 난감한 처지다.

하지만 나는 이내 거기서 더 이상 망설이고 있을 필요가 없어진다.

그 두려운 어둠의 장막이 들추어지는 일은 나의 결단을 기다리지 않았다. 서재로 들어가는 통로 쪽 어둠 속에서 그때 문득 밝은 빛줄기가 뻗쳐 나왔다. 그리고 그 빛줄기를 꺾으며 한 사내가 불켜진 서재 문을 소리 없이 천천히 걸어 나오고 있었다.

어둠을 등지고 나오는 모습이어서 그런지, 얼핏 보기에도 키가 우뚝하고, 짙은 눈썹에 부리부리한 눈초리가 미상불 거칠고 위협적으로 느껴져오는 삼십대 안팎의 젊은 사내다. 불거져 오른 듯한 두 광대뼈와 일자로 굳게 다물어진 입 언저리의 인상도 어딘지 냉랭한 무지스러움이 엿보인다.

하지만 그땐 실상 그런 식으로 하나하나 사내의 인상을 뜯어 살피고 있을 여유가 없었다. 그런 것들은 그저 순간의 인상 정도였고, 그것도 나의 일방적인 느낌에 불과했을 뿐이다. 사내의 모습을 뜯어 살피기는커녕 나는 그때 작자와의 그런 갑작스런 조우를 놀라워하거나 그를 뒤로 피해 설 순간의 여유마저 잃어버리고 있었다.

"어서 와요…… 예상보다는 귀가 시각이 좀 이른 것 같은데…… 연말 대목인데 일이 벌써 다 끝나신 건가."

뱀의 눈빛에 쏘여버린 개구리처럼 그 자리에 그냥 꼼짝도 못하고 얼어붙어 서 있는 내게로 천천히 다가오며 사내가 그렇게 첫마디를 말했다.

협박문 속의 어투처럼, 또는 거기서 이미 주객이 뒤바뀐 것을 일러주고 있었듯이, 사내의 언동엔 아닌 게 아니라 주인다운 여유와 정중스러움이 깃들어 있었다.

"문 앞에 놓아둔 인사의 글을 벌써 읽어두셨겠지요. 문을 들어오고 나서 내 그만한 시간은 기다려준 셈이니까…… 그럼 이미 사정을 충분히 이해하게 됐을 텐데 뭘 그렇게 어리둥절해하고 있어요. 자, 우선 마음부터 좀 편하게 가지시고…… 난 도대체 부질없는 다툼이나 소동은 질색이니까."

정중하고 달래오듯한 말투와는 다르게 사내는 내게 단호하고도 위압적인 손짓으로 벽 아래쪽 소파를 가리켰다. 부드럽고 정중한 말투 속에도 언제 갑자기 태도를 돌변하여 본성이 폭발해 나올지 모르는 위태로운 협박기가 도사리고 있었다. 다짜고짜 당장 위험스런 물건을 빼들고 덤벼들지 않는 것이 안심이라면 우선의 안심거리랄 수 있었다. 그러나 물론 그것도 아주 마음을 놓을 수 있는 일이 못 되었다. 나는 시종 그가 점퍼 주머니 속에 쑤셔 넣고 있는 오른손에서 눈으로 볼 수 있는 것보다도 더 섬찟한 위험스런 물건을 느끼고 있었다. 그리고 그 거실 불빛 아래 차가운 윤기를 번쩍이고 있는 사내의 점퍼 저고리 어깻죽지께에서 어떤 흉기보다도 더 위태롭고 싸늘한 위협기를 느끼고 있었다.

—지금 당장은 어쩔 도리가 없는 일이다. 작자의 주문에 고분고분 복종을 해 보이는 수밖에. 적어도 우선은 그러는 척해 보이는 것이 내게 유리하다. 협박문에서 미리 주의를 덧붙여놓았던 것과는 달리 사내가 아예 깜깜절벽으로 입을 다물어버리고 있지 않은 것도 우선은 마음에 위안이 되었다. 사내와 말이라도 주고받을 수 있는 한에선 결정적인 위험은 아직 모면해나갈 길이 있을 수 있었다.

사내의 됨됨이부터 좀 알아두고 싶다. 그리고 가능하면 일의 경위라도 알아두고 싶다. 위험한 처지를 모면해나갈 계책은 그런 다음에나 생각해볼 일이다. 나는 마침내 사내의 요구에 응하여 천천히 소파로 걸어가 앉는다. 그리고 한껏 여유를 지니려 애쓰며 모처럼 사내에게 첫마디를 던진다.

"그래, 좋아요. 일이 기왕 여기까지 이르고 말았다면 무슨 영문인지나 좀 알고 봅시다. 댁은 도대체 어떤 사람이에요? 그리고 지금 나를 가지고 이러는 목적이 뭐예요?"

내가 그렇게 나오는 것을 보고 사내도 이젠 제법 마음이 놓이는 모양. 그는 비로소 점퍼 주머니에서 담배 한 대를 피워 물고 흡족스런 얼굴로 허공을 향해 연기를 한 모금 크게 뿜어 올린다. 그리고는 무슨 수수께끼 놀음이라도 벌이려는 사람처럼 빙긋빙긋 웃으며 선 채로 말해온다.

"그런 건 이미 알고 계실 일일 텐데……?"

"무얼 말이에요?"

"성급하게 그런 것 알고 싶어 하지 말라는 것, 알려고 해도 부질 없는 노릇일 뿐 엉뚱한 화근만 부르게 된다는 것, 그리고 당신이 알아야 할 것은 당신은 이제 이 집에서 내 조심스럽고 정중한 손님이라는 거……"

"……"

딴은 그랬다. 예상보다는 말이 많았지만, 그것들은 어쨌거나 사내가 협박문에서 미리 경고한 일들이었다. 사내가 그것을 잊고 있을 리 없었다. 그가 그것을 내게 한 번 더 환기시켜준 것이었다.

"그러니 이제부턴 당신도 자신의 말이나 행동에 손님다운 예절과 조심성이 있어야 한다는 걸 아시고, 그렇게 처신을 해주셔야겠어요."

내가 미처 할 말을 못 찾고 있는 듯하니까 사내가 다시 다짐을 주듯이 일러온다.

"그래 줘야 당신도 내게서 계속 점잖은 손님 대접을 받게 되고, 그러다 보면 그간 서로 간에 이해와 믿음이 쌓여 당신이 지금 궁금해하고 있는 것들에 대해서도 차츰 해답을 구해나갈 수가 있게 될 거구……"

그 끔찍하고 돌연스런 나의 납치 감금 사태는 그러니까 대략 발단이 그런 식이었다. 아니 자신의 집에서 자신이 당한 일을 납치니 감금이니 말하는 것은 적합한 표현이 아닐는지 모른다. 하지만 나의 집은 그로부터 이미 주인이 바뀌어 있었고, 나는 그 새 주인의 비밀 아지트에 자유를 잃고 감금당해버린 격이었다. 그런 뜻에서 그것은 납치 감금이라고 말할 수밖에 없는 것이었다. 그리고 나는 그날 밤부터 나와 내 삶 전체를 무력한 피랍자답게 무참하고 철저하게 파괴당하기 시작했다……

나는 거기서 다시 쓰기를 그치고 잠시 생각을 가다듬는다.

진술이 자꾸 현장의 시간대에서 행해지지 못하고 회상과 종합으로 대신되곤 하였다. 판단과 주장도 그만큼 빈번했다.

하지만 그쯤은 아직 어쩔 수가 없는 일이었다. 당시의 나와 지금의 나는 아무리 해도 같은 사람일 수가 없다. 생각이 완전히 과거의 벽을 뚫고 들어갈 수도 없었고. 그 과거 속에 사건이 다시 이로 (理路) 정연하게 재생될 수도 없었다. 일의 앞뒤를 연결 지으려다 보면 기억의 취합이 불가피할 때가 있었고, 행위의 배경과 근거를 찾으려다 보면 주장과 판단이 끼어들 때도 있었다.

지나간 과거사를 진술함에 있어서는 어쩔 수 없는 방편이자 함정인 셈이었다. 나로서는 그저 그런 일방적인 판단과 주장들을 최소한으로 줄여나가는 길뿐—

문제는 그보다 그 사건과 사내에 대한 나 자신의 어떤 확정적 선입관과 고정관념에 있었다.

— 나는 그날 밤부터 나와 나의 삶 전체를 무력한 피랍자답게 무참하고 철저하게 파괴당하기 시작했다…… 나는 어느새 다시 그때의 일을 그런 식으로 종합하고 판단하고 있었다. 그리고 그런 일방적 주장 속에 사내에 대한 내 증오심을 노골적으로 드러내고 있었다. 당시의 무력하고 비참한 처지로선 그런 증오심이 오히려 당연한 것이었을지는 모른다. 하지만 그것은 뜻밖에도 전혀 사실이 아닐 수도 있었다.

— 노래 다시 못 하네, 거리엔 바람 소리……

감금생활이 시작된 지 두 주일 가까이 되던 어느 날. 모처럼 만에 탈출을 시도하여 아파트를 나갔다가 스스로 그것을 포기하고 그날로 다시 그에게로 돌아오던 날의 오후 3시 반경.

엘리베이터에서 내려 집 문 앞에 섰을 때 안에선 뜻밖에도 나의 노랫소리가 들려 나오고 있었다.

그 소리에 나는 기분이 약간 어리둥절해지면서도 한편으론 오히려 마음이 놓였었다. 하여 평소 엘리베이터 안에서 노랫소리가 미처 끝나지 않았을 때처럼, 문밖에서 그냥 그 노래가 끝나기를 기다리고 있었다.

그것은 물론 긴 시간이 아니었다.

— 노래 다시 못 하네, 거리엔 바람 소리

노래 다시 못 하네, 불을 끄고 떠나려 하네.

노래는 이내 마지막 소절이 끝났다.

그리고 그 마지막 소절이 끝남과 동시에 한 발의 총소리가 뒤를 이었다.

방 안은 이내 다시 조용한 정적 속에 가라앉았다.

나는 그 뜻밖의 총소리에 나도 모르게 잠시 시간을 망설이고 있었다. 내가 문을 열고 집 안으로 들어갔을 때 그는 이미 시체가 되어 있었다. 회전을 멈춘 전축의 맞은편 소파 위에 사내는 앉은 자세 그대로 머리를 반쯤 앞으로 떨어뜨린 채, 양미간 근처를 앞뒤로 꿰뚫은 이마의 상처에선 핏물기가 아직도 얼굴과 목덜미를 적셔 내리고 있었다. 자신의 자살을 당분간 아무에게도 알리고 싶지 않아서였을까. 그래서 총소리가 그리 크게 들리지 않았던 것일까. 소파 위로 흘러내린 그의 오른손 근처에는 웬일로 그가 흰 수건을 둘둘 말아 감은 권총이 핏물에 젖은 채 떨어져 있었다.

하지만 나는 그런 눈앞의 광경에도 왠지 두렵거나 끔찍스러운 느낌이 안 들었다. 그의 죽음이 돌연스럽거나 의외의 일로 느껴지지도 않았다. 일어날 일이 일어난 것뿐이듯 그저 좀 허무하고 망연스러울 뿐이었다.

나는 한동안 그런 기분으로 그의 시선을 넋 없이 내려다보고 서 있었다. 그러다간 이윽고 생각이 떠오르듯 천천히 방 안을 정리하기 시작했다……

나는 먼저 그에게로 다가가 숙여진 자세를 바로 세워 앉힌다. 그리고 가방에서 손수건을 꺼내어 이마의 상처와 얼굴의 핏물을 닦아내기 시작한다.

손수건이 핏물에 젖어버린 다음에는 욕실로 들어가 대얏물을 받아온다. 나는 몇 번이고 그 대얏물을 갈아대가며 어린아이를 씻기듯 정성스럽게 그의 몸뚱이의 핏자국을 씻어낸다. 얼굴과 목을 씻고 난 다음에는 와이셔츠를 아예 벗겨내버리고 등과 가슴과 어깨와 손발까지 핏자국이 스민 곳은 모조리 닦아낸다. 그의 몸을 씻고 나서는 주변의 핏자국들을 닦아내기 시작한다. 소파로 흘러내린 핏자국을 닦아내고, 자살의 용기도 다시 손을 본다. 권총은 총열과 손잡이를 수건으로 몇 번씩 감아놓고 있어서, 손가락 자리를 빼꼼하게 열어놓은 방아쇠 구멍이 아니고는 권총으로 알아볼 수도 없을 정도다. 나는 그가 그것을 한 겹 한 겹 말아 감은 동작과 시간을 거꾸로 벗겨내듯 천천히 주의 깊게 수건을 풀어낸다. 그리곤 마침내 그 수건 뭉치 속에서 정체를 드러내고 나온 권총까지 정성스럽게 다시 물손질을 해나간다. 마치 그 수건 속에 싸인 쇠붙이에까지도 눈에 보이지 않는 어떤 불결스런 핏자국이 배어들어 있듯이.

권총까지 모두 손질이 끝나고 나자 이번에는 다시 그의 방으로 가서 그의 점퍼 저고리를 내온다. 그리고 그의 젖은 와이셔츠 대신 그것을 그에게 단정하게 입혀준다.

이제는 주위가 제법 말끔히 정돈된 느낌이다. 죽음의 냄새나 피의 흔적이 집 안에서 그만큼 씻겨나간 것 같다.

나는 마지막으로 주위를 마저 정리하기 시작한다. 닦인 권총을 탁자 아래 간수하고, 그의 젖은 와이셔츠와 권총을 풀어낸 수건, 그리고 핏물에 젖은 걸레들은 모두 뭉텅이로 말아서 두꺼운 시장 봉지에 쓸어 넣는다. 그리고 봉지가 풀리지 않도록 몇 겹으로 다시 싸고 끈으로 묶어서 뒤꼍 다용도실의 쓰레기통에다 집어넣어 버린다.

……하고 나니 이제 나는 할 일이 없어진다.

거기에 더 이상 머물러 있어야 할 이유도 없어진다. 아니, 아직 한 가지 할 일이 남아 있다.

나는 문득 그것을 생각해내고 장식장 아래쪽 전축으로 다가간다. 그리고 그 총소리와 함께 회전을 멈추고 있는 전축의 바늘을 다시 옮긴다.

——노래 다시 못 하네, 거리엔 바람 소리……

전축에선 이내 내 목소리의 노래가 흘러나오기 시작한다. 그리고 그 노랫소리와 함께 그가 문득 다시 등 뒤로 느껴져오기 시작한다. 그가 등 뒤에 앉아 나와 함께 노래를 듣고 있다.

나는 잠시 그와 함께 그 노랫소리에 귀를 기울이고 서 있다가 이윽고 천천히 내 손가방을 찾아든다.

그리고 노래가 끝나기 전에 조용히 다시 집을 나선다……

이것이 내가 집을 나선 뒤 보름 만에 그 수원 호숫가의 별장 은신처에서 경찰로 연행되어, 그곳에서 처음 자술한 사건의 마지막 부분이다. 그리고 내가 기억하고 있는 한의 사건의 핵심이자 진상이다. 기억 속의 진상이 그러하므로 몇 번씩 다시 반복을 하더라도 진술이 달라질 수 없다.

나는 사건의 마지막 고비에서마저 그를 미워한 기억이 전혀 없었다. 미워하기커녕 모처럼의 탈출마저 단념하고 돌아와 그의 마지막을 지켜보고 있었다. 그리고 그의 처참한 실패를 자신의 실패이듯 절망하면서 그의 죽음 길을 보살펴주고 있었다.

당시로선 전혀 그를 미워할 수가 없었던 사실, 모처럼의 탈출마저도 단념하고 돌아와 그의 마지막 길을 보살펴준 사실—, 그 엉뚱하고 기이한 사실들은 그를 전혀 용서할 수 없는 지금에 와서도 내게 불가사의한 수수께끼가 되고 있는 것이다.

그것은 바로 나 자신의 불가사의한 수수께끼의 숙제이기도 하였다. 나 자신의 진실이 걸린 수수께끼였다. 나는 그 수수께끼를 풀어 자신부터 먼저 자신의 진실을 만나야 하였다. 그러자면 무엇보다도 먼저 작자에 대한 내 증오심이 애매한 정황이나 사후판단에 근거한 일방적인 추측의 주장에 불과할 뿐 진짜 사실이 아님부터 인정해야 하였다.

위인에 대한 나의 증오심은 전혀 사실이 아닐 수도 있었다. 그것은 그 납치 감금범으로서의 그의 인간과 행위에 대한 일반적 고정관념의 산물일 수 있었다. 사건의 진상을 찾아내기 위해서는 그에 대한 증오심부터 삼가야 하였다……

나는 좀더 자신의 감정을 냉정하게 자제하려 노력을 기울인다.

……그리고 나는 그날 밤부터 나와 나의 삶 전체를 무력한 피랍자답게 무참하고 철저하게 파괴당하기 시작했다.

나는 이미 사후의 종합과 주장 위에 서 있는 그 과거형의 마지막 문장을 지워버리고 현재형으로 다시 생각과 주장을 되돌려놓으려 안간힘을 다한다. 작자에 대한 어떤 확정의 고정관념에서 벗어나 스스로 허심탄회한 마음으로 당시의 그와 그의 일들을 정직하게 만나고 느끼려 애를 쓴다.

……차츰 시간이 흐르다 보니, 나는 그가 사전경고를 해온 것처럼 말을 그리 좋아하지 않는 사내라는 것이 사실임을 알게 된다.

그는 이날 밤 자신의 정체나 배후에 대해선 일절 입을 열려 하질 않는다. 납치의 동기나 목적에 대해서도 비정스럽도록 침묵을 지킨다.

—그런 걸 물어선 안 된다는 걸 이미 알고 계실 텐데.

—동기 없는 일이 있을 순 없겠지. 하지만 당분간은 그런 거 모르고 지내시는 게 좋아요. 재수가 좋으면 언젠가는 당신도 그걸 알게 될 때가 있을 게고, 그땐 아마 당신도 이 모든 일을 충분히 납득하게 될 줄 믿지만. 하지만 일이 거기까지 가게 되고 못 되고는 전혀 당신 하기에 달린 거니까……

—이건 내 인간적인 진심에서 하는 충고이지만, 일을 너무 쉽게 생각하고 조급하게 굴고 들지 말아요. 그러다가 괜히 일이 엉뚱하게 끝날 줄 아시고……

처음에는 그래도 경고 조의 말 응대를 몇 차례 계속해온다. 문을 어떻게 들어왔으며, 어떻게 하필이면 나를 납치의 대상으로 삼게 되었느냐는 물음들에 대해서도.

—뭔가 좀 당신의 재수가 안 좋았던 탓이겠지. 아니면 거꾸로

재수가 좋았다고 생각해도 상관없겠구······

바라는 만큼의 시원한 설명은 아니지만, 그런대로 그쯤 기계적인 말대꾸는 아끼지 않는다.

하지만 시간이 좀더 지나가자 그는 이제 그나마도 아주 입을 깜깜 다물어버린다.

"자, 그럼 이제부턴 이 집에서 당신이 더 말을 해야 할 일은 없을 테니······ 이젠 이걸로 그만 입을 다무시고 당분간은 그저 갑갑한 대로 내 말에만 묵묵히 따라주면 좋겠소."

내게 필요한 최소한의 설명은 끝이 났다는 듯 그가 마침내 그렇게 말해온다. 말을 좋아하지 않는다는 자신도 자신이지만, 내게까지 아예 입을 다물고 지내라는 명령이다. 그것도 그저 말만의 명령이나 협박이 아니다. 그는 내게 이내 그 명령의 효력과 위험을 시위해 보인다.

공교롭게도 그때 탁자 위에 놓인 전화기 벨이 요란스럽게 울어대기 시작한다. 나는 으레 오접 전화가 분명한 줄 알면서도 부러 모른 척 수화기를 집어 든다. 그러나 그것은 이내 섣부른 행동임이 드러난다. 나는 그 전화기에 대고 여보세요 소리조차 해볼 수가 없게 된다.

"이게 정말?"

갑자기 독이 오른 사내의 소리가 등 뒤로 짧게 들려오기 무섭게, 수화기가 난폭하게 허공으로 날아간다. 동시에 나는 눈앞에서 번쩍 불꽃이 튀는 듯한 일격을 느끼면서 마룻바닥으로 사정없이 태질을 당한다.

"너 정말 죽고 싶어서 그래?"

부서진 바람개비 꼴로 내팽개쳐진 내게 그가 한 번 더 으르렁댄다. 나는 이제 그것으로 더 이상 어떤 말대꾸도 할 수가 없어진다. 화가 나기보다는 두려움이 앞선다. 말대꾸는 고사하고 섣부른 몸짓 하나도 두려워지기 시작한다. 단 한 번의 폭력의 시위로 그는 나의 말뿐 아니라 행동의 자유마저 깡그리 빼앗아가버린 것이다. 그것은 물론 태질을 당하고 난 내 육신의 아픔 때문이 아니다. 갑자기 돌변해버린 쌍스런 말씨와 무도한 폭력 앞에 나는 그에 대한 마지막 믿음마저 혼비백산 박살이 나고 만 것이다. 치가 떨려오는 두려움 속에 나는 자신의 괴롭고 절망스런 처지를 새삼 아프게 깨닫기 시작한 것이다.

그리고 바로 거기서부터 나의 심신의 철저한 파괴가 시작된다. 나는 이제 그의 명령을 제대로 소홀히 할 수가 없게 된다. 소홀히 해서도 안 되고 더욱이 그를 거역하려 해서는 안 되었다. 그보다 나는 내 행동 하나하나를 스스로 조심스럽게 삼가나가야 하였다. 그리고 그에 대한 조용한 순종으로 그의 마음을 사서 안심시켜놓아야 하였다.

나는 스스로 몸을 추스르고 마루에서 일어났다. 그리고 그로부터 그 말 없는 꼭두각시의 놀음이 시작된다.

하지만 거기서 말을 빼앗긴 것은 내 쪽만이 아니다. 대화의 상대가 없어진 형편이니, 사내 쪽도 그때부턴 거의 말을 할 일이 없게 된 꼴이었다. 게다가 그가 애초부터 말을 좋아하지 않는 성미라 한 것도 나에 대한 모종 협박의 방편으로 해온 소리만은 아닌 것 같았다. 어쩌다 정작 말이 필요할 경우가 생길 때마저도 그는 그저 한두 마디 간단하고 일방적인 명령만으로 금세 다시 입을 다물어버리곤 하였다. 그것도 대개는 눈짓과 손짓으로 말을 대신해버릴 때가 많아서, 나는 한동안 그가 이제는 나에 대한 경어법을 단념해버린 사실조차 깨닫지 못하고 있었을 정도였다.

내 태도가 고분고분 순종적이 되고 있는 것을 알고 나자, 그는 비로소 얼마간 마음을 놓은 듯 그때부턴 새삼 다른 집안일들을 단속해나가기 시작한다.

그는 우선 전화기부터 서재 쪽으로 떼 옮겨갔다(마음속으로는 아직도 틈입자의 민망스런 자의식 같은 걸 떨쳐버릴 수 없었기 때문일까. 아니면 좀더 자신의 안전을 기하기 위함인가. 그는 사람의 눈길이 닿기 쉬운 안방 쪽 대신 처음부터 한갓진 서재 쪽을 자신의 은신처로 정해둔 모양이었다. 하지만 내가 어찌 그가 그곳에서 무슨 일을 꾸미고 있는지 들여다볼 엄두나 내볼 수 있었으랴). 그리고 다음으론 집 안 열쇠들을 깡그리 회수해 들고 다니면서 안팎 창문들을 세심하게 한 번 더 점검해나간다. 바깥일에서 돌아온 주인 사내가 저녁상 전에 잠깐 집안일을 살피고 돌아가는 식이다. 위인의 그런 거동새에는 자신의 일에 주의를 소홀히 하고 있는 추호의 빈틈도 엿보이질 않는다. 그것은 어쩌면 실제의 효과보다 나의 주의를 한 번 더 일깨워두려는 살벌스런 시위나 협박일 수도 있었다.

작자는 한차례 그런 침묵의 시위를 벌이고 나서, 이번에는 다시 자신의 여유와 아량 같은 걸 뽐내 보이기 시작한다.

"아무래도 오늘은 기분이 기분일 테니 그냥 이대로 시장기를 짊어지고 밤을 새워야겠지?"

모처럼 한마디 입을 열어온 것도 그렇지만, 묻지도 않은 저녁을 (누가 그런 걸 생각이나 했으려고) 제물에 사양하고 나서는 소리부터가 이젠 그만큼 마음의 여유를 찾고 있는 낌새다.

하지만 나는 거기서도 그만큼 더 쌍스럽고 의뭉스런 모욕감을 참아내야 하였다.

"그 대신 내일 아침은 좀 서둘러줘야겠어. 난 원래 시장기를 오래 참는 성미가 못 되니까."

작자는 마치 제 계집한테라도 하듯 다시 한마디 덧붙이곤, 그대로 훌훌 겉저고리를 벗어던지고 욕실로 몸을 씻으러 들어간다. 그리고 짐짓 욕실 문을 열어둔 채 변기 앞에 버티고 서서 여봐란듯이 오줌을 싸갈긴다.

변기 물에 오줌줄기 떨어지는 소리가 집 안을 온통 요란하게 적셔온다.

―이 판국에 무슨 말라죽을 목욕인가.

민망스럽고 분통이 터질 일이다.

나는 그 역시 작자의 의도적인 시위 행위의 하나로 느껴진다. 의도적이고 의뭉스런 협박 행위가 분명해 보인다. 그걸 생각하면 속이 더욱 뒤틀려 오르고 피가 거꾸로 끓어오를 것 같아진다.

하지만 나는 조용히 참는다. 증오도 분노도 느끼려 않은 채 그를 도대체 상관하려지 않는다. 이제 와서 새삼 무얼 분해하고 민망스러워할 건덕지가 없는 것이다. 그런 건 어쨌거나 상관없는 일이었다. 더 이상 수상쩍은 기미만 안 보이면 그것만으로도 천만다행이다……

내게 아직도 남아 있는 희망이 있다면 오직 그 한 가지뿐. 그것
은 여자로서의 나의 마지막 본능이었는지도 모른다. 나는 이미 사
내의 정체나 배후에 대한 궁금증은 물론 자신의 앞일에 대한 계략
조차 깡그리 단념하고 있었다. 사내의 정체나 배후를 모르고는 일
의 앞뒤도 재어나갈 수 없었다. 백날을 기다려야 제물에 오갈 사람
이 하나도 없는 데다, 그런 격절스런 처지 가운데서 섣부른 행동은
정말로 공연한 보복만 자초하기 쉬웠다. 더욱이 말이 없는 작자의
껌껌한 침묵 뒤에는 늘상 그 난폭하고 위험스런 태도의 돌변성 같
은 것이 도사리고 있었다.

섣부른 생각을 품을 수가 없었다. 사내의 정체와 배후에 대한 두
려움, 예측할 수 없는 태도의 돌변성, 그런 것들을 숨기고 있는 그
위태로운 침묵에 대한 공포── 하기야 나는 그것들만으로도 이미
스스로 파괴되고 무너질 준비가 충분해진 셈이었다. 그리고 그 말
을 빼앗긴 침묵 속에 꼭두각시 노릇밖에 할 수 없게 된 처지 자체
가 내겐 이미 결정적인 파괴의 시발인 셈이었다.

그런 가운데도 아직 마지막까지 버릴 수 없는 것이 그 여자의 본
능에 가까운 가느다란 소망뿐── 나는 마지막까지 그 한 가지 희망
에만 매달리고 있었다.

하지만 끝내는 그것도 한낱 부질없는 희망일 뿐이었다. 아니 어
쩌면 그게 그에겐 당연하고 불가피한 절차였는지 모른다. 그리고
그것으로 나에 대한 마지막 파괴 작업을 마무리 지을 속셈으로 차
례를 아껴두고 있었는지 모른다. 내가 그 점을 미처 이해하지 못하

고 있었을 뿐이었는지 모른다.

　그러니까 이날 밤 사내가 내게 가해온 파괴 작업은 그때까지처럼 그저 단순한 시위나 정신적인 감금 행위 같은 것을 넘어 훨씬 더 철저하고 완벽한 단계에까지 진행되고 있었던 것이다……

　나는 다시 생각을 멈춘다. 생각과 진술이 어느새 현재형에서 다시 과거 회상으로 떨어져가고 있었다. 사후 종합에 의한 판단과 주장이 서서히 다시 고개를 들고 있었다. 억지로 끌어온 현재형 기술도 형식적인 시제만 그렇게 쓰일 뿐 의미 내용은 여전히 종합과 주장 위에 머무르고 있었다.

　범인에 대한 고정관념에서 나 자신부터 다시 빠져나와야 하였다. 그러지 않고는 자신조차도 사건의 기이한 성격에 비추어 그에 대한 내 마음의 자세를 옳게 증거해나갈 수 없게 된다. 그에 대한 당시의 느낌을 실감으로 되살려낼 수가 없게 된다……

　나는 아예 한동안 쓰기를 단념한다.

　그리고 한 번 더 머릿속 상상 속에 사건의 핵심 부분을 되쫓아가본다. 무엇보다도 그 마지막 부분의 애매한 문제들이 분명하게 정리되지 않고서는, 그에 대한 자신의 명확한 확신이 서오지 않고서는, 거기에 이르기까지의 내 진술도 독단과 방황이 계속될 수밖에 없을 것이기 때문이다.

　하지만 사건의 마지막 부분은 자신에게도 여전히 엉뚱하고 애매한 의혹거리투성이이다. 뿐만 아니라 한결같이 불리한 정황들뿐이었다. 나는 실상 문밖에서 총소리를 듣고 나서, 그의 죽음 뒤에 집 안으로 들어가 피를 씻어주고 다시 집을 나온 것뿐이었다. 납득을 할 수 없는 일이더라도 그것은 어쨌든 사실이었다.

하지만 그것은 어디까지나 나 혼자의 기억 속의 사실일 뿐, 그것을 입증할 증거가 없었다. 나 혼자 겪은 일이므로 나 혼자는 믿을 수 있었다. 다른 사람은 본 일이 없었다. 본 일이 없으므로 믿기가 어려웠다. 나의 말을 믿기에는 정황들이 너무 불리한 것들뿐이었다.

무엇보다 납득이 어려운 것은 그의 돌연스런 자살이었다. 누가 뭐래도 그는 결국 불법적인 폭력과 위협으로 나약한 여자를 며칠씩이나 감금하고 괴롭혀온 무도한 범죄자였다. 게다가 그는 그의 피랍자로부터 범행 목적이 모두 달성된 상태였다.

상식적으로는 전혀 그가 스스로 자살을 택할 이유가 없었다. 나로선 처음 그의 죽음을 보고 어딘지 올 것이 온 것 같은 느낌이 들었던 게 사실이고, 그가 자살을 하고 만 이유에 대해서도 어떤 묵시적인 수긍이 가능했지만, 그걸 다른 사람에게 납득시킬 길이 없었다.

그의 자살 이유를 설명하지 못하면, 내가 문을 열고 집 안으로 들어서기 전에 그가 먼저 총을 쏜 사실이라도 입증이 되어야 하는데, 나로서는 그것도 전혀 입증할 방법이 없었다. 그의 자살을 입증할 수 있기커녕, 이마를 앞뒤로 꿰뚫고 나간 탄환—그 서투른 총질이라니!—의 방향마저 관자놀이 근처의 옆머리 쪽을 쏘는 자살자 일반의 관행을 벗어나고 있어 그의 자살을 더욱 확고하게 부인해주고 있었다. 한데다 내가 문밖에서 총소리를 들은 걸 본 사람도 없었고, 그때 내겐 권총이 지녀 있지 않았던 사실도 자신에게밖에는 증거해 보일 사람이 없었다.

더욱이 또 엉뚱스러운 것은 권총의 지문들을 모조리 지워놓은 것이었다. 그때 권총을 닦아놓은 것은 그저 방 안에서 그의 죽음의 흔적을 지워 없애고 싶은 망연스런 행동에 불과했을 터이지만, 결과는 바로 자신의 지문을 지워놓기 위한 계산된 행위가 되고 만 셈이었다. 자살자 자신의 지문뿐 아니라 나 자신의 그것조차 전혀 흔적을 남기지 않은 사실—그때 내겐 그 쇠붙이가 손에 닿는 것조차 얼마나 가슴을 섬찟거리게 했던가. 그러면서도 나는 얼마나 정성스레 그것을 깨끗이 닦아놓아야만 했었던가—이 영락없이 그렇게 보이게 한 것이었다.

총소리를 듣고 집 안으로 들어갔는데 그가 이미 죽어 있었다는 것도 따지고 보니 억지 같은 소리였다. 머리를 정통으로 꿰뚫었다고 하지만, 권총 탄환 한 발에 사람의 목숨이 그토록 간단히 끊어질 수는 없다는 지적이었다. 한데도 나는 총소리를 듣고 나서 문밖에서 보낸 시간의 길이마저 분명하게 기억해낼 수가 없었다.

그밖에도 엉뚱하고 애매하고 의심을 받을 곳은 얼마든지 많았다. 한번 집을 나갔다가 무모하게 다시 범인에게 돌아가려 했던 나의 동기도 그랬고, 그의 죽은 몸을 씻겨주고 옷을 갈아 입혀준 행동도 그랬다. 그것은 바로 범죄자 특유의 이상행위들로 보이기에 충분했다. 게다가 또 그가 권총에다 수건까지 싸 말아서 총소리를 죽인 일 역시 설명이 영 불가능하였다. 자살자가 굳이 총소리를 겁내야 할 이유가 없었다. 사실이 아무리 분명한 것이라 하더라도 납득할 만한 동기가 설명되지 않는 사실의 주장은 내 입장만 거꾸로 더 불리하게 할 뿐이었다.

— 수건을 몇 겹 싸 감았다 하더라도 그쯤으로 실제 소음 효과가 있었을 것도 아니구……

그래서 오 검사는 그것을 차라리 지문과 화약흔들을 지워놓은 데 대한 내 지능적인 가공의 사실로 보고 싶어 했다. 자살자가 스스로 총을 쏘았다면, 총을 싼 수건이나 범인의 팔소매 근처에 화약이 튀어 묻어 있어야 했다. 그것은 무엇보다 분명한 자살의 증거가 될 수 있었다. 한데 그동안 너무 시일이 지나간 탓인지, 수건과 함께 시장 봉지에 넣어버린 그 와이셔츠조차 회수가 불가능했다. 나는 오히려 나의 지문을 남기지 않은 것과 그의 팔소매에 탄약흔이 남지 않은 것을 호도하기 위해 그의 몸을 씻어 옷을 갈아입히고, 그것을 다시 있지도 않았던 권총의 수건과 함께 봉지에 넣어버렸다는 가공의 사실을 꾸며낸 것으로 의심받고 있었다. 실제로 물건들을 찾아낼 수 없는 한엔 의심을 풀어줄 방법이 없었다. 게다가 그 권총 소리마저 나중에는, 소음 장치를 따로 마련하지 않아도, 창문을 꼭꼭 닫아 걸고 지내는 겨울철 아파트 지역의 낮 시간 동안에는 바로 이웃에서도 그걸 다른 소음들과 구분해내기 어렵다는 사실이 현장실험으로 밝혀졌다. 도대체 내가 마지막으로 집을 나오면서 전축의 노래를 켜놓은 일까지도 이웃의 주의를 누그러뜨리려는 지능적인 계책으로 읽히는 판이었다.

이마의 급소를 꿰뚫은 정확한 사격 솜씨에 대해서만은 얼마간의 의혹이 뒤따른 것도 같았지만, 그것도 결국은 권총 자살자가 일반적으로 총구를 겨누는 위치가 이마 쪽이 아닌 관자놀이 근처의 옆쪽이라는 점에서 이마를 겨눈 그의 자살보다는 내 우연스런 사격 솜씨를 사고 싶어 하는 쪽이었다. 그가 앉아 죽은 소파의 방향이 현관 쪽에서 마주 보게 되어 있다는 사실은, 그리고 그의 머리를 관통하고 지나간 탄환이 소파의 뒷벽에 틀어박혀 있었던 사실들은 이마를 정면으로 겨누어 쏘지 않는 자살자들의 관행과 함께 현관 쪽에서의 총격 사실을 뒤엎는 데 결정적인 도움을 줄 수가 없었다.

하지만 뭐니 뭐니 해도, 그의 죽음을 뒤에 남겨둔 채 아무 말 없이 혼자 다시 집을 나가 보름씩이나 숨어 지내온 사실이 내게는 가장 치명적이었다.

그것은 어떤 설명이나 변명조차도 불가능한 일이었다……

사건은 일견 너무나도 명백해 보일 수 있었다.

나도 그쯤은 짐작하고 있었다.

그래 검사는 오히려 여유가 생긴 모양이었다.

오 검사는 처음부터 내게 상당한 아량과 동정의 태도를 보이고 있었다. 그리고 충고와 회유 조의 설득을 계속해왔다.

오 검사는 당시의 내 난감스런 처지나 심정들을 충분히 이해하겠노라며, 이를테면 내가 그를 쏜 게 사실로 밝혀지더라도 그 정황이 충분히 참작되어 처벌이 그리 무겁지만은 않으리라는 식이었다. 내가 자기의 권총을 소지하고 있는 것을 보고 그가 그저 얌전히 있지만은 않았을 거라면서, 그의 태도의 위험도에 따라선 정당방위가 될 수도 있으니 솔직한 고백이 내게 이로울 거라고 하였다.

내가 정말로 그를 살해했다면, 그에게서 총기를 훔쳐 나갈 때 총알도 함께 훔쳐야 할 게 아니냐고, 그러나 나는 총알 따위를 훔친 일은커녕 그런 걸 실제로 본 일조차 없노라는 마음의 고백에 대해서도 오 검사는 오히려 나보다 더한 이해와 설득을 펴왔다.

─물론 그렇지요, 당신은 총알을 훔친 사실이 없겠지요. 그것을 어디서 본 일도 없겠구요. 당신은 그저 들끓는 증오심과 신변의 위험을 느끼고 있었을 뿐, 그래서 막연히 그것을 가방 속에 숨겨 나왔을 뿐, 그것이 실제로 총알을 내뿜어 사람을 죽이게 할 줄은 몰랐으니까요. 그래 당신은 엘리베이터로 다시 집으로 올라갈 때까지도 자신의 손으로 총알을 장전하거나 장전된 총알을 조사해본 일도 없었습니다. 하지만 그때 당신의 총에는 총알이 장전되어 있었습니다. 그가 늘상 그것을 그렇게 해놓고 있었으니까요. 불안했다고 할까, 초조해했다고 할까, 이를테면 그는 그만큼 난폭하고 위험스런 자였지요. 그래 그만큼 당신은 그를 증오했을 테구요…… 그러니까 당신은 마지막까지도 당신의 총에서 정말로 탄환이 발사되리라는 사실은 생각을 못했어요. 그저 엉겁결에 방아쇠를 당긴 것뿐이었지요……

어디까지나 나를 이해하고 감싸주는 태도였다.

하지만 나는 그것으로 검사를 안심할 수는 물론 없었다. 오 검사는 오히려 그만큼 심증이 굳어 있는 증거였고, 그만큼 자신이 만만한 증거였다. 그는 다만 그런 식으로 내게 마지막 결정적인 증거를 구하고 있는 것뿐이었다. 그리고 그것을 위해 내게 몇 번씩이나 진술을 되풀이시키고 있는 것이었다. 오 검사에 대해 안심을 하기보다 나는 오히려 그의 명석하고 단호한 상상력에 두려움을 금치 못할 뿐이었다.

어떤 의미에선 그 오 검사가 당사자인 나보다도 사건의 전말을 훨씬 더 정연하게 정리해놓고 있었다. 그의 상상력은 사건의 마지막 부분뿐 아니라, 내가 그토록 기억 속을 애매하게 방황하고 있는 다른 앞뒤의 일까지 이로 정연하게 설명하고 있었다. 그가 내게 몇 번씩 같은 진술을 되풀이시키면서 듣고 싶어 하고 있는 것도 바로 그가 머릿속에 그려두고 있는 그의 시나리오의 진행 과정이었다.

——총소리를 듣고 나서 집 안으로 들어간 다음의 일들을 당신 자신에게도 그토록 애매하고 불확실하고 납득할 수가 없는 것은 어쩌면 오히려 당연한 일일 수도 있을 거요. 왜냐하면 그것은 순서가 전혀 틀려 있을 수도 있는 일이니까요. 그 총소리의 시간의 순서 말이오. 당신이 집을 나가 그에게로 다시 돌아오기까지의 일과, 그때 당신이 총소리를 들은 정확한 시각이 좀더 분명하고 정연하게 밝혀지고 나면, 당신이 집 안으로 들어가서 그에게 행한 행동들도 훨씬 납득을 하기가 쉬워질 게 아니겠소.

스스로 행한 행동의 동기나 목적 같은 것을 자신도 전혀 설명하지 못하고 있는 나를 보고 오 검사가 자신 있게 충고해온 말이었다. 그리고 오 검사는 그에 덧붙여 내 첫 번 진술에 근거하여 얼마간의 수정과 상상을 가해 꾸민 사건의 개요를 다시 정리해나갔다.

내가 집을 나간 데서부터 다시 꾸며진 그 오 검사의 시나리오는 이런 것이었다.

……며칠을 참고 기다린 끝에 그날 나는 나에 대한 그의 부주의
한 신뢰감을 시험해보기 위해 그가 전날 밤 일로 하여 깊은 새벽잠
에 빠져 있는 틈을 타 조심스럽게 서재로 숨어 들어간다. 그리고
내친김에 거기 그가 서랍 속에 간직해온 흉기까지 훔쳐내어 손에
넣기에 이른다. 하여 나는 마침내 그것을 내 결정적인 탈출의 기회
로 삼기로 결심한다. 그리고 그길로 그의 눈을 피해 무사히 집을
빠져나오는 데 성공한다. 우선은 신변의 안전이 염려되어 집안일
은 아무것도 염두에 없지만, 다만 한 가지 뒷일에 대비하여 훔쳐낸
흉기만을 가방 속에 지닌 채.

 ……하지만 그렇게 집을 빠져나와 주차장에 세워둔 차를 집어
타고 나서도 나는 막상 당국으론 그를 신고하러 갈 엄두를 못 낸
다. 신고를 하자니 그간 이미 범인에게 당한 일들이 내 가수로서의
인기와 명예에 돌이킬 수 없는 상처가 될 것 같다. 신고는 고사하
고 사건이 누구에게 알려지는 것조차 두려워지기 시작한다. 나는
한동안 마음의 작정을 못 내린 채 정신없이 차를 몰아 새벽 길거리
를 헤맨다. 그리고 마침내 이 일은 어차피 혼자만의 비밀로 끝이
나야 한다고 체념 속에 마음을 다져먹기에 이른다.

 하지만 나는 그렇게 일단 체념을 하고서도 이내 다시 차를 몰아
집으로 돌아갈 엄두가 안 난다. 일을 비밀로 끝내기 위해선 사내가
먼저 집을 나가줘야 하기 때문이다. 그가 집을 나갈 때까지는 시간
을 충분히 기다려야 하기 때문이다. 내가 집을 빠져나가고 없는 것
을 알게 되면 그도 놀라서 제물에 집을 빠져나갈 것이다. 그때가
언제가 될지는 섣부른 예상을 불허하는 일이다. 그의 잠이 언제 깰

지 모른다. 충분한 시간을 기다려줘야 안전하다. 그가 깨어나 나의 탈출을 알아차리고, 그리고 마침내 모든 걸 눈치채고 스스로 집을 빠져나가줄 때까지. 섣불리 서둘다가 그와 다시 마주쳐 위험한 소동이 벌어지는 일이 없도록.

나는 계속 새벽 거리를 차로 헤맨다. 그리고 마침내 충분한 시간을 기다리기 위해 시내를 멀리 빠져나갔다 돌아오는 것이 좋겠다고 생각한다. 그러자 문득 한 곳 적당한 주행로가 떠오른다. 일을 저지르러 서울로 오기 전에 사내가 몸 붙여 지내왔던 곳. 간밤에 그가 털어놓은 이야기 속에 위치가 발설된 곳. 그 서해 쪽 평택군 바닷가의 간척지 마을. 호기심 반 시간 지우기 반으로 나는 하릴없이 그곳이 가보고 싶어진다.

나는 곧장 고속도로 쪽으로 차를 몰아간다. 그리고 세 시간 남짓 아침 녘의 질주 끝에 목적한 바닷가 마을에 당도한다. 그런데 한 시간 남짓 그 낯선 바닷가 마을 근처를 서성거리다 다시 서울로 차를 몰아오면서 나는 자신도 알 수 없는 어떤 새로운 분노가 치솟기 시작한다. 그것은 바로 사내가 몸담아온 그 바닷가 마을이 너무 초라하고 황량스러워 보인 데서 온 어떤 당찮은 실망감 때문일 수(그것은 오 검사 앞에 행한 나 자신의 고백이었다)도 있고, 아니면 그 무도한 사내를 집에 놓아둔 채 먼 시골길까지 헤매 다닌 자신이 너무 엉뚱하고 비참스럽게 느껴진 때문일 수도 있다. 이유야 어쨌든 그로 하여 나는 다시 그에게 당해온 일들이 하나하나 머리에 떠오르면서 모욕감과 분노를 참을 수 없어진다. 나는 새삼 무서운 복수심이 치솟아 오르면서 한시바삐 다시 집으로 돌아가고 싶은 조바심에 사로잡혀 무서운 속도로 차를 몰아댄다. 그리고 무의식중에서나마 가방 속의 권총에 대한 믿음 때문에 이제 또다시 그를 마주치게 되는 일이 있더라도 두려울 것이 없다는 극단적인 상황까지 각오하기에 이른다.

그러면서도 아직 마음 한쪽에선 일이 무사히 끝나기를 바라는 애초의 생각도 사라지질 않는다. 범인이 그새 조용히 집을 빠져나가고 없기를 바라는 은근한 소망을 버리지 못한다. 내가 너무 부질없는 흥분기에 사로잡히고 있지 않나 새삼 자신이 되돌아봐지기도 한다. 서울이 가까워질수록 두려움이 자꾸만 무게를 더해간다. 나는 결국 자신의 흥분기도 가라앉히고 사내에게도 좀더 충분한 시간을 마련해주기 위해 수원 근처에서 고속도로를 내려서서 길이 익은 호수 유원지 쪽으로 차를 꺾어 들어간다. 그리고 거기서 요기를 하면서 한동안 자신의 감정을 진정시키고 난 끝에 다시 서울로 차를 달려 들어간다. 아직도 마음속으론 사내가 그동안 집을 나가주었기를 기도처럼 끊임없이 외워대며. 하여 내가 다시 아파트로 돌아온 것은 아침에 혼자 집을 나간 지 거의 아홉 시간가량이 지난 오후 3시 반경. 그동안 사내에게는 충분히 시간을 마련해주고 남은 셈이다.

그러나 일은 불행히도 나의 소망대로는 되어주지 않는다.

차에서 내려 엘리베이터를 타고 올라가 15층 나의 집 문 앞에 섰을 때부터 나는 이내 사정이 전혀 내 기대와는 딴판임을 깨닫는다.

집 안에선 뜻밖에도 예의 전축 소리가 문밖까지 들려 나온다. 그것도 바로 내 애창곡 「다시 부르지 못 하는 노래」가. 그로 하여금 나를 범행의 대상으로 삼게 하고, 그러나 그 앞에선 함부로 콧소리조차 내어 불러볼 수가 없던 나의 노래가.

그 소리에 나는 그동안 얼마쯤 가라앉았던 분노의 불길이 다시 무섭게 치솟아 오르기 시작한다. 그가 집을 나가주지 않은 것이 분명해진 것이다. 내가 없어진 것을 알고 놀라 서둘러 집을 빠져나가기는커녕 유유자적 노래까지 켜놓고 있는 것이다. 그것도 나의 가슴속 깊은 절규가 깃든 노래를. 마치 그가 그것으로 나와 내 노래를 비웃음 속에 더럽히고 있듯이. 작자를 위해 내가 아직 노래를 부르고 있었다니!

모욕감과 분노로 나는 다시 온몸의 피가 거꾸로 끓어오름을 느낀다. 사지가 부들부들 떨려오기 시작한다.

하지만 한편으론 아직도 마지막까지 자제력을 잃어선 안 된다고 자신을 달랜다. 그리고 다소라도 흥분을 가라앉히기 위해 노래가 끝날 때까지 문밖에서 잠시 더 시간을 지체한다.

마침내 노래가 모두 끝나고 나는 비로소 천천히 현관문을 열고 집 안으로 들어선다. 자신도 잘 의식하지 못한 일이었지만, 만약의 위험에 대비하기 위해 가방 속의 권총을 미리 꺼내 들고서.

그러나 나는 집 안으로 들어서자 끝내 다시 자신의 감정을 억제할 수가 없게 된다. 그는 내가 상상해온 이상으로 난폭하고 교활한 성미에다 배짱까지 무섭게 두꺼운 인간이다.

——아니, 당신이 혼자서 여길 다시?

나를 보고 놀라기보다는 오히려 느물느물 여유를 과시해온다. 도망을 쳤다가 무슨 생각으로 다시 돌아오는 거냐고 의기양양 나를 비웃는 태도다.

　—이건 정말 기대를 못한 값진 재횐데, 혹시 뒤에 사람을 따르
게 해놓고 온 건 아냐?

　당국에 가서 신고라도 해놓고 오는 길이 아니냐고 여유만만 자
신감을 과시해온다. 눈앞에 겨누어진 권총 따위는 눈에도 들어오
지 않는 태도다.

　나는 새삼 그의 태도에서 나에 대한 그의 더러운 확신과 자신감
을 읽는다. 그는 내가 그를 당국에 신고할 수가 없음을 미리 점치
고 있는 것이다. 일을 조용히 끝내고 싶어 그가 집을 나가주기를 기
다리게 될 것도, 그런 다음 내가 다시 집으로 돌아오게 될 것까지도
제 일처럼 환히 내다보고 있는 것이다. 그리하여 그는 마음 놓고 나
를 기다려온 것이다. 유유자적 혼자 나의 노래를 들어가면서.

　그만한 확신과 자신감이라면 나를 새삼 두려워할 그가 아니다.
권총 따위를 괘념할 위인이 아니다.

　그는 내가 총을 쏘지 못할 것도 알고 있다. 그만큼 나를 안심하
고 있는 것이다.

　나는 작자의 나에 대한 그런 확신과 자신감과 여유를 더 이상 견
딜 수가 없어진다. 모욕감과 분노와 배신감 속에 더 이상 앞뒤를
돌볼 수가 없어진다. 한데도 그는 내 분노 같은 건 전혀 아랑곳하
지 않는다. 자신을 겨냥하고 있는 총구도 본체만체 한 걸음 한 걸
음 나에게로 다가온다. 어디 쏠 테면 쏘아보라는 듯, 비아냥대듯
한 웃음기를 머금은 채.

　나는 더 이상 여유가 없어진다. 분노와 공포 속에 치가 떨린다.

나는 마침내 그를 향하여 권총의 방아쇠를 끌어당겨버린다……

　거기까지가 오 검사가 내 첫 번 진술을 토대로 새로 꾸며 내게 들려준 사건의 진짜 핵심 부분이었다. 그리고 내 두번째 진술 과정에서부터 오 검사가 그 빈틈없는 신문과 상상력으로 내게 끊임없이 상기시켜주고 싶어 한 그의 시나리오의 핵심 부분이었다.

　시나리오가 거기까지 이르기에는 오 검사의 노력이 이만저만이 아니었다. 그것도 단순한 상상력만의 산물이 아니었다. 그것은 내 첫번째 진술에 대한 철저한 분석과 검토 이외에 그것을 기초로 한 이유 있는 추리와 몇 차례의 심증을 되바꾼 결과였다.

　오 검사 자신에게도 사건의 경위와 심증이 그만큼 여러 번 달라져온 것이었다.

　처음에는 아예 탈출 후에 재차 아파트로 돌아온 일조차 없었던 것으로 추측이 가해졌다. 작자를 쏜 것은 처음 새벽에 아파트를 나가기 전이었고, 나는 그길로 행적을 숨겨 사라지는 쪽으로 추궁이 이어졌다.

　그러나 그것은 곧 반증이 드러났다. 내가 오후에 다시 아파트엘 들어왔다 나간 사실이 그날의 당직 경비 강 씨에게 목격된 사실이 밝혀진 때문이었다.

　그러자 이번에는 내가 집을 나갈 때 이미 그를 쏜 것은 기정사실로 해두고, 오후에 다시 집으로 돌아온 것은 범행의 뒷단속을 위해서가 아니었겠느냐는 추궁이었다. 범행 당시엔 겁을 먹고 엉겁결에 허겁지겁 집을 뛰쳐나갔다가 몇 시간 동안 차를 달려 은신처를 찾아다니다 보니, 마음도 다소 진정되고 하여 비로소 뒷일이 걱정되어오기 시작한 것이 아니냐—

집으로 들어가 그가 죽은 것을 보고 주위를 말끔히 치워놓고 나온 것이 그런 추측을 낳게 한 것이었다.

하지만 오 검사의 그런 추측에도 장앳거리와 무리가 많았다. 내가 정말로 집을 나가기 전에 그를 쏘았다면, 무엇보다도 먼저 그 새벽녘의 총소리부터 확인이 되어야 하였다. 총소리를 들은 사람이 나타나야 하였다. 그런데 그 조용한 새벽의 총소리를 들은 사람이 아무도 없었다. 이웃집에서조차도 그런 소리를 기억하고 있는 사람은 없댔(물론!)다. 정작 총소리가 있었더라도 무심히 지나쳤을 아파트 이웃 간에, 있지도 않았던 새벽의 총소리를 증언하고 나타날 사람이 있을 리 없었다.

검사는 그래 일단 권총 발사 시각을 재차 집으로 돌아온 이후라는 나의 진술 쪽을 따르는 수밖에 없었다.

그러나 그것으로도 아직 그때 정말로 권총이 발사된 사실이 명백하게 입증된 것은 아니었다. 더욱이 내가 문을 들어서기 전에 범인 스스로 총을 쏜 사실까지는 전혀 입증이 불가능했다. 주위가 조용한 새벽녘도 아닌, 안팎이 한참 소란스러운 낮 시간에, 그것도 미리 작자가 잔뜩 단속을 해서 쏜 총소리를 누가 주의 깊게 들어두었을 수가 없었다. 하물며 그 총소리를 내가 '문밖'에서 들은 것을 입증해줄 사람은 더욱 기대 불능이었다. 애초에 그것을 곁에서 지켜보아준 사람도 없었고, 그렇다고 그것을 스스로 증명할 방법도 없었다.

하여 검사는 그쯤에서 대충 수사의 방향을 굳히게 된 것 같았다. 그리고 그로부터 그런 방향에서 내게 사건을 재현시켜가려 하고 있는 것이다.

한마디로 오 검사는 내가 다시 집으로 들어가 그를 살해한 것으로 의심하고 있었고, 그 동기나 과정들은 내가 집으로 돌아갈 때까지의 나의 기분이나 주변 정황에서 찾아내려 하고 있었다.

사건의 핵심이나 수사의 초점이 내 진술에서보다 훨씬 앞쪽으로 당겨진 셈이었다. 그리고 그 검사의 심증이나 심증에 의한 사건의 시나리오가 사실일 수만 있다면, 해명이나 납득이 그토록 어려운 귀가 이후의 나의 행동들도 동기나 목적이 자명해질 수 있었다. 문을 들어가서 내가 그를 살해한 게 사실이라면, 그의 죽음에 임한 내 불가사의한 행동들은 검사의 말처럼 그 동기나 목적이 자명한 것일 수 있었다.

하지만 나는 아무래도 검사의 주문대로 될 수가 없었다.

오 검사의 시나리오는 사실이 아니었다.

그를 쏜 것은 내가 아니었다.

사실은 오히려 그와 반대였다. 내가 다시 집으로 돌아와 엘리베이터에서 내려 문 앞에 섰을 때, 그때 그가 집 안에 켜놓은 전축 소리를 들은 건 사실이었다. 거기서 노래가 끝날 때까지 시간을 기다린 것도 사실이었다. 그러나 그때 내가 다시 돌아온 것은 그를 죽여 복수를 하기 위해서가 아니었다. 이유야 어쨌든 이번에는 내가 거꾸로 그를 납치하기 위해서였다. 노랫소리에 시간을 지체한 것 또한 그것이 바로 나의 노래였기 때문이었다(끝나지 않은 노랫소리를 문밖에서 기다렸다 들어가는 그 감상적이고 치기 어린 버릇이라니!). 그리고 무엇보다 총소리를 들은 것은 그때 그 노래가 끝났을 때였다. 내가 아직도 문밖에 있을 때였다. 내가 집 안으로 들어가 보았을 때는 그는 이미 죽어 있는 사람이었다.

……나는 그를 쏜 일이 없었다.

그를 죽이려 한 일도 없었다.

나는 다만 그것을 밝혀 증명해 보일 수가 없을 뿐인 것이다. 하지만 그것도 이런저런 정황들이 내게 불리하게만 작용한 탓이었다. 불리한 정황들을 시원하게 뒤집어줄 반증 자료를 못 가진 탓이었다.

그렇더라도 그 불리한 정황이나 반증 자료의 결핍이 거짓을 사실로 바뀌게 할 수는 없었다. 사실은 어디까지나 사실이어야 하였다.

오 검사의 심증이나 사건 시나리오는 자기 추측의 결과일 뿐이었다. 사건의 진행과 정황들을 종합한 그럴듯한 개연성의 주장일 뿐이었다. 하지만 아무리 완벽한 추리나 논리의 귀결이라도 개연성 자체가 사실일 수는 없었다. 심증 자체가 사실이 될 수는 없었다.

나의 진술은 검사의 희망대로는 되어나갈 수가 없었다. 그것도 실상은 이제 와서 굳이 오 검사의 혐의를 벗어나고자 해서만이 아니다. 그것은 이제 나 자신도 거의 단념을 하다시피 해온 일이었다. 혐의를 벗어날 자료들을 찾아낼 길이 없고, 게다가 심신은 지칠 대로 지친 터. 오 검사가 제물에 나에 대한 올가미를 거두어 가주지 않는 한 스스로 그것을 벗어날 길은 없었다.

문제는 검사보다 나 자신에게 있었다. 그것은 차라리 나 자신의 진실의 문제였다. 나 자신의 진실을 만날 수 있느냐 없느냐의 문제였다. 검사 앞에 결백을 주장하려면 나 자신에게만은 적어도 사건의 앞뒤가 분명해야 하였다. 한데도 내게마저 사건의 전후가 애매하고 엉뚱스럽게 여겨지기만 하였다. 나 자신의 당시의 생각이나 행동들, 그 사내의 행동이나 생각들이 지금에 와서는 어느 하나도 느낌 속에 분명히 떠올라오는 것이 없었다. 모든 것이 애매하고 엉뚱스럴 뿐이었다.

신고의 의사나 살의는 고사하고 무슨 배짱으로 나는 모처럼의 탈출에서 다시 그에게로 돌아오고 있었던가. 그리고 어떤 심사로 그의 죽은 몸을 씻겨주고 옷까지 새로 갈아입혀주었던가. 그는 무엇 때문에 자살을 했으며, 게다가 또 죽은 마당에 총기의 소리를 죽이고 싶어 했던가. 도대체 자신도 석연하게 설명할 수 있는 일이 한 가지도 없었다. 그 총기를 깨끗이 닦아놓은 일, 수건과 와이셔츠들을 쓰레기통에 던져버린 일, 그리고 마지막으로 집을 나오면서 전축의 노래를 켜준 일이나 집을 나가서 보름씩이나 종적을 감추고 숨어 지낸 일 등등…… 모두가 엉뚱하고 석연찮아 보일 뿐이었다.

아리송하고 엉뚱스런 대로 더러 이유 같은 것이 생각난 대목이 있기는 했다. 그를 거꾸로 납치하겠노라 내가 다시 그에게로 돌아간 것이나, 총을 싼 수건과 피 묻은 와이셔츠들을 쓰레기통에 버린 일들에 대해선 얼마간의 동기가 생각되기도 하였다.

하지만 그것도 이제 와선 전혀 실감이 되살아나지 않는 이유들
이다. 이제 와선 스스로도 어이가 없어질 지경의 것들이다. 분명
한 것은 그저 그때는 어쩐지 그러고 싶었을 것이라는 것뿐이다. 그
럴 수 있었던 어떤 절실한 것이 가슴에 느껴지고 있었던 기억뿐이
다. 그가 자살을 택한 것이나 총소리를 죽여 죽음을 숨기려 했던
일에 대해서도 그때는 뭔가 명백한 것이 느껴지고 있었던 것 같은,
그런 막연한 기억들뿐이다. 집을 나가면서 노래를 켜준 것도 당시
로선 어떤 절실한 느낌이 나를 그렇게 만든 것 같았다. 그러나 나
는 그 기억 속에 파묻힌 자신의 진실을 자신도 실감으로 납득할 수
가 없었다.

　납치범으로서의 그에 대한 고정관념과 내가 당한 일들에 대한
사후인식이 그것을 한사코 방해하고 있었다.

　나는 자꾸만 나의 진술을 실패할 수밖에 없었다. 껌껌절벽으로
기억이 막히거나, 아니면 아예 시간을 뒤죽박죽 얼크러놓은 채 행
동이 전혀 엉뚱한 방향으로 진행되어나갔다. 어떤 땐 정말로 내가
그를 죽이지 않았나 싶은 의혹과 착각이 일기까지 하였다.

　나의 그런 실패는 곧 오 검사의 실패였다. 오 검사는 처음 그것
을 내 고의적인 진술 기피 행위로 힐책하곤 하였다. 그러나 나의
계속적인 혼란과 실패를 목격하자 그도 끝내는 그것이 내 고의가
아님을 인정하기에 이르렀다. 그리고 내게 진심 어린 의논조로 충
고를 해온 것이 그 현재형 진술법이었다. 한데도 아직 일이 이 지
경인 것이다. 모든 일이 그저 추상적인 기억의 틀 속에서 아득할
뿐이다. 문장의 시제나 겨우 현재형의 그것으로 바뀌어갈 뿐, 일

방적인 종합이나 주장에의 경사는 여전한 형편이다. 구체적인 상황이나 느낌의 회복은 아무래도 가능할 수가 없는 것처럼 보인다. 위인에 대한 비하나 증오의 느낌도 지금으로선 어쩔 수가 없는 것처럼 느껴진다. 그게 오히려 당연하고 정직한 감정처럼 느껴진다. 그렇더라도 나는 끝끝내 그것을 수락하고 진실을 단념할 수는 없는 입장이다. 자신의 진실을 자신에게 걸고 나선 일인 이상 어느 경우에도 선입견이나 고정관념의 포로가 되어서는 안 되는 것이다. 피해의식에 사로잡혀 사후판단이나 주장 속으로 빠져들어서는 안 되는 것이다.

개연성에 의한 심증의 확정은 검사만이 경계하고 두려워해야 할 일이 아니다. 나에게선 그것이 더더욱 중요하다. 어떤 정황이나 가능성만으로 사실을 함부로 확신해서는 안 된다. 사후의 판단이나 자기주장을 함부로 내세워서는 절대로 안 된다. 정황이나 가능성이 사실을 낳을 수 있다면 오 검사의 심증도 그 자체로서 바로 사실로 바뀌어질 수 있었다……

어떤 어려운 장애가 있더라도 나는 스스로 정직하고 허심탄회하게 과거사 속으로 되돌아가야 한다. 그리고 그 과거의 시간대 속에 자기 행동의 실감을 되살려내고 스스로 납득이 가능해야 하는 것이다. 그래야 비로소 자신의 진실을 만나게 될 수가 있을 것이다. 그 기억의 틀 속에 남아 있는 불가사의한 진실들을. 오 검사에 앞서서 나 자신이라도.

2

첫날 진술분은 이래저래 분량이 많지 못했다.

그러나 나이보다 신중한 오 검사는 그것을 그리 탓하려 하지 않았다.

"좋아요, 이번엔 상당히 성과가 있을 것 같군요⋯⋯"

전날 분 진술서를 읽고 난 검사는 어색스런 현재형 문장이 뒤섞인 속에서도 그런대로 내 노력의 흔적만은 엿본 듯했다. 부속 신문실에서 직접 자기 방으로 나를 부른 오 검사는 아직 그 전날의 진술서에서 눈을 떼지 않은 채, 그러나 제법 만족스런 얼굴로 내게 말해왔다.

"앞으로도 계속 이런 식으로 나가보세요. 하다 보면 아마 틀림없이 성과가 있게 될 겁니다. 진상은 어디까지나 당신의 과거 속에 숨어 있는 것이니까."

목소리에도 제법 회유와 격려의 음색이 역력했다. 진술서 작업을 다시 시키면서 그 현재형 문장을 권했던 것이 헛일로 여겨지지 않는 것 같았다. 이미 두 차례의 실패를 겪고 난 검사로선 그럴 수밖에 없는 일이기도 하였다.

"어떻게 보면 이 부분은 당신의 혐의와 직접 상관이 있는 것은 아니지만, 사망자의 성격이나 정황 판단의 결과에 따라서는 당신의 입장이 달라질 수도 있으니까, 그 점 각별히 명심해서 머리에 떠올라오는 일은 아무리 사소한 것이라도 당신 자의로 소홀히 취사선택을 하려 하지 말고…… 자, 그럼 또……"

검사는 더 이상 번거로운 질문으로 내 기분을 어지럽히고 싶지가 않은 것 같았다. 내겐 끝끝내 눈길 한번 정면으로 줘본 일이 없이 다음 진술을 서둘러나가라는 당부를 끝으로 나를 이내 다시 부속 신문실로 내보내고 싶어 했다.

하지만 나는 거기서 금세 자리를 일어서지 못하고 있었다. 내 쪽에도 뭔가 할 말이 남아 있었다. 나에 대한 오 검사의 기대가 크면 클수록 나는 자꾸만 자신이 없어져가고 있었다.

"왜 내게 무슨 할 말이 있소?"

내가 미적미적 자리를 일어서지 못하고 있는 것을 보고 젊은 검사가 무심히 물어왔다. 눈길은 여전히 책상 위의 서류철에 머물러둔 채였다.

"아니에요. 그저…… 하지만 이번에도 왠지 자신이 별로 없어서요."

나는 그 눈길 한번 제대로 주지 않으면서도 요즘 와선 부쩍 더 태도가 부드럽게 의논조가 되어가고 있는 검사를 생각하면서, 자신의 심사를 솔직하게 털어놓았다.

과연 내 예상은 적중했다.

검사가 이내 심상찮은 기미를 알아차린 듯 비로소 책상 위의 시선을 정색스런 태도로 내게로 향해왔다. 할 말이 있으면 어서 해보라는 신호였다.

나는 더 이상 망설일 필요가 없었다.

"이번 일은 이제 검사님과 저의 공동의 과제가 되고 있는 셈이지요……"

나는 오 검사 앞에 변명에 앞선 자신의 생각부터 다짐을 해 보였다.

"당신과 내 공동의 과제라……그렇지요. 내 생각도 바로 마찬가지요. 그리고 난 당신이 그렇게 생각해주는 걸 무척이나 고맙게 여기고 있는 참이구. 솔직히 말해서 그 목적이 유감스럽게 서로 다른 데 있다뿐. 이번 일은 어차피 당신의 적극적이고 허심탄회한 협력이 있어야만 진상이 밝혀지게 되어 있으니까."

검사도 이내 나의 고백에 동의를 해왔다. 몇 번씩 실패를 거듭해온 검사로선 으레 당연한 반응일 수 있었다.

하지만 바로 그 오 검사의 몇 마디 말 속에 나는 다시 한 번 다짐을 해두고 싶은 것이 있었다. 사건의 진상을 만나는 것이 이미 오 검사와 나의 적극적인 협력을 요구하는 공동의 과제가 되어버리고 있다면, 이 시점에선 그런 다짐이 더욱 필요한 일이었다.

"그렇지요. 목적이 서로 다른 일이라면 그건 분명히 불행한 일이겠지요."

나는 일단 오 검사의 의견에 동의를 보내고 나서, 그러나 이내 그것을 다시 부인하기 시작했다.

　"하지만 저는 이제 그 목적까지도 서로 다른 것이 될 수 없다는 생각이 들고 있어요. 그 목적까지도 이젠 한가지가 되고 있다는 말씀이에요. 검사님께서도 아시다시피 전 이제 어떤 처벌이 두려워 사실의 진술을 회피하려 하고 있지는 않아요. 죄과나 처벌이 어떻게 되든지, 이젠 저로서도 자신의 거짓 없는 진실을 만나고 싶으니까요. 그 점은 검사님도 저와 마찬가질 줄 알아요."

　"그것은 물론 나도 마찬가지요."

　"그렇다면 그 일의 진상과 진실을 만나는 것, 그게 우리들의 같은 과제이자 목적이지요. 결백의 증명이나 처벌의 근거는 그 일의 결과일 뿐이구요. 그 점에선 전혀 검사님이나 저나 이 일의 방법에서뿐 아니라 목적에서까지도 같은 과제를 안고 있는 셈이지요."

　"……"

　"다른 것은 다만 검사님과 저의 입장일 뿐이에요. 검사와 피의자, 죄를 찾아내어 처벌하고 싶어 하는 사람과 그 올가미를 벗어나려고 하는 사람과…… 하지만 일의 목적과 방법까지 같은 이상엔 그 입장의 차이라는 것도 별로 의미가 있을 수 없는 것 같아요. 같은 목적과 방법의 일 속에선 입장의 차이도 사라져야 하니까요. 실제로 저는 그런 저의 입장 때문에 진실을 고의로 왜곡하고 싶은 생각은 추호도 없거든요."

　"결국…… 그것으로 무엇을 말하고 싶은 겁니까. 당신과 내가 같은 목적의 과제를 안고 있다면, 그리고 표현이 약간 달랐을지언정 내 생각도 이미 당신의 그것과 같은 것이었다면?"

입장이 바뀌어 사세가 불리해진 피의자처럼 묵묵히 입을 다물고 앉아 나의 사설을 듣고 있던 검사가 비로소 신문자로서의 자신의 위치를 되찾으려는 듯 말을 자르며 간단히 물었다.

"자술서 작성의 과정에서 제 노력과 성실성에 대한 검사님의 믿음을 다짐받고 싶어섭니다."

나도 마침내 간단하게 대답했다.

"이 시점에 와서 그런 게 새삼 필요해진 이유는? 그리고 이미 당신의 노력과 성실성에 대해 그만한 믿음을 가지고 있다면?"

검사는 어딘지 오줌이라도 마려운 듯 계속 조급스럽게 물어왔다.

나는 아무래도 하고 싶은 말을 마저 끝내야 했다.

"아까 미리 말씀을 드렸듯이 이번 진술도 기대처럼 자신이 없기 때문입니다. 저에 대한 검사님의 기대가 크고 깊어 보일수록 왠지 자꾸만 그런 생각이 드는걸요. 그래 또다시 실패를 하더라도 그것이 제 노력이나 성실성의 부족 때문이 아니라는 점을 미리 말씀드려두고 싶은 거예요. 이번 일에선 검사님께 대한 저의 분명한 이해가 필요하듯 저에 대한 검사님의 똑같은 이해가 필요하니까요."

"이유가 뭘까요? 아직까지는 진술이 어느 때보다 차분하고 순조로운 것 같았는데? 그런데 거기 무엇이 그토록 자신이 없지요?"

검사가 다시 자리를 고쳐 앉으며 진지하게 의논조로 물었다.

"쓰인 것만 읽으시면 그렇게 보일 수도 있으실 거예요. 하지만 실제의 작업 가운데선 생각보다 훨씬 어려움이 많았어요."

나는 마침내 하고 싶은 말의 핵심 부분을 털어놓기 시작했다.

"사람이 어떤 과거사를 말함에는 기억력의 가감으로 인한 일정량의 취사선택이나 사후비판의 개입 같은 것이 불가피해지게 마련인 듯싶었어요. 그렇게 말해진 기억 속의 과거란 그저 어떤 시간의 벽 바깥에서 되돌아본 사실의 일부거나, 수많은 오류를 감내하면서 사후에 꾸며낸 반허구의 사실일 뿐, 그 과거의 일 자체의 실제는 아니었어요."

"하지만 그것은 과거형 문장의 진술 과정에서 당신이 경험한 함정이 아니었나요? 그래서 이번엔 현재형 문장으로 그 시간의 벽이라는 것을 허물어뜨려보자는 것이었구요⋯⋯"

대수롭지 않은 소리라는 듯 검사가 불쑥 한마디 해왔다. 그는 나의 말을 잘못 듣고 있었다.

나는 바로 그 현재형 문장의 장애와 함정을 말하고 있었다.

"맞습니다. 그건 이미 과거형 문장의 진술 때에도 분명하게 이미 경험한 일이었지요. 하지만 그런 함정과 장앳거리는 현재형의 경우에서도 못지않았어요. 현재형으로든 과거형으로든, 사람은 애초 일정한 시간이 지나간 과거로 되돌아가려는 일 자체가 불가능한 것처럼 보였으니까요. 그것은 차라리 인간의 운명이나 벗을 수 없는 굴레가 아닌가 싶어질 지경이에요. 도대체 그 시간의 벽이라는 것을 허물어뜨릴 수가 없는 것이었으니까요⋯⋯ 과거로 되돌아가는 길목의 지표는 어차피 기억에 의지하는 수밖에 없는데 그 기억이라는 것이 애초에 믿을 것이 못 됐어요. 더러는 깜깜한 어둠 속으로 지워져 없어지고 더러는 시간이나 장소가 뒤바뀌어 엉뚱한 착각이나 혼란을 빚어내기도 하구요. 저는 번번이 다시 그 시간의 벽 이쪽으로 되돌아와 있었고, 거기서 지나간 과거를 향하여 사후의 평가나 주장만을 일삼고 있기 일쑤였어요."

"……"

"과거와 현재는 애초 하나가 될 수 없는 것이었어요. 그런 과거를 현재형의 문장 속에 재현시켜놓는다고 그것이 그 과거의 실제는 될 수 없었지요. 거기엔 오히려 과거형에서보다도 더 많은 오류와 허구가 깃들 가능성이 농후했지요. 과거에 정직해지는 길은 그래서 그나마 과거를 과거형으로 말하는 쪽이 아닐까 싶어지기도 했구요. 과거형으로의 진술은 처음부터 과거형 자체의 오류와 함정을 시인한 형식이니까요. 아니 거기 제가 써낸 것도 문장의 시제만 현재형일 뿐, 내용은 여전히 과거형의 그것에 불과한 거예요."

나는 그쯤 말을 끝냈다. 요컨대 그 현재형 문장의 진술 방법으로도 검사의 기대대로는 되기 어렵다는 고충 어린 발뺌의 하소연이었다.

하지만 아직도 그의 말대로 나에 대한 혐의와는 직접 상관이 안되는 부분이기 때문이었을까. 아니면 그 현재형 문장에 대한 오 검사 자신의 기대와 집착이 그만큼 크고 깊었기 때문일까. 검사는 나의 그런 피의자답지 않은 사설을 들으면서도 전혀 표정이 달라지지 않았다.

"회의와 고민이 그토록 많은 걸 보니 이번엔 역시 기대를 걸어도 좋을 것 같군요."

참을성 좋게 묵묵히 이야기를 다 듣고 난 오 검사가 이윽고 결론삼아 한마디 해왔다. 이번에도 역시 아량과 관용스러움이 역력한 어조였다. 기대가 그만큼 깊다는 표시였다.

"그야 진술이 정 어려워질 때는 굳이 현재형을 고집할 필요가 없겠지요. 과거형이 불가피할 때는 그냥 과거형으로 지나가도록 하세요. 과거형을 다소간 용납하더라도 우선은 큰 줄거리부터 완성해내는 것이 급선무니까요. 몇 대목 문장의 형식 때문에 일을 통째로 그르칠 순 없어요. 내게도 어차피 진술서를 읽는 나름대로의 방법이 있으니까요. 진술서가 모두 과거형으로 쓰였대도 그것을 모두 현재형으로 바꿔 읽어야 하는 것이 우리들의 독특한 독법이거든요."

검사가 다시 회유와 격려 조의 말을 덧붙였다.

그가 끝내 그렇게 나오니 나로서도 더 이상 할 말이 없었다.

갈수록 심신만 지쳐날 판이었다.

"검사님께선 그토록 자신이 있으세요? 한 사람의 과거를 현재형의 문장 속에 그대로 재현시켜낼 수 있다고 말씀이에요."

나는 마지막으로 체념하듯 검사에게 웃으면서 말했다. 검사도 이젠 내 항복의 뜻을 읽은 듯 조심스런 어조로 동감을 표해왔다.

"글쎄요. 자신이 없다면 이제 와서 달리 어쩔 수가 있나요. 당신의 말대로 우린 어차피 같은 목적의 과제를 안고 있고, 그 과제를 풀고 못 풀고의 마지막 관건은 이제 오직 거기에 달려 있는 마당에…… 자신이 있거나 없거나, 그 성과가 어떤 것이 되거나 이젠 어차피 이 방법을 계속 밀고 나가는 도리밖에요. 그건 바로 당신 자신의 진실을 위해서도 마찬가지 아니었소."

"……"

나의 성실성을 한 번 더 다짐해오고 있는 듯한 오 검사의 소리에 나는 대답 대신 고개를 한두 번 끄덕여 보였다.

검사도 이젠 그것으로 그만 이날의 면담을 끝내고 싶은 듯, 아니 그보다는 그새 정말로 오줌이 급해진 사람처럼, 자신이 먼저 엉거 주춤 자리를 일어서면서 말했다.

"자, 그럼…… 이젠 시일도 그리 많지 않으니 오늘부턴 좀더 일에 속도를 내줘야겠어요. 그렇다고 공연히 마음을 너무 조급해하지 말고 착실히 페이스를 지켜가면서, 침착하고 정확하게……"

검사의 방을 나와 부속실로 되돌아온 나는 거기서 다시 내 자술서의 뒷부분 작업에 매달리기 시작했다. 검사의 희망대로 현재형의 진술 속에 내 진실을 만나게 될 수만 있다면, 그것은 자신도 시간을 다투어 서둘러나가야 할 일이기 때문이었다. 검사의 충고처럼 과거형의 시제를 어색하게 억지로 회피할 것도 없지만, 그러나 될수록 그 현재형의 문장 쪽을 염두에 두면서……

욕실에선 한동안 욕조에 수돗물 쏟아지는 소리가 요란스럽다. 그리고 이윽고 그의 벗은 몸뚱이가 물을 가르며 욕조로 들어서는 기척이 뒤따른다.

그러나 그뿐, 행인지 불행인지 아직 더 이상의 수상한 낌새는 엿보이지 않는다. 나는 그저 부스럭 소리 하나 없이 소파 위에 가만히 몸을 웅크리고 앉아 그가 얌전히 목욕을 끝내고 나오기만을 기다린다. 그의 눈길 밖에서 섣불리 몸을 움직이려 하다가는 쓸데없는 오해를 자초하기 십상이다. 거기 자극을 받아 엉뚱한 수심(獸

心)이 발동될 수도 있는 일. 목욕을 끝내고 나올 때까지는 각별히
더 기척을 삼가야 했다.

나는 온통 심신이 제물에 마비되어가고 있었다.

그런데 그 작자에 대한 의구심이 지나쳤을까. 아니면 작자에게
그만큼 여유가 더했기 때문일까. 그는 끝내 별다른 눈치를 안 보인
채 무사히 목욕을 끝내고 나온다. 도대체가 이미 어떤 일통을 벌
이고 숨을 곳을 찾아든 불안스런 범죄자로는 보이지 않는다. 처음
의 살벌스런 협박 행위 속에도, 다음번의 그 쌍스럽고 의뭉스런 여
유 속에도, 어찌 보면 그는 그 이상의 의뭉스런 야심을 숨기고 있
는 것 같지가 않아 보인다. 내가 가장 조바심을 치며 기다리고 있
던 고비, 그가 목욕을 끝내고 욕실 문을 나오는, 그 조심스런 순간
에서마저도 그에게선 어떤 기미도 엿보이질 않는다.

"어 개운하다…… 그런데 왜? 거기도 여기서 나와 함께 그냥 밤
을 새울 참인가? 오늘은 뭐 더 이상 해야 할 일도 없을 텐데 그만
먼저 자러 가지 않구서……"

느직느직 목욕을 끝내고 젖은 머리칼을 털어내며 거실로 나오
고 있는 작자의 차림새는 눈길 거북하게 속옷만 대충 걸친 역겨운
모습이다. 그러나 그밖엔 별달리 수상한 눈치가 안 보인다. 오히
려 내가 아직 자리를 피해 옮기지 않고 있는 것이 의외라는 말투
다. 거기다 또 작자가 비위 좋게 한마디를 던져온다.

"그래…… 물이 아직 뜨거운데, 거기도 뭣하면 몸을 좀 담그고
나오는 게 어때?"

나는 뒤늦게 눈앞이 번쩍 열려오는 느낌이다. 작자의 말에 다른

숨겨진 뜻이 있다면 기겁을 하고 뒤로 나자빠질 일이다.

하지만 나는 그것을 될수록 그렇게 들으려 하지 않는다. 작자가 그저 나를 한번 떠보고 싶은 것뿐이거니— 그게 정말로 작자가 내게 목욕을 권하는 소리는 아닐 터. 그러는 그 앞에 너무 놀라는 얼굴을 보여서는 안 되었다. 지나친 놀라움이나 경계심은 그를 오히려 자극하게 될 뿐 조금도 이로울 것이 없었다.

거동을 요령 있게 서둘러야 할 처지다. 위인의 마음이 언제 갑자기 달라져버릴지 알 수 없는 일, 때를 놓치지 말고 작자의 눈길부터 벗어나 있는 것이 좋았다.

나는 말없이 곧 자리를 일어선다. 작자에 대한 경계심을 조심스럽게 안으로 눌러 숨긴 채 평온하고 침착한 발걸음으로 묵연스레 그의 곁을 지나서 안방으로 천천히 몸을 비켜 들어간다.

"방문을 닫아걸어 잠글 필요는 없어. 내가 밖에서 잘 지켜줄 테니까."

자리를 비켜가거나 말거나 모두 네 맘대로라는 듯 머리칼의 물기를 털어내는 일에만 열중해 있던 그가 뒤에서 한마디 던져왔다.

하지만 나는 거기서도 아직 별다른 의구심을 느끼지 못한다. 작자는 아마 거실에서 그냥 밤을 지새울 모양이었다. 그러면서 거기서 내 기척을 감시할 작정임이 분명하다. 아니, 방문만 그냥 열어놓게 해두면 밖에서 굳이 주의를 쏟아가며 감시를 하지 않아도, 안에 있는 사람은 스스로 행동의 자유를 잃어버리게 마련이었다. 사람을 너무 믿어서는 안 되는 작자의 처지로서는 당연한 지혜요 요구일 수 있었다. 그 밖에 다른 저의는 느껴질 틈도 없었다. 다른 저의가 있어서도 안 되고, 그런 걸 미리 겁내서도 안 되었다.

나는 되도록 마음을 편하게 가지려 애쓰며 작자의 명령에 고분고분 순종한다. 나는 그냥 문을 열어둔 채 방 안으로 들어가 벽에 붙은 전등의 스위치부터 올린다.

그동안 작자가 맘대로 드나들었을 텐데도 방 안에는 아무것도 달라진 것이 안 보인다. 혼자 사는 여자의 궁기를 스스로 경계하려 애써온 나였다. 깨끗하게 손질된 침대 잠자리하며, 잘 닦이고 정돈된 화장대, 그리고 특별히 눈과 머리채를 강조해서 그린, 벽에 걸린 내 프로필 데생과 여행에서 구해 모은 각종 벽걸이들. 나의 성미와 체취가 어둠 속에 그대로 고스란히 간직되어 있다.

그것은 이를테면 나를 위한 마지막 순결의 성역인 셈이었다. 그 마지막 순결의 성역이 어둠 속에서 숨을 죽이고 나를 기다리고 있다. 그리고 이제 환해진 불빛 속에 나를 맞아 소리 없는 호소를 보내오고 있다.

나는 왠지 느닷없이 눈망울이 젖어옴을 느낀다.

그러나 그것은 안 될 일이었다. 마음 편한 감상은 금물이었다.

나는 이내 스위치를 내린다.

방 안은 다시 껌껌한 어둠 속으로 잠겨들어버린다.

차츰 시간이 흐르면서 거실 쪽 불빛이 열린 문 사이로 그 어둠을 절반쯤 걷어간다. 나는 될수록 바깥의 눈길이 덜 닿는 쪽으로 몸을 천천히 비켜 세운다. 그리고 양말이나 겉옷들만을 대충 어둠 속 한 구석으로 벗어던지고는 그대로 침대 위로 몸을 걸친다.

당분간은 어차피 편한 잠자리가 틀린 신세였다. 작자가 제법 아량을 베풀어오는 척하고 있지만, 그렇다고 그것으로 편한 잠을 잘 수는 없는 노릇이다. 아무렇게나 몸을 기대고 밤이나 밝히면 그만이었다. 날이 밝는다고 일이 달라지거나, 무슨 다른 뾰족한 계책이 생길 수도 없지만, 그렇더라도 우선은 이 끔찍스런 밤이라도 한시바삐 밝고 볼 일이었다. 나는 침대 위로 몸을 반쯤만 휘어 걸친 채 밤이 지나가기를 기다리기 시작한다.

그것은 어찌 보면 내 쪽에서 거꾸로 바깥쪽 사내의 낌새를 지키는 일이기도 하였다. 방문을 열어놓은 것은 바깥과 안쪽이 한곳이 되는 것과 다름없는 이치였다. 작자는 문밖에서 나를 감시하며 여전히 나와 함께 있는 셈이었다. 뿐더러 그가 나를 감시하고 있다면, 나도 거꾸로 그를 감시하고 있는 격이었다……

나는 눈 대신 문밖의 기척으로 작자의 일거일동을 읽어나가기 시작한다. 작자는 이제 내 쪽에는 별로 주의를 뻗치고 있는 것 같지가 않아 보인다. 정황이 정황인 데다 더운 물에다 목욕까지 하고 나온 판이라 목이 제법 말라오는 모양이다. 소파에 앉아 젖은 머리를 계속 털어 말리다 말고 그가 문득 몸을 일으켜 세운다. 이내 저벅저벅 발소리를 끌며 부엌 쪽으로 건너간다.

모든 것이 제 집처럼 익숙하고 당당하다.

나는 늘 불면을 달래기 위해 냉장고 안에 깡통맥주 몇 개씩을 준비해두고 있었다. 그는 조금도 머뭇거리는 기척도 없이 냉장고 속에서 깡통맥주를 꺼내 들고는 다시 소파의 자리로 돌아간다. 그리고 유유히 맥주를 따 마시며 텔레비전 프로를 즐기기 시작한다……

하릴없이 귀를 기울이다 보니, 그가 켜놓은 텔레비전 프로는 어쩌다 일찍 집엘 들어오는 날이면 나도 가끔 이 시간대에 대해오던 연속극물이었다. 저질 시비가 끊이지 않는 가운데도 그 밖엔 다른 채널을 골라 돌릴 데도 없는, 그중 수준급의 우스갯물이었다. 각별한 관심이나 흥미가 없더라도 가끔은 신선한 웃음을 만날 수 있는 재치 이외에 하루 이틀씩 줄거리를 건너뛰어보아도 그런대로 그냥 앞뒤가 이어지는, 그런 이점을 살 수 있는 프로였다.

―어릴 때 입맛은 할 수가 없다니까.

극중 주인공은 3일 전에 주문한 통만두 3인분을 이날사 배달 받아 먹어치우고 있는 중이었다.

나는 차라리 잘되었다 싶어진다. 작자로서도 거기까지는 미처 상상이 미칠 수 없었을 일. 잠들 수 없는 불편스런 주의를 그런 데나 집중시켜버리고 싶어진다. 방문을 돌아 들어오는 대사음이 웅얼웅얼 분명치 않은 곳도 있었지만, 그런대로 줄거리는 뒤따라갈 만하다.

연속극이 계속되고 있는 동안 깡통 밑바닥이 가끔 탁자를 스치는 소리뿐 작자에게서도 별다른 수상쩍은 움직임의 기척이 안 보인다.

―제기랄! 전날 그릇들은 왜 아직도 안 찾아가는 거야.

나는 혼자 눈을 감은 채 열심히 연속극의 대사를 뒤좇는다.

하지만 그런 시간도 잠시뿐. 나는 이내 다시 정신이 화들짝 소스라쳐 돌아온다. 연속극 시간이 어느새 끝나버린 것이다. 종영을 알리는 신호음악이 크게 울리면서, 그가 동시에 끙 소리와 함께 자리를 일어선다. 그리곤 성급하게 수상기로 걸어가 드르륵드르륵 프로그램의 채널을 바꾸고 돌아간다.

이번에도 역시 비슷한 시간대의 다른 방송국의 연속극물이다. 가식적인 권위와 도덕률이 온통 압도하던 시대에 시와 노래와 화창한 사랑으로 자신의 짧은 삶을 뜨겁게 불태우고 간 한 조선조 기녀의 흘러간 일대기다. 볼륨을 좀더 높여놓았는지, 이번에는 인물들의 대사도 식별이 훨씬 쉽게 들려온다.

하지만 나는 이제 더 이상 연속극의 줄거릴 좇아가지 않는다. 주위가 바뀐 것도 바뀐 것이지만, 새로운 불안감이 가슴을 짓눌러오기 시작한다. 다시 말할 필요도 없는 일이지만, 나는 여전히 혼자가 아니었다. 나는 여전히 그와 함께 있었고, 연속극을 보는 것마저 작자와 함께였다. 더욱이 이제는 작자도 내가 그와 함께 연속극에 매달리고 있음을 알고 있는 것 같다. 어쩌면 그는 그것을 내게 확인시켜주기 위해 볼륨을 일부러 높였는지도 모른다.

집 안에 그가 있고, 내 방문이 열려 있는 한 나는 뭐라고 해도 혼자될 수 없었다. 어둠과 머릿속의 은밀스런 생각들마저 나 혼자만의 것일 수 없었다. 그런 처지에서 텔레비전 프로그램은 내게 또하나의 절망일 뿐이었다.

세상일들은 나의 이런 난감스런 처지 따위에는 아무 아랑곳도 없이 의연하게 잘도 굴러가고 있었다. 나 혼자 야속하게 격리되어 있었다. 격리되고 갇힌 상태에서 바깥세상을 보고 있었다. 갇힌 처지에 바깥세상을 보는 것, 눈앞에 보면서도 소리칠 수 없는 것, 소리쳐서 나를 알릴 수 없는 것, 그것들이 나를 더욱 절망스럽게 만들었다.

내가 소리를 쳐보지 않았다고 할 수는 없었다. 나는 계속 소리치고 있었다. 바깥세상은 그러나 그것을 알아듣지 못했다. 그것을 알아들은 것은 다만 문밖에서 나를 지키고 있는 사내뿐. 그만이 나의 소리를 알아듣고, 그것을 가로막아버리고 있었다.

그것은 차라리 무서운 악몽이었다. 답답하고 안타까운 가위눌림 상태였다. 나는 그 가위눌림 속에 부질없이 안간힘을 쓰고 있을 뿐이었다. 더욱이 작자가 그런 꼴꼴을 어둠 저쪽에서 지켜보고 있었다……

문밖의 소리는 멀어졌다 가까워졌다 하면서 계속 귓가에서 붕붕거린다. 그리고 때마침 서재 쪽에서 뻐꾹 시계가 12시를 울기 시작한다.

뻐꾹, 뻐꾹……

유럽 여행을 다녀온 한 선배가 장난삼아 선물로 사다 준 것이 2년째나 내게 노랫소리 시간을 울어주고 있는 시계다. 뻐꾹 소리 때마다 모가지를 한 번씩 내밀었다 시간을 모두 울어주고 나면 문을 닫고 모습을 감춰 들어가는 앙증스런 장난감 시계. 아깟번은 미처 주의가 거기까지 미치지 못한 때문인가. 11시의 울음소리는 듣지도 못한 채 그것이 벌써 12시를 울고 있다……

한데 이날따라 내겐 그 현실의 텔레비전이나 시계 소리조차도 악몽 속의 그것처럼 멀고 지루하다.

하지만 거기까지도 아직은 약과다. 중간에서 채널을 넣은 탓으로 이번에도 연속극은 오래가질 않는다. 텔레비전은 어느새 연속

극이 끝나고 그 뻐꾹 시계의 울음소리를 신호로 새로운 심야 프로
그램으로 접어들고 있었다. 영업 광고와 선전방송이 몇 분 동안 지
루하게 계속되고 난 끝에 수상기에선 이윽고 귀에 익은 반주음악
이 흘러나오기 시작했다.

나는 그러자 그 소리에 다시 한 번 심장이 크게 소스라쳐 놀란
다. 그리고 경황 중에 여태까진 미처 생각조차 못 해온 일 한 가지
가 떠오른다.

——그게 하필이면 오늘 밤이던가?

수상기에서 흘러나오기 시작한 반주음악은 어떤 서양 가극 중
에 나오는 유명한 합창곡을 위한 것이었다. 그러나 이날 밤 그 음
악은 합창을 이끌어가기 위한 것이 아니었다. 그것은 바로 나 자신
의 독창을 위한 것이었다.

서너 주일쯤 저쪽 일이었다. 하루는 느닷없이 텔레비전 방송국
사람이 나를 찾았다. 매주 금요일 밤 자정에 방송되는 「노래로 만
납시다」 시간에 하루 출연해달랬다.

방송국에서는 일주일에 한 번씩 '이 주일의 가수'라는 것을 선정
하여 노래와 평론가의 대담으로 엮어가는 단독 프로그램을 내보
내고 있었다. 시간은 겨우 20분 정도지만, 결과적으로는 그 가수
의 노래를 평가해주고 그의 인기도를 좌우해가는 당당한 영향력
을 행사해온 프로그램이었다. 노래를 하는 사람이면 누구나 한번
쯤 출연을 바라온 시간이었다.

그러나 나는 처음 방송국 사람의 호의를 사양했다.

방송은 애초부터 내게 인연이 없었다. 노래가 방송 무대에는 맞

지 않았고, 나도 거기에 익숙해질 수가 없었다. 노래하는 방식이 원래 그랬다. 나는 언제나 나의 청중과 함께 노래를 부르고 싶었다. 청중이 나와 함께 노래를 합창해주기를 바랐다. 곡목도 대개 그런 것을 골랐다. 일반 무대에선 그런 방법이 어느 정도 가능했다. 방송국에서는 그게 어려웠다. 텔레비전에서는 더욱 그랬다. 텔레비전은 대개 녹화방송이었다. 사람을 까무러뜨릴 것 같은 눈부신 조명 속에 나는 거꾸로 어둠 속에 갇혔다. 그리고 관중과 멀리 떨어져 꼭두각시처럼 혼자 노래해야 하였다. 그것은 진짜 노래를 부르는 것이 아니었다. 속임수를 벌이고 있다는 느낌뿐이었다. 한두 번 잠깐씩 얼굴을 내비쳐본 경험이 그런 식이었다.

  방송이라면 차라리 라디오 쪽이었다. 라디오는 어느 정도 내 방식이 가능했고, 부자연스런 느낌도 훨씬 덜했다. 라디오 쪽은 그래서 텔레비전보다는 인연이 많았다. 하지만 그것도 어쩔 수가 없는 합동 출연의 경우에서뿐이었다. 텔레비전이고 라디오고 방송에선 도대체 본격적인 무대를 가져본 일이 없었다. 나도 그것을 원하지 않았고, 방송국에서도 나를 찾는 일이 드물었다.

  내 무대는 일반 영업소의 그것뿐이었다. 방송국 사람은 그러나 그것을 이해하려 하지 않았다. 나에 대한 방송국이나 시청자들의 관심의 요즘 와서 상당히 늘어가고 있댔다. 시청자들의 주문이나 기대를 그냥 외면해 넘겨서는 안 된댔다. 거기에 보답을 해야지 않느냐고 사뭇 강요까지 했다. 예정대로 차질 없이 시간대를 메워나가려는 입엣소리에 불과할 터였지만, 거기에 마침내 나는 귀가 솔깃해지고 말았다. 그가 나를 추어올린 것처럼 실상은 인기도 대단치 못한 터에 사양만이 능사는 아닐 것 같았다. 더욱이 그가 내 시간의 이야기 상대로 추천한 대담자가 그런대로 마음에 들기도 하였다. 경음악계의 무법자로 알려진 젊고 거친 말투의 평론가, 그러나 그 매서운 감각과 해박한 지식에는 누구도 감히 이론을 못 펴는 유력한 감상자이자 비평계의 일급 논객, 그가 그날 밤 나의 대담자로 예정된 인물이었다.

그 무법자에의 무모한 도전으로 자신의 노래에 어떤 결정적인 평가라도 얻어내고 싶어서였을까. 아니면 오히려 그 가차 없는 공박과 난도질에 스스로 박살이 나고 싶어서였을까. 나는 결국 그것으로 모처럼 텔레비전 출연을 승낙하고 말았다. 그리고 곧 지정된 날짜에 서너 곡 노래의 녹화를 끝냈었다.

그런데 어디서 차질이 생겼던지, 그다음 일이 엉뚱스러웠다. 필름 방송은 녹화가 끝난 바로 그 주일 금요일로 예정되어 있었다. 그러나 그 주일 금요일엔 다른 가수가 시간을 대신했다. 뭔가 미진한 문제가 있었겠지— 나는 그쯤 짐작하고 지나갔다. 그런데 그다음 금요일에도 다른 가수의 노래가 나왔다. 방송국에선 사유의 설명이나 양해를 구하는 전화 한 통화 없었다. 나는 약간 기분이 언짢았다. 그렇다고 내 쪽에서 이러쿵저러쿵 사유 같은 걸 따지고 나서기도 싫었다. 나는 그냥 잊어버리기로 하였다. 애초에 무슨 기대 같은 걸 가지고 나선 일도 아니었고, 게다가 녹음 후엔(전에는 대개 라디오 쪽이라 그러기도 했겠지만) 시간 맞춰 그것을 찾아 들어온 나도 아니었다. 언젠가는 방송이 되어 나가거나 다른 연락이 올 수도 있겠지. 아니면 아예 방송이고 연락이고 그냥 지나가버릴 수도 있을 테고— 나는 그쯤 일을 잊어두기로 작정했다. 그리고 정말로 세번째 주일에는 방송 날짜까지 잊고 넘겼다. 뒤미처 그걸 알아차리고는 방송이 이미 나갔는지 모른다고 생각하면서도 그조차 알아보려 하질 않은 나였다. 그런데 그게 그렇질 않은 모양이었다. 이날이 바로 금요일 밤이었다. 하필이면 오늘 밤 이런 때를 골라서 그것을 뒤늦게 내보내고 있었다. 이 분주하고 소란스런 세모의 화려한 프로그램들 사이에.

— 그리운 하늘 아래 잠들게 하오.

내 이마 위에 불타는 추억, 그 푸르른 자유의 하늘……

프로그램의 소개에 앞서 노래부터 시작된 수상기의 합창곡은 그사이에 벌써 내 목소리로 중반 이상을 넘어서고 있었다.

나는 이제 놀라움을 지나 숨이 막힐 듯 긴장하고 있었다.

그러나 그 놀라움이나 긴장은 물론 이런 지경에서 자신의 노래를 듣게 된 감회 때문이 아니었다. 그것은 바로 지금 이 시간 문밖에서 나를 지키고 앉아 있는 정체불명의 사내 때문이었다.

작자가 나를 알아보고 있을까—

무엇보다 나는 작자가 화면 속의 나를 알아보는 것이 두려웠다. 이유를 분명히 말할 순 없지만, 그것은 또 하나의 예기치 않은 위험을 불러들일 수도 있었다. 문간에 놓아둔 협박장에선 그가 이미 나를 알고 있는 것으로 되어 있었다. 첫 대면 때의 말투도 그랬었다. 그것이 모두 거짓이라 하더라도 내가 돌아오기 전 집 안의 흔적들에서 그것을 알아내게 되었을 수도 있었다. 그래 어찌 보면 그는 처음부터 거기에 채널을 맞춰놓고 시간을 기다리고 있었는지도 모른다. 노래 같은 건 전혀 어울려 보일 수조차 없는 작자가 연속극이 끝나고부터는 전혀 채널을 바꾸려 하지 않고 있는 것이 그럴 수도 있었다.

하지만 한편으론 모든 것이 우연일 수도 있었다.

—뭔가 좀 당신의 재수가 안 좋았던 탓이겠지. 아니면 거꾸로 재수가 좋았다고 생각해도 상관없겠구.

내가 처음 범행 대상으로 나를 택하게 된 경위를 물었을 때 그가 인색하게 대꾸해온 소리였다. 그것은 그가 나를 택한 것이 우연의 결과일 수도 있다는 소리였다. 그가 채널을 바꾸지 않는 것도 우연한 무관심의 결과일 수 있었다. 그의 긴장감과 피곤기 때문일 수도 있었다.

그가 아직도 나를 알아보지 못하고 있을 가능성은 충분했다. 더욱이 그 수상기 속의 나에 대해서는 그랬다.

하지만 아직은 아무것도 분명한 것이 없었다. 그와 얼굴을 마주 대한 시간도 짧았고, 목소리가 익어질 만큼 말이 많이 오간 것도 아니었다. 그러나 뭐니 뭐니 해도 나는 지금 그의 코앞에서 노래를 부르고 있었다. 그것도 이 야심한 시간에 다만 나 혼자서 그의 앞에서.

나는 긴장이 안 될 수 없었다. 작자가 이미 나를 알고 있든 아니든 화면에서 새삼 나를 알아보게 되는 날에는 일이 더욱 귀찮게 되어갈 수밖에 없었다.

하지만 다행히 그에게선 아직도 별다른 낌새를 읽을 수가 없다. 거실 쪽은 아예 수상기뿐인 듯 작자의 기척이 잠잠해져 있다.

그러나 이윽고 첫 곡이 끝나자 대담자와 나와의 막간 문답이 시작됐다.

"어서 오십시오. 안녕하십니까. 백남희 씨의 노래는 언제나 뜨겁고 열정적이군요."

노래를 끝내고 응접탁자로 돌아오자 시간의 진행을 맡아 나온 젊은 평론계의 무법자가 나를 맞으며 자리를 권해온다. 그것이 나와의 첫 대면인데도 불구하고 그는 전혀 내게 허물을 느끼지 않는 말투다. 그리고 그런 허물없는 말투 속에 그는 이날 밤 좌충우돌식으로 나를 마음대로 벗겨내기 시작한다. 아프거나 매섭게 느껴지는 대목이 없으면서도 정곡을 짚어오는 이야기 진행이었다. 어찌 보면 그가 나를 벗긴다기보다 나 스스로 벗게 하는 식이었다. 인사말에 이어 나온 첫마디부터가 그런 공격의 신호인 셈이었다.

"감사합니다. 하지만 그건 제 목소리 때문이라기보다 원곡의 느낌이 그렇기 때문이겠지요."

그의 앞으로 자리를 잡아 앉고 나서 내가 겸양 조의 대꾸를 건넨다. 그러자 바로 그 소리를 계기 삼아 나와 나의 노래에 대한 재빠르고 가차 없는 탐색이 숨 쉴 새도 없이 연거푸 잇따른다.

"원곡의 느낌이라면…… 하긴 그런 면도 없진 않겠군요. 이게 베르디의 「나부코」 중에 나오는 '히브리 노예들의 합창'을 백남희 씨가 가사를 고쳐 써 부른 거지요? 원곡의 느낌도 어둡고 비장하지요. 그러면서도 장중한 힘이 치솟는 느낌이고. 그러나 모두가 원곡의 악상 때문만은 아닐 겁니다. 원곡은 원래 합창곡인데, 백남희 씨는 자신의 가사와 혼자 목소리로 그런 악상을 충분히 소화해서 전해주고 있거든요. 오히려 원곡의 장중한 악상에 백남희 씨 나름의 독특한 가창력을 발휘해서 말입니다. 불꽃이 타오르는 듯한 뜨거운 열정의 폭발 속에 이상한 허무가 깃들이고, 그 어두운 절망의 바닥에서 장중스런 힘과 분노가 치솟고…… 백남희 씨의 노래에서 나는 자주 그런 느낌—눈을 감고 졸고 있다 갑자기 머리를 얻어맞는 것 같은 강한 충격, 아니면 거꾸로 깨어 앉은 채 잠을 자지 못하게 하는 어떤 뜨거운 열정과 호소를 함께 느끼곤 하는데, 그게 백남희 씨의 악곡 해석과 독특한 가창력 때문이 아닐까요."

"전 그런 건 잘 모르겠어요. 전 그저 제가 좋아하는 노래를 제가 좋아하는 식으로 부를 뿐이에요."

"그런데 그런 창법 그런 노래를 선택한 것은 역시 백남희 씨 자신이지요. 그리고 그런 선택 속에 이미 자신의 취향과 안목이 스며 있는 거구요. 백남희 씨는 학교에서 정규 음악수업을 했었다지요?"

"학교 공부는 2년뿐이었어요. 노래를 부르면서 그만두고 말았어요."

"하지만 그곳에서 어느 정도의 기초가 다져졌겠지요. 이번 곡도 물론 백남희 씨 자신이 선택하고 편곡도 자신이 하신 거겠지요?"

"제가 원래 좋아해온 곡이었으니까요. 합창곡이 특히 마음에 들거든요."

"합창곡을 특히 좋아하신 이유는?"

"전 언제나 사람들과 함께 노래를 하고 싶으니까요. 무대에서도 늘 그래 온 편이었구요."

"합창곡이라도 무대 위에선 실제로 사람들과 합창으로 노래를 할 수는 없었을 텐데요?"

"무대에선 그게 가능할 때가 많았어요. 사람들이 실제로 목소리를 합해오지 않고 있을 때도 전 늘 그런 기분으로 노래를 했구요."

"오늘도 역시 그랬습니까. 오늘도 노래는 혼자뿐이었는데……?"

나는 웃으며 고개를 끄덕인다. 그러자 그가 다시 질문을 계속한다.

"알겠군요. 거기 노래의 힘과 감동의 비밀이 있었군요. 그렇다면 그런 백남희 씨 자신은 그렇게 노래를 함께 하는 데에 무슨 특별한 의미를 가지고 있나요? 이를테면 노래란 원래 함께 부르는 데에 참 즐거움과 뜻이 있다든가 하는…… 노래 일반의 본질이나 그에 대한 백남희 씨 자신의 이해와 태도에 상관해서, 아니면 노래의 내용이나 정서의 경향 같은 것들과 상관해서?"

"아니, 전 그런 건 몰라요. 전 그저 제가 좋아서 그러는 것뿐이에요."

"좋습니다. 그럼…… 그 이야기는 노래를 한 곡 더 듣고 나서 계속하도록 하지요."

첫번 막간에선 그쯤에서 그의 질문이 끝났다.

그리고 나는 이내 두번째 노래를 부르기 위해 자리를 일어서서 무대로 나간다……

—끙……

부스럭 소리 하나 없이 잠잠하던 거실의 작자도 거기서 동시에 몸을 일으키는 기척이다.

— 작자가 이제 채널을 바꿀 건가?

하지만 아니다. 그의 발걸음은 수상기가 아닌 부엌 쪽을 향한다. 그리고 거기 냉장고 문을 열고 남아 있는 깡통맥주를 마저 꺼내 들고 자리로 돌아간다. 아무래도 작자가 노래를 제법 즐기고 있는 낌새다. 그리고 계속 술까지 들면서 즐기려는 낌새다.

— 천년을 기다리라, 누가 너의 기다림을 웃으랴.

누가 너의 기다림을 잊으랴……

반주와 함께 두번째 노래가 시작되고 있었다.

「천년을 기다리라」는 내 자작곡 중의 하나다.

나는 이제 모든 것을 잊고 눈을 감은 채 노래를 따라간다.

— 헛되어도 기다리라, 아픈 눈으로 깨어 기다리라……

하지만 나는 이내 더 노래를 따라갈 수 없어지고 만다. 몇 소절도 못 가서 나는 제물에 목이 메어버린다. 자신도 별로 분명한 까닭은 말할 수가 없다. 하지만 나는 무대에서도 그곳을 부를 땐 얼마나 자주 목이 메곤 했던가.

이날은 무대에서와는 그 감회가 사뭇 다르다. 새로운 분노가 독기처럼 서서히 가슴 깊숙이 번지기 시작한다.

또 하나의 내가 거실 밖에서 노래를 부르고 있었다. 그것도 엉뚱하고 무도한 틈입자 앞에서. 맥주를 마시며 나를 즐기는 무뢰배 앞에서. 그 앞에서 나는 어쩔 수 없이 서서히 알몸이 되어가고 있는 느낌이다. 그리고 마침내 수치감과 분노로 온몸이 부들부들 떨려오기 시작한다.

그러자 나는 불현듯이 벌떡 자리를 박차고 일어선다. 나도 작자도 아파트와 함께 무서운 불길 속으로 휩싸여드는 광경이 눈앞을 지나간다.

그러나 나는 이내 다시 머리를 저으며 자신을 달랜다. 이번엔 창문에 늘어진 커튼 자락을 밀치고 두려운 눈길로 창문 바깥의 어둠 속을 내다본다. 15층 아래의 아스팔트 바닥이 어둠에 묻힌 채 가늠조차 안 된다. 머리가 박살난 자신의 참상이 그 어둠을 붉게 불들인다.

나는 다시 고개를 흔든다. 그리고 새삼 망연스런 기분으로 잠시 거실 쪽의 동정을 살핀다.

"……백남희 씨는 언제나 자기 무대의 마무리 곡으로 부르는 노래가 있다고 들었는데, 「다시 부르지 못하는 노래」던가요……그럼 이번엔 마지막으로 그 노래를 들려주시겠습니까."

방송은 그새 두번째 노래와 막간 대담이 지나가고 있었다. 젊은 무법자가 방금 마지막 세번째 곡을 주문하고 있었다.

"그러지요. 하지만 이 노래를 부를 때쯤 해선 듣는 사람들도 대개 저와 함께 노래를 합창해주었어요. 오늘은 물론 저 혼자서 노래를 불러야 하지만, 그런 기분으로 마음속으로 제 노래를 따라 불러주세요."

작별의 인사 대신 주문을 말하고, 나는 그 마지막 노래를 위해 무대 쪽으로 걸어나간다.

─노래 다시 못 하네, 거리엔 바람 소리……

반주와 함께 이윽고 노래가 시작된다.

하지만 나는 이내 또 목이 메기 시작한다. 더 이상 노래를 따라갈 수가 없어진다. 도대체 이 판국에 누구더러 노래를 함께 따라 부르란 말인가.

나는 마침내 침대 위로 다시 몸을 던지며 이불자락으로 머리를 감싸버린다. 그리고 그런 식으로 귀를 막은 채 방송이 어서 끝나주기만을 기다린다.

마침내 방송은 끝이 났다. 그리고 그는 그쯤 수상기의 스위치를 끈 듯싶다.

하지만 나는 정작 그 방송이 끝나는 소리를 듣지 못했다.

찰칵!

시간이 얼마쯤 지나서였을까. 나는 아직도 머리통 위에 둘러쓴 이불자락 속에서 그가 텔레비전을 끄는 소리를 어슴푸레 들은 것 같았다.

그러나 그것은 그가 텔레비전을 끄는 소리가 아니었다. 텔레비전은 이미 그전에 꺼져 있었다. 그것은 바야흐로 이날 밤 내 마지막 파괴가 시작되려는 신호 소리였다. 이불자락 밖으로 머리를 싸안은 손을 비키고 잠시 동안 시간이 더 흐르고 나서야 나는 비로소 그것을 깨닫는다. 그리고 동시에 어떤 본능적인 위험의 기미를 직감한다.

거실 쪽에선 이미 아무 기척 소리도 들려오질 않는다. 방 안도 그저 적막스런 어둠뿐, 아깟번보다도 더욱 깊고 두꺼운 어둠과 침묵의 수렁 속이다. 그 어둠과 침묵의 수렁 속에서 작자가 소리 없이 나를 내려다보고 있었다……

금속음은 그가 방문을 닫고 자물쇠를 누른 소리였다. 방 안이 아주 깜깜해진 것도 그 때문이었다. 나는 그 깜깜한 침묵 속에 그를 역력히 느끼고 있었다. 불결하게 젖고 있는 작자의 숨결이 금방 귓가로 닿아올 것 같았다. 나는 몸이 녹아드는 것 같은 긴장 속에 그대로 가만히 숨을 죽이고 있었다.

그것은 차라리 기다림이었다.

결국은 모든 것이 허사로 끝나가고 있었다. 작자에 대한 그 마지막 기대와 믿음까지도. 어둠 속에 그를 느끼는 순간 나는 그것을 알아차렸다. 그것을 알아차렸으면 그것으로 그뿐 부질없는 후회나 아쉬운 원망 같은 것에 매달릴 필요는 없었다. 아직도 필요한 것이 있다면 얼마간의 시간뿐. 이제 마지막이 될 무도한 파괴를 의연히 받아들이기 위한 나 자신의 준비를 위하여.

사내도 이미 나의 그런 기미를 속속들이 읽고 있는 것 같았다. 하여 그답게 얼마 동안 나를 기다려주고 있는 것 같았다.

말없는 침묵 속에 서로 간에 잠시 그런 위태로운 기다림이 계속된다.

기다림은 그러나 오래가지 않는다.

그가 이윽고 그림자를 남기지 않는 투명인간처럼 어둠 속으로 천천히 내게로 다가온다. 그리고는 가만히 상체를 침대 위로 걸쳐 앉으며 나의 옷깃에 손을 대온다. 이런 판국의 이런 사내에게도 그런 여유가 남아 있나 싶게 지극히 부드럽고 은밀스런 몸짓이다.

시간을 그만큼 주었으면 이젠 괜찮겠지? 그 손길이 그렇게 낮게 속삭여오고 있는 것 같다.

순간 나는 자신도 모르게 몸을 화들짝 돌려 눕혀버린다. 하지만 그것은 이미 앙칼진 저항의 이빨이 빠져나간 본능과 체념의 무력한 몸짓일 뿐. 그의 손짓이 불의에 기분이 상한 듯 잠시 동안 다시 움직임을 멈춘다. 동시에 그의 낮고 단호한 목소리가 후끈한 숨결을 타고 내 목덜미로 기어 올라온다.

"아니, 이거 아직도…… 이러면 안 되는데?"

"……"

나는 더 이상 부질없는 몸짓으로 사내의 성깔을 건드리지 않는다. 이제는 그냥 모든 것을 그에게 내맡겨버린 채 조용히 눈을 감고 기다리기 시작한다.

사내는 아직도 상한 기분이 쉬 풀리지 않는 모양이다.

"어차피 결과는 마찬가질 텐데, 나 이런 식은 맘에 안 들어!"

단호한 저음으로 그가 한 번 더 나의 기를 꺾는다. 그리고 의뭉스레 숨을 죽이고 있던 손길도 거기서 문득 다시 동작을 시작한다. 그 손길이 아깟번보다도 훨씬 거칠고 단호하게 느껴진다.

그러나 그것도 잠시 한순간뿐. 사내는 내게 반항의 기미가 사라진 걸 알아차리고 이내 손길이 다시 부드러워지기 시작한다. 마치 어떤 독립된 감각중추라도 지닌 기관처럼 사내의 손길은 시간이 갈수록 부드럽고 신중하고 그리고 세심하다. 부드럽다 못해 차라리 벌레라도 몸속을 이리저리 기어 다니는 느낌이다. 남은 옷가지들을 벗겨나가는 데도 답답할 만큼 꼼꼼하고 손놀림이 더디다. 징글맞고 치욕스럽다 못해 어느 순간 나는 스스로 홀랑 알몸이 되어주어버리고 싶은 자학적인 충동마저 불쑥불쑥 치솟는다. 하지만 나는 끝끝내 그냥 모든 것을 사내에게 내맡겨 놔둔 채 죽은 듯이 마지막의 순간을 기다린다. 어쩌면 나는 이제 스스로 옷을 벗을 권리조차 없었다. 나는 스스로 파괴되어서는 안 되었다. 나를 부수는 것은 사내의 일이었다. 사내에게 그것을 맡겨둬야 하였다. 작자가 나를 마음껏 부숴놓게 해줘야 하였다.

작자도 그것을 알고 있는 것 같았다. 그는 철저하게 준비하고 있었다. 절대로 부끄러운 실패가 없도록. 내 인내가 마지막 한 방울도 남아 있지 않도록. 그리하여 섣불리 내 육신만을 부수는 일이 없도록. 추호의 빈틈이나 소홀함이 없이 세심한 주의와 노력을 다해 완벽한 파괴를 준비하고 있었다. 나의 옷가지들이 벗겨져나가면서 사내 쪽도 이미 알몸이 되어 있었다. 한데도 그는 아직 기다리고 있었다. 그리고 끝내는 그가 망치를 휘둘러대지 않아도 나 스스로 부서져 주저앉을 지경이 되도록 충분한 시간을 기다린 다음에야 비로소 그가 첫 번 발파의 심지를 심어왔다.

그러나 나는 거기서부터가 더욱 어려운 싸움이다. 그만큼 더 인내가 필요하기 때문이다. 스스로 파괴될 수가 없기 때문이다. 그의 폭파를 기다려야 하는 것이다. 나는 차갑게 사지를 풀어둔 채 차라리 그의 난폭하고 거센 폭파를 기다린다.

―이자는 왜 방문을 걸어 잠갔을까. 이곳은 이미 자신의 성지라고 자신이 선언하지 않았던가. 그런데 왜 문을 걸어 잠그고 어둠을 함께 가둬 넣어야 했을까. 이자에게도 아직 한 조각 부끄러움은 남아 있는 것인가.

사내의 폭발을 기다리며 그 초조한 시간을 잊기 위해 나는 그런 엉뚱한 상념들에 생각을 몰두한다.

　──이 부드럽고 조심스런 몸짓…… 어떤 사내라도 이런 때만은 이토록 스스로 은밀스러워지고 싶은 것인가. 아니면 애초에 작자의 힘이 그리 거칠고 난폭스러운 편이 못 되기 때문인가. 이 부끄러움을 숨긴 침묵, 이 조용하고 예의 바른 몸짓, 어쩌면 작자가 정말로 자신이 없는 건 아닐까……

　다행인지 불행인지 사내는 나의 그런 무반응 상태에 불만스러워하는 눈치가 전혀 안 보인다. 그리고 나는 뜻밖에도 그런 부질없는 상념에 오래 매달릴 필요가 없게 된다.

　오래지 않아 사내가 내 상념의 한가운데로 자신을 스스로 적중해왔다. 기미를 예감할 틈도 주지 않은 채 불시에 그의 폭발이 지나가고 있었다. 그것은 어쩌면 남의 산에서 일어난 일처럼 폭음도 진동도 위력이 없었다. 시간조차 그리 오래 걸리지 않았다. 자기 폭파의 파편을 피해 잠시 몸을 웅크리고 기다린 자신이 싱거워질 지경이었다. 그의 발파가 지나가고 나서도 낙석 한 조각 떨어지는 소리가 없었다.

　나는 아무것도 부서진 것이 없었다. 말짱하게 그냥 원상을 유지하고 있었다. 한데도 그는 아직 어떤 위험이 지나가기를 기다리듯 한동안이나 더 가만히 내게 몸을 의지하고 있었다. 마개에서 바람이 새어나가고 있는 고무자루처럼 얼굴을 파묻은 채 몸뚱이가 내 위에서 서서히 작아져가고 있었다.

　"이거 나 실망인데…… 하지만 다 알고 있을 걸 괜히……"

　이윽고 그가 식어버린 자신의 심지를 거두어갈 채비를 서두르며 내게 한마디 건네왔다. 무얼 실망하고 무얼 알고 있다는 것인지 뜻이 분명치 않은 소리였다. 하지만 나는 그 소리에 비로소 자신이 이상하게 자극이 되어온다. 그 뜻이 무엇이거나 사내의 말은 그 거꾸로 나를 불평하는 나무람의 소리가 분명했다.

나는 새삼 정신이 번쩍 들어온다.

─이러면 안 되는데…… 정말로 일이 이래서는 안 되지.

일이 정말로 이런 식으로 끝나서는 안 된다는 엉뚱한 초조감이 나를 세차게 휩싸온다. 일이 여기까지 되어온 이상엔 내가 다시 멀쩡하게 되살아남는 일이 있어서는 안 되었다. 그것은 어쩌면 그를 위해서보다 나 자신을 위해서도 그랬다. 하여 다음 순간 나는 갑자기 몸을 비키려는 그의 동작을 두 팔로 다시 힘껏 묶어버린다. 앞뒤를 거의 돌볼 수가 없는 다급하고 세찬 동작이었다.

"……!"

등 뒤로 엉켜드는 두 팔을 느끼자 그는 내 예기치 않은 도전에 정신이 잠시 얼떨떨해지는 기미다. 말이 없는 가운데도 이미 식어버린 자신의 심지를 느끼곤 당황스런 눈치를 숨기지 못한다.

나는 이제 사내의 반응 따윈 상관하지 않는다……

나는 기어코 다시 파괴되어야 하였다. 가장 처참하고 욕스런 모습으로. 그리고 가장 난폭스럽고 철저하게. 그가 무력해도 상관없었다. 무력하면 스스로 내 힘으로 자폭이라도 감행해야 하였다. 지금의 모습은 파편 한 조각이라도 남기지 않도록. 파편이 남으면 그것들을 모아다가 다시 한 번 스스로 부서져야 하였다. 황량스런 폐허가 되어야 하였다.

그 황량스런 폐허 속에서 내일은 다시 태어나야 하였다. 이번에는 아무것도 더 부끄러울 것이 없고 두려워할 것도 없는 그의 떳떳한 새 종으로. 그리하여 그에게 모든 것을 서슴없이 맡겨버리고 마음 편히 따를 수가 있어야 하였다. 나의 모든 육신과 영혼으로. 심지어는 나의 운명까지도. 그래야 나는 편해질 수 있었다. 그래야 아침을 맞을 수 있었다.

그게 가장 완벽하게 자신을 부수는 방법이었다. 그의 거센 발파보다도 스스로 자폭을 갈망하고 나서는 것. 그를 앞질러 나를 놀라게 하는 것……

하지만 역시 프로에겐 프로다운 비결이 있었을까. 사내는 보다더 잔인하고 완벽한 방법을 아껴두고 있었다. 그는 나에게 스스로의 자폭조차 용납하지 않았다. 한동안 내게 풀무질을 열심히 계속하고 있던 그가 화덕의 불길이 얼마쯤 뜨겁게 타오르는 듯싶어지자, 어느 순간 갑자기 쥐가 난 사람처럼 졸지에 동작을 멈춰버린다. 그리곤 이내 몸을 거두어 말없이 침대를 내려가버린다……

뒤이어 방 안이 환하게 밝아왔다. 그가 방을 나가면서 벽 위의 스위치를 올려버린 것이다. 이번에는 방문조차 닫아주지 않았다.

전혀 예상을 못한 행동이었다.

그의 짧음이 절묘한 것이었다. 그는 그 짧음 속에다 처음부터 그것을 숨겨온 것이었다. 방을 나가면서 불을 밝혀버린 것도 필시 애초부터 예정을 해온 행동이었다. 그는 역시 잔인하고 노회한 파괴범다웠다.

나는 새삼스레 절망하고 있었다. 그것은 물론 부끄러움 때문이 아니었다. 중도에서 자폭을 거절당한 부끄러움이나, 환한 불빛 속에 불시에 갑자기 무방비 상태로 드러난 자기 알몸의 부끄럼 때문이 아니었다. 어이없는 배신감이나 모욕감, 아니면 불결스런 그를 지레 앞질러 나서려던 창피스런 자존심 때문에서도 아니었다. 문제는 그가 내게 자신의 부끄러움을 내 눈으로 직접 보게 해준 데에 있었다. 그리고 그는 그것으로 나를 보다 처참하게 부숴놓은 것이었다.

……나는 마침내 그 부끄러움을 통하여 자신의 파괴를 보게 된 것이다. 그가 밝혀준 환한 불빛 속에 나는 자신도 알지 못한 사이에 거기 그렇게 무참스럽게 부서져 있었다. 부서지고 허물어져 지저분하게 버려져 있었다. 나는 졸지에 자신의 눈으로 그것을 보고 있었다.

하지만 나는 웬일인지 거기서 금세 눈길을 돌려버릴 수가 없었다. 밑바닥까지 절망을 느끼면서도 그대로 그냥 멍한 눈길로 자신의 폐허를 응시하고 있었다. 그리고 그 하염없는 응시 속에 아직도 몇 번씩이나 자신의 파괴를 되풀이하면서 그것을 가차 없이 확인하고 있었다.

뻐꾹 시계가 그때 어슴푸레 1시를 울고 있었다……

나는 문득 다시 쓰기를 멈춘다.

어느새 문장이 다시 과거형 일색으로 되돌아가고 있었다. 종합과 판단도 그만큼 빈번해지고 있었다. 한마디로 그 종합과 판단의 과거형 문장 속에 사건이 너무 일사불란하게 설명되어가고 있었다. 그것도 직접적인 사실의 재현 과정을 통해서가 아니라, 오 검사의 신문과 먼젓번 진술서들의 내용에 스스로 암시를 받으면서.

사건의 진행은 실상 그렇게 일목요연한 내용일 수가 없었다. 감정의 변화나 시간의 순서들이 진술된 내용 그대로일 수가 없었다. 과거사의 완벽한 재현이 불가능한 마당에 기억이 그토록 정확할 수도 없었고, 감정의 굴절이 안 생겼을 수도 없었다.

시간의 순서와 감정의 실상은 진술서와 전혀 다른 것일 수 있었다. 하지만 나는 그것을 머릿속에 정확하게 재생시켜낼 수가 없었다. 그보다 나의 머릿속에는 먼젓번 진술서 작성 과정들의 사건 내용들이 훨씬 정연하게 자리를 잡고 있었다. 나는 사건의 실제보다도 진술서의 기억을 뒤좇고 있을 수 있는 것이었다. 게다가 어떤 생각이나 글은 그것 자체로서의 독자적인 질서를 주장해오고 있었다. 시제에 있어서, 감정 표현에 있어서, 혹은 문장의 논리에 있어서, 그것은 한사코 모순과 오류를 스스로 배척하고 제거하려 하였다. 그리고 사실의 실제와는 상관없이, 아니면 나의 의지까지를 배반해가면서 그것 스스로의 온전하고 독립적인 질서 속으로 완성되려 하였다.

그것은 정직한 사실의 진술이 아니었다. 사실 자체는 논리가 아니었다. 모순도 있고 오류도 있었다. 진술이 일사불란하게 완성되어가면 그만큼 사실과는 멀어질 수 있었다. 한마디로, 그 먼젓번 진술의 기억과 진술의 과정 속에 스스로 완성되려는 문장들의 주장은 사실을 가리는 장애의 벽이었다. 사실은 그 두꺼운 장벽의 너머에 있었다. 나는 장막을 걷어내고 진짜 진상을 만나야 하였다.

하지만 그게 마음속 각오만으로는 되는 일이 아니었다. 진술서를 쓰기 전에 머릿속에서 먼저 당시의 일들이 허심탄회하고 정확하게 재경험되어야 하였다. 그것은 먼저 당시의 기억부터 될수록 정확하게 되살려내는 일이었다. 진술서의 작업은 그런 다음에 자동기술이 되어나가야 하였다.

— 그 전율스런 파괴의 밤은 그것으로 일단 날이 밝았다.

나는 부러 팔짱을 끼고 앉아 그 과거의 시간대 속에 밀봉된 어둡고 황량스런 기억의 골짜기를 더듬어나가기 시작한다……

— 그러나 내겐 그것으로도 아직 부서지지 않는 곳이 남아 있었던 것일까. 아니면 사내의 성미가 거기서도 아직 마음을 놓을 수 없을 만큼 신중했기 때문인가.

이튿날 아침부터 사내는 다시 철저하고 완벽하게 나를 부숴나갔다. 그리고 그의 작업의 성과를 완전무결하게 다져가고 있었다. 그것은 미처 전날 밤까지도 예상을 못한 일이었다.

이튿날 아침 날이 밝고부터는 내게 더 많은 제재가 가해졌다. 제재라기보다 그것은 완전한 감금이었다. 그가 내게서 말과 행동의 자유를 빼앗아간 것은 이미 간밤부터의 일이었다. 그런데 날이 밝고부터 그는 그 구속의 울타리를 보다 철저하게 보강해나갔다. 그리고 나를 말과 행동의 완전한 진공 상태 속으로 감금해버렸다.

— 오늘부터 거긴 아예 입이 없는 거여. 혼자 맘대로 움직일 수 있는 손발도 없는 거고.

아침에 용변을 보고 화장실을 나오는 나를 보고 그가 말했다. 그는 마치 간밤의 일들은 기억에도 없는 듯 새판잡이 다짐을 해오고 있었다. 간밤의 그 방송 출연에 대해서도 전혀 어떤 눈치를 챈 일이 없는 사람 같았다. 그걸 알았다면 나의 행동을 그런 식으로 덮어놓고 묶어버릴 수가 없었다.

하지만 실상 그것은 작자가 간밤의 일들을 모두 잊고 있어서가 아니었다. 그는 다만 그것을 염두에 없어해 보이고 싶어 한 것뿐이었다. 그 몰염치 행위들을 스스로 도외시해 보임으로써 그는 내게 대한 간밤의 다짐들의 유효성을 한 번 더 확인해주고 싶어 한 것이었다. 그것은 아직도 내게 대한 그의 파괴 작업이 가차 없이 계속되어나갈 것임을 뜻했다.

—내 말 깊이 명심해두는 게 좋아. 난 워낙 같은 말을 두 번씩 되풀이하는 건 질색이니까 뒤늦게 후회할 일은 만들지 말구. 게다가 거긴 지금 마음의 여유가 그리 많지 않은 사람에게 자신의 운명이 걸려 있다는 사실을 잘 명심해서……

그가 마지막으로 덧붙여온 소리였다.

나는 그것으로 다시 말과 행동의 자유를 잃고 안방에 혼자 갇혀 지내는 답답한 신세가 되고 말았다. 용변을 보러 가는 변소길 외에는 방문을 나가는 것조차 허용되지 않았다. 끼니 치다꺼리도 걱정할 필요가 없었다. 냉장고엔 한동안 두 사람의 시장기를 꺼나갈 만한 양의 식빵 봉지와 과일들이 남아 있었다. 집에서 끼니를 치르게 될 때의 대용식으로 일주일에 한 번꼴씩 시장을 보아다 놓은 것들이지만, 그것도 대개는 생각이 없어 봉지째로 그냥 쌓여 있는 물건이었다.

작자는 그것으로 끼니를 대충 치러나갔다. 끼니를 찾아 지을 생각은 그만두고 시장기조차 제대로 느껴볼 계제가 못 되었지만, 그는 이따금 생각이 난 듯이 내게도 그것을 던져 넣어주곤 하였다. 쓸데없는 일로 공연히 방을 나와 서성거릴 생각은 말라는 뜻이었다.

아침저녁으로 얼굴을 씻는 일은 물론 노래를 흥얼거린다든가, 전축 음악을 듣는 것 따위는 엄두조차 내볼 수 없었다. 얼굴에 굳이 물칠을 하자면 용변 길에 잠깐 틈이 날 수도 있었지만, 그 용변 길을 가는 것조차 열린 방문을 두드리는 것으로 그의 허락을 얻어야 했다. 그런 일까지 번번이 허락을 얻으라는 것은 물론 아니었다. 하지만 나는 그렇게 문을 두드리는 것으로 그에게 내 행동을 알려야 했고, 그것만이 그가 내게 허락한 유일한 행동의 자유인 셈이었다.

그런 철저한 행동의 제약은 방 안에서도 마찬가지였다. 낮이나 밤이나 바깥 창문 쪽은 늘 두꺼운 커튼을 내려두는 반면, 거실로 통하는 방문은 활짝 열어두고 지내야 했다.

방 안에서라고 결코 행동이 자유로울 수 없었다. 하지만 그것은 아직도 여유가 있는 편이었다.

말에 대해선 그나마의 기회조차 주어지지 않았다. 마지막 경고가 발해진 다음부터는 일체 나에게 말을 시켜오는 일이 없었다. 아니, 그 뒤로 그가 딱 한 번 내게 말을 물어온 일이 있었다. 그의 담배가 떨어진 다음이었다. 집에 담배를 사둔 게 없느냐고 했다. 그때는 내 쪽에서 대꾸를 하지 않았다. 말대꾸 대신 화장대 서랍 속에서 담배를 보루째 내주고 말았다. 평소에도 그리 담배를 좋아하는 편이 아니었던 데다, 일이 벌어진 다음부터는 그나마 아예 생각을 잊고 있었기 때문이다(그것을 그에게 내주면서, 담배를 배우고 그것을 사둔 일이 얼마나 역겹고 후회스러웠던가!). 하지만 두 사람 사이에 말이라 할 만한 것이 오간 것은 어쨌거나 그게 마지막이었다. 그리고는 그나 나나 아예 벙어리 꼴이었다. 어쩌다 한마디쯤 내 쪽에서 기미를 건네보려 하여도 그쪽에서 전혀 응대를 해오지 않았다. 아예 아무것도 못 들은 척하거나, 갑자기 위협적인 표정이나 몸짓으로 나를 멈칫 움츠러들게 하곤 하였다. 무슨 말응대를 해오기커녕은 그 자신부터 깜깜절벽의 억지 벙어리가 되어버리고 있었다.

간밤처럼 텔레비전을 켜놓고 듣는 일도 없었다. 시간 따라 울고 들어가는 뻐꾹 시계의 부질없는 울음소리뿐, 집 안은 그저 하루 종일 잦아드는 듯한 정적 속에 그 혼자 거실과 서재(그것은 이미 그의 비밀 은신처가 되어버리고 말았지만) 사이를 오가며 그림자처럼 내 거동을 감시하고 있었다.

서재 쪽에선 때로 그가 어디론지 알아들을 수 없는 낮은 목소리로 전화를 거는 듯도 싶었지만, 그 밖엔 실제로 그가 나를 감시하고 있는지 어떤지, 아니면 무슨 다른 일에 몰두하고 있는지, 그의 보이지 않는 거동에 대해선 전혀 짐작을 할 수가 없었다.

그가 스스로 말을 잃고 만 격이니, 하물며 나로선 더 이를 바가 없었다. 얼핏 보아선 이해가 안 가는 일이었다. 무엇 때문에 내게 그런 침묵의 제재가 필요한 것인지, 처음엔 그의 의도가 전혀 납득이 안 갔다.

하지만 나는 차츰 그것을 깨닫기 시작했다. 완전무결한 침묵의 제재는 그 자체가 바로 커다란 공포요, 고통이었다. 그리고 가혹한 파괴의 수단이었다. 나는 그 공포와 고통 속에 그것이 나를 완전무결하게 굴복시키는 방법임을 깨달았다.

그가 그것을 노리고 있음이 분명했다. 그래 조금은 시간이 걸리더라도 그런 방법을 선택한 것이었다. 그리고 내게 대한 확신이 설 때까지 자신을 참으며 기다리는 낌새였다. 말과 행동의 완전한 진공상태 속에 나를 가두고 가축처럼 사육하면서……

하지만 어쨌거나 나는 그런 건 상관을 않으려 하였다. 공포나 고통은 그리 오래가지 않았다. 나는 이미 첫날 밤의 일로 심신이 모두 스스로 파괴되어 자신을 그에게 내맡겨버린 처지였다. 자신의 파괴가 새삼 두려울 것이 없었다. 얼굴을 매만지거나 허기를 다스리고 싶은 생각은 물론, 나 자신부터 몸을 전혀 움직거리기가 싫었다. 하고 싶은 일이 있을 리도 없었고, 그에게 무엇을 요구할 생각 같은 건 더더구나 없었다. 횡액을 새삼 원망하고 싶은 생각도 없었고, 나의 처지를 불평할 생각도 없었다. 도대체 자신을 돌보고 싶은 생각이 없었다. 무엇보다 그가 원하지 않는 일을 굳이 시도하려 나서고 싶지가 않았다……

그런 중에도 한 가지 자유는 있었다. 그야 그 처지에 별나게 뾰족한 다른 일이 있을 수는 없었다. 하지만 그 나름대로 눈에 거슬리지 않으면서 시간을 효과적으로 지워나갈 은밀한 방법이 있었다. 마음이 조금씩 편해져가면서부터 나는 혼자서 상상의 놀이를 즐기기 시작했다. 작자는 도대체 어떤 인간인가, 하는 일이 무엇이며 지내온 내력은 어떤 위인인가. 그리고 작자가 나를 이런 식으로 납치한 동기나 목적은 무엇인가…… 하는 등등의 수많은 궁금증들을 혼자 끝없이 쫓아 헤매었다. 나를 택한 게 우연의 결과인가. 아니면 정말로 나를 알고 한 일인가. 나를 안다면 얼마나 어떻게, 그리고 어디서 어떤 일로 인해서. 작자에게 정말 배후나 일당이 있는 것인가. 일당이 있다면 어떤 위인들이며, 나는 장차 어떻게 될 것인가…… 꼬리를 물고 이어지는 궁금증들은 으레 다시 혼자 자답식의 다른 상상들을 이끌어내었다. 때로는 저주로, 때로는 동정으로, 그리고 때로는 희망 쪽으로, 때로는 새로운 절망 쪽으로…… 동기 없는 일이 있을 수 없다고 작자가 말했던가. 하긴 위인에게도 그럴 만한 동기나 사연은 있었겠지. 그걸 알게 되면 나로서도 얼마간 작자를 이해할 수가 있게 되는 건 아닐까. 하지만 위인이 애초부터 천성적인 범죄성 인물이라면? 그리고 정녕 일말의 이해나 동정조차도 불가능한 극악한 동기나 목적에서라면?

어떤 땐 바로 문밖에 죽치고 앉아 나를 지키고 있을 작자의 머릿속 생각들을 혼자 넘짚어 들추어내기도 하고, 그가 서재 쪽으로 몸을 비켜가는 기미가 보이면 이번에는 다시 위인이 그곳에서 꾸며내고 있을 갖가지 불길스런 음모들을 떠올리며 제풀에 혼자 몸을 떨기도 하였다.

모든 걸 이미 체념한 가운데서도 그것은 말하자면 내 마지막 살아 있는 의식의 탈출 작업과도 같은 것이었다.

하지만 끝내는 그런 자유마저도 스스로 한계가 지어질 수밖에 없었다. 하루 이틀 지나다 보니 그 짓에도 그만 지쳐나기 시작했다.

무엇보다도 그런 혼자만의 상상놀음에는 뛰어넘을 수 없는 벽이 있었다. 사내는 그 협박기 어린 침묵 속에 계속 무겁게 입을 다물고 있었다. 나의 궁금증과 상상 속의 자답들은 어디서도 진부를 확인받을 길이 없었다. 그것은 현실과 상상을 갈라놓고 있는 두껍고 단단한 철벽이었다. 내 부질없는 상상놀음은 언제나 그 답답한 벽에 부딪쳐 현실의 원점으로 되돌아올 수밖에 없었다. 그리고 그 끝없는 자기 탈출의 시도와 좌절의 되풀이 속에서 나는 몇 번이고 다시 내 마지막 자유를 저주하며 자신의 파괴를 되풀이하고 있었다.

유일한 자유 상상놀이조차도 자신의 파괴에나 소용될 뿐이었다. 그리고 그것이 나의 완전한 파괴, 그 파괴의 완성을 도와준 것이었다.

그러나 아직도 완성은 아니었다. 파괴된 것은 아직도 나의 의식뿐이었다. 그것은 차라리 의식을 잃어버린 육신의 사육 상태, 바로 그것이었다. 그리고 그 사육된 육신에는 그것의 고유한 생명력이 있었다.

나의 의식이 지치고 허물어져 주저앉아버리자, 이번에는 그 육신의 질서가 제 마지막 권리를 주장하고 나서기 시작했다. 육신은 애시당초 기억력이 없는 것이었다. 기억력이 없는 것은 파괴될 수도 없었다. 아니, 육신에 기억력이 전혀 없는 것은 아니었다. 따라서 파괴가 없는 것도 아니었다. 한 육신은 다른 육신의 경험을 기억한다. 그리고 그 다른 육신의 경험에 의해 파괴될 수도 있었다. 그러나 원래 한 육신은 다른 육신에 의한 일시적인 파괴만이 가능할 뿐이었다. 그것은 그 파괴의 경험을 기억할 수 있을 뿐 파괴 자체를 기억하진 않았다. 파괴를 기억하지 않고 그 경험만을 기억함으로써 파괴된 육신은 활발한 재생력으로 그 본래의 욕망의 질서를 재빠르고 힘차게 재건해나갔다.

나의 육신은 그를 기억하고 있었다. 그리고 그 육신의 기억은 어느새 제 본래의 욕망의 질서를 재건해놓고 은밀히 그를 기다리고 있었다. 문밖에는 언제나 그가 있었다. 내 육신이 기억을 지우지 못하고 있는 그의 육신이 있었다. 피차의 인간이 파괴되어버린 마당에 집 안에 있는 것은 다만 그 두 육신들뿐이었다. 뿐더러 그 육신 자체의 욕망의 얼굴에는 거추장스런 치레의 제약이 있을 수 없었다. 육신에는 애초 그것 자체의 탈도덕적 법칙이 있었고. 의식이 완전히 주저앉은 마당에 나의 육신은 이제 그것 자체의 고유한 법칙에만 충실할 수 있게 된 것이었다.

의식의 파괴는 말하자면 그 육신의 해방인 셈이었다. 내 육신은 거리낄 것이 없었다. 그에 대한 기억이 일단 되살아나고 나자 그것은 끊임없이, 그리고 간절하게 그의 육신을 기다렸다. 두려움이 전혀 없는 것은 아니었다. 그것은 또 다른 새로운 파괴를 부를 수도 있었다. 하지만 내 육신은 이제 파괴조차도 두려워하지 않았다. 그것은 차라리 공포의 이름으로 새로운 파괴를 꿈꾸는 격이었다. 그리고 그런 공포조차도 육신의 기다림의 한 다른 모습이었다.

그러나 나는 거기서도 끝내 응답을 얻을 수 없었다. 작자는 그 육신조차 다른 육신에 대한 기억을 못 지닌 사람 같았다. 아니면 나에 대한 그의 파괴 작업이 그토록 엄격하고 철저한 시간표를 지니고 있었는지도 모른다.

그는 전혀 나를 아는 체하지 않았다. 꼭 그 첫날 밤 한 번뿐 다시는 안방을 엿보는 일이 없었다.

그것은 내게 엉뚱스런 괴로움만 더해올 뿐이었다. 그리고 그 같은 부질없는 고통 속에 내 육신은 그 다른 육신에 대한 마지막 기억마저도 희미하게 흔적을 지워가고 있었다……

닷새째가 지나자 그 육신의 괴로움도 잠잠해졌다. 그리고 나는 그것으로 심신이 완전무결하게 지쳐떨어지고 말았다. 그러자 마침내 어떤 이상스런 무념의 상태가 나를 찾아왔다. 그리고 그 무념무상의 아늑한 평화가 나를 고요한 잠 속으로 이끌었다.

이번에야말로 진짜 명실상부한 나의 파괴, 그 파괴의 마지막 완성을 보게 된 것이었다.

하지만 나는 이제 그런 자신의 파괴조차도 의식할 수 없었다. 그리고 마치 약이라도 먹은 듯 한없이 길고 깊은 잠 속으로 떨어져 들어갔다……

잠이 깬 것은 꼬박 하루 한나절이 지난 이튿날(1월 2일) 저녁 무렵. 그리고 그 잠에서 깨어났을 때 나는 어딘지 자신이 몹시 달라져 있음을 느낀다. 나는 아직도 잠들기 전의 그 무념무상의 고요한 평화 상태가 계속되고 있었다. 전날까지의 악몽들이 깨끗이 걷혀간 듯한 가슴 후련한 정돈감마저 느껴진다. 그것은 이를테면 내 새로운 탄생인 셈이었다. 분명한 말로 표현할 수는 없지만, 전날의 고통과 절망감은 그 악몽과 함께 먼 과거의 망각 속으로 깨끗이 사라져가버린 것 같다. 하여 오늘의 나는 어제의 내가 아니다. 심신이 그렇게 가쁠할 수가 없다. 방 안의 분위기도 한결 새롭다. 전날의 그 살벌하고 답답한 분위기가 낯이 설 만큼 말끔히 걷혀 있다.

나는 잠이 깨고 나서도 한동안 그대로 자리에 누운 채 마약성 진통제에라도 취한 것 같은 그 부드럽고 몽롱한 기분을 즐긴다. 그리고 한참이나 더 시간이 흐른 다음에야 문밖에서 나를 지키고 있을 그 터무니없는 침묵의 사내가 생각난다.

그러나 이제 와선 그것도 별로 마음에 걸려오는 것이 없다. 두렵거나 원망스런 느낌이 조금도 없다. 궁금스러울 것도 미울 것도 없다. 그저 조금 우습고 짓궂게 여겨질 뿐이다. 어떻게 생각하면 그가 거기 그러고 있는 것이 오히려 나를 편하게 해주는 것 같기도 하다. 그가 믿음직스럽게 여겨지기까지 한다……

나는 대개 그런 기분으로 그의 동정을 살피기 시작한다.

한동안 가만히 귀를 기울이고 그의 기척을 조심스럽게 기다린다.

그런데 어찌된 일인지 바깥에선 전혀 아무런 기척이 들려오질 않는다. 집 안은 그저 파괴한 정적뿐 무엇 하나 움직이는 낌새가 안 보인다.

—서재로 들어가 잠이 들어 있는 건가?

날이 저무는지 방 안이 차츰 어두워지고 있었다. 하지만 한참을 더 그러고 있어 봐도 서재 쪽은 역시 허허한 적막뿐 사람이 들어 있는 기미를 알 수 없다.

—작자가 혹시 집을 비우고 나간 건 아닐까.

나는 문득 그런 의심이 들어온다. 동시에 어떤 알 수 없는 두려움이 나를 새삼 엄습해오기 시작한다. 알 수 없는 일이다…… 나는 그를 확인해보고 싶어진다. 그의 소재를 서둘러 확인해보고 싶다.

하지만 정말 알 수 없는 일이다. 몸뚱이가 전혀 생각을 따라주지 않는다. 생각만큼 오히려 두려움만 더해간다. 그 두려움이 무엇 때문인지 알 수 없다. 그러나 그것은 정말로 그가 집을 비우고 없기를 바라서거나, 이유가 석연찮은 그의 부재를 틈탄 모처럼 만의 탈출의 기회 앞에 어떤 예기치 않은 위험을 느끼고 있어서가 아니다. 그것은 오히려 그와는 정반대의 것일 수도 있었다.

아직은 어느 쪽도 확실치가 않았다. 어쩌면 그 양쪽 모두의 탓일 수도 있었다. 어쨌거나 나는 그 두려움 때문에 영락없이 다시 가위에라도 눌려버린 꼴이었다. 눈이나 의식은 말짱한데도 사지가 남의 것처럼 마비되어 있었다.

거기서도 한참 더 시간이 흘러간다. 방 안이 완전히 깜깜해지고 있었다.

바깥에선 여전히 아무런 기척도 들려오지 않는다. 집 안이 온통 어두워지고 있는데도 불을 밝히려는 기미가 안 보인다.

──작자의 얇은 술책인가.

하지만 이런 식으로 사람을 시험해올 위인은 아니었다.

이유는 전혀 짐작할 수 없지만, 그가 집을 비우고 나간 것은 이제 거의 분명한 사실 같다. 그리고 그의 부재가 확실해지고 나자, 나는 비로소 나의 두려움이 어느 쪽인지를 차츰 깨닫기 시작한다.

그가 혼자 집을 나간 사실을 확인하고 나서도 나는 한동안 더 시간을 기다린다. 몸을 움직여볼 엄두조차 내보지 않는다. 아니 그런 생각을 먹어본들 사지가 말을 들어줄 것 같지도 않다. 답답한 어둠이라도 쫓아버리고 싶지만, 그것도 스스로는 불을 밝히려 나설 수가 없다.

나는 그냥 사지가 마비되어 침대에 누운 채 초조하게 시간만 흘려보낸다. 두려움은 아직도 여전하다. 아니, 그의 부재가 확인되고 나서부터는 그것이 더욱 무겁고 절망스럽게 나를 짓눌러오고 있다.

그러나 그것은 이제 절대로 나의 탈출에 대한 위험 때문이 아니다. 나는 애초 탈출이 불가능했다. 그것은 오히려 너무 갑작스레 혼자가 되어 남아 있는 자신의 처지에 대한 두려움이다.

나는 아직도 완전히 다시 태어난 것이 아니었다. 나는 아직도 탯줄이 끊기지 않은 채 진자리에서 그냥 팔다리조차 제대로 움직이지 못하는 백치 상태의 불완전한 인간이었다. 탯줄이 마저 끊어져야 하였다. 그 탯줄이 아직도 나를 묵은 과거 속에 묶어두고 있었다. 그 묵은 과거로부터의 탯줄을 끊어버리고 나는 다시 걸음마를 배우고 새 말을 배워나가야 하였다. 인간과 세상을 다시 배워나가야 하였다.

그러나 그것은 나 혼자서는 될 수가 없는 일이었다. 누군가가 나를 도와 그 일을 맡아줘야 했다. 말할 것도 없이 그것은 사내의 책임이었다. 나를 다시 태어나게 한 그가 그 일도 함께 책임을 져줘야 했다. 그가 방법을 알고 있을 터였다.

그런데 그가 내 곁에 없었다. 그는 정말로 나를 떠나가버린 것인가? 탯줄도 다 끊어주지 않은 채 나를 이런 식으로 내팽개쳐놔두고?

그가 영영 다시 돌아오지 않을지도 모른다는 생각이 나를 새로운 두려움에 떨게 한다. 그가 가고 없는 나의 앞날은 무서운 공포의 시간일 뿐이다. 혼자서 그것을 감당해나간다는 것은 상상조차도 불가능한 일이다.

나는 두려움 속에 사내를 기다렸다. 외롭고 절망스런 기다림이었다. 그 기다림을 위해서조차 자신이 할 수 있는 일은 아무것도 없었다. 스스로는 자신의 손발 하나도 움직일 수가 없었다.

나는 그저 그렇게 누운 채로 사내가 돌아오기를 초조하게 기다린다. 그가 돌아와 묵은 탯줄을 끊고 나의 새로운 탄생을 완성시켜주기를. 그리고 내 손을 잡아 일으켜 첫 번 걸음마를 이끌어주기를.

……나의 기다림은 결코 헛된 소망이 아니었다.

다행스럽게도 그는 나를 아주 버리고 떠나간 것이 아니었다.

어둠이 한참 깊어진 다음이었다. 그가 마침내 다시 내게로 돌아왔다.

그것은 바로 그가 내게 다시 세상을 열어준 구원이었다……

그의 돌아옴은 바로 내게 세상을 열어주었다는 표현 그대로였다. 그는 내게 빛과 함께 돌아왔다. 깜깜한 어둠 속에 외롭게 누워 있으려니, 밖에서 문득 문소리가 들려왔다. 그리고 이내 거실 쪽 공간이 밝은 빛으로 가득 채워지며 방 안의 어둠을 반쯤 걷어갔다. 그 불빛은 내게 새로운 세계의 도래를 알리는 여명과 같은 것이었다. 그 여명조차도 나를 오래 기다리게 하지 않았다.

그가 곧 내 방으로 걸어 들어왔다. 그는 방을 걸어오면서 며칠

100

만에 그 벽 위의 스위치를 올려 방 안에 남은 어둠을 마저 쫓았다. 그리고는 마치 약속이나 한 듯이 내게로 곧장 걸어와서는 가볍게 손을 잡아 일으켜주었다.

"백남희 씨…… 고맙구먼그래. 이만큼 믿어줘서."

누가 누구에게 무엇을 얼마나 믿어주었다는 것인지, 그가 나의 손을 잡아 일으켜주면서, 그러나 약간은 의외라는 표정으로 말했다. 나로선 전혀 예상을 못한 일이었다.

그도 그사이 어딘지 사람이 달라져 있었다. 하지만 그는 그런 건 전혀 의식하고 있지 않은 것 같았다. 그가 말한 어떤 믿음 때문인지, 자신이 달라지게 된 내력을 설명하지도 않았고, 나에 대한 행동을 주저하는 빛도 없었다. 모든 일이 미리 다 그렇게 예정이 되어 있었거나, 아니면 아예 전날의 자신을 깡그리 잊어버린 듯 거동이나 말투가 자연스러웠다.

모든 것이 너무 급작스러웠다. 내가 깊은 잠에 빠져 있는 사이에 그가 혼자서 무슨 일을 꾸며놓은 것만 같았다.

하지만 나는 그런 걸 굳이 따져 물으려 하지 않는다. 그가 나 모르게 무슨 일을 꾸몄든, 무엇 때문에 어디를 갔다 왔고, 어떤 시험을 하고 싶어 하든, 그리고 또 어떤 사연으로 그의 말씨나 태도가 달라졌든, 그런 건 이제 내겐 상관없는 일이었다. 알아야 할 것도 없었고, 알고 싶지도 않은 일들이었다. 나는 다만 그가 반갑고 고마울 뿐이다. 그리고 자신이 다시 안심스러울 뿐이다.

나는 이제 그것으로 완전히 다시 태어난 것이었다. 그리고 그를 의지할 수 있게 된 것이다. 믿어줘서 고마운 건 오히려 내 쪽이어야 했다. 그가 어떤 사람이고 그의 동기나 목적이 무엇이든 그런 것도 이젠 상관이 없었다. 심지어는 그가 내게 무엇을 원해오든 나로서도 이제는 그것을 충분히 이해하고, 그것을 위해 충실한 봉사를 바칠 수 있을 것 같았다.

백남희 씨— 그런 뜻에서 그가 모처럼 나의 이름을 불러준 것은 나의 새로운 탄생과 삶을 위한 서명의식과도 같은 것이었다. 그것은 내게 그토록 새롭고 신선한 부름일 수가 없었다. 그리고 그가 그렇게 나를 불러주었을 때 나는 비로소 그것으로 세상을 다시 태어난 것이었다.

하여 나는 그의 부름에 굳이 대답을 하려고 하지도 않았다. 대답을 하나 마나 그렇게 나를 부른 그도 그것을 이미 알고 있을 것이기 때문이었다.

나는 다만 그에게 내 두 손을 내맡긴 채 그의 조용한 발걸음에 이끌려 신부처럼 나란히 밝은 거실로 걸어 나갔을 뿐이다.

3

나는 이제 몸과 마음이 모두 편했다. 그것은 물론 그가 이날부터 내게 말과 행동의 자유를 허용해주었기 때문이다. 하지만 내가 심신의 안정과 평화를 얻은 것은 그가 내게 허용한 말과 행동의 자유 때문만이 아니었다. 나는 이제 그를 이해할 수 있었기 때문이다. 그의 인간, 그의 과거 환경, 그리고 이번 일의 숨은 목적이나 방법에 이르기까지 그의 모든 것을 이해하고 공감할 수 있었기 때문이다.

그에게 어떤 설명을 듣거나 설득을 당해서가 아니었다. 나는 이제 묻지 않고도 알 수 있었다. 더 정확히는 물음이나 들음이 없이도 알 수 있을 것 같았고, 이미 아는 걸로 해두고 싶었다. 그런 건 이제 내겐 어차피 상관이 없는 것들이었다. 바라는 것은 다만, 이제부터는 그가 계속 완벽하게 나를 지배해주는 것뿐이었다. 말하자면 나는 이제 그의 지배에 대한 무조건적이고 완벽한 순응의 준비가 갖춰진 셈이었다.

돌이켜보면 나로서도 얼핏 납득이 가지 않는 일이었다. 그는 어쨌거나 흉포하고 몰염치한 틈입자였다. 그리고 나를 무참스럽게 짓밟고 파괴한 악당이었다. 원한이나 저주가 없을 수 없었다. 배반과 복수가 가해져야 하였고, 그럴 기회를 노려야 마땅했다. 한데도 나는 전혀 그런 생각이 안 들었다. 복수나 배반커녕 자꾸만 그에게 매달려들고 싶은 마음뿐이었다. 말과 행동의 자유를 허락받았을 땐 그가 그토록 관대하고 고맙게 느껴질 수가 없었다. 그토록 치욕스런 굴종과 파괴와 공포의 뒤끝에서 어떻게 그런 이해와 순응이 가능해지는지 스스로도 전혀 납득이 어려웠다.

하지만 그것은 어쨌든 사실이었다. 그의 침묵이 내게 모든 것을 설명해주고 나를 완벽하게 납득시킨 셈이었다. 나는 그의 깜깜한 침묵 속에 그것을 스스로 이해했고, 그의 무언의 지배력을 통하여 그의 동기나 방법을 포함한 인간 전부를 받아들인 것이었다.

그래 이날 저녁 그가 모처럼 자신의 거처로 되어 있는 서재로 나를 이끌고 들어가 내게 마지막 선택의 기회를 주었을 때마저도 나는 조금도 그 몰래 어떤 마음의 동요를 일으키고 있지 않았었다.

"이제부터 모든 건 그쪽 마음이오. 말이나 행동, 묻고 싶거나 알고 싶은 거 무엇이든지. 집을 나가고 들어오는 것까지도."

방에서 거실 밖으로 나를 이끌어 나간 다음, 그는 내게 먼저 그간의 모든 행동의 속박을 풀어주겠노라 선언했다. 말씨마저 어느새 첫날의 경어조로 되돌아가고 있었다. 잠시 후에 그는 그것을 내게 직접 증거해 보이고 싶은 듯 나를 예의 서재로 데려갔다. 일이 일어난 날 밤부터 그곳은 내내 그 혼자만의 껌껌한 소굴이 되어온 곳이었다. 거기엔 그가 나를 강제로 굴복시켜 나의 운명을 결판 지어나갈 온갖 도구와 위험스런 계략들이 숨겨져온 곳이었다. 나를 묶은 튼튼한 밧줄과 눈을 가리고 입을 틀어막을 수건들, 사람을 위협하기에 적당한 날이 선 과도, 심지어는 사람을 기절시키고 담아 숨길 마취약제나 마대 같은 것들이 골고루 준비되어 있을 곳이었다. 그리고 그가 진행해왔거나 진행해나갈 음흉스런 범행의 계략들이 어둠 속에 은밀히 꿈틀대고 있을 곳이었다.

그런데 막상 방 안을 들어서고 보니 그런 건 아무것도 눈에 띄지 않았다. 눈에 새로 들어오는 물건도 없었고, 기분에 닿아오는 색다른 분위기도 없었다. 서재는 옛날 내가 써오던 그대로 달라진 것이 없었다. 전화기를 그쪽으로 옮겨다 꽂아놓은 것까지도 나 역시 가끔 그런 적이 있어서 새삼 눈에 설게 느껴질 것이 없었다.

눈길을 끌어온 것은 다만 탁자 위에 놓인 그날 밤의(그때도 그저 지레 상상밖에는 실물을 본 일이 없었지만) 그의 권총뿐이었다. 그날 밤엔 그대로 옷 속에서 제법 나를 위협해오던 그것을 이제는 무슨 장난감이라도 되듯이 탁자 위에다 함부로 꺼내놓고 있었다. 그것도 웬일로 손만 뻗으면 그보다 내가 먼저 집어들 수 있는 거리에. 생각만 내키면 한번 그래 보라는 듯 자신은 그쪽에 관심조차 안 둔 채.

그게 그가 거기서 내게 보여준 자신의 유일한 물건이었다. 그리고 그가 나를 그곳으로 이끌고 간 것은 어쩌면 그것으로 내게 대한 자신의 믿음을 마지막으로 한 번 더 다짐해 보이고 싶어였던 것 같았다.

"난 여태까지 내가 사람을 얼마나 잘 골랐는지 자신의 행운을 모르고 있었던 것 같아요. 이제 그걸 알았으니 그 권총을 집어봐요."

그가 이윽고 내게 말했다. 자신은 내게서 등을 돌리고 권총 쪽은 여전히 거들떠보지도 않은 채였다.

"그 권총을 집어다 버리든지, 아니면 그걸로 나를 겨누고 이웃 사람을 소리쳐 부르든지, 용도는 그쪽 맘대로 정하고……"

내가 그저 어리벙벙해 있으니까 그가 한 번 더 재촉을 해왔다.

나는 그의 그런 재촉 소리에도 마음이 전혀 움직이지 않고 있었다. 그가 나를 시험하고 있을지도 모른다는 위태로운 생각이 들어서가 아니었다. 우선에 그런 식으로 그를 믿게 해두고 보다 더 안전한 다른 기회를 엿보자고 해서도 아니었다. 총을 겨누고 소리를 쳐봐야 달려와줄 이웃이 있을 리도 없었지만, 도대체 나는 이도저도 마음을 움직여볼 생각이 없었다. 그저 모든 것이 부질없는 노릇 같았다.

그를 남겨두고 집을 빠져나간들 이제 와서 그게 내게 무슨 소용이란 말인가— 그보다는 이제 나에 대한 그의 믿음이 소중했고, 나도 그것을 그에게 보여주고 싶은 생각뿐이었다.

예상과는 달리 나의 서재를 옛날 그대로 내게 다시 돌려준 때문이었을까. 아니, 서재 따위는 상관도 없었다. 서재는 이미 나의 것이 아니었다. 그가 그것을 맘대로 어지럽히고, 내가 생각해온 것보다도 더 무서운 흉기들로 나를 놀라게 했더라도 결과는 어차피 마찬가지였을 것이다.

요컨대 그는 이제 그만큼 내게 모든 것이 자명했고, 나로서는 그의 그런 믿음에 대한 자신의 보답을 보내주고 싶어진 것이었다. 그에 대한 믿음과 이해의 증거로서 내 충정 어린 순종을 그에게 보여주고 싶어진 것이었다.

그는 계속 말없이 등 뒤로 나를 기다리고 있었다.

나는 더 이상 지체할 수가 없었다.

이윽고 손을 내밀어 탁자 위에 놓인 권총을 집었다. 그리고 마치 그 앞에 무릎을 꿇어앉는 기분으로 자신의 운명을 들어 바치듯 그것을 그에게 조용히 내밀었다.

행동의 자유가 허용되었대서 내게 다른 할 일이 있는 것은 아니었다. 말의 자유가 허용되었대서 내가 할 말이 있는 것도 아니었다. 나는 이미 그에 대한 배반을 꿈꿀 수도 없었고, 새삼스레 무엇을 물을 일도 없었다. 내가 할 수 있는 일은 오직 그것뿐이었다. 그것으로 나에 대한 그의 완벽하고 계속적인 지배를 소망할 뿐이었다. 그리고 그의 목적이 무엇이든, 그가 내게 무엇을 요구해오든, 나는 그의 성취를 위하여 그의 모든 것을 받아들이고 즐겁게 순종해나갈 준비가 되어 있음을 증거해 보일 수 있을 뿐이었다.

그도 마침내는 나의 그런 소중한 소망을 읽은 것 같았다.

나의 공손하고 순종적인 태도가 그로서도 처음 얼마간은 뜻밖인 것 같았다. 그는 얼핏 그 권총을 내게서 받아들질 못했다. 권총을 냉큼 받아들 생각을 않고 한동안 내 눈길만 곰곰 내려다보고 있었다. 하지만 그가 그 말 없는 나의 소망을 못 읽어낼 리 없었다.

그가 이윽고 말없이 한두 번 머리를 끄덕였다. 그리고 그 역시

한 사람의 소중스런 운명을 건네받듯 조심스럽게 권총을 내게서 받아갔다……

　정말이었을까─ 그의 모든 것을 그대로 받아들이고 즐겁게 순종할 준비가 되어 있었다는 것이 정말로 그때의 내 진심이었을까…… 시간의 벽을 허물고 그 과거의 현재 상태로 돌아가려는 현재형 시제의 진술 문장엔 이제 분명히 실패를 하고 있었다. 그것은 이미 그 두번째 날 진술의 마지막 부분에서부터 분명해지고 있었다. 과거형으로든 현재형으로든 한번 지나간 과거의 사실을 되풀이해서 다시 경험할 수는 없었다.

　나는 어차피 그날 밤 일에 대한 뒷날의 느낌을 적고 있는 꼴이었다. 그것도 그 오 검사의 암시와 거듭된 진술에서 머릿속에 조립된 줄거리에 의해서. 오 검사도 이미 나의 그런 실패의 기미를 알아차렸을 터였다. 하지만 아직도 나의 혐의에 대한 결정적인 대목에까지는 이르지 않고 있었기 때문인지, 두번째 날의 진술을 읽고 나서도 오 검사는 별로 그 점에 대해선 신경을 쓰지 않았다. 그보다도 그는 나의 진술에 대해 다른 새로운 불만을 말해왔다.

　"일종의 자포자기…… 극단적인 마조히즘 현상의 발로였군요. 혹은 갑작스런 공포와 충격으로 인한 유아적 집착증 같은 히스테리 증상의 하나일 수도 있겠구요."

　오 검사는 처음 그런 식으로 진술서의 내용을 간단히 진단했다. 그것은 일견 명쾌하고 적절한 요약인 듯싶었다. 내가 그것을 받아들이기만 했다면 일은 그대로 넘어갔을 터였다.

하지만 나는 그것을 전적으로 동의하고 받아들일 수가 없었다. 어딘지 그가 내 진술을 잘못 읽고 있는 느낌이었다. 그것은 오히려 그의 이해의 신속성과 명쾌함 때문이었다. 너무도 적절하게 내용을 요약하고 요점을 지적해내는 그 용어들의 명징성 때문이었다.

나는 어딘지 그 가차 없는 어휘의 명징성이 미덥지를 않았다. 내 사건에는 검사의 그런 몇 마디로 간단히 요약될 수 없는 여러 가지 다른 복합적인 동기와 전개 과정이 있었음 직했다. 그래서 사실은 나 자신도 명확한 기억의 갈피를 못 잡고 우왕좌왕한 셈이었다. 그리고 결국엔 그 명백한 모순과 오류들을 그대로 진술에 포함시키고 만 것이었다. 오 검사의 명쾌한 지적은 그런 내 모순과 오류를 무시했다. 그것은 그가 내 진술을 잘못 읽고 있을 가능성을 내포했다.

"검사님은 제 오류와 모순을 인정하지 않고 계시군요. 제 진술 가운데는 아마……"

내가 문득 오 검사에게 한마디 엇갈리고 나섰다. 하지만 그것은 오 검사에게도 이미 머릿속 정리를 거치고 난 일이었다.

"무슨 말인지 알고 있소."

내 말이 채 끝나기도 전에 검사가 손을 들어 나를 가로막고 나섰다. 그리고 비로소 내 진술에 대한 그의 새로운 불만을 말하기 시작했다.

"나도 사실은 당신의 진술에서 숱한 논리의 모순점들을 발견하고 있어요. 피해자는 왜 그 엄청난 피해를 겪으면서도 탈출의 기회를 찾으려 하지 않는가, 범인이 집을 비우고 나갔을 때도 그를 벗

어날 생각보다 오히려 엉뚱한 자포자기의 구실만 찾아대고 있는
가, 그리고 나중에는 그 흉포스런 자기 파괴의 장본인에게 거꾸로
매달리고 이끌리고 싶어 하는가…… 이런 건 모두 보통 사람 생각
으로는 납득이 잘 안 가는 일이지요. 이건 분명한 모순이에요. 그
러나 나는 그 모순을 그냥 모순으로 놔둘 수는 없어요. 피의자의
모든 진술 내용엔 납득할 만한 해석이 있어야 하니까요."

"그렇다고 그 모순이나 오류가 없어지는 것은 아닐 텐데요. 그
런 오류나 모순이 사실의 이해에 방해가 된다는 건 어쩌면 검사님
의 생각일 뿐, 사실과 진실은 오히려 그 설명할 수 있는 것과 설명
이 되지 않는 모든 것들의 집합 속에 자리를 잡고 있을 수도 있거
든요. 당시에는 매우 당연하고도 순리적이던 일들이 나중에 가서
그 정황과 자연스런 합의의 개연성을 기억해내지 못하게 됨으로
써 그것이 어떤 오류나 모순으로 보이게 될 뿐일 수도 있구요."

"하지만 사람은 그 자신의 모순을 스스로 제거하고 합리적인 질
서를 구축해나가려는 논리적 이성을 지닌 동물이지요. 이를테면
이렇게 같은 사실을 두고 당신의 진술이 몇 번씩 반복되어나가고
있는 데서 그런 효과를 기대할 수가 있겠구요."

"인간 자체가 완벽한 논리적 존재일 수 있다면 그런 논리의 주
장이나 성과를 믿어도 좋겠지요. 하지만 인간 자체가 완전한 논
리적 존재일 수가 없다면, 그 논리가 바로 진실의 마당이 될 수도
없지요. 논리적 개연성이나 합리성 자체가 사실일 수 없다면, 그
것으로 어떤 모순이나 오류를 함부로 해석할 권리도 없는 것이구
요."

"당신의 말은 결국 모순이나 오류에도 나름대로의 어떤 진실과 권리가 있을 수 있으니 일방적인 해석은 삼가라는 것인데……?"

검사가 마침내 자신의 주장을 철회할 기미를 보이기 시작했다. 내가 그 오 검사에게 마지막 쐐기를 박듯이 덧붙였다.

"하나의 사실이란 것은 우리가 듣고 보고 생각해온 것처럼 그렇게 완전한 것이 아닐지도 몰라요. 완성된 것은 그 말이나 논리일 뿐 사실이나 행동 자체는 아닐 수도 있을 거란 말씀이에요. 완성된 것처럼 보이는 곳에 오히려 어떤 논리의 거짓과 범죄의 가능성이 많을 수도 있겠구요."

하지만 오 검사는 그것으로도 아직 완전히 고집을 꺾으려 들지 않았다. 아니, 오 검사는 처음부터 물러설 수가 없는 사람이었다. 검사에겐 논리가 그의 운명이었다. 그리고 그런 분명한 입장이 그를 오히려 여유만만하고 관용스럽게 해주고 있었다.

"당신의 말뜻은 충분히 알겠소. 하지만 당신은 이 점을 처음부터 잊어버리고 있어요. 말이나 논리가 비록 사실 자체는 아니라 하더라도 우리는 그 사실과 논리 사이의 어쩔 수 없는 편차를 시인해 가면서 그 논리 위에 우리의 삶을 의지해왔고 앞으로도 계속 그럴 수밖에 없는 운명인 걸 말이오. 더욱이 나는 그와 같은 우리 사회의 공익을 대표해야 하고 그 공익성을 실현해나가야 하는 사람이라는 걸 말이오."

사정은 이제 그것으로 명백해진 셈이었다. 다시 말할 것도 없는 일이지만, 검사와 나는 처음부터 서로 입장이 달랐다. 그게 다시 한 번 오 검사의 입으로 확인이 된 셈이었다. 일의 목적과 방법이 같을 땐 입장의 차이쯤 무시될 수 있다고 했던가.

하지만 이제는 어쩔 수 없는 일이었다. 입장이 다르면 서로가 그 다른 자신의 입장에 충실해갈 뿐이었다. 그 상이한 입장의 차이가 예기치 않은 곳에서 불쑥 되살아나고 있는 느낌이었다. 어쨌거나 나는 이제 그것을 검사 앞에 분명히 말해둬야 할 것 같았다.

"알겠습니다. 검사님의 말씀은 바로 그 공익성의 논리를 충실히 따라야 하는 공익의 언어가 될 테니까요. 하지만 전 경우가 다르지요."

"경우가 다르다면 예컨대?"

"그야 물론 뻔한 얘기죠. 검사님은 그 공익성을 대표하여 공익의 논리 속에 저를 해석하고, 그러나 저는 그 공익성을 배반하고서라도 저 자신의 참 진실을 만나는 제 나름의 말을 찾아야 하는…… 검사님께서도 이제 제 그런 입장은 이해를 해주셔야 하지 않겠어요?"

"입장이 서로 다르더라도 일의 목적은 같을 수밖에 없다는 게 어제 당신의 말이었을 텐데?"

"그랬지요. 그건 우리 두 사람이 다 같은 진실에 도달해야 한다는 이유에서였어요. 그리고 그래서 저는 지금 그 진실에 보다 가까워질 수 있는 말의 방법을 택하려는 것이구요."

"논리를 거부하면서 모순과 오류를 용납하고 옹호하려는 것이 진실에 더 가까워질 수 있는 길이라면 내가 굳이 그것을 막아야 할 이유는 없겠지요."

"적어도 지금의 저에겐 그렇게 믿기고 있는 것이 사실입니다.

112

제게는 될수록 그 과거사에 대한 선택이나 평가를 줄여나가는 것이 진실에 더 가까워질 수 있는 길처럼 보이고 있으니까요."

"그건 차라리 당신의 희망이나 신념이겠군요. 하지만 아무쪼록 당신이 그것으로 자신의 혐의를 벗어나려는 고의적인 술책으로 인상받는 일이 없도록 하시오. 이런 경우 끝내 논리적인 납득이 불가능한 진술은 그런 오해를 받기 쉬우니까요."

검사는 마침내 그쯤 양보를 하고 나서 이야기를 끝냈다. 아니, 그것이 검사의 일방적인 양보는 물론 아니었다. 검사는 다만 그것으로 어차피 반대일 수밖에 없는 서로의 입장을 확인하고 그것을 일단 시인해준 것뿐이었다. 그는 여전히 자기 식으로 내 진술서를 읽으려 할 것이고, 그의 가차 없는 공익성의 논리 위에 나의 모순과 오류를 서슴없이 해석하고 설명하려 할 것이었다. 하지만 나는 그쯤만 해서도 만족이었다. 검사의 그 공익성의 논리 앞에 나의 입장을 확보했기 때문이었다. 그리고 그런 개인적인 입장에서 나 자신의 정직한 언어로 모순과 오류를 그것들 그대로 진술해나갈 수가 있겠기 때문이었다.

나는 괜히 자신만만해지고 있었다……

하지만 정말 자신이 있는 것일까. 그 모순과 오류들 속에서 정말로 진실이 만나질 수 있을까. 아니, 그런 모순과 오류의 행위가 사건 당시의 내 진실의 일부일 수가 있었을까. 당시에 아무리 명백한 행위의 개연성이 있었다 하더라도 이제 와서 내가 다시 그것을 찾아낸다는 것은 끝내 불가능한 일이 아닐까. 그렇다면 차라리 오 검사의 명쾌한 요약과 해석을 따르는 편이 훨씬 더 쉽고 온당한 길이 아닐까.

전날의 혼란은 전날의 일이었다. 이날의 태도는 더욱더 애매하고 자신이 없었다. 그토록 심한 고통과 절망감과 무참스런 파괴의 원흉인 사내에게 어떻게 이젠 그처럼 무조건한 이해와 동의가 가능해질 수 있단 말인가. 그에게 매달려 자신의 운명까지 예탁해버릴 수가 있게 된단 말인가. 사람이 과연 그렇게 될 수 있는 것일까. 검사의 마지막 당부처럼 그것은 한낱 내 혐의를 부인하기 위한 고의적인 혼란의 야기이거나, 아니면 그에 대한 적의를 감소시키기 위한 무의식적인 방어욕의 작용 때문은 아닐까……

나는 갈수록 자신이 없어진다. 하지만 이제 와선 어쩔 수가 없는 일. 그것이 어떤 모순이나 오류를 드러내 보이든 지금으로선 더 이상 분명한 사실을 말할 수가 없다. 나로서는 함부로 해석하려 하거나 가감할 권리가 없는 것이다. 나로선 다만 내게 다시 떠오르고 경험된 사실들을, 그것이 비록 어떤 왜곡을 거치고 있는 것이든, 그것들을 그냥 허심탄회하게 적어나가면 그만인 것이다. 그것으로 내가 만날 어떤 진실이 있을 수만 있다면, 그것이 누구든 나 이외의 다른 사람들에게 납득이 되고 안 되고는 지금 내가 상관할 일이 아닌 것이다.

내겐 무엇보다 자신의 진실이 중요한 것이다……

나는 그쯤 마음을 다짐하고 다시 진술을 계속해나가기 시작한다. 하다 보니 이제부터의 진술 과정에는 사내나 나의 양쪽 행동에 더 많은 모순과 불가사의가 뒤따른다.

……나는 그것으로 내 운명과 삶 전체를 그에게 완전히 떠맡긴 셈이었다. 그러나 일은 거기서부터 다시 이상한 방향으로 흘러가기 시작한다.

일이 어딘가 잘못되어가는 조짐은 바로 그날 밤부터 예감되고 있었다. 그날 밤늦게 잠자리로 들고 나자, 짐작했던 대로 그는 모처럼 만에 다시 나를 찾아왔다. 나는 아무 말 없이 그를 맞아들였고, 그의 요구에 아무 거리낌 없이 내 육신을 내맡겨버렸다.

방 안에는 이미 불이 꺼져 있었고, 그는 이번에도 꼭꼭 방문을 걸어 잠갔으므로, 둘 사이엔 그리 번거로운 절차나 머뭇거림이 필요하지 않았다. 그는 곧 나를 벗기기 시작했고, 그가 지닌 모든 육신의 방법을 동원하여 내 육신 깊은 곳에 숨겨진 부끄러운 갈망을 갈아엎고 다녔다. 손으로 더듬고 입으로 만지고 혀끝으로 건드리며 구석구석 숨어 고인 육신의 욕망들을 빠짐없이 모두 깨워 일으키고 다녔다. 나는 말없이 그에게 몸을 내맡겨둔 채 혼자서 그 육신의 문을 찾아 헤매는 멀고 긴 여정을 머릿속에 그리며 그의 입성을 기다리고 있었다. 한데 내가 너무 자신을 편하게 내맡기고 있었기 때문일까. 그리고 어쩌면 그것이 그에겐 내 편의 무성의로 여겨진 것일까. 아니면 그동안 허물어진 채 내버려진 내 육신의 욕망을 불러일으키는 데는 그의 노력이 아직도 충분치가 못했던 탓일까.

"왜…… 나를 아직도 원망하고 있는 건가."

좀처럼 입성을 망설이며 초조한 탐색만 거듭하고 있던 그가 어둠 속에서 문득 힐난조로 말했다.

나는 이내 그의 말뜻을 알아차릴 수 있었다. 나는 너무 나태하게 그의 입성만을 기다려온 셈이었다.

"아니……"

어슴푸레한 어둠 속으로 나는 가볍게 머리를 흔들어 보였다. 원망을 하다니. 내게는 오히려 그가 모자라게 느껴지고 있었다. 그의 과감한 공격이 아쉬웠고 그의 난폭스런 힘이 아쉬웠다. 무엇 때문에 작자가 이토록 조심스러워하고 있는가. 그리고 이토록 망설이고 있는 건가. 어째서 나를 더욱 거칠고 일방적인 힘으로 복종시키지 못하는가…… 나는 차라리 그의 완벽한 지배를 원하고 있었다. 보다 완벽하고 치욕스런 복종과 굴복을 원했다.

그러는 나를 그는 읽어낼 수가 없는 것 같았다.

"그런데 왜…… 전번에는 제법 적극적이더니."

달램과 호소가 뒤섞인 목소리로 귓가에서 바싹 속삭여왔다.

"무얼 원하세요."

이번에는 내가 눈을 감은 채 낮게 물었다. 그러자 비로소 그가 용기를 얻은 듯 솔직하게 주문했다.

"좀더 적극적으로…… 반응을 보여보라구. 자신의 소중한 곳들을 알고 있지 않아……"

그래, 그렇게 대담스럽게 주문해오렴. 그리고 그렇게 나를 부리렴. 나는 차라리 그게 기분이 후련스럽다. 나는 대답 대신 그의 손을 잡아 이끌기 시작한다. 그가 이미 몇 번씩 거쳐간 내 몸 구석구석으로 그의 손길을 은밀스럽게 안내해나간다. 손으로 모자란 곳은 그의 입술로, 입술이 모자란 곳은 다시 손으로 되바꿔가면서……

116

그러자 그는 이번에야말로 빠르고 뜨겁게 타올라버린다. 참을성도 그만큼 쉽게 잃어간다.

"이제 그만……"

그는 마침내 숨결을 조급하게 뿜어대면서 그의 욕망의 마지막 관문을 두드렸다. 그는 이내 내게로 들어왔다. 아니, 그는 거기서도 완전히 자신의 뜻으로 들어온 것이 아니었다. 조급하게 서두를 뿐 서투르기 그지없게 서성대고 있는 그를 내가 부드럽게 안내해 들인 것이었다……

그에 대한 내 복종과 봉사는 그만큼 완전무결하고 철저했다. 내가 그를 안내해 들이고 나서도 그는 내게 다시 적극적인 반응과 화합을 요구해왔고, 나는 그 요구들에 성의를 다해 복종했다. 그가 힘들게 산을 기어오를 땐 나도 함께 힘을 다해 부추겨 올렸고, 그가 미끄러운 비탈길에서 아슬아슬 한 발을 버티고 서 있을 땐 나도 그가 마저 발을 놓치지 않도록 조심스런 휴식 속에 그를 기다렸다. 그리고 그가 마침내 봉우리를 올라서서 젖은 이마의 땀을 씻을 땐 나도 함께 그의 곁에서 봉우리의 바람에 이마를 식혔다.

그로서도 더 이상 흡족할 수 없는 완벽한 봉사였다. 어떤 불만을 말한다면 그것은 오히려 내 쪽이어야 했다. 그처럼 완벽한 봉사에도 불구하고 그의 몸짓은 웬일인지 아직도 당당하고 통렬한 힘이 모자랐다. 턱없이 곰살궂고 조심스런 태도에는 첫날 저녁 때와 같은 비정스런 파괴의 공포감도 없었다. 그는 아직도 나의 바람만큼 나를 복종시키거나 지배하지 못한 느낌이었다. 불만이나 실망감은 그보다 오히려 내 쪽에 있었다. 그런데 아직도 무엇이 부족했던지,

그가 마침내 몸을 떼고 일어나면서 내게 먼저 불평스럽게 말했다.

"거긴 아무래도 아직 나를 경계하고 있는 게 분명해…… 몸은 별로 그렇지 않았더라도 마음속 생각은 그런 식이었어. 어때, 내 말 틀림없지?"

"내게 무엇을 더 원해요?"

나는 좀 어이도 없어졌고, 게다가 영문도 알 수가 없었으므로, 거꾸로 그에게 되물을 수밖에 없었다. 그가 비켜나간 내 벗은 몸을 끌어올린 이불깃 속에 묻어둔 채였다.

"뭐 별로 더 원하는 건 없어. 당분간은 더 원할 생각도 없고, 거기선 내가 원하는 것 이외에 다른 것은 아무것도 얻을 수가 없거든."

그가 어둠 속에서 어딘지 공허하고 더듬거리는 어조로 말했다.

"그야 내가 원하기만 한다면 아직도 무엇인가를 더 얻을 수는 있겠지. 심지어 그쪽 육신에서 울려나올 쾌락의 신음 소리까지도. 하지만 그런 것을 주문으로 얻는 건 아무 뜻도 있을 수 없으니까……"

"……"

"이런 때 자기 육신의 기쁨을 마음껏 표현해버리는 거, 그것을 그저 육신만의 도취라고 말할 수 있을까. 그건 오히려 육신 속에 깃든 영혼이 떨려나오는 노랫소리 같은 것이지. 육신의 즐거움이 영혼을 두드릴 때 영혼이 함께 떨며 울리는 소리…… 하지만 육신의 기쁨이 아무리 깊더라도 영혼이 그것을 외면하고 있으면 소리가 제대로 울려날 수 없는 거지……"

118

어둠 속에 등을 돌리고 앉아 더듬더듬 사설이 길어지는 것으로 보아, 이유가 아리송한 그의 불만은 생각보다 속사연이 깊은 것 같았다. 그 영혼의 울림소리라는 것만 해도 그저 우연히 나온 소리가 아니었다. 그것은 일견 내 영혼의 울림소리가 솟아나지 않았음을 불평하고 있는 것처럼 보였다. 하지만 보다 근본적인 불만은 그 영혼의 불신감에 있었다.

나는 비로소 어슴푸레나마 그의 불만을 이해할 것 같았다. 그러나 그것은 나로서도 전혀 마음대로 될 수 있는 일이 아니었다.

"이제 와서 그런 게 무슨 문제가 돼요?"

이윽고 내가 달래듯 대수롭지 않게 한마디 했다. 하지만 그는 이제 어차피 자신의 부끄럽고 아픈 곳을 내 앞에 모두 털어놓는 처지였다. 그는 나의 그런 조심스런 변명조차도 귀담아 들으려 하지 않았다.

"한마디로 말해 거기선 아직도 나를 이해하지 못하고 있다는 증거야."

그는 아직도 침대 모서리에 몸을 기대어 앉은 채 투정이라도 부리듯 고집을 세우고 있었다.

"내가 원하지 않는 것은 아무것도 줄 수 없는 것, 거기 스스로는 주려 하질 않은 것…… 주고 싶지도 않은 것…… 그건 아직도 거기서 나를 이해하지 못하고 있기 때문이지…… 이해를 못하고 있을 뿐 아니라 아예 이해하고 싶은 생각조차 없으니까……"

요컨대 그는 엉뚱스럽게도 나의 복종심이 불만이었다. 그보다 먼저 그는 자신에 대한 나의 이해를 구하고 있었다. 그 이해 위에서의 내 적극적인 자기표현을 바라고 있었다.

나의 기대와는 영 딴판이었다. 둘 사이에 어쩌면 턱없는 오해가 있었던 것 같았다. 그는 나를 오해했고, 나는 그를 오해하고 있었음이 분명했다. 아닌 게 아니라 나는 그 앞에서 될수록 자신의 표현을 삼가온 게 사실이었다. 맹목적인 육신의 즐거움을 나누고 있을 때뿐 아니라, 그가 나중에 벗은 몸으로 방을 나갈 때도 나는 자신의 감정을 끝끝내 억제한 채 그를 위해서나 자신을 위해서나 아무런 몸짓도 보태지 않았다. 그것은 그가 내게 원해온 일이 아니기 때문이었다. 그런데 그게 그에겐 거꾸로 자신에 대한 내 이해가 모자란 탓으로 여겨진 모양이었다. 기대를 벗어난 나쁜 조짐이었다. 그리고 그런 나쁜 조짐은 시간과 날짜가 지남에 따라 차츰 현실로 드러나기 시작했다. 무엇보다 그는 이후부터 자신과 자신의 행동의 모든 것을 빠짐없이 설명하고 싶어 했다. 그리고 자신의 해명을 통해 내 이해를 구하고 싶어 했다.

"어때, 그동안 무척 답답하기도 했을 텐데, 오늘은 바깥바람이라도 좀 쐬고 오지그래."

바로 이튿날. 아침 설거지를 끝내고 거실로 나오자, 그는 소파에 기대 앉아 아침 방송을 시청하고 있다가—나는 이날부터 그를 위해 아침을 지었고, 그는 다시 텔레비전 시청을 시작했다—느닷없이 내게 다시 단독 외출의 의향을 물어왔다.

"난 어제 혼자 바람을 쐬고 왔으니, 오늘은 그냥 집에 남아 있을 테니까."

나의 배신을 미리 헤아려보았을, 피차에 서로 위험스런 아량이었다. 하지만 말투는 어디까지나 그런 의심을 않고 있는 식이었다.

마음만 먹으면 제법 안전하게 탈출을 성공할 수도 있는 기회였다. 하지만 나는 이내 고개를 가로저으며 간단히 농담조로 받아넘겼다.

"아니, 날 마지막으로 한 번 더 시험해보려구요?"

이제는 실제로 그에게서 도망을 치고 싶은 생각이 없었기 때문이다. 도망을 칠 필요도 없었고, 그래야 마땅히 갈 곳도 없었다. 그의 곁을 떠나는 것이 이제는 오히려 두려움이었다. 혼자서는 바깥을 나갈 일이 없었다. 하지만 그는 그런 나를 아직도 믿을 수 없는 모양이었다. 아니 그것으로 그는 내게 대한 자신의 믿음을 한번 더 분명히 확인시켜주고 싶은 모양이었다.

"시험이라니, 무슨 그런 섭섭한 말씀을……"

그는 황망스레 나의 추궁을 부인하고 나서 다짐을 주듯 말을 이었다.

"난 이미 그만큼은 거길 믿고 있었는걸. 난 다만 내 그런 믿음을 그쪽에 보여주고 싶은 것뿐이었어. 그런데 그걸 마다하는 걸 보니, 그쪽에선 아마 아직도 나를 못 믿겠는 모양이지?"

"그 믿음을 보여주는 대신 내게도 대가를 바랄 테니까요."

나 역시도 이제 그의 믿음은 알고 있었다. 하지만 나는 이상하게 자꾸 그와 엇갈리고 싶은 어리광기 같은 것이 일었고, 그는 그럴수록 더 조급스럽고 초조해지고 있었다.

"아니, 내가 그것으로 원하고 있는 대가는 없어."

"그럴 리가 없어요. 내게 대한 그쪽의 믿음을 보여주는 대신에 내게서도 그쪽에 대한 같은 믿음을 보여주기를 바라고 있지 않아요. 내가 그 자유로운 바깥나들이에서 얌전하게 다시 돌아오는 걸로 말이에요. 내가 그것을 보여주고 싶어 하지 않는다 해도 스스로 그것을 확인하고 싶은 건 사실이 아니에요?"

"내가 굳이 그것을 염두에 두고 있지 않다면, 그런 확인의 과정이 없이도 내게 이미 그쪽에 대한 믿음이 충분하다면? 이를테면 거기서 나를 배신하고 돌아서버리는 일이 생긴다 하더라도 난 조금도 후회가 안 될 만큼 내 믿음이 분명하다면…… 다만 내가 그런 내 믿음의 증거를 보여주고 싶은 것뿐이라면, 그땐 거기서도 이 집을 혼자 나가볼 수 있을까?"

조급하고 초조하다 못해 그는 마침내 목소리까지 흥분하고 있었다. 나는 마치 내 외출을 간절하게 소망하고 있기라도 한 듯한, 그리고 그것으로 나에 대한 그의 믿음의 증거를 받아들여주기를 애원하고 있는 듯한, 그 처지가 뒤바뀐 엉뚱스런 추궁 앞에 더 이상 말을 엇비낄 수가 없었다.

"아니 그렇더라도 내가 굳이 집을 나갔다 돌아올 필요까진 없을 거예요. 그럴 생각도 전혀 없구요. 그게 피차간의 믿음의 증거가 될 수는 있겠지만, 굳이 그런 증거가 아니라도 나 역시 이미 그만큼은 그쪽을 믿고 있는 셈이니까요. 우린 새삼 서로 간의 믿음에 증거를 보여야 할 필요는 없는 거예요."

나는 달래듯이 차근차근 그에게 설명했다. 뭐라고 말을 하든, 그는 그것으로 자신에 대한 내 믿음을 구하고 있음이 분명했기 때문이다.

하지만 그는 그것으로도 아직 속이 석연스럽지 못한 모양이었다. 자신의 믿음은 막무가내로 증거하고 싶어 하면서도, 거꾸로 그에 대한 내 쪽의 그것은 이상하게 곧이들으려 하지 않았다.

"거기서도 나를 믿고 있다고? 도대체 나에 관해 무얼 알고 있길래?"

그가 계속 내게 물어왔다. 나는 그것이 무슨 중요한 시험의 고비라도 되듯이 위인의 호칭까지 당신으로 바꿔가며 열심히 대답을 계속해나갔다.

"당신의 됨됨이, 당신의 인간성, 당신의 마음속…… 그리고 이번 일을 시작한 당신의 동기나 목적 같은 것, 그것들을 죄다 알고 있다면요?"

"그런 건 내가 말한 일이 없을 텐데? 거기서도 아직 내게 그런 건 물은 일이 없었구."

"묻지 않아도 알 수가 있어요."

"묻지 않아도 알 수 있다…… 어떻게 그것이 가능하단 말인가."

"그게 가능한 방법이 있어요. 묻지 않아도 이해할 수 있는 것, 그게 바로 당신이 말한 믿음이라는 거지요."

그것은 내 진심이었다. 나는 이제 정말로 그를 알 수가 있을 것 같았다. 그리고 그를 알고 있는 것 같았다. 그의 말을 듣지 않았기 때문에 그를 보다 잘 알 수 있을 것 같았다. 그리고 그를 이해하고 믿을 수 있을 것 같았다. 그의 설명을 듣는 것이 오히려 두려웠다.

"말해보세요. 당신이 결국 내게 원하고 있는 것이 무엇인지, 당신이 내게 온 목적을 말이에요. 그것을 말하면 이번에는 나도 당신에 대한 내 믿음의 증거를 보일 수 있을 거예요.”

그것도 나의 진심이었다. 나는 벌써부터 그의 요구가 무엇이든 그것을 받아들일 충분한 준비가 되어 있었다. 그의 목적이 무엇이든지, 그것은 이제 안전하고 확실하게 이루어질 수 있었다. 그로서도 그 점은 이제 분명히 알고 있을 일이었다.

한데 그는 아직도 그러는 나를 곧이들을 수가 없는 것 같았다. 나의 그 믿음을 아직도 받아들일 수가 없는 것 같았다.

“거긴 이미 그것도 모두 알고 있는 줄 알았는데…… 좀 전에 거기서 그런 장담을 하지 않았던가……?”

자신의 목적을 털어놓는 대신 쓸데없는 말 트집만 잡고 있었다.

“아니, 그건 그쪽에서 말을 잘못 들은 거예요.”

나는 참을성 있게 그의 고집을 달랬다. 나로서도 미상불 그것을 일찍 알아두는 게 좋을 것 같았기 때문이다.

“나는 당신의 목적의 내용을 알고 있는 것이 아니라, 그것이 무엇이든 당신과 당신의 일을 이해하고 받아들일 수 있다는 뜻이에요. 그게 바로 그것을 아는 것 한가지인 거지요. 자 그러니 이제 그 구체적인 내용을 말해보세요. 당신이 그것을 말하기만 하면 그걸로 당신의 목적은 이루어질 거예요.”

그래도 그는 끝끝내 고집을 꺾으려 들지 않았다. 나를 납치하고 감금한 목적을 말하지 않은 것은 물론, 나중엔 다시 엉뚱한 다짐까지 해왔다.

“정 나들이 나가기가 싫다면, 나도 당장은 어쩔 수 없는 일이겠지. 하지만 내 언제고 진짜 마음의 이해를 얻어내고 말 거요. 시간

이 얼마가 걸리더라도, 그 대신 오늘은 내가 한번 더 바깥을 다녀
오지……"

그는 결국 자기 목적을 말하기 전에 자신을 내게 해명하고 싶어
하고 있었다. 그 해명을 통해 자신과 자신의 일에 대한 나의 이해
를 구하려 하고 있었다. 자신에 대한 내 믿음을 의심하고, 그의 믿
음의 증거를 보여주고 싶어 하는 것들도 알고 보니 모두 그때뿐이
었다.

그 간밤의 나쁜 징조가 분명한 모습을 다시 드러낸 셈이었다. 하
지만 그것은 그답지 않은 일이었다. 그에겐 전혀 가당치가 않은 일
이었다. 그의 인간의 문제가 아니었다. 그에겐 그럴 권리가 있었
다. 약탈자에게 무슨 이해와 해명이 필요한 것인가. 이해와 동의
를 동반하는 약탈의 꿈이라니? 나는 차츰 어이가 없어지고 있었
다. 그가 공연히 작고 무력하게 느껴지기 시작했다. 자신까지 그
만큼 불안스러워지고 있었다.

하지만 나는 그에 대한 내 기대를 꺾어서는 안 되었다. 내가 그
에게 소망하고 있는 것은 나에 대한 강제나 일방적인 명령뿐, 이해
따위를 구하는 자기 설명이 아니었다. 설명이나 해명을 들음이 없
이도 그를 미리 이해하고 있어야 했다.

나는 그것을 끝까지 사양해나가야 했다. 한데도 그는 여전히 내
진심을 받아들여주질 않았다. 기어코 내게 자신을 설명하고 거기
에 대한 나의 이해를 앞세우려 하였다.

시간을 두고 기다리겠다던 다짐은 빈말이 아니었다. 그는 이날
자신의 말대로 정말 혼자서 나들이를 다녀왔다. 그것도 내게 모든

것을 내맡기듯 문도 안 채운 채(실상은 그럴 수도 없었겠지만) 하루 종일을. 전화기나 권총조차도 아무런 단속을 해두지 않은 채.

하지만 그도 다 소용없는 짓이었다. 그가 아무리 기회를 준다 해도 나는 이제 그를 피해 달아날 엄두가 안 났다. 그를 버리고 달아날 생각커녕 그에 대한 분노나 증오조차 전혀 일지 않았다. 노래마저도 듣고 싶은 생각이 없었다. 탈출까진 엄두를 못 낸다 하더라도, 그가 나들이를 나간 시간은 오랜만에 내 노래라도 혼자 들을 수 있는 기회였다. 하지만 나는 왠지 그조차 내키지 않았다. 뭔가 제물에 두려움이 앞을 섰다. 노래가 두렵고 자신이 두려웠다. 그러는 자신을 알 수도 없었다. 나는 그가 다시 돌아올 때까지 그런 식으로 그냥 적막한 하루를 고스란히 기다리고 있었을 뿐이었다.

그가 외출에서 돌아온 것은 저녁녘이 거의 다 되어서였다. 그런데 그 역시 그런 내 행신엔 오히려 실망을 감추지 못했다. 집안에 그냥 고스란히 남아 앉아 그를 기다리고 있는 나를 보고도 무얼 고맙고 안심스러워하기보다 오히려 놀랍고 낭패스러워하는 투였다.

"사람을 정말로 바보로 만들 작정이군. 이게 무슨 장난거리 내 기쯤 되는 줄 아시는 모양이지?"

내게 정말로 안전한 탈출의 기회라도 주고 싶었던 듯 거꾸로 불평이었다. 나에 대한 그의 간절한 믿음을 내 쪽에서 받아들이지 못한다는 원망이었다.

게다가 그는 이날 밤엔 다시 나를 안방으로 찾아오지도 않았다. 이상하게 들릴 수도 있는 말이지만, 그 모두가 그에 대한 내 적극적이고 진심 어린 이해와 믿음의 증거를 기다리고 있음이었다.

그것은 참으로 어이없는 싸움이었다. 하지만 나는 어쩔 수가 없었다. 내게는 더 이상 그에 대한 이해나 믿음을 더할 것이 없었다. 더 이상 분명한 증거를 보여줄 수가 없었다. 그가 외출에서 돌아올 때까지 얌전히 그냥 기다리고 있음으로 하여, 나는 이제 완전히 그에게 속해버린 존재이며, 그가 내게 무엇을 원해오든 그대로 고스란히 이루어질 수 있음을 보여주는 것뿐 더 이상의 이해나 이해의 증거를 만들어 보일 수는 없는 노릇이었다. 그게 애초에 필요한 일도 아니었다. 그래 나는 이날 밤 그가 나를 찾아오지 않은 일에 대해서도 얼마간의 가벼운 실망감을 느꼈을 뿐, 내 쪽에서 그를 기다리거나 찾아갈 생각 같은 건 못해보고 있었다……

하지만 그는 그게 불만이었다. 그것으로는 마음이 채워질 수가 없었다. 아니 그럴수록 마음이 안 편한 듯 자신의 해명에 조바심을 쳐댔다.

"거긴 정말 내게 대해 그렇게 아무것도 알고 싶지가 않은 거야? 나라는 인간의 내력은 고사하고, 내가 어떻게 거기를 이 일에 택하게 되었는지, 지금까지 경위나 뒷사연들, 하다못해 더럽고 보잘것은 없지만 내 이름 석 자 한 가지마저도?"

그는 이후로도 사정하듯 그렇게 나의 관심과 호기심을 자주 호소해오곤 했다. 때로는 자신의 엉뚱스런 인내심을 내세워 나를 장황하게 협박해오기도 하였다.

─묻지 않고도 이해하고 있다고? 듣기는 제법 좋은 소리지. 하지만 난 알고 있다구. 거기선 날 이해하고 있기커녕 내게 대한 이해는 생각조차 해본 일이 없다는 걸 말이야. 아무것도 묻고 싶지

않은 것은 내게 대한 이해의 문을 열어주고 싶지가 않아서인 것이지. 내 머리도 그쯤은 다 짐작할 정도가 된다구. 그저 모든 걸 내 뜻에 따르는 척…… 그 복종에 거짓이 없더라도 그것은 그저 두려움과 체념에서 비롯된 것일 뿐, 그런 일방적이고 맹목적인 복종에 마음의 이해가 따르고 있는 것은 아니지. 마음의 이해가 따르지 않는 곳에 진짜 믿음이 있을 수도 없는 거구.

  ─이해가 앞서지 않은 맹목적인 믿음이 진짜 믿음일 수 있는 것일까. 하기야 지금 그런 걸 바라는 내가 맹추인진 모르지만, 그래도 이거 한 가진 분명하게 명념해두는 게 좋을 게야. 나도 누구보다 인내심 하난 대단한 놈이라는 걸 말야. 난 어쨌거나 그쪽의 이해와 믿음이 필요한 놈이고, 그것을 위해 언제까지나 거길 기다릴 수 있는 놈이란 걸. 난 언제고 그때가 올 것을 믿고 있으니까……

  나의 맹목적이고 수동적인 복종은 믿음으로 받아들일 수 없다는 것이었다. 이해가 앞서지 않은 곳에선 진짜 믿음이 솟아날 수가 없기 때문이랬다. 그래서 그는 이를테면 나의 물음을 통하여 그에 대한 적극적인 이해와 믿음의 증거를 보일 때까지 나를 끝끝내 기다리겠다는 것이었다. 틈입자치고는 참으로 어이없고 뻔뻔스러운 욕심이었다. 혹은 그만큼 나약한 그의 일면의 표현일 수도 있었다. 하지만 그런 나약성조차도 불법무도한 틈입자에겐 전혀 어울릴 수 없는 것이었다. 그는 그럴수록 내게서 더욱 무기력하고 작아져갔다. 나의 불안기도 그만큼 더해갔다.

  그의 사연과 동기들에 대해선 전혀 궁금증이 없는 것도 아니었다. 하지만 나는 그가 한번 더 나를 실망시키고 말지 모른다는 불안감 때문에 그런 기색조차 함부로 내보일 수 없었다. 나 역시 그저 말 없는 기다림 속에 초조하게 자신을 내맡겨버리고 있었다. 그의 말마따나 그것은 마치 서로의 인내심을 겨루는 어린애들 장난거리 시합과도 같았다.

그런 날이 다시 며칠째 지나갔다.

밖에서는 어느새 연말과 정초의 어수선한 분위기가 가라앉아가고 있었다. 별로 관심을 가져본 일도 없었지만, 텔레비전의 낮 프로가 끊어진 지도 오래였다. 정확한 날짜는 1월 9일. 기다림에 인내심이 짧은 것은 역시 다음 단계의 일을 남겨놓은 사내 쪽이었다. 이날 밤 그는 며칠 만에 다시 내 잠자리를 찾아 들어왔다. 그리고 내가 그를 거리낌 없이 받아들이자, 그는 전에 없이 크고 강하게 나를 굴복시켜왔다. 그런데 모처럼 정복자다워진 그가 내게 계속 체중을 실어둔 채 지나가는 소리처럼 불쑥 물었다.

"어때, 내가 원한다면 이 집을 팔 수 있겠어?"

바로 그 한마디였다. 그는 비로소 내가 기다려온 범행의 목적을 털어놓고 있었다. 그에 대한 나의 이해와 믿음의 증거를 거기서 직접 구해온 것이었다. 그것은 애초부터 그가 겨냥해온 목적일 수도 있었고, 아니면 그저 자신에 대한 나의 믿음을 재어보려는 주문일 수도 있었다.

나는 어느 쪽이라도 상관이 없었다.

"당신이 말을 하면 그것으로 이미 당신의 목적은 이루어진 거라고…… 내가 전부터 말해오지 않았어요."

나는 가만가만 어린애에게 하듯이 그의 등을 두드리며 마음속에 미리 지녀온 말을 속삭여주었다. 하지만 그는 자신이 그 무법의 틈입자나 강탈자가 아닌 점잖은 의논 상대쯤으로 착각을 한 것인가.

"내가 무엇 때문에 그걸 원하는지, 거긴 그게 조금도 궁금하지 않은 모양이군."

싱거울 정도로 쉬운 대꾸에 그가 어딘지 좀 미심쩍어하는 소리로 나를 한번 더 다그쳐왔다. 하지만 나는 무엇 때문에 그가 그걸 원해왔는 그런 건 어차피 상관할 일이 아니었다. 나로선 그런 데에 관심을 둘 일도 없었고, 그럴 권리도 없는 처지였다. 그가 이곳으로 들어와 있던 날부터 이 집은 이미 그의 점령지이자 불가침의 성역이었다. 바로 자신이 선언한 말이었다. 새삼스레 그걸 내게 요구할 필요도 없었다. 내가 그것을 궁금해할 이유는 더더구나 없었다.

그런데 실상은 그것이 아니었다. 일은 그것으로 끝이 나지 않았다. 내 생각이 너무도 단순했던 것일까. 그리고 대답이 너무 쉬웠던 때문인가. 그의 다그침에 내가 잠시 입을 다물고 있으니까 이번에는 그가 오히려 당황하기 시작했다.

"이건 그냥 농담이 아니야. 난 지금 당신에게 이 집을 요구하고 있단 말야."

그가 비로소 몸을 내려앉으며 나의 주의를 한번 더 일깨우고 들었다. 내 호칭까지 불시에 당신으로 바꾸고 있는 심사가 어지간히 혼란스러운 것 같았다. 하지만 나 또한 농담이나 거짓말을 하고 있는 것이 아니었다.

"알고 있어요. 나도 이런 일에 농담을 하고 있을 때가 아니란 걸 말이에요."

"그런데 대답이 그토록 쉬울 수가 있는 일일까? 이 집은 아마 당신의 삶 전체가 담겨온 곳일 텐데?"

"하지만 이곳은 며칠 전에 이미 주인이 달라졌거든요. 그게 당신이 한 말인 줄 아는데요."

"그것을 정말로 믿을 수 있을까?"

"이상하군요. 당신이 그것을 믿지 않으면, 그럼 나 혼자만 믿으라는 건가요."

"……"

그는 마침내 할 말이 없는 듯 잠시 조용히 입을 다물고 있었다.

하지만 그는 그것으로도 끝내 나를 믿을 수는 없는 것 같았다. 그가 이윽고 천천히 옷가지를 찾아 걸쳤다. 그것은 그가 방을 나가기 위해서가 아니었다. 옷을 걸쳐 입고 나서 그가 새판잡이로 다시 보채는 소리를 해왔다.

"날 끝끝내 바보 취급인데, 그렇다면 나도 이젠 그 바보짓의 내력을 좀 설명해줘야겠군."

그는 새삼 나의 벗은 몸을 담요 자락으로 꼭꼭 싸 눌러주었다. 그리곤 나의 머리맡으로 손을 뻗어 담배를 집어다 한 개비를 피워 물며 추근추근한 목소리로 말하기 시작했다.

"그 바보가 어떤 위인이며, 무엇 때문에 여길 찾아들게 된 건지 그 바보의 속사정을 말야……"

하긴 어쨌거나 일은 저질러진 판이었다. 일을 벌이고 든 것은 작자 쪽이었다. 그에겐 어차피 일을 마무리지어야 할 마지막 절차와 책임이 남아 있는 셈이었다. 방에 들어올 때부터 그는 그것을 맘속에 작정하고 있었을 수 있었다.

하지만 나는 이제 기진맥진이었다. 그가 차라리 안타깝고 답답했다. 그는 그답게 나를 강제하고 있는 것이 아니라 우스운 애원과 구걸을 되풀이하고 있었다. 이번에는 아예 집이고 뭐고도 관심이 없었다. 자신과 자신의 범행에 대한 변호로 이야기의 방향이 바뀌어가고 있었다. 그러면서 자꾸만 스스로 작고 무기력해져가고 있었다. 어떻게 보면 그가 발설한 그 요구라는 것도 진짜 목적이 아니었던 것 같았다. 앞뒷일 생각 없이 그저 무턱대고 뛰어 들어와 일을 벌여놓고 나선 혼자 어쩔 줄을 몰라 하고 있는 것 같았다. 어쩔 줄 몰라 하다 문득 생각이 나서 한번 해본 소리일 뿐인 것 같았다.

나는 차라리 그를 위로하여 기력을 부추겨 올려주고 싶었다. 방법만 있다면 그에 대한 내 이해와 믿음을 확신시키고, 그것으로 그를 안심시켜주고도 싶었다. 하지만 나는 입을 다물었다. 심신이 기진맥진 지쳐나기도 했지만, 보다도 그의 이야기를 듣기가 싫었기 때문이다. 이야기를 듣는 것이 까닭 없이 두려워지고 있었기 때문이다.

그러나 그는 이미 작정이 서 있었다.

"어때, 듣고 있어?"

담배 연기를 천천히 몇 모금 삼키고 나서, 그가 어둠 속으로 다시 낮게 말해왔다. 그것은 이미 내 의향이나 반응을 묻고 있는 소리가 아니었다. 그는 어쩌면 그토록 자신을 과신하고 있을지도 몰랐다. 그는 모처럼 나를 일방적으로 강요하고 있었다. 나는 정말로 귀찮고 짜증스러웠다.

　—날 제발 실망시키지 말아줘요. 난 적어도 당신을 겁쟁이 졸장부로는 경멸하고 싶지 않으니까요.

　자리를 벌떡 차고 일어나 그에게 애원이라도 하고 싶었다. 그러나 나는 차마 그를 그런 식으로 곧바로 매도하고 나설 수는 없었다.

　"이야긴 새삼 무슨 이야기를 할 게 있다고 그래요?"

　나는 약간 신경질 섞인 소리로 그의 육박을 비켜 서려 하였다. 그는 이제 그러는 나를 상관하지 않았다.

　"당신은 그 바보의 속사정을 한번도 내게 물은 일이 없었지. 정작 사정을 들어본 일도 없으면서 모든 걸 알고 있노라 억지소리를 하면서…… 하지만 난 그런 식으로는 넘어갈 수가 없거든……"

　혼잣말처럼 중얼거리고 있는 소리가 어딘지 제법 의기양양한 여유마저 느껴졌다.

　"듣고 싶지 않으니까 묻지 않은 거예요."

　불안하고 아슬아슬한 느낌 속에 나는 담요 자락을 턱밑까지 끌어올리며 계속 완강하게 버텼다.

　"듣고 싶지 않은 건 무엇 때문일까……"

　갈수록 유유자적해지고 있는 작자의 되물음.

　"듣고 싶지 않은 데도 이유가 있어야 하나. 그냥 듣고 싶지 않을 수도 있는 거죠. 어쩌면 그만큼 당신을 믿고 있는 탓일 수도 있겠구. 어쨌거나 내게 그런 의무는 없는 거지 않아요. 그리고 당신은 그런 걸 내게 강요하거나 애걸하러 온 것도 아닐 테구 말예요."

"강요하거나 애걸하러 온 것이 아니라는 게 옳겠지. 하지만 당신도 군이 내게서 그것을 듣고 싶지 않은 건 내게 대한 어떤 믿음 때문이 아니라, 자신에 대한 두려움 때문이라고 하는 편이 옳을 걸."

나의 완강한 저항도 아랑곳없이 그는 다시 새 담배에 불을 붙이고 나서 자신만만하게 단정했다. 나의 저항도 그만큼 필사적일 수밖에 없었다.

"자신에 대한 두려움? 내가 지금 자신에 대해 무엇을 두려워해야 하나요?"

"나를 알게 되는 일에 대한 두려움, 아니 좀더 정확하게는 자신을 납치한 범인에게 행여 어떤 거북스런 인간의 흔적 같은 거라도 만나게 되면 어쩌나…… 아마 대강은 그런 식의 두려움이겠지. 당신은 늘 듣지 않아도 나를 알고 있노라 강변해왔지만, 그것도 실상은 나를 처음부터 알고 싶지 않은 데서 비롯한 철저한 자기 방어의 표현에 불과할 테니까."

"왜 내가 당신을 알게 되는 것을 그토록 두려워해야 했을까요?"

나는 일면 숨은 정곡을 찔린 느낌으로, 그러나 의연히 추궁 조의 물음을 계속해갔다. 그의 대답도 그럴수록 신랄하고 단정적이 되어갔다.

"그야 나를 끝끝내 무도한 악한의 자리에 남게 하고 싶어서겠지. 그리고 나를 끝까지 그런 저주스런 범죄자로 증오하고 싶겠고…… 그런데 내 이야기를 듣게 된다면 어쩌다 내게 동정적인 이

해가 생겨날 수도 있겠고, 행여 그런 불상사가 생겼다간 당신으로
선 정말 참을 수 없는 낭패겠거든."

"내가 거기서 얻을 수 있는 이득이 무얼까요?"

"당신은 계속 일방적인 피해자로 남을 수 있으니까. 선량하고
무고한 무방비의 피해자. 부인할지 모르지만, 당신은 현명하게도
그 완벽한 피해자의 입장이라는 것이 뜻밖에 편한 데도 있다는 것
을 일찍부터 알고 있었던 셈이지. 어쩌면 나같이 어리숙한 가해자
의 입장보다 그쪽이 훨씬 더 마음 편하고 떳떳할 수 있다는 것을.
그래 당신은 끝끝내 완벽한 피해자로 남기를 원했던 거지. 그러자
면 나는 더 무도하고 잔인한 가해자가 되어줘야 했고…… 어떻게
보면 매우 현명한 지혜일 수도 있겠지. 하지만 매우 무책임한 지
혜일 수도 있지. 내 주제에 이런 소리는 가당치가 않겠지만……
자신의 삶에 대해 전혀 어떤 적극성도 없는 체념 빠른 무책임
성……"

그는 갈수록 거침이 없었다. 나중엔 숫제 나의 회피적인 태도에
대해 훈계조의 질책까지 서슴지 않았다.

나는 내심 놀라고 있었다. 그의 말엔 과연 나를 아프게 찔러오는
곳이 많았다. 내가 그를 두려워해온 것은 자신도 부인할 수 없는
분명한 사실이었다. 말 이전에도 이해와 믿음이 있을 수 있노라 강
변해왔지만, 그의 말마따나 그 역시 그에 대한 참 이해를 거부하려
는 자기기만에 불과할 수 있었다. 하면서도 나는 지금까지 그런 자
기 두려움의 정체조차 몰라온 셈이었다. 무엇 때문에, 그리고 무
엇에 대해 그런 두려움이 생기는지 스스로 까닭을 캐어본 일이 없

었다. 그런데 그가 그것을 간단히 짚어내고 있었다.

　나는 차츰 자신의 내부가 그 앞에 무참하게 허물어져 내리는 느낌이었다. 어떤 위험이 확실한 보조로 코앞까지 바싹 다가들고 있는 느낌이었다.

　하지만 나는 아직도 그냥 물러설 수는 없었다. 혼자 살아온 적막스런 세월이 자신의 삶에조차 그토록 책임감이 둔해지게 한 것일까. 굳이 그의 말까지 빌리지 않더라도 나는 그동안 모든 것을 그저 애꿎고 불가피한 운명쯤으로 편하게 받아들이고 싶어 해온 것이었다. 분명한 말속에 그를 이해하고, 그 이해 위에서 그를 믿음으로 받아들여야 할 거북스런 사태가 생길 수도 있었다. 그것만은 끝내 피해내고 싶었다. 나는 차라리 이대로가 좋았다. 이대로 그를 이해할 수 있었다. 이해하고 싶었고, 믿어버리고 싶었다. 그리고 그렇게 그를 받아들이고 싶었다. 그를 아는 것이 오히려 두려웠다. 그것만은 끝내 피해야만 하였다. 그것이 오히려 자신에 대한 마지막 의무요 책임인 듯싶었다.

　마지막 시도를 해보아야 하였다. 이번에는 나도 머리맡을 더듬어 담배를 한 개비 찾아 들었다. 그리고 거기 불을 붙여 물고는 목소리에 노골적인 애원기를 섞어가며 마지막 방어를 시도하고 나섰다.

　"당신은 어쨌거나 나에 대한 가해자임에는 틀림이 없는 사실이지 않아요. 당신도 그것은 스스로 시인을 한 셈이구요. 그런데 당신은 이제 그 가해자의 자리조차 남아 서기 싫다는 건가요? 피해자를 피해자답게 체념시켜주고, 그 피해자의 최소한의 권리라도

136

행사하게 해줄 가해자의 아량과 도리조차 마다할 참인가요?"

하지만 그는 그런 내 마지막 항변에도 전혀 결심이 달라질 기미가 없었다. 그는 이미 거기까지도 모두 마음의 대비가 되어 있었음이 분명했다.

"가해자…… 가해자의 아량과 도리?"

내가 어디로 달아나고 피해 서든 그는 여전히 자신만만한 어조 속에 한발 한발 내게로 다가들고 있었다.

"하지만 차츰 시간이 흐르면서 그놈의 가해자의 자리라는 것이 그닥 마음에 들지 않는 걸 느꼈다면, 나로서도 가해자의 아량과 도리를 사양하고 싶어지는 게 당연하지 않을까."

"가해자의 자리에 남아 서고 싶지 않은 것이 그것을 싫어하지 않는 데에 달려 있는 일처럼 말하고 있군요."

"그렇게 될 수 있을지 없을지 한번 기대를 걸어볼 순 있겠지. 그게 특별히 허물이 될 수도 없을 테구. 어떤 흉악범이라도 그런 희망은 한번쯤 지녀볼 수 있을 테니까……"

"나는 지금 그럼 홍길동이나 임꺽정 같은 의적 나리라도 만난 건가요? 하지만 홍길동님이나 임꺽정치고는 어딘지 너무 자신이 없어 보이는군요."

"자신이 있고 없고 하는 것도 아마 당신에게 달린 일인지 모르지. 당신이 그 편하고 떳떳한 피해자의 입장이 무너지게 될까 봐 너무 조바심을 치지만 않는다면, 결과가 어찌되든 난 지금 어차피 거기다 나를 한번 걸어보고 싶으니까."

4

나는 아직도 그가 그토록 자신을 털어놓고 싶어 하는 명확한 이유를 알 수 없었다. 가해자의 자리에 남아 있고 싶지 않다는 것이 그의 고백이었다. 그로선 그것이 진심이었을지 모른다. 그러나 나는 그러는 그를 이해할 수 없었다. 도대체 가당치 않은 욕심이었다. 사실을 직접 겪고 난 사람에게 그 사실을 설명할 어떤 다른 말이 필요한 것인가. 그리고 그것으로 그 사실의 어떤 부분을 그 사실 자체보다 더 분명히 하거나 변경시킬 수 있을 것인가. 그것은 애초에 가능하지도 못하거니와 오히려 사실을 왜곡시킬 뿐이었다. 게다가 그것은 내게 엉뚱한 불안감마저 안겨주고 있었다.

동기가 무엇이든 나는 결코 그 사연을 듣고 싶지가 않았다. 사연을 듣고 싶지도 않았고, 그라는 인간을 알고 싶지도 않았다. 그것으론 그를 납득할 수도 받아들일 수도 없었다. 그보단 차라리 듣지 않고 묻지 않는 것으로 더 많은 것을 알 수 있을 것 같았다. 이야기를 듣는 것이 오히려 두렵고 불안스러웠다.

하지만 그의 결심은 확고부동했다. 내가 뭐래도 그는 끝내 자신의 이야기를 하고 말 사람이었다. 그리고 실제로 그렇게 하였다.

요컨대 그는 자신을 어떻게 해야 할지 모르고 있는 사람이었다. 무턱대고 일을 벌여놓고 어쩔 줄을 몰라하다가 엉뚱한 집착에 빠져버린 사람이었다.

나는 이날 밤 끝내 그의 사연을 모두 듣게 되었다. 그의 확고한 결심도 결심이지만, 나로서도 더 이상 버틸 수가 없을 만큼 심신이 기진맥진 지쳐버린 때문이었다. 그리고 그 어쩔 줄 몰라 당황하고 있는 그를 나중엔 얼마쯤 위로도 해주고 안심도 시켜주고 싶은 측은한 생각이 들어온 때문이었다. 그런데 그 밤을 새워가며 들어준 그의 우울하고 긴 사연은 내게 또 한번 엉뚱한 생각을 품게 했다.

하지만 여기서 굳이 그 이야기까지 적어야 할 것인가……

나는 한동안 생각을 망설인다.

먼젓번 진술에서 오 검사가 그걸 원하지 않았기 때문에 기록을 생략하고 넘어간 부분이었다. 내 혐의에 직접 상관이 안 된 때문이었던지, 검사는 그날 밤 내가 그에게서 들은 이야기의 내용 부분은 구두로 진술을 대신케 해준 것이다. 그런데 결과가 좋질 않았다. 이야기를 듣고 난 뒤의 내 행동을 오 검사는 전혀 납득하지 못했었다. 납득이 불가능한 생각이나 행동은 모순과 비약으로 보일 수밖에 없었다.

그것은 나로서도 마찬가지였다. 그의 이야기를 듣고 난 다음의 내 생각이나 처신은 자신도 이유를 분명히 설명할 수가 없었다. 그것은 내게도 모순과 배반과 비약으로 느껴졌다. 오 검사는 나의 그런 혼란을 사실에 대한 고의적인 은폐의 술책으로 의심했다. 모두가 그의 이야기를 종합한 자기 평가의 결과에 의지한 탓이었다. 과정이 소상하게 진술되지 못한 허물이었다.

이번에는 아무래도 그래서는 안 되었다. 지루하고 길더라도, 그리고 그게 내 혐의와는 직접 상관이 안 된다 하더라도, 이번에는 역시 그의 사연을 낱낱이 기록해주는 것이 좋으리라. 그것을 상세하게 적어나감으로써 나는 어쩌면 이야기를 들을 때의 그에 대한 느낌이나 기분들을 가깝게 되살려내게 될지도 모르는 일. 그렇게만 된다면 그것으로 나는 지금까지 모순과 비약으로밖에 보일 수 없었던 내 다음 행동들에 어떤 석연스런 근거를 찾을 수도 있을 게다. 적어도 그 모순과 비약이 그 자체로서도 얼마나 중요한 값을 지닐 수 있는가를 증명해 보일 수가 있을 것이다……

나는 다시 생각을 가다듬고 그의 사연을 추려나가기 시작한다. 이야기의 시발은 1975년의 봄, 변변한 일자리 하나 얻기 위해 제대 후부터 주점이나 다방가의 뒷주먹 노릇으로 한 3년 서울에서 허송세월을 하고 난 구종태——그의 이름이 비로소 그것으로 밝혀졌다——가 어느 날 문득 안양천변 무허가 판자촌으로 그의 늙은 부모들을 찾아갔을 때부터. 그가 양친을 찾은 것은 그간 서로 소식한 줄 오간 일이 없던 3년여 만의 일로, 거기에는 물론 그 나름대로의 사정이 있었다.

그가 군복무를 끝내고 제대를 해 나온 것은 그러니까 다시 1972년 봄의 일이 된다. 그는 이때 제대를 하고 나서 입영 때의 옛 주소지로는 집을 찾아 돌아갈 수 없는 처지에 놓인다. 그가 입영을 해갈 때의 옛집 주소지는 그 역시 무허가 가건물 지역이던 연희동 변두리의 가난한 산번지. 그런데 그가 군복무 3년을 마치고 나오는 동안에 주소지가 안양 쪽으로 바뀐 것이다. 가세가 원래 몹시 어려웠던 터에, 자력으로 근근이 고등학교를 나오고부터 그럭저럭 혼자 집안 생계를 떠맡아오던 아들이 자리를 훌쩍 비우고 떠나자, 10년 가까이 가래를 끓이며 일손을 놓고 누워 있던 가장이나, 할 수 있는 일이라곤 오직 영세민 취로사업장 시간막이 날품팔이꾼 노릇밖에 나다닐 수 없던 늙은 아내의 주변머리로는 그 밖에 다른 도리가 없었기 때문이다. 그 늙은 아내가 어려워진 생계와 남편의 소중한 진해제(鎭咳劑)를 위해 지혜를 짜낸 것이 결국은 연희동 산번지의 무허가 가옥을 처분하고, 장마만 지면 강물이 넘쳐나는 그 안양천변의 상습 수해지구로 마지막 거처를 옮겨 앉게 된 것이었다. 그가 제대를 하고 돌아간 곳은 그 판잣집 단칸방이었다.

 ……그는 으레 모든 것을 이해한다. 다만 한 가지, 그는 늙고 가난하고 병든 부모들과 함께 그곳에 눌러앉을 수가 없었다뿐, 단칸방살이가 불편하거나 자신의 처지가 역겨워서가 아니었다. 그곳은 그에게 애초부터 머무를 수가 없는 곳이었고, 머무르려 해서도 안 될 곳으로 여겨진 때문이었다. 그는 곧 서울로 올라간다. 그리고 그로부터 3년 동안 완전히 소식을 끊고 지낸다. 부러 종적을 숨기고 싶어서가 아니라, 아무것도 마음먹은 대로 되는 일이 없었기 때문이다. 처음에는 우선 일자리나 얻고 나서 소식을 전하든지 찾아가든지 하리라 추근히 생각한다. 하지만 일자리다운 일자리는

얻어 걸리지 않고 사람만 자꾸 지저분해져간다. 하다 보니 마침낸 그 소식을 전하는 일 자체가 더없이 짐스럽고 두려워지기 시작한다. 집 소식을 듣게 되는 것 역시 두렵다. 나중에는 거꾸로 그쪽에서 집 소식을 피해 다니기 시작한다.

어느덧 그렇게 3년의 세월이 흘러간다. 그런데 그 덧없는 세월이 그를 가르친다. 그는 마침내 이도저도 모두 부질없는 노릇이라는 생각을 하게 된다. 노인들을 떳떳하게 찾아가리라던 벼름이나, 그러지 못해 소식이나 발길을 끊고 지내는 일이나 하나같이 모두 부질없는 허세요 고집인 듯싶어진다. 이제는 그저 노인들이 가엾고 궁금할 뿐이다. 겨울 추위가 또 한차례 지나가고 봄볕이 살아나자 까마득히 멀어진 노인들의 소식이 문득문득 심사를 아프게 해온다. 하여 아직도 가슴 밑바닥에 무겁게 깔려 있는 두려움을 지닌 채로 그는 마침내 그 3년 만의 어려운 문안길을 나서 온 것이었다.

그러나 그의 모처럼 만의 문안길은 불행하게도 너무 때가 늦고 만다. 그가 제대를 하고 잠시 동안 들러 갔던 천변 동네는 그날따라 마침 철거 작업이 한창이다. 거기다가 그는 그 정신없는 난장판 가운데도 더 이상 노인들의 일을 근심할 필요가 없게 된다. 노인들은 이미 한 해 전에 세상을 떠나버린 것이다.

"두 양반이 똑같이 한날한시에 세상을 함께 뜨셨다더구만요. 방 안에다 연탄불을 피워 들여놓고 말이오."

옛 거처는 용케도 아직 철거반의 발길이 미치지 않고 남아 있었다. 그러나 그 옛날 노인들의 거처에서 문을 열고 나와 그를 맞은 것은, 얼마 전에야 시골에서 올라와 비어 있는 집을 얻어들게 되었노라는 초면부지의 중년 사내다. 당연히 먼젓번 집주인들에 대해서도 아는 것이 그리 많지 못하다.

"저쪽 언덕 위에 예배당이 하나 서 있지요. 그 예배당에 젊은 전도사님이 한 분 계신데, 그분한테 가보면 아마 좀더 자상한 이야기를 들을 수 있을 거외다. 두 분이 함께 돌아가신 바람에 시신을 감당해나갈 사람조차 없어서, 그 전도사님이 앞장서 가지고 동네 사람들 몇하고 어디론가 두 분의 시신을 모시고 가서 장례를 치러드리고 왔다니까요."

철거반이 들이닥칠 불안감에 쫓기며 사내가 대충 다급한 목소리로 일러준 사연이다. 하지만 그는 아쉬운 대로 그냥 그것으로 만족한다. 사내에겐 더 이상 물을 것이 없었다. 물을 것도 없고, 묻고 싶지도 않았다.

그는 이윽고 사내와 헤어져 교회 쪽 언덕길을 올라가기 시작한다. 지나간 일이나 일의 경위를 알고 싶어서가 아니다. 무덤의 소재를 알아두려거나 마지막을 감당해준 전도사에게 뒤늦은 인사를 전하기 위해서도 아니다. 그의 기분은 훨씬 더 담담하다. 전도사를 한번쯤 만나보고 가야 할 것 같은 막연한 생각이 발길을 그쪽으로 이끌어갈 뿐이다.

그는 잠시 후 교회당에 도착한다.

교회 주인이 목사가 아닌 전도사라 했던가— 흙벽돌 벽에다 기름종이 지붕의 스무 평 남짓한 초라한 가건물. 사람이 먹고 잘 거처 한 칸 따로 마련이 없는 임시 예배소에 불과한 곳이다. 그런데 그 보잘것없는 전도사의 초라한 예배소를 찾은 데에서부터 그의 지향 없는 삶의 행로는 뜻밖에 흐름이 달라지기 시작한다.

때마침 예배당은 전도사까지 어디론지 자리를 비운 채 텅텅 비어 있다. 몇 번 인기척을 내어보아도 안에서는 응답을 하고 내다보는 사람이 없다. 예배당 가까운 황량스런 언덕께엔 판잣집을 짓고 사는 사람조차 없어서 전도사의 행방을 알아볼 길이 전혀 없다.

그는 그러나 왠지 이내 발길을 다시 돌려세울 수가 없다. 제법 중요한 용건이라도 지니고 온 사람처럼 하릴없이 무작정 주위를 서성이며 한동안 전도사가 돌아오길 기다린다. 그리고 마침낸 그쯤에서 그냥 길을 내려갈까 생각하고 있을 무렵, 아래쪽이 갑자기 왁자지껄해지면서 그가 기다리는 전도사에 앞서서 철거반 사람들이 언덕길로 몰려온다……

언덕은 이내 곡괭이와 쇠망치들로 험상궂게 무장한 철거반 사람들로 까맣게 뒤덮인다. 철거반의 표적이 이번엔 뜻밖에도 예배당 건물이 분명해 보인다. 언덕을 올라온 살기등등한 무리에게 그의 존재 같은 건 눈에도 없어 보인다. 사람들은 예배당까지 당도하자 무슨 원한에라도 사무쳐 온 무리처럼 다짜고짜 안팎으로 달라붙어 순식간에 건물을 박살내버린다. 그리고는 다시 좀 전처럼 일시에 다시 언덕을 몰려 내려가기 시작한다.

한데도 그는 그들 앞에 도대체 말 한마디 제대로 묻고 나서보질 못한다. 장승처럼 한쪽에 우두커니 비켜서서 그걸 끝까지 바라보고 있을 뿐이다. 무슨 알은체를 하고 나설 계제도, 간섭을 받아들일 사람들도 아니다. 그는 그저 구경꾼처럼 멍청하게 서 있다가 일행의 인솔자인 듯한 사내가 마지막으로 언덕을 내려가는 것을 보고서야 비로소 제정신이 돌아온 사람처럼 간신히 한마딜 끌어붙이고 나선다.

"무엇 때문에 이 예배당까지 들부수고 야단이지요."

"예배당이 성해 남아 있으면 동네 집을 부숴봐야 헛일이 되기 때문이라오."

새삼스레 그를 위아래로 한차례 훑어보고 난 사내가 할 일 없는 구경꾼쯤으로 치부했는지 심드렁한 어조로 대꾸를 해온다.

"예배당이 무얼 어떻게 하길래요?"

"예배당이 무얼 어쩌는 게 아니라, 전도사가 사람들을 선동하지 않습니까. 그런데 당신은……?"

두어 마디 대꾸를 해나가다 말고 사내는 새삼 수상쩍은 눈길로 그를 유심히 훑씻어내린다. 그러다간 별 싱거운 위인 다 보겠다는 듯 말꼬리도 미처 마무르지 않은 채 서둘러 일행을 뒤쫓아 가버린다.

사내가 마지막으로 언덕을 내려가버리자, 그는 느닷없는 폐허 위에 다시 혼자가 되어 남는다. 눈 깜짝할 사이에 일어난 일이라 눈앞의 폐허가 새삼 더 처연하다. 햇볕이 아직 덜 여물어 그런지, 언덕을 지나가는 바람기조차 어딘지 황량하고 을씨년스럽다.

이젠 그가 언덕을 내려갈 차례다. 하지만 그는 어쩐지 거기서 발길이 금방 떨어지질 않는다. 이상하게도 그는 자신이 방금 그런 춘사를 교회당으로 끌어들였던 것만 같아진다. 그가 그곳을 떠나는 것도 도망질같이만 느껴진다. 전도사라는 사람을 한번 만나보고 나야 떳떳하게 언덕을 내려갈 수 있을 것 같다. 이 동네를 찾아오기까지는 얼굴 한번 본 일이 없고, 그의 존재조차 상상해본 일이 없는 사람을. 그의 부재중에 자신의 신전(神殿)이 한 줌 쓰레기로 주저앉아버린 줄도 모르고 어디선지 감사와 기쁨으로 충만해 돌아올 것임에 틀림없을 전도사를.

그는 결국 그 언덕길을 내려가지 못한다. 그리고 계속 주위를 서성대며 무작정 전도사가 돌아오기를 기다린다.

전도사는 그가 그렇게 하릴없이 하루해를 꼬박 다 넘겨 보내고 나서야 나타난다. 그것도 전도사의 몰골이 그의 예상과는 영 딴판이다. 석양을 등지고 피곤한 걸음걸이로 언덕길을 천천히 올라오는 전도사는 뜻밖에도 등덜미에 넝마 광주리를 짊어진 모습이다(그가 나중 가서 알게 된 일이지만, 전도사는 이날 그의 신전과 아랫동네가 이방인들의 무도한 곡괭이질 아래 박살이 난 사실도 모르고 그 신전과 아랫동네 사람들의 가냘픈 삶을 위해 하루 종일 시내를 쏘다니다 돌아온 길이었다. 그가 치러낸 노인들의 장례도 그의 그런 넝마주이 노릇으로 겨우 뒷감당이 된 일이었다).

전도사가 그에게 뜻밖인 것은 그의 모습만이 아니다. 그의 태연스런 태도와 말투가 그를 더욱더 놀라게 한다. 언덕을 천천히 올라오고 나서도 전도사는 눈앞에 벌어진 광경에 조금도 놀라는 기미가 안 보인다. 낙망을 하거나 분개하는 빛이 전혀 없다.

"허허, 이거 또 손님들이 한차례 다녀가신 모양이구먼."

그보다도 겨우 한두 살쯤밖에 나이가 더해 보이지 않는 갓 삼십대 초반의 사내. 마르고 왜소한 체구에 어울리지 않게 그가 한바탕 크게 웃는다. 늘상 당하고 겪어온 일이듯 태도나 말투가 천연스럽다. 하더니 전도사는 아직도 그 폐허 가운데에 그를 기다리고 있는 구종태의 정체가 궁금스러워진 듯 웃음을 멈추고 그에게 물어온다.

"그런데, 선생은 여기서 무슨 일로?"

"이곳 교회의 전도사님이시지요? 전 여기서 하루 종일 전도사님을 기다렸습니다."

그의 호탕하고 구김 없는 태도에 구종태 쪽도 생각보다 말길이 쉬워진다. 하지만 그는 심사가 미상불 편할 리 없는 그 전도사 쪽의 사정을 염두에 두면서 자신을 될수록 간단히 소개하고, 그곳을 찾아온 사연을 말한다. 그러자 묵묵히 입을 다문 채 구종태의 설명을 듣고 난 전도사는,

"저도 전에 그분들의 아드님이 서울 쪽에 한 분 살고 계시다는 이야기는 들었지요."

이상하게 좀 맥이 풀린 듯 심드렁한 어조로 간단히 대꾸한다. 하지만 그는 잠시 후 다시 그쯤은 어차피 이야기를 해줘야 하리라고 생각한 듯,

"헌데 일이 이렇게 되신 줄 모르고 있었다면 궁금한 일들이 좀 많으시겠지요……"

묻기도 전에 혼자 단정하고 나서는, 그 아들이 으레 알고 싶어 하고 있음에 틀림없을 일들, 이를테면 노인들이 그런 식으로 세상을 등져가게 된 사정이나 경위들— 그것은 이미 그도 들어서 알고 있는 일이었지만— 하며, 노인들이 묻혀 있는 장소와 마지막까지 살다간 무허가 가옥의 처리 과정 따위를 하나하나 썩 너그러운 목

소리로 설명해나간다.

하지만 그것들은 애초 구종태의 관심과는 거리가 먼 일들이다. 노인들이 묻혀 있는 땅이나 알고 나면 그만, 다른 일들은 이제 와서 별다른 뜻이 있을 수 없거나, 듣기만 괴롭고 거북할 뿐이다. 하여 구종태는 자기 쪽에서 오히려 이야기 중에 종종,

— 알겠습니다. 전도사님……, 그보다도 전도사님……

전도사의 이야기를 될수록 간단히 끝내고 싶어 한다. 이야기가 굳이 듣기 싫어서거나 돌아갈 길이 늦어져서만이 아니다. 자기 양친의 죽음의 뒷얘기를 때늦게 남에게 듣고 있는 그로서는 그편이 그 전도사 앞에서의 최소한의 도리인 듯싶었기 때문이다.

전도사도 마침내 그런 구종태의 심사를 알아차린 듯,

"어려운 길을 여기까지 오셨는데, 공연히 마음의 아픔만 더 얻어가게 해드렸군요."

더 이상 장황한 이야기를 피하며 어조가 다시 처음처럼 대범스러워진다.

"하지만 여기서 절 기다리면서 이런 활극을 구경하셨으니 그저 헛걸음은 안 하신 거 아닙니까, 허허."

전도사는 이제 그것으로 손님에겐 할 일이 끝났다는 듯 주위를 천천히 둘러 살피기 시작한다. 그의 태도나 웃음소리에 모처럼 허허한 외로움기가 어린다.

이제는 그도 그곳에 더 이상 머물러 있어야 할 일이 없어 뵌다. 지대가 높은 언덕 위도 어느새 저녁 어스름이 깔리기 시작한다. 돌아갈 길이 제법 늦어진 시각이다.

그런데 그는 거기서도 웬일인지 발길을 냉큼 돌려 서질 못한다.

전도사는 이미 그를 조금도 상관하지 않는다. 그와는 할 일이 다 끝났으니 오든지 가든지 알아서 하라는 듯 자기 일 쪽에만 매달리고 있다. 허물어진 건물 터에서 못 쓰게 부서진 판자 조각들을 주워다가 공터 한쪽에다 차곡차곡 쌓아간다. 그런 식으로 그를 깡그리 무시하고 있는 전도사의 태도가 왠지 모르게 마음에 걸려온다. 무참하게 파괴된 자신의 신전 앞에 실없는 우스갯거리라도 보아 넘기듯 하던 작자의 대범성도 쉽게 등을 돌리고 돌아설 수 없게 한다.

그는 전도사에게 덜미라도 붙잡힌 듯 언덕을 내려갈 엄두가 안 난다. 전도사의 그 무심스런 태도 속에 어디 한번 갈 테면 가보라는 듯한 무언의 압력까지 느껴져온다. 그리고 그 대범스런 웃음과 농담 투 속에 자신도 선뜻 입을 열어 말하기 어려운 뜨거운 분노 같은 것이 뻗쳐온다. 그러거나 말거나 전도사는 이제 모아 쌓은 판자 쪽에 성냥불을 켜 붙여 어둠 속에 훤한 화톳불을 만들고 있다.

"불은 지펴서 뭐 하시려고 그럽니까."

구종태는 아예 언덕을 내려갈 생각은 단념한 채 구경꾼처럼 우두커니 어둠 속에 서 있다가 이윽고 천천히 불가로 다가간다. 그리고 실없는 소린 줄 알면서도 짐짓 그렇게 전도사에게 묻는다.

그 소리에 전도사는 그가 웬일로 아직 거기 서 있느냐는 듯 의아스런 눈길로 그를 쳐다본다. 그리곤 무슨 당치도 않은 걸 묻고 있느냐는 듯 퉁명스럽게 대꾸해온다.

"밤기운이 아직 추운 때 아니오. 어둠 속에선 무얼 볼 수도 없는 게고."

"복구 작업을 하시려는 겁니까."

그가 놀라서 다시 묻는다. 이번에는 짐짓 한번 해보는 소리가
아니다. 이 추운 밤에, 어둠 속에서, 끼니조차도 마련한 일이 없
이……? 심상치 않은 전도사의 기세에 그는 새삼 놀라움이 앞선
다. 하지만 이번에도 전도사는 그를 무시한 채 묵묵히 혼자 불가를
떠나간다. 그리고 그 폐허 더미 속에서 다시 쓸 만한 판자 조각이
나 기둥감들을 한쪽으로 차근차근 가려 쌓기 시작한다.

구종태는 한동안 어둠 속으로 전도사가 하는 양만 우두커니 지
켜보고 있다가 이윽고는 자신도 불가를 떠나 전도사의 일거리를
거들기 시작한다. 무슨 분명한 목적이 있어서가 아니다. 전도사의
일이 힘들거나 안되어 보여서도 아니다. 그의 도움으로 허물어진
예배당이 금세 다시 일어설 것도 아니다. 예배당은 애초 두 사람의
힘으로는 다시 일으켜 세워질 수 있는 것이 아니다. 그는 그저 전
도사를 남겨두고 혼자 언덕을 내려갈 수가 없을 뿐이다. 아니, 그
보다 이 무모하고 고집스런 전도사와 그의 곁에서 왠지 밤을 함께
지새우고 싶어진 것이다.

전도사는 아직도 그의 일에는 아랑곳을 해오지 않는다. 그를 굳
이 말리려 하지도 않고, 그렇다고 무슨 고마움의 말을 건네오지도
않는다. 전도사는 말없이 자기 일만 계속해나가고, 구종태도 굳이
그 전도사에게 쓸데없는 소리를 건네려지 않는다. 구종태는 그저
전도사가 하는 일을 흉내라도 내듯이 묵묵히 그를 뒤따르고 있을
뿐이다. 시장기가 벌써부터 배를 훑고 있었지만 그런 걸 괘념할 계

제도 아니다. 판자 조각과 나무토막을 추리고, 돌멩이와 흙덩이를 가려 모으고, 그러다 문득 화톳불이 꺼져드는 기미가 보이면 이쪽 저쪽이 서로 차례를 번갈아 나무토막을 던져 넣어가면서, 두 사람은 마냥 묵묵히 자기 일만 계속해나간다.

구종태는 그러나 그 전도사의 고집스런 침묵 속에 무엇보다 분명한 그의 소리를 듣고 있다. 둘 사이엔 서로 말이 없을 뿐 마음의 흐름이 그치지 않은 때문이다. 그것은 오히려 어떤 절규보다도 깊고 분명한 믿음과 이해의 넓은 통로다. 구종태는 전도사의 침묵을 통해 그의 소리 없는 분노와 용서, 그리고 그 자신에 대한 끝없는 믿음과 다짐의 말들을 들은 것이다.

그러나 그 오랜 침묵이 둘 사이의 무슨 내깃거리는 아닌 것.

"불가로 가서 좀 쉬었다 할까요?"

두 사람이 말없이 폐허를 왔다 갔다 하는 가운데 몇 식경이나 시간이 흐르고 난 다음이다. 전도사가 오랜 일동무에게라도 하듯 그에게 문득 한마디 건네온다. 그리곤 손을 털며 터벅터벅 먼저 불쪽으로 걸어간다. 구종태도 이젠 육신의 기력이 파해가던 참이었다. 더욱이 그로선 일을 서둘러댈 이유가 없었다. 전도사의 소리에 그도 말없이 일손을 놓고 그를 따라 나간다. 그리곤 잠시 전도사와 나란히 화톳불의 열기를 마주하고 있다가 담배 한 개비를 꺼내 물면서 뒤늦게 생각난 듯 그에게 묻는다.

"어떻게…… 이런 식으로 아예 밤을 새울 작정이세요?"

그 역시 여태까지 전도사와 함께 긴 이야기를 나눠오던 뒤끝이듯 물음에 전혀 허물을 느끼지 않는다. 하지만 전도사는 웬일인지 거기서도 얼핏 대꾸를 해오지 않는다. 그는 다시 어떤 골똘스런 생각에 빠진 듯 어둠 속으로 한동안 아랫마을 불빛들만 묵묵히 내려다보고 있다. 철거반이 휩쓸고 간 아랫동네 쪽에도 아까부터 군데군데 불빛이 번지고 있었다. 깜깜한 어둠 속에 조용히 잠겨 있던 마을에 하나 둘 피어오르기 시작한 불빛을 신호로 밤이 깊을수록 그 수효가 늘어가고 있었다.

그것은 물론 전등불빛이 아니었다. 나무토막을 태우는 모닥불빛이었다. 거기서도 벌써 복구 작업들이 시작되고 있는 게 분명했다. 망치질 탕탕거리는 소리. 사람을 부르거나 외쳐대는 소리들이 언덕 위까지 들려오곤 했다. 깃발처럼 번져가는 불빛을 좇아 마을이 어둠 속에서 웅성웅성 잠을 깨고 일어서고 있었다.

전도사가 그 광경에 무심할 리 없었다. 그리고 마침내는 구종태가 그것을 눈여겨보고 있음도 알아차린 것 같았다.

"내가 이렇게 밤을 새우는 것은 내 손으로 내 예배당을 일으켜 세우려는 데서가 아닙니다."

나무토막 하나를 불더미 속으로 던져 넣으며 전도사가 이윽고 결심이 선 듯 입을 열어오기 시작한다.

"저 아랫마을의 불빛들을 보고 이미 아셨겠지만, 저 사람들은 이제 지치고 지쳐서 다시 일어설 힘들이 없습니다. 철거반 사람들이 지나갈 때마다 매번 보는 일이지만, 처음엔 모두 절망뿐이지요. 절망 속에서 다시 일어설 생각들을 못해요."

"……"

"이건 물론 의지나 용기 차원의 문제가 아닙니다. 절망의 수렁

152

에 주저앉은 사람들에게 누군가가 먼저 그 절망의 수렁에서 다시 일어서는 걸 보여주는 게 필요하지요. 적어도 다시 일어서는 모습이라도 보여주어 저들의 지친 넋을 깨워 일으켜야 한단 말입니다. 그것도 아주 저들의 넋이 가라앉아버리기 전에 신속하게 서둘러……"

그동안 내내 침묵 속에 묻어둔 이야기들을 한꺼번에 쏟아놓고 있는 듯 전도사의 어조에는 서서히 뜨거운 열기가 어려든다. 구종태는 그냥 입을 다물고 듣고만 있었고, 전도사가 혼자 말을 계속해나갔다.

"말하자면 이 언덕 위의 불빛은 그런 일으킴의 신호인 셈이지요. 그리고 일단 복구의 망치를 움켜쥐고 일어선 사람들을 다시 쓰러지지 않게 지켜줄 깃발인 셈이구요. 위치가 마침 언덕 위라서 그 일을 위해선 이곳이 아주 적당한 자리가 되고 있는 거지요. 그래서 나는 철거반이 이곳을 지나갈 때마다 그 적막스런 초저녁 정적 속의 어둠을 향해서 이곳에 신홋불을 올리곤 하지요……"

"……"

"이 언덕 위의 모닥불빛은 그래 저들이 나를 시켜 밤새워 어둠을 지키게 한 저들 자신의 불빛인 셈이지요. 아니 이 불빛만이 아니라 이 예배당 자체가 저들 자신의 집인 셈입니다. 저들이 와서 다시 일으켜 세워야 할 저들의 예배당…… 내가 여기 이러고 있는 것도 그래 내 손으로 다시 예배당을 일으켜 세우기 위함이 아니라 오히려 저들을 기다리기 위한 방법일 뿐이지요. 저들이 저들의 집을 세우고, 남은 힘을 합해 여기로 와서 다시 이 예배당을 일으켜 세워주기를 기다리는…… 저들이 올 희망이 없다면 나 혼자선 이 일을 감당해낼 용기도 없거니와, 이곳에 더 이상 예배당이 서 있어야 할 이유도 없으니까요……"

전도사가 이야기에 열을 올리고 있는 동안도 아랫마을 쪽에서는 어둠을 밝히는 불빛들이 갈수록 수를 더해갔다. 아닌 게 아니라 그것은 일종의 삶의 깃발이요, 회생의 함성에 다름 아니었다. 그 우렁찬 깃발의 함성이 그의 가슴을 갈수록 뜨겁게 달궈오고 있었다. 그는 그 깃발들의 함성에 화답을 보내듯 자꾸만 불더미로 나무 토막들을 던져 넣고 있었다.

"그야 저들이 이 예배당을 다시 일으켜 세우러 오고 안 오고는 오직 저들의 생각에 달린 일이지요. 내가 여기서 할 수 있는 일도 저들을 이렇게 기다리는 것뿐이구요. 하지만 저들이 와주거나 않거나 그때까진 적어도 이 불길을 내가 먼저 꺼뜨려버릴 수는 없습니다. 내게 그럴 권리는 없는 겁니다."

전도사는 거기서도 이야기를 더 계속해나갔다. 그러나 이제 구종태는 그 전도사의 이야기 한마디 한마디를 귀를 통해 듣고 있지 않는 느낌이었다. 전도사는 그의 입과 눈과 가슴으로, 그리고 어둠을 등지고 허공으로 우뚝 솟아오른 거대한 모습(그의 왜소한 몸집이 그토록 갑자기 거대해 보이다니!)으로 그의 소리를 전해왔다. 그것은 말이 아닌 울림이었고, 구종태 역시도 그 깊숙한 울림의 소리를 눈과 귀와 가슴을 포함한 그의 몸 전체로 받아들이고 있었다……

다시 한 식경이나 시간이 흘러갔다. 때는 어느새 자정을 지나 새벽녘이 거의 가까워지고 있었다. 두 사람은 이윽고 다시 어둠 속으로 들어가 묵묵히 폐허를 오가기 시작했다. 하지만 그것으로 두 사람의 이야기가 끝난 것은 아니었다. 구종태는 아직도 전도사의 말을 듣고 있었다. 전도사의 무엇이 그의 가슴을 계속 울려오고 있었다. 그리고 그 역시 그 울림으로 전도사를 향해 말하고 있었다.

— 저들이 정말로 여기로 와줄까요?

— 그것은 저들이 정할 일입니다.

— 저들이 끝내 와주지 않는다면?

— 그땐 예배당도 필요가 없겠지요……

어둠 속을 오가는 두 사람의 가슴속에 그런 마음속 울림의 대화가 끝없이 되풀이되어 나가고 있었다. 기다림도 그만큼 간절했다.

그런데 그 전도사의 기다림은 결국 헛된 것이 아님이 드러난다. 동편 하늘이 훤히 밝아올 무렵. 밤새 제자리에서 어둠을 지켜오던 마을의 불빛들이 드디어 심상찮은 움직임의 기미를 보이기 시작한다. 불빛들이 하나하나 언덕 쪽을 향하여 이동을 시작한다. 그리고 작은 물줄기들이 서서히 강물을 이루어 흐르듯 어느새 길고 거대한 불빛의 흐름으로 변하여 그 언덕 위의 예배당을 향해 우렁찬 행진을 시작해오고 있었다.

마을과 예배당의 복구작업은 연 사흘 만에야 대강 마무리가 지어진다. 마을 쪽 일은 이틀 만에 끝이 났고, 사흘째는 온통 마을 전체가 예배당 일에만 손을 모은 끝이었다. 언덕 위에선 새벽녘마다 장엄스런 재건의 불꽃 축제가 연사흘이나 벌어진 셈이다. 그리고 마침내 사흘째가 되던 날, 이날은 아예 초저녁께부터 일대를 대낮처럼 훤히 밝혀대던 거대한 화톳불이 천천히 시들어 꺼지기 시작했을 때, 언덕 위에는 마을 사람들의 땀과 소망을 딛고 일어선 옛날 그대로의 흙집 예배당이 부옇게 밝아오는 새벽 여명 속에 다시 모습을 드러낸 것이다……

구종태는 물론 아직도 그곳에 남아 있었다. 그리고 전도사와 함께 흙 묻은 손을 하고 예배당이 다시 일어서는 것을 보았다. 그는 이제 그것으로 그곳을 떠나야 할 사람이었다. 굳이 떠나야 할 자신의 일이 있는 것은 아니지만, 그곳에는 이제 그가 남아 거들 더 이상의 일이 없기 때문이었다. 그는 애초에 남의 일에 끼어든 이방인이기 때문이었다.

하지만 그는 거기서도 끝내 그곳을 떠나지 못한다. 그것은 자신이 그것을 원하지 않은 때문이기도 했지만, 그로서는 전혀 상상도 못한 일이 연이어 일어났기 때문이다. 바로 이날 아침, 날이 훤히 밝자마자 철거반 사람들이 다시 마을을 덮쳐 들어온 것이다. 마치 어디선가 복구 작업이 끝나기를 기다리고 있다가 용케도 제때에 그것을 알고 나타난 것처럼.

사흘간의 노역 끝에 간신히 일어선 마을과 교회는 변변한 항의 소동 한번 벌여볼 틈도 없이 순식간에 다시 폐허가 되고 만다. 그리고 하필 그 복구 작업이 끝났을 때 철거반이 다시 덮쳐 들어온 것은 결코 우연한 일이 아님이 밝혀진다.

"전에는 일단 복구 작업이 끝나면 한두 달은 잠잠히 지나가곤 했지요. 아니면 아예 처음부터 복구 작업을 방해하고 나서거나……"

예배 한번 올려보지 못하고 새 예배당을 다시 폐허로 만들어버린 전도사가 씁쓸하게 웃으며 그에게 일러왔다.

"그런데 요즘 와선 저 사람들 작전이 달라진 것 같아요. 복구 작업이 끝날 때까지 우정 모른 척 기다리고 있다가 때맞춰 쑥밭을 만들곤 하거든요. 이런 식으로 당한 게 두번째예요. 하긴 그편이 이쪽을 쫓는 덴 훨씬 가혹하고 효과적일 테니까……"

철거 소동이 시작된 것은 이미 2년여 전부터의 일이며, 일을 당한 것은 이래저래 모두 열 차례 가까이나 된다는 것이다. 세우면 부수고, 부수면 세우고, 처음에는 그 부수는 사람과 세우는 사람들 간에 몸을 부딪는 소동이 잦았으나, 이제는 아예 그런 일조차 없다는 것이다. 부수고 다시 세우는 일은 서로 간에 여유 있게 차례를 기다렸다가 시작하는 식이랬다. 그게 일종의 게임 비슷한 것으로 되어가고 있댔다. 그래 마을 사람들은 철거반이 들이닥쳐 마을과 예배당을 부숴댈 때도 그것이 마치 다음 차례의 남의 일이나 되듯이 한쪽에서 얌전히 지켜볼 정도가 되고 만 것이랬다.

불행한 것은 그러나 그 게임이 언제 끝날지를 알 수가 없는 것, 어느 쪽도 먼저 게임을 포기하고 물러설 기미를 안 보이고 있는 것이었다.

"그럼 이번에도 같은 일을 한 번 더 되풀이할 참입니까? 결과는 어차피 같은 식이 될 것을 알면서도 말입니다."

사정을 알고 난 구종태는 마지막으로 전도사에게 물었다. 전도사는 물론 그 물음에 묵묵히 고개를 끄덕였다.

일은 결국 그렇게 된 것이었다. 게임이 아직 끝나지 않고 있는 것이다. 그런데 그게 구종태에게 어떤 상관이 있는 일이었을까. 그리고 그가 거기서 무엇을 더하고 덜할 수 있는 일이었을까. 그것은 물론 아무도 분명한 것을 말할 수 없는 일일 터이다. 하지만 어쨌거나 구종태는 그로 하여 전도사 곁에 다시 주저앉게 되고 만다. 그리고 전도사 곁에서 마을 사람들과 함께 그 끝남이 있을 수 없는 마을과 예배당의 복구 작업에 자신의 일손을 보태어나간다.

진도사는 바로 이날서부터 다시 일을 시작한다. 낮에는 마저 마을이 부서져 내리기를 기다렸다 저녁 어둠이 덮여 내리기 시작하자 언덕 위에 다시 화톳불을 만든다. 그리고 그런 식으로 초저녁녘에는 그와 단둘이서, 새벽녘이 다가오면 마을 사람들과 함께 다시 사흘 밤낮을 작업으로 지새운다.

그런데 구종태는 전도사와 그런 식으로 며칠을 지내면서 새로운 사실 한 가지를 알게 된다. 전도사는 그저 오기와 광기로 무모한 싸움을 이끌어온 것이 아니었다. 그에겐 실상 교회를 다시 일으켜 세우는 일보다 더 힘들고 먼 계획이 숨겨져 있었다.

당국에선 그간 그저 무작정 부수고 쫓기만을 해온 것이 아니었다. 이곳 사람들은 그동안 당국으로부터 여러 차례 다른 지역으로 이주를 권고받고 있었다. 단독으로든 집단으로든 자진 철거를 조건으로 하여 상당액의 이주 정착금을 지원받아왔을 뿐 아니라, 그에 따른 성과도 작은 편이 아니었다. 더러는 시영아파트의 입주권을 얻어 나간 사람도 있었고, 더러는 새 개간지를 분양받아 가족을 이끌고 시골로 떠나간 가구도 상당수에 이르렀다.

하지만 그것으론 마을의 가구 수가 줄어들지 않는다는 게 진짜 문젯거리였다. 한 가구가 떠나면 새로 다른 가구가 들어오고, 게다가 아파트 입주권 따위를 얻어 일단 마을을 떠나갔던 사람들도 대개는 몇 달 후에 하나 둘 되돌아오기가 일쑤랬다. 나머지 입주금을 충당할 길이 없는 사람들에겐 얼마간의 웃돈이라도 챙겨 돌아오는 것이 그중 현명한 방법이 되고 있었다.

천변 마을은 가구 수가 줄기커녕 날이 갈수록 사람 수가 늘어갔다. 그것은 마치 건드릴 때마다 덧이 나는 상처 같은 것이었다. 한차례 철거 소동이 지나갈 때마다 덧이 난 상처처럼 변두리가 더 넓게 퍼져갔다.

하여 당국에선 마침내 방법을 달리하기 시작한다. 당국에선 이제 이주 보조금을 전제로 한 자진철거조차도 권하지 않았다. 이젠 무조건 들부숴 내쫓았다. 그것도 막판엔 마을과 교회가 비칠비칠 다시 일어서길 기다렸다가 일격에 내리쳐 부숴버리는 식이었다. 천변 주민들도 거기엔 대책이 없었다. 부서진 집과 예배당을 밤일로 다시 일으켜 세우는 것도 그저 마지막 안간힘의 몸부림일 뿐 그 이상의 의미는 있을 수 없었다. 전도사도 물론 그것을 알고 있었다. 한데도 그 의미 없는 파괴와 재건의 게임을 되풀이해온 데에는 그 나름의 계획이 있었기 때문이다. 그 끝없는 게임의 되풀이는 이를테면 전도사의 그 은밀스런 계획을 위한 사전준비의 한 가지인 셈이었다. 그리고 그 연습 과정은 바야흐로 지금 막 막바지 고비에 이르고 있었다.

마을과 예배당의 복구 작업은 다시 밤낮 사흘 만에 끝이 난다. 그리고 복구 작업이 끝나자마자 마을은 다시 한 번 쑥밭으로 변한다. 전도사는 이제 폐허가 된 언덕 위에 다시 화톳불을 올리기 위해 밤을 기다리지 않았다. 마을과 예배당을 다시 일으켜 세우는 대신 이날로 바로 마을 대표 몇 사람과 구종태를 데리고 모처럼 시골길 나들이를 다녀왔다. 그리고 이날 해가 질 무렵 나들이에서 돌아오자 그 밤으로 자기 예배당의 폐허 위에서 마을 주민들의 총회를 개최한다.

그가 이날 낮 마을 대표들과 나들이를 다녀온 곳은 경기도 서해안 쪽 아산만 부근의 한 한적한 바닷가. 거센 바닷바람 속에 오랫동안 내버려진 야산 국유지로 일찍부터 당국에서 이 마을 사람들의 이주 정착지로 예정해온 곳이었다. 그러나 그동안 누구도 감히 그곳으로의 이주를 감행하려 하거나 머릿속 생각조차 해보지 않았던 곳. 이주의 결심이나 고려는 고사하고 말을 입 밖에 내는 것조차 금기로 여겨오던 곳이었다. 현장을 답사해보고 온 사람이 없는 것은 물론이고, 거기 그런 땅이 자신들의 이주지로 예정되어 있다는 사실조차 기억하는 사람이 거의 없었다.

하지만 전도사는 그렇지 않았다. 전도사는 언제까지나 마을 사람들이 이곳에서 버티어낼 수가 없음을 알고 있었다. 그것이 비록 가능하다 하더라도 오히려 그럴 수가 없는 일이었다. 그럴 수도 없고 그래서도 안 되었다. 천변은 언젠가는 떠나야 할 곳이었다. 거기선 무엇보다 삶의 생성이 정지되어 있었다. 그것은 일종의 삶의 굴레였다. 갈 곳이 있으면 떠나야 할 곳이었다. 거기에 용기가 필요할 뿐이었다. 그는 그때가 오게 될 것을 믿었다. 그리고 그때를 기다리고 있었다.

그는 바로 그때를 대비해 혼자 준비해오고 있었다. 마을 사람들 몰래 현장을 찾아가 이런저런 가능성을 살펴보았다. 그로선 가능성이 엿보이는 곳이었다. 그는 혼자서 결론을 내리고 머릿속 궁리를 계속해나갔다. 그리고 마침내 그가 기다려온 결단의 시기가 다가온 것이었다. 이날 낮 전도사의 시골 나들이는 마을의 대표들에게 그곳을 직접 보게 해주기 위한 것이었다. 그리고 이날 밤 언덕 위의 회의는 마을 주민들의 마지막 결단을 묻기 위함이었다.

"……오늘 낮 여러분들 중의 몇 분과 함께 직접 가서 보고 온 일입니다만, 우리에게 주어질 땅은 상당히 넓습니다. 야산 지역과 골짜기를 합해서 전체 면적이 30여 정보나 되니까요……"

전도사는 이날 밤 마을 사람들 앞에서 그가 그동안 조사하고 궁리해온 새 이주지에 대한 자신의 정보와 가능성들을 허심탄회하게 모두 털어놓았다.

"그 대신 토질이 매우 척박하고 바닷바람이 거세어 웬만한 각오와 노력이 아니고는 작물 재배 같은 일에는 어려움이 퍽 많을 것도 사실입니다. 어쩌면 아예 산지 쪽에는 마을을 이루고 가축을 치는 외에 밭작물밖에는 기대할 수가 없겠구요…… 그러나 너무 실망들은 마십시오. 육지는 그저 우리의 삶을 의탁할 최소한의 담보일 뿐입니다. 그 땅에 대한 저의 기대는 야산 지역의 개간에보다도 앞쪽 바닷가 개펄에 있으니까요……"

그것은 전도사가 처음부터 그 이주 정착의 성패를 걸고 나선 막패거리였다. 이주 정착의 성패뿐 아니라, 당장 이날 밤의 설득의 성패도 거기에 모든 것이 걸려 있는 일이었다. 이주 예정지로 되어 있는 그 야산의 양쪽 끝 산기슭 안으로는 우연찮게도 바다 한 자락이 반원형으로 깊이 안겨 들어와 있었다. 썰물 때 드러난 개펄의 넓이가 작게 잡아도 30정보는 충분했다. 전도사는 썰물 때의 수심 3미터 정도만 바다를 막아도 제방 길이 9백 미터 정도의 순 가경 면적 50, 60정보는 손쉽게 건져 올릴 수 있으며, 거기서 거둔 곡량으로 2백 가구 정도의 1년 식량은 충분히 확보해나갈 수 있다고, 수치까지 차근차근 계산해 보였다. 거기에 더해 전도사는 구체적인 일의 착수와 진행 방법에 대해서도 이미 적지 않은 검토와 연구를 거듭해오고 있었으므로, 자력으로 일을 치러나가는 데 필요한 공법 지식들하며 다른 간척장들의 공사 경험을 하나하나 예를 들어가며 소개해나갔다. 그리고 나서 그는 마지막으로 다시 한 번 주민들의 용기와 결단을 촉구했다.

"여러분들이 결단을 내리는 데는 그러나 아직도 여러 가지 문제가 있겠지요. 이를테면 우리가 그곳으로 옮겨갈 이주 방법에서부터, 제방 공사가 끝나고 그곳에 우리들의 굳건한 삶의 터전을 마련하게 되기까지의 생계대책 등…… 그런 것들은 정작 우리가 계속 연구하고 헤쳐나가야 할 어려운 문제들임에 틀림없습니다. 하지만 지금 저의 생각으론 그런 모든 일들에 앞서 더욱 급하고 중요한 것이 여러분의 용기와 결단력인 듯싶습니다. 어떤 고난과 역경에도 꺾이지 않을 불요불굴의 각오와 용기, 그리고 그런 용기 위에서의 여러분 자신의 자의적인 결단, 지금 이 시점에선 그것이 무엇보다 앞서야 할 것입니다. 전 더 이상 말하지 않겠습니다. 그러나 전 이 점만은 분명히 알고 있습니다. 우리가 지금까지 이곳에서 살아온 것은 참다운 삶이 아니라는 것을 말입니다. 쫓기고 부서지며 간신히 목숨만을 지탱해온 삶, 하긴 그렇게 쫓기고 부서지면서도 몇 번이고 다시 일어서긴 했지요. 하지만 일어서기만 하면 무엇합니까. 그것은 진짜 도전이 아니었습니다. 도전의 방향이 잘못되어 있었습니다. 우리의 삶은 싸우기 위하여 받아 나온 것이 아닙니다. 행복하게 살고자 태어난 것입니다. 행복한 삶이 태어날 때부터의 우리의 권리인 것입니다. 다시 일어서는 것만으로는 족하지 않습니다. 싸우는 것만으로도 족하지 않습니다. 그 싸움은 우리들의 행복한 삶을 위한 것이어야 합니다. 우리 모두의 행복한 삶을 위한 보다 더 보람 있고 적극적인 도전이 되어야 합니다. 그 행복한 삶을 위한 도전이 없는 삶은 생성이 정지된 죽음일 뿐입니다. 하지만 저는 우리가 여기서 지금까지 겪어온 일들이 그저 헛된 일이었다고는 말하지 않겠습니다. 그것은 아마 우리의 새로운 도전 앞에 수없이 닥쳐들 장애와 고난거리를 헤쳐나가는 데에 더없이 훌륭한 밑거름이 되어줄 줄 믿습니다. 그리고 여러분의 인내와 용기, 그 결단을 위한 불가결의 디딤돌이 되어주리라 믿습니다. 아무쪼록 여러분의 허심탄회하고 자의로운, 그러나 용기 있는 결단이 내려지기를 바랍니다. 그 결단이 어느 쪽이든 저는 여러분의 뜻을 따를 것입니다. 저는 다만 그 결단이 어느 쪽이든 이제 다시 이 언덕 위에 예배당을 짓지는 않을 것입니다. 이곳은 그저 파괴와 저주뿐, 희망이 없는 죽음의 땅일 뿐이기 때문입니다. 다시 예배당을 짓게 된다면 그것은 오직 그 바닷가 개펄이 육지로 변한 다음의 그 땅 위에서뿐일 것입니다. 그 예배당이 다시 지어지고 못 지어지는 것은 저의 뜻에 달린 일이 아닙니다. 그것은 오직 여러분의 용기와 결단에 달려 있는 일입니다……"

 천변에서의 끝없는 싸움에 기력이 이미 다해버렸기 때문일까. 아니면 모든 것을 그저 마을 사람들의 뜻에 맡기겠노라면서도 누구보다 치밀하고 소망이 간절한 그 전도사의 인간과 열성에 그만큼 신뢰감이 갔기 때문일까. 그것도 아니라면 또 너무도 침통하고 숙연스런 회의장의 분위기 때문이었는지도 모른다.
 마을 사람들의 마음은 예상보다 훨씬 쉽게 합해졌다. 현장을 다녀온 마을 대표들은 물론 새로 회의에 참가한 사람들도 반대 의사를 말하고 나서는 사람이 없었다. 처음엔 그저 묵묵히 입들을 다문 채 듣고만 있는 것이 어딘지 냉랭한 분위기마저 감돌았다.
 —이 일은 너무 서둘러 결정을 내려서는 안 되오.
 —전도사님이 보증을 하시겠소? 일을 실패하면 그 책임은 누가 질 것이오.
 뒤늦게 몇 마디 튀어나온 소리들도 기껏 그 정도의 신중론과 회의, 그리고 전도사에 대한 다그침 정도였다. 하지만 전도사가 좀 더 설득을 계속해가는 동안 집회장은 차츰 분위기가 변하여 뜨거운 열기가 솟아오르기 시작했다.
 —옳소!
 —밑질 것 없다!
 —갑시다!
 여기저기서 박수 소리가 일어나고, 결단과 동의를 재촉하는 소리가 회중에서 서로 화답을 해왔다.

전도사의 긴 설득이 끝나고 주민 자신들의 생각을 의논할 차례가 주어지자, 이번에는 서로 자신의 결심을 앞서 말하려 집회장이 수라장을 이룰 정도였다. 그 열띤 분위기 속에 뜻이 아직 정해지지 못한 사람조차 섣불리 입을 열고 나설 수가 없었다. 아니, 전도사에겐 모든 결정을 각자 주민들의 뜻에 맡긴다는 전제가 있었으므로, 설령 누군가가 그를 따르려지 않는다 하더라도 그것을 굳이 거기서 우기고 나서야 할 이유도 없었다. 하지만 실제로 그런 사람이 있었거나 없었거나 그것으로 일단 마을의 총의는 결정이 난 셈이었다.

천변에선 바로 이튿날부터 마을 주민 전체의 운명이 걸린 집단 이주의 준비가 시작됐다. 주민 대표들로 이주 준비위원회가 구성되고, 나머지 사람들도 이주 전과 이주 이후의 여러 업무 분담을 위하여 성별 연령별 능력을 기준한 여러 형태의 작업반이 편성됐다.

전도사는 그 준비위원회 사람들과 행정 요로를 찾아다니며 주민의 이주와 새 정착촌 건설에 필요한 여러 가지 당국의 지원책을 요청하는 한편, 나머지 시간으로는 새 이주 예정지를 오가며 정착촌 건설과 야산지 개간 및 간척사업의 추진에 필요한 세밀한 계획표를 만들어나간다. 그 일엔 물론 당국으로서도 전혀 반대할 이유가 없게 마련. 시와 도에서는 쌍수를 들어 이주 계획을 환영하고 나섰다. 이런저런 교섭 끝에 당국에서는 집단 이주에 필요한 수송수단은 물론, 새 정착촌 건설을 위한 간이 주거 시설 자재와 제반 공구의 제공, 그리고 야산지 개간과 간척 공사 기간 중의 최소 생계비와 일정 비율의 공사비 지원까지 약속하기에 이른다.

그로부터 한 달 후, 남쪽으로부터 꽃소식이 한창 북상해오던 4월 초순의 어느 화창한 봄날. 천변 마을 총주민의 5분의 4에 해당하는 2백여 가구의 희망찬 대이주는 마침내 힘찬 결행을 보기에 이른다.

그러나 세상일이란 의욕과 각오만으로는 마지막 결과를 장담할 수 없었다. 이들의 이주와 정착사업엔 바로 이날부터 수많은 장애와 고난이 뒤따른다. 애초의 예상과 각오를 넘어선 엄청난 시련과 난제들이 잇따른다.

버려진 땅에는 그 땅이 버려져온 이유가 있게 마련. 돌자갈 많고 바닷바람 드센 야산지에는 힘든 개간 끝에 씨를 뿌려보아도 수확다운 수확을 거두어들일 수가 없다.

간척장 일도 의욕만 너무 앞서다 보니 뜻하지 않은 시행착오들이 빈발한다. 사전 조사와 작업 계획에 아무리 철저를 기했다 하더라도 그런 시행착오 없이 자력 공사를 이끌어가는 데는 지혜와 능력에 한계가 있게 마련이다.

게다가 애초의 약속과는 달리 당국의 지원도 시원치 못하고, 이해와 자리다툼이 끊이지 않는 주민들 자신간의 인화단결 또한 처음 기대와는 훨씬 딴판이다. 날과 달이 바뀌어감에 따라 불화와 실망으로 일찌감치 손을 털고 정착지를 떠나가는 가구들까지 상당수 생겨난다.

그런 가운데에도 정착사업은 제법 꾸준히 계속되어나간다. 떠나간 사람보다 남은 사람이 많고, 실망 뒤에는 늘 새로운 각오와 희망이 뒤따른다. 이주 뒤의 첫 어려운 몇 달이 지나고, 바닷가의 첫 겨울을 맞게 될 무렵쯤 해서는 사업에 제법 본격적인 공사의 기틀이 잡혀간다. 천막촌에 불과한 모습이지만, 야산 구릉지의 분지 한복판에 그런대로 썩 깨끗하고 정연한 마을이 들어앉고, 일대의 야산도 씨를 뿌려볼 만한 땅은 상당한 넓이까지 개간이 끝난다. 그리고 그것으로 이후부터는 마을 사람의 모든 일손을 간척공사 한 곳으로 모을 수 있게 된다……

간척장 일은 이주 후 한 달쯤서부터 이미 일부 인력이 투입되어 오던 터에 그 한 달쯤 만엔 수심 측량과 방조제 설계 등 기초적인 준비작업을 모두 끝내고 구체적인 공사의 진행표가 확정됐다. 이어 당국의 지원을 얻어 공사 자재와 공구들을 확보하고, 방조제 축조의 예정선을 따라서 물 속 깊숙이 투석작업이 시작됐다. 여름 한철 내내 산기슭을 깎아 궤도차를 굴리고 배를 저어 실어다 던져 넣은 바윗돌 무더기가 그새 양쪽에서 상당한 길이까지 뻗어나가 있었다. 거기다 이제 정착촌 건설과 야산지 개간사업이 일단락지어진 가을께부터는 마을의 일손이 모조리 투석 작업 한 가지로 모아지게 된 것이다.

공사 진척도가 그만큼 눈에 띄게 빨라지기 시작한다. 겨울 한철이 지나고 다시 바람결이 부드러워진 봄철로 접어들자 그새 양쪽 산기슭에서 뻗어 나온 바윗돌 둑이 멀지 않은 물길을 사이로 바다 한가운데서 서로 마주 보기에까지 이른다. 그리고 그것으로 이제 제방의 기반을 쌓는 투석 작업은 미구에 끝이 나게 될 것처럼 보인다.

하지만 시련은 거기서부터가 오히려 시작인 셈이다. 바윗돌들이 쌓여갈수록 지반이 약한 해상(海床)이 그 하중을 지탱해내지 못한다. 쌓여 오른 바윗돌 둑이 자꾸만 물속으로 가라앉아 들어간다. 다른 공사장들의 경험에 비추어 어느 정도의 침하는 미리 각오가 되어 있는 터였지만, 정도가 예상을 훨씬 뛰어넘는다. 침하 현상은 해상의 지반이 약한 한두 군데서만 그치질 않는다. 이곳을 쌓아 올리면 저곳이 가라앉고, 저쪽을 손보고 나면 이쪽이 사라지고, 돌둑 전체가 끊임없이 울퉁불퉁 숨바꼭질처럼 가라앉아 들어간다. 일단 침하가 지나간 곳조차 전혀 마음을 놓을 수 없다. 같은 지점에서도 몇 번씩 침하가 되풀이되는 경우까지 생긴다.

낭패스런 일은 그뿐만이 아니다. 돌둑이 물 위로 솟아오르면서부터는 그것이 자연 조수의 흐름을 방해하게 마련이었다. 돌둑은 자주 그 조수의 압력에도 견뎌나지 못한다. 솟아오른 바윗돌들이 물길에 안팎으로 자주 휩쓸려나간다. 수심이 깊어지고 조수의 흐름이 거세어지는 사리 무렵이면 돌둑이 몇 미터씩 통째로 휩쓸려나가버리기도 한다. 돌둑이 높아져갈수록 조수는 그만큼 더 흐름을 방해받고, 흐름을 방해받은 조수의 행패도 그만큼 악착같고 사나워져간다.

공사의 진척이 그만큼 힘들고 더디어질 것은 당연한 이치다. 마을 사람들은 전도사를 중심으로 서로서로 격려하고 위로해가면서 몇 번이고 거듭된 낭패를 딛고 다시 일어선다. 가라앉으면 다시 돌을 던져 넣고, 휩쓸려나가면 그 즉시 둑을 다시 이어놓았다. 그것은 마치 그 천변에서 부서져 허물리면 다시 지어올리고, 내쫓기면 다시 모여들곤 하던 그 끝없는 싸움의 되풀이와 한가지였다. 전도사가 바라던 그 지침 없는 도전력의 재현인 셈이었다.

하여 또 한 번의 여름과 겨울이 지나가고 세번째 봄을 기다릴 무렵, 그 끝없는 시련도 드디어 마지막 종막을 고하기에 이른다. 돌둑의 침하와 절단 현상이 이때부터 차츰 사라져간 것이다. 둑이 통째로 가라앉거나 조수에 휩쓸려 끊겨나가는 일은 더 이상 일어나지 않는다. 지반이 그만큼 단단해지고 돌둑도 그만큼 튼튼해진 것이다.

공사는 이제 그것으로 방조제의 외벽을 다듬어 올리고, 그 안쪽에 흙을 채워 쌓는 축토 작업 단계로 접어들기 시작한다. 그리고 다시 1년이 흐르고 난 이듬해 5월. 공사는 마침내 둑 안팎으로 조수의 흐름을 완전히 끊어 막는 마지막 절강공사 단계에까지 이른다. 마을엔 오랜만에 잔치 기분이 감돌고, 능력껏 풍성한 음식을 장만한다. 그리고 원근의 사람들을 불러들여 성대한 절강제 행사를 치른다. 이제 남은 일은 제방 안쪽의 축토 작업을 마무리 짓고, 수문을 드나드는 물길을 구획하여 마지막으로 50여 정보에 이르는 넓은 개펄을 기름진 옥토로 가꿔내는 일뿐이었다.

절강제의 들뜬 축제 분위기가 가라앉고, 마을 사람들은 계속해서 다시 땀을 흘리기 시작한다. 기름진 옥토가 바로 눈앞에 보인다……

그런데 바로 이해 9월, 뜻하지 않았던 배반극이 시작된다. 그리고 그것은 이 마을 사람들에게 마지막 좌절의 결정타가 되고 만다.

배반의 서막은 먼저 하늘에서부터 열려왔다. 사리 때가 가까운 이달 중순 무렵, 위태위태하던 초가을 태풍이 서해안 일대를 모질게 휩쓸고 지나갔다. 간척장은 그 바람에 하룻밤 사이에 제방이 세 곳이나 끊어져나가고, 개펄도 다시 질펀한 바닷물로 마을 앞까지 들어차버린다. 3년간의 소망과 질긴 노력이 하룻밤 사이에 다시 허사로 돌아가고 만 것이다.

마을은 다시 깜깜한 절망의 수렁 바닥으로 주저앉아버린다. 밤 사이에 홀연 옛날 모습으로 되돌아가버린 바다를 보고도 그저 허망하고 무심스런 눈길뿐 원망의 소리 한마디 하려질 않는다. 원망이 있어도 그것을 말할 입이나 기력을 잃고 만 것이다. 쥐 죽은 듯 허탈스런 침묵만이 한동안 마을을 무겁게 짓눌러 흐른다. 그 침묵 속에 마을 사람들은 마치 건주정이라도 해대듯 며칠이고 그저 집 안에서 사지를 버둥버둥 뒹굴고 있을 뿐이었다.

그래도 아직 몸을 움직이고 다니는 것은 전도사 한 사람뿐. 전도사만이 아직 무너지지 않고 이곳저곳 다시 일을 서두르고 다닌다. 하긴 전도사도 사태가 절망스럽기는 매한가지다. 아니 그에겐 마을의 누구보다 그 절망이 크고 두렵다. 안양천변을 떠나올 때 그는 그곳 언덕에는 예배당을 다시 지어 세우지 않겠노라 했었다. 그의 예배당은 이곳의 바다가 육지로 변한 땅 위에 다시 짓겠노라 다짐을 했었다. 그는 이주 3년이 흐른 지금까지도 하느님을 위한 예배당을 못 짓고 있었다. 그것은 아직도 바닷물 속의 개펄이 육지로 바뀌지 않고 있는 때문만이 아니었다. 전도사는 먼저 눈에 보이는 예배당부터 세울 생각이 없었다. 그 안양천변 언덕 위에서 수없이 예배당을 부수고 짓는 동안 사람들은 바로 그 가슴속에 자신의 예배당을 지어온 것이었다. 그 눈에 보이지 않는 자신들의 예배당을 사람들은 이곳까지 지녀온 것이었다.

—내가 무엇을 얻었거나 얻으려 하든지, 그리고 내가 어디로 가서 머무르려 하든지, 나는 먼저 주님께 바치며, 그곳에 먼저 주님을 위한 집을 짓고, 그 주님을 경배하며 의지하리라.

이때나저때나 전도사의 기도엔 어떤 변화도 찾아보기가 어려웠다. 하지만 이 핍색한 환경에서, 이 힘들고 오랜 노역 앞에 예배당을 먼저 지을 수는 없었다. 게다가 이미 사람들의 마음속엔 저 나름의 신전들이 모셔져 있었다. 자신의 약속도 약속이지만, 아직은 예배당을 지어 세울 계제가 아니었다. 예배당을 짓는다면 자신의 약속대로 바다가 육지로 변한 다음에도 때가 늦지 않을 터였다. 그것은 이미 마을 사람들에게도 누차 다짐을 주어온 일이었다. 때로 몇몇 열성파 신자들이 그 점을 못마땅하게 추궁해왔을 때도 오히려 그들을 설득해온 그였다.

전도사에겐 그 방둑을 쌓아 막는 일이 예배당을 세우는 일 바로 한가지였다. 그는 그의 예배당을 세우듯 기도 속에 그 일을 해온 것이다. 그리고 자신의 기도와 경배가 부족함을 느낄 때는 일터에서나 어디서나 때와 장소를 가리지 않고 수시로 예배를 드려온 것이다.

그런데 거기 어떤 오만스런 불경이 있었던가.

그는 새삼 자신의 믿음과 하느님이 두려웠다. 아니, 그보다 더욱 무서운 것은 그를 믿고 따라온 마을 사람들이었다. 끝없는 좌절감을 자신도 충분히 헤아리고 남았다. 그래서 그 허탈스런 침묵이 오

히려 괴롭고 두렵다. 그것은 차라리 그에게 가해오는 무언의 항의
요, 추궁인 것이다. 전도사는 그 침묵 속에서 어떤 음흉스런 음모
의 기미마저 짙게 느꼈다.

하지만 그는 두려움에 그냥 떨고만 앉아 있을 수가 없다. 절망감
과 허탈감에 그도 함께 주저앉아버릴 수는 더욱 없다. 그는 어떻게
든지 다시 일어나야 하였다. 그리고 어떤 두려움이나 위험을 무릅
쓰고서라도 마을 사람들을 다시 일으켜 세워야 했다. 그리하여 그
사나운 운명과 다시 맞서게 해야 했다. 그러기엔 이번에야말로 어
느 때보다도 더 많은 지혜와 노력이 필요했다.

마을 사람들이 넋을 놓고 뒹굴고 있는 동안 전도사는 외로움 속
에 다시 일어선다. 그리고 이 사람 저 사람 집을 찾아다니고, 심지
어는 군청과 도청까지 찾아다니며 기어코 다시 일을 시작하기 위
한 대책 마련에 혼자 부심한다.

마을에는 이제 끼니를 이어나갈 양곡조차 바닥이 드러나고 있
었다. 당국에서의 양곡 지원은 애초부터 한도가 정해진 일이었다.
절강공사가 치러진 다음부터는 무상 양곡의 지원이 서서히 끊어
져갔다. 공사 장비의 사용 이외에 당국에서 계속해온 공사의 지원
은 닷새나 열흘 만에 한 번씩 지급되는 임금 형식의 유상 양곡뿐이
었다. 거기에 야산을 개간하여 거둔 얼마간의 잡곡이 보태어지고
있을 뿐이다. 그런데 그 공사장 일이 중단된 뒤부터는 그나마의 지
원조차 끊어지고 만 것이다. 일을 하지 않으니 당연한 일인지도 모
르지만, 어쨌든 그런 식으로 며칠이 지나자 마을의 양곡은 이내 바
닥이 나고 말았다. 일은 다시 시작하게 되면 양곡 지급이 재개될

수도 있었다. 하지만 일은 사리를 따라서만 되어갈 수가 없었다. 일의 사정이 이쯤되고 보면 앞뒤 차례가 바뀌어야 하였다. 끼니를 이어나갈 대책부터 세워지고, 다음에 설득이 뒤따라야 하였다. 전도사는 우선 그 일부터 확실한 해결을 보아야 했다. 면에서 군으로, 군에서 도청으로, 그가 각급 행정 부서들을 차례로 쫓아다닌 것은 바로 그 일을 위해서였다.

그는 쉴 새 없이 사람들을 찾아가고 사정을 호소한다. 그리고 그때마다 희망을 가지고 힘있는 사람들의 설득에 진력한다. 하지만 결과는 희망과는 반대로 늘상 허탕이다. 어디서도 시원한 대답 한마디 들을 수 있는 곳이 없다. 시원스런 응낙이나 약속의 대답 대신 종내는 그의 간절한 소망이 전혀 가당찮은 몽상임이 밝혀진다.

— 아니, 그 일에 아직도 미련을 가지고 계십니까. 이제 그 일은 가망이 없는 일 아니던가요?

— 자력으로 다시 일을 시작하겠다면 그야 누구도 말릴 수 없겠지요. 유감스러운 것은 다만, 만인의 공익을 우선시켜야 할 행정 관서로서는 그리 승산이 있어 보이지 않는 지역사업에 언제까지나 무한정 지원을 계속해나갈 수 없다는 것입니다. 그것도 그저 몇 사람의 선동과 고집 앞에 이성을 잃고 있는 사람들을 위해서 말입니다.

전도사가 만난 사람들이 약속이나 한 듯이 힐난조로 그에게 되돌려준 소리들이었다. 무엇보다 그 일은 근본에 있어 자기 지역 소관의 일이 아니라는 것이었다. 도회지역으로부터 일방적으로 떠맡은 과외 업무에 불과하다는 것이었다. 그렇다고 한번 일을 떠넘겨버린 곳으로 책임을 따지러 쫓아다닐 수는 더욱 없는 일이었다.

자연과 하늘의 배반에 뒤이은 인간과 인간들의 제도, 그리고 그 풍속의 배반이 겹쳐온 셈이었다.

그러나 그것도 아직은 약과였다. 마을과 전도사에게 마지막 파국을 몰고 온 배반극은 보다 더 훨씬 가까운 곳에서 일어난다.

때는 어느새 다시 바닷물이 차가워지고 바람까지 심하게 설쳐 대기 시작한 10월 하순께의 어느 날 저녁. 이날도 전도사는 성과 없는 구걸질에 무겁고 외로운 심신을 이끌고 해가 다 늦어 마을로 돌아온다. 그런데 그가 막 숙소로 들어가 지친 몸을 눕히고 휴식을 취하려 하자, 누군가 그가 돌아오기를 기다리고 있었던 듯 문밖에서 불쑥 찾는 소리가 들려온다.

"전도사님, 저 좀 보십시다."

소리에 전도사가 문을 열고 나가 보니, 거기 웬일로 구종태가 서 있다. 안양천변의 언덕 위에서 전도사의 흙벽돌 예배당이 헐리는 것을 목격한 이후부터 언제나 전도사의 곁에 있어온 사내. 그리고 언제나 말이 없는 가운데 누구보다 그를 깊이 이해하고 한결같은 성실성을 보여온 사내. 낙망스런 좌절과 분란이 닥쳐들 때마다 공사장 사무장으로 전도사를 대신해 사람들을 설득하고 이끌어오던 사내. 그런데 요즘에는 그 구종태조차도 절망감을 좀처럼 이겨내지 못하고 있었다. 일이 벌어진 다음부터는 자기 숙소에 들어박힌 채 얼굴 한번 내밀고 나타난 일이 없었다. 그 구종태가 이날 저녁 느닷없이 전도사의 숙소를 찾아온 것이다. 게다가 그의 불안정한 눈길은 전에 없이 술기로 충혈되어 있다.

174

전도사는 그 구종태의 모습에 먼저 가슴이 섬뜩해온다. 하지만 전도사는 이내 마음을 가라앉히고 그에게 무슨 일이냐 묻는다.

"저하고 함께 좀 가주셔야겠습니다."

구종태가 전도사에게 짧게 대답한다. 그리고는 전에 안 하던 버릇으로 오른쪽 한 손을 저고리 주머니 속에 쑤셔 넣은 채 혼자서 골목길을 앞장서 가기 시작한다. 낮게 가라앉은 목소리, 짧은 한 마디를 던져놓고 어디론지 혼자 길을 앞장서 가고 있는 태도들이 전에 없이 단호하고 위협적이다. 전도사는 아무래도 느낌이 심상찮다. 그러나 그는 이제 망설이지 않는다. 모든 것을 각오한 듯 평온한 눈초리로 천천히 숙소를 한차례 휘둘러본다. 그리고는 앞장서 가고 있는 구종태를 뒤따라 발길을 서둘러 가기 시작한다.

구종태가 전도사를 안내해간 곳은 마을 앞 바닷가 방조제 쪽이다. 두 사람이 거기까지 내려가는 사이에 마을에선 벌써 낌새를 알아차린 사람들이 하나 둘 말없이 뒤따라 나선다. 그 마을 사람들 누구도 둘 사이론 섣불리 끼어들려 하지 않는다. 끼어들려는 사람도 없고 말을 해오는 사람도 없다. 그저 먼발치로 남의 일을 구경하듯 저희끼리 무리를 지어 올 뿐이다.

구종태나 전도사도 아직은 말이 없다. 무거운 침묵 속에 구종태가 이윽고 그 허물어진 방조제의 한쪽 끝에 다다른다. 전도사도 이내 그를 뒤따라 방둑 입구에서 발길을 멈춰 선다.

구종태는 아직도 한동안 전도사를 버려둔 채 허물어진 방둑 쪽만 말없이 지켜본다. 하다간 마침내 생각이 떠오른 듯 천천히 전도사 쪽을 향해 입을 떼기 시작한다.

"생각해보면 참 이상한 일이지요. 우리는 이 방둑을 쌓아 막아 근근한 삶을 의지하고자 한 것인데, 거꾸로 이 방둑은 살아 있는 사람의 생목숨을 원하고 있었으니 말입니다."

마치 옛날 일이라도 말하고 있듯이 구종태의 목소리는 낮고 차분하다. 전도사는 그러나 그 구종태의 말뜻을 금방 알아들을 수가 없다. 그렇다고 그의 말뜻을 다시 캐어물을 수도 없다. 그는 묵묵히 입을 다물고 기다릴 뿐이다. 그러자 이번에는 구종태가 저고리 주머니 속에 줄곧 쑤셔박고 있던 오른쪽 손을 전도사 앞으로 불쑥 끌어 내어민다. 그 손엔 작은 권총이 한 자루 쥐어 있다.

전도사는 그 앞에 잠시 핏기가 가시는 안색이다. 그러나 그는 이제 모든 것을 알아차린 듯 금방 평온스런 안색을 되찾으며 말없이 구종태의 다음 거동을 기다린다. 구종태도 이내 그런 전도사의 기미를 알아차린 듯,

"아, 이걸 보고 놀라지는 마십시오. 전 지금 이것이 어디서 나온 것이고, 어떤 일에 사용된 물건인가를 전도사님께 말씀드리려는 것뿐이니까요."

그것이 결코 누구를 해치려는 물건이 아님을 말하고, 전도사가 부질없는 의구심을 버리기를 청해온다. 그러나 전도사는 여전히 말이 없다. 구종태는 무슨 심상찮은 사연을 털어놓을 양이었지만, 이미 그 태도가 달라진 구종태 앞에 그것을 섣불리 묻고 나설 수가 없다. 그는 계속 입을 다물고 기다린다. 구종태도 쓸데없이 시간을 지체하지 않고 이내 이야기를 계속해나간다.

"그 외팔이 최 하사라는 작자 있지 않았습니까……"

구종태는 다시 권총을 제쳐두고 엉뚱하게 외팔이 최 하사의 이야기를 꺼내온다. 월남전에서 팔 하나를 잃고 돌아와 보니, 잃은 것은 그저 팔 하나뿐인데, 웬일인지 그의 아내와의 잠자리 일마저 안 되더라는 사내. 그의 아내는 영 가망이 없는 것을 알고 나자 마음이 변해갔고, 그래 그는 절망스럽고 분한 김에 자신의 연금 카드까지 여자 앞에 내던지고 혼자서 훌쩍 천변 동네로 흘러 들어왔던 사내. 한 팔을 가지고도 두 팔 가진 사람의 일 몫을 거뜬히 해내는 괄괄하고 억척스런 뚝심의 사내. 외팔이 최 하사……

"이 권총은 바로 최 하사 그 자가 숨겨온 것입니다. 변심한 아내에게 모든 것을 던져주고 떠나오면서도 언젠가는 그 자신의 일을 결판내야 할 때가 오게 될지 몰라 이것 하나를 숨겨 나온 거라고요. 그가 유서에 그렇게 썼더군요."

"유서라면? 그렇다면 최 하사가 자살이라도 했단 말이오?"

전도사의 표정이 어느 때보다 크게 흔들린다. 그리고 비로소 지금까지의 침묵을 깨뜨리고 불길스런 목소리로 다그치고 나선다. 하지만 그럴수록 구종태의 태도나 말투는 더욱더 한가하고 여유만만하다.

"맞습니다. 오늘 낮에. 이 권총으로요. 작자의 말대로 이 권총으로 마지막 결판을 내고 간 셈이지요. 그런데 실상 작자가 유서를 남긴 건 그 때문이 아니었어요. 그의 유서에 다른 소망이 한 가지 있었지요. 자신의 시신을, 그의 죽은 육신을 밀물이 올라오기 전에 이 권총과 함께 방둑에 던져 묻어달라는 것이었어요. 그것도 바로 오늘 안으로 지체 없이 말입니다. 그래 우리는 그의 유언을 금방 이루어주었지요. 밀물이 차오르기 전이어야 하고 보니 일이 여간 급하지가 않았거든요. 해 전엔 전도사님이 돌아오시기가 어렵겠고, 돌아오셔야 그리 반가운 일도 아니겠고…… 그래 우리들끼리 일을 끝내고 만 거지요……"

구종태는 그저 아무렇지 않은 목소리로 거기까지 단숨에 자초지종을 말한다. 그새 주위에는 마을 사람들이 거의 다 몰려나온 듯 두 사람을 겹겹으로 둘러싼다. 하지만 아직도 누구 한 사람 두 사람의 이야기를 알은척하고 나서려는 사람이 없다, 양쪽의 대화를 감시하고 있기라도 하듯 무거운 침묵의 울타리 속에 두 사람을 겹겹으로 가둬 넣고 있을 뿐이다.

그러자 전도사는 이제 그것으로 모든 사정을 알아차린다. 그리고 다시 한 번 그가 디디고 선 땅덩이가 온통 무너져 내리는 듯한 절망감을 느낀다.

하지만 전도사는 그것으로 아직 구종태의 의도를 모두 읽어내지 못한 셈이다. 전도사에게서 짐짓 눈길을 외면한 채 잠시 동안 시간을 기다리고 있던 구종태가 이윽고 그 남의 말을 하듯한 덤덤한 목소리로 그것을 마저 설명해나간다.

"어떻게 보면 최 하사 그 작잔 인심이 너무 사나웠던 셈이지요. 작자는 이걸로 자신의 일만 결판내고는 함께 장사를 지내달랬으니까요. 하지만 우리는 거기까진 부탁을 들어줄 수가 없었지요. 이 권총은 최 하사 한 사람의 운명의 결판에만 소용될 게 아니라, 다른 사람들의 일에도 얼마든지 쓸 일이 있을 수 있거든요. 우리 가운데에 자신의 운명을 결판지어야 할 사람이 어차피 최 하사 한

178

사람만은 아닐 터엔 말입니다. 저 사람들 말입니다…… 저 사람들도 바로 그걸 지금 원하고 있거든요. 그래서 지금 저렇게들 여기까지 전도사님을 따라온 거구요……"

구종태는 거기서 다시 말을 멈추고 동의라도 구하듯 주위에 둘러선 침묵의 무리를 천천히 둘러본다. 그리곤 다시 전도사를 향해 마지막 자신의 주문을 털어놓기 시작한다.

"전도사님께서도 이미 짐작하고 계시겠습니다만, 전도사님을 이렇게 여기로 모셔온 것은 바로 그 우리들의 결판을 위해섭니다. 우리 손으로 최 하사의 시신을 던져 넣은 이곳 이 바닷가 방둑 위, 이곳이 그 결판의 장소로는 가장 적합해 보였으니까요."

"……"

"결판이라는 게 다른 게 아닙니다. 이번에는 전도사님께서 이 권총으로 우릴 모두 쏘아달라는 것입니다. 그래서 그 죽은 시신들을 최 하사처럼 방둑 물속으로 쓸어 넣어달라는 것입니다. 자, 여기 총이 있습니다. 탄환도 여기 아직 얼마든지 있고요."

구종태는 마침내 들고 있던 권총을 강요하듯 전도사 앞으로 내민다.

그리고 거기서부터 구종태와 전도사 사이엔 한동안 그 권총을 중심으로 매우 위험한 싸움이 계속된다. 그 권총으로 서로가 상대방에게 자신을 쏘아달라는 위태롭고 기이한 싸움. 그리고 그러다 구종태는 마침내 발작을 일으키듯 빗속으로 쏜살같이 바닷가를 떠나간다……

사내가 털어놓은 자신의 과거는 거기까지가 대략 중요한 줄거리였다. 사내가 미리 계산을 한 것이든 아니든, 전도사에 대한 그의 마지막 공박과 권총을 사이에 한 밀고 당기기는 보다 무섭고 참혹스런 배반극을 그쯤에서 미리 막아낸 셈이었다. 하지만 그 바닷가의 일이 그 후 어떻게 되어갔건, 그것은 이미 작자와는 무관한 일이었다. 그는 거기서도 좀더 이야기를 계속해나갔지만, 그것은 이제 바닷가 일보다 자신의 행적을 후일담 식으로 간단간단히 요약해 보인 것뿐이었다.

……전도사와 마을 사람들 앞에서 도망치듯 마을을 빠져나온 구종태는 이날 저녁 면소 근처에서 지나가는 버스에 무작정 몸을 싣는다. 그리고 읍내에서 다시 버스를 갈아타고 이날 밤 안으로 서울로 올라온다. 그때까진 물론 그 자신도 그가 서울행 버스에 몸을 싣고 있는 이유를 알지 못한다. 그는 자신이 그처럼 갑자기 전도사와 마을을 박차고 떠나온 이유도 알 수 없다. 그건 어쩌면 그의 마지막 희망이 깨지는 것을 보게 된 때문일 수도 있었고, 아니면 그 전도사의 깊고도 뜨거운 소망을 자신으로선 더 이상 함께 감당해갈 수가 없었기 때문일 수도 있었다. 하지만 어느 쪽도 그에겐 이유가 확실해지질 않는다. 그리고 그게 분명해지지 못한 만큼 그가 서울을 찾아가고 있는 것도 이유나 목적이 분명해질 수 없다. 그저 모든 것이 격정적인 충동의 결과일 뿐이었다.

한데다 그는 버스 안에서까지 이상하게 가슴을 깊이 두드려오는 노래를 만난다.

—노래 다시 못 하네, 거리엔 바람 소리

부르튼 입술로 목메어 합창하던 우리들의……

언제부턴가 그가 라디오에서 가끔 들어오던 노래. 선율과 가사가 나지막하면서도 그에겐 이상스럽게 마음이 끌려오던 노래, 그러나 그저 바쁜 일과에 쫓겨 늘상 주의를 흘려 들어오던 노래를 거기서 다시 만나게 된 것이다.

감정이 아직 격해 있어 그런지, 노래의 가사나 선율이 이날따라 더욱 그의 가슴을 아프게 파고든다. 그 선율과 가사가 자신의 심경을 대신 서글퍼해주고 있는 것 같기도 하고, 혹은 그의 패배를 비웃으며 자신의 운명을 자랑스럽게 뽐내고 있는 것같이도 느껴진다. 원망과 부끄러움, 도발과 체념, 분노와 비장감, 그런 감정들이 한데 뒤섞여 소용돌이치면서 그는 갈수록 속이 뜨겁게 달아오를 뿐이다. 한데다 어느 공개방송의 녹음을 딴 것인지 운전사는 청중의 합창이 장엄한 배음을 이뤄오는 그 테이프의 노래 한 곡만을 계속 되풀이 걸어주고 있었다.

──노래 다시 못 하네, 거리엔 바람 소리

노래 다시 못 하네, 불을 끄고 떠나려 하네……

노랫소리가 끝없이 계속된다. 그리고 그 노랫소리를 들으며 창밖을 무심히 내다보고 있던 사내는 이윽고 거기 어둠이 가득한 창유리 속에 왠지 혼자 눈물을 짓고 있는 자신을 발견한다.

하지만 그는 이제 그것이 그저 감상적인 패배의 눈물만이 아님을 깨닫는다. 그는 자꾸만 누군가를 부수고 빼앗고 싶어 하는 자신을 느낀다. 어떻게 부수고 무엇을 빼앗을 건지는 자신도 아직 생각이 안 떠오른다. 부수고 빼앗아야 할 목적도 알 수 없다. 하지만 한

가지 웬일인지 그가 그렇게 해야 할 사람이 다름 아닌 노래의 여자인 것만은 분명한 듯싶어진다. 그리고 비로소 그가 아직도 품 안에 권총을 숨겨온 것을 깨닫고는 새삼 가슴이 두근거려지기 시작한다……

그가 바닷가 간척장을 떠난 뒤 서울로 들어와 나를 덮치게 된 대강의 경위였다.

5

"제일 피의자 구종태의 과거와 범의(犯意) 형성 경위에 대한 당신의 진술은 상당히 역연하고 설득력이 있어 보이는군요. 하지만 실제로 구종태의 범행은 그가 서울로 들어온 그 즉시 이루어진 것이 아니었지요? 그가 간척장을 떠난 것과 범행이 이루어진 날까지는 한 달간의 기간이 있었으니까요……"

그동안에 무슨 바쁜 일이 있었던지, 오 검사는 이날 사흘치 진술분을 한꺼번에 모아 훑고 나서 그 내용이나 문장에 대해 어느 때보다도 만족해하는 얼굴이었다. 그 목소리나 얼굴 표정이 전에 없이 밝고 가벼워 보였다. 남은 부분의 진술에 대해서도 그만큼 전망이 밝아 보인 때문일 터였다. 그는 다만 내 진술 가운데에 그 한 달간의 구종태의 소재나 행동의 공백이 생긴 것을 지적했을 뿐이었다. 당연한 지적이었다. 나도 그것을 알고 있었다. 그리고 실제로 그날 밤 구종태는 그것도 모두 이야기를 했었다. 그러나 내가 그것을 생략해버린 것은 별다른 뜻이 있어서가 아니었다. 전날로는 미처 시간이 모자랐던 데다 그의 범행의 준비 과정까지를 내가 모두 진술해야 할 필요는 없을 것 같았기 때문이다.

그런데 그 점은 실상 오 검사도 마찬가지였다. 오 검사가 그 한 달간의 공백을 지적한 것은 그의 소재나 그간의 범행 준비 과정을 물은 것이 아니었다.

"전번에 이미 말씀드린 일이긴 합니다만, 필요하시다면 오늘 계속해서 그 부분의 일을 써나가도록 하겠어요."

내가 얼른 오 검사의 지적에 승복을 하고 나서자 이번에는 오히려 그쪽에서 고개를 천천히 가로저었다.

"아니, 그럴 필요 없어요. 나는 다만 그가 서울에서 한 달이라는 시일을 지내고 있는 동안 어떻게 그 범의가 그대로 지속될 수 있었느냐, 그 점이 잘 납득이 안 간다는 뜻이에요. 그야 물론 범행을 치밀하게 준비하느라 한 달을 정신없이 보냈을 수도 있겠지만, 그의 범의가 어차피 우발적인 것이었고 보면 그 한 달이란 시일 간에 제물에 흥미가 사라지거나 생각이 바뀔 수도 있었을 텐데 말이오."

오 검사는 요컨대 구종태가 어떻게 그 한 달 동안 자신의 우발적인 범의를 끝까지 유지하여 범행에까지 이를 수가 있었겠느냐는 것이다. 오 검사로선 미상불 납득이 그리 쉬울 수 없는 일이었다. 그 역시 내가 설명을 해준 일이 없었기 때문이다. 그의 범행을 너무도 당연한 기정사실로 받아들여버린 탓에 나는 여태도 그걸 그리 별스럽게 생각한 일이 없었기 때문이다. 그리고 무엇보다 그것은 내 진술의 책임은 아니기 때문이었다.

하지만 나는 그 사연을 알고 있었다. 후일담 식으로 간단히 요약해버린 그날 밤 이야기의 마지막 부분——진술에서 생략된 그의 범행 준비 과정——에 그 해답이 포함되어 있었다.

……그는 마침내 서울로 들어온다. 그리고 우선의 생계를 위해 손쉬운 이삿짐센터의 날품팔이꾼 노릇으로 일을 시작한다. 동시에 그의 거사를 위한 세심한 준비와 계책들을 진행해나간다. 노래의 여자의 신상을 조사하고, 이 구실 저 구실로 방송국 쪽에서 얻어낸 옛 주소지(주민등록조차 아직 옮겨놓지 않은 탓에 방송국에서 구한 것은 아직 옛 주소였다)의 동회까지 찾아다니는 몇 차례의 헛걸음질과 끈질긴 추적 끝에——그런 때 그 이삿짐센터라는 일자리의 위력이라니!——그녀의 새 거주지를 찾아내고 그 주변 형편들을 하나하나 세심하게 살펴나간다.

그런데 그러다 보니 아닌 게 아니라 구종태는 때로 무엇 때문에 자기가 그 일에 그토록 열을 올리고 있는지 자신의 동기에 회의가 일곤 한다. 여자를 납치하는 일이 그에게 무슨 뜻이 있는 일인지, 그것으로 무엇을 이루려는 것인지, 자신도 도대체 동기나 목적을 납득할 수가 없게 된다. 그래 어떤 땐 모든 것을 단념하고 이삿짐 일에나 충실하다 다시 간척지로 돌아갈 생각도 해본다.

하지만 그때마다 노래가 그것을 방해하고 나선다. 노래가 생각보다 방송이 잦은 때문이다. 그것은 마치 그의 결심을 비웃기나 하듯이 그때마다 그를 다시 도발한다. 장중한 배음과 열정적인 목소리로 그의 격정을 다시 불러일으키고, 한편으론 그의 초라하고 무력한 운명을 비웃는다. 그는 그것으로 다시 노래에 대한 뜻 모를 복수심과 자기 운명의 중독 현상을 깨닫는다. 그리고 계속 여자의 노래들을 찾아 들으며 무력하게 꺼져드는 범의를 스스로 일깨운다. 그러면서 아직도 자신의 동기나 목적 따위를 생각함이 없이 그 부숨과 빼앗음 자체가 유일한 범행의 목적이자 그의 삶의 마지막 소망이듯 차근차근 범행을 준비해나간다.

하여 사내가 아파트의 문을 열고 들어갈 자물쇠 조작의 기술까지 모두 익히고 나서 마지막으로 한 번 더 현장답사를 하고 간 것이 그가 서울로 들어온 지 거의 한 달 만인 범행 결의 바로 하루 전. 그리고 다음 날 그는 자신의 치밀한 시간표에 따라 누구의 방해도 받음 없이 나를 거뜬히 앞장서 들어온 것이었다……

내가 미처 진술을 생략하고 넘어간 부분이다. 그리고 거기 오 검사가 납득하지 못한 그의 끈질긴 범의에 대한 비밀의 해답이 있었다.

"그것은 아마 저의 노래 탓이었을 거예요. 제 노래가 무엇 때문에 그를 그토록 도발시키곤 했는지 모르지만…… 그도 실상 서울로 들어와선 제물에 생각이 시들해질 때가 많았다니까요……"

나는 오 검사에게 내가 알고 있는 사실들을 다시 설명해나갔다.

그리고 대충 설명을 끝내고 나서 그에게 다시 의향을 물었다.

"그럼, 이 부분까지 다음 진술에선 생략을 하고 넘어가도 괜찮을까요?"

오 검사도 이번엔 얼마간 납득이 간 것 같은 기미였기 때문이다. 보다는 이제 진절머리가 난 이 일을 그쯤이나마 줄여보고 싶었기 때문이었다.

오 검사는 역시 예상한 대로였다. 이야기 중에서도 이미 몇 차례나 중간중간 고개를 끄덕여 동감을 표해온 그였다. 그러다 나중엔 더 이상 들을 필요도 없다는 듯 표정까지 다소 방심스러워지고 있던 참이었다.

"아니, 그건 굳이 그럴 필요가 없어요. 아까도 말했지만 구종태의 동기나 범행 경위는 이쯤 해서도 충분하니까요. 그리고 그건 어디까지나 당신의 혐의에는 직접적인 상관이 안 되는 부분이구."

기다리고나 있었던 듯 그가 황급히 내 주문을 양해하고 넘어갔다. 구종태의 동기나 범의 형성 과정은 그쯤으로 만족하고 있다는 소리였다.

그러나 실상 검사를 만족시킨 것은 아직도 그 구종태에 대한 것뿐이었다. 그리고 그것은 나의 진술에선 역시 중요한 것이 될 수 없었다. 중요한 것은 그보다 나 자신이었다. 나 자신의 그에 대한 생각이나 태도가 검사의 심증에는 필요한 것이었다. 그러나 그것은 오 검사에게 아직도 거의 납득이 안 되고 있었다. 하기야 그건 나 자신에게도 아직 실감으론 되살아나지 않는 일이었다. 나 자신도 납득할 수 없는 일을 그가 쉽게 이해할 리 없었다.

"구종태의 부분은 지금까지 당신의 진술로 해서도 충분히 납득할 수 있어요. 아직도 잘 납득이 가지 않는 것은 오히려 구종태의 범행이나 호소에 대한 당신 자신의 반응 쪽이지요."

오 검사는 마침내 자연스런 어조로 화살을 내 쪽으로 향해 오고 있었다. 이번에야말로 진짜 구종태의 고백에 대한 나 자신의 태도나 반응을 겨냥한 소리였다. 바로 나 자신의 혐의에 직접 상관이 되고 있는 부분이었다.

"그래 당신이 아파트를 나온 건 구종태의 고백을 듣고 난 바로 다음 날 새벽이었다고 했는데…… 당신은 정말로 그의 이야기를 들은 것만으로 집을 나오고 말았단 말이지요? 다른 아무런 분명한 이유가 없이?"

오 검사는 아무래도 그 부분을 그냥 넘겨버리기 석연찮은 듯 질문을 계속했다.

"이건 너무 선입관을 앞세운 물음인지 모르지만, 이제 우리는 바로 당신 자신의 혐의 부분으로 들어서고 있는 셈이니까 가능한 데까진 이야기가 분명해져야겠어서 다시 묻는 겁니다. 거기 정말로 다른 이유가 없었다면, 그렇다면 당신은 이를테면 이야기를 시작하기 전에 구종태가 당신을 공박했던 대로 자신에 대한 무책임성 때문이었던가요? 말하자면 그의 이야기를 듣고 그에 대한 모종의 이해나 동정 같은 것이 생김으로 하여 그 편안한 피해자의 자리에조차 남아 있을 수 없게 된—그렇다고 그 이해나 동정을 감당해나가기도 두렵고 역겨워지기만 한 그런 자신의 처지에 대한 절망감……? 당신은 한사코 그의 이야기를 듣기를 두려워했으니까 끝내는 그 이야기를 듣고 난 무력한 패배감까지 겹쳐든 결과로 말이오."

오 검사의 해석인즉, 바로 그 구종태의 나에 대한 공박을 그대로 본뜨고 있는 소리였다. 거기서나마 오 검사는 내 갑작스런 가출의 납득할 만한 이유를 찾고 싶은 탓이었으리라.

오 검사로서는 제법 그럴듯한 해석이었다. 하지만 나는 물론 그 검사에게 쉽사리 동의할 수가 없었다. 나는 그때 실제로 그런 생각을 하고 있지 않았기 때문이다. 그런 기억이 없었기 때문이다. 생각할 수 있는 것은 이야기를 듣고 나니 그가 까닭 없이 실망스러워졌다는 것뿐이다. 그리고 더 이상 그를 견딜 수 없게 되어버렸다는 것뿐이다. 그것은 자신도 이해할 수 없는 맹목적인 감정이었다. 거기 분명한 이유가 있을 수 없었다.

"그걸로 제가 떳떳하고 편안한 피해자의 자리를 빼앗기고 만 것은 사실이었을 거예요. 하지만 전 그 때문에 집을 나간 건 아니었어요. 거기까지 생각할 겨를도 없었구요. 전 그저 그가 실망스러웠을 뿐이었어요. 그리고 견딜 수 없었을 뿐이에요. 그의 이야기가 제법 비장하고 감동적이기까지 하다고 생각하면서도 가슴속에선 왠지 모든 게 역겹게만 느껴졌으니까요."

나는 애매한 대로 오 검사의 추리를 완강히 부인했다. 하지만, 오 검사는 자신의 말대로 논리가 없는 사태의 이해는 용인할 수 없는 사람이었다. 그는 언제나 명확한 논리를 통해 세상사를 이해하고 설명해내야 하는 공익언어의 수호자였다. 일단 의혹의 마디가 걸린 일을 그대로 어물어물 넘어가줄 리 없었다.

"구종태의 이야기가 감동적이라 생각하면서도 자신은 그것을 받아들일 수가 없었다면, 그 때문에 오히려 그가 싫어졌다면, 거기에도 필시 그만한 이유가 있었을 게 아니겠소?"

검사가 계속 물어왔다.

"그리고 그보다 당시엔 당신이 어떻게 생각했든 구종태는 사실상 남의 재산을 불법적으로 강제 탈취하려 한 자였지요. 그가 당신에게 아파트를 요구했고, 당신도 사실상 그의 요구를 거부할 수 없었으니까요. 당신은 그가 엉겁결에 한번 그래 본 것뿐인지도 모른다고 했지만, 그 간척장의 어려운 처지나 감정 폭발의 위험성과 관련해볼 때 구종태 자신이 의식을 했든 못했든, 그에겐 당신의 아파트 탈취가 범행의 실제적이고 최종적인 목적으로 인정될 수밖에 없거든요. 그런데 그런 구종태에게 다른 아무런 이유도 없이 다만 그의 이야기를 들은 것만으로 그가 싫어지고 역겨워져서 무작정 집을 나와버릴 수 있었을까요? 게다가 당신은 그길로 당국에 그를 신고할 의사도 없었던 터에 말이오."

"하지만 전 실제로 그렇게 집을 나온걸요. 그가 싫고 역겨워진 것만으로 말예요. 다른 생각은 머릿속에 없었어요."

검사의 차근차근한 추궁에 반해 나의 대답은 거의 억지에 가까웠다. 하지만 나는 그런 식으로밖엔 대답을 계속해나갈 수가 없었다. 대답할 수 있는 것은 오직 그뿐이기 때문이었다.

하지만 검사는 그럴수록 나를 용납하고 넘어갈 수가 없는 것 같았다. 그리고 그럴수록 그는 목소리가 더욱 낮고 부드럽게 가라앉아가고 있었다.

"두려움 때문이 아니었을까요?"

검사가 문득 의논이라도 하듯이 여유 있게 물어왔다. 그의 그런 부드럽고 진중한 의논조 속에는 그만큼 쉽게 양보하고 넘어갈 수 없는 끈질기고 가파른 추궁기가 도사리고 있었다.

"구종태의 과거가 그런대로 제법 감동적인 것으로 보이자, 그는 그런 식으로 무엇인가를 성취하고 있는 데 반해 자신은 그저 그런 그에게 무참스런 파괴만 당하고 말았다는 생각…… 그는 자기가 얻은 것을 취해 영웅처럼 자신에게로 돌아가려 하고 있음에 반해, 당신은 그 파괴를 딛고 일어서서 옛날의 자신으로 다시 돌아가기 두려운…… 그래서 차라리 눈을 감고 그와 자신에게서 떠나가버리고 싶은……? 뭐라고 해도 당신은 구종태의 등 뒤에 있는 수많은 사람들의 구원의 문제에는 자신의 관심을 절대로 용납할 수 없었을 테니 말이오."

오 검사는 이제 차라리 자신의 이해에 대한 나의 공감을 호소하고 있는 격이었다. 게다가 그것은 나의 혐의보다 행위 자체의 석연한 이해를 위한 인간적인 동정이 밑받침된 물음이었다. 그 오 검사의 끈질긴 열성 앞에 나로서도 이젠 언제까지나 그저 막연한 소리만 일삼고 있을 수가 없었다.

"아니, 그것은 아니었을 거예요."

나는 일단 검사의 추리를 부인하고 나서, 잠시 혼자 생각 속으로 잠겨 들어갔다. 그리고 그날 밤 구종태의 이야기를 듣고 난 뒤의 자신의 느낌들을(그 실망과 역겨움의 배후들을) 조심조심 다시 더듬어나갔다.

……간척장을 떠나면서부터 범행이 이루어지기까지의 그날 밤 이야기의 마지막 부분에선 아닌 게 아니라 그 구종태 자신의 범행 준비의 과정뿐 아니라 그동안 나를 궁금하게 해오던 몇 가지 비밀들이 밝혀지고 있었다. 그의 범행의 동기나 목적(그것은 아직도 추상적이고 모호한 대목이 많았지만)은 물론 그의 정체나 배후들의

상당한 정도까지 밝혀지고 있었다. 그리고 그의 성격이나 위험도를 포함하여 나를 범행의 표적으로 선정하고 집을 침입해 들어오기까지의 그의 경위나 방법들이 거의 다 밝혀지고 있었다. 무엇보다 나에 대한 사전 지식, 그중에서도 그가 이미 나의 노래를 알고 있었다는 사실은 나를 새삼 긴장시키기까지 하였다.

그는 그런 식으로 내게 비로소 어둠 속에 모습을 드러내온 것이었다. 나는 그것으로 어느 정도 그를 이해하고 안심할 수도 있었을 터였다. 그의 모든 것이 깜깜한 어둠 속에 있을 때보다 그가 훨씬 더 안심스러워질 수도 있었다. 하지만 사실은 그와 반대였다. 그가 그토록 긴 이야기의 끝에 의지해 깊은 어둠 속으로부터 비로소 내 앞에 분명한 모습을 드러내자 나는 오히려 그를 더 이상 견딜 수가 없었다. 그 껌껌한 어둠의 장막 속에서보다 그를 더욱더 알 수가 없었다. 이해할 수 있는 것은 오히려 그가 아무런 목적 없이, 그런 걸 굳이 생각함이 없이 내게로 온 쪽이었다.

……그는 끝내 자신에 대해 입을 다물어버려야 했었다. 그랬다면 나는 그의 모든 것을 끝까지 이해하고 용납했을지도 모른다. 하지만 그는 그러질 못했다. 그것은 차라리 그의 실패였다. 그의 실패이자 나의 실패였다. 그리고 한 번 더 나를 절망시켜오는 슬픔이었다. 자신도 이유를 알 수 없었지만, 그게 그의 이야기를 듣고 그를 알고 난 당시의 내 솔직한 심경이었다. 그가 방을 나가고 혼자 뜬눈으로 밤을 지새우며 경험한 새로운 절망과 슬픔이었다.

그의 실패가 원인이었다. 이유는 바로 거기 있었다. 그의 실패가 나를 절망시키고, 그가 역겨워져 집을 나가게 한 이유였다……

나는 비로소 자신이 생겼다. 거기까지 일단 생각이 미치고 보니 그 한마디 '실패'라는 말속에 모든 것이 사리대로 맞아떨어지는 것 같았다. 이제 더 이상 망설이고 있을 필요가 없었다.

　"검사님께서 굳이 그 사유를 아셔야 한다면……그것은 아마도 그의 실패 때문이었을 거예요."

　나는 비로소 오 검사를 향해 여유 있게 천천히 입을 열었다. 그리고 그 검사의 추리를 자신 있게 내 식으로 뒤집어나갔다.

　"그의 실패라니?"

　오 검사는 그러나 내 말을 얼른 알아들을 수가 없었다. 그가 무슨 뜻이냐는 듯 되물었다. 하지만 나는 이제 그의 다음번 질문까지 염두에 두면서 차근차근 설명을 계속해나갔다.

　"진술서에서도 이미 그렇게 썼지만, 그는 아무래도 애초부터 제게 대한 분명한 범행 목적이 없어 보였어요. 무작정 나를 납치하고 나서 내가 의외로 그를 쉽게 받아들여주자 오히려 자신에게 당황할 정도였으니까요. 그가 제게 말한 집 이야기만 해도 제가 그걸 서슴없이 받아들여버리자 그는 외려 자신을 제게 이해시키려 애를 쓰기 시작했지요."

　"구종태의 실패란 이를테면 그걸 말하는 건가요?"

　"그렇지요. 범행 목적이 불확실했던 것, 그래서 자신의 당황스러움을 감출 수 없었던 것, 그건 분명히 그의 납치범으로서의 실패일 수밖에 없지요. 하지만 그보다도 더 큰 실패는 그가 제게 자신의 과거로 저를 납득시키려 시도한 것이었어요. 사람의 말을, 자신의 말을 그는 너무 믿었던 거지요. 그것으로 자신을 설명하고,

상대의 이해를 구하여 그를 납득시킬 수 있을 거라고 말이에요. 하지만 전 그렇게 될 수가 없었지요. 그런 식으로 모습을 드러내온 그에게서 저는 오히려 그의 무참한 실패를 보았을 뿐이에요. 저는 그의 그런 실패가 견딜 수 없었지요. 그의 실패는 바로 저 자신의 실패일 수도 있었으니까요."

"그의 실패가 싫어서였다…… 그의 실패가 바로 자신의 실패가 될 수도 있었다……"

모처럼 열심인 나의 소리에 검사는 비로소 뭔가 지펴오는 것이 있는 듯 혼잣소리로 되뇌고 있었다. 하더니 마침내 어떤 해답이 떠오른 듯 새삼스런 목소리로 물어왔다.

"그렇다면 그를 남겨두고 당신 혼자서 아파트를 나간 것은 그것으로 그의 실패를 확인해주려는 행동이었던 셈인가요?"

"아니, 거기까진 전 모르겠습니다. 전 다만 그의 실패를 견딜 수 없었을 뿐이니까요. 굳이 그의 실패와 관련을 짓는다면 저로선 오히려 그의 실패를 받아들이지 않으려는 쪽이었을 거예요. 전 무엇보다 그의 실패로 저도 함께 실패하기는 싫었으니까요."

"그의 실패를 자신의 실패로 만들기 싫었다…… 아직도 이해가 쉽지 않군요…… 어쨌든 좋습니다. 그래 그렇게 집을 나간 것으로 자신의 실패를 어떻게 모면해나가게 되는진 다음 진술에서 얘기가 될 테고…… 그보다 여기서 한 가지 더 분명히 해두고 싶은 것이 있는데…… 집을 나가면서 당신은 물론 권총을 지니지 않았었겠지요?"

검사가 다시 질문의 방향을 바꾸었다. 이제 웬만큼 이야기가 끝나가는가 싶더니 이날따라 왠지 물음이 무한정 길어지고 있었다. 이날로 모든 것을 결판내고 말 사람처럼 오 검사는 이것저것 확인을 하려 들었다. 이번에는 바로 나의 혐의를 판가름 짓게 될 가장 중요한 사실의 추궁이었다. 어쩌면 여태까지의 내 기나긴 진술도 그때 내가 권총을 지니고 집을 나갔느냐 아니냐의 한 가지 사실을 뒷받침하기 위한 것일 수 있었다. 심사가 사납다고 대답을 소홀히 해 넘길 수 없는 물음이었다. 그런데 검사는 웬일인지 그것을 자기 쪽에서 먼저 부인의 형식으로 묻고 있었다.

나는 대답을 망설일 필요가 없었다. 그게 어떤 심사에서였든 사실은 어쨌든 분명했기 때문이다.

"물론입니다. 차 열쇠와 얼마간의 돈이 들어 있는 손지갑 외에 다른 물건은 집을 드나들 문 열쇠 하나도 지니지 않았습니다."

"진술서엔 물론 출입이 자유로울 수 있는 것으로 되어 있지만, 그러나 정작 당신이 집을 나가려고 했을 땐 그의 생각이 달라질 수도 있었을 텐데요. 가령 당신이 경찰관서에 신고를 할지도 모른다는 의심이 생긴다든지 해서…… 거기 대해서도 전혀 어떤 위험 같은 걸 느끼지 않았던가요?"

"제겐 도대체 그런 걸 따져 생각할 여유가 없었습니다. 하지만 그것도 그에 대한 어떤 위험을 느껴서가 아니었어요. 그 점에선 그는 저를 철저히 믿고 있었으니까요. 그는 오히려 제 외출을 기다리고 있었거든요. 그리고 제가 집을 나올 때 그는 아직도 서재에서 깊은 새벽잠에 빠져 있었으니까요. 그러니까 저도 그를 그만큼은 믿었던 셈이지요."

"좋습니다. 구종태에 대한 당신의 믿음과 당신에 대한 구종태의 믿음…… 이건 아직도 추상적이긴 하지만 그런대로 이젠 설명이 되는 것 같군요. 그런데 진술서에선 어째서 그런 자신의 심경을 애매하게 그냥 넘어가고 말았지요? 내가 보기엔 구종태의 과거나 그 인간에 대한 진술 부분은 지나치리만큼 자세하고 정력적인 데다, 합리적인 문장 진행이 퍽 설득력을 지닌 것 같았는데, 정작 자신의 생각이나 행위들에 대한 부분은 비약과 생략으로 끝내버리고 있으니…… 그야 물론 시간이 미처 모자랐거나, 다음 날 진술분으로 미뤄뒀을 수도 있겠지만, 전부터도 당신은 자신에 관한 진술은 그런 경향이 많았거든요."

"그건 바로 검사님의 말씀대로 저 자신의 이야기인 때문일 겁니다. 그리고 그 현재형 문장의 함정 때문이기도 할 거구요."

"자신의 이야기가 남의 이야기보다 어렵다는 뜻인가요?"

"그게 현재형의 문장 속에선 그런 것 같았어요."

"좀더 자세히 설명해줄 수 있겠소? 자신의 이야기가 남의 이야기보다 쉬운 것이 우리의 상식일 텐데 말이오. 그리고 우리는 현재형 문장이 과거형보다는 함정이 덜한 걸로 알아온 터이구 말이오."

문답의 방향이 이번엔 다시 시제의 시비로까지 번져가고 있었다. 거기에 대해선 나도 꽤 할 말이 많은 편이었다. 검사의 말마따나 구종태의 이야기를 적어나가는 과정에서 나는 그 현재형 문장의 공과에 대해 새삼스럽게 느낀 점이 많았기 때문이다. 현재형 문장의 함정에 대한 몇 차례에 걸친 내 경계에도 불구하고 오 검사는

그 현재형에 대해 정도 이상의 희망을 걸었었다. 그리고 그 사건의
진실을 드러내는 데에 있어서도 지나치게 낙관적인 면이 엿보였
었다. 한데다 그 구종태의 이야기 중엔 다른 한 가지 위험이 새로
발견되고 있었다. 검사에게 그 새 위험의 요소를 알게 해야 하였
다. 현재형 문장의 공과와 그 함정을 오 검사가 분명히 알아차리게
해줘야 하였다.

"말씀드리지요. 저도 물론 현재형 문장에 대해선 제법 희망을
지녀왔었지요. 그리고 지금 검사님의 말씀처럼 구종태에 관한 한
그게 꽤 성공적이었다고 할 수도 있구요."

나는 다소 자신이 없는 대로 검사 앞에 솔직하게 느낌을 털어놓
기 시작했다.

"하지만 현재형 문장이 구종태에게 성공적이었던 점이 바로 그
시제의 함정이었지요. 그건 다름 아닌 남의 이야기여서 성공을 하
고 있었거든요. 당사자가 없는 남의 이야기는 이미 사실을 증거
할 방법이 없기 때문이지요. 사실이 증거될 수 없는 이야기는 머
릿속의 정보 자체가 사실을 대신할 수 있었던 거예요. 그래서 그
것을 진술해나가는 데도 사실의 방해를 받을 필요가 없었구요. 사
실 자체의 간섭이나 방해가 없으니 진술 자체가 사실인 거지요. 그
리고 그런 경우 시제는 얼마든지 현재형의 것이 가능해질 수 있구
요…… 바라보는 눈과 바라봄의 대상인 사건이 다른 자리에 있지
않으니까 말입니다."

"그렇다면 그 현재형마저도 우리 희망을 배반한 셈인가요? 우
리는 어떤 과거의 사건을 확정적인 사실로 바라보고 진술해나가

기보다, 그 시간대로 자유롭게 문을 열고 들어가 그것을 다시 체험하기 위해 현재형을 택한 것으로 아는데 말이오."

"맞습니다. 과거의 사건을 확정적인 사실로 바라보고 진술하는 것이 과거형 문장의 허점이었지요. 그래서 우리는 그것을 피해보기 위해 현재형 문장이라는 것을 선택했었지요. 하지만 사실 자체의 증거가 불가능한 남의 이야기의 경우 현재형 문장은 과거형보다 더욱 간단히 확정적인 것이 되어버리고 말았어요. 현재형 문장이 합리적인 논리를 지닐 수 있는 것은 그런 일방적인 속박이 가능한 남의 이야기에 한한 때뿐이었으니까요. 구종태의 이야기에 현재형의 문장이 성공적인 것처럼 보일 수 있었다면, 그것이 남의 이야기였기 때문이었을 거예요. 하지만 저 자신에 대해선 그렇게 될 수가 없었던 것이지요. 거기엔 물론 일방적인 바라봄을 용납지 않으려는 사실의 실체가 도사리고 있으니까요. 자신 속의 과거 안으로 시간의 벽을 뚫고 들어갈 수 없는 한 자신의 이야기에 대해선 그 현재형의 시제가 더욱더 어려울 수밖에 없었던 거지요. 그래 진술도 그토록 짧아지거나 아예 생략되어버릴 수밖에 없었을 거구요."

"……"

"그야 어떻게 보면 남의 이야기나 자신의 이야기나 진짜 사실의 증거라는 것은 얻어낼 수가 없는 것인지도 모르겠어요. 말 그대로 시간의 벽을 뚫고 들어가서 과거의 사실을 다시 경험할 수가 없는 한에서는 말이에요. 그런 경우 아마 우리에게 사실로 진술되고 있는 과거란 그저 언제나 우리가 그 과거를 바라보는 현재의 시선이

나 태도 자체일 뿐일지도 몰라요. 과거라는 어떤 확정적인 사실이 존재하는 것이 아니라, 지금 이 시점에서 그것을 우리가 사실이라 믿고 바라보는 시선이나 태도 그것이 바로 바라봄의 대상이자 그 과거라는 대상의 모습이 되는 건지도 말이에요. 그렇다면 현재형이라는 것은 과거를 과거로 바라보려는 과거형의 시제보다 더 큰 함정을 지니게 된 셈이지요. 그런 현재형은 자체의 불가피한 함정마저도 부인하는 거짓을 행사하게 되는 것이니까요. 현재형 문장은, 아니 현재형 문장을 통해서만 과거를 꾸밈없이 과거의 모습으로 그 과거 속에 되돌려줄 수 있다…… 그리고 우리는 가능한 데까지 그렇게 하도록 애써야 한다……! 이건 참으로 우스운 믿음 위의 구호일 뿐일 수 있다는 말이지요. 아니, 그저 우스운 구호로만 끝나지도 않을 심각한 오류가 저질러질 수도 있겠구요……"

"……"

"구종태의 이야기를 써나가면서 자주 느낀 점이 그것이었어요. 저는 그 성공적으로 보이는 현재형 문장 속에 구종태의 과거를 좇고 있었던 게 아니라, 거꾸로 자꾸 그를 명령하여 행동을 이끌어가는 느낌이었거든요. 현재형 문장에 원래부터 그런 용법이 있는 건지 모르지만, 마치 무슨 연극 속의 지문처럼 그의 행동을 일방적으로 명령하면서 그것을 속박하고 있는 것 같았어요. 그것은 과거의 사실이 아니라 현재에서 바라보는 과거의 평가나 종합이 아니면 현재의 희망이나 주장의 모습일 뿐, 그 과거는 어차피 현재의 꼭두각시에 불과할 수도 있다는 말씀이에요. 거기 현재형 문장의 함정과 허점이 있었던 거구요."

"당신은 그러니까……"

언제부턴가 조용히 입을 다문 채 듣고만 있던 오 검사가 마침내 한마디 반응을 보이고 나섰다.

"사람이란 어차피 과거라는 시간대의 벽을 뚫고 들어갈 수는 없다는 전제 아래 한 말 같은데…… 하지만 어쨌거나 그 과거형 문장에서의 실패를 현재형에서도 다시 되풀이할 수밖에 없다면…… 그래 결국은 이런 식으로 진술서를 더 이상 써나갈 수가 없다는 얘기가요?"

그 눈에 보이지 않는 현재형 속의 실패의 기미를 어느 정도 납득한 듯, 그러나 이제 그런 실패 따위는 문제 삼고 싶지 않다는 듯 결연스런 추궁기가 어린 소리였다. 그것은 물론 검사의 기우였다. 나로서도 그런 실패를 내세워 진술을 중단하고자 해서 한 소리는 아니었다. 진술은 어쨌든 계속되어야 했고, 방법도 그밖엔 다른 길이 없었다.

"아닙니다. 전 그저 검사님께서 현재형에 너무 기대를 걸고 계신 것 같아서, 제 고충을 말씀드린 것뿐입니다."

나는 금세 그 검사 앞에 자신의 각오를 다짐했다.

"진술은 끝까지 계속해나갈 겁니다. 검사님이나 저나 이젠 어차피 얼마간의 오류를 감수해가면서라도 그것으로 하나의 확정적인 사실에 함께 도달해야 할 처지에 있으니까요. 이제는 그 현재형이라는 것이 어떤 오류를 범하게 된다 하더라도, 그리고 어떤 자의적인 지시성으로 사실의 모습을 일방적으로 변조시킨다 하더라도 이젠 그 길밖에 방법이 없으니까요."

검사 쪽에서도 어느 정도의 실패는 각오해야 한다는 은근한 다짐을 겸해 한 소리였다.

하지만 오 검사는 웬일인지 거기엔 이제 별 괘념을 해오는 기미가 없었다. 그에겐 아직도 그 현재형에 대한 희망과 믿음이 확고했기 때문일까. 그는 나의 그런 회의 어린 다짐만으로도 꽤나 안심이 되는 기미였다.

"고마운 생각이오. 이제는 어차피 하나의 확정적인 사실에 함께 도달해야 한다는 생각…… 그걸 이해하고 유념해주시니……"

그는 진심으로 나를 치하했다. 그리곤 격려 겸해 남은 진술에 대한 당부를 덧붙였다.

"그럼 앞으로 좀더 수고를 계속해주시오. 그래서 마저 유종의 미를 거두도록 하시오. 앞으로는 바로 당신 자신의 혐의에 직접 상관이 되는 부분이니까 더욱 세심한 주의를 기울여서…… 아마 이제는 어쨌거나 그 현재형 시제에 대해서도 손이 웬만큼 익숙해진 터이니까 큰 어려움은 다시없겠지요."

현재형에 대한 미련을 끝내 버리지 못한 소리였다. 그리고 그 실패도 전혀 염두에 두고 있지 않은 소리였다. 진술에 대한 검사의 일은 그것을 다시 현재형 행동으로 복원해내야 하는 현장검증의 시나리오에 있었다. 그 시나리오를 염두에 두고 있는 오 검사로서는 현재형에 대한 미련이 당연한 것이었는지도 모른다. 하지만 나는 이제 맥이 풀릴 지경이었다.

"검사님은 아직도 현재형에 기대가 크신 것 같군요."

나는 오 검사를 힐난하듯, 그러나 체념 조로 한 번 더 말했다.

"하지만 글쎄요. 현재형 시제가 검사님의 희망대로 사건을 정말 실패 없이 과거 속의 현재로 되돌려놓을 수 있다 해도 그게 도대체 어떤 의미가 있을 수 있는 일일까요."

오 검사는 이제 거기에 대해서도 굳이 자신의 고집을 내세우려 지 않았다.

"그게 가능해져서 그 과거 속에 사건의 진실을 분명하게 볼 수 있다면 당신의 혐의도 그만큼 분명해질 수가 있는 거겠지요."

물음만큼이나 하나 마나 한 소리였다. 이야기를 그만 끝내고 싶 은 듯 검사가 그토록 맥 빠진 어조로 자신 없는 소리들만 해오자, 이번에는 내가 좀더 그를 물고 늘어졌다.

"사건이 과거의 시간대 안에서 현재형으로 존재할 수 있게 되 고, 그것의 진술이 가능해진다면, 그 사건의 현재의 진술자는 사 건과는 이미 상관이 없을 수도 있을 텐데요. 그 사건의 현재의 진 술자는 과거의 시간대로 되돌려진 과거 속의 혐의로 그것과는 이 미 상관이 없어진 현재의 자신이 처벌을 받아야 할 이유도 없어질 거구 말이에요."

"그렇다고 전혀 상관이 없을 수는 없는 일이지요. 과거의 혐의 라는 것으로 벌을 받고 안 받고 하는 것은 실제로 현재의 진술자니 까요."

"그래요. 실제로 처벌을 받게 되는 것은 현재의 진술자이지요. 제가 묻고 싶은 것도 바로 그 점이에요. 과거가 정말 순수한 모습 으로 자기 시간대 속에서 복원될 수 있는 것이라면, 처벌을 받는 것도 그 진술자의 과거 속의 실체가 되어야지 않겠어요. 현재의 진술자가 사후의 종합과 판단 같은 것으로 과거를 바라보지 않고 그 당시의 순수한 체험을 되살려내어 그것을 과거 속으로 되돌려줘야 한다면, 그리고 그것을 믿어야 한다면, 현재의 진술자는 그것으로 바로 그 과거와는 많은 것이 달라진 별개의 사람이어야 하는 거구 말이에요. 그런데 그가 현재의 자신과는 많은 것이 달랐던 과거의 범죄로, 기껏해야 한 조각 삶의 체험의 일부로 남아 있을 과거의 사건으로 현재의 그가 전면적인 책벌의 책임을 지는 것은 모순이 아닌가요?"

그런 식으로 굳이 책벌의 책임을 피하자는 게 아니었다. 그게 가능한 일도 아니었다. 그것은 새로운 이야기가 아니었다. 그 역시 현재형 문장의 똑같은 허점 이야기일 뿐이었다. 현재형 문장으로도 과거는 역시 그 자체로서 독립적인 복원이 불가능하리라는, 과거는 역시 현재의 바라봄에 불과할 것이라는 자신의 느낌을 역설적으로 말한 것뿐이었다.

그러나 검사는 거기에 대해서도 별로 자신 있는 설득을 펴오지 못했다.

"과거를 현재에서 명확하게 분리해내려는 희망을 버리지 않는 한 그것은 모순처럼 보일 수도 있겠지요. 하지만은 동시에 사람의 행동이란 어떤 일정한 지속성을 유지해나가려 하는 것도 상식이지요. 사람들은 자타 간에 서로 그것을 기대하고 믿으면서 살아가게 마련인 거구요. 언젠가도 말했지만, 우리는 그 과거를 되돌아보는 가운데 스스로의 모순을 제거하고 합리적인 질서 속에 자신의 지속성을 유지해나가려는 이성적 논리를 지향하게 마련이거든요. 어떤 사람에게 과거의 일을 묻고 그 책임을 지우려 하는 건 바로 우리의 그런 지속성의 요구를 보편적인 삶의 한 공동의 법칙으로 수락한 때문이지요. 법의 처벌도 바로 그런 지속성의 요구와 법칙의 표현일 수 있구요."

확신은 없더라도 현재형에 대한 단념이나 양보는 있을 수 없다는 자기주장의 선언인 셈이었다. 그 어조가 자신이 없어 보인 만큼 주장의 강도는 오히려 완강하고 분명해 보였다. 나는 더 이상 할 말이 있을 수 없었다.

실패를 하더라도 이젠 어쩔 수가 없었다.

검사에게 실패의 가능성을 이야기한 것도 그것을 구실로 진술을 중단하려는 의도에서는 아니었다. 처벌을 모면해보기 위해서도 아니었다. 현재형 문장의 실패 가능성이 아무리 크더라도, 그 실패로 인해 나의 혐의가 엉뚱스런 방향으로 굳어져버리는 한이 있더라도, 내게는 이제 진술을 계속해나가는 길밖에 다른 도리가 없는 것이다.

나는 다시 진술을 계속하기 위해 집을 나온 이후의 행적을 머릿속에 하나하나 더듬어나가기 시작한다……

내가 집을 나선 것은 그가 아직 새벽잠에서 깨어나기 전인 아침 7시. 앞에서 이미 말한 대로 몸에 걸쳐 입은 검정색 외출복과, 그날 이후로 내내 화장대 위에 그대로 내팽개쳐둔 손가방—그 속에 얼마간의 필요한 금액과 그보다는 자동차의 키가 들어 있었으므로—외에 손에 지닌 것이라곤 아무것도 없는 채다. 나는 그저 그런 식으로 조용히 문을 열고 집을 빠져나온다. 그리고 혼자서 엘리베이터를 타고 아파트를 내려온다.

1월 중순께(정확한 날짜는 1월 10일)의 아침 7시는 어둠이 걷히기도 훨씬 전이어서 엘리베이터 안에는 다른 사람이 아무도 없다. 써늘한 공간 속에 나 혼자 우두커니 엘리베이터의 서서한 하강을 기다린다. 엘리베이터 안의 냉랭하고 삭막한 사각 공간처럼, 내 머릿속도 아직은 아무런 생각이 없이 텅 빈 채로다. 내가 집을 나간 것을 알고 나서 그가 무엇을 어떻게 할 것인지, 그리고 자신은 아파트를 나가서 무엇을 할 것이며 어디로 갈 것인지. 머릿속에 아무런 생각도 않는다……

하지만 정말로 그때 내게 그토록 아무런 생각도 없었던가?

나는 다시 한 번 자신을 곰곰 되돌아 살펴본다. 검사의 주문도 주문이지만, 나로서도 그건 절대로 소홀히 할 수 없는 일이다. 하지만 역시 그땐 아무것도 다른 생각이 없었던 것만 같다. 그가 납치를 실패하고 말았다는 생각, 그의 정체가 드러남으로써 그의 실패가 나를 참을 수 없게 만들고 있다는 생각, 그의 실패에서 도망쳐 나가야 한다는 생각…… 그런 비슷한 생각들로 머릿속이 가득해 있었을 뿐인 듯싶다. 하지만 그것도 지금으로선 확실한 장담이 불가능한 일.

어쨌거나 나는 그런 식으로 엘리베이터를 내려 아파트를 나온다. 아파트를 나올 때 현관 경비가 어둠 속에서 새우잠을 자다가 부석부석 일어나는 기미를 느낀다. 나는 경비가 나를 알아보기 전에 재빠른 걸음으로 바깥 어둠 속으로 나가버린다.

오랜만에 접해보는 한겨울 아침의 바깥 공기. 그러나 전혀 겨울답지 않게 느껴지는 그 공기의 포근한 감촉. 어둠이 아직 덜 걷힌 하늘엔 검은 구름층이 짙게 덮여 있다. 어쩌면 금방 눈이라도 한차례 쏟아져 내릴 것 같은 날씨. 그 음습한 아침의 여명 속에 아파트 경내의 새 아스팔트 포장이 검은 물감의 호수처럼 까맣다.

나는 그 새까만 아스팔트의 포장을 가로질러 맞은편 울타리 가의 주차소로 건너간다. 그리고 거기 흰색 페인트의 구획선들 안에서 내 진홍색 포니를 찾아낸다. 그날 밤 이후 내내 한 번도 살펴보질 못한 채 팽개쳐두어온 차. 살펴보기커녕 머릿속에 떠올려본 일조차 없던 나의 승용차. 서울 3다 787×번. 그러나 덮개도 둘러치지 않은 채 한데 내매인 개처럼 내팽개쳐둔 내 포니는 그동안도 아무 이상이 없어 보인다. 그날 밤 마지막으로 내가 끌어다 세워둔 그 자리에 그대로 나를 기다리고 있다.

나는 마치 오랜 옛 친구를 만난 기분으로 허겁지겁 차 문을 열고 운전석으로 오른다. 그리고 이내 시동을 걸자마자 재빠른 속력으로 단지를 빠져나간다.

길거리는 아직도 드문드문 이른 택시가 지나가는 불빛뿐, 아침 잠 속에 사람이나 차량의 내왕이 한산하다. 그 조용하고 한가한 거리가 금세 내 버릇을 유발한다. 기회만 있으면 과속 질주로 내닫는 내 운전 버릇. 다른 종목 위반은 안심해도 좋을 만큼 운전술이 익숙하고 세심하면서도, 한 달이 멀다 하고 자주 벌금 딱지를 떼이곤 하는 그 억제 불능의 빈번한 폭주.

나는 어느새 빈 새벽 거리를 난폭스런 속도로 내닫기 시작한다.

행선지 같은 건 아직도 전혀 염두에 없는 채다. 어디로 차를 달려가 무엇을 할지는 아무것도 머리에 떠오른 것이 없다. 나는 그저 한시바삐 그에게서 떠나가고 싶을 뿐이다. 그와 그의 절망스런 실패에서 멀리 달아나고 싶을 뿐이다. 그러자면 먼저 시내부터 냉큼 벗어나야 한다. 시내를 벗어나가 고속도로쯤으로 올라서버려야 한다.

차는 이미 체육관을 왼쪽으로 잠실로를 무섭게 꿰뚫어 달린다. 그리고 이내 방향을 바꿔 순식간에 남쪽 강변로로 들어선다. 거기서부터는 차의 속도가 더욱 사나운 질주로 변한다. 그를 떠나고 싶은 생각이 아니라도 그 후련스런 질주의 쾌감이 언제나처럼 제물에 행선지를 정해나간다.

차가 강변로로 올라서서 속도를 한껏 내면서부터는 오히려 마음이 차분해진다. 차의 속도가 막바지에 이르자 나는 차라리 그 속도감의 정지를 느낀다. 그리고 그 속도의 정점에서 자신의 마음의 정지를 느낀다.

—그래, 그동안 나를 애타게 찾은 사람은 없었을까…… 나는 창밖으로 현대 아파트의 저립한 건물들이 하나의 넓은 흐름의 면으로 변해가는 것을 보면서 비로소 잠시 그런 생각에 젖는다. 출연 예약을 어기고 만 것이 그동안 몇 곳이나 되었을 텐데, 얼마나 소동들을 떨어댔을까. 하긴 아무리 야단을 떨어대도 연락할 데를 아는 사람은 없으니까. 게다가 또 이런 식의 불시 잠적이 처음 일도 아니고, 그렇더라도 어디 한곳쯤 연락을 취해보는 게 어떨지……

차는 어느새 제3한강교의 교각 밑을 지나 반포 강변을 달리고 있다. 도로 오른쪽 강변 위로는 겨울철 강안개가 제법 뿌옇다. 그 희뿌연 안개 속으로 대안의 도심이 꿈결처럼 아득하다. 나는 그 대안의 도심처럼 모든 것이 다시 아득해지기 시작한다. 내 생활, 나의 노래, 그리고 거기 상관이 있어온 모든 사람들, 그 모든 것이 이제는 그저 남의 일처럼 멀리만 느껴진다. 그리고 아직도 그것들로부터 나는 끝없이 더욱 멀어져가고 싶다. 소식을 전하는 게 이제 와서 무슨 소용인가. 이젠 이도저도 모두 부질없는 노릇일 뿐……나는 세차게 머리를 가로저으며 꺼져든 속도감을 되살리기 위해 다시 한 번 액셀러레이터를 힘껏 밟는다. 그리고 이제는 모든 것이 나와는 너무도 먼 곳에 있음을 느낀다. 아무것도 다시 돌아갈 수 없는 곳에 있음을 느낀다. 사내가 왠지 돌아가기를 망설이는 것처럼 보이고 있었듯 내게도 돌아갈 곳이 없음을 느낀다. 그리하여 그 모든 것으로부터 더욱더 멀리, 더욱더 빨리 떠나가버리고 싶은 소망을 스스로 확인한다. 떠나가버리자. 나의 노래, 내 이웃, 나의 삶, 모든 것으로부터. 아무도 다시 나를 찾을 수 없는 아득히 먼 곳으로. 무엇보다 그 사내의 경멸스런 실패로부터. 그 실패의 기분 나쁜 암시로부터.

하지만 차는 아무래도 거기서 더 이상의 속도를 감당하지 못한다. 이미 한계속도를 넘어선 차체는 액셀러레이터를 다시 밟을 때마다 부르르 한차례씩 발작을 일으킬 뿐 속도는 조금도 추가하지 못한다. 그런 실패가 몇 번이나 되풀이된다. 그리고 그 실패의 되풀이 끝에 나는 끝내 마음속에 숨겨온 나 자신의 실패를 보게 된다.

차의 속도는 내 기대치와의 평형을 잃고 갈수록 낮아진다. 거기 따라 내가 그의 실패에서 멀어지고 싶어 하면 할수록 거꾸로 자꾸만 그의 실패 쪽으로 뒷걸음질쳐간다. 그 차의 속도가 기대치의 밑바닥에서 다시 한 번 조용히 멈춰 섰을 때 나는 마침내 그의 실패에 덜미를 잡히고 주저앉아버린다. 나는 결국 그의 실패에서 도망을 칠 수가 없게 된 것이다. 그리고 그것은 말할 것도 없이 바로 나자신의 실패가 되고 만다.

……아니, 반드시 주저앉은 속도 때문만은 아니었다. 그 속도에 덜미를 붙잡혀 내가 비로소 실패를 한 것이 아니었다. 내게는 이미 내 몫의 실패가 마련되어 있었다. 나는 이미 모든 것을 그에게 맡기고 함께해온 터였다. 그의 실패가 바로 나의 실패에 다름아닌 것이었다. 그것을 아닌 척 자신을 속이며 헛된 탈출을 시도해왔을 뿐. 그것을 비로소 마음속에서 똑똑히 볼 수 있게 된 것이었다. 이미 아무 데도 돌아갈 곳이 없음, 그 돌아갈 곳 없음이 바로 내 실패의 증거였다. 그렇다면 나는 이제 그 탈출의 시도마저도 단념을 하고 돌아서야 하는가. 그리고 다시 그에게로 돌아가 그와 함께 서로의 실패를 껴안고 절망의 통곡이라도 해야 하는가. 그럴 수는 물론 없다. 그럴 수도 없고, 그래서도 안 된다는 고집이 치솟는다. 실패가 몇 겹으로 덮쳐든다 하더라도 탈출을 끝까지 시도하고 싶어진다.

나는 다시 한 번 액셀러레이터를 힘껏 짓밟아 누르면서 힘없이 주저앉으려는 자신을 부추긴다. 그리고 몇 번씩 아침 신호등의 지시를 무시하고 질주를 계속해나가면서, 이 무모한 새벽의 탈출을 무사히 성공시킬 초미의 방책에 골똘하기 시작한다. 그로 인한 나의 이 실패를 어떻게 벗어날 수 있을 것인가. 이 실패를 어떻게 보충하고 만회할 것인가. 도대체 어디서, 어떤 식으로?

잠수교 입구에서 방향을 바꿔 고속도로 진입로로 들어선 승용차는 어느새 벌써 시내를 빠져나와 톨게이트 근처를 달리고 있다. 나는 그 톨게이트 근처의 주유소에서 모자란 기름을 보충하고 다시 숨 가쁜 질주를 계속한다.

이젠 아침 날이 완전히 밝은 속에 넓고 허허한 빈 들판의 홍수에 밀리듯 소용돌이쳐 지나간다. 낮게 가라앉은 검은 하늘에선 그새 드문드문 눈발이 날리기 시작하고, 도로 위에 몰려든 눈송이의 일부가 앞창 유리로 빨려 들어왔다가는 압살당한 날짐승들의 작은 물방울을 남기고 사라진다.

……황량하고 비정스런 아침 들판의 거친 질주. 그러나 그 무모한 질주는 이제 무작정한 탈주가 아니다. 그 황량스런 아침 들판 너머로 그의 까마득한 바다가 다가오고 있었다. 그리고 거기 끊어진 방둑 위에 아직도 구종태와 전도사가 정지된 필름처럼 맞서 있다.

─결판이란 게 다른 게 아닙니다. 이번에는 전도사님께서 이 권총으로 우리를 모두 쏘아달라는 것입니다……

정지된 필름이 서서히 움직이며 구종태가 전도사 앞에 권총을 들이민 채 그를 다시 느직느직 다그치기 시작한다. 하지만 전도사가 그것을 받아들일 리 만무다. 전도사는 아직도 구종태의 행동이 무엇을 요구하는지 모른다. 그가 요구해오는 진짜 행동이나 의도를 알아차릴 수 없다. 그는 아예 손을 내밀 생각조차 하지 않고 그저 멍멍한 눈길로 구종태의 얼굴을 응시하고 있을 뿐이다.

구종태도 그 전도사를 굳이 조급스럽게 강요하지 않는다. 그도 전도사가 아직 사태를 제대로 읽어내지 못하고 있음을 알고 있다. 그는 계속 권총을 전도사 앞에 내민 채 눈길을 짐짓 허공으로 비켜낸다. 그리고는 여전히 남의 이야기를 하듯이 추근추근 설명을 계속해나간다.

"하긴 우리가 전도사님께 이런 부탁을 드리는 것이 결코 떳떳한 노릇이 될 수는 없겠지요. 전도사님껜 다소 애꿎은 대목이 있으실 줄도 압니다. 전도사님께선 그동안 우릴 위해 참으로 많은 것을 바쳐오고 계셨으니까요. 우리도 그 전도사님의 진심과 고마운 노력은 알고 있거든요. 게다가 이 일은 무엇보다 전도사님 자신을 위한 것이 아니었으니까요. 우리가 이 간척장 일을 시작하고 거기 신명을 바쳐온 것은 전도사님의 말씀 때문이 아니라, 바로 우리들 자신이 입고 살아온 그 남루한 운명의 옷을 한번 바꿔 입어보고 싶어서였거든요. 그건 말하자면 우리들의 생애에서 모처럼 시도해본 자기 탈출의 꿈이었지요. 그 꿈이 이루어지지 못했다고 해서 전도사님을 원망하고 나설 수는 없지요. 책임을 물을 수도 없는 일이구요."

"……"

"그런데 말입니다. 그런데 어쨌든 배반이 일어났어요. 전도사님이나 우리는 서로 나름대로의 성심과 노력을 바쳐서 제 할 일들을 다해왔는데도 말입니다. 그렇다면 그건 어디서 오는 배반일까요. 미련한 생각일지 모릅니다만, 전 아무래도 그게 우리들의 하늘일 것만 같더군요. 왜냐하면 애초 우리에게 꿈을 준 것이 그 하늘이었거든요. 하늘이 우리들에게 꿈을 주어 취하게 하고, 그 꿈에서 다시 깨어나게 한 것이지요…… 하지만 저는 여기서 지금 그것을 따지고 있는 것이 아닙니다. 우리의 문제는 실상 거기에 있는 것이 아니거든요. 운명의 옷을 바꿔 입으려던 그 당돌한 꿈이 헛된 것을 알았다면, 거기서 다시 옛날의 옷을 찾아 입고 돌아가면 그걸로 문제는 간단히 끝날 수도 있었으니까요. 그런데 일이 그렇게 되질 못했어요. 꿈이 너무 깊었기 때문이지요. 꿈을 깨우는 배반이 찾아올 줄을 몰랐지요. 그래 미리 자기 운명의 남루한 헌옷들을 벗어던져버렸던 거구요. 한데 한번 꿈을 깨고 나니 새 옷은 그 꿈과 함께 사라지고, 옛날의 헌옷조차 찾을 수가 없게 되고…… 꿈을 깨고 나선 결국 옛날 옷조차 다시 찾아 입을 수가 없게 된 거지요…… 처지가 그리 되면 어떻게 합니까. 헛일인 줄 알면서도 헛꿈에 다시 매달리는 수밖에요……"

"……"

"최 하사가 실상 그리된 것입니다. 여기 둘러선 저 사람들 모두 같은 생각들입니다만, 꿈을 깨고 나자 최 하사는 다시 옛날 천변으로나 되돌아가고 싶어 했지요. 하지만 그에겐 이미 그것으로 입고 돌아갈 옛 운명의 옷이 없었습니다. 돌아가고 싶어도 돌아갈 수가 없었어요. 그동안 너무 새 옷의 꿈에만 취해온 때문이었지요. 그것이 아마 하늘의 두번째 배반이었는지 모르지만, 최 하사로선 달리 어찌할 도리가 없었던 겁니다. 그래서 다시 눈을 감고서 영영 꿈속으로 매달려 간 것이지요. 그것이 실상 그의 헛꿈을 묻어가는 무덤인 줄 알면서도 말입니다."

낮게 내려앉은 검은 구름덩이들에서 후둑후둑 언제부턴가 빗방울을 흩뿌린다. 그 빗방울들이 저녁 해풍에 흩날리며 얼굴을 아프게 때려온다. 하지만 아무도 그 빗방울에는 주의를 기울이지 않는다. 전도사는 끝내 아무 말이 없이 돌비석처럼 그 자리에 굳어져 있다. 두 사람을 둘러선 마을 사람들 역시 마찬가지. 말을 하고 있는 것은 아직도 구종태뿐이다. 하지만 그 구종태도 당분간은 전도사의 반응을 기대할 수 없는 듯 그 앞에 내밀었던 권총을 다시 거둬 쥐고 주변을 서성서성 맴돌기 시작한다.

"그런데 참 이상한 일이지요……"

전도사에게 결심을 가다듬을 여유를 주려는 듯 말을 끊고 잠시 발길을 서성대던 구종태가 이윽고 다시 자문자답식의 사설을 이어간다.

"이게 이제는 헛꿈의 무덤이 분명한데도 그걸 아직도 믿지 않으려는 사람이 있으니 말입니다. 그 사람은 한사코 아직 이 방둑이 헛꿈이 아닌 진짜 꿈의 집이라고 믿고 싶어 하거든요. 그리고 끝끝내 거기다 다시 자신의 신전을 세우려 하고 있지요. 아니, 그야 그것이 눈에 보이는 신전은 아니지요. 그분은 당분간 눈에 보이는 신전은 짓는 걸 단념하고 있고, 우리들에게도 그것을 약속한 터이니까요. 하지만 우리는 이 방둑이 눈에 보이지 않는 그분의 진짜 교회라는 걸 알지요. 그리고 그 교회가 진정 우리들의 꿈을 속이지 않는 살아 있는 사랑의 신전이라면 그것을 반대할 이유도 없구요……"

"……"

"전도사님을 여기로 오시게 한 것은 실상은 바로 그 때문입니다. 여기서 마지막 결판을 부탁드리는 것도 바로 그런 전도사님의 믿음 때문이구요. 그래, 우리는 결심한 것입니다. 이제 다시 꿈을 꿀 수도, 그렇다고 그 꿈을 깨어 돌아갈 곳도 없는 육신들, 전도사님의 믿음이 정녕 그토록 변할 수 없는 것이라면, 그 육신들을 쏘아 던져서 저 원망스런 바다를 메워 올려 그 전도사님의 사랑과 믿음을 기어코 증거해 보이게 해드리자구요. 여기에 그 전도사님의 사랑과 믿음의 신전이라도 세워드리자구요…… 자, 그러니 이제 전도사님께서도 망설이지 마시고 이걸 받아주셔야겠어요."

구종태는 거기서 다시 발길을 되돌려, 굳어져 서 있는 전도사 앞으로 다가간다. 그리고 전도사의 마지막 결단을 재촉하듯 권총을 다시 그 앞으로 내민다.

하지만 전도사는 아직도 묵묵부답, 아예 할 말을 잊고 있는 표정이다. 구종태가 내밀고 있는 권총을 받아갈 기미커녕 말대꾸 한마디해오려질 않는다. 하니까 구종태가 마지막으로 한 번 더 시선을 비키며 달래듯한 어조로 설득을 시작한다.

"전도사님께서는 아마 지금 어째서 하필이면 전도사님이 이 일을 맡아야 하는지를 이상해하고 계실지도 모릅니다. 그래 이토록 망설이시는지도 모릅니다. 그 점은 우리도 이해하고 있습니다. 아까도 이미 말씀드렸듯이 전도사님께서는 그간 진정과 성심을 다 해오셨으니까요. 하지만 역시 다른 방법은 없는 것 같군요. 그것을 전도사님께 부탁드리는 수밖에는 다른 길이 없어요. 우리는 최 하사처럼 스스로 목숨을 끊어 던질 용기조차도 못 지녔거든요. 그리고 무엇보다 우리의 꿈이 아직 헛된 것이 아님을, 그 믿음과 사랑을 증거해야 할 사람은 전도사님 바로 한 사람뿐이니까요.”

　“······”

　“하긴, 사정이 아무리 그렇더라도 전도사님껜 역시 이 일이 결코 마음에 내킬 수가 없는 노릇이겠지요. 하지만 전도사님의 믿음이 정녕 헛될 수 없는 것이라면, 그 전도사님의 믿음으로 하여 이 일은 뜻밖에 은혜스런 시험에 불과한 일로 끝나게 될 수도 있겠지요. 전도사님의 하느님이 진정 전도사님이나 우리를 가여워하시고, 사랑을 베풀고 싶어 하신다면, 그리고 그 꿈과 믿음이 헛된 것이 아니라면, 전도사님께 끝내 이 일을 감당하게 하지는 않으실 테니까요. 그 왜 아브라함에게 그런 기적이 있었지 않았습니까. 선지자 모세가 바닷물을 밀어내고 길을 뚫어낸 기적도 있었구요. 전도사님의 그 하느님의 권능이 정녕 전지전능하시고, 그 사랑이 끝이 없다면, 전도사님께서 정말로 이 어려움을 감당하고 나서려는 순간에 그 증표로 기적을 보여주실 수도 있을 게 아닙니까. 저 바닷물을 끊어진 둑 밖으로 밀어내어 우리가 당신의 하느님을 다시 믿고 따르게 할 무엇보다 확실한 증표로써 말입니다. 자, 그 증표를 기다리기 위해서도 어서 이 총을 받아 쥐십시오. 그리고 그 증표가 눈앞에 나타날 때까지 저부터 여기 선 사람들을 하나하나 쏘아 던져서 끊어진 방둑을 쌓아 올려보십시오. 지금 당장······ 지금 당장, 여기서 말입니다······”

　이래도 저래도 전혀 반응이 없는 돌비석 같은 전도사 앞에 구종태는 마침내 인내가 다한 듯 느닷없이 말투나 행동이 허물어져 내리기 시작한다. 차분하고 냉랭하기만 하던 어조가 갑자기 걷잡을 수 없는 흥분기에 휩싸여들면서 노골적인 비방과 공박 조로 변해 간다.

"이런 식으로 기적을 바라는 것이 잘못입니까. 이게 하느님을 시험하는 일입니까. 이유야 어쨌든 기다리는 기적은 일어나지 않을 수도 있을 테지요. 기적이 일어나려면 지금까지도 벌써 그럴 기회는 얼마든지 있었으니까요. 하지만 그런 기적이 일어나지 않더라도 전도사님의 일은 어차피 변할 수가 없겠지요. 당신의 하느님이 못 보여준다면 당신이 증거를 보여야 하니까요. 애초 우리들에게 그 하늘의 사랑과 꿈을 전한 것은 다름 아닌 전도사님 당신이었으니까요. 그것도 아주 깊고 독하게 취하도록 말입니다. 게다가 우리가 그것을 모두 헛된 꿈으로 치부한 마당에 전도사님 한 분만은 끝내 당신의 믿음을 버리지 않고 계시지 않았습니까⋯⋯ 전도사님만이 오직 그 믿음을 증거해 보여야 할 사람인 거지요. 자 그러니 이제 어떻게 하시겠습니까. 그 증거를 어떻게 보이시겠습니까⋯⋯"

저녁 바람에 빗방울이 점점 더 세차게 흩날린다.

그 빗줄기가 구종태의 머리와 얼굴을 쉴 새 없이 적셔 내린다. 바람 소리가 그의 목소리를 방해한다. 그러나 그 바람 소리나 빗줄기들에도 두 사람을 둘러싼 마을 사람들 가운데선 누구 하나 동요를 일으키지 않는다. 어둑어둑 짙어오는 저녁 어둠 속에서. 그 함성처럼 낭자한 빗소리와 바람 소리 속에서.

사람들은 그저 말 없는 침묵의 울타리를 짓고 서 있을 뿐이다. 그 빗줄기와 바람 소리의 방해에 대항이라도 하듯이 감정을 놓아 버린 구종태의 그 절규에 가까운 울부짖음 소리만이 갈수록 목청을 돋우어나간다.

　"자, 어서 이 총을 받으십시오. 당신의 하느님이 끝끝내 우릴 모른 척하고 있는 마당에 그 하느님을 위한 당신의 믿음을 증거하는 길은 이제 이 길밖에 없지 않습니까. 어서…… 어서 이 총으로 우리를 쏘아 던져주십시오. 그래서 저 방둑을 쌓아 올려 바닷물을 멀리 밀어내주십시오. 그리고 거기 그 위대한 당신의 하느님의 사랑과 영광을 위한 신전을 세워보십시오. 당신이 정말…… 당신 한 사람이라도 정말 아직 꿈을 버리지 않고 있다면…… 이 더러운 운명의 옷을 바꿔 입게 할 희망이 남아 있다면…… 어서 제발! 그 꿈이 아직 이곳에 남아 있음을 보여주기 위해 제발 우리들을……!"

　구종태의 절규는 이제 차라리 울부짖음 속에 애소로 변한다. 그 절규와 애소 속에는 말의 사리도 연결도 없다. 그저 무작정 전도사를 다그치고 드는 자기 푸념의 넋두리일 뿐이다.

　하지만 그것도 그것으로 그만이다. 빗속에 한참 절규를 토하던 구종태의 목소리가 거기서 차츰 주저앉기 시작한다. 그리고 그 목소리가 비바람 속으로 잦아들며 구종태의 몸뚱이가 서서히 땅 위로 무릎을 꿇어앉는다. 마치도 모든 삶의 희망을 잃은 자가 눈앞의 성상이라도 끌어안듯이, 그리고 자신의 마지막 구원을 그 성상 앞에 호소하듯이.

　그런데 바로 그때.

전도사는 물론 그때까지도 돌장승처럼 말이나 움직임이 전혀 없다. 그 길고 긴 구종태의 공박에도 변명 한마디 안 해온 전도사다. 머리와 얼굴에 흘러내린 빗물에도 손끝 하나 움직이지 않아온 전도사다. 그런데 그 전도사가 어쩌면 구종태의 그 마지막 절규에서, 갈피를 못 잡고 이리저리 허둥대는 요령부득의 푸념 속에서 비로소 어떤 진실을 읽어낸 것인가. 그가 마침내 구종태를 향해 천천히 마음을 움직여오기 시작한다.

구종태가 마지막 말을 끝내고 그의 발 아래로 몸을 던져오자 전도사가 깊은 잠에서 깨어나듯 천천히 손을 뻗어 그의 어깨 위로 얹어온다. 그리고는 아직도 소리를 깨물며 들먹이고 있는 구종태의 등짝을 간절한 손길로 쓸어 어루만지기 시작한다. 그러다 그가 기도하듯 조용히 말한다.

"죽으려는 자보다 살아 있는 자의 고통이 작을 수만 있다면…… 죽는 자의 두려움과 고통으로 살아남는 자의 그것을 대신해갈 수 있다면, 우리들 중에 누군들 그것을 두려워할 사람이 있겠소……"

비가 쏟아지는 하늘을 우러러 얼굴을 쳐든 채 전도사가 좀더 말을 이어나간다.

"당신의 뜻은 이미 알고 있소. 당신이 대신해온 저들의 생각도 이미 알고 있소. 우리들 중에 어느 한쪽이 다른 쪽을 쏘아야 한다면, 그것은 이제 내가 아닌 당신 쪽이오. 당신도 이미 말했지만, 쏘아 죽이거나 쏘아 죽거나 이 일을 증거해야 하는 것은 내 일인 것이오. 하지만 나는 당신을 쏘지 못했소. 이제 당신이 나를 쏠 차례요. 당신이 내게 진정 쏘아주기를 원한다면, 거꾸로 나를 쏠 수도 있어야 할 것이오. 그럴 용기도 있어야 할 것이오."

처지가 완전히 역전된 격이다. 전도사는 애초 구종태를 위로하고 그의 감정을 가라앉히려 나선 것이 분명한데도, 끝내는 그 자신조차 억제할 수 없는 격정에 휘말려들고 만 꼴이다.

"자, 이제 일어나시오. 그리고 나를 겨누어 쏘시오. 당신이 정녕 저 방둑 아래 죽어 묻힐 용기가 있다면, 그것으로 정녕 남은 사람들의 절망과 고통을 대신해갈 수 있다고 믿는다면 말이오……"

전도사는 이제 주저앉은 구종태의 어깨까지 마구 흔들어댄다. 양쪽이 모두 이성을 잃은 터라 엎드린 구종태의 심정에 따라선 정말로 무슨 일이 일어날 수도 있는 형세다.

그런데 그 순간, 또 한번 예기치 않은 일이 일어난다.

전도사의 그 추궁기 어린 채근에도 죽은 듯이 머리를 숙이고 엎드려 있던 구종태가 순간 불 맞은 산짐승이 발작을 일으키듯 느닷없이 몸을 불쑥 세우고 일어선다. 그리고는 잠시 전도사를 쏘아보듯 원망스런 눈초리를 마주 건네고 있다가 다음 순간 다시 어둠 속으로 쏜살같이 몸을 내달아가버린 것이다. 빗소리 속에 아직도 우두커니 침묵의 벽을 쌓고 있는 그 마을 사람들의 위험스런 음모의 울타리를 꿰뚫고. 저녁녘 바닷가의 파도 소리와 낭자한 빗소리의 장막 속으로, 으흥, 으흐흥, 상처 입은 짐승의 포효와도 같은 괴상한 울부짖음 소리를 내질러대면서.

……그가 떠나간 바닷가에는 그러나 그의 절규와 파도 소리가 아직 끊이지 않고 있다. 그 소리들이 계속 누군가를 부르고 있다—

나는 이제 내 행선지를 알고 있었다. 그리고 그곳에서 내가 할 일을 알고 있었다. 그가 버리고 온 바다. 자신의 그 남루한 운명 앞에 그토록 애타게 탈출을 기도해왔다던 그의 바다. 그러나 끝내는 그를 무참히 실패의 수렁으로 주저앉히고 말았다는 바다. 언제부턴지 나는 그의 무참스런 실패의 자리를 찾아가고 있었다. 내가 애초에 찻길을 이쪽으로 잡아 나선 것부터가 그런 은밀스런 기대 때문이었는지 모른다.

　나는 그의 바닷가를 찾아가고 있었다. 그리고 그런 자신을 깨달은 순간 가슴속에 어떤 뜨거운 불길이 소용돌이쳐 오르고 있음을 느낀다. 그것은 내가 이미 거기서 할 일을 알고 있기 때문이다. 구종태가 실패하고 쫓겨난 바다에의 모종의 기대 때문이다. 내게 있어서 구종태의 실패는 바다에 앞선 그의 이야기에 있었다. 그 이야기로 자신의 정체를 드러내고, 그것으로 터무니없이 나의 이해와 납득을 구해온 데에 있었다. 그의 말로는 그를 알 수가 없었다. 이야기 속의 구종태라는 사내는 내게 참모습으로 보이지가 않았다. 그의 이야기가 그에 대한 내 작은 이해와 믿음까지 오히려 파괴하고 말았었다. 그의 이야기가 내게 자신의 실패를 만들고 있었다. 나는 그의 이야기 너머의 그의 참모습을 보고 싶다. 바닷가에 그의 참모습이 있을 것 같다. 뭔가 그의 이야기와는 다른 그의 참모습. 그것이 나의 실패를 보충하고 만회하는 데에 어떤 도움이 될 것인지는 알 수 없다. 나의 탈출이 거기서 무엇을 꿈꾸는지도 알 수 없다. 하지만 나는 그것을 보고 싶다. 그리고 그런 희망 때문에 나는 처음부터 그쪽으로 찻길을 잡아 나선 것 같아진다. 사람이 자신의 실패 가운데서 다시 떳떳하게 돌아갈 수 있는 곳이란 빛나는 승리

보다 어두운 실패와 비극의 자리 쪽인가. 글쎄, 그곳이 그가 그토록 장엄한 실패를 겪은 곳이던가……

　판교를 지나고 수원을 지나고 차는 어느새 고속도로를 내려서서 평택을 훌쩍 지나가고 있었다. 평택을 지나면서부터는 눈발이 더욱 심해진 데다 포장이 안 된 도로 사정까지 겹쳐 주행 속도가 완연히 떨어지고 있었다. 중간중간 길을 물어가면서 차를 달리다 보니, 간척장까지는 예상 외로 긴 시간이 걸리고 있었다.

　하지만 여기서 그 간척장까지의 길은 더 이상 자세히 설명해야 할 필요는 없을 것이다. 굳이 밝혀야 할 것이 있다면, 차가 지나간 경유지라든지 목적지까지의 주행시간 정도가 되는지 모른다. 하지만 이미 짐작할 수 있듯이 차를 달려온 경유지에 대해서는 나로서도 별로 자세한 것을 알 수 없다. 차를 달리면서 시간 따월 살필 생각도 없었으려니와, 어쩌다 그런 걸 살폈다 하더라도 머릿속에 유념해둘 여유까진 없었기 때문이다. 도대체 지금으로선 시간을 살핀 기억조차도 전무한 것이다. 기억할 수 있는 것은 다만 고속도로를 내려서서 평택을 지날 때가 대충 아침 8시 전후(그때 사람들이 한창 아침 출근길을 서둘러 나서고 있었으므로)라는 것과, 바닷가 간척장을 들어선 것이 그로부터 다시 두 시간쯤이 지난 10시경이나 되었으리라는 것뿐이다.

　어쨌든 나는 그런 식으로 세 시간 남짓 차를 달린 끝에 마침내 바닷가 간척장을 찾아든다. 어쩌면 거기서 구종태의 실패와 그의 참모습을 만나게 될지도 모른다는 조급스런 기대에 가슴을 두근대면서.

하지만 차가 간척장 지경(地境)으로 접어들면서 나의 기대는 이내 차가운 실망으로 바뀌기 시작한다. 작업 공구와 지원 물자의 운반로를 따라 차가 해변 기슭을 돌아서고 나자, 나는 금세 거친 파도에 물보라를 피워 올리고 있는 두 개의 끊어진 방둑을 보게 된다. 그리고 그 활처럼 휘어 들어간 바닷자락 안쪽 언덕 아래 옹기종기 모여 앉은 낮은 천막 마을이 한눈에 들어온다.

그 바다와 방둑, 마을들의 느낌이 내 기대와는 영 딴판이다. 눈보라 속에 거친 파도를 일으키며 검게 꿈틀대고 있는 바다, 거기 표류하듯 가물거리며 무기력하게 끊어져 누운 방둑. 그것들은 이미 희망과 대결의 마당이 아닌 파괴와 죽음의 무도장 한가지다. 모든 희망과 도전을 단념한 허망스런 운명의 익사체들 한가지다. 차를 몰아 건너편 방둑(그것이 구종태가 마지막으로 전도사와 맞선 자리였을 터이므로)으로 건너가면서 잠시 지나쳐 본 천막 마을 풍경도 그에 못지않게 흉상스럽다. 가로세로로 제법 정연하게 구획된 천막촌의 골목길엔 보아줄 이 없는 눈발만 처연스럽게 휘몰아다닐 뿐, 살아 있는 사람이 움직여 다니는 기색은 그림자 하나 찾아볼 수가 없다. 옹숭스럽게 옹크려 앉은 그 암흑색 천막들에서조차도 사람의 기미라곤 느낄 수가 없다.

사람이 떠나가버린 폐광촌의 황량스러움 같은 것. 그 폐허를 휩싸고 흐르는 음습한 파괴와 죽음의 냄새. 그것들은 무엇보다 구종태의 실패를 역연하게 말해준다. 하지만 내가 이곳을 찾아온 것이 그토록 무참스런 그의 실패를 보기 위해서였던가. 그리고 그것이 그의 거짓 없는 참모습이었던가. 무엇보다도 나는 그의 참모습을 보고자 이곳까지 차를 몰아 온 것이다. 그리고 이 바닷가의 모습은 그의 이야기 속의 실패를 충분히 뒷받침해주고 있었다. 그 점에선 나도 헛걸음을 친 게 아닌 셈이었다.

하지만 나는 어쩐지 마음이 편해지질 않는다. 그의 실패는 거짓이 아니었다. 그는 그의 이야기에서뿐 아니라 그 이야기 이전의 사실에서도 분명히 실패를 하고 있었다. 하지만 내가 여기서 보기를 바란 것이 그토록 초라한 실패였던가. 그의 실패가 너무도 초라하고 무참스럽다. 자신의 실패 가운데서 다시 떳떳하게 돌아갈 수 있는 곳이란 어두운 실패와 비극의 자리 쪽이라 생각했던가. 그리고 나는 그에게 어쩌면 그런 장엄한 비극적 실패를 부러워하면서 다른 한편으론 그것을 두려워해왔던 게 아닐까. 하지만 이젠 부러움도 두려움도 소용이 없었다. 구종태는 이미 돌아갈 곳이 없었다. 그의 실패는 그가 다시 돌아올 만한 곳이 못 되었다. 돌아오기에는 너무 무참스럽고 초라해 보였다.

그래 오히려 그를 안심하고 받아들이고 싶어진 것인가. 나는 차라리 그가 안타깝고 연민스럽다. 현실의 실패가 너무 무참하여 나에 대한 실패마저 터무니없이 안타깝고 가슴 아프다. 밝은 희망과 힘찬 대결은 아니더라도 적어도 어디선가 그 배반과 파괴에 맞서 일어서려는 숨은 음모의 기미라도 찾아보고 싶다.

하지만 못내 황량스럽고 허망한 느낌은 구종태가 그 마지막 대결극을 벌이고 떠나간 방둑께서도 마찬가지다.

방둑 입구에서 차를 내려 나는 눈발 속에 조용히 눈을 감는다. 그리고 방둑을 후려치는 파도 소리 속에 그날의 뜨거운 대결극을 머릿속에 그려본다.

　—자, 어서 이 총을 받으십시오. 당신의 하느님이 끝끝내 우리를 모른 척하고 있는 마당에 그 하느님을 위한 당신의 믿음을 증거하는 길은 이제 이 길밖에 없지 않습니까……

　돌비석처럼 굳어져 서 있는 전도사 앞에 빗물에 젖어 울부짖는 구종태의 모습이 서서히 떠오른다.

　—당신이 정말…… 당신 한 사람이라도 정말 아직 꿈을 버리지 않고 있다면…… 이 더러운 운명의 옷을 갈아입게 할 희망이 남아 있다면……어서 제발! 그 꿈이 아직 이곳에 남아 있음을 보여주기 위해 제발 우리들을……!

　환청이 한동안 귀청을 때려온다. 그러나 그 역시 내가 눈을 감고 있을 때뿐이다. 내가 다시 눈을 뜨기 무섭게 그의 모습이나 목소리는 어느새 거친 파도 소리에 휩쓸려 가버린다. 비에 젖은 얼굴이나 울부짖음 대신 사위는 다시 낭자한 파도 소리와 흩날리는 눈발만 가득하다. 최 하사라는 그 외팔이 자살자의 시체를 던졌다는 방둑에서조차도 그날의 비장감은 되살아나질 않는다. 끊어져 다시 이어질 길 없는 방둑은 이제 거친 파도에 휘말려 떠도는 지나간 꿈조각의 익사체일 뿐이다.

　문득 눈을 들어 마을 쪽을 올려다보니, 언제부턴지 마을 사람 몇몇이 앞길로 나와 눈보라 속으로 이쪽을 지키고 서 있다. 그 말 없는 마을 사람들의 응시 속에서도 나는 이미 별다른 흥미를 느끼지 못한다.

　—그가 돌아가야 할 곳이 저들이었던가? 아니, 저들은 아직도

그를 기다리고 있는 것일까.

나는 거기서 비로소 구종태의 거짓 없는 참모습을 본 것 같다.

나는 이내 이상한 허탈감 속에 혼자 머리를 가로저어버린다. 그곳은 이미 그가 돌아올 곳이 아니었다. 아니 그가 돌아와서는 안될 곳이었다. 돌아올 수도 없고 돌아오려 해서도 안 될 곳이었다. 구종태는 이미 돌아갈 곳이 없는 위인이었다. 한데도 그가 이곳에 희망을 버리지 않고 있다면? 그리고 끝내 돌아가려 한다면?

나는 잠시 동안 다시 구종태의 무력한 망설임을 떠올린다. 그리고 그 허탈스런 감정의 밑바닥으로부터 서서히 어떤 새로운 분노와 복수의 욕망 같은 것이 용솟음쳐 오르기 시작한다. 무엇에 대한 분노인지, 누구를 향한 복수심인지, 그런 건 아직 알 길이 없다. 그것은 바로 그 말없는 마을 앞 사람들의 초라하고 무기력한 모습 때문일 수도 있었고, 바다와 방둑에서 보고 느낀 허망스런 절망감 때문일 수도 있었다. 아니면 바로 먼 길을 달려온 나 자신의 억제하기 어려운 낭패감 때문일 수도 있었다.

잠시 시간이 흐르고 나자 그 뜨거운 분노와 복수심은 별반 이렇다 할 이유도 없이 구종태 한 사람에게 집중되어가기 시작한다. 모든 분노가 그를 향해 쌓이고, 모든 복수심이 그를 향해 꿈틀대기 시작한다. 그리고 끝내 그것으로 나는 내가 참으로 해야 할 일이 무엇인가를 깨닫기에 이른다.

──그를 납치하는 거다. 그가 내게서 실패한 납치를 이번에는 내가 그에게서 거꾸로 성공시켜주는 거다!

나는 이제 더 그곳에 머물러 남아 있어야 할 이유가 없었다.

같은 날 아침 11시 10분경. 나는 이윽고 다시 바닷가 마을을 빠져나와 서울을 향해 차를 달리기 시작한다.

한겨울 날씨가 웬 변덕인지, 이제는 눈도 아니고 비도 아닌 진눈깨비가 달리는 차의 앞유리를 자꾸만 흐려온다. 와이퍼의 민첩하고 잦은 작동에도 시계가 온통 진흙탕 속이다.

평택을 지나 고속도로로 다시 들어서고 나서야 차는 간신히 제속력을 발휘한다. 차의 속력이 되살아나자 거기따라 흥분 속에 갈피를 못 잡고 허둥대던 심사가 다시 잔잔한 평형을 되찾는다. 비로소 그에 대한 내 납치 계획을 곰곰 다시 따져보기 시작한다.

그것은 참으로 여러 가지 면에서 효과가 크고 적절한 계획이었다. 그것은 그저 단순한 복수극 놀음이 아니었다. 그를 납치하는 것은 우선 그에게 자신의 실패를 가장 확실하게 인식시켜주는 것이었다. 동시에 그것은 그의 실패에 대한 가장 효과적인 구원의 길이 될 수 있었다. 그의 실패는 너무도 무참하고 확정적인 것이었다. 그는 이미 돌아갈 곳이 없었다. 그가 무엇을 어떻게 생각하든, 그를 그곳으로 돌아가게 해서는 안 되었다.

그의 실패를 확인시켜주고, 그 실패로부터 그를 구하는 길은 그를 납치하는 것이 가장 효과적인 방법이었다. 그것도 가장 모범적이고 성공적인 납치가 이루어져야 하였다. 아니, 그가 내게서 실패한 납치극을 내가 그에게 완벽한 성공으로 시범해 보이는 것, 그것은 다만 그의 실패를 확인해주고 그 실패로부터 그를 구해내는 길만이 아니었다. 그것은 바로 그로 인한 나 자신의 실패를 벌충하고 만회해내는 길이기도 하였다. 그의 실패는 이제 나 자신의 실패가 되고 있었고, 그로 인해 나도 돌아갈 곳을 잃고 만 셈이니까……

그렇다면 대체 내가 그에게 보여줄 가장 모범적이고 성공적인 납치는 어떤 식으로 이루어져야 할 것인가. 나는 다시 그에 대한 납치극의 모범을 생각한다. 거기에 대해서도 내겐 이미 대강의 해답이 마련되어 있었다. 그것은 우선 그의 실패의 이유나 과정을 뒤집어놓은 데서 추리가 가능했다. 그가 내게서 실패를 하게 된 이유가 무엇이던가. 그는 무엇보다 어울리지 않게 언행들이 너무 점잖았었다. 그리고 나에 대한 파괴의 과정에서 쓸데없이 긴 시간을 허비하고 있었다. 사람을 미리 점찍어놓고 그에 대해 너무 이것저것 많은 것을 알고 나선 것도 바람직스런 일이 못 되었다.

납치자에겐 납치자다운 규범과 태도가 있어야 했다. 모범적이고 완벽한 납치는 모든 일이 우선 이해 바깥의 탈도덕과 탈논리의 과정이 되어야 했다. 사람을 미리 선택하는 것도 삼가야(나의 경우엔 이미 어쩔 수가 없지만, 입장이 좀더 자유로울 수 있다면) 했다. 그리고 그 피랍자의 과거나 미래의 운명에 관심을 갖지 말아야 하고, 자신의 행위에도 구차스런 이유가 없어야 할 것이다. 데데한 동기나 목적 같은 것이 없어야 하고——적어도 말을 하는 일만이라도——, 그에 대한 상상도 불가능케 해야 한다. 다음으론 그 피랍자에 대한 파괴와 탈취는 단 일격에 결정적인 것이 되어야 하고, 그것은 또 그만큼 신속하고 위협적인 것이어야 한다. 무엇보다 중요한 것은 자신의 행위에 대한 책임을 생각하지 말 것. 그리고 끝끝

내 자신의 정체를 드러냄이 없을 것―이 역시 내 경우엔 적용이
어렵겠지만, 나의 일반적인 희망으로 말한다면―, 거기에 대한
어떤 동정적인 이해나 추리를 절대로 용납하지 않을 것……

　앞에서 이미 말했듯이 완전무결한 납치를 위해서는 구종태에게
몇 가지 적절치 못한 점들이 있기는 했다. 내가 이미 그를 표적으
로 정하고 있는 것이나, 서로 간에 상당한 이해가 통하고 있는 것
들이 그랬다. 하지만 나는 그 때문에 이제 와서 구종태의 납치를
바꿀 생각은 없었다. 더욱이 그 대상을 다른 사람으로 바꿀 생각
은 추호도 없었다. 운명을 믿지 않음은 신을 믿지 않음이었다. 인
간의 운명을 신의 권능에 의지하지 않고 인간 자신의 이름으로 정
해 가지려 했음은, 자신의 운명을 자신의 힘으로 결정지어나가려
했음은 그 구종태 자신이 이미 자신의 신을 믿지 않음이었다. 그렇
다면 그 신을 믿지 않는 자가, 신에게서 감히 버림을 받았다고 믿
게 된 자가, 그 신의 도움 없이 인간 자신의 이름으로 그 운명을 어
떻게 결정지어나갈 수 있는가를, 그것이 어떻게 무참스런 실패를
겪게 될 것인가를 그에게 분명히 보여줘야 하였다. 그 시범을 보아
야 할 사람이 다름 아닌 바로 구종태인 것이다. 그리고 그 시범극
이 치러져야 할 곳은 이미 한 번의 실패가 저질러진, 그리하여 누
구보다 그 성공의 교훈이 가슴에 사무칠 구종태 바로 그 위인인 것
이다.

　결심이 그토록 확고해지고 나니, 나는 새삼 마음이 바빠지기 시
작한다. 차의 속력이 자꾸만 지루하게 떨어져가는 느낌이다. 나는
그럴수록 마음이 쫓기며 무리한 질주를 감행한다.

그런 식으로 얼마쯤 질주를 계속해가고 있을 때였다. 내게 참으로 이상한 방법으로 그 서두름을 충고해온 사람이 나타났다. 차가 송탄을 지나고 오산 부근을 달리고 있을 무렵. 거기서 마치 나를 기다리고 있었기라도 하듯 도로 오른쪽에 한가하게 서 있던 경찰 순찰차에서 내게 정차를 명령해왔다. 순찰 순경이 차창 밖으로 얼굴을 내밀고 계속 정차 수신호를 보내왔다.

나는 부러 못 본 척 내처 전속력 질주를 계속한다. 백미러 속으로 뒤쪽을 살펴보니 순경은 미처 차를 달려 쫓아올 생각도 못하고 창밖으로 내민 멍청스런 손가락질이 조그만 정지 동작으로 사라져 흘러간다.

―지금 당장만 쫓아오지 말아다오. 번호 따윌 적어가도 내일 일은 상관 않을 테니.

나는 한동안 전속 질주를 계속하며 백미러로 좀더 후방을 살핀다. 그리고 순찰차가 뒤를 쫓아오는 기미가 없음을 확인하고 나서야 제물에 속력을 조금 늦춘다.

……그래 이건 쓸데없이 너무 일을 서둘러대고 있는 꼴 아닌가. 내겐 실상 구체적인 준비가 너무 없었다. 나는 도대체 그를 어떻게 다루겠다는 것인지. 무엇으로 어떻게 그를 강제하며 굴복시키겠다는 것인가. 그리고 그를 어떻게 부수고 끝맺음을 어떻게 지어줄 것인가…… 이 허약한 여자의 손으로? 권총마저도 아직 그의 수중에 남아 있지 않는가.

나는 비로소 내게 아무런 일의 준비가 되어 있지 못함을 깨닫는다. 그리고 그로부터 미리 권총이라도 지녀오지 않은 것이 후회되기 시작한다. 무작정 마음만 서둘러대고 있을 뿐 실제적인 준비가 너무 없었다. 그런 식으로 쫓기듯 찻길을 허둥대고 온 것이 오히려 싱겁고 우스워질 지경이다.

아무래도 흥분한 심기부터 좀 가라앉혀야 할 것 같다. 무작정 차만 달려갈 일이 아니다. 어디서 잠시 허기라도 지우면서(때가 이미 낮 1시를 지나고 있으니 허기도 이제는 어지간해온다) 앞뒤 계책을 짜봐야 할 일이다. 고맙게도 그 경찰 순찰차가 그것을 내게 일깨워 준 셈이었다. 그 순찰차를 따돌리고 온 것도 이대로 곧장 고속도로를 달리기는 어딘지 기분이 꺼림칙스럽다.

―작자가 행여 내게 엉뚱한 의심을 품을라?

나는 어디선가 시간을 좀 지체해도 좋을 것인가를 두고 잠시 서울 집 구종태의 심사를 가늠해본다. 하지만 그가 나의 부재로 어떤 위험을 느끼게 되거나 그새 마음을 바꿔 집을 빠져나가는 따위의 짓거리는 상상조차 되지 않는다. 그와 나 사이에는 그새 적어도 그만한 믿음은 쌓여온 셈이었다.

나는 마침내 마음을 작정하고 수원 인터체인지에서 고속도로를 내려온다. 그리고 이내 거기서 거리가 그리 멀지 않은 호수 유원지 쪽으로 천천히 찻길을 꺾어 접어든다. 어느 여름날 그 유원지의 인파 속에 호수 건너 숲 사이의 방갈로들이 이상하게 고즈넉하고 적막스럽게 느껴져오던 기억이 떠올랐기 때문이다. 그 유원지의 인파 속으로 자신이 한번 섞여 들어가보고 싶다. 한편으론 그 호수 건너편 방갈로들의 조용하고 격절스런 분위기도 살펴두고 싶다.

하지만 정작 호숫가까지 차를 몰고 들어서 보니, 유원지 분위기가 기대와는 딴판이다. 진눈깨비가 아직 오락가락하는 지저분한 날씨 속에 유원지는 사람의 발길이 거의 끊어진 상태다. 색 바랜 페인트칠이 얼룩처럼 지저분한 위락시설들이 회색빛의 거친 호면을 건너온 바람결에 무방비 상태로 너덜대고 있을 뿐이다. 하지만 나는 사람이 있거나 없거나 주차장 푯말이 세워진 곳에 차를 세워두고 호수 위에 즐비한 수상 주점 쪽으로 부교를 건너간다. 서울은 아무래도 저녁참에나 들어가는 것이 나을 것. 다른 놀이꾼들이 있거나 말거나, 문을 연 집이 있으면 천천히 허기나 달래며 시간을 기다리면 되는 것이다. 일에 대한 생각을 가다듬어두기엔 그편이 오히려 나을지도 모른다.

나는 차라리 비정스럽도록 삭막한 분위기에 오히려 마음이 차분해진다. 한데다 마침 부교의 맞은편 끝에서 사내 두 사람이 이쪽으로 물을 건너오는 것이 보인다. 사람의 발길이 뜸해진 속에서도 역시 문을 열어두고 있는 집이 있는 모양. 나는 안심하고 계속 부교를 건너간다.

"아가씨 혼자 참 많이 외로우시겠수."

코트 깃을 치켜세워 목을 잔뜩 감싸 올린 두 사내 중의 하나가 부교 중간쯤에서 나를 흘끗 곁눈질로 지나치며 실없는 소리로 수작을 건넨다. 그러고 나선 또 한두 발짝쯤 지나쳐가던 사내가 다시 문득 발길을 멈춰 서며 심상찮은 소리로 나를 불러 세운다.

"아니, 아가씨…… 혹시 전에 어디서……?"

되돌아선 얼굴 표정이나 물어오는 목소리가 조금 전에 헛수작을 건넬 때와는 전혀 딴판이다. 전에 어디서 본 듯한 얼굴인데 그런 기억이 없느냐는 물음이다.

나는 물론 천만의 말씀이다. 작자를 어디서 만난 일커녕 당장의 정체도 짐작이 안 가는 위인이다. 이런 날씨, 이런 시각에 철 지난 유원지 근방이나 어정대고 다니는 위인들의 정체라니…… 섣부른 말대꾸가 이로울 게 하나 없을 위인들이다. 나는 사내의 의심쩍은 얼굴을 무시한 채 발길을 재촉해버린다.

"분명 어디서 본 듯한 얼굴인데……?"

당당한 접근의 구실을 놓친 사내가 뒤에서 부러 큰 소리로 중얼대며 발길을 돌이키지 못하고 있는 기미다. 하지만 내게 그런 것까지 괘념하고 있을 여유가 없다. 나는 그냥 모른 척 혼자 부교를 건너가, 문이 열린 식당을 한 곳 어렵잖게 찾아낸다. 그리고 우선 지친 몸부터 피로를 풀기 위해 외지고 전망 좋은 2층 방 하나를 주문해 올라간다.

방으로 올라가 부교 쪽을 내다보니 사내들은 이미 어디론가 사라지고 흔적을 볼 수 없다. 나는 비로소 제 둥지라도 찾아 돌아온 듯 아늑해진 기분으로 맥주부터 한 병 청해 마신다. 술에는 그리 익숙한 편이 아닌데도 이날은 왠지 허기진 목구멍이 그것을 당긴다. 나는 순식간에 한 병을 비우고 밥 전에 한 번 더 술심부름을 시킨다.

두번째 술병을 비우고 나니 몸속의 허기가 어지간히 가신다. 허기와 한기로 그새 삭막하게 얼어붙었던 심신이 따뜻하고 부드럽게 풀려오기 시작한다. 뒤따라 들어온 진짜 요기상은 손조차 대어볼 생각이 안 난다. 나는 그냥 알알한 술기 속에 망연스런 상념들을 뒤좇기 시작한다.

— 작자를 납치하여 이 호수를 건너가버린다면?

호수 건너 숲 속에 드문드문 숨어 앉은 방갈로들이 새삼 호젓하고 은밀스러워 보인다. 그 방갈로들의 아득하고 한갓져 보인 느낌이 내게 제법 그럴듯한 납치극의 구상을 펼쳐온다. 호면엔 다시 진눈깨비로 변한 눈발이 가득하다. 그 아득한 눈발들 사이로 대안의 풍경이 딴 세상의 것인 양 격절스럽다. 사람의 눈길이 아무도 닿을 수 없는 곳. 어쩌면 영원히 다시 물을 건너오고 싶지 않은 사람들이 살고 있을지도 모르는 곳. 그 완전한 침묵의 세계. 그러나 따스하고 아늑한 그들만의 방이 있는 곳. 그쯤으로 나도 작자를 데리고 건너가버릴까. 그리하여 그 절대의 공간 속에 그를 가두고 마음 내키는 대로 짓부숴나갈까. 아니면 차라리 둘이서 영원히 거기 머물면서 그의 아이를 낳아주고 살아간다면……?

내가 한동안 그런 터무니없는 망상에 젖고 있을 때였다. 나는 결국 거기서도 더 이상 차분한 시간을 가질 수 없게 된다. 이번에도 또 귀찮은 작자들이 내 상념을 방해하고 든 때문이다. 어디론가 그새 자취를 감춰가고 없던 아깟번의 사내들이 웬일로 다시 눈발을 뚫고 부교를 거꾸로 건너오고 있었다. 모자와 코트 깃에 눈을 허옇게 뒤집어쓴 채 모자 아래로 기분 나쁘게 시선을 감추고 묵묵히 다리를 건너오는 모습들이 무슨 암살범들처럼 섬뜩한 불길감을 느끼게 했다. 이런 날씨, 이런 장소…… 까닭 없이 어떤 공범의식 같은 것이 느껴져오는 작자들. 그러나 전혀 정체를 짐작할 수 없는 사내들. 차라리 저 작자들 중 하나를 물 건너로 끌고 가면? 그리고

그의 아이를 낳아주겠다면? 나는 그 음산하고 불길스런 사내들로
하여 문득 그런 엉뚱스런 범의마저 꿈틀인다.

하지만 나는 이내 머리를 크게 가로저어버린다. 나는 역시 아이
를 낳는 일엔 어울리지 않을 여자다. 그리고 이곳은 파괴를 음모하
러 찾아온 곳이 아니던가. 더욱이 그 파괴의 목표는 이미 마음속에
정해져 있는 터. 나는 이윽고 제물에 피식 웃음을 흘린다. 하면서
도 왠지 기분이 점점 불안해지기 시작한다.

짐작대로 사내들은 다리를 건너와 그길로 곧장 내가 앉아 있는
식당의 아래층으로 들어서고 있다. 지울 수 없는 어떤 불안스런 공
범의식. 작자들이 어쩌면 그것에 감응하여 나를 겨냥하고 되돌아
온 것만 같다.

나는 아무래도 더 이상 버티고 앉아 있을 수가 없어진다. 시계는
아직도 오후 2시를 조금 넘고 있을 뿐이다. 저녁참까지는 아직도
한참이다. 게다가 아직은 일에 대한 어떤 구체적인 방책도 마련된
것이 없었다. 하지만 이젠 그런 것도 별로 문젯거리로 여겨지지 않
는다. 미리 계획을 마련해보자 한 것은 시간을 기다리기 위한 구실
에 불과했을 뿐, 지금으로선 막상 어떤 치밀하고 확고한 계책을 마
련할 수도 없으려니와, 그것이 반드시 바람직스러워 보이지도 않
는다. 계획이 너무 치밀하다 보면 일을 오히려 그르칠 수도 있었
다. 구종태의 납치 꿈은 그저 맹목적이고 무모하고 무조건적인 것
이었다. 사전 계책에 너무 매달리고 드는 것은 오히려 치사한 자기
배반이 될 수도 있었다.

굳이 이곳에서 어둠까지 시간을 기다리고 있을 필요가 없었다.

밝은 날이라고 특별한 장앳거리가 있을 수도 없었다. 중요한 것은 오히려 서둘러 그에게로 돌아가는 것이었다. 그리고 우선 그를 안전하게 확보하는 일이었다. 술기도 이젠 어지간히 가신 터.

나는 마침내 서둘러 자리를 거두고 일어선다. 그리고 곧장 아래층 홀로 내려가 주인 여자에게 계산을 부탁한다. 계산을 위해 홀로 들어섰을 때부터 사내들은 짐작대로 거기 앉아 있었다. 양쪽 다 모자도 벗지 않은 채 창가 식탁에 마주앉아 하릴없이 담배를 피우고 있었다. 그 사내들의 눈길이 계속 나를 쫓고 있었다.

하지만 나는 등 뒤로 느껴져오는 작자들의 눈길을 아랑곳하지 않은 채 의연하고 차분하게 계산을 끝낸다.

"이 집 화장실이 어디 있나요?"

천천히 계산을 끝내고 나선 주인에게 다시 화장실을 묻는다. 이번에도 우정 작자들을 염두에 두고 하는 소리가 아니었다. 그런 용무가 하도 오랜만인 데다 빈속에 맥주가 효과를 발휘한 탓이었다. 그게 사내들에게 또 한 번의 실없는 말구실을 준 격이다.

"허허, 아가씨. 이 집 화장실을 쓰실 양이면 볼일은 그냥 서서 보도록 하세요. 아래가 바로 호면 물이라 엉큼한 잉어새끼한테 물장구라도 맞으리다."

아깟번과는 다른 쪽 사내의 야비한 흰소리가 등 뒤로 날아온다. 나는 그것도 아랑곳을 않은 채 차근차근 침착하게 볼일을 보고 나온다. 그리고 그 사내의 흰소리를 한 번 더 등뒤로 흘려들으며 의연스럽게 식당 문을 나선다.

"옷자락이 안 젖은 걸 보니, 그 아가씨 역시 선 채로 일을 보고 나온 모양이구먼. 허허. 어쨌든 그럼 먼저 가보시구려. 우리도 우선 속이나 좀 덥히고 금세 길잡이를 쫓아 나설 모양이니……"

──마음대로 지껄이고 좋아해라. 제 운명이 아직 제 손 안에 있을 때……

나는 혼잣소리를 뒤에 남기며 이윽고 다시 부교를 건너온다.

──하지만 저자들에게도 언젠가는 그것이 자신을 떠나가는 때가 있을까. 그리고 그 때문에 그 얼굴에서 외설스런 웃음기가 사라질 때가 있을까. 그야 어느 쪽이든 그것이 내게 상관될 일은 아닐 터이지만.

그런데 사실은 그런 것만도 아니었다. 작자들의 미래에 내가 상관이 될 일은 없었지만, 당장 이날의 작자들의 존재는 이상하게 자꾸 나와 내 마음속의 일에 그저 우연치만은 않은 간섭이 돼오고 있었다.

부교를 건너고 나서 문득 뒤를 돌아보니, 사내들이 정말로 그새 집을 나와 다리 쪽을 향해 걸어오고 있었다. 그것도 제법 발걸음을 은밀히 서둘러대는 모양새였다. 사내들의 그 심상찮은 추적에 나는 까닭 없이 제물에 다시 마음이 쫓기기 시작한다. 이유 같은 건 따져볼 여유도 안 생긴다. 나는 사내들이 다리를 건너오기 전에 그 사내들의 속도에 비례해 주차장까지 더욱 발길을 재촉한다, 그리고 이젠 사내들이 더 이상 속도를 가해 쫓아오는 기미가 없음에도, 얼어붙은 차의 시동을 서둘러 순식간에 유원지의 경내를 벗어져 나간다……

사내들이 결국 그런 식으로 나를 쫓아준 셈이었다. 순찰차의 순경이 내 서두름을 가로막아왔다면, 사내들은 거꾸로 나와 나의 일을 기이한 방법으로 재촉해준 셈이었다. 그것은 마치 자신들도 알지 못하는 어떤 힘에 이끌려 역시 자신들도 알지 못하는 어떤 메시지를 내게 전하고 사라져간 격이었다.

하지만 차가 다시 고속도로로 올라서고부터는 사내들의 일도 머릿속에서 까맣게 멀어져가버린다. 사내들을 포함한 호숫가의 일들이 무슨 4차원 세계 속의 경험처럼 아득하고 허황하게 느껴진다. 대신 이제는 이 주행이 끝나는 곳에서 내가 맞부딪쳐 치러내야 할 일들이 순식간에 다시 머릿속을 채워온다.

그가 별일 없이 아직 나를 기다리고 있을까……

긴 여행을 끝내고 오다가 집이 거의 가까워질 때가 되면 새삼스럽게 문득 가족의 안부가 궁금해지듯, 나는 불시에 그런 엉뚱한 불안감이 스친다.

나는 새삼 마음이 조급해지면서 다시 한 번 차에 속력을 가한다. 내게 아직도 그를 위협하고 강제할 수단이 마련되지 못하고 있는 것 따위는 이제 아무것도 문제가 되지 않는다. 성공적인 일의 마무리를 지금부터 미리 생각할 것도 없었다. 중요한 것은 그런 것이 아니었다. 지금 당장에 중요한 것은 서둘러 그에게로 돌아가는 것이었다. 돌아가서 그를 안전하고 확실하게 확보하는 일이었다. 그의 실패를 확인시켜주고, 그 실패로부터 그를 구하기 위해선 무엇보다 먼저 그를 확실하게 장악하는 것이 중요했다. 그가 나를 의심하지 않아야 했다. 그가 나를 의심하고 다른 생각을 하기 전에 내가 그에게로 돌아가야 했다. 그리고 가능하면 거기까지 가는 길에 나의 범의도 한껏 더 불타올라야 했다.

고속도로 위는 이제 눈발이 완전히 걷혀 있다. 눈발이 걷히면서 기온이 갑자기 떨어지고 있다. 하늘이나 들판이나 고속도로 할 것 없이 세상을 온통 회색빛으로 꽁꽁 얼어붙이고 있다. 그 강추위의 공간 속으로 차는 쌩쌩 매서운 바람 소리를 가르며 무서운 질주를 계속해나간다. 그 바람 소리와 비정스런 속도감을 줄이기 위해 나는 문득 앞으로 손을 뻗어 카세트의 버튼을 누른다.

——노래 다시 못 하네, 거리엔 바람 소리……

차 안엔 금방 귀 익은 목소리가 울려 퍼지기 시작한다.

참으로 오랜만에 들어보는 소리다. 그의 고백으로 보아 구종태는 이미 나와 나의 비위를 상하게 할 것을 두려워하는 것 같았다. 그 첫날 밤의 방송 이후로 그는 한 번도 그 노래를 알은척해온 일이 없었다. 전축 위에 늘 나의 노래집이 올려져 있었지만, 그것을 들으려 한 일이 없었다. 나 역시 그것으로 내 정체를 드러내고 싶지 않았음은 물론이다. 혹은 쓸데없이 그의 감정을 건드리고 싶지도 않았고, 그것으로 그에게 내 감정을 엿보이고 싶지도 않았다. 그것은 그가 내게 상당한 행동의 자유를 허용해주고 난 이후에도 역시 마찬가지였다. 구종태나 나나 노래를 들으려 한 일이 없었다. 하다 보니 오늘은 그 바닷가까지 차를 몰아갔다 오면서도 그것을 까맣게 잊고 있을 정도였다. 그토록 오랜만에 들은 때문인가. 노래의 가사나 조음이 오늘따라 더욱 감회가 새롭다.

하기는 구종태도 서울로 들어올 때 그 노래를 들었다던가. 그리고 바로 그것으로 하여 범의가 눈을 뜨기 시작했다던가.

──부르튼 입술로 목메어 합창하던 우리들의 꿈과 운명······ 노랫소리는 차 속을 울리고, 귀청을 울리고, 끝내는 내 머리와 가슴 속 전체로 마약기처럼 서서히 젖어들기 시작한다. 그리고 그만큼 강한 암시력으로 나를 뜨겁게 도발해오기 시작한다.

──그 찬란한 생명의 불꽃, 자유의 노래, 사랑의 노래, 그 노래 아무도 다시······

나는 거의 마음의 눈을 감은 채 육신만의 동작으로 차를 몰아나 간다. 그러면서 갈수록 뜨겁게 치솟아오르는 형언할 수 없는 분노 와 열망 같은 것에 자신을 온통 내맡겨버린다. 그 뜨거운 분노와 소망 속에 평소 그 노래에서 느껴오던 어떤 황홀스런 열정과는 다 른 치열스런 무엇이 느껴져온다.

그리고 나는 그것으로 이제 구종태의 범의의 발아(發芽)를 이해 한다. 그가 처음으로 서울로 올라오면서 차 속에서 나의 노래를 들 었을 때의 그의 흉중을 헤아릴 수 있을 것 같다. 분명한 말로 설명 할 수는 없지만, 그가 마침내 나를 선택하여 무참스런 파괴를 감행 해오기까지의 뜨거운 분노와 열망을 알 것 같다.

내 노래 속에 그런 무서운 도발력이 있었던가. 그리고 그는 그것 으로 끝내 실패를 한 것인가. 하지만 거기서 그런 도발력에 감응을 해야 하는 것은, 그리고 그것을 값진 성공으로 이끌어야 하는 것은 구종태의 경우만은 아닌 것. 내가 그를 이해할 수 있는 것은 자신 도 이미 같은 분노와 열망에 휩싸여들고 있는 때문이다.

나는 차라리 그것을 위하여 자신을 한껏 자유롭게 해방한다. 회 전이 끝난 테이프를 몇 번이고 다시 반전시켜가면서 스스로의 범의에 뜨겁게 취해간다. 그리고 그 뜨거운 범의의 황홀스런 질주 끝에 나는 마침내 우리(!)의 아파트 앞 주차장 한복판에 차를 멈춘다. 시각은 아직도 어둠 녘이 한창일 3시 30분.

과거는 현재를 명령하고 그것을 생성시켜나갈 뿐 그것 자체로서는 존재하지 않는 것이 사실일지도 모른다. 그것은 오직 현재 가운데에, 현재형 문장 속에 그것을 명령하면서 현재의 한 부분으로 머무를 수 있는 것일 뿐인지 모른다. 그렇다면 사람들이 흔히 과거라 말하는 것을 진짜 순수한 과거의 재현으로 볼 수 있을까. 그것은 아무래도 믿기가 어렵다.

사건 당일의 내 행적을 좇는 일도 그것이 정작 실제의 사실과 일치하는지는 지금으로선 전혀 장담을 할 수 없는 일이다. 그러나 그것이 사실과 일치하고 있든 그렇지 못하든, 나는 이제 그 일에 꽤 자유로워지고 있는 느낌이다. 모든 일들이 자동기술식으로 진행되어나가면서, 그것이 정확한 그날의 행동과 기분의 재현으로 느껴진다. 나는 그 자동기술 상태의 자기 진술작업에 자신을 편안하게 내맡겨버린 채 거기서 깨어나는 것이 오히려 두렵다. 그리고 어떤 어슴푸레한 희망 속에 꿈꾸듯 그 과거로의 여행을 계속한다……

작자가 아직도 집에 남아 나를 기다리고 있어줄까. 아니면 나의 배신이 두려워 집을 비우고 나가버린 건 아닐까. 차를 내려 아파트로 들어오면서 나는 또 잠시 그런 의구심이 머리를 스쳐간다. 어쩌면 작자가 집을 비우고 나가고 없기를 바라고 있는 것 같기도 하고, 그 때문에 새삼 자신의 행동이 망설여지기도 한다. 하지만 그것은 순간의 바람일 뿐, 나는 끝내 계획을 감행하기로 자신을 다짐한다. 그리고 오히려 조급해진 마음으로 서둘러 아파트의 현관을 들어선다. 내겐 어차피 거기서밖에는 승부를 겨룰 데가 없게 된 때문이다…… 기다려라. 내가 간다. 이번에는 내가 너를 부술 테다. 그리고 완벽한 납치와 멋진 파괴의 시범을 보여줄 테다. 그리하여 돌아갈 곳 없는 너의 망설임과 불안을 씻겨주고, 너로 인한 내 아픈 실패의 상처를 씻을 테다. 우리가 함께 돌아갈 곳을 마련할 테다.

"안녕하십니까. 오랜만에 뵙습니다."

현관을 들어서다 보니 아침 녘과 이미 얼굴이 바뀐 경비 강 씨가 일부러 유리창까지 밀치고 알은체를 해온다. 하지만 나는 그런 데까지 일일이 주의가 미칠 수 없다. 대답을 하는 둥 마는 둥 재빨리 계단을 뛰어 올라가 때마침 1층에서 문이 열린 채 머물러 있는 엘리베이터 안으로 몸을 던져 들어간다. 그리고 이내 버릇대로 노랫가락을 읊조리며 15층 꼭대기로 몸을 솟구쳐 올라간다.

— 노래 다시 못 하네, 거리엔 바람 소리……

하지만 아니, 내가 그때 노래를 읊조린 것이 사실이었던가. 전번 진술에선 아마 그걸 그렇게 말하지 않았을지도 모른다. 그땐 거기까지 주의가 미치질 못했을 테니까. 먼젓번 진술분이 수중을 떠나 있는 지금으로선 그것을 다시 확인해볼 길이 없다. 하지만 앞에선 뭐라고 말을 했든 그것은 그냥 무시하기로 하자. 지금은 어쨌든 노래의 기억이 되살아난 터이고, 무엇보다 그것을 입속에 읊조리고 있는 터이므로.

— 부르튼 입술로 목메어 합창하던 우리들의……

나는 계속 노래를 읊조리며 승강기 층수의 문자판을 지킨다······
5······ 6······ 7······ 8······ 엘리베이터 안은 나 혼자뿐이므로 층
수의 숫자들이 한 번도 쉬지 않고 일정한 속도로 바뀌어간다.

— 그 노래 아무도 다시······

10······ 11······12······

— 노래 다시 못 하네, 불을 끄고 떠나려 하네.

14······ 15······

드디어 15층. 노래마저 조급하게 쫓기고 있었던 탓인지, 오늘은
엘리베이터가 한 번도 중간에서 선 일이 없는데도 노래는 거기서
마지막 소절이 끝난다.

엘리베이터를 내린다.

그런데 나는 엘리베이터에서 내려 우리의 1호실 문 앞에 서서도
그 노래가 아직 끝나지 않고 있음을 느낀다.

— 노래 다시 못 하네, 거리엔 바람 소리······

현관 안에서 후렴처럼 아직 노랫소리가 들려 나오고 있다. 나의
전축판 노랫소리다. 그가 웬일로 그것을 혼자 켜 듣고 있는 모양이
다. 나는 기이하고 의아스럽게 느껴지면서도, 한편으로는 그가 아
직 집 안에 그대로 남아 있어준 사실에 안도감을 느낀다. 그리고
함께 소리를 따라 읊조리며 노래가 끝나기를 좀더 기다린다(그 망
연스런 나의 버릇! 그러나 나는 여기서 그 노래가 끝나기 전에 자신을
좀더 서둘러야 했을까. 그는 바야흐로 노래가 끝남과 동시에 자신의
머리에 권총을 쏘아댈 참인 것이다. 하지만 그것도 지금의 생각일 뿐,
그때는 물론 그런 눈치를 모르고 있었으니까).

─노래 다시 못 하네, 불을 끄고 떠나려 하네.

방 안에선 마침내 노래가 끝난다. 그리고 노랫소리가 끝남과 동시에 이내 한 발의 총소리가 뒤따른다.

─탕!

총소리는 오직 그 한 번뿐. 집 안은 거기서 다시 조용한 정적 속으로 가라앉아버린다. 동시에 내 머릿속도 노랫가락을 포함한 모든 의식의 움직임이 정지된 채 깜깜한 침묵의 벼랑 끝에 멈춰 선다.

그런 의식의 정지 상태가 얼마 동안이나 계속되고 난 다음이다. 아니 어쩌면 그것은 그저 잠시 동안의 일이었을 뿐인지도 모른다. 나는 때마침 아래층에서 누군가가 엘리베이터를 불러내리고 있음을 깨닫는다(이것도 전에는 미처 생각해내지 못했던 일 같다).

─스스륵, 쉬익!

등 뒤로 열려 있던 엘리베이터 문이 닫히면서 아래로 내려가는 소리가 들려온다. 그것으로 나는 깜깜한 의식의 정지 상태에서 서서히 움직임을 되찾기 시작한다.

하지만 나는 아직도 무엇을 당황해하거나 행동을 조금도 서두르지 않는다. 집안일이 궁금하거나 두려워지지도 않는다. 집 안에서 일어난 일들은 보지 않아도 눈에 훤하다. 이젠 차라리 모든 것이 당연하고 자명한 듯싶어진다. 그는 끝끝내 돌아갈 곳이 없는 사람이었다. 그리고 자신도 그것을 알고 있었음이 분명했다. 하지만 그는 내가 그에게 해주려는 것이 무엇인진 알지 못했다……

내가 한 발쯤 늦고만 것이다. 내가 그에게 해주려 한 것이 무엇이던가. 나는 비로소 내가 그토록 그를 납치하고 부수고 싶어 한 분명한 이유를 알 수 있을 것 같다. 그것은 바로 나 자신의 돌아갈 곳 없음 때문이었다. 그에게로 돌아가 그와 함께 있고 싶음 때문이었다. 그의 파괴와 돌아갈 곳 없음에 함께 있으면서 스스로를 위로받고 싶음 때문이었다. 그의 참모습을 보고 싶어 한 것, 그리하여 그 바닷가까지 쫓아가고 그를 납치하려 한 것, 그 모든 것은 결국 그의 참모습과 돌아갈 곳을 위해서보다 그의 파괴와 돌아갈 곳 없음을 위해서인 셈이었다. 그가 자신의 모습을 찾아 돌아가는 것을 두려워했기 때문이었다. 그토록 초라한 바다의 몰골과 위인의 무참스런 실패를 목격하고 나서 나는 얼마나 그에게로 서둘러 돌아오고 있었던가. 그것이 비록 그의 실패를 마지막으로 완성하고 확인시켜줄 완벽한 납치를 위해서였다 하더라도…… 그런데 그가 그것을 모르고 혼자 나를 등져가고 만 것이다. 그리고 그런 작자의 배반 앞에 나는 비로소 그 모든 것이 분명해진 것이다. 가엾은 인간. 나는 원망스럽지 않을 수 없다. 그를 위해서나 나를 위해서나 그가 너무 조급했기 때문이다.

하지만 일은 이제 어차피 끝난 것. 나는 이윽고 마음을 가다듬고 집 안으로 천천히 문을 열고 들어선다. 그가 어쩌면 마지막 순간까지 나를 기다렸던 것일까. 문에는 아직도 자물쇠가 걸려 있지 않다. 미는 대로 그냥 문이 열리면서 나를 집 안으로 받아들인다. 화약 냄새와 피비린내 같은 것이 금세 코끝을 스쳐간다. 거기서도 나는 아직 어떤 마음의 충격이나 변화를 못 느낀다.

사내는 이미 시체가 되어 내가 들어서는 기척도 알아보지 못한다. 회전을 멈춘 전축의 맞은편 소파 위에 사내는 앉은 자세 그대로 머리를 반쯤 아래로 떨어뜨리고 있다. 양미간 근처를 앞뒤로 꿰뚫은 이마의 상처에선 핏줄기가 아직도 얼굴과 목덜미를 적셔 흐르고 있다.

하지만 나는 그에게로 다가가 그 상처조차 살피고 싶은 생각이 안 든다. 그는 이미 내게 죽어 있는 사람이다. 죽은 사람으로 그가 나를 맞고 있다. 나는 그저 거실 한가운데 서서 망연스레 그를 내려다보고 있을 뿐이다. 그의 상처를 돌보아주려기보다 오히려 그의 회생이 두렵다. 아니 그저 그의 회생이 두려운 것만이 아니다. 나는 어쩌면 지금까지 그의 자살을 예감했으면서도 부러 그것을 외면하고 있었던 기분이다. 짐짓 외면을 해온 것만이 아니라, 오히려 그를 기다리며 재촉하고 있었던 기분이다. 아침에 그를 남겨두고 혼자 집을 빠져나간 것이나, 그를 다시 납치하겠다며 무작정 차를 달려 되돌아온 것들이 그런 언외의 예감 아니면 스스로의 불안감 때문 아니었는지. 하고 보니 그것은 당연히 와야 할 일이 닥쳐온 것뿐인 것처럼도 보인다. 이제는 그를 원망하고 싶은 생각조차 서서히 사라져간다. 그리고 비로소 그의 죽음에서 완벽한 침묵의 완성을 목도한다.

그에게서 이제 모든 말들이 사라져 정지한다. 그가 내게 들려준 그간의 사연들도 이제는 침묵 속에 뜻을 잃고 있다. 그리하여 그는 자신이 하나의 커다란 침묵의 덩어리로 남아 있다. 나는 그 침묵 속에 비로소 그의 말을 듣는다. 그가 생전에 생각하고 내게 원해온 일들, 그가 내게 구하고 이해를 바라온 일들, 그리고 마침내는 이런 최후를 맞게 된 사연까지도 빠짐없이 납득하고 이해할 수 있을 듯싶다. 그의 말이 정지해 사라진 곳에서, 그 완전한 침묵을 통하여 나는 그가 생전에 내게 말해온 모든 것들, 그의 삶의 욕망과 저주, 그 오욕과 영광의 사연들을 일거에 모두 이해할 수 있게 된다.

그렇다. 그것은 그의 죽음에 대한 섣부른 동정이나 감상 때문이 아니다. 그것은 그 죽음으로 인한 완전한 침묵의 언어 때문이다. 그 침묵의 언어 속에서 나는 그토록 내가 혐오해오던 일들, 그가 나를 납치하고 그것을 내게 납득시키려 하고, 끝내는 스스로 목숨을 끊어간 일까지도 이해와 납득을 할 수 있게 된 것이다. 그 죽음의 침묵이야말로 내가 그토록 찾아 헤매던 그의 참모습이었다. 그리고 그는 비로소 자신을 되찾아 자신의 모습으로 돌아가 있었다. 그는 애초에 돌아갈 곳이 없던 위인이 아니었다. 그는 마침내 자신의 죽음으로 그것을 찾아낸 것이다. 그의 죽음을 함부로 아쉬워하거나 원망할 수가 없다. 자신을 찾아간 그의 모습이 어딘지 정갈스럽고 자연스러워 보이지 않는 것뿐이다.

나는 이윽고 천천히 그에게로 다가가 숙여진 자세를 바로 세워 앉힌다. 그리고 가방에서 손수건을 꺼내어 얼굴의 핏물을 닦아내기 시작한다. 손수건이 핏물에 젖어버린 다음에는 욕실로 들어가 대얏물을 받아온다.

나는 몇 번이고 대얏물을 갈아가며 어린아이를 씻기듯 그의 몸뚱이를 씻어낸다. 얼굴과 목을 씻은 다음에는 와이셔츠를 벗겨내고 등과 가슴과 어깨와 손발까지 핏자국이 밴 곳은 모조리 닦아낸다. 무엇 때문에 그런 짓을 하고 있는지 머릿속에선 아무런 생각도 않는다. 무념의 상태에서 자신의 행동을 스스로 납득한다. 나는 그것을 납득하고 있다는 사실도 잊는다.

　그의 몸을 씻고 나서는 주변의 핏자국들을 닦아내기 시작한다. 소파로 흘러내린 핏자국을 닦아내고, 자살 용기도 다시 손을 본다. 권총은 그의 오른손이 늘어져 있던 소파 근처에 소음방지용 흰 수건에 둘둘 말려 있다. 나는 그가 그것을 한 겹 한 겹 말아 감은 동작과 시간을 거꾸로 벗겨내어—그러면서 나는 비로소 그의 죽음이 나를 기다리고 있었음을 깨닫는다. 그가 수건으로 총소리를 싸맨 것은 주검으로 나를 기다리기 위함이었다. 하여 그것은 나에 대한 그의 간절한 기다림을 거꾸로 벗겨냄이었다—쇠붙이 부분까지 정성스레 닦아낸다. 그리고 그것을 눈에 보이지 않게 탁자 아래로 숨겨 넣는다.

　사람과 주위에서 핏자국이 모두 지워지고 나자, 이번엔 다시 거실을 정리하기 시작한다. 그의 젖은 와이셔츠와 권총에서 풀어낸 수건, 그리고 핏물에 젖은 걸레들을 모두 뭉텅이로 말아서 두꺼운 시장 봉지에 쓸어 넣는다. 그리고 봉지가 풀리지 않도록 몇 겹으로 다시 싸고 끈으로 묶어 뒤꼍 다용도실의 쓰레기통에 쓸어 넣어 버린다. 그리고는 이제 그의 방으로 가서 그의 점퍼 저고리를 내온다. 그것을 와이셔츠 대신 그의 벗은 몸에 단정하게 입힌다.

　이젠 주위가 완전히 정상을 되찾은 느낌이다. 그 정상의 분위기 속에 그가 그의 모습으로 되돌아가 있다. 가구나 기물들 모든 것들이 평소의 그 자리 그대로의 분위기를 유지하고 있고, 구종태는 소파에 머리를 기댄 채 앞을 향해 조용히 눈을 감고 앉아 있다. 이젠 더 이상 할 일이 없는 것 같다. 거기에 더 이상 머물러 있어야 할 이유가 없는 것 같다.

나는 새삼 기분이 망연하고 허망스럽다. 그러나 언제까지나 거기 그렇게 허망하고 묵연스럽게 서 있을 수가 없음을 깨닫는다. 그가 이미 자신의 모습을 찾아 돌아가 있기 때문이다. 나만이 돌아갈 곳이 없기 때문이다. 그가 이미 자신으로 돌아가버린 이상 그곳은 내가 돌아가 머물 곳이 아니다. 그곳은 끝내 그의 자리였다. 나는 그를 떠나야 했다. 그리고 이곳을 떠나야 했다. 그것이 나를 더욱 허망하고 망연스럽게 한다. 하지만 떠나야 할 사람은 어차피 떠나야 하는 것. 나는 천천히 총소리와 함께 회전을 멈추고 있는 전축으로 다가간다. 그리고 거기 꺼진 스위치를 다시 넣고 마지막 노래 위에 바늘을 옮겨놓는다.

— 노래 다시 못 하네, 거리엔 바람 소리······

전축에서 이내 다시 귀 익은 목소리가 흘러나오기 시작한다. 판의 중앙부에 사진으로 찍힌 내 모습이 소리에 실려 회전을 계속한다.

— 부르튼 입술로 목메어 합창하던 우리들의 꿈과 운명······

사진 속의 내가 회전을 계속하며 내게 어지러운 손짓을 해온다. 어쩔 수 없는 회전 속에 갇혀 돌아가는 자신의 모습에 나는 문득 까닭 없이 눈시울이 뜨거워짐을 느낀다.

하지만 나는 거기서도 그리 긴 시간을 끌고 서 있을 수가 없다. 나는 그가 문득 등 뒤로 느껴져오기 시작한다. 그가 등 뒤에서 나와 함께 노래를 듣고 있음을 느낀다. 나는 왠지 그가 두렵다. 그를 등 뒤로 돌아볼 수가 없다. 아니 그와 함께 노래의 마지막을 듣고 있을 수가 없다. 노래는 처음부터 그를 위한 것이었다. 그와 함께 마지막을 듣고 있어서는 안 되었다.

　나는 잠시 그대로 눈에서 눈물이 잦아들기를 기다린다. 그리고 그 눈물이 제물에 잦아들어 시야가 조금씩 틔어오기 시작하자 나는 천천히 장식장 위에서 손가방을 찾아들고 조용히 다시 집을 나서버린다. 노래의 마지막 소절이 끝나기 전에. 그리고 소파에 앉아 있는 그를 마지막으로 한 번 더 돌아보는 일이 없이.

6

나는 진술에 자신이 붙고 있었다. 손에 익숙해진 현재형의 문장 속에 사건이 제법 일목요연하게 재구성되어가고 있었다.

하지만 오 검사는 그보다도 먼저 나의 혐의에 대한 어떤 분명한 심증이 내려진 것 같았다. 이번에는 오 검사가 그 전날분의 진술을 읽고 나서도, 다음 날 나를 직접 만나 행해오곤 하던 보충질문을 생략해버렸다.

오 검사는 대신 그동안 낯이 익어온 수사관 한 사람을 내게 보냈다. 오 검사를 보좌하여 나를 담당해온 고씨 성을 가진 40대의 남자로, 그간에 늘 오 검사의 뒤에서 그의 그림자 격으로 뒷심부름 정도밖에 못해온 사람이었다. 오 검사는 이날 부속 신문실로 그를 보내어, 모처럼 내 진술서의 내용을 그에게 대신 검토하게 했다. 그런데 그 수사관을 만나고 난 느낌도 이제는 거의 끝나가고 있는 듯한 인상이었다.

"그래, 그렇게 혼자 집을 나가서 이번에는 다시 수원으로 갔습니까?"

"그랬지요."

"당신의 차는 아파트 주차장에 그대로 놔둔 채였지요?"

"제 차 대신 아파트 정문 근처에서 택시를 탔어요."

"그 시각이 정확하게 언제였지요?"

오 검사의 그림자 격답게 고 수사관 역시도 그의 상관처럼 꼬박꼬박 경어로 질문을 해왔다. 나 역시 그의 그런 관용스런 태도 앞에 오 검사 자신을 대하고 있는 기분으로 고분고분 공손하게 응대해나갔다.

"정확한 시간은 기억할 수 없지만, 아마 저녁 5시쯤 되었을 거예요. 그 집을 나왔을 땐 날이 어두워지기 시작했으니까요."

"저녁 5시경이라…… 그 시각을 증명할 무슨 근거가 있으면 좋겠는데, 혹시 그럴 만한 일이 기억나는 게 없습니까?"

"별로……"

"그럼 좋습니다. 5시에 그냥 집을 나간 걸로 해두지요. 그러니까 3시 30분에 아파트로 돌아와서 5시에 다시 집을 나갔다면 집에 머문 시간은 모두 한 시간 반이 되는군요."

"대강 그 정도쯤 되었을 것 같아요."

모처럼 만에 직접 기회를 얻은 탓인지, 수사관은 그 공손한 말씨나 태도와는 다르게, 자신의 직무에는 꽤나 열심이었다. 추궁이 예상 외로 꼼꼼하고 치밀했다. 그는 먼저 내 진술서에서 아직도 앞뒤가 정확치 못한 것들, 이를테면 내가 집 안에서 그와 함께 보낸 한 시간 반 동안의 시간에 대해서도 그동안에 내가 거기서 행한 모든 행동의 개별적인 시간하며 행동의 동기나 목적들을 하나하나 다시 확인해나갔다. 그리고 내게 몇 번씩 같은 질문을 반복하고 나선—그는 내게 어떤 식으로든지 원하는 대답을 만들어내게 했다—그에 대한 나의 대답들을 진술서 곳곳에다 줄을 그어가면서 추가로 꼼꼼히 부기했다…… 15시 30분, 아파트 주차장에서 차를 내림. 구종태가 집을 나가버린 것이 아닌가 새삼 의구심이 생김…… 31분, 아파트 현관을 들어섬. 아침과 얼굴이 바뀐 경비(강종수, 47)가 알은체를 해옴. 그러나 피의자의 머릿속은 구종태의 납치에 대한 조급한 생각뿐으로 그를 모른 체하고 현관을 지나쳐 계단을 뛰어오름(그를 납치할 의도가 어느 때보다 분명해짐)……

나의 진술서는 그의 꼼꼼한 질문 속에 그런 식으로 하나하나 짧은 시간대로 잘게 분해되고, 그것은 다시 가차 없이 확고한 어휘의 조합으로 일목요연하게 정리되어갔다. 그것은 유독히나 내가 집 안에서 보내고 나온 그 한 시간 반 동안의 시간대에 대해 집중적으로 행해졌다.

그 일이 모두 끝나고 나자, 수사관이 이번에는 다음번 진술분에 해당하는 일들까지 그 자리에서 계속 묻기 시작했다.

—그럼 이번에는 집을 나간 다음의 행적에 대해서…… 그날 당신이 아파트를 다시 나온 것이 오후 5시, 그런데 그때 당신은 어째서 자기 차를 두고 영업용 택시를 탔지요?

—아파트를 나올 때 행선지를 미리 수원 쪽으로 정하고 있었던가요? ……다시 수원으로 간 목적은 무엇이었지요? ……행선지

를 수원으로 잡은 것하고 택시를 탄 것하고 어떤 상관이 있었던 일 아닌가요?

—차를 타고는 곧장 수원 호수 유원지로 갔었나요? ……거기 도착한 시각이 몇 시였지요?

하지만 그의 추궁은 대개 그런 사소한 것들뿐이었다. 질문의 형식이 꼼꼼해 보일 뿐, 내용은 알고 보면 그저 몇 분 몇 초 간의 시간이나 행동을 해명하고 연결시켜나가는 정도의 사소한 것들이었다. 그것도 대개는 내 공손한 몇 마디 대답과 대답의 반복으로 확인을 거치고 지나가는 식이었다.

오 검사 자신의 직접 신문은 아니었지만, 전날에는 거의 볼 수 없던 일들이었다. 더욱이 아직 진술이 되지 않은 다음 날 예정분에 대한 사전 확인은 거의 예외에 속하는 일이었다. 다음 날 진술의 내용에 대해 오 검사는 미리 물은 일이 없었다. 그런 경우엔 구두 진술로 서면진술이 면제되곤 했다.

뿐만이 아니었다. 집을 재차 나간 이후의 행적에 대해서도 수사관은 처음 수원을 향해 택시를 타고 나서기까지의 몇 마디밖에는 질문의 치밀성이 현저하게 줄어갔다. 하긴 내가 수원으로 내려가 잠시 호반을 서성대다 그길로 곧장 물 건너 별장을 하나 얻어 건너가버린 이후의 일에 대해서는, 그리고 그 별장 구석에 유폐라도 당하듯 세상과는 완전히 인연을 끊고 지낸 보름 간의 일들에 대해선 나로서도 길게 할 말이 없었다—그것은 애초 사람의 삶이 아니었고, 사람의 삶의 자리가 아니었다. 차라리 나의 삶과 기억의 공백지대가 되어버린 곳이었다— 오 검사나 수사관도 거기선 이미 쓸

만한 단서를 기대할 수 없다고 판단한 것인지 모른다. 아니면 애초
나의 혐의는 그런 도피행각 이전에 이미 충분한 확증이 드러난 때
문인지, 수사관은 왠지 거기에 대한 물음은 대충대충 근거만 남기
고 지나가는 식이었다. 나의 불분명한 대답에 대해서도 앞서처럼
질문을 반복해오거나 꼼꼼히 신경을 쓰는 기색이 없었다.

심증이 어느 쪽으로 기울고 있는진 모르지만, 아무래도 일이 끝
나가는 조짐이었다. 그것도 아파트를 다시 나온 이후의 일에 대해
선 내 장황한 서면진술 대신— 하긴 이미 전번 진술들에서 필요한
사실들이 드러나고 있었지만— 구두신문으로 일을 마무리 지을
기미가 역력했다. 그렇다면 검사에겐 이제 이것으로 나에 대한 현
장검증 시나리오가 모두 완성된 것인가. 그게 이미 완성이 되었다
면, 도대체 어느 방향, 어떤 식으로? 한데 그런 내 예감은 아무래
도 크게 빗나가질 않은 것 같았다……

고 수사관은 물론 그것을 내게 당장 분명히 해주고 싶어 하지 않
았다. 그는 자신의 할 일만 끝내고 별다른 소리 없이 신문실을 나
갔다. 그쯤에서 진술을 마감시킬 기미도 거기서는 당장 눈치를 안
보였다.

"그럼 오늘도 계속 수고해주시오. 검사님의 지시가 있으면 다시
오겠소."

그는 자신의 필적이 묻어 있는 전날의 진술서와 신문철(訊問綴)
을 챙겨 들고 나가면서 내게 계속 진술서의 작업을 당부했다.

하지만 그것은 그의 부질없는 헛시킴일 뿐이었다. 일은 그때 이
미 끝이 나 있었다. 그리고 그는 그것을 알고 있었다. 그것은 내게

검사의 마지막 결정을 전하기까지의 시간을 메워주기 위한 것뿐이었다.

이날 저녁 때 고 수사관이 다시 나를 부속실로 찾아 나타났다. 그리고 비로소 내게 진술서의 작업을 중단시켰다.

"이제 이걸로 그만 됐습니다."

그때까지 애써 써놓은 것마저도 거두어 살피려는 기색이 없었다. 1차 연장된 구속 만료일이 촉박해오고 있어서 일을 그만큼 서둘러야 했는지도 모른다.

"내일 중에 현장검증이 있게 될 겁니다. 그러니 이제 진술서 일은 그만두고, 마음의 준비나 갖춰두는 게 좋아요."

수사관은 마침내 더 이상의 진술 작업이 필요하지 않음을 분명히 했다. 이상스러운 것은 그 수사관의 내게 대한 다음번 조처였다.

"잠깐 좀 기다리세요……"

수사관이 이윽고 그렇게 말하고는 나를 혼자 놔둔 채 다시 방을 나갔다. 뭔가 먼저 봐둬야 할 일이 있다는 것이었다. 그렇게 금방 되돌아올 것처럼 하고 나간 고 수사관이 한 식경이 지나도록 소식이 없었다. 한 시간 가까이나 기다리고 있어도 돌아올 기미가 영 없었다.

진술 작업마저 중단해버린 채 무작정 그가 돌아오기만 기다리고 있자니, 나는 답답하고 무료하기가 이를 데 없었다. 그러자 이윽고 나는 그가 들고 왔다 놓아두고 간 신문철 쪽으로 우연히 시선이 이끌려갔다. 처음에는 그가 그런 것을 거기에 놓아두고 간 사실조차 괘념을 않고 있던 것이었다. 그런데 나는 거기 펼쳐진 신문철의 한 페이지에 무심히 눈길을 머물고 있다가 제풀에 정신이 번쩍 들었다. 거기 펼쳐진 것은 우연찮게도 바로 다음 날 행해질 내 현장검증용 시나리오였다.

　―이게 그 현장검증 시나리오라는 것인가. 이런 것까지 벌써 다 완성되어 있었던가.

　나는 처음 피의자인 내가 그것을 읽어봐도 좋은 것인지 어떤지를 알 수 없었다. 검사가 그런 것을 피의자에게 미리 읽게 하는 것은 아닐 것이 분명했다. 한데도 나는 왠지 그것이 수사관의 부주의 탓만은 아닌 것 같았다. 공식적으로는 읽게 할 수 없는 것을 무슨 이유에선가 그런 식으로 흘려 읽게 만들 수도 있는 일이었다. 그것은 바로 수사관의 내게 대한 고의적인 실수이자 바람일 수도 있었다.

　―그렇다면 검사는 정말로 이런 식으로 끝까지 모든 것을 짜고 해나가자는 것인가. 그동안 나와 나의 혐의에 대해 나름대로는 그토록 믿음이 깊어졌단 말인가. 아니면 그 믿음을 위장한 음험스런 함정?

　나는 아무래도 분명한 확신이 서오지 않았다. 거기 놓인 시나리오의 내용에서 눈을 돌리기는 더욱 어려웠다.

　수사관은 아직도 돌아올 기미가 깜깜해 있는 터. 나는 결국 신문철을 끌어다 빠른 속도로 읽어 내려가기 시작했다.

　―15시 30분: 서울시 강동구 ×동 ××번지 소재 ××아파트 21동 앞 주차장에서 하차(피의자 소유 자가용 승용차 포니 78년형 서

울 3다 787×번. 진홍색 도장. 1979년 1월 16일 현장에서 발견).

　　──동 31분: 피의자 21동 현관 도착. 경비원 강종수 씨(47세 당일
주간 근무: 08시부터 20시까지)가 피의자의 귀가를 목격하고 인사.
피의자는 이를 묵살하고 급히 일층에 정지중인 승강기에 입승(구종
태 납치에 대한 범의 충만)……

　　메모 형식으로 씌어진 현장검증용 시나리오는 내가 그 간척장
에서 돌아와 차를 내린 데서부터 시작되고 있었다. 현장검증 계획
이 왜 거기서뿐인가 싶어 앞을 한두 장 넘겨보았으나, 시작은 역시
그 대목에서부터였다. 그리고 그 시각과 숫자가 부호식 표기들로
연결된 메모식 시나리오는 뒷길이도 예상보다 긴 것이 아니었다.

　　──동 32분: 피의자는 자신의 노래「다시 부르지 못하는 노래」를
묵송 중 1501호 앞에 도착, 승강기에서 내림. 실내에서 자기 음곡이
들려 나오는 소리를 청취. 그 음곡이 끝날 때까지 기다림(소요시간
2분가량).
　　──동 34분: 음곡이 종료됨과 동시 총성 한 발. 피의자는 총성 청
취 후 기억 미상의 시간 동안(약 30초간으로 추정)을 그대로 기다림
(피의자 진술은 망연자실 상태를 주장. 이 동안 구종태가 절명한 것으
로 추정됨. 피의자의 고의적 지체 여부 확인 요망).
　　──동 35분: 개문 입실……

　　시나리오는 그런 식으로 대충 내 진술을 좇아 꾸며져나가고 있

었다. 집 안으로 들어선 다음 행동들도 대개는 내 진술을 따르는 진행이었다. 그것으로 내 기왕의 진술을 번복시킬 어떤 새로운 증거를 찾고 있는 것 같지는 않았다. 게다가 시나리오는 내가 마지막으로 음반을 걸어놓고 집을 다시 나오는 대목에서 끝나고 있었다.

모두 합해 세 페이지 정도의 분량이었다. 그것을 모두 읽는 데에도 5, 6분 정도가 걸렸을 뿐이었다. 나로선 하나하나 자세히 뜯어 읽을 필요도 없었다.

나는 대충 기록을 훑고 나선 신문철을 다시 제자리로 밀어놓았다. 그리곤 새삼 이상스런 의구심과 허망스런 느낌에 젖어들기 시작했다. 현장검증의 시나리오가 내 진술을 그대로 따르고 있는 것은 나로선 무엇보다 다행스런 일이었다. 그것이 하자 없이 치러지기만 한다면, 나는 그것으로 그간의 혐의를 벗어날 수가 있게 될 것 같았다. 하지만 과연 피의자의 혐의를 벗겨주기 위한 검증이라는 것도 있을 수 있을까. 그것이 검사나 누구를 위해 필요할 것인가. 거기에 어떤 함정이 숨겨져 있는 건 아닐까……

내 첫번째 의구심은 어쩌면 다소 싱거워 보이기조차 한 그 현장검증의 목적이나 필요성에서 비롯된 것이었다. 하지만 보다 중요한 의구심은 그 현장검증을 위한 시나리오라는 것의 비인간적인 문장 구성에서 비롯되고 있었다. 몇 번씩이나 되풀이해온 말이지만, 내가 지금까지의 진술 과정에서 그토록 애를 쓰고 고심해온 것은 단지 그것으로 내 피의 사실을 부인하기 위해서만이 아니었다. 내 혐의를 벗어날 수 있느냐 없느냐보다 그것은 오히려 내가 무엇 때문에 그와 그의 폭력을 납득하고 용납할 수 있었던가, 당시의 내 진실을 다시 한 번 경험으로 만나게 되기를 바랐기 때문이다. 그 현재형 문장에 대한 끝없는 시험도 바로 그런 나 자신의 진실과 상관된 싸움의 과정에 다름 아닌 것이었다.

한데 나는 기나긴 방황 끝에 비로소 그 현재형 문장의 가장 완벽하고 준절스런 전범을 눈앞에서 방금 보고 난 느낌이었다. 시나리오에는 실제의 현재형 문장 대신 보다 간결스런 동명사형으로 개개의 행위가 지시되어 있었다. 현장검증 시나리오가 행위의 재현을 목적하고 있는 이상, 그것은 바로 현재형 문장의 한 편의적인 기술에 불과한 것이었다. 그런데 그 비정적인 숫자와 부호식 어휘들의 조합으로 이루어진 특성 때문이었는지 모른다. 나는 왠지 그것으로 과연 과거의 행위가 재현될 수 있을지가 어느 때보다 의심스러웠다. 무엇보다 그 시나리오의 문장들에선 사람의 체온 같은 것이 느껴지지 않았다. 그것은 어떤 사물의 움직임을 표시해 보이는 물리적인 공식의 기록에 불과했다. 도대체 내 과거의 행위나 행위의 목적과는 아무런 상관도 없는 것 같았다. 그것은 살아 있는 사람의 말이 아니라, 사물과 제도의 말일 뿐이었다. 게다가 그것은 어미를 제대로 살려 쓴 현재형보다도 더 일방적인 강제력을 행사해오고 있었다. 현재형이 단순히 어떤 행위를 지시하고 있을 뿐이라면, 현재형의 변형인 동명사형이나 명사형 어휘는 그 행위의 명령뿐 아니라, 행위를 완결지어 마감하는 완료의 강제성까지 동반하고 있었다. 그것이 어떻게 지나간 시간대로의 자의로운 회귀의 방법이 될 수 있을까. 그 지나간 시간대 속의 행위들을 현재 속에 재현해나갈 길이 될 수가 있을까. 나는 아무래도 그것이 가능해

보이지가 않았다. 과거가 현재를 명령하면서 그의 한 부분으로 남을 수 있을 뿐이라면, 그 명령과 완료형의 현재형 자체가 과거의 완전한 재현일 수는 없었다. 그 일방적인 지시와 요결을 좇아서 어떤 행위가 이루어진다 해도, 그것은 이미 원 행위와는 거리가 먼 꼭두각시의 놀음에 불과할 터이었다……

나는 불안해지지 않을 수 없었다.

— 나는 결국 이 비정적인 문장들의 꼭두각시놀음을 위해 여태까지 이 짓을 해온 건가.

게다가 또 싱겁고 허무한 것은, 내가 재현해 보여야 할 그 행위들의 시나리오라는 것이 그토록 간략하고 짧게 꾸며진 것이었다. 나의 혐의에 관한 한 사건의 핵심은 내가 그 아파트로 돌아와 거기서 그의 죽음을 보고 다시 아파트를 나간 데까지임이 분명했다. 그리고 내 혐의를 벗겨주기 위해서건 새 증거를 찾아내기 위해서건, 그래서 그 현장검증도 거기에 초점이 맞춰진 게 당연했다. 하지만 다만 그것을 위해서, 그 집 안에서의 한 시간 남짓 동안의 내 행동의 재현을 위해서, 다만 그것만을 입증하기 위해서, 여태까지 이 기나긴 진술을 힘들게 계속해왔단 말인가.

나로서도 그동안 그 모든 진술 과정이 내 혐의에 직접적으로 상관이 안 된다는 사실을 모르고 있었딘 건 아니었다. 그리고 그 현장검증이라는 것 또한 당연히 내 혐의와 직접 상관이 있는 한 곳에 국한될 것임도 짐작해온 일이었다. 나머지의 모든 부분은 그 한 대목의 진술을 위한 예비작업에 해당될 수 있었고, 그 한 대목의 행위에 대한 연결과 근거를 위한 것일 뿐이었다. 그것은 그 검사 쪽만이 아니라 자신의 진실과도 상관이 된 일이었다.

하지만 그것은 머릿속에서 생각한 이해의 문제였다. 길고 긴 진술의 결과가 그처럼 짧고 간략하게 취사되어버리고 만 데는 막상 싱겁고 허망스런 느낌이 안 들 수 없었다. 무엇엔가 속은 것 같고, 허공의 말속을 헤매온 것도 같았다. 또는 그 한 대목이야말로 가장 애매하고 불확실한 진술이며, 자신의 진실과는 그 나머지 부분 쪽이 한결 사실적으로 근접해 있는 것 같은 생각이 들기도 했다.

그런 의구심과 허무감은 고 수사관이 돌아오고 나서도 여전했다. 고 수사관은 내게 그걸 읽을 만한 충분한 시간을 주려 했던 듯 내가 신문철을 되돌려놓고 나서도 한동안 시간이 더 흐른 다음에야 유유히 문을 열고 신문실로 돌아왔다. 밖에서도 별로 볼일이 없었던 것 같은 한가한 거동새였다. 그렇게 다시 신문실로 돌아온 것도 내게 따로 묻거나 할 말이 있어서가 아니었다.

"자, 그럼 오늘은 이대로 일찍 돌아가서 내일 일에 대한 마음의 대비나 해두도록 하세요."

펼쳐진 신문철을 무심스런 동작으로 덮어 챙기며 그걸로 그냥 이날의 신문을 끝낼 채비를 하였다──이건 충분히 읽어보았겠지? 그러면 아마 내일 자신이 치러나갈 현장검증의 진행 방법도 알게 되었을 거구. 나를 바라보는 수사관의 눈빛 속에 잠시 그런 다짐의 기미가 스치고 있었다. 그는 짐짓 그것을 알은척해 보이려지 않은 것뿐이었다.

그것은 나도 물론 마찬가지였다. 그가 부러 묻지 않은 것을 내 쪽에서 말하고 나설 필요가 없었다. 하지만 나는 그대로는 그냥 일을 끝내고 돌아설 수가 없었다.

"내일 현장검증은 어떤 식으로 진행되어갈 건가요?"

나는 이미 신문철을 보아 짐작하고 있으면서도 그것을 짐짓 한 번 더 캐물었다. 신문철을 읽은 일에 대해서는 여전히 알은척을 안 해 보인 채였다. 하지만 그는 역시 검사가 아니었다.

"글쎄요. 그건 검사님께서 내일 직접 나와서 지휘하실 일이라서 미리 말하기가 뭣한 걸요."

수사관이 다시 손을 멈추고 나서 신중한 어조로 대답을 흐렸다. 하지만 그는 자신의 그런 신중성이 마음에 걸린 듯 이내 다시 몇 마디 덧붙여왔다.

"그 뭐 별로 걱정할 일은 없을 겁니다. 검증 절차가 그리 길진 않을 테니까. 검사님께서 다 알아서 하실 겁니다."

자신도 대략은 알고 있는 일이지만, 굳이 그걸 미리 알아야 할 필요까지는 없다는 소리였다. 하면서도 역시 내가 그의 시나리오를 본 일에 대해서는 계속 모른 척해 넘기려는 말투였다. 그것은 내가 바란 대답이 아니었다.

"검증 절차가 짧게 끝난다면 어느 부분이 골라질 건가요? 그동안의 진술을 모두 재연하는 것은 아닐 테니 말이에요."

나는 행여 그에게서 니의 불안기를 소금이라도 씻을 수 있을까 싶어 짐작하고 있는 일들을 계속 캐묻고 들었다. 그러자 그도 이젠 그런 내 물음에 굳이 회피하려는 기색이 없이 시원시원 쉽게 응답을 해왔다.

"그야 물론 사건 전부를 재연해볼 수는 없는 노릇이지요. 그럴 필요도 없는 일이구. 현장검증은 아마 구종태의 사망을 전후한 아파트 안에서의 일에 국한되기 쉬울 겁니다. 당신의 혐의사실 여부는 거기서 대개 결정이 나게 되어 있으니까."

"그렇다면 저는 어느 쪽 연기를 해야 하나요? 선생님은 지금 현장검증의 시간대가 구종태의 사망 시간 전후라고 하셨는데, 그러면 저는 그 총소리를 듣는 쪽인가요, 아니면 제가 그에게 총을 쏘는 쪽인가요."

"글쎄, 그것도 지금으로선 말할 수가 없는 일이지요."

이번에는 수사관이 다시 나의 물음을 비켜섰다. 하지만 그는 왠지 수사관답지 않게 금세 다시 기미를 흘려왔다.

"하지만 내 개인의 추측으론 당신은 아마 총소리를 듣는 쪽이 되지 않을까 싶군요. 검사님께서 생각하고 계신 검증 방향이 당신의 진술을 대체로 받아들이고 있는 쪽으로 보였거든요."

"제가 총소리를 듣는 쪽이라면, 그럼 저는 제 결백을 증명하는 연기를 하게 되는 셈이겠군요. 그런 유의 현장검증도 필요한 것인가요?"

"그런 경우에도 현장검증이 필요한 때는 있습니다. 자살자는 이미 자기 행위의 재연력이 없으니 그의 자살을 확인하는 절차로도 이번 경우에는 당신의 도움이 필요하니까. 더욱이 당신은 총소리를 듣는 쪽이라는 것만으론 혐의가 아주 풀릴 수 있는 것도 아니구요. 총소리를 듣고 당신이 개문을 주저한 시간…… 그것은 고의적인 자살 방조가 될 수도 있지요. 아니면 그보다도 그의 자살을 유인한 혐의를 걸어볼 수도 있겠구. 하지만 뭐 걱정하진 마세요.

이건 그저 당신의 현장검증이 필요한 이유를 설명하기 위한 가정일 뿐이니까. 굳이 말하자면 그런 필요에서도 현장검증은 거쳐야할 필요가 있을 수 있다는 거지요. 거기에 너무 신경을 쓸 건 없어요."

수사관의 말인즉, 오 검사에게서도 이미 나에 대한 혐의는 거두어지고 있는 것 같다는 소리였다. 그러니 그저 형식적인 절차에 불과한 현장검증 따위에 신경을 쓸 것이 없다는 소리였다. 신문자답지 않게 공손하고 정중하기만 했던 오 검사의 태도나, 그간에 제법 얼굴이 익어온 고 수사관의 말투로 보아 나 역시 어느 정도 그것을 알 수 있었다.

하지만 나는 그것으로도 아직 마음의 불안기를 말끔 씻어버릴수가 없었다. 그것은 살인의 혐의는 물론이려니와 그의 자살을 유인했거나 그것을 고의적으로 방조했을지 모른다는 다른 혐의 부분에 대한 두려움 때문이 아니었다. 보다도 그것은 현장검증으로도 당시의 상황을 여실히 재연해내기가 어려우리라는 내 근본적인 의구감 때문이었다. 진술 자체가 그토록 어렵고 불완전했던 터에, 그 불완전한 진술을 근거로 그것을 다시 행위로까지 실현해내야 하는 불확실한 전망과 절망감 때문이었다.

"어쨌든 좋아요……"

그래 나는 마지막으로 수사관에게 다짐하듯이 그 점을 다시 물었다.

"제게서 다른 혐의가 밝혀지든 어떻든 그런 건 어차피 두렵지 않아요. 저로서도 제발 내일 일만은 성공으로 끝나기를 바래요.

264

하지만 아무래도 자신이 없어요. 검사님이 어떻게 일을 집행해나 가실진 알 수 없지만, 그 짧은 시간 동안의 일만을 재연해내는 것으로 거기서 어떻게 제 혐의 유무가 밝혀지고 확정지어질 수 있을 까요. 아니 그보다도 앞뒤를 모두 생략해버린 그 짧은 시간대 안에 그때의 일만을 어떻게 정확하게 재연해낼 수 있는 일일까요. 제가 무슨 귀신 점쟁이나 무당이 아닌 이상…… 진술서조차도 완전치 가 못한 터에…… 그 불완전한 진술서를 근거로, 거기서 제가 그 때 생각하고 느끼고 행동했던 것들을 어떻게 오차 없이 다시 경험 하게 될 수 있겠느냔 말입니다. 전 아무래도 두렵고 불안해요."

그런데 고 수사관도 이미 그 현재형 문장에 대한 오 검사의 희망 이나 믿음이 그대로 감응되어 있던 탓인가. 아니 고 수사관은 역시 오 검사의 생각과 말을 대신하고 있는 그의 그림자에 불과한 존재 였는지도 모른다. 그는 나의 그런 노골적인 불안기와 의구심에 대 해서도 전혀 괘념을 않는 표정이었다.

"일을 너무 어렵게 생각할 필요 없다니까요. 현장검증이라는 게 원래가 그런 건데 뭘 그래요. 그렇다고 그 진술서 전부를 재연시 켜야 하겠어요? 그렇게 한다고 당시의 일이 정확하게 다시 재연될 수가 있는 것도 아니구. 뭐라고 할까. 현장검증이란 그저 수사를 마무리 짓는 일종의 절차 정도로 알아두면 좋아요. 도대체 그 현장 검증으로 혐의가 뒤집히거나 새로운 사실이 드러나는 경우란 극 히 드무니까. 게다가 당신은 혐의가 그리 걱정스럴 정도도 아닌 터 에 말이오. 그냥 검사님께 맡겨두면 될 거요. 검사님께서 다 알아 서 해나가실 테니까."

혐의가 그리 대단치 않으니 불안해할 필요가 없다는 식으로, 그리고 그 현장검증의 기능에 대해서는 자신도 별로 신용을 하지 않는다는 식으로 속 편하게 나를 달랬다. 내 불안기를 잘못 이해한 소리가 분명했다. 하긴 그가 그것을 제대로 이해할 리 없었다. 내 불안감에 관한 한은 오 검사 자신이라도 그럴 수밖에 없는 일이었다. 더 이상 말해야 소용이 없을 일이었다.

"알겠어요, 그럼. 내일은 그저 검사님이 시키는 대로만 따르면 되겠군요."

나는 마침내 승복하듯 힘없이 말했다. 그리고는 이제 그가 먼저 자리를 일어서주기를 기다렸다. 하니까 그도 이젠 그것으로 만족인 모양이었다.

"정확하게 말하면 검사님을 따른다기보다 자신의 기억과 진술을 따르는 것이지요. 현장검증의 시나리오는 애초 당신의 진술에 근거한 것이니까. 검사님은 그저 그 진행의 요령을 곁에서 도와드리는 것뿐일 테구요."

그가 마침내 자리를 일어서며 마지막으로 말했다.

"하지만 역시 검사님께 모든 것을 믿고 맡겨드린 기분으로 해나가면 그걸로 잘될 겁니다. 검사님이나 나나 이런 일을 어디 한두 번 치러온 사람들이오?"

그는 이제 나를 안심시키기 위한 전문가로서의 확신에 찬 자신감까지 다짐해 보였다.

하지만 나는 그것으로도 물론 마음속의 불안기가 지워질 수 없었다. 아니 그에게 자신감이 넘쳐 보일수록, 그의 어조가 단정적일수록 나의 불안기와 의구심은 더욱 무섭게 나를 짓눌러왔다. 그리고 그 가슴속에 숨겨진 일방적이고 압도적인 현재형 문장의 비정스런 요결성이 새삼스럽게 두려워지고 있었다……

그런 불안감은 구치감으로 돌아와서도 한동안이나 더 계속되었다. 무엇보다도 큰 불안감은 물론 그 현장검증에 대한 오 검사의 지나친 기대와 자신감에 있었다. 오 검사 자신이 나타나지 않고 담당 수사관을 대신 내게 보낸 것은 그에게서 이제 모든 것이 분명하게 확정지어져 있다는 뜻이었다. 그는 그것을 고 수사관을 통해 실행에 옮기고 있을 뿐인 것이었다. 하지만 참으로 그 오 검사를 믿을 수가 있을까. 그를 믿고 그의 지시에 복종하는 것으로 모든 일이 기대대로 이루어질 수 있을까. 아니 그보다도 이미 지나간 과거 속의 행위가 새로 다가온 시간대 속에서 그대로 재연될 수가 있는 일일까. 나는 지금까지 그것을 문장으로 되살려내는 데도 그토록 애를 먹고 장애를 겪어온 터였다. 그리고 아직도 그것에 전혀 자신을 못 갖고 있는 터였다. 하물며 그 불완전한 진술에 바탕한 시나리오를 근거로 과거 속의 행위가 어떻게 다시 실제 행동으로까지 재현될 수 있을까. 그것이 정말로 가능할 수가 있을까……

나는 아무래도 자신이 없었다. 불안감이 영 가시질 않았다.

그것은 차라리 내일의 실패를 스스로 예감하고, 그것을 스스로 확인하고 싶은 끈질긴 자기주장과도 같았다. 그리고 그 성공에 대한 어떤 막연한 두려움과도 같았다. 현장검증이고 뭐고, 아니면 그것을 이미 실패하고, 이대로 계속 영어(囹圄)의 생활이 계속된다면 차라리 두려움이 덜할 것 같았다.

하지만 저녁을 먹고 나서 자리로 들고 나자 나는 차츰 생각이 바뀌기 시작했다.

─이 옥살이도 어쩌면 이제 이것으로 마지막 밤이 될지 모르는 일 아닌가?

소등을 하고 주위가 조용해지자 나는 어두운 담요 자락 속에서 문득 혼자 중얼거리고 있었다. 검사를 대신해온 수사관의 말투로는 내일 있을 검증의 결과에 따라서 바로 불기소처분이 내려질 수도 있는 일이었다. 그렇게만 된다면 바로 석방이었다. 뭐니 뭐니 해도 감방살이란 여자의 처지로는 못 견딜 노릇이었다. 더욱이 철이 들고부터 사람을 곁에 두고 잠자리를 잡아본 일이 드문 나로서는 밤잠을 제대로 이룰 수 없는 것이 고통 중의 고통이었다. 혐의가 풀려서 이 답답한 영어의 생활을 끝낼 수 있다면 무엇보다도 우선 반가운 일이 아닐 수 없었다.

─나는 도대체 지금까지 무엇을 그토록 두려워하고 있었던가……

내 기분이 바뀐 것은 게다가 나의 혐의가 벗겨져 답답한 옥살이를 끝내게 되리라는 기대감 때문만이 아니었다. 내일의 일에 대한 의구와 불안감 속에도 나는 한편으로 그 현장검증에 대한 마지막 기대감으로 마음이 자꾸 들뜨고 있었다. 그것은 그동안 나 스스로도 궁금하게 여겨오던 자신의 과거를 행동 속에 직접 만나게 될 일 때문이었다. 지금까지의 내 모든 일은 어떻게 보면 실로 내 결백을 주장하기 위한 것이 아니었다. 그것은 오히려 지나간 과거 속의 자신을 찾아 만나기 위한 것이었다. 그런 자신의 바람이 없었다면 나는 아직까지 그 일을 견뎌내지 못했을지도 모른다. 그간의 망설임과 모든 고초도 어쩌면 바로 그 몇 순간의 자기 해후를 위한 준비 작업에 불과했을 수 있었다.

그 일이 마침내 내일로 다가와 있었다. 드디어 나의 지나간 시간 대로 돌아가 그때의 나를 만나는 일이. 그때의 느낌과 생각들을, 그리하여 기억 속에 묻히고 변형된 내 진실의 본래 모습을 다시 만나게 될 일이. 고 수사관의 말마따나 그것은 그저 수사를 끝맺는 요식 행위에 불과한 것일 뿐 큰 기대를 걸 수 없는 일일지도 모른다. 그리고 그 검사를 믿고 그의 지시를 따르기만 하면 모든 일이 잘 되어갈 거라던 고 수사관의 자신 있는 충고에도 의구심이 아주 없는 것은 아니었다.

하지만 그런 회의나 불안감 속에서도 나는 역시 자신에 대한 기대를 버릴 수가 없었다. 뭐니 뭐니 해도 결국 내일의 그 한때를 위해 그동안 수많은 장애를 지나온 셈이었다. 그동안의 모든 진술의 성과는 내일의 현장에서 마지막 완성을 보게 될 터이었다. 그리고 누구보다 나 스스로가 그 성공을 소망해온 터였다.

불안 속에 미리 결과를 두려워하고만 있을 일이 아니었다.

— 하고 말 것이다. 결과야 어떻든 우선은 맞서서 해내고 말 것이다. 그것이 어떤 수모나 무리를 감수하는 일이더라도, 어떤 새로운 두려움을 낳게 되는 일이더라도, 나는 어차피 그날의 자신을 한번은 정직하게 만나보아야 한다.

모처럼의 기대를 놓치는 일이 없게 하기 위해 나는 혼자 그렇게 수없이 다짐했다. 그러면서 차츰 더 기분이 부풀어 오르고 있었다.

그러자 차츰 이상한 일이 일어났다. 나는 이윽고 지금까지 줄곧 가슴을 짓눌러오던 무거운 것이 사라져간 것 같은 홀가분한 느낌이 들기 시작했다. 동시에 기나긴 악몽이 걷히고 내 앞에도 어떤 밝은 삶의 빛이 비춰들고 있는 것 같은 어슴푸레한 여명의 기미가 느껴지기 시작했다.

나는 온통 심신이 허공으로 떠오르고 있는 것 같은 부푼 기분 속에 잠을 이룰 수가 없었다. 나는 아예 밤잠을 포기한 채 그 가슴속의 허기(虛氣)를 쫓기 위해 몇 번이고 조심스레 심호흡을 뱉어내며, 한시바삐 어둠이 걷혀 아침이 밝기를 기다렸다.

——15시 30분, 피의자 현재 위치의 아파트 주차장에 도착하여 같은 위치에 차를 세우고……

—— 차에서 내린 피의자가 곧바로 21동의 현관으로 걸어간다……

이튿날 아침 10시경. 고 수사관의 귀띔대로 이날 아침 나는 예정된 현장검증 절차를 진행 중이었다. 시각은 바로 그날과 똑같은 오후 3시 30분—이것은 물론 수사진의 시계가 그렇게 맞춰져 있을 뿐 실제의 시각은 오전 10시경에 불과했지만. 장소는 내 아파트 21동 앞. 나는 내 기억과 진술에 근거하여 내 행동을 재연해나갔고, 고 수사관은 미리 꾸며진 시나리오를 기준으로 그것을 하나하나 확인해나갔다.

하지만 나는 처음부터 내 행위와 수사관의 확인 중 어느 것이 먼저고 나중인지 구분이 안 된다. 그의 시나리오를 미리 훔쳐본 탓일 게다. 그리고 바로 그런 효과를 위해 그가 그것을 내게 흘려 보여준 것인지 모른다. 내 행위의 기준이 되는 기억과 진술들은 내 머릿속에서조차 어느새 시나리오로 정리되어 있다. 나는 그의 시나리오에 나의 행동을 따르고 있었다. 그것이 내 행동을 앞질러 지시해가고 있었다. 수사관의 소리들 역시 내 행위의 확인이 아닌 사전 지시로 변해가고 있었다. 거기다 그는 실제로도 그 확인의 말 가운데에 앞서거니 뒤서거니 내 행위와의 시간상의 서순을 뒤섞기도 하였다.

— 피의자 현관 도착…… 여기까지의 소요시간 대략 1분. 좋아요. 그런데 이때 현관 경비실의 주간 경비원 강 씨가 알은체를 해온 거지요? 피의자가 어디를 지나고 있을 때였지요?

나는 어차피 그를 따라 그의 지시대로 움직이고 있는 격이다. 지금 내가 치러가고 있는 일에 대해서도 기대처럼 현실감이 느껴져 오질 않는다. 내 행위에는 고 수사관 외에도 아파트 사람들과 수사 관계자들의 수많은 눈길이 뒤를 쫓고 있다. 그러면서 마치 구경꾼 아이들처럼 내 뒤를 함께 이동해 따라온다. 그런 무언의 무리들 가운데는 담당 오 검사도 함께 임석해 있다. 그는 이날도 자신이 직접 검증의 진행을 지휘하지 않았다. 일의 진행을 고 수사관에 맡겨둔 채 자신은 그저 구경꾼들 뒤에서 되어가는 추이만 지켜보고 있었다.

나는 그 구경꾼이나 오 검사의 존재까지도 전혀 머리에 들어오지 않는다. 그저 몽롱하고 희미한 의식 속에 모든 일이 꿈처럼 어수선할 뿐이다. 고 수사관의 확인의 소리조차 현실이 아닌 허공의 울림 같다. 아니면 바로 자신의 어느 깊은 곳에서 울려나오는 소리 같다. 흥분과 긴장 속에 밤잠을 설친 때문일지 모른다. 아니면 아직도 자신의 행동을 찾아 만나지 못한 때문인지 모른다. 자신이 자신을 이끌어가지 못하고 수사관에 이끌리고 있는 때문인지도 모른다.

　—안녕하십니까. 오랜만에 뵙습니다. 현관 경비 강 씨가 인사. 그러나 피의자는 이때 그의 알은체를 무시한 채……

　수사관이 곁에서 나를 끊임없이 간섭해온다. 나는 그의 간섭을 물리치고 스스로 자신을 이끌어가려 애쓴다. 거기엔 그 몽롱하고 혼란스런 의식의 비현실성이 한결 더 도움을 준다.

　—날씨가 몹시 사나웠지, 그날은 진눈깨비가 그친 겨울날 저녁이었으니까. 그리고 난 아직도 입속에 내 노래가 그치지 않고 있었지. 강 씨의 알은체에 가슴이 공연히 섬뜩해지면서도 마음은 계속 노랫가락에 실려 있었지. ……노래 다시 못 하네, 거리엔 바람 소리……

　나는 문득 나의 노랫가락에 마음이 실리기 시작한다. 그리고 이제는 그것이 지나간 일의 재연에 불과한 노릇임을 잊어간다. 그러면서 차츰 그날의 나에게로 한걸음 한걸음 다가가고 있는 자신을 느낀다……

　현장검증은 이제 그런 식으로 수사관이나 나나 주위에 둘러선 사람들의 구별이 없이 고 수사관의 말과 나의 의식이 앞서거니 뒤서거니 한데 뒤섞이며 내 행동을 이끌어나간다.

　내게선 이제 주위의 모든 사람들이 사라져 없어진다. 안녕하십니까. 오랜만에 뵙겠습니다…… 나는 경비원 강 씨의 알은체를 뒤로한 채 공연히 혼자 가슴을 두근대며, 한편으로 계속해서 노랫가락에 마음이 실린 채 계단을 올라가 승강기로 다가간다……

　—엘리베이터가 마침 1층에 서 있다. 나는 재빨리 엘리베이터 안으로 들어선다. 그리고 15층 단추를 누르고 나서 계속해서 다시 노래의 멜로디에 마음이 얹힌다. 노래 다시 못 하네, 거리엔 바람 소리……

　—1, 2, 3, 4, 5…… 엘리베이터는 한 번도 쉬는 일이 없이 곧바로 15층까지 솟구쳐 올라간다. 그리고 노래의 마지막 소절이 끝남과 동시에 엘리베이터가 15층에서 멈춰 선다…… 역시 마음이 쫓기고 있는 때문인가. 엘리베이터가 중간에서 지체한 일이 없는데 이번에도 노래가 거기서 끝나고 만다.

　—문이 열리고 나는 곧바로 엘리베이터를 나온다. 나는 그제서야 고 수사관이 나와 함께 엘리베이터를 뒤따라 나오고 있음을 알아차린다. 그리고 이어 나의 생각과 행동은 잠시 동안 그의 일방적인 명령식 현재형에 이끌려간다.

　—피의자 승강기를 나와 1501호 문 앞에 멈춰 선다. 이때 집 안에서 피의자의 노랫소리가 들려 나온다. 자 여기서 노랫소리! 피의자도 이내 노랫소리를 따라 읊조리며 그것이 끝나기를 문밖에서 계속 기다리고 서 있다. 노래 다시 못 하네, 거리엔 바람 소리……

　내가 마음속으로 노래를 따라 부르기 시작하자, 수사관은 이내 다시 목소리를 거두고 내게서 사라진다. 그리고 나는 다시 스스로의 의식을 모아 자신의 생각과 행동을 이끌어간다. 부르튼 입술로 목메어 합창하던 우리들의…… 그가 갑자기 왜 이런 노래를 켜놓고 있는 것일까. 노래를 따라 부르면서 나는 잠시 그의 처사가 의아스러워진다. 그가 모처럼 나의 노래를 켜 듣고 있는 것뿐 아니라, 아직도 어디론가 몸을 피하지 않고 그대로 집 안에 머물러 있는 것이 납득이 안 간다. 하지만 나는 이내 그가 미구에 죽게 되어 있음을 깨닫는다. 나는 그가 죽을 것을 알고 있다. 노래가 끝나면 총소리가 나게 되어 있다. 노래는 그의 총소리를 기다리는 재촉의 신호다. 나는 그의 총소리를 기다린다. 그리고 마침내 노래가 끝나고 한 발의 총소리가 귀청을 울려온다……

—총소리, 탕! 이때 시각이 15시 34분…… 어디 먼 곳에서 그것을 확인해주는 목소리가 스쳐간다. 하지만 이제 나는 그 총소리에도 별로 새삼스런 감회를 느끼지 못한다. 어차피 모든 것이 그렇게 되어가게 정해져 있었다. 그는 이미 그가 돌아갈 곳을 잃어버린 사람이었다. 돌아가고 싶어도 돌아갈 곳이 없는 사람이었다. 스스로 목숨을 끊을 수밖에 없게 되어 있었다. 그리고 그것으로 그는 마침내 돌아갈 곳을 찾아간 것이다. 그의 죽음이야말로 그의 가장 거짓 없는 모습이기 때문이다. 그는 그것으로 자신의 모습을 찾아간 것이기 때문이다. 우습게 된 것은 나뿐이다. 그에게로 돌아가 매달리려 한 나뿐이다. 그에게서 내 돌아갈 곳을 구하려 한 나뿐이다. 나만이 돌아갈 곳을 못 찾고 있었다. 그것도 이제는 바꿀 수가 없는 일. 일은 이렇게 끝나게 되어 있었다. 그리고 나는 그것을 이미 알고 있었다. 모든 일이 그저 당연해 보일 뿐이다. 새삼 놀라거나 후회스러워할 일이 없었다. 그저 얼마간 그의 죽음이 원망스럽

고 허망스러울 뿐이다. 하지만 그것도 그의 인간이나 죽음을 위해서가 아니다. 그와 그의 죽음으로 인해 돌아갈 곳을 잃고 혼자 남게 된 자신의 망연스런 처지 때문이다.

…… 하지만 나는 그것으로 모든 것이 끝난 것이 아니다. 나는 이제 집 안으로 들어가 그의 마지막 모습을 보아야 한다. 그가 안에서 나를 기다리고 있다. 나는 서둘러 현관문을 열고 집 안으로 들어선다.

─총소리를 듣고 나서 피의자가 집 안으로 들어간 시간은 10여 초 정도밖에 안 되는 것 같습니다. 피의자 느낌으론 훨씬 더 길게 기억되고 있겠지만, 오늘 보신 것처럼 사실은 그보다 길 수가 없었겠지요.

누구에겐가 낮게 말하고 있는 고 수사관의 목소리가 잠시 등 뒤로 스친다.

─피의자보다 3분쯤 뒤인 3시 34분경에 802호 거주인 한 사람이 바로 피의자 다음으로 수위실을 지나 들어가서 15층에 머물러 있는 엘리베이터를 불러 내렸지만, 그도 그 총소리를 못 들었다니까요.

하지만 나는 이제 그런 주변에는 조금도 주의를 기울이지 않는다. 오직 내 마음속 생각만 좇는다. 그게 10초이든 20초이든 지금의 나하고는 무슨 상관이란 말이냐…… 문에는 물론 문고리가 걸려 있지 않아서 나의 출입을 방해하지 않는다. 모든 것을 이미 알고 있는 사람답게 천천히 현관문을 들어선 나는 이내 거실 마루로 올라서며 나를 기다리고 있을 사내를 찾는다……

거실 안 풍경은 모든 것들이 내가 이미 알고 있는 대로다. 사내가 소파 위에 시체로 앉아 있다. 이마를 앞뒤로 꿰뚫은 머리의 상처에서 핏줄기가 아직도 목과 얼굴로 흘러내리고 있다. 그러나 그는 이제 다시 죽어 앉아 있는 시체가 아니다. 그는 그 번거롭고 부질없는 말의 질곡에서 벗어나 침묵 속에 자유로운 자신의 모습을 찾아 돌아가 있다. 그는 이제 말을 잃었으되, 그 말들의 허울을 벗고 자기 자신이 말이 되어 있다. 그리고 그 자신의 모습으로, 그 말없음으로, 그 침묵으로 오히려 모든 것을 자명하게 말해온다. 그의 가난한 탄생과 성장, 방황과 도전, 마지막에 이르기까지의 삶과 죽음의 모든 것을. 지금까지 그토록 도로(徒勞)에만 그쳐온 자신의 말들을 비로소 힘있게 소생시켜놓는다……

그는 스스로 상처를 씻는다. 그리고 다시 생명을 얻어내게 침묵으로 말해오고 있다. 그저 침묵만을 고집하고 있는 것이 아니다. 노래 다시 못 하네, 거리엔 바람 소리…… 나는 언제부턴가 다시 나의 노래를 듣고 있다. 노랫소리가 아직 귓가에서 끊어지지 않고 있었다. 나는 처음 그것이 내 마음속의 여운의 환청이 아닌가 싶어진다. 하지만 그것이 아니다. 등 뒤의 전축판이 아직 회전을 계속하고 있는 것도 아니다. 그것은 이미 문밖에서부터 회전을 멈추고 있어야 마땅하다. 나는 문득 머리를 흔들어 선율의 진행을 정지시키려 해본다. 하지만 이내 그것이 불가능한 일임을 깨닫는다. 선율의 진행은 애초 내게서 시작된 것이 아니다. 노랫소리는 그에게서임을 깨닫는다. 나는 다만 그의 노래에 마음이 실리고 있을 뿐임을 깨닫는다…… 그가 스스로 노래를 하고 있다. 입으로 노래를 하고 있는 것이 아니다. 그의 몸에서, 그 침묵에서 노랫소리가 흘러나온다. 그가 노래로 다시 말을 시작한 것이다. 내가 이미 납득하고 이해한 그의 모든 것, 그의 삶과 죽음과 운명, 그것들이 이제는 그에게서 다시 노래가 되어 번져 나오고 있다. 부르튼 입술로 목메어 합창하던 우리들의 꿈과 운명…… 그가 노래로 자꾸만 무엇을 호소해온다. 나는 다시 그를 이해할 수가 없다. 이제 와서 그에게 무슨 말이 소용 있는가. 이미 그는 침묵으로 자신을 찾아간 마당에. 그리고 그의 모든 것이 이미 증거된 마당에. 여기서 무엇을 더 말하고 싶단 말인가. 내가 더 이상 그에게서 무엇을 알아야 한단 말인가. 나는 차라리 그의 노래가 못 견디게 안타깝다.

　……나는 이윽고 천천히 그에게로 다가가 그를 달래듯 숙여진 자세를 조심스럽게 바로 세워 앉힌다. 그리고 가방에서 손수건을 꺼내어 얼굴의 핏자국을 닦아내며 그의 죽음과 침묵을 확인하고 싶어 한다. 얼굴을 닦고 목줄기를 닦고, 그리고 나중엔 와이셔츠의 속까지 어린애를 씻기듯 정성스레 닦아낸다…… 한데도 아직 그의 노래는 끝나지 않고 그의 죽음도 확인되지 않는다. 그는 아무래도 주검이 아니다. 그에겐 아직도 살아 있는 생명의 숨결이 움직인다. 아직도 뜨겁게 소용돌이쳐 오르는 치열스런 삶의 열기가 느껴진다. 노래 다시 못 하네, 거리엔 바람 소리…… 그 노래가 흘러나오고 있는 가슴께를 닦으면서 나는 어느새 뜨거운 눈물이 볼을 적시고 흐름을 느낀다. 그리고 비로소 나는 깨닫는다…… 그가 나를 기다리고 있었다. 그의 노래는 나를 기다림이었다. 그가 노래를 계속하면서 나를 기다리고 있었다. 그렇다. 그는 나를 기다

리기 위해 그 노래를 마감해준 문밖의 총소리마저 무시한 채—나의 돌아옴을 혼자 기다리기 위해 그는 스스로 그것을 수건으로 싸매놓지 않았던가—노래를 계속하고 있었다. 나는 더욱 눈물이 샘솟는다. 그러나 그것은 이제 슬픔이나 절망의 눈물이 아니다. 비로소 내가 돌아갈 곳을 찾아낸 눈물, 내가 돌아가 지닐 모습을 찾아낸 감격과 환희의 눈물이다. 그리고 그에 대한 고마움의 눈물이다. 나는 그 눈물 속에 다시 노래를 끝내줄 총소리를 기다린다. 이번에는 물론 그를 위해서가 아니다. 그가 자신의 죽음을 찾아낸 자기 모습의 자리, 그리하여 비로소 그와 함께 나도 자신의 모습을 찾아 돌아갈 길 안내의 총소리. 노래 다시 못 하네, 불을 끄고 떠나려 하네…… 노래가 몇 번째 마지막 소절을 되풀이하고 있다. 나는 눈물과 환희 속에 그 노래의 마지막을 맞이한다……

하지만 웬일일까. 그가 아직도 나의 기미를 알아차리지 못한 것인가. 내 기쁨과 기다림을 눈치채지 못한 것인가. 그래서 좀더 나를 기다려주고 있으려는 것인가. 노래 다시 못 하네, 거리엔 바람소리…… 노래는 거기서도 아직 끝이 나지 않고 있다. 연속작동으로 걸린 전축처럼 첫 소절이 다시 시작되고 있었다. 총소리도 물론 들려오지 않는다. 부르튼 입술로 목메어…… 나는 더 이상 견딜 수가 없다. 이제는 그를 깨우쳐줘야 한다. 나의 결단과 기쁨과 황홀스런 기다림을 그에게 알게 해야 한다. 그리고 이제는 소용이 없어진 기다림의 노래를 끝내게 해야 한다. 이젠 이번으로 노래를 끝내요. 나도 이젠 준비가 끝났어요. 내가 그에게 나직이 말한다. 소리가 너무 작았던 탓인가. 하지만 그는 노래 속에 여전히 기다림을 계속한다. 노래 다시 못 하네, 거리엔 바람 소리…… 그 노래 아무도 다시…… 나는 그만 자신을 억제할 수가 전혀 없어진다. 어떻게 해서든지 이번으로 노래를 끝내게 하고 싶다. 하여 나는 노래가 마지막 소절을 끝내기 전에 그의 가슴에 머리를 묻은 채 애원 섞인 소리로 조급하게 절규한다. 이번에는 정말로 노래를 끝내요. 이젠 그만 여기서 끝내야 한단 말이에요. 이제는 제발…… 이제는 제발…… 더 이상 기다릴 수가 없단 말이에요……

탕! 그러자 그때. 등 뒤에서 정말로 요란스런 총소리가 갑작스레 나의 고막을 울린다. 동시에 내 귓전에서도 홀연 노랫소리가 사라진다. 노랫소리가 사라진 것만이 아니다. 총소리 이외에 방 안에선 잠시 다른 아무 기척도 느낄 수가 없다. 총소리에 이어 방 안은 그저 무거운 침묵이 계속되고 있을 뿐이다. 나 역시 귓가에 노랫소리가 그치고 나서도 그 무거운 침묵에 짓눌려 아직 한동안이나 의식의 진행이 정지된 상태다.

사람들은 그런 내 의식이 되살아나기를 말없이 기다리고 있었던 것 같았다. 그리고 내 조용한 침묵으로 마침내 그것을 확인한 모양이었다.

"자, 그럼…… 노랫소리는 방금 여기서 끝난 게요."

무거운 침묵 끝에 오 검사의 목소리가 들려왔다. 그리고 과연 내게서도 그것으로 의식이 서서히 다시 움직이기 시작했다. 오 검사는 처음부터 고 수사관을 시켜놓고 자신은 뒤에서 그때까지 은밀히 기회를 기다리고 있었던 것 같았다. 아니면 그의 순간적인 기지로 그런 연출을 해냈을 수도 있었을까. 나는 비로소 조금 전의 총소리가 실제의 총소리가 아니었음을 뒤늦게 깨닫는다. 그것은 누군가 손바닥을 치면서 목소리를 돋아낸 총소리의 의성에 불과한 것이었다. 그 목소리가 다름 아닌 오 검사의 것이 분명한 것 같았다.

그 목소리가 다시 일동을 향해 선언하고 있었다.

"자, 그럼 오늘 현장검증은 여기서 중지합니다. 나머지 상황은 더 이상 진행이 필요 없게 됐으니까."

7. 에필로그를 겸하여

　현장검증을 중도 중단해버리고 나서 오 검사는 나를 곧 구치감으로 돌려보냈다. 중도 중단의 이유에 대해서는 한마디 설명이 없는 채였다.

　나는 이번 일도 역시 실패인 줄 알았다. 그것은 나로서는 큰 낭패가 아닐 수 없었다. 나는 어쨌거나 그 현장검증 과정을 통하여 새롭고 중요한 사실들을 꽤 경험한 셈이었다. 그것은 새로운 경험이기보다 잊혀진 시간대의 부활이었다. 지나간 시간대의 재경험을 통하여 그에 대한 완전한 이해를 얻게 된 것이었다. 그리고 무엇보다 자신이 찾아 돌아갈 곳, 그 욕망의 참모습을 보게 된 것이었다. 그것은 애초 내가 그 진술서 일에 그토록 스스로 열을 올려온 가장 속 깊은 이유일 터였다. 그런 점에서 나는 그것이 성공일 수 있었다. 하지만 현장검증은 오 검사에 의해 일방적으로 중단이 되고 말았다. 그것은 내 행동의 진행이 내 진술을 토대로 꾸며진 시나리오를 빗나갔기 때문이었다. 그 부분은 내 현실적인 외행의 실패임이 분명했다. 보다는 검사의 실패일 수밖에 없었다. 검사는 실패하고, 나 역시 오 검사의 실패로 하여 그것을 함께 감수할 수밖에 없었다.

그런데 알고 보니 나는 검사를 오해하고 있었다. 검사는 현장검증을 실패한 것이 아니었다.

"죄송합니다. 이번에도 또 처음부터 다시 시작이겠지요?"

이튿날 아침, 내가 다시 검찰청으로 실려가 이날은 새삼 부속 신문실을 거치지 않고 검사실로 직접 인도되어 가 그와 자리를 마주하게 되었을 때였다. 부속 신문실에서의 진술서 작업이나 대기 상태를 거치지 않은 모처럼 만의 직접 신문도 마음에 걸리고 하여 나는 전날의 실패를 생각하며 제풀에 먼저 기가 죽어 말했다. 그런데 그때 오 검사의 대꾸가 내 예상과는 영 딴판이었다.

"아, 이제는 그럴 필요 없습니다. 이제는 내일로 구속 기간도 만료되니까 가능하면 재연장의 번거로움을 치르지 않고 오늘 중으로 모든 일을 마무리지어야지요."

목소리나 표정이 전에 없이 밝고 홀가분해 보였다.

"현장검증이 실패했는데두요?"

내가 오히려 의아스러워져 묻는 소리에도 오 검사는 계속 확신에 찬 어조로 대꾸를 이어갔다.

"아마 어제의 현장검증 이야긴가 본데, 그건 실패가 아니었습니다. 그건 아주 훌륭했어요. 진행이 다소간 예정을 빗나가긴 했지만, 그것은 애초의 진술이나 시나리오가 부실했던 때문이었지요.

그러나 결과적으론 오히려 그편이 성공이었어요. 그 현재형 문장이라는 것 말이오. 그건 역시 현실의 행동 가운데서라야 스스로 모순과 허위를 제거하면서 마지막 완성이 이루어지는 것이었지요. 도중에 내가 진행을 중지시킨 것은 현장검증이 실패한 때문이 아니었어요. 말하자면 그 시나리오에 먼저 수정이 가해질 필요가 있었기 때문이지요. 어제 검증에서 비로소 진짜 범행의 진행 방향이 드러난 셈이니까요. 오늘 작업은 그러니까 대강 그 부분만 수정하고 보충하는 것으로 끝나게 될 겁니다."

"지금 검사님께선 범행이라고 말씀하셨어요?"

확신에 찬 검사의 어조에서 나는 이미 그의 심증의 방향을 짐작하고 남았다. 그는 전혀 실패한 사람의 어조가 아니었다. 실패를 한 것은 나뿐인 것 같았다. 그의 어조가 확신에 차 보일수록 그런 생각이 들었다. 하지만 나는 그것이 별로 두렵게 여겨지지도 않았다. 나는 다만 그것을 한번 더 확인해보고 싶은 것뿐이었다.

오 검사는 그러나 이제 심증이 분명히 굳어진 사람답게 아무것도 망설이는 기색이 없었다.

"그렇소. 유감스런 일이지만, 그리고 이젠 당사자도 그걸 자인하고 있겠지만, 이제는 일이 그렇게 말해도 좋은 단계에 이르고 있는 셈이니까."

자신만만하게 단정을 하고 나서 목소리에 느긋한 여유까지 담기 시작했다.

"하긴 나도 일이 여기까지 이르게 될 줄은 미처 상상을 못했지요. 어느 편이냐 하면, 나는 대체로 당신의 결백을 믿고 싶어 해온 편이었으니까. 그래 나중에는 그쯤에서 그만 수사를 종결지을 생각으로 고 수사관에게 일을 일임해두다시피 해두기도 했구요. 자살 방조에 대한 혐의가 전혀 없는 것은 아니었지만, 그것도 당신의 노래를 듣노라면 기소유예 정도로 넘어가질 수 있었거든요. 어제의 현장검증은 말하자면 그런 식으로 일을 끝내자는 수사 종결의 요식절차였던 셈이지요. 그새 내가 당신의 노래의 팬이 되고 말았다고 할까, 아니면 수사관으로서의 칠칠치 못한 감정의 누출이었다 할까……"

여유만만한 검사의 말투가 마침낸 노골적인 경멸기마저 숨기려지 않았다.

"하지만 난 지금 당신을 나무라고 있는 것은 아니오. 당신이 고의로 진술을 왜곡하고 있었다곤 생각하고 싶지 않으니까…… 아니, 지금까지 당신이 얼마나 열성적으로 이 일에 협조를 아끼지 않았는가는 나도 충분히 이해를 하고 있어요. 우리는 적어도 그 점을 지금까지 믿어온 처지지요. 그리고 그런 당신의 협조가 그 경솔한 오판의 기로에서 나를 마지막으로 구해내준 셈이구요. 이 점 나는 당신에게 아직도 크게 고마움을 느끼고 있어요. 하지만 개인적인 고마움은 고마움이고, 범죄는 어디까지나 철저한 시비가 가려져야겠지요. 나로서도 지극히 유감스런 일이지만, 당신 자신이 스스로의 행동으로 자신의 범증을 보여준 이상에는……"

"……"

나는 그저 그가 하고 싶은 말을 모두 해버릴 때까지 입을 다물고 기다리고 있을 수밖에 없었다.

오 검사는 사양하지 않고 즐기듯이 혼자 말을 계속해나갔다.

"그야 아까도 말했지만, 당신의 진술에는 처음부터 잘 납득이 가지 않는 곳이 많았던 게 사실이지요. 상식적으로 잘 풀리지 않는 곳이 한두 가지가 아니었어요. 자신을 납치한 구종태를 빠져나간 당신이 그를 거꾸로 납치하겠다고 집으로 돌아온 일, 사람이 죽어가는 총소리를 듣고서도 문밖에서 한동안 시간을 기다리고 있었던 일, 그리고 자신을 무참하게 짓밟은 구종태의 주검을 정성스럽게 씻겨주고, 거기다 다시 자신의 노래까지 켜주고 나온 일 등등, 상식적인 머리로는 납득이 갈 수 없는 일투성이였지요. 게다가 그 구종태 쪽으로 말하더라도, 당신이 이미 그에게 모든 것을 용납할 줄 알면서도, 그 시간까지 아무런 상황의 변화가 없었던 것으로 하여 그를 고발하는 따위의 당신의 배신이 없을 것임을 확신할 수 있었을 것임에도 불구하고, 스스로 목숨을 끊어버린 사실, 그것도 하필 당신이 문밖에 당도한 시각에 노래가 끝나고 그가 권총의 방아쇠를 당기게 된 사실들…… 그런 일들이 우연처럼 한꺼번에 겹쳐들기는 어려운 일이지요. 한데다 당신은 사람의 일이란 어쩌다 그럴 수도 있다는 식의 애매모호한 심정적 진술뿐 어느 것 하나도 설득력 있는 확증을 제시하지 못한 형편이지……하지만 문제는 그런 당신보다 내 쪽에 있었어요. 내 쪽에서도 그런 당신의 진술에 분명한 반증을 찾을 수가 없었으니까. 내게 그럴 만한 반증이 없는 한 당신은 무혐의 결정이 날 수밖에 없었구……"

"그런데 어젠 현장검증에서 좋은 반증을 찾아내셨어요?"

자신의 승리를 내 앞에서 조금씩 아껴 즐기고 있는 듯한 검사의 사설 속에 이제는 나의 뜻하지 않은 실패가 서서히 모습을 드러내가고 있었다. 나는 전날 현장검증 때의 일들을 머릿속에 그려보며 무심스레 한마디 검사를 거들고 나섰다. 그러자 오 검사는 내 범행을 스스로 확인하게 해주려는 듯 목소리에 새삼 설득 조를 띠어갔다.

"좋은 반증이 나타났지요. 그러나 그건 내가 기대한 것과는 오히려 반대의 것이었어요. 방금도 말했다시피 나는 어제 현장검증에서 당신의 범증보다 결백의 증거를 찾고 있었으니까."

"제가 그걸 어떻게 고마워해야 하나요?"

"아니, 그러나 미리 그렇게 고마워할 것은 없어요. 난 거의 당신의 결백을 믿고는 있었지만, 아직 한 가지 그걸 입증할 만한 수수께끼의 비밀이 풀려야 했으니까. 나는 어제 그 수수께끼의 해답을 구하고 있었지요. 난 사실 그것 때문에 당신의 결백을 끝내 확인할 수 없었으니까……"

"그 수수께끼가 어떤 것이었지요?"

"구종태를 죽인 총알의 방향이었소. 전에도 말했지만, 특별한 사정이 없는 한 자살자가 통상 자신의 머리를 쏘는 총구의 방향은 관자놀이 근처의 옆 방향을 좌우로 향하게 되는 것이 자연스러운 현상이오. 그런데 구종태의 치명상은 옆 방향이 아닌 정면이었어요. 그걸 도대체 설명할 수가 없었지요. 구종태가 자신을 쏠 때 총구의 방향을 그렇게 향할 특별한 사정이나 정황을 말이오. 그것을 설명할 수 없는 한에는 다른 사람이 정면에서 그를 쏘았을 가능성을 배제할 수가 없었어요. 만약 그런 경우 당신이 문을 열고 집 안으로 들어섰을 때 그는 현관을 마주 보는 소파 위에 앉아 있었거나 당신을 향해 걸어 나오는 방향이 되는 것을 상정해볼 수도 있겠고…… 어쨌거나 총은 그런 방향에서 발사되었던 게 분명했고, 총알도 바로 소파 뒤쪽의 장식장 벽에서 찾아낸 거니까……"

"하지만 검사님은 어제 검증이 있기 전에 벌써 제 결백을 믿고 싶어 하셨다면서요. 그런 혐의점들이 남아 있었는데도 어떻게 저를 풀어주실 생각이 드셨을까요?"

"어떤 가능성이나 개연성만으로 범죄를 단정할 수는 없었으니까. 범행을 구체적으로 입증할 증거가 없었어요. 거기 비하면 그런대로 반증거리로 삼을 만한 점은 많았구. 우선은 당신의 사격 솜씨가 의심스러웠어요. 거리가 아무리 가깝다고 해도 문을 열고 들어와 겁을 먹고 흥분한 상태에서 상대방의 머리를 정확하게 명중시킬 솜씨란 여간해서는 어려운 일이지요. 그런데 1차 진술 때 경찰에서 시험한 당신의 실력은…… 글쎄 당신이 부러 위장을 할 수도 있었겠지만, 총을 제대로 겨눌 줄도 모를 정도였지요. 난 결국 그쪽을 반증거리로 받아들이고 싶어졌지요. 난 처음부터 당신에 대해선 그런 편이었으니까. 게다가 구종태의 머리 상처와 탄착점 간의 탄도 방향도 당신에겐 매우 유리한 결론이 났던 셈이구…… 그렇다고 그게 구종태가 자신의 이마를 쏜 사격 방향에 대한 마지막 수수께끼를 해소시켜준 건 아니지만 말이오……"

"그런데 어제 현장검증에서 검사님의 그런 호의어린 심증과 반증거리들을 뒤집을 결정적인 증거가 나타난 건가요. 그 총알의 방향에 관한 검사님의 수수께끼가 그렇게 시원하게 풀린 건가요?"

오 검사는 아직도 범증을 밝혀줄 수수께끼의 해답을 말하지 않고 있었다. 하지만 그것은 그의 말이 늦어진 만큼이나 결정적인 것임이 분명했다. 아니 이제는 나 자신도 마음속의 그의 반증의 내용을 어슴푸레 느끼고 있었다.

나는 아직도 그 검사 앞에 범행을 부인할 생각이 없었다. 부인하고 나설 생각은커녕 자신도 이제는 검사의 소망대로 이 지루하고 반복적인 고역의 굴레에서 하루빨리 벗어나고 싶은 생각뿐이었다. 그리고 우선 영혼만이라도 이 끝없는 말의 노역에서 편안하게 해방되어 쉬고 싶었다.

나는 차라리 그 검사에게 자신의 범증을 구하듯이 물었다.

"물론입니다. 그래 어제의 일이 성공이라는 것이지요. 그리고 그걸 당신에게 특히 고마워하고 있는 중이구요."

오 검사가 다시 말을 이었다.

"그게 무언지 알고 싶겠지요. 아니 당신도 이미 그걸 알고 있을 겁니다. 그건 다름 아니라 노래가 끝나는 시간이었지요. 당신의 노래는 당신이 문밖에 있을 때 끝난 것이 아니었어요. 노래는 당신이 문을 들어왔을 때도 계속되고 있었지요. 아니 그건 당신이 문을 들어와 그와 함께 소파에 앉아 비로소 시작된 건지도 모를 일이구요. 그리고 그 노래가 끝나기를 둘이서 함께 기다렸을 수도 있었겠구. 하고 보면 당연히 총소리가 울린 것도 당신이 문밖에 있을 때가 아니라, 그와 함께 소파에 앉아서 노래가 끝나는 것을 들었을 때가 되어야겠지요."

"그것이 수수께끼의 해답이라면, 그렇다면 그것이 제가 그를 쏘았다는 증거가 되나요?"

전부터도 자주 그래 왔듯이 이번에도 그 검사와 내가 신문자와 피의자의 자리를 바꾼 듯한 기묘한 문답이 진행되고 있었다.

"그건 당신이 총을 쏘았다는 증거는 아니에요. 내 말은 이제 당신의 사격술에 관한 수수께끼는 그 자체가 뜻을 잃어버리고 말았다는 뜻이지요. 당신의 사격술 실력에 관한 수수께끼는 애초 잘못된 상황의 가정 위에서 제기된 것이었어요. 당신이 문밖에서 노래가 끝나고 문을 들어왔다는 진술, 그것이 이 사건의 초점이 모아지는 시간과 자리를 그 아파트의 현관 앞으로 내 머릿속에 고정시키고 말았어요. 그런데 실상 노래가 끝나고 총소리가 울린 것이 문밖이 아니라 거실로 들어온 훨씬 뒤라면 당신의 사격술에 관한 수수께끼는 가정 자체가 불필요한 것이 되지요."

"그와 함께 소파에 앉아서라면 제 사격술에 관계없이 그를 쉽게 쏠 수 있었으리라는 뜻인가요?"

처지가 뒤바뀐 둘 사이의 문답이 무한정 길게 이어져갔다. 하지만 오 검사에겐 이제 내 시나리오를 완성시키는 것보다 거기서 나를 굴복시키는 것이 더 중요한 일 같았다. 그는 조금도 서두르지 않았다. 문답이 길어지는 것을 짜증스러워하지도 않았다. 나의 물음에 하나하나 친절하게 그리고 열심히 설명을 이어갔다.

"아니, 아직도 거기까지는 아닙니다. 나는 거기서 당신이 그를 쏘았다는 증거를 찾은 것은 아니니까. 그리고 이젠 당신도 알다시피 굳이 그것을 증거할 필요도 없게 되었구요. 그는 애초의 당신의 진술대로 소파에 앉아서 숨을 거둬갔어요. 몇 번씩 되풀이돼온 그 노래의 마지막이 끝났을 때. 그것도 바로 당신 곁에서…… 당신의 사격술에 대한 수수께끼가 뜻이 없어진 건 그보다 당신이 그를 쏘았을지도 모른다는 의심 자체가 사라진 때문이에요. 안에서나 밖에서나 당신은 과연 그를 쏜 일이 없었지요. 총은 오히려 그쪽에서 당신을 쏘게 되어 있었으니까. 그리고 당신은 노래가 끝나기를 함께 기다린 것뿐이었으니까."

나는 비로소 검사의 심증이나 말뜻이 분명하게 이해되는 듯싶었다. 그리고 그것을 알고 나니 마음속도 한결 차분하게 가라앉아 갔다. 그러자 나는 이윽고 그 검사에 대한 새삼스런 신뢰 같은 것이 솟아오르기 시작했다.

"제가 그를 쏘지 않았다면, 그렇다면 그가 자신을 쏘았다는 증거는 있나요? 그것도 머리를 옆으로가 아닌 앞뒤로 말입니다."

"어느 정도는……"

내가 마치 검사를 걱정하듯 묻는 소리에 그는 잠시 혼자 생각을 반추하고 있었다. 하더니 이젠 이미 움직일 수 없는 확정의 사실들로 더 이상 시간을 허비하고 있을 수 없다는 듯 결연스런 어조로 말하기 시작했다.

"그러나 물론 이것으로 문제가 끝난 것은 아니에요. 이미 짐작하고 있겠지만, 당신이 총을 쏘지 않았더라도, 노래가 끝나고 총소리를 들은 것이 문밖이 아니라 훨씬 나중의 실내에서였다면, 지금까지 당신이 진술해온 그 시간 동안의 일들이 사실이 아님이 밝혀진 거니까요. 당신에겐 아직도 그 시간에 대한 새로운 진술의 책임이 남아 있는 거지요. 더욱이 구종태가 총을 발사할 때 그와 한 소파에 몸을 기대고 앉아 있던 사람으로선 그때까지 당신 속에 숨겨져온 그 사라진 그 시간 동안의 두 사람간의 일과 그 일의 옳은 순서들을 말이오."

나는 거기서 검사의 심증을 한번 더 분명히 확인할 수 있었다. 모든 것이 어제의 현장검증 과정에 근거하고 있는 말이었다. 그것은 그만큼 자명하고도 불가피한 책임이었다.

하지만 나는 아직도 한 가지 마음속에 미심쩍은 것이 남아 있었다. 나는 그 자신의 불안기를 검사가 마저 씻어주기를 바라듯 반어적인 어투로 다시 묻기 시작했다.

"추리가 아주 빈틈이 없으시군요. 하지만 마지막 혐의의 확증은 추리나 상상만으론 되는 일이 아니잖아요. 그것도 마저 뒷받침을 해줄 구체적인 증거가 있어야 할 텐데요."

"사실이 분명하다면 증거도 당연히 구해지겠지요. 무엇보다 당신은 지금까지 늘 협조적이었고, 지금도 나는 그 점 당신을 믿고 있으니까."

나를 회유하는 어조 속에서도 오 검사는 여전히 자신만만한 표정이었다.

"제게 증거까지 내놓으라는 건가요?"

"사라진 시간 속에 감춰진 일의 비밀은 누구보다 그 비밀을 지워버린 시간 속에 숨겨 넣어둔 당사자일 테니까요."

"하지만 우선 총소리의 시각을 뒤로 바꾼 것은 제가 아닌 검사님이신걸요. 제게 검사님을 도와드릴 증거가 없다면요?"

"그것도 내가 마음대로 바꿔놓은 게 아니지요. 어제 당신의 재연을 보다가 잘못 들어간 총소리의 시기를 제자리로 되찾아놓은 것뿐이니까. 총소리의 진짜 시기를 적당한 자리로 바꿀 수 있는 사람은 그 총소리의 시기를 알고 있는 사람일 뿐일 거요. 그리고 그 비밀의 증거를 알고 있는 사람도 그뿐일 거구요."

"노력은 하겠지만, 이건 참으로 힘이 들겠는걸요."

"당신에겐 늘상 그런 협조적인 면이 있어서 개인적으로 무척 좋아하고 있소마는, 그야 물론 간단한 일은 아니겠지요. 하지만 그 시간을 지워 없앤 사람이 다른 사람이 아닌 당신이고 보면, 그것을 다시 살려내는 일도 어차피 당신의 책임일 수밖에 없겠지요. 그야 그간에 사라져 없어진 시간은 총소리만 뒤로 옮겨놓으면 자연히 되살아나게 마련이겠지만, 그보다도 그 시간대 속에서 두 사람 사이에 오간 일들은 오직 당신만이 알고 있을 일들이니까. 그리고 그 없어진 시간 속에 감춰진 일들이 제대로 되살아나고 못하는 것도 어차피 당신의 결심 여하에 달린 일인 거구 말이오."

오 검사의 추궁은 더 이상 가파르고 단호할 수가 없었다. 나는 그 추호의 흔들림도 없는 검사의 신념에 자신도 갈수록 미더움이 더해갔다. 모든 것을 그에게 맡겨두고 편안하게 그에게 의지해버리고 싶었다. 이제는 그 신문자와 피의자가 자리를 뒤바꾼 기이한 문답도 더 이상 계속해나갈 필요가 없었다. 모든 것을 그저 검사의 뜻에 맡겨두고, 그를 따르면 그만이었다. 내가 되살려내야 할 시간들과 그 시간대 속에 숨겨진 일들에 대해서도 오로지 그 검사의 추리와 암시를 찾아 상상력을 발휘해나가면 그뿐일 터였다.

나는 마침내 입을 다물었다. 검사도 이젠 그런 내게서 승복의 기미를 알아차린 것 같았다.

"그러나 난 당신이 이제 와서 굳이 그것을 다시 숨기려 하리라 곤 생각하지 않아요. 이건 여러 번 반복한 소리지만, 난 뭐니 뭐니 해도 아직 진실에 대한 당신의 진지성과 열성을 믿으니까."

내가 말이 없는 것을 보고 잠시 시간을 기다리고 있던 오 검사가 비로소 그 신문자로서의 위치를 되찾으려는 듯 일방적으로 다시 입을 열어오기 시작했다. 그리고 이제는 우리들의 시나리오의 마지막 완성을 위해 그간에 추리된 범행의 과정을 다시 한 번 구체적으로 정리해나가기 시작했다.

"걱정스런 것은 다만 그런 진지성과 열성에도 불구하고 당신의 기억이 불확실한 경우들이지요. 진술을 찾으려고 애써도 그게 잘 떠올라주지 않아 고심을 해온 건 지금까지도 여러 번 있어온 일이니까. 그래 당신의 기억을 돕기 위해 우선 어제 확인된 일들 가운데서 사건을 다시 구성해나갈 기초적인 사실들을 한 번 더 확인시켜드리기 위해 묻겠는데…… 그래, 두 사람은 결국 당신의 노래를 걸어놓고 그 전축의 노래가 끝나는 것을 신호로 차례로 권총을 쏘기로 한 것이었지요? 아니, 애초 두 사람의 약속은 노래가 끝나는 것을 신호로 구종태가 먼저 당신을 쏘고 다음에 자신을 쏘기로 되어 있었는데, 그가 자신만을 쏘고 만 것이지요?"

검사는 역시 내가 짐작하고 있던 대로였다. 나는 이제 할 말이 없었다. 하고 싶은 말이 있을 수도 없었고, 그래 봐야 피차 심사만 번거롭고 피곤할 뿐이었다. 나는 그저 다소곳한 표정으로 그의 추궁을 말없이 받아들이고 있었다. 그러자 검사는 그것을 나의 승복으로 간주한 듯 목소리가 점점 더 단정적이고 신랄한 비꼼으로 변해갔다.

"그건 참으로 낭만적인 정경이었겠지. 하지만 정작 낭만적이었던 것은 가엾게도 그 단순하고 우직한 구종태뿐이었지. 당신은 처음부터 그가 당신을 쏠 수 없음을 알고 있었으니까. 그리고 그런 그의 나약하고 감상적인 성격을 이용하여 감히 그런 연극을 꾸며냈을 테구."

말투마저 어느새 반말 조가 함부로 섞여들고 있었다.

"당신도 그걸 알고 한 일이겠지만, 구종태류의 강력범들 가운데는 의외로 단순하고 감상적인 구석이 많거든. 하지만 당신의 그런 속셈을 알지 못한 구종태로선 마지막이 정말로 낭만적이었을밖에. 그림도 제법 그럴듯했겠고. 마지막을 함께해주겠다는 여자가 있다고 믿은 죽음이라니…… 그가 자신을 쏘지 않을 줄 알면서도 그래도 아직 두려움 때문에 가슴에 안겨들어 울부짖는 당신의 속마음을 끝끝내 알아차리지 못한 구종태였을 테니까. 그래 아마 가슴을 파고든 당신의 등 뒤에선 자신의 이마에 총구를 겨냥하기가 쉬웠을 테구 말이오."

"……"

"하지만 상대방을 알아보지 못한 것은 구종태 쪽만이 아니었지요. 당신도 그 구종태에 대해 끝내 한 가지 모른 것이 있었어요. 그 탄환…… 나중에 조사해본 권총 안에는 남은 탄환이 한 발도 없었던 게 확인됐거든. 이것도 한동안 의문거리로 남아 있던 일이지만, 당신이 만약 나중에 탄환을 꺼내지 않았다면, 구종태는 단 한

발의 탄환밖에 권총 속에 장전해두지 않고 있었던 셈인데, 그가 미리 탄환을 한 발밖에 장전해가지고 나오지 않았던 사실은 무엇을 뜻하는지 짐작하겠소?"

"⋯⋯"

"당신은 그가 당신을 차마 못 쏜 것이라 생각했겠지만, 그는 당신을 못 쏜 게 아니라 기실 안 쏜 것이었어요. 아니 그는 처음부터 당신을 쏠 생각이 아니었지. 그는 처음부터 자기 혼자서 죽을 작정이었으니까. 당신은 그걸 몰랐던 거요⋯⋯ 그래 가령 당신이 그와의 약속을 따르려 했대도 그건 처음부터 불가능하게 되어 있었던 거란 말이오. 아니 당신이 그걸 진정으로 원했다면, 그가 원망스럽게 그럴 기회를 빼앗아버리고 간 것이라 할까⋯⋯ 그러나 당신은 처음부터 어차피 그럴 생각이 없었으니까 사후에 그런 탄환이 남아 있는지 없었는지조차 알 수가 없었지만⋯⋯"

"⋯⋯"

"하고 보니 당신의 애초 예상도 얼마간의 차질이 빚어질 수밖에 없었지. 그는 노래가 끝나고도 몇 번씩 다시 그걸 되풀이시키면서 두려움 속에 마지막 결행을 망설이고 있었으니까. 그래 이미 그것이 구종태 자신의 종말에 대한 두려움과 망설임을 알아차린 당신은 거기서 더욱 절망적으로 그를 못 견디게 몰아붙였던 거구. ─이번에는 정말 노래를 끝내요, 이번에는 제발 여기서 노래를 끝내달란 말이에요⋯⋯"

"⋯⋯"

"당신은 결국 그렇게 하여 자신의 손을 더럽힘이 없이 멋지게 복수를 끝낸 셈이었지. 그리고 그것으로 당신은 이제 직접 살해했을지도 모른다는 치명적 혐의도 벗겨진 셈이구. 하지만 이제 당신의 혐의가 이만 정도라도 밝혀진 이상엔 당신의 영리한 자살 사주와 방조 행위만이라도 위계에 의한 살인 혐의로 분명한 경위와 책임이 물어져야지 않겠소? 왜냐하면 당신의 거짓 이해와 애정을 담보로 목숨을 버리고 간 그 단순하고 우직스런 감상주의자는 자신을 먼저 쏘고 가면서 당신이 스스로 그를 뒤따를 자신의 방법을 찾아내길 바랐는지도 모르니 말이오. 그리고 어쩌면 그의 영혼은 지금도 저승에서 그것을 기다리고 있을지 모르구……"

"……"

"하지만 당신이 그를 어떤 식으로든 자살의 절망으로까지 이끌어간 건 허물만 살 일이 아닐지도 모르겠소. 구종태가 자기 삶의 종점에서 잠시 엿보이고 간 그 귀한 개심과 인간성에의 회귀 기미는 그런 절망을 통하지 않고는 아마도 영영 불가능한 일이었을는지도 모르니 말이오."

나의 범의와 범행 과정들을 내게 하나하나 확인시켜가면서 오 검사는 동시에 자기 심증의 시나리오를 일사불란한 것으로 만들어가고 있었다. 그는 한마디로 구종태의 죽음을 동반자살을 가장한 나의 자살 교사와 유인 또는 방조의 결과로 결론짓고 있었다. 그리고 그에 따른 나의 역할과 책임을 신랄한 논고 조로 힐문하고 있었다.

그것은 물론 그의 일방적인 추리와 상상의 시나리오였다. 하지만 나는 검사의 그런 일방적인 추궁 앞에 아직도 어떤 대꾸를 하고 나설 수가 없었다. 그의 어조나 표정이 너무도 확고하고 단호해 보인 탓도 있었지만, 그보다도 어쩌면 그의 말들이 모두 사실인 듯싶기도 했기 때문이다. 구종태의 죽음은 분명히 어떤 막다른 절망감에서 음모된 것이었다. 그리고 내가 그의 절망감을 이해하고 있었음은 그와 그것을 함께하고 있었음이었다. 게다가 그에게 그런 절망감을 부른 것도 분명히 나 자신이 먼저일 수 있었다. 그의 죽음을 부른 것도 분명히 나 자신이 먼저일 수 있었다. 총소리를 듣고도 올 것이 온 것뿐인 듯싶던 느낌. 그리고 그가 원망스럽고 자신이 망연스러워지고 있던 일…… 그게 모두가 그의 죽음을 스스로 음모하고 기다린 때문이 아니었던가. 하지만 그때 내가 기다린 것이 다만 그의 죽음뿐이었던가. 물론 나는 그런 것이 아니었다. 나는 애초부터 그와 절망을 함께하고 있었고, 그의 앞서간 죽음을 원망하며 부러워하기도 했었다. 그리고 그가 죽음으로 비로소 자신의 모습을 얻어간 것을 보고, 나도 자신이 마지막으로 돌아갈 곳을 찾아내고 있었다. 그의 시신을 정성껏 씻겨주고 나의 노래를 듣게 해준 것, 그것은 바로 그가 모처럼 찾아간 그의 모습을 고이 아껴주고, 그것으로 내 돌아갈 곳을 알게 해준 데 대한 감사가 아니었던가. 그리고 전날의 현장검증 때에도 나는 얼마나 그것을 기뻐하며 그에게 새삼 감사하고 있었던가. 나도 함께 그것을 갈망하며 기다리고 있었던가. 나 역시 그때 죽음을 생각하고 있었음이 분명했다. 검사는 내게 그것을 일깨워준 셈이었다. 그리고 내게 내가 돌아갈 곳을 다시 한 번 분명히 확인시켜준 셈이었다.

나는 검사를 부인하고 나설 수가 없었다. 얼마간의 오해가 따르고는 있었지만, 그것도 굳이 문제를 삼고 나설 일이 못 되었다. 무엇보다도 아직 후회와 절망이 가득한 심사로는 모든 일이 전혀 부질없을 뿐이었다. 내가 그를 따르려 했다 해도 그가 이미 그럴 기회를 빼앗아갔다 했던가. 한데도 나는 그걸 전혀 알아차리지 못했다 했던가. 하지만 나는 그것도 검사만이 옳은 것 같진 않았다. 나도 이미 그것을 그때 알고 있었던 것 같았다. 그래 그토록 그의 죽음 앞에 심사가 망연스러워지고 있었던 같았다…… 나는 새삼 그의 이기심이 원망스러울 뿐이었다.

하지만 이제는 모두가 지나가버린 일— 남은 일은 이제 나 혼자 검사 앞에 그것들을 사실답게 설명하는 것뿐이었다. 그리고 검사는 그것을 위해 지금 나를 열심히 부추기고 있었다. 일의 행로가 그쯤 명백해진 이상 나는 아무쪼록 그 일에 마음이라도 편해지고 싶었다. 가만히 듣고 있는 것이 일에도 이롭고 마음도 편했다. 나는 그냥 모든 것을 고스란히 조용한 침묵으로 받아들이고 있었다. 심신이 마치 물기를 빨아들이는 스펀지처럼 검사의 모든 것을 받아들이며 무게를 점점 더해가고 있었다. 그럴수록 마음은 더할 수 없이 조용하고 편안스럽게 가라앉아갔다.

검사가 그런 나를 친절하고 요령 있게 인도해나갔다.

"자, 그럼 우리 이야기는 이쯤 접어두고 그 부분을 다시 좀 고쳐 써주겠소?"

그가 마침내 내게 마지막 주문을 해왔다. 그리고 내게 더 이상의 불필요한 혼란이 이는 것을 용납하기 싫은 듯 간략하게 몇 마디를 덧붙이고 있었다.

"고쳐 써줄 곳은 방금 우리가 얘기한 대목들, 말하자면 당신이 수원에서 아파트로 돌아와 다시 그곳을 나갈 때까지뿐이니까 오늘로 일을 끝내줘야겠어요. 이젠 시간도 없을뿐더러 재검증에 필요한 당신의 진술서도 거기까지면 충분하니까."

나는 이견이 있을 수 없었다. 이견이 있을 수도 없었고 이견을 내세우고 나설 자리도 아니었다. 나는 계속 입을 다문 채 그저 한두 번 고갯짓으로 지시에 순종할 뜻을 표했다.

그러자 검사도 그쯤에서 일을 끝내고 싶어진 모양이었다. 혹은 언제나의 그의 버릇처럼 아랫배가 갑자기 급해졌는지도 모른다.

"그럼 됐어요."

그가 마침내 엉거주춤 자리를 일어서며 말했다. 그리고는 어정어정 자신이 먼저 자기 방을 나가면서, 그 역시 버릇이듯 거북살스런 얼굴로 다시 한 번 당부를 덧붙였다.

"그리고 이건 일의 능률을 위해 불필요한 혼란을 피하자는 뜻에서 해두는 말인데…… 오늘 자술서를 쓸 때 말이오. 오늘 써나갈 자술서 내용은 지금까지 우리가 중요한 대목을 짚어본 것처럼 어제 진행된 현장검증 과정을 기준으로 삼는 게 좋을 겁니다. 어제의 진행이 원래의 사실에 근거한 것인 이상, 거기에 겹쳐서 지난날의 기억까지 더듬어 내려가다간 또다시 혼란만 초래할 거니까. 어제의 과정을 기준으로 해야만 여태까지 숨겨져온 비밀의 시간도 소재가 쉽게 찾아질 테구 말이오."

樂出虛

장문석
(문학평론가)

1. 虛心坦懷

『당신들의 천국』의 단 한 문장, 이미 근 반세기에 걸쳐 여러 독자들의 거듭된 눈길과 매만짐 아래 있었던 한 문장을 지금 여기서 다시금 저작(咀嚼)하고자 한다: "운명을 같이하지 않는 한에서의 어떤 힘의 질서는 무서운 힘의 우상을 낳을 뿐이겠지요. 하지만 운명을 같이하려는 작정이 있은 다음엔 내게 그 원장의 권능이 필요했어요. 그래서 그 허심탄회한 힘의 질서 속에서 섬의 자유와 사랑이 행해져나가야 했었어요. 하지만 난 이미 이 섬 병원의 원장이 아니었어요."(이청준,『당신들의 천국』, 이청준 전집11, 문학과지성사, 2012, pp. 480~81) 미완의 간척을 뒤로하고 소록도를 떠났던 조백헌 옛 원장이 7년 만에 섬에 돌아와 기자 이정태에게 털어놓은 고백. 일찍이 눈밝은 어떤 이는 이 문장을 두고 '자유와 사랑의 실천적 화해'를 읽어냈다(김현, 『문학과 유토피아』, 문학과지성사, 1980, pp. 224~37). 그리고 최근 또 다른 이는 그럼에도 이 발언이 내포하고 있는 의미의 덤으로부터 '마침내 사랑이 승리했을까?'라는 신중한 질문을 도출하였고 그 결과 『당신들의 천국』을 "사랑과 자유의 화해를 목표로, 그러나 화해의 궁극적 미완을 대가로, 영원히 사랑과 자유의 항구적 갈등을 그린 소설"로 조금 더 자세한 이해를 모색하기도 하였다(정과리, 『네안데르탈인의 귀환』, 문학과지성사, 2008, p. 48). 100년의 시간을 갓 넘긴 한국근대문학사에서 문장 몇을 선별한다고 하면 반드시 포함해야 할 이 문장(文章)에 대해서, 앞으로도 더 넓은 논의를 위한 주(注)와 사려 깊은 소(疏)가 더해져서, 이 문장의 뜻이 그 깊이와 빛깔을 달리하여 울림과 해석의 지층을 형성하기를 기대한다.

사실 위의 문장은 1976년 문학과지성사에서 간행한 단행본 『당신들의 天國』에서부터 발견되지만, 이청준은 1974~75년 『신동아』 연재본에서부터 조 원장과 서술자의 목소리를 빌려 '허심탄회'라는 다짐을 곳곳에 새겨두고 있었다. 그리고 1984년 이청준은 『제3의 현장』이라는 소설을 쓰면서 다시 한 번 '허심탄회'라는 말 앞에서 숨을 죽이고 고민하고 있었다. 1971년 전후 소록도에서 조백헌과 이정태가 '허심탄회'라는 말 앞에 설 때, 그들은 날카로운 의심과 신중한 동의 속에서도 선량한 의지를 주고받을 수 있었다. 하지만 1984년의 경우는 여러 점에서 상황이 달랐고, 사실 조금 더 난망하였다. 서사의 시간은 1979년 2월 중순으로 여전히 추울 무렵이었다. 장소는 서울의 어느 취조실이었으며, 한 사람은 피의

자였고 또 한 사람은 수사를 맡은 검사였다.

　나는 이미 사후의 종합과 주장 위에 서 있는 그 과거형의 마지막 문장을 지워버리고 현재형으로 다시 생각과 주장을 되돌려놓으려 안간힘을 다한다. 작자에 대한 어떤 확정의 고정관념에서 벗어나 스스로 허심탄회한 마음으로 당시의 그와 그의 일들을 정직하게 만나고 느끼려 애를 쓴다. (pp. 27~28)

　어떤 어려운 장애가 있더라도 나는 스스로 정직하고 허심탄회하게 과거사 속으로 되돌아가야 한다. 그리고 그 과거의 시간대 속에 자기 행동의 실감을 되살려내고 스스로 납득이 가능해야 하는 것이다. 그래야 비로소 자신의 진실을 만나게 될 수 있을 것이다. 그 기억의 틀 속에 남아 있는 불가사의한 진실들을. 오 검사에 앞서서 나 자신이라도. (p. 52)

　"당신과 내 공동의 과제라…… 그렇지요. 내 생각도 바로 마찬가지요. 그리고 난 당신이 그렇게 생각해주는 걸 무척이나 고맙게 여기고 있는 참이구. 솔직히 말해서 그 목적이 유감스럽게 서로 다른 데 있다뿐. 이번 일은 어차피 당신의 적극적이고 허심탄회한 협력이 있어야만 진상이 밝혀지게 되어 있으니까."
　검사도 이내 나의 고백에 동의를 해왔다. 몇 번씩 실패를 거듭해온 검사로선 으레 당연한 반응일 수 있었다. (p. 55)

허심탄회. '품은 생각을 터놓고 말할 만큼 아무 거리낌이 없고 솔직함'(『표준국어대사전』). 조백헌의 허심탄회는, 자신의 7년 전 기투와 '실패'를 복기하면서 '아마 이랬어야 했을 텐데'라는 형식 의 성찰과 그 성찰에 근거하여 새로운 가능성의 계기와 조건을 (불 가능성과 관련하여) 모색하는 과정에서 도출된 것이었다. 조백헌 의 허심탄회는 과거의 것이면서 그렇기 때문에 미래를 위해 열려 있는 것이었다면, 『제3의 현장』에 등장하는 인물 백남희와 오 검 사의 허심탄회는 바로 지금 현재를 위한 것이다. 좀더 정확히 말하 자면, 그들에게 허심탄회는 바로 지금 그들에게 강제된 의무였다.

이 소설에서 백남희와 오 검사가 복구하고 규명하고자 하는 것 은 1978년 12월 28일 가해자 구종태가 피해자 백남희의 집에 무 단으로 침입한 날로부터 보름간의 감금 끝에 구종태가 죽고 백남 희가 집을 빠져나온 날까지의 사정이다. 피의자인 백남희는 실패 한 두 번의 진술을 뒤로하고, 이번에야말로 '내가 허심탄회해야만 한다'라는 마음을 거듭 다짐하고 있었고, 그를 지켜보고 있는 또 한 사람 오 검사는 이번에야말로 '네가 허심탄회해야만 한다'라고 강경히 뜻을 굽히지 않았다. 이미 한 번을 연장한 10일의 구속 기 한이 두번째 만료에 근접했기에 이들에게는 '허심탄회'는 촉박했 다. 이들은 제한된 시간의 압박 속에서 허심탄회를 거듭 다짐하거 나 요청하고 있었는데, 재귀적인 다짐이 반복되면 반복될수록 그 리고 목소리가 커지면 커질수록 이들의 허심탄회는 외려 그 박약 함과 불가능성을 노출할 수밖에 없었다. 특히 진술자 백남희가 허 심탄회하고자 했을 때, 가장 경계한 것은 어떤 이유로 인해 허심탄회하지 못하고 있는 자기 자신이었다. 그는 자신에게 있는 고정관념을 넘어야 했고, 자신을 대상으로 '부(不)-정직'을 넘어야 했다. 그의 괴로움을 조금 더 자세히 들어본다면, 그는 의지적으로 정직하지 않겠다고 굳게 다짐했기 때문에 고민하는 것이 아님을 알 수 있다. 그는 정직을 지향하면서도 정직의 불가능함 앞에 좌절하고 있었다. 그는 생존과 자기 보호를 위한 최소한의 무의식적인 자기 옹호까지도 넘어서서 진실을 마주하는 단계, 혹은 자기 초극을 스스로에게 요청하고 있었고, 그의 허심탄회는 그 맥락에 놓여 있었다. 그래야 비로소 '진실'에 도달하리라는 기대와 함께 말이다. 『제3의 현장』에서 허심탄회는 그저 한순간의 마음먹기나 재귀적인 선언에 따라 자연스럽고 '쉽게' 주어지는 것이 아니라, 자기 자신과의 갈등을 넘어서고서야 겨우 닿을 수 있(기를 바라나 그것조차 확신은 할 수 없)는 장소에 있었다.

백남희와 오 검사가 가지고 있는 고민은, 허심탄회라는 말 앞에선 누구라도 만나는 문제이며, 따라서 충분히 공감할 수 있는 문제들이다. 조금의 투덜거림이 허락된다면, 『당신들의 천국』의 허심탄회는 이러한 고민과 의심에 의해 정련되거나 검증된 것이라고 하기에는 조금 부족하다. 서사의 진폭 자체가 가지는 무게감과 한 인물이 가졌던 실천과 내면의 심천(深淺)으로 인해 조백헌의 고백은 감동을 주지만, 책을 덮은 지 하루가 지난 뒤 그의 고백을 한 걸음 곁에서 다시 한 번 생각해본다면 (죄송스럽지만) 여러 점에서 의심스럽기도 하다. 허심탄회가 필요한 것 같기는 한데, 그것이 가능하기는 할까, 가능하다면 도대체 어떻게 가능할까, 한 사람이 허심탄회한 마음을 먹는 것과 허심탄회한 힘의 질서의 차이는 무엇일까 등등. 독자의 입장에서 허심탄회하게 생각해보면, 허심탄회에 대한 의문의 자기 증식을 막기는 어렵다. 의문의 증식 속에 서면 분명 단행본 5백여 면에 육박하는 그의 고백을 들었음에도 불구하고, 어느새 허심탄회 외에 다른 길은 없을까라는 간사한 고민도 고개를 들기 마련이다. 혹여 불경과 난경을 넘어서 허심탄회 자체에 대한 마음 깊은 동의에 도달하여 '허심탄회하리라'고 다짐(?)을 했다면, 이제야말로 『제3의 현장』의 백남희나 오 검사와 비슷한 고민에 빠질 가능성이 높다. 백남희와 오 검사는 한 장의 진술서를 만드는 일에서도 허심탄회하지 못하는 자신을 응시하면서 단행본 3백여 면에 달하는 고민을 쌓고 있었다. 만약 진술서 한 장에서 더 나아가 혹시라도 허심탄회한 힘의 질서를 통해 어떤 교환의 원리 위에 '공동체'를 구성하고 그것을 움직여야 한다면, 그때 고려하고 경계해야 할 조건과 계기의 목록은 기하급수적으로 증가할 것이다. 고민이 여기에까지 도달한다면 그동안 그 두꺼운 『당신들의 천국』을 잘못 읽은 것은 아닐까 하는 두려움과 능력 미달의 독자로서 스스로의 부족한 예지와 둔탁한 감수성에 대한 실망에 휩쓸리기 마련이다.

　『제3의 현장』을 읽고 정리하려는 문제는, 바로 이와 같은 필자의 역량에 대한 의문과 실망을 허심탄회하게 인정한 위에서 만날 수 있었다: 혹시라도 1970년대 중반 조백헌 원장의 고민을 귀담아 들었던 작가 이청준은 1980년대 초에도 여전히 '허심탄회'라는 문제를 고민하고 있었던 것은 아닌가. 이 글의 첫 질문이다.

2. 汝聞人籍, 而末聞地籍

『제3의 현장』에서는 두 사람의 허심탄회를 더 발견할 수 있다. 감금 일주일이 지난 후 백남희는 어느 정도 안정을 찾았으나, 철저한 무관심으로 아무것도 알려 하지 않은 채 구종태의 행동을 그저 수용하고 있었다. 하지만 구종태는 백남희의 태도에 불쾌감을 느끼면서, 자신의 이야기를 전달하고자 하였다. 가해자는 자신의 이야기를 허심탄회하게(?) 전달하고 피해자에게 가해자 자신에 관한 이해를 구하게 되는 상황. 물론 피해자는 그의 이야기를 거절하며 가해자에 대한 일말의 이해를 완강히 거부하였다.

하지만 끝내 구종태는 애원과 구걸에 가까운 형식으로 사력(私歷)에 관해 진술하였고, 이는 백남희의 경멸을 낳았다. 구종태의 고백은 백남희와 구종태가 갈라서는 계기가 된다. 구종태는 허심탄회하게 전달하면 어느 정도 이해와 공감의 가능성이 열릴 것을 기대하였겠으나, 백남희에게 가해자일 뿐인 구종태의 자기연민은 발화와 함께 너저분함과 비루함을 면키 어려운 것이었다.

구종태의 내력은 『제3의 현장』의 서사를 전환하는 계기로서 중요한 의미를 갖지만, 동시에 작가 이청준을 염두에 둘 때도 그 의미는 가볍지 않다. 이청준은 대표작 『당신들의 천국』에서처럼 간척이라는 상황을 소설에 즐겨 삽입하곤 하였는데, 구종태의 경험은 바로 간척지와 관련되기 때문이다. 그리고 간척지의 사정으로부터 우리는 『제3의 현장』에 포함된 또 하나의 허심탄회를 발견할 수 있다.

　전도사는 언제까지나 마을 사람들이 이곳에서 버티어낼 수가 없음을 알고 있었다. 그것이 비록 가능하다 하더라도 오히려 그럴 수가 없는 일이었다. 그럴 수도 없고 그래서도 안 되었다. 천변은 언젠가는 떠나야 할 곳이었다. 거기선 무엇보다 삶의 생성이 정지되어 있었다. 그것은 일종의 삶의 굴레였다. [……] 전도사는 이날 밤 마을 사람들 앞에서 그가 그동안 조사하고 궁리해온 새 이주지에 대한 자신의 정보와 가능성들을 허심탄회하게 모두 털어놓았다.

　"그 대신 토질이 매우 척박하고 바닷바람이 거세어 웬만한 각오와 노력이 아니고는 작물 재배 같은 일에 어려움이 퍽 많을 것도 사실입니다. 어쩌면 아예 산지 쪽에는 마을을 이루고 가축을 치는 외에 밭작물을 기대할 수가 없겠구요…… 그러나 너무 실망들은 마십시오. 육지는 그저 우리의 삶을 의탁할 최소한의 담보일 뿐입니다. 그 땅에 대한 저의 기대는 야산 지역의 개간에보다도 앞쪽 바닷가 개펄에 있으니까요……" (pp. 160~61)

구종태의 이야기는 제대 직후인 1972년에 시작하지만, 그가 본격적으로 간척사업과 이주의 주도적인 인물인 전도사와 조우한 것은 1975년 봄 안양천변 무허가 판자촌 마을에서였다. 당시 판자촌에서는 이 지역을 '정리'하려는 행정 권력과 용역의 의지와 거주민들의 의지가 충돌하고 있었다. 행정 권력이 무허가 건물을 허물면 주민들이 며칠이고 다시 그 집을 세우는 역할 분담의 구조가 반복되고 있었다. 전도사는 이러한 구조에서는 삶이 생성될 수 없다고 보았고, 이주의 가능성을 탐색하였다. 그리고 그는 자신의 정보와 계획을 안양천변 주민들 앞에서 허심탄회하게 털어놓는다. 전도사의 허심탄회는 삶이 정지한 곳에 새로운 삶을 불어넣는 것을 목표로 했으며, 참다운 삶과 행복한 삶을 지향하는 것이었다. 이것은 타인을 위한 것이었고 동시에 그 자신을 위한 것이었다. 결국 전도사의 의견대로 주민들은 이주하며, 이주한 주민들의 간척사업은 연이은 실패를 극복하며 새로운 삶에의 의지를 재확인하는 장소였다. 하지만 1978년 봄 절강공사를 마친 후 간척사업은 하늘에 의해 시작되고 인간에 의해 완성된 '배반극'(p. 169)을 마주하게 된다. 둑은 다시금 바닷속으로 자취를 감추었고 의지가 꺾인 이주민들은 총을 들고 전도사를 찾아가게 된다. 구종태가 앞장선 것은 물론이었다.

　지도자의 선제적인 제안이 있다는 점, 그 제안은 타인을 위한 의지 위에 서 있다고 스스로 생각했던 점, 그 제안에 동의한 사람들이 미약하지만 성실한 의지와 노력을 모아 사업을 진행한다는 점, 사업이 1차 완성까지는 도달한다는 점, 그리고 자연의 배반과 인간의 배반으로 사업에 차질이 생긴다는 점, 어려움의 결과 사람들은 자신들이 세운 둑 위에서 지도자에게 총을 겨눈다는 점 등, 『당신들의 천국』과 『제3의 현장』이 서술하고 있는 간척지에서의 사정은 여러모로 비슷하다. 연구자 김우영은 이러한 공통점에 주목하여 1960~70년대 한국 사회 전체가 일종의 숭고 기획인 근대화 프로젝트에 기투하고 있었으며, 이때 바다를 막아 땅을 새로이 창조한다는 것은 가장 원초적이지만 가장 강렬한 영웅의 행위로 이해할 수 있음을 지적하였다. 그리고 그는 작가 이청준이 영웅의 기획을 실패에 둠으로써 국가와 권력에 의한 숭고 독점에 반성적 거리를 확보하고 '차가운 숭고'의 가능성과 의미를 심문한 것으로 이해하였다.

이러한 이청준의 미학적 기획을 염두에 두면서 이번에는 두 소설의 거리를 다시 생각해보고자 한다. 『당신들의 천국』이 지도자 조백헌 원장의 '내면'을 보다 밀도 있게 서술하면서 간척사업을 서술한다면, 『제3의 현장』은 지도자인 전도사에 초점화하여 간척사업을 서술하나 그 경과는 무척 간략하며 전도사의 '내면' 또한 충분히 드러나지 않는다. 총을 가지고 지도자에 맞서는 인물의 경우에도 『당신들의 천국』의 황 장로에게는 납득 가능한 사연이 부여되는 반면, 『제3의 현장』의 구종태는 뜬금없으며 곡절을 찾기 힘들다. 이는 물론 간척사업에 할애된 서술의 물리적 분량 차이에 기인하는 문제이지만, 다른 한편으로는 두 편의 소설이 1960~70년대 한국 사회라는 현실 및 역사와 맺는 관계의 차이에서 온 문제이기도 하다.

이청준이 이규태의 논픽션 「소록도의 반란」(『사상계』 1966년 10월호)을 통해 소록도와 오마도 간척사업을 알게 된 것은 1966년이었지만, 그가 실제로 소록도에 취재를 다녀온 것은 1974년이었다. 이후 1974~75년의 연재를 거쳐 1976년 단행본으로 출간되는 이 소설이 다루고 있는 서사의 시간은 1961년 8월부터이다. 조백헌의 재임 기간과 간척사업 등은 4년 정도였으며, 소록도를 떠난 조백헌은 7년 후에 민간인으로 귀환하였다. 그렇다면 조백헌과 이정태의 대화는 아마 1971년 무렵이었을 것이다. 10년이 넘는 거리를 확보한 사건과 현실에서 취재하되, 실존 인물과 사건의 세부적인 설정에 다양한 차이를 부여함으로써, 『당신들의 천국』은 연구자 이미영의 지적처럼 '알레고리'를 발생시키며, 사건의 배경이 되는 소록도는 시공간적 의미에서 외부와 단절된 하나의 개별적인 세계로 형상화된다.

이 점과 비교할 때, 『제3의 현장』은 발표 시기인 1984년과 소설 속 간척사업이 일어난 1975∼78년은 그다지 멀지 않다. 같은 간척사업이라 하더라도, 1960년대 초반을 배경으로 외부와 차단된 섬에서 진행된 간척사업과 1970년대 중반 신흥 항만도시 평택 인근의 해안에서 아쉬운 대로 '당국' 및 '행정요로'(p. 165)와 끊임없이 교섭하며 시행하는 간척사업 사이에는 적지 않은 차이가 있다. 『당신들의 천국』의 간척사업이 외부로부터 단절된 공간에서 일어났으며 알레고리로 이해할 여지가 있다면, 『제3의 현장』의 간척사업은 박정희 정권의 경제개발계획 아래 실제로 국토 곳곳에서 건설된 방조제, 고속도로의 새로운 네트워크와 접속 가능한 현실적인 기획이었다. 1971년에 착공한 남양만 방조제는 1974년에 준공되었고, 실제 농지확보를 목적으로 평택지구 대단위농업종합개발사업이 진행되었다. 방조제 건설과 함께 간척된 땅은 신청에 따라 유상 분배되었고 1970년대 중후반에 이미 간척한 땅에서 농사를 짓고 있었으며 벼멸구의 피해를 걱정하고 있었다. 『제3의 현장』에서 백남희는 서울 강동구 자신의 아파트에서 출발하여 진홍색 포니를 몰고 과속하여 고속도로를 통과한 결과, 세 시간 만에 평택의 간척지에 도착할 수 있었다. 1970년 경부고속도로가 개통되었고, 1980년을 전후하여 자가용 자동차가 보급되기 시작했다는 점을 감안한다면, 구종태의 간척지는 1970년대 중후반 한국 사회로부터 '고립'되어 존재하는 것은 아니었다. 전도사와 구종태가 원래 거주하였던 안양천 역시 상습 침수 지역으로 이름이 높은 지역이었고, 1977년 서울시는 안양천변 및 시흥지역 저지대 무허가 주택 7,850여 동을 5년에 걸쳐 철거하고 그곳에 새로 시영 및 민영 아파트를 건설할 계획을 수립하였다. 그리고 그 계획의 연속선에서 안양천을 따라 88올림픽 직전 목동아파트가 솟아오른다.

『당신들의 천국』에서 『제3의 현장』으로의 이동을 두고, '알레고리'에서 '역사'로라고 명명할 수 있을지에 대해서는 조금 더 시간을 두고 신중히 생각해보고자 한다. 그 첫 작업으로 이 자리에서는 두 소설의 거리를 형성한 사회적 맥락을 염두에 두고자 한다. 개발 드라이브가 한창인 1976년에 간행된 『당신들의 천국』은 경제개발계획이 시작되었을 뿐 아직 그 결실을 짐작할 수 없었던 시기, 사람들이 직접 손으로 돌을 옮겨 바다에 쏟아 부어 땅을 만들던 경험에 관해서 쓰고 있다. 이 소설의 간척사업에는 자연과 인간의 싸움, 운명 개척에의 의지 등 영웅적 의미가 두드러진다. 이에 대조적으로 『제3의 현장』의 간척사업은 1970년대 중후반 한국 사회, 보다 구체적으로는 국토종합계획과 경제개발계획에 따라 그 형태와 그 속성이 지속적으로 재구성되고 있는 한국의 사회 및 경제와 구조적으로 연락되어 있다. 특히 이 소설은 1981년 제2차 10개년 국토종합개발계획 발표 이후에 발표되었다. 제2차 계획은 집적과 거점을 중심으로 한 성장형 개발이 이미 완료되었다고 보고, 그 이익을 국토에 고루 분배하는 것을 목표로 하고 있었다. 그리고『제3의 현장』이 포착한 1970년대 중후반은 그러한 국토개발이 1차적으로 완료되던 시기였다.

3. 是唯無作, 作則萬竅怒呺

고속도로와 간척지는 해안선과 들판만을 변경시킨 것이 아니다. 평택의 간척지는 송탄, 오산, 수원, 판교를 지나는 경부고속도로를 통해 강동구 백남희의 아파트로 이어졌으며, 이 시기에는 한국인의 삶의 구체적인 형식에도 많은 변화가 있었다.『제3의 현장』은 그러한 변화 역시 예민하게 포착하고 있다. 하나는 아파트라는 공간의 문제이며, 또 하나는 방송을 비롯한 미디어의 문제이다.

서울 강동구 ×동 ××번지 소재 ××아파트 21동 1501호. 백남희가 거주하는 아파트의 주소. 실제 서울 강동구 길동에 아파트가 분양된 것은 1980년 이후임을 감안한다면, 이러한 설정은 1984년의 맥락을 1978년 전후로 투사한 것으로 보아도 무방할 것이다.

나는 그것도 별로 대수롭게 여기지 않는다. 우표가 붙어 있지 않은 걸로 보아 단지 안에서 배달되어온 점포 광고물쯤 되겠거니 생각한다. 이 신축 아파트 단지에 주민 입주가 시작된 것은 이제 겨우 한 달이 조금 넘은 지난 11월 중순부터의 일이다. 내가 이곳으로 이사를 해 온 것도 그새 한 달이 되지 않은 지난 12월 초순께의 일. 단지엔 아직도 이사를 오직 않은 빈집들이 많고, 주거 질서도 제대로 잡혀 있질 못했다. 주변 상가 점포들의 광고 활동은 그럴수록 더 극성스러웠다. 제일 먼저 발을 들여놓았음에 분명한 길가의 즐비한 부동산 소개 업소들을 필두로 만두집, 술집, 의상실, 정육점, 식품점, 바둑집, 태권도 도장, 신문 보급소 등등, 이미 문을 열었거나 열 준비를 하고 있는 멀고 가까운 영업소들의 선전 광고물들이 이 꼭대기 층 벽면집 문틈 속까지 심심찮게 자주 쑤셔박혀 들곤 하였다. 어떤 것은 광고지로, 어떤 것은 팸플릿 책자로, 또 어떤 것은 봉투에 넣어진 깔끔하고 정중한 서면 형식으로. (pp. 12~13)

신축을 마치고 이제 입주를 시작한 아파트에는 아직 주민들이 차지 않았다. 그러나 이웃보다 사람들을 먼저 반겼던 것은 아파트 주변 상가의 광고물이었다. 아파트 건물 바깥에는 아스팔트 도로와 주차장, 그리고 관리사무소가 이어지며 그 끝에는 상가 건물이 있다. 술집, 정육점, 바둑집, 태권도장 등 전혀 성격을 달리하는 점포들이 한 건물 안에 있다. 그리고 아파트는 1501호라는 명패를 붙인 현관문을 기준으로 삶을 위한 공간은 외부와 단절된 채 존재하게 된다. 아파트의 가구는 다용도실, 서재, 거실, 안방, 욕실이 한데 모여 있는 폐쇄적인 공간이며, 그렇기 때문에 한 번 현관문 안으로 들어가면 다시 밖으로 나올 필요가 없다. 철문으로 인해 이웃집의 소리가 잘 들리지 않으며, 그 누구도 굳이 들으려 하지 않는다. 그나마 만나는 사람은 우연히 엘리베이터에서 만나는 사람이나, 나와 엘리베이터 버튼을 두고 경쟁하는 미상의 "802호 거주인"(p. 275), 혹은 아파트 건물 현관의 경비원뿐이었다. 직업의식에 근거한 아파트 현관의 경비원을 제외한다면, 아파트의 이웃은 다른 집의 총소리조차 듣지 못하기에 증인이나 알리바이 제공자의 역할에도 미달하며, 그저 타인의 삶에 무심한 "구경꾼"(p. 271)이자 익명일 수밖에 없었다.

그리고 아파트 각 가구에는 침대, 화장대, 벽걸이, 냉장고, 소파, 그리고 텔레비전 등의 기물이 자리를 잡게 된다. 그리고 어떤 이는 학생대백과사전이나 세계문학전집을 유리문이 달린 진열장 속에 넣으며 '중산층'의 삶을 꿈꾸었겠으나, 아파트의 각 가정이 가진 분절성과 폐쇄성은 단지 범죄의 장소로 이용되는 것을 넘어 범죄를 '촉발'한다고 이해되기도 하였다. "대낮의 빈 아파트는 범죄자들에게 범죄유발을 촉진하는 계기로 이용되고 있다"라는 1978년의 경고성 기사가 그 예이다. 백남회 역시 낮에 비워둔 집에 몰래 잠입한 구종태에 의해 감금되었으며, "정작 총소리가 있었더라도 무심히 지나쳤을 아파트 이웃"(p. 47)뿐인 공간의 단절성으로 인해 그들은 밖에 나가지 않더라도 아무 소문과 의심 없이 집 안에서 감금 생활을 유지할 수 있었다. 또한 서재, 침실이 나무 문으로 분리되어 있었던 탓에, 구종태는 문의 여닫음으로 감시와 차단의 상태를 쉽게 전환할 수 있었다.

그리고 아파트는 점차 사람들의 '모든 것'이 되어가고 있었다. 구종태는 감금 보름이 다 되어가던 무렵 백남회에게 불쑥 "어때,

내가 원한다면 이 집을 팔 수 있겠어?"라고 말하자 백남희는 그 것이 자신이 "기다려온 범행의 목적"(p. 129)임을 직감할 수 있었다. 구종태 역시 아파트가 백남희 "당신의 삶 전체가 담겨온 곳"(p. 131)임을 거듭 언급하였다.

삶의 전반적인 형식 자체가 바뀌었기에 그곳에서 활용하는 미디어의 성격과 위계가 변화하는 것 또한 자연스럽다. 아파트의 삶에 가장 어울리는 미디어는 바로 소파와 짝을 이루는 텔레비전일 것이다. 한국이 텔레비전 방송을 시작한 것은 1956년이지만, 보급률이 급증한 것은 1980년 컬러 방송 송출 이후로 1980년대 중반에 오면 1가구당 1대에 다다른다. 감금 일주일 무렵의 아침.

바로 이튿날. 아침 설거지를 끝내고 거실로 나오자, 그는 소파에 기대 앉아 아침 방송을 시청하고 있다가— 나는 이날부터 그를 위해 아침을 지었고, 그는 다시 텔레비전 시청을 시작했다— 느닷없이 내게 다시 단독 외출의 의향을 물어왔다. (p. 120)

피해자가 가해자를 위해 아침 식사를 준비하는 몹시 예외적인 경우를 제외한다면, 앞의 장면은 1980년대부터 한국의 아파트에서 익숙해진 매일 아침의 풍경이다. 일어나서 거실에 나와 '소파에 기대 앉아 아침 방송을 시청'하는 것은 무척 자연스럽다.

그런데 피해자인 여가수 백남희는 삶의 형식으로는 아파트에 적응하였으면서도, 자신을 둘러싼 여러 미디어에 대해서는 다소간 다른 감각을 가지고 있었다. 우선 그는 방송을 불편해하고 있었다. 물론 일차적으로 텔레비전은 감금된 자신의 황망함을 아랑곳하지 않고 정해진 계획대로 '연속극'을 방영한다든지, 자신의 공복(空腹)과 대조되는 통만두의 배달 소리를 들려주는 등, 그 자신의 처지와 무관하게 기계적으로 정보를 송출하는 미디어였기 때문이다. 더욱이 방송국의 구성원들도 백남희에게 불친절하여 그가 출연하였던 프로그램의 방송 일자를 고지하지 않고, 자의로 방송 일정을 조정한 경험도 있었다. 결국 방에 감금된 백남희는 거실의 텔레비전 소리를 들으며, "또 하나의 내가 거실 밖에서 노래를 부르고 있었다"(p. 77)라는 소외를 경험할밖에 없었다. 더욱이 백남희는 공연을 할 때, 자신은 "청중과 함께" 노래를 부르는 것을 중요시하는 가수였다. 그래서 그는 방송보다는 일반 무대를 선호하였고, 텔레비전보다는 라디오를 선호하였다. 그는 "언제나 사람들과 함께 노래를 하고 싶"어 했으며(p. 76), 오페라 「나부코」에 삽입된 「히브리 노예들의 합창」을 개사하여 독창으로 합창의 악상을 충분히 소화한다는 평을 듣고 있었다. 녹화 방송으로 인해 혼자 노래해야 할 경우에도 그는 '시청자'(청중이 아닌!)들에게 "마음속으로 제 노래를 따라 불러주세요"(p. 78)라고 부탁할 정도였다.

백남희에게 미디어란 인간의 신체와 접속되고 그 흔적을 간직한 것이었다. 처음 구종태가 보낸 협박편지를 곁눈질로 보았을 때, 그의 눈에 가장 먼저 들어온 것은 다름 아닌 봉투 뒷면 협박범의 "정중한 필체"(p. 12)였고, 그는 편지의 내용과 필체로 구종태라는 인물을 가늠하였다. 하지만 당시 한국에서 미디어는 이미 그 성격과 특징이 달라져 인간의 신체와 분리되고 있었다.

이 점에서 『제3의 현장』은 1976년 『당신들의 천국』 단행본 발간 이후 남한자본주의의 발전에 따라 새롭게 구조화된 삶의 형식과 새로이 등장한 미디어가 한국 사회에 확산되어가는 양상을 포착하고 있다. 그리고 변화의 양상을 소설의 영역으로 포괄함으로써, '허심탄회'라는 작가 이청준의 질문을 변화해가는 한국 사회의 현실에 제기한 것이었다. 이 점에서 『제3의 현장』은 '아파트로 간 『당신들의 천국』'으로 이해할 수 있을 것이다. 다만 백남희는 아파트에는 익숙하게 적응한 반면, 미디어의 경우에 대해서는 충분히 익숙하게 적응하지 못하고 어떤 것에는 거리감을 숨기지 않았다. 그는 방송 무대에 서 있는 자기 자신을 "꼭두각시"(p. 70)라고 부르는데, "꼭두각시"(p. 30)라는 자기규정은 구종태에게 감금당한 자기 자신을 지칭하는 표현이었다. 과도한 동치로 생각할 수도 있으나, 약간 사개가 물러난 이 표현은 그만큼 백남희가 1970년대 말에서 1980년대 초반 전환기 미디어의 불균질성을 강하게 경험하고 있었음을 암시한다.

4. 鬱 → 虛, 樂出虛

연구자 김우영의 분석에 도움을 받아 『제3의 현장』의 경개(梗概)를 더듬어보면, 『장자(莊子)』의 문구 '악출허(樂出虛)'라는 표현으로 서사의 형상을 결정화할 수 있다. 근대성에 기반한 전통적인 추리소설의 문법을 존중하는 동시에 위반하는 『제3의 현장』은 ① 제1의 현장: 1978년 연말에서 1979년 정초에 이르는 피해자 백남회와 가해자 구종태의 '사건', ② 제2의 현장: 그 '사건'의 재구성과 해명을 목표로 하는 1979년 2월 무렵 피의자 백남회와 담당 오 검사의 수사 및 진술 과정. ①의 서사와 ②의 서사로 이원적으로 구성되어 있다. 그리고 '사건' 재구성의 주도권을 가지고 있는 피해자/피의자 백남회라는 매개로 두 서사는 절합(節合)되어 있다. 문제는 백남회가 '제1의 현장'에서 그 자신이 경험한 사정과 당시 자신의 생각과 마음에 대해 충분한 해명을 제시하지 못한다는 데 있었다. 그 결과 '제2의 현장'에서는 모순과 오류를 무릅쓰고서라도 가능한 한 일목요연하고 논리적으로 '사건'을 재구성하고 그것을 합리적으로 이해하고자 하는 오 검사의 의지와 불투명한 자신의 행적과 그때의 감정에 허심탄회하게 접근함으로써 사건의 '진실'에 다가서고자 하는 백남회의 의지가 충돌할 수밖에 없었다. 두 사람의 의지는 하나의 사건에 허심탄회하게 접근하는 듯 보이지만, 실은 사건에서 각자가 다른 것을 읽고자 하는 욕망을 놓지 않았고 결국 두 의지는 끊임없이 충돌하였다. '제2의 현장'에서 여러 방식의 신문과 진술, 숱한 말과 글을 통해 "말의 노역"(p. 288)을 감당하고도 진실에 닿지 못하던 백남회가 진실에 도달하는 것은 ③ '제3의 현장': 현장검증에서였다.

거실 안 풍경은 모든 것들이 내가 이미 알고 있는 대로다. 사내가 소파 위에 시체로 앉아 있다. 이마를 앞뒤로 꿰뚫은 머리의 상처에서 핏줄기가 아직도 목과 얼굴로 흘러내리고 있다. 그러나 그는 이제 다시 죽어 앉아 있는 시체가 아니다. 그는 그 번거롭고 부질없는 말의 질곡에서 벗어나 침묵 속에 자유로운 자신의 모습을 찾아 돌아가 있다. 그는 이제 말을 잃었으되, 그 말들의 허울을 벗고 자기자신이 말이 되어 있었다. 그리고 그 자신의 모습으로, 그 말 없음으로, 그 침묵으로 오히려 모든 것을 자명하게 말해온다. 그의 가난한 탄생과 성장, 방황과 도전, 마지막에 이르기까지의 삶과 죽음의 모든 것을. 지금까지 그토록 도로(徒勞)에만 그쳐온 자신의 말들을 비로소 힘있게 소생시켜놓는다…… 〔……〕 그가 스스로 노래를 하고 있다. 입으로 노래를 하고 있는 것이 아니다. 그의 몸에서, 그 침묵에서 노랫소리가 흘러나온다. 그가 노래로 다시 말을 시작한 것이다. 내가 이미 납득하고 이해한 그의 모든 것, 그의 삶과 죽음과 운명, 그것들이 이제는 그에게서 다시 노래가 되어 번져 나오고 있다. 부르튼 입술로 목메어 합창하던 우리들의 꿈과 운명…… 그가 노래로 자꾸만 무엇을 호소해온다. 〔……〕 그리고 비로소 나는 깨닫는다…… 그가 나를 기다리고 있었다. 그의 노래는 나를 기다림이었다. (pp. 275~77)

말의 허울(虛/鬱). 제2의 현장에서 백남희는 그 자신 '허(虛)-심탄회'할 것을 거듭 다짐하고 말과 글을 무성하게(鬱) 쌓고 있었으나, 결국 진실에 도달하지 못하였다. 그리고 그는 제3의 현장에서 침묵을 선택한다. 말의 허울로부터 벗어난 곳에서야 그는 진실을 만날 수 있었으며, 이때 침묵(虛) 속에서 노래(樂)가 일어나게 된다. 자신의 것이자 구종태의 것인 노래를 통해서 백남희는 비로소 어떤 진실에 도달하게 된다.

이러한 저간의 사정을 감안한다면『제3의 현장』의 서사는 '울(鬱)→허(虛), 악출허(樂出虛)'라는 공식으로 정리할 수 있다. 여기 '울(鬱)'에는 백남희가 생산해냈으나 땅에 흩어진 실패한 말들, 혹은 근대 이성과 공익을 자임하는 오 검사의 자신만만한 논리, 그리고 사실을 말했으나 이해는커녕 환멸을 낳았던 자기 연민으로 가득한 구종태의 너저분한 진술 등 무언가에 도달하고자 하였으나 그것에 실패했던 그 이전 모든 언어들을 둘 수 있다. 백남희는 제3의 현장에서 울(鬱)로부터 나와 허(虛)로 나아갔으며, 그 순간 그는 악(樂)의 울림을 들을 수 있었다. 혼자 노래하는 것보다 함께 노래하기를 원했던 그이기에. 이때 악(樂)은 백남희와 구종태의 합창이었다. (물론 쉬운 해답과 고정적인 대안을 경계한 작가 이청준의 소설답게 그 진실은 오 검사의 제지로 인해 찰나의 명멸로서만 존재했으며, 또한 현실의 복합적인 맥락과 그 규제성을 충분히 존중하는 작가 이청준의 소설답게 논리를 중시하는 오 검사는 이 진실 때문에 또 다른 오해를 일으켜 사건을 진실과 동떨어진 모습으로 이해하게 된다.)

여기까지가『제3의 현장』의 줄거리면, 이제 독자는 몇 가지 방식의 읽기를 선택할 수 있는 즐거움 앞에 도달하게 된다. 우선 악출허(樂出虛)의 의미를 보다 명징하게 이해하기 위해 이청준의 다른 소설을 겹쳐 읽는 것이다.『제3의 현장』은 이청준이 가장 활발히 창작을 실천하던 시기인 1970년대 중반에서 1980년대 후반(그는 '4·19 세대의 작가'라고 불리지만 사실 1960년대보다는 이 시기에 그의 문학은 본령을 구성하였다)에 발표한 여러 소설과 많은 점을 공유하고 있기 때문이다. '허심탄회' '배반극' 등이라는 낱말의 연쇄가 익숙하다면 이 소설은 『당신들의 천국』과 겹쳐 읽을 수 있다. 진실에 도달하는 순간 그것이 말과 글이 아닌 침묵, 소리, 노래라는 형식을 가진다는 점에서는 '언어사회학 서설' 연작 및 '서편제' 연작과 의미망을 형성할 수 있다. 또한 납치 과정에서 불거진 '가해자의 용서와 이해 받음'이라는 무거운 문제는 「벌레 이야기」의 고뇌와 인간화한 신학(神學)과 겹치며, '자신의 신전'을 쌓는 문제는 『낮은 데로 임하소서』의 고백에 닿았다가 어긋난다. 또한 안양천변에서 있었던 남루한 횃불의 움직임은 『비화밀교』의 불씨를 떠올리게 한다. 작가 이청준에게 있어 악출허라는 명제의 온전한 규모를 톺아보고 그 의미를 현재화하기 위해서는 여러 소설을 시계열적으로 배치하고 각 소설의 관계와 편차를 입체적으로 감안할 때, 이청준 문학의 지향과 가능성을 읽을 수 있을 것이다(김우영, 「이청준 문학의 언어 의식 연구」, 서울대학교 박사학위논문, 2015, 4장).

이러한 다양한 읽기의 가능성을 앞에 두고, 이 시기 이청준 문학의 한 조건으로서 미디어의 문제를 살피고자 한다. 이 시기 이청준은 '공리적 설명어'와 '심정적 고백어'의 차이에 유의하면서 허심탄회한 언어의 가능성에 골몰하고 있었다. 하지만 단절적인 아파트와 고속도로로 연결된 국토라는 두 가지 공간이 겹쳐진 이 소설에서, 그는 백남희의 집에 침입한 구종태가 가장 먼저 근대의 미디어인 전화를 단절하도록 하였다. 이 소설에서 손으로 쓴 것은 협박 편지와 조서가 전부이다. 아주 오래전 장자(莊子)는 언어 너머의 진리를 언어로 지시하기 위해, 우언·치언·중언 등 다양한 소통 방식을 개발하였다. 이는 전국시대의 담론 상황과 밀접하게 대응하는 것이었고, 장자는 언어라는 미디어의 형식성을 기반으로 신뢰성을 구축하고자 하였다(김월회, 「직하학궁(稷下學宮)과 전국시대의 글쓰기」, 서경호 외, 『중국의 지식장과 글쓰기』, 소명출판, 2011, pp. 79~81).

이 점을 생각한다면, 다양한 미디어가 등장하는 이 소설이 정작 글쓰기라는 미디어에 대한 자의식을 감춰둔 것은, 그래서 아쉽다. 이청준은 사회적 커뮤니케이션으로서 언어의 기능과 정치성에 대한 날카로운 인식을 가지고 있으면서, 『당신들의 천국』을 통해 공동체의 교환이라는 지난한 문제를 탐색한 작가이다(이수형, 『이청준과 교환의 서사』, 역락, 2013, pp. 191~211). 그런데 『제3의 현장』에서는 방송을 비롯하여 새로운 미디어의 등장에 따른 불편함으로 인해, 미디어로서 언어의 다양한 결을 다소간 거칠게 대별한 채 바로 악(樂)의 울림으로 나아간 것은 아닌지, 평론가 김윤식의 지적처럼 "'소리'에 소설을 잃은" 것은 아닌지 하는 조심스러운 의문이 그것이다. 고백의 언어가 담길 수 있는 구체적인 매체의 형식과 그것이 도달할 수 있는 진리 재현의 (불)가능과 임계에 대한 한국근대소설사의 한 진경(眞景)을 비껴간 까닭이다.

하지만 이러한 점을 감안한다고 하더라도, '허심탄회'의 문제를 아파트로 가져간 1984년 이청준의 시도는 그 아쉬움보다 가능성이 빛난다. 그것은 그가 힘들게 길어 올린 허심탄회라는 질문이 갖는 현재성과 물질성을, 형질 자체가 변화하는 한국 사회의 현실 속에서 가늠한 것이었기 때문이다. 사실 이 질문은 이청준에게 1980년대에 갑자기 등장한 것이 아니며, 이미 1970년대에도 복류하고 있던 것이었다.

1976년 2월 7일(토)

민음사에 갔다. 이청준이 와 있었다. 그는 화곡동 살다가 영동지구로 이사 갔다. 나더러 이사해서 영동에서 함께 살자 했다. 집값도 장차 화곡동 일대와는 비교할 수 없게 비쌀 것이라 했다. 청준은 며칠 전 남산 강인덕한테 불려가서 다른 작가들 몇과 함께 앞으로의 문학은 이러이러해야 한다는 지시를 받았다 한다. 유신정권의 문예방침 같은 것이다. 점점 북의 당 충성 문예노선과 닮아가는 것이다.(고은,『바람의 사상』, 한길사, 2012, p. 696.)

『당신들의 천국』을 단행본으로 묶을 무렵, 고은이 증언한 이청준은 두 가지 얼굴을 가지고 있다. 하나는 '남산'의 위협을 온몸으로 겪었기에 언어의 가능성과 소통성을 보다 날카롭고 면밀하게 벼릴 예지의 소유자로서 작가일 것이며, 또 하나는 자본의 증식 앞에 놓인 경제적 인간이었다. 지금까지의 이청준의 작품 읽기가 전자에 한정하여 주목하였다면, 전자와 후자가 만나고 어긋나는 양상을 통틀어 이청준의 작품을 읽는 방법의 계발이 필요하다. 무엇을 이루고 거두었나라는 질문 곁에, 무엇에서 실패하고 그 이유는 무엇인가라는 질문 또한 조심스레 두고자 한다. 그 점에서 1984년 의『제3의 현장』은 한국에서 삶의 양식이 변하고, 미디어의 구조가 재편되는 시기에 놓여, 그 어긋남의 한 양상을 보여준다. 그렇다면 우리는 그 어긋남을 또 다른 질문을 위한 입구로 삼을 수 있을 것이다. '울(鬱)→허(虛), 악출허(樂出虛)'라는 공식을 참조한다면 울(鬱) 자체를 울울(鬱鬱)하게 이해하는 가능성을 탐색하는 것이다. 단지 언어의 무덤뿐 아니라, 다양한 삶의 욕망과 의지 그리고 삶의 형식이 응축된 울(鬱)의 울(鬱)됨을 온당히 이해할 때, 허(虛)의 허(虛)됨 또한 보다 온당한 이해에 닿을 수 있을 것이다. 허(虛) 속에서 현출할 악(樂)의 울림과 가능성을 보다 현실적이며 현재적으로 읽는 방법 또한 그곳에 있을 것이다. 그리고 이 읽기는 '허심탄회'라는 발성의 반복을 위한 것이 아니다. 이청준이 제기한 허심탄회를 저작하고, 삼척동자도 아는 그것의 불가능 앞에서 "미미한 변화"(김윤식,『지상의 빵과 천상의 빵』, 솔, 1995, p. 116)를 현실화하기 위함일 것이다.

〔2016〕

텍스트의 변모와 상호 관계

이윤옥
(문학평론가)

『제3의 현장』

| **발표** | 『제3의 현장』, 동화출판공사, 1984.

1. 실증적 정보

1) 초고: 육필 초고가 남아 있다. '구종태'가 '구정태'로 표기된 초고에는 작품에 대한 작가의 다양한 생각을 정리한 많은 메모가 들어 있다. 거기에는 작품 내용, 전개, 세부사항 등은 물론 사실과 기억, 언어와 폭력에 대한 고민이나 각 장에 담을 이야기도 포함된다. 예를 들면 다음과 같은 것이 있다.

과거형 문장 – 확정적

바라보지 마라 – 대상이 있음이 아니라(확정된 형태 아님) 바라보는 태도 자체가 대상이며 과거.

---

* 텍스트의 변모 과정을 밝히면서는 원전의 띄어쓰기 및 맞춤법을 그대로 살렸다.

과거의 모습 → 현재형

검사: 과거 있다고 믿음. 과거는 과거로 되돌려준다.

현재형 사용: 나(과거와 현재 속에 문을 열기 위해) 검사(과거를 확정짓기 위해)

사건의 벽을 뚫지 못한 현재형

결말: 검사 – 범인 아님 알았으나

제1장에서: 분노와 애원 → 절망 → 분노 사라짐 → 파괴 자청

진술 때는 거의 기억 못함 – 검사의 혼란

2) '제3의 현장'의 의미: 이청준은 1991년 7월 12일 일기에 '제3의 현장'이 무엇을 뜻하는지 적어놓았다.

① 불확정의 현장(진실 문제)

② 폭력의 다른 현장(광주사태의 다른 현장)

③ 민주 의지 압살(삶의 압살, 비유적 현장)

3) 개제(改題): 이 작품의 표제는 『제3의 현장』→『이교도의 성가』→『그 노래 다시 부르지 못하네』→『제3의 현장』으로 여러 번 변한다. 1984년 발표작 『제3의 현장』은 1988년에 『이교도의 성가』로 개제되고, 『이교도의 성가』는 1993년 『그 노래 다시 부르지 못하네』로 개제되었다가, 1999년 원제 『제3의 현장』으로 돌아간다. '이교도의 성가'는 '히브리 노예들의 합창'과 연계되고, '그 노래 다시 부르지 못하네'는 소설에 나오는 노래 가사에서 차용한 것이다. 이청준이 한 작품의 이름을 이처럼 여러 번 바꾼 적은 없다. '제3의 현장'과 '이교도의 성가' '그 노래 다시 부르지 못하네'는 강조하는 부분이 다르다. 그가 무엇을 고민했는지 생각해볼 일이다.

4) 수필 「아픔의 얼굴, 기원의 불꽃」과 「공리적 설명어와 심정적 고백어」: 「아픔의 얼굴, 기원의 불꽃」은 1984년 『제3의 현장』과 1993년 『그 노래 다시 부르지 못하네』에 후기로 실린 글이다. 「공리적 설명어와 심정적 고백어」는 1988년 발표된 글로 1999년판에 「아픔의 얼굴, 기원의

불꽃」과 함께 새 후기로 수록된다. 이 수필에는 『제3의 현장』을 쓰게 된 과정이 들어 있다. 이청준이 꽤 오래 구상만 하고 있었던 『제3의 현장』을 쓰게 된 직접적인 계기는 여행 중 듣게 된 여자 가수의 노래— 베르디의 오페라 「나부코」에 나오는 '히브리 노예들의 합창'— 였다.

　－「아픔의 얼굴, 기원의 불꽃」: 그렇게 어정쩡해 있는 참에 우연히 한 가지 기회가 찾아왔다. 1982년 10월 하순경 글친구 두 사람과 한 20여 일 유럽 일대를 유람할 기회가 생겼다. 그 여행 중에 하루는 그곳에 공부차 가 있던 다른 한 친구의 집을 찾아갔다가 뜻밖에 감동적인 음반곡을 듣게 됐다. 곡목은 베르디의 오페라 「나부코」 중의 '히브리 노예들의 합창'이었고, 창자(唱者)는 그리스 태생 여가수 나나 무스쿠리. '노예들의 합창'은 이전에도 가끔 들어온 노래였지만, 장중한 백코러스에 힘차게 실려 나온 여가수의 목소리가 각별히 비장하고 뜨거운 열정으로 나를 깊숙이 사로잡아온 것이다. / 뒷날 여행을 마감할 때 나는 가장 소중한 수하물로 그녀의 음반 한 장을 사 들고 돌아왔다. 그리고 그 한 장의 음반을 위해 당장 과분한 투자를 감행하여 전축 세트를 마련하고 그 겨울 내내 같은 곡만 수백 번씩 되풀이 돌려댔다. 그 하염없는 판돌리기 놀음이 끝났을 때 나는 비로소 '제3의 현장'의 초고를 쓰기 시작했다.

　5) '언어사회학 서설' 연작과 연관성: 『제3의 현장』은 언어에 대한 소설이다. 더 정확히 말해서 오 검사가 대변하는 공익 언어인 공리적 설명어와 백남희의 심정적 고백어에 대한 소설이다. 백남희는 심정적 고백어가 지닌 진실을 위해 순교한 여자로, 이 소설은 '설명어에 대한 고백어의 비교적 우위성을 고집하기 위해서가 아니라, 고백어 자체에 제 값 매김을 위한 작업'이기도 하다. 이청준에 따르면 감성을 배제한 설명어는 '실체 없는 말의 형식적 의상에 불과'할 뿐이다. 그는 이미 '언어사회학 서설' 연작에서 형식과 실체를 중심으로 말의 문제를 다루었다. 『제3의 현장』은 말의 타락과 오염 현상을 '말의 정직성과 그에 대한 믿음의 문제'로 본

다는 점에서 '언어사회학 서설' 연작의 연장선에 있다고 할 수 있다.

　–「공리적 설명어와 심정적 고백어」: 공리적(혹은 이성적) 설명어와 심정적(혹은 감성적) 고백어의 대립, 갈등 양상—『제3의 현장』은 그러니까 바로 그에 대한 전반적 검증의 장치로서 구조된 소설인데, 그것은 사실 근자 우리 사회의 말의 타락현상에 대한 나의 연래의 과제의 연장작업이기도 한 것이다./당연한 소리지만, 말이란 사람들이 제각기 생각을 진행하고 그것을 밖으로 표현, 전달하는 사회적 약속물이며, 우리의 제반 삶의 현상들의 의미대응 체계이다. 따라서 말들은 그 지칭의 대상내용과 형식구조 사이의 철저한 약속관계와 그 믿음 위에 생명이 잉태되고 기능이 유지된다./그런데 근자 우리는 어느 때보다 말들의 심한 오염과 타락 현상을 목도하고 있다. 〔……〕 결국 모든 것은 다시 말의 정직성과 그에 대한 믿음의 문제로 돌아갈 수밖에 없게 된다. 그리고 그 믿음과 정직성의 문제는 다시 공리적 설명어와 심정적 고백어의 문제로 회귀한다.

　–수필 「부끄러움 견디기의 소설질」: 그래 이번에는 그 떳떳치 못한 자신과 우리 사회의 어울림살이의 부끄러움을 지워버리고 그것을 이겨나가기 위해 그 어울림살이의 옳은 모습을 우리말의 관계와 질서로써 대신 꿈꿔본 것이 '언어사회학 서설' 연작 5편과 「소문의 벽」 「제3의 현장」 같은 졸편들.

　–대담 「문학의 토양을 이룬 반성의 정신」: 전자는 주로 남도 소리와 이향, 귀향의 양상을 다룬 '남도 사람' 연작과 그에 유사한 「눈길」 「해변 아리랑」 같은 작품들이고, 후자는 주로 도회의 공동체적 삶의 양상을 다룬 '언어사회학 서설' 시리즈와 같은 맥락에서 언어의 본질, 사회적 기능 따위를 탐색해본 「빈 방」 「소문의 벽」 「제3의 현장」 같은 것들이 있습니다.

2. 텍스트의 변모

1) 『제3의 현장』(동화출판공사, 1984)에서 『이교도의 성가』(나남, 1988)로

* 4장(1984년)의 일부가 5장(1988년)으로 옮겨진다(210쪽 13행~219쪽 21행).

* 동사 시제가 현재에서 과거로 바뀐다(23쪽 17행~24쪽 19행).

(예) 놓인다. → 놓였었다. 기다린다. → 기다리고 있었다.

―42쪽 18행: (그것은 오검사 앞에 행한 나 자신의 고백이었다) → 〔삽입〕

―43쪽 1행: 이윽고 가방 속의 권총을 생각해 내고는 → 무의식중에서나마 가방 속의 권총에 대한 믿음 때문에

―44쪽 16행: 자신도 잘 의식하지 못한 일이었지만, → 〔삽입〕

―45쪽 21행: 사람을 비웃는 → 비아냥대 듯한

―47쪽 17행: 그 조용한 새벽녘의 총소리조차도 못들었을 사람들이 → 주위가 조용한 새벽녘도 아닌,

―50쪽 18행: 아리송해 보이는 일들뿐이었다. → 미심쩍어 보일 뿐이었다.

―94쪽 9행: 유일한 자유 상상놀이조차도 자신의 파괴에나 소용될 뿐이었던 것이다. → 〔삽입〕

―125쪽 10행: 그의 인간과 행위에는 애초 설명이나 해명이 필요칠 않았다. → 〔삭제〕

―130쪽 5행: 시원찮아 → 미심쩍어

―141쪽 4행: 생계가 원래 어렵던 터에 → 가세가 원래 몹시 어려웠던 터에

―152쪽 4행: 어둠 속 불빛들이 번지고 있었다. 처음엔 그저 깜깜한 → 〔삭제〕

―169쪽 5행: 바윗돌이 몇 개씩 휩쓸리는 일은 아직도 종종 생기고 있었지만, → 〔삭제〕

―201쪽 4행: 아니면 그쯤 실패는 달게 감수할 각오를 해야 할 만큼 다른 방법이 없었기 때문일까. → 〔삭제〕

―206쪽 7행: 붉은 색 → 진홍색

―221쪽 3행: 안양을 → 판교를

－234쪽 20행: 구 종태의 실패도 거기 절반은 원인이 있었던 셈이었다. →
〔삭제〕

－238쪽 11행: 나의 노래를 알고 있었다. 하지만 그는 그것으로 → 〔삭제〕

－247쪽 6행: (그러면서 나는 비로소 그의 죽음이 나를 기다리고 있었음을
깨닫는다. 그가 수건으로 총소리를 싸맨 것은 주검으로 나를 기다리기 위함이
었다. 하여 그것은 나에 대한 그의 간절한 기다림을 거꾸로 벗겨냄이었다) →
〔삽입〕

－248쪽 9행: 나는 이윽고 결심을 하고 이곳에서의 마지막 남은 일을 서두
른다. → 〔삭제〕

－277쪽 8행: 이해된 → 증거된

－278쪽 1행: (나의 돌아옴을 혼자 기다리기 위하여 그는 스스로 그것을 수건
으로 싸매버리어 놓지 않았던가) → 〔삽입〕

－281쪽 17행: 재발견 → 부활

－298쪽 7행: 그리고 절망 속에 그를 원망하고 있었던 것 같았다 → 〔삭제〕

**2) 『이교도의 성가』(나남, 1988)에서 『그 노래 다시 부르지 못하네』(동
화출판사, 1993)로**

＊평택읍 → 평택

－75쪽 5행: 그런 느낌―눈을 감고 졸고 있다가 갑자기 머리를 얻어 맞는
것 같은 강한 충격, → 강한 충격,

－110쪽 7행: 그 오류나 모순들 가운데에 오히려 진실이 있을 수도 있구
요. → 〔삽입〕

**3) 『그 노래 다시 부르지 못하네』(동화출판사, 1993)에서 『제3의 현장』
(열림원, 1999)으로**

＊7장: 검사 → 오 검사

－32쪽 10행: 점퍼 겉저고리 → 겉저고리

－42쪽 9행: 속에서 발설이 되어진 곳, → 속에 위치가 발설된 곳.

-44쪽 16행: 그리고 나는 노래가 모두 끝나고 나서야 → 마침내 노래가 모두 끝나고 나는

-47쪽 9행: 이번에도 일단 권총이 발사된 것은 내가 재차 집으로 돌아온 이후의 시각이라는 → 그래 일단 권총 발사 시각을 재차 집으로 돌아온 이후라는

-50쪽 18행: 미심쩍어 → 석연찮아

-51쪽 9행: 그 기억 속의 절실한 느낌들을 다시 실감으로 되살려 낼 수가 없었다. → 〔삭제〕

-69쪽 14행: 0시 → 자정

-71쪽 6행: 일급 감상자 → 유력한 감상자

-71쪽 5행: 논객 → 일급 논객, 그런 느낌―눈을 감고 졸고 있다 갑자기 머리를 얻어맞는 것 같은 → 〔삽입〕

-92쪽 7행: 기다리고 있는 것이었다. → 참으며 기다리는 낌새였다.

-106쪽 10행: 위험스런 → 위태로운

-131쪽 22행: 그 일을 시작한 것은 → 일을 벌이고 든 것은

-148쪽 14행: 쾌활해져 버린다. → 대범스러워진다.

-149쪽 14행: 느껴져 오기 시작한다. → 뻗쳐온다.

-152쪽 4행: 어둠 속에 잠겨 있던 마을이 첫 번 불빛을 신호로 해서 → 불빛이 번지고 있었다. 깜깜한 어둠 속에 조용히 잠겨 있던 마을에 하나 둘 피어오르기 시작한 불빛을 신호로

-167쪽 9행: 오던 것. 공사장 일은 그 후 다시 한 달쯤 만에 → 오던 터에 그 한 달쯤 만엔

-175쪽 8행: 전도사는 이내 그런 그에게서 어떤 심상찮은 기미를 느낀다. → 전도사는 아무래도 느낌이 심상찮다.

-176쪽 20행: 그 불길스럽게 태도가 돌변해 버린 → 이미 그 태도가 달라진

-186쪽 2행: 끊임없이 일깨워 나간다. → 스스로 일깨운다.

- 188쪽 16행: 절망적인 낭패감 → 절망감

- 189쪽 12행: 그것이 역겹게만 느껴질 지경이었으니까요. → 모든 게 역겹게만 느껴졌으니까요.

- 190쪽 19행: 물어오고 있었다. → 여유 있게 물어왔다.

- 217쪽 1행: 수림 → 침묵

- 228쪽 8행: 단념하고 싶은 → 바꿀

- 228쪽 23행: 계속해 나간다. → 감행한다.

- 234쪽 2행: 도발받는다. → 꿈틀인다.

- 240쪽 8행: 그 과거라는 것을 → 사람들이 흔히 과거라 말하는 것을

- 247쪽 12행: 주위를 → 다시 거실을

- 248쪽 19행: 뜨겁게 적셔듦 → 뜨거워짐

- 259쪽 13행: 그것은 살아 있는 사람의 말이 아니라, 사물과 제도의 말일 뿐이었다. → 〔삽입〕

- 261쪽 6행: 자신의 진실에는 나머지 부분들이 좀더 합치하고 있는 것도 같았다. → 자신의 진실과는 그 나머지 부분 쪽이 한결 사실적으로 근접해 있는 것 같은 생각이 들기도 했다.

- 264쪽 8행: 자상하고 공손한 말씨, 오 검사의 그간 나에 대한 태도나 고 수사관 자신과도 제법 얼굴이 익어온 탓이기는 하겠지만, 고 수사관의 그런 말투에서도 나는 어느 정도 그것을 읽을 수 있었다. → 공손하고 정중하기만 했던 오 검사의 태도나, 그간에 제법 얼굴이 익어온 고 수사관의 말투로 보아 나 역시 어느 정도 그것을 알 수 있었다.

- 267쪽 8행: 집행해 나가고 → 실행에 옮기고

- 268쪽 9행: 지겨운 → 못 견딜

3. 소재 및 주제

1) 시간: 『제3의 현장』에서 백남회는 시간의 벽을 허물어 진실에 도달

332

하려는 노력의 하나로, 과거 행위를 현재형 문장으로 기술한다. 「시간의
문」에서 사진작가 유종열이 시도하는 사진 작업도, 시간의 벽을 허무는
'시간의 재편집 작업'이다. 그는 사진들을 찍은 날짜 대신 인화한 날짜를
기록함으로써 과거의 사진들을 현재화한다(10쪽~11쪽, 22쪽).

　－「시간의 문」: 기묘한 것은 그러나 유 선배는 그 지나간 날의 정황과 느낌
　들을 사진을 인화한 당일의 것으로 현재화시켜 적고 있는 것이었다. / 한마
　디로 유 선배는 그의 사진 작업을 통해 자신의 과거를 현재화시키면서 그
　것으로 자신의 현재의 시간을 채워가는 격이었다. 혹은 그의 사진 속의 과
　거 속에서 자신의 현실을 살고 있는 사람이었다.

　2) 사실과 진실: 이청준은 여러 소설에서 사실과 진실의 관계를 다루
었다. 「조만득 씨」나 「황홀한 실종」 「뺑소니 사고」 같은 작품은 사실이
무엇인지, 또 그런 사실의 수호자를 자처하는 사람들이 놓치는 개인의
진실은 무엇인지, 공익이나 거대한 역사의 흐름을 위해 사실과 진실은
왜곡되고 묻혀도 되는지, 개인으로부터 역사에 이르기까지 사실과 진실
에 대해 문제를 제기한다. 작가의 고백에 따르면, 공리적 언어의 진실 왜
곡 문제를 다룬 『제3의 현장』은 1980년 광주의 비극을 우회적으로 감당
한 소설이기도 하다. 그런 점에서 이 소설은 「비화밀교」 「벌레 이야기」
와 함께 읽어볼 만하다(12쪽 2행, 27쪽).

　－수필 「사랑과 화해의 예술, 혹은 새와 나무의 합창」: 부질없는 소회 한
　가지를 더하자면, '광주의 비극'은 우리 현대사의 크나큰 빚 짐이자 당대를
　겪고 살아온 문학인들의 피할 수 없는 화두였음이 분명하다. 그 지역에서
　나고 자란 내게도 그 일은 마치 씻을 수 없는 원죄의 굴레처럼 또는 목소리
　가 열리지 않는 가위눌림 속처럼 무겁고 불가항력적인 소설의 과제였다.
　그리고 나름대로 얼마쯤이나마 그 문학적 과제를 감당해 보려 시도한 소
　설이, 가짜 공의(公義)를 내세운 거짓 공리 언어의 폭력성과 진실의 왜곡
　문제를 다룬 「제3의 현장」(1983)과 앞서의 「비화밀교」(1985), 「벌레 이야

기」(1985) 들이다.

3) 자술서 쓰기: 『제3의 현장』은 살인 용의자가 쓰는 자술서를 따라 이야기가 전개된다. 자술서는 사실을 밝히려고 쓰는 것이다. 백남희와 오검사가 동사의 시제를 바꿔가며 자술서를 다시 쓰는 이유도 사실에 이르기 위해서다. 그런데 자술서의 진술은 피의자와 심문자에게 달리 읽힐 수 있고, 입장의 차이에 따라 여러 번 수정될 수도 있다. 결국 그들은 사실을 밝히는 데 실패하고 만다. 『씌어지지 않은 자서전』과 「그림자」도 피의자가 심문관이나 형사, 검사 앞에서 쓰는 자술서가 중심이다.

4) 전화오접: '언어사회학 서설'의 첫 작품인 「떠도는 말들」에서도 전화는 으레 혼선되거나 오접될 뿐 제대로 된 소통 도구로 기능하지 않는다(14쪽 6행).

  –「떠도는 말들」: 알 수 없는 일이었다. 요즘 와선 이상하게 잘못 걸려온 전화가 많았다. 혼선도 많았고, 듣다 보면 아무렇게나 번호를 돌린 것이 우연히 선이 닿아 오는 수도 많았다. 방금 걸려온 두 차례의 전화도 이를테면 그 비슷한 것들이었다. 실상 이 몇 주일 동안 지욱이 받은 전화는 거의 모두 그런 것뿐이었다. 제대로 걸려온 전화는 기억에도 없을 정도였다.

5) 수수께끼: 백남희는 납치범 구종태에게서 벗어날 수 있는 탈출의 기회를 버리고 오히려 구종태의 마지막 가는 길을 보살펴준다. 이 기이한 일은 분명 사실이지만 설명하기 불가능한 수수께끼이기도 하다. 이청준의 유일한 희곡인 「제3의 신」에서도 그렇듯, 때로 우리는 풀 수 없는 수수께끼에서 더 많은 진실을 만난다. 백남희의 실패는, 수수께끼로 증거할 수밖에 없는 진실을 설명하려 한 데 있다(27쪽 10행).

  –「제3의 신」: 우리는 이제 우리의 진실을 그런 수수께끼의 방식으로밖에는 증거를 할 수가 없는 형편이니까요. 그리고 그것만이 우리가 이 섬에서 일어난 일들의 진실을 오해로 마감하는 일이 없게 하는 길이구요. 모든 걸 다 말할 수 없을 바엔 수수께끼야말로 가장 많은 것을 말해줄 수 있는 가장

정직한 방법일 테니까요.

6) **간척사업과 배반**:『제3의 현장』에서 전도사는 생성이 정지된 삶을 이어가는 집단을 일으켜 세워 간척사업을 이끈다. 하지만 그들의 유일한 희망인 간척사업은 자연과 하늘, 인간과 그 인간들의 제도, 풍속에게 모두 배반당하고 만다.『당신들의 천국』에서 조백헌 원장도 나환자 집단을 격려하며 간척사업에 매진하지만, 자연과 사람에게 여러 번 배반당한다. 전도사와 철거민들의 간척사업과 그것을 둘러싼 배반극, 태풍과 사람을 제물로 바치기 등은 조백헌 원장과 나환자들의 간척사업과 그들이 겪는 배반극과 매우 닮았다.

7) **설명어와 고백어**: 앞의 실증적 정보에서 보았듯이 오 검사는 명확한 논리를 통해 세상사를 설명하는 이성적 공익 언어, 설명어의 수호자인 데 반해, 백남희는 그 대척점에 있는 감성적 고백어를 사용하는 사람이다. 설명어와 고백어의 대립이「시인의 시간」에서는 정보 언어와 개인 언어의 대립으로 나타난다(189쪽 16행).

　　－「시인의 시간」: 아닌게아니라 대개의 시인들은 요즘처럼 추호의 낭비도 용납지 않는 정밀한 시계처럼 효율적이고 조직적인 정보언어 시대 속에서도 부질없이 자기 시간과 삶을 낭비하는 비효율적 비집단적 개인 언어에 매달려 지내는 경우가 허다하지.

8) **자기 자리 찾기**: 자신이 돌아갈 곳과 돌아가 지닐 모습을 찾는 것은 자신의 참모습을 찾는 것이다. 이청준의 소설에는 일일이 나열하기 어려울 만큼 자기 본얼굴을 찾으려고 애쓰는 인물들이 많다(248쪽 3행, 278쪽 3행).

키 작은 자유인

이청준 李淸俊 (1939~2008)

1939년 전남 장흥에서 태어나, 서울대 독문과를 졸업했다. 1965년『사상계』에 단편「퇴원」이 당선되어 문단에 나온 이후 40여 년간 수많은 작품들을 남겼다. 대표작으로 장편소설『당신들의 천국』『낮은 데로 임하소서』『씌어지지 않은 자서전』『춤추는 사제』『이제 우리들의 잔을』『흰옷』『축제』『신화를 삼킨 섬』『신화의 시대』등이, 소설집『별을 보여드립니다』『소문의 벽』『가면의 꿈』『자서전들 쓰십시다』『살아 있는 늪』『비화밀교』『키 작은 자유인』『서편제』『꽃 지고 강물 흘러』『잃어버린 말을 찾아서』『그곳을 다시 잊어야 했다』등이 있다. 한양대와 순천대 교수를 역임했으며 대한민국예술원 회원을 지냈다.

동인문학상, 대한민국문화예술상, 대한민국문학상, 한국일보 창작문학상, 이상문학상, 이산문학상, 21세기문학상, 대산문학상, 인촌상, 호암상 등을 수상했으며, 사후에 대한민국 금관문화훈장이 추서되었다. 2008년 7월, 지병으로 타계하여 고향 장흥에 안장되었다.

이청준 전집 21 중단편집
키 작은 자유인

초판 1쇄 발행 2014년 6월 5일

지은이 이청준
펴낸이 주일우
펴낸곳 ㈜**문학과지성사**
등록번호 제1993-000098호
주소 121-894 서울 마포구 잔다리로7길 18(서교동 377-20)
전화 02) 338-7224
팩스 02) 323-4180(편집) 02) 338-7221(영업)
전자우편 moonji@moonji.com
홈페이지 www.moonji.com

ⓒ 이청준, 2014. Printed in Seoul, Korea

ISBN 978-89-320-2141-6
ISBN 978-89-320-2120-1(세트)

이청준 전집 21

키 작은 자유인

문학과지성사
2014

일러두기

1. 문학과지성사판 『이청준 전집』에는 장편소설, 중단편소설, 그리고 작가가 연재를 마쳤으나 단행본으로 발간되지 않은 작품과 미완성작 등을 모두 수록했다.

2. 전집의 권별 번호는 개별 작품이 발표된 순서를 따르되, 장편소설의 경우 연재 종료 시점을, 중단편소설의 경우 게재지에 처음 발표된 시점을 기준으로 삼았다. 단, 연재 미완결작의 경우 최초 단행본 출간 시점을 그 기준으로 삼았다. 중단편집에 묶인 작품들 역시 발표된 순서대로 수록하였으며, 각 작품 말미에 발표 연도를 밝혀놓았다.

3. 전집의 본문은 『이청준 문학전집』(열림원) 발간 이후 작가가 새롭게 교정, 보완한 내용을 충실히 반영하여 확정하였다. 특히 미발표작의 경우 작가가 남긴 관련 자료에 근거하여 수록하였음을 밝힌다.

4. 전집의 각 권에는 작품들을 수록하고 새롭게 쓰여진 해설을 붙였으며 여기에 각 작품 텍스트의 변모 과정과 이청준 작품들의 상호 관계를 밝히는 글을 실었다. 이 글은 현재의 문학과지성사판 전집의 확정 텍스트에 이르기까지 주요한 특징적 변모를 잘 보여준다.

5. 이 책의 맞춤법은 국립국어연구원의 '한글 맞춤법'에 따르는 것을 원칙으로 하되, 띄어쓰기의 경우 본사의 내부 규정을 따랐다. 단, 작품의 분위기에 영향을 준다고 판단되는 방언이나 구어체 표현 · 의성어 · 의태어 등은 작가의 집필 의도를 살려 그대로 두었다 (괄호 안: 현행 맞춤법 표기).
   예) ① 방언 및 의성어 · 의태어: 밴밴하다(반반하다) 희멀끄럼하다(희멀겋다) 달겨들다(달려들다) 드키(듯이) 뚤레뚤레(둘레둘레) 뎅강(뎅궁) 까장까장(꼬장꼬장)
   ② 작가의 고유한 표현:
   −그닥(그다지) 범상찮다(범상치 않다) 들춰업다(둘러업다)
   −입물개 개엇고 아심찮게도 목짓 펀뜻 사양기
   ③ 기타: 앞엣사람 옆엣녀석 먼젓사람 천릿길 뱃손님 뒷번
   그리고 나서(그러고 나서) 그리고는(그러고는)

6. 이 책의 외래어 표기는 국립국어연구원의 '외래어 표기법'에 따라 바꾸었다. 단, 작품의 제목이나 중요한 어휘로 등장하는 경우에는 원본을 그대로 살렸다.
   예) ① 맘모스(매머드) 세느(센) 뎃쌍(데생) ② 레지('종업원'으로 순화)

7. 이 책에 쓰인 문장부호의 경우 단편, 논문, 예술 작품(영화, 그림, 음악)은 「 」으로, 단행본 및 잡지, 시리즈 명 등은 『 』으로 표시하였다. 대화나 직접 인용은 큰따옴표(" ")와 줄표(—)로, 강조나 간접 인용의 경우 작은따옴표(' ')로 묶었다.

차례

전짓불 앞의 방백——가위 밑 그림의 음화와 양화 2   7

소주 체질   43

종이새의 비행   49

금지곡 시대——가위 밑 그림의 음화와 양화 3   58

잃어버린 절——가위 밑 그림의 음화와 양화 4   87

키 작은 자유인——가위 밑 그림의 음화와 양화 5 148

이 여자를 찾습니다 183

지관의 소 206

용소고(龍沼考) 256

해설 영원한 젊음, 불완(不完)의 텍스트/이소연 320

자료 텍스트의 변모와 상호 관계/이윤옥 339

전짓불 앞의 방백
——가위 밑 그림의 음화와 양화 2

　내놓을 만한 성미나 버릇이 못 되지만, 나는 사람들의 눈길이 많은 곳에서는 괜히 늘 마음이 편칠 못하다. 식당이나 술집 같은 델 찾아들 때만 해도 사람이 너무 붐비는 곳을 피하고(그래서 음식 맛에는 손해를 보게 마련이지만), 집을 정해 들어가 자리를 잡을 때도 영업장의 중앙이나 입구 쪽보다는 한갓진 구석 쪽을 골라 앉기 예사다. 그래 다방 같은 데서 면담 약속을 하고 나온 친구들 가운데는 먼저 나와 있는 나를 못 찾고 돌아가거나, 한참씩 서로 딴 자리에서 기다리고 있는 경우마저 없지 않다.

　자연히 사람 구실을 제대로 못할 때가 허다하다. 살다 보면 불가피 얼굴을 내밀어야 할 곳이 적지 않게 마련이다. 기념식, 시상식, 동창 모임, 단체 회의, 친지들의 경조사나 윗분들에 대한 문안 인사, 신년 하례 등등. 나는 그 대개의 경우들에 내 결례를 빌면서 살아오는 편인 것이다. 마음이 별나게 모질거나 경우를 몰라서가 아니다. 사람이 많은 데선 그토록 공연히 마음이 편치 못하고, 그런 자신을 이기려는 노력까지도 부질없게 여겨지곤 하는 때문이다.

굳이 따지자면 그럴 만한 이유가 없을 것도 아니나, 다른 사람들은 잘도 겪어내는 일이고, 나 역시도 일반적인 생활의 규범을 존중하려는 편이니, 허물은 내 성격상의 결함으로 치부해야 할 것이다. 이를테면 어떤 기념식이나 시상식 뒤끝의 저녁자리 같은 때, 거기선 좋은 음식들을 눈요기나 하고 돌아와 집에서 새삼 우거지 국말음 같은 걸 하고 앉았노라면, 그러는 자신이 스스로도 어지간히 딱해 보이는 판이니 말이다.

하지만 '고문관'이란 그 '자격'을 취득하기까지가 어려운 것이지, 일단 주위의 인정을 얻게 되면 지내기에 그만큼 편한 데도 없지 않다. 그리고 나는 이제 웬만큼 거기 버릇이 들어 있는 편이고 친구들 간에도 언제부턴가는 그쯤 치부를 하고 있는 걸로 짐작한다.── 그녀석 어차피 나타나지 않을걸.──그런 인사 별로 모르는 놈이야.

그렇다고 그런 고문관 노릇이 늘 편리한 이점만을 누릴 수 있는 것은 물론 아니다. 내 문제는 오히려 거기 있다 하겠는데, 고문관도 실상은 나름대로의 제 속요량은 지니고 있는 법이어서 그때마다 꺼림칙한 뒷부채감 같은 걸 남기기 때문이다. 혹은 그것을 외면하고 지내려면 마음의 짐만 자꾸 더 커지는 때문이다. 그럴 바엔 아예 여럿이서 함께할 때 얼굴을 내밀어두는 것이 더 나았을 거 아닌가. 함께하지 못하고 혼자서 치르려니 (초등학교 졸업반 기념사진 같은 데에 불참자의 독사진을 한쪽에다 따로 끼워넣듯이) 오히려 더 어색하고 힘이 들게 되는 것 아닌가──더러는 후회스러운 생각이 들 때도 없지 않다. 하지만 그러면서도 어쩔 수 없기는 마찬가지.

하여 나는 늘 사람들 가운데에 마음 편히 끼어 설 내 자리를 찾지 못하고 자신의 부재만을 자주 목격하게 된다. 모임을 기록한 대개의 사진들엔 타인들의 얼굴 외에 나의 모습은 찾아보기가 어려운 것이다. 실제로 나는 사진 찍기를 좋아하는 편이 아닌 데다가, 어쩌다 한자리에 끼어 찍은 사진이라도 맨 뒷줄 구석자리나 앞사람에게 가려진 반쪽 얼굴로 남아 있기 일쑤인 것이다.

―자기 부재의 사진첩.

소심한 고문관의 자기 부재 감수 현상―일종의 자폐증이라고도 할 수 있는 그 같은 못된 버릇이 내게 어떻게 그리 얌전히 자리하게 되었을까. 성격상의 결함으로 치부할 수 있는 외에 나는 보다 확실한 이유를 알 수 없다. 다만 한두 가지 비슷한 경험의 기억을 말할 수 있을 뿐이다. 학창 시절 가정교사 노릇을 경험해본 사람은 대개 알고 있을 일이지만, 가정교사란 한 집안에서 그 처지가 매우 어중간한 군식구다. 아이네 집 사람들은 대개 자연스럽고 편한 학습 분위기를 위해 가정교사를 한가족처럼 따뜻하게 대해주고, 이러저러한 집안 행사들에도 허물없이 함께 참여해주기를 바란다. 그런 경우 가정교사들도 대개는 그걸 고맙게 받아들여 나름대로는 제법 편한 환경을 누리며 아이들의 학습에도 그만큼 더 노력을 기울인다. 하지만 이들은 어느 땐가는 결국 자신이 진정 그 집안의 구성원이 아님을 깨달아야 할 경우가 생긴다. 이를테면 그 댁 아이의 아버지가 먼 여행길에서 돌아와 식구들을 반기는 차례나 반가움의 정도 같은 데서(그것은 차라리 의당한 일이려니와, 나서서 반길 수도 없고 데면데면해 있을 수도 없는 이쪽 처신 때문에도), 혹은 그 댁을 찾아온 친척이나 친지들의 어정쩡한 응대 같은 데서. 그리고 그걸 한번 느끼기 시작하면 가정교사는 이후부터 행신이 영 거북해진다. 그 집안사람들의 주문대로 계속 가족 행세를 할 수도 없고, 그렇다고 멀찌감치 뒷전으로 물러서서 남의 일 보듯 하고 지낼 수도 없는(지금이야 물론 가정교사의 기능이나 위치가 분명해져 그런 일이 덜하겠지만, 매사 인정이란 게 앞을 서던 그 시절에는), 이러기도 어색하고 저러기도 어색한 그 어중간한 쭈뼛거림.

나는 중학서부터 대학 졸업 때까지 통산 10년 가까이 그런 처지를 경험했다. 거기다 매양 김치국물 냄새 같은 것이 나를 따라다니는 듯한 남루한 착각 속에 사람 앞에 나서기도 지레 겁이 나곤 하던 그 궁색스런 자취 시절. 그런 것들이 그토록 나를 소심한 고문관으로 만들기 시작했는지 모른다. 물론 거기에다 허물의 전부를 돌릴 수는 없는 일이지만, 어쨌거나 그런 경우의 내 행동들은 이럴 수도 저럴 수도 없는 주눅 들린 사람의 그것이 될 수밖에 없었으니까. 사람이 어디서 제자리를 찾을 수 없는 것은 거기서 제가 맡아 행할 바를 모르거나, 그것에 익숙해 있지 못한 탓일 게다. 나아가 이러기도 저러기도 어색하기만 한 그 쑥스러움이나 주눅기의 정도가 심해지면 그는 차라리 그 자리를 사양해버리는 자기 부재, 혹은 자아 폐쇄의 정황을 감수하는 데에까지 이르고 마는 것일 게다.

그런데 그토록 내게 주눅이 들게 한 것은 타고난 성격이나 궁핍
스런 체험들의 소산만은 아닌 것 같은 생각이 들 때도 종종 있다.
수년 전 며칠 동안 유럽 여행을 나돌아다닐 때였다. 그쪽엔 도시
와 도시 간의 철도라도 차표를 확인하거나 거두는 사람이 없는 경
우가 많았다. 승객이 자동 개찰기에 자기 표를 확인하고, 내릴 때
도 자동 집표함에 자기 표를 자신이 넣고 가게 되어 있었다. 더러
는 아예 자동 개찰 절차나 반표 과정조차 거칠 필요가 없는 곳도
있었다. 저 혼자 표를 사 지니고 차를 탔다가 목적지 역에서 내려
나가면 그만이었다. 편리하긴 하지만 내게는 왠지 앞뒤가 싱겁고
불안스럽기까지 하였다. 표를 검사하고 거두어가는 사람이 없으니
자꾸만 공차를 타고 내리는 것 같아 제물에 주위를 두리번거리게
되곤 하였다. 차를 내려서 역을 빠져나갈 때 무인 판매대에서 신
문을 사갈 때처럼 공연히 뒤가 켕겨 누군가 분명히 무임승차가 아
님을 확인해주기를 바라는 심정이 되곤 했다.
  그렇듯 자신을 확인받지 못해 마음이 불편해진 것은 공항의 짐
검사 때도 마찬가지였다. 장비나 기술이 우수해 그런지 김포의 삼
엄하고 꼼꼼한 검사 과정에 비해 유럽 쪽의 그것은 허술해 보일 정
도로 늘 절차가 간단했다. 어떤 곳에서는 그저 눈길 한번 슬쩍 스
치는 정도로 일을 끝내버렸다. 그런 때도 나는 왠지 아직 일이 덜
끝난 듯한 개운찮은 느낌 때문에 검사대 앞을 냉큼 비켜나가지 못
하고 어물어물 제복 차림의 눈치를 살피고 있을 때가 많았다. 그
럴 리가 없을 텐데……? 검사원이 뭔가를 잘못 보았거나, 아니면
나를 짐짓 시험하고 있는 걸로 생각될 때마저 있었다. 가방 속을

속속들이 풀어 헤쳐내어 수상한 물건이 없음을 확인해주어야 마음이 편할 것 같은 어이없는 소심증.

그런 식의 못난 생각은 북유럽의 어떤 나라 대통령궁을 구경할 때가 더욱 심했다. 나와 다른 두 사람의 일행은 어느 날 그 나라 수도 거리 구경을 나섰다가 한 노천 시장의 광장 곁에 있는 대통령 궁이라는 곳을 지나게 되었다. 그 나라 대통령직은 국가를 대표하는 상징적 직위일 뿐 실권이 없는 자리라서 관저 규모도 그리 대단치가 않았다. 하지만 그런대로 위엄은 있었고, 정문의 위병들도 절도와 품격이 썩 돋보였다.

한데 우리 일행 중의 한 친구가 굳이 그 앞에서 사진을 찍고 싶어 하였다. 그것도 가능하면 위병들이 말뚝처럼 부동자세를 취하고 서 있는 그 정문을 배경으로. 그 친구의 성화에 못 이겨 우리는 할 수 없이 미적미적 위병소의 눈치를 살펴가며 셋이서 함께 정문께로 다가갔다. 나는 또 이러다가 필경 창피나 당하고 쫓겨나는 게 아닌가 싶어 지레 혼자 마음을 졸일 수밖에 없었다. 어디 한 나라의 대통령이 기거하는 집 앞에서 감히! 부질없는 경거망동으로 언짢은 망신을 살 듯싶어진 것이다. 게 섰거라! 우리의 접근을 막는 위병의 호통 소리가 금세 발길을 막아설 것만 같았다. 이젠가 저젠가 싶은 조마스런 심사 속에, 그러나 될수록 불안스런 기미를 속으로 억누르며, 우리는 계속 신중하고 침착하게 정문께로 다가갔다. 하지만 그런 나의 지레 겁먹음은 전혀 기우에 불과했다. 위병의 호통 소리는 끝내 들려오지 않았다. 호통을 치긴커녕 위인들은 우리를 알은척조차 하지 않았다. 궁 안을 무엄히 기웃거리거나 말거나, 사진기를 이리저리 들이대거나 말거나, 위인들은 끝내 아 랑곳을 하지 않았다. 오히려 우리들의 정중스런 거동을 이해할 수 없다는 듯 멀뚱멀뚱 구경들만 하고 있을 뿐이었다. 지레 겁을 먹 고 긴장을 하고 간 우리 쪽만 싱겁고 쑥스럽게 된 꼴이었다. 보다 는 그 방관적인 불간섭이 우리에겐 그 앞에 사진을 찍고 나오면서 도 할 일을 제대로 치르지 못한 듯한 미심스런 느낌마저 들게 했을 정도였다. 하긴 알고 보니 그 집의 주인인 그 나라 대통령은 매일 해 질 녘이면 그의 늙은 부인과 함께 장바구니를 들고 노천 장거리 로 나와 시민들과 어울려 저녁 찬거리 장을 보아가는 분이라니.

그런저런 일들을 보고 들으면서 나는 비로소 내가 얼마나 주눅 이 들어 살아온 위인인가를 깨닫지 않을 수 없었다. 그리고 그토 록 나를 주눅 들게 한 것이 자신의 탓만이 아님을 깨달은 것이다. 내가 그토록 비루하고 남루한 시골뜨기의 삶을 살아오게 된 데는 자신의 숫기 없는 성미 이외에도 내 태생의 아름다운 모토(母土) 와 그곳의 사람들, 그리고 그 풍토와 도도한 법속에도 일부의 허 물이 있어 보인 것이다.

하지만 아무리 주눅이 들어 지낸다 해도, 제가 끼어들 제 자리 를 못 찾고 스스로 자기 부재의 정황을 살려는 건 타인들 사이에선 아직 완성이 불가능하다. 그리고 그쯤은 별로 심각한 병증이라고 도 할 수 없을 게다. 보다 더 철저하고, 그래서 심각한 자기 망실 (忘失) 현상은 유감스럽게도 바로 자기 자신에게서 마지막 완성이 가능한 것처럼 보인다.

나는 이제 때때로 나 자신에게서조차 그런 자아 부재 증상의 진행을 경험하는 꼴이다. 내닫는 기차나 여객선의 난간 같은 데에 나와 서 있을 때 나는 자신도 모르게 몸을 훌쩍 내던지고 말지 모른다는 숨은 충동 앞에 혼자 겁을 먹곤 한다. 자신의 행동을 예측하거나 믿을 수가 없어 두려움을 느끼는 건 높은 건물이나 바위엘 올랐을 때도 마찬가지. 음악회나 기념식, 이취임식장 같은 데서 주위가 너무 엄숙하고 정연해 있을 때도 나는 불시에 발작을 일으킬 것 같은 불안감에 가슴이 조마조마해지곤 한다. 자신에 대한 믿음이 썩 모자란 까닭이다.

하여 나는 그 자기 망실증을 남 앞에 숨기기 위해서도 섣부른 거동이나 참견을 삼가게 된다. 뒷날 아침의 쓰디쓴 열패감을 감당할 수 없어 말들이 무성한 술자리를 피하고, 차 잡기 경주의 그 악착스러움에 기가 질려 웬만한 시내 나들이는 될수록 삼간다. 그런 곳에선 대개 믿고 의지할 만한 자신이 안 보이고, 따라서 끼어들 자리도 안 보이기 때문이다. 어떨 땐 멀쩡하게 집에 들어앉아 있을 때마저도 나는 자신의 부재 속에 실명 상태로 지내야 할 때가 종종 있다. 특히 밖에서 걸려오는 전화 앞에 나는 거개가 부재중의 상태다. 외출 중이거나 취재 여행 중이거나, 귀향 은거 중의 상태이기 일쑤다. 더러는 자신이 전화를 받고서도 조카의 이름으로 어엿이 시치밀 떼기도 한다. (이 땅의 갖가지 동원 의무를 완료하기 위해 일정 기간 나이를 한꺼번에 먹어치우고 싶은, 20대부터의 그 면면한 소망 역시 그 같은 자기 망실에의 못난 꿈일 것이다.) 하면서 나는 그렇듯 스스로도 그 자아 망실의 암시에 길들면서 그것을 안팎으로 잘 완성해나가고 있는 것이다. 그 주눅 들린 자의 슬픈 자기 방어술로서.

　　──주눅 들린 자의 스냅.

　학교에 있는 한 친구가 어느 여름날 잠시 휴식 길에 옆방 동료의 방을 찾아갔다. 방을 들어가보니 출입문은 밖으로 열려 있는 채 방 주인의 모습이 보이지 않았다. 더욱이 그 동료의 책상 위에는 거금 몇백만 원짜리 수표가 한 장 놓여 있었다. 친구는 문까지 열려 있는 그 빈방의 수표가 걱정스럽지 않을 수 없었다. 그래 방을 지켜줄 겸해서 잠시 기다리고 있으려니, 정작에 방주인은 곁에 딸린 세면실에서 추근추근 목물을 즐기고 나왔다. 그 무렵 학교의 주변 사정으로는 수표가 몇 번이나 사라지고 남을 정황이었다. 그래 친구가 큰돈을 어찌 그리 함부로 놓아두었느냐고 핀잔조로 물었더니, 성미가 몹시 꼬장꼬장한 그 친구, "글쎄, 몇천 원이나 몇만 원이었다면 간수를 잘했을 텐데", 액면이 큰 돈은 어떻게 다루어야 할지 모르겠다는 듯 어정쩡하게 웃어넘기고 말더라는 것이다. 이를테면 돈에 주눅이 든 사람이 보일 수 있는 한 행태랄 수 있을 게다.

　사람이 무슨 일에 주눅이 들고 보면 이러지도 저러지도 못하는 바보가 되어버린다. 그리고 자신의 갈등(주눅은 다름 아닌 어떤 심리적 갈등의 심화와 그 표현일 터이므로)을 지우기 위하여 그 일에서 아예 눈길을 돌려버리고 싶어 한다. 행위뿐 아니라 사고나 판단까지 중단해버리기도 한다. 바로 자기 망각증으로의 첫걸음이다. 그렇게 출발한 자아 망실증은 문자 그대로 자기 자신이 누군지도 모르는, 자신에 대한 기억력의 상실에서 그 절정을 이룬다. 그것은 아마 그 갈등이 극도에 달하여 거기서 (궁극적으로는 자신에게서) 관심을 떠나버리고 싶은 욕망이 그만큼 깊고 강해진 결과일 텐데, 내가 실제로 겪어본 그 같은 절망스런 경험 한 토막—

5, 6년 전 겨울. 자세한 사연까진 밝힐 필요가 없겠지만, 나는 그 무렵 이상하게 나만이 알고 있는 자신의 아픈 곳을 다치는 일이 많았다. 모른 척 의연히 참아넘기려 애써도 주위의 무심한 언동들이 알게 모르게 자주 상처를 건드렸다. 그날 밤 술자리에서도 나는 그 무심스런 상대 앞에 혼자서 같은 상처를 심하게 앓고 있었다. 그리고 다음 날 아침 식탁으로 가기 전 나는 우연히 조간신문에서 간밤의 기억이 되살아나게 하는 언짢은 기사 한 가지를 보게 되었다. 그 순간 나는 신문을 내던지고 그길로 곧장 나의 방으로 돌아갔다. 그리고 그로부터 일고여덟 시간 가까이 나는 자신을 잃어버리고 말았다.

자신도 도대체 영문을 알 수 없는 그 깜깜한 암흑의 몇 시간이 지나고, 그날 오후 5시경에야 나는 나의 방(언필칭 서재라는) 소파 위에서 서서히 기억이 되살아오기 시작했다. 하지만 겨우 제정신이 들고 나서도 나는 내가 신문을 내던지고 무언가를 위해서 내 방으로 가려 한 데까지뿐, 무얼 하러 내가 방으로 갔는지, 그동안 내가 무얼 하고 있었는지 기억나는 일이 아무것도 없었다. 그동안의 일은 나 아닌 아내의 이야기로 대충 짐작할 수 있을 뿐이었다. 그간의 일에 대한 아내의 사후 설명은 이랬다. 내가 갑자기 방으로 들어간 뒤 한동안 식탁으로 돌아올 기미가 안 보이자, 아내는 무슨 메모라도 남기고 있나 싶어(불시에 방으로 메모를 남기려 드나드는 게 내 평소 버릇이었으므로) 아침을 재촉하러 뒤늦게 나를 따라 방으로 왔다 했다. 나는 거기 웬일인지 멍한 눈길을 하고 서서 사방을 두리번거리고 있더라는 것이다. 그러다 거기 책상 위에 전부터 놓여 있던 메모들을 보고는, 어째서 내가 거기에 그런 걸 적어놓았을까 하고 혼자서 곰곰 이상스러워하고 있더라고. 아내는 처음엔 내가 장난을 치고 있는 줄 알았으나, 몇 마디 말을 주고받는 가운데 내가 글을 쓰는 사람인 것도, 전날 밤 함께 술을 마신 친구들의 이름도, 심지어는 방금 전에 아침을 들려 했던 일이나 둘이 서 있는 곳이 자신의 작업장이라는 사실조차 까맣게 모르고 있는 걸 알고는 비로소 사태를 알아차리게 되었다고. 이를테면 나는 그때부터 완전히 자아 망각증(망실증)에 빠져버린 것이다. 전날 밤 함께 술을 마신 친구에게 전화를 걸어 그에게 간밤의 일을 자세히 설명하게 해줘도 기억을 전혀 살려내지 못했고, 커녕은 그 오랜 친구의 목소리에도 그에 대한 기억조차 깜깜이더라는 것. 그러나 그런 중에도 한 가지 다행스러운 것은 아내의 끈질긴 설득과 노력으로 자신이 갑자기 기억 상실증에 빠진 사실만은 어떻게 이해를 하게 된 일이라고. 그래 잃어버린 기억을 되찾기 위해 아내가 시키는 대로 이런저런 시도들(그 친구와 전화 통화를 나누거나 내가 익숙한 집 앞 산책길을 자세히 관찰하고 회상해보는 따위, 그리고 무엇보다 주변 정황들에 대한 아내의 설명을 듣는 것)을 수없이 반복하여 따라준 것이랬다. 그때 내가 자신을 되찾으려는 노력은 그만큼 진지하고 필사적이었다고. 어찌 보면 기억력이 사라진 걸 제외하곤 어떤 일에 그토록 전심전력 열성을 기울이는 것은 일찍이 본 적이 없었을 정도였다고. 하지만 기억은 좀처럼 돌아오지 않았고, 금방 설명하여 확인해준 일도(그것을 방금 설명 들은 사실조차도) 순간순간 까맣게 잊어버리고 몇 번씩 다시 묻고 또 묻더라는 것. 아내를 가장 겁나게 한 것도 바로 그렇게 반복되는 질문들이었다 하였다. 그래 아내는 잠이라도 한잠 자고 나면 무슨 변화가 생길까 하여 내게 잠을 권하게 되었고, 나도 거기에 순순히 동의하여 억지 낮잠을 청해들게 된 것이었다. 그리고 그뒤 서너 시간 만에 나는 악몽에서 깨어나는 듯한 기분 속에 기억이 서서히 되돌아온 것이었다.

하지만 그렇게 제정신이 돌아오고 보니 이번에는 다시 그동안의 일이 영 생각나질 않았다. 그저 어떤 무서운 악몽에 시달리고 난 뒤끝처럼 심신이 온통 노작지근하고 불안스럴 뿐이었다……

"거, 혹시 그 무렵 마음속에 몹시 심한 갈등거리 같은 걸 숨기고 있지 않았던가. 풀릴 길도 없고, 혼자 견뎌야 하는 건데 그러기엔 힘이 벅차 거기서 아예 외면을 하고 싶을 만큼 고약한……"

뒤에 이야기를 듣고 한 의학도가 내게 물어온 말이었다. 물론 그 마음속의 혹심한 갈등과 억제할 수 없는 자기 도피 욕망을 염두에 둔 물음이었다. 그리고 그것은 나로서도 섣불리 부인하기 어려운 진단인 셈이었다. 나로서도 그 같은 자기 망실 증상은 당시의 모든 갈등을 외면하고픈 간절한 회피욕의 한 극적인 응답처럼 보였으니까.

하지만 알고 보면, 이런 유의 변이 현상은 소설에서도 일찍부터 여러 가지 방법으로 다뤄져온 테마다. 소설에선 그것이 상상력의 지혜를 빌려 보다 더 완벽한 상징 형태로 나타난다. 이른바 그 '변신 모티프'라는 것만 해도 그러하다. 사람이 새가 되고 구렁이나 짐승들로 변해 나타나는 경우들 말이다. 천사가 되고 악마가 되고, 바위나 꽃이나 나무로 변하는 따위들도 그렇다. 어느 날 갑자기 하늘을 날게 되는 식의 신통력을 지닌 초인으로 변하거나 왕후장상 같은 귀인으로 변신해 나타나는 것들도 그렇다. 그것들은 모두가 어떤 이유에서든 현실의 자신을 뛰어넘고 싶은 자기 초월욕의 반영이자 그 상징적 실현인 것이다. 그리고 그런 변신 모티프의 극치는 완전한 자기 초극, 그 자아의 사라짐이 될 것이다. 우리는 내외의 고전들에서 그런 사라짐을 얼마든지 볼 수 있다. 그리고 현대 유럽이나 일본의 소설들에도 그런 장면이 자주 눈에 띈다(그런 점에서 요즘 우리나라 소설에 그런 장면이 드문 것은 시사하는 바가 있을 듯하다).

사라짐은 바로 그 자아 망실욕의 완성이 아닐 수 없을 터이다. 그런데 사실은 여기에 한 가지 중요한 의문이 남는다. 그렇다면 우리는 그 같은 자아 망실이 완성되는 것으로 지금까지 자신의 존재를 억눌러온 주둑기에서 해방되고 갈등의 그물을 벗어져날 수 있는 것인가. 아니 그보다도 자아 망실의 숨은 욕망 자체가 완벽하게 완성될 수 있는 것이며, 그것이 정당한 방법일 수가 있는가. 아마도 대답은 부정적이어야 할 것이다. 긴말 할 것 없이 인간은 애초에 자신을 버리기보다 그것을 지키려는 본성이 깊다 함이 타

당할 것이기 때문이다. 변신의 욕망이나 자아 망실의 꿈은 자기 속의 갈등의 크기를 드러내고 그것을 해소하려는 깊은 소망을 내보이는 방편일 뿐, 그것의 실현이나 완성 자체에 목적이 있는 것은 아닐 터이다. 그 욕망들은 거짓 위장의 얼굴에 불과하며, 따라서 그의 실현이나 완성도 정직하지 못한 임시방편의 거짓 처방전에 불과한 것이다. 그 갈등과 주눅기와 맞서 그것을 이겨나갈 정직한 방법과 힘은 결국엔 자아와 그 진실 속에서 구해 찾아져야 할 것이다.

"자기가 누군지를, 잃어버린 기억을 되살려내려고 어찌나 애를 쓰는지, 옆엣사람이 정말 안타까워 못 보겠습디다."

그 일을 겪고 나서 얼마 뒤에 아내가 흘려 건넨 소리였다. 그런데 그 같은 못된 증상은 그 한 번만으로 사라진 것이 아니었다. 그 후로도 나는 몇 차례 비슷한 증상의 전조를 느끼곤 하였는데, 어떤 땐 갑자기 눈앞의 현실이 지나간 시간대 속의 기억들처럼 내 의식의 스크린에서 정지해버린 적이 있었다. 눈앞의 현실이 과거의 기억의 재생인 것 같은 기이한 느낌. 그리고 그 위로 또 하나의 살아 움직이는 현실이 겹쳐들기 시작한다. 이를테면 하나의 목전의 현실이 과거와 현재의 두 장면으로 분리되어, 그것이 다시 한 스크린 위에 겹으로 영상되어 움직이고 있는 듯한 실재성의 흔들림. 그게 나의 증상의 신호였다. 그리고 그런 증상이 시작되면 나는 동시에 심한 의식의 소용돌이 같은 것을 느끼며 어떤 깜깜한 어둠의 늪 속으로 자신이 세차게 끌려 들어가고 있는 듯한 절망감을 맛보았다.

하지만 그런 때 내가 느낀 것은 그렇듯 나를 어둠 속으로 끌어들이려는 힘만이 아니었다. 그때마다 나는 본능적으로 그 힘에 맞서고 나서는 또 다른 자신의 투지를 느끼며 그것을 힘껏 발휘해나가곤 하였다. 그 어둠의 소용돌이 속으로 끌려 들어가지 않기 위해 혼신의 힘을 다해 자신을 버티어나갔다. 그것은 바로 눈앞에 실재하는 현상들을 통하여 자신을 끊임없이 확인해나가는 자신과의 필사적인 싸움이었다. 그런 싸움이 짧게는 반시간에서 길게는 두어 시간가량씩 계속되고 난 끝에 나는 간신히 평상의 자신을 되찾게 되곤 하였다. 그것은 처절한 싸움이었다. 한두 시간 그런 싸움을 치르고 나면 나는 며칠간의 무거운 중노동에서 풀려난 사람처럼 심신이 온통 녹초가 되어 있곤 하였다. 하더라도 그것은 또한 절체절명의 불가피한 싸움이었다. 그리고 그 싸움을 이기게 한 것은 다른 또 하나의 자기 진실의 힘과 그에 대한 끈질긴 믿음 때문이었다. 그래 나는 그후 때때로 생각한다. 글쎄, 그때 내가 자아 망실의 상태에설망정 자신을 놓치지 않으려 그토록 애를 쓰지 않았다면 나는 과연 어떻게 되었을 것인가. 나는 아마 그것으로 영영 자신을 망각의 어둠 속으로 잃고 말았을 수도 있을 것이다. 그리고 내내 자아 망실의 답답하고 깜깜한 어둠 속의 삶을 살아가야 했을 것이다.

자아 망실의 욕망이나 성취는 그러므로 일종의 자기 도피와 유기 행위의 결과가 아닐 수 없을 것이다. 그리고 그만큼 무서운 정신의 질병이 아닐 수 없을 것이다. 그것은 저 변신이 성취되고 있는 소설의 경우에서도 마찬가지일 것이다. 소설에서의 변신이나 사라짐 역시도 그 자체가 목적이기보다는 안팎의 갈등과 억눌림을 드러내는 데에 진정한 의도가 있는 것이 아닐까. 실제로 그것은 갈등과 억눌림의 심리적 해소 효과(카타르시스의 미덕!)를 가져오는 것도 사실이지만, 그것은 진정 갈등의 극복이나 억눌림의 해소책이 될 수 없는 것이다. 그것은 가짜 해결의 일시적 속임수일 뿐이며, 거짓 환상으로의 도피일 뿐인 것이다. 변신이나 사라짐은 상상적 희망의 기호에 불과하며 그 기호가 지시하고 있는 바는 갈등과 억눌림의 현상 쪽이기 때문이다.

실제의 삶에서나 그것의 원리적 희망의 기호물인 소설 속에서나 자아 망실의 욕망은 그러므로 본질적으로 성취될 수가 없고 성취되어서도 안 될 것으로 생각된다. 진정한 삶은 환상으로의 일시적인 도피보다 진정한 자아의 진실을 근거로 하여 갈등과 억눌림에 맞서 나서야 할 뿐 아니라, 실제에 있어서도 그 밖의 다른 길은 없는 때문이다. 내 개인적인 체험에 불과한 일이기는 하지만, 저 혹독한 6·25의 경험 속의 공포의 전짓불(다른 곳에서 그것에 대해 쓴 일이 있다), 그 비정한 전짓불빛 앞에 나는 도대체 어떤 변신이나 사라짐이 가능했을 것인가. 앞에 선 사람의 정체를 감춘 채 전짓불은 일방적으로 '너는 누구 편이냐'고 운명을 판가름할 대답을 강요한다. 그 앞에선 물론 어떤 변신도 사라짐도 불가능하다. 대답은 불가피하다. 그리고 그 대답이 빗나가 편을 잘못 맞췄을 땐 그 당장에 제 목숨이 달아난다. 불빛 뒤의 상대방이 어느 편인지를 알면 대답은 간단하다. 그러나 이쪽에선 그것을 알 수 없다. 그것을 알 수 없으므로 상대방을 기준하여 안전한 대답을 선택할 수가 없다. 길은 다만 한 가지. 그 대답은 자신의 진실을 근거로 한 선택이 될 수밖에 없다. 그것은 바로 제 목숨을 건 자기 진실의 드러냄인 것이다. 그 밖의 다른 길은 없는 것이다.

마지막에 가선 자기 진실에 기대어 그것을 지키는 것뿐. 위험하긴 하지만 거기서밖에는 자신을 버티고 설 자리가 마련될 수 없으리라는 참담한 이야기다.

그러나 사실은 그 같은 자의적인 자아의 선택조차도 늘 용납되기 어려운 것이 우리의 현실인 듯. 가령 이런 때는 어떤 식으로 자기의 진실을 드러내며, 그것으로 제자리를 찾아 지킬 수가 있을 것인지. 아니 도대체 거기선 무엇이 자신의 진실일 수 있으며, 그것을 내세울 자기 자리일 수가 있는지.

2년 전 여름, B대학의 A(교수)는 어느 날 강원도 산골 지역에서 농촌 봉사 활동을 마치고 돌아오는 일군의 학생들과 함께, 인솔자도 감독자도 후견인도 아닌 매우 어정쩡한 구경꾼(학생들이 아무런 참견도 원하지 않았으므로)으로 차를 동승해오고 있었다. 일행이 탄 버스는 이윽고 평창 부근에서부터 고속도로 위를 달리기 시작했고, 앞뒤에선 언제부턴지 경찰 순찰차들이 길을 인도하고 있었다. 한데 어느 지점인가에서 앞서가던 경찰차가 뒤따르던 버스를 세우고 그 책임자가 차 안으로 올라왔다. 앞좌석에 앉아 줄곧 졸고 있던 A는 갑자기 웬일인가 싶어 뒤를 돌아다보니, 차의 유리창들이 그 사이에 온통 '독재'니 '미제'니 '투쟁'이니 하는, 당시로선 섣불리 입에 담기가 꺼려지던 불온스런(?) 어휘의 구호들로 시뻘겋게 도배질이 되어 있었다. 경찰 책임자는 물론 그 구호들의 제거를 요구하기 위해 차에 올라온 것이었다. 하지만 학생들은 차가 움직이지 못해도 좋다며 부착물의 제거를 완강히 거부했다. 뿐더러 이번에는 과격한 구호와 저들 간의 투쟁조 노래들을 계속 연창했다. 경찰 책임자는 자신들로선 학생들만 자극하게 될 뿐 별다른 뾰족한 방법이 없음을 알게 되자 이번에는 인솔자 격인 A를 찾았다. A를 차 밖으로 불러내려 인솔자로서의 이런저런 책임을 주지시키고, 일이 여의치 못할 경우 경찰로서 동원할 후속조치들을 통고한 뒤, 사태의 자율적인 해결을 당부했다. 하지만 그건 학생들에겐 어림없는 당부였다. 학생들은 A의 전언(전언이기보다는 스승으로서의 충고에 불과했지만)을 들은 척도 안 했고, 보다는 아예 그의 존재조차를 안중에 없어(문자 그대로)했다. A는 그때부터 끊임없는 구호와 합창의 와중에서 한낱 웃음거리 허수아비 꼴이 되고 만 것이었다…… 끝내는 전경들이 차로 올라와 구호들을 철거하고 차를 출발시켰으나 일은 물론 그것으로 끝날 수가 없었다. 창문들은 다시 10분도 못 가서 붉은 글씨의 도배판으로 변해버리곤 하였다. 그리고 그때마다 차는 다시 길가에 세워지고 한동안 밀고 당기는 실랑이질 끝에야 앞길이 조금씩 열리곤 하였다……

"일이 더욱이 고속도로상에서라서 지나가는 차들의 놀라워하는 시선들이 소심스런 내겐 차라리 악몽이었지. 그래저래 여느 때 같으면 두어 시간 남짓 만에 도착했을 서울을 우리는 구호와 합창 소리가 진동하는 시위 차량을 이끌고 장장 다섯 시간 만에야 입성할 수 있었다구."

A는 나중에 어느 술자리에서 쓰거운 어조로 그렇게 털어놓았다. 그리고 그 끝에 A는 그때의 자신의 태도에 대한 해명을 겸해 이런 넋두리를 덧붙였다.

"그때 내가 한 일은 아무것도 없었던 셈이지. 한 일이 있다면 차가 멈춰 설 때마다 학생들과 경찰 책임자 사이를 오가며 학생들의 무사 귀교를 책임진다는 메모 각서나 써준 게 고작이었어. 그 밖엔 할 일도 할 수 있는 일도 없었어. 학생들은 나를 구제 불능의 기성인시하거나 잘해야 별 볼일 없는 국외자 취급인 데 반해 경찰쪽은 한사코 초록은 동색 격으로 학생들과 한무리 취급이었거든. 일테면 그때 난 어느 쪽도 함께할 자리가 없었던 꼴이지. 하기야 난 처음부터 '어쩔 수 없는 동승자' 처지였으니까. 학생들이나 학교 당국이나 심지어는 경찰 쪽도 그것은 누구나 알고 있는 일이었거든. 끼어 설래도 끼어 설 자리가 용인될 수가 없었지. 문제는 애초 그 끼어 설 자리가 없는 곳에, 있어선 안 될 자리에 내가 우습게 끼어든 것이었지. 그날의 곤욕도 결국은 제자리가 없는 어정쩡한 국외자로서 의당히 당해야 할 것이었구."

아마 비슷한 경험을 지닌 사람들이 우리 주위에는 A 말고도 꽤 많을 듯싶다. 그리고 앞서의 A의 고백으로 다른 사람들의 그것이 옳게 대변될 수만도 없으리라는 점에서 더 이상의 긴 인용은 삼가기로 하겠다. 다만 여기에선 내친김에 한 가지, A의 진실과 태도의 선택에 대한 그의 솔직한 호소만을 덧붙여 소개해두고 싶다.

다름 아니라, 이야기는 그에 대한 거론으로 끝이 났기 때문. 그런 때 A는 그저 곤욕을 치르는 것만으로 그가 할 일을 다한 것일까, 그가 끼어 설 자리가 없었더라도 그가 이미 거기 있었던 이상, A는 좀더 적극적인 결단과 선택으로 스스로 자기 자리를 만들었어야 하지 않았을까, A에겐 어쨌든 그 자신의 진실은 있었을 것이고, 그것에 근거한 선택은 가능한 것이 아니었을까 등등, 그런 때누구라도 깊이 천착해보았음 직한 그런 식의 의구심을 그대로 모른 척 넘어갈 수는 없었던 것. 하지만 자신도 별로 확신이 없어 조심스럽게 핵심을 피해 도는 나의 기미 앞에 A는 오히려 허탈스러워 보일 정도로 솔직해지고 있었다.

"아마 그래야 했을는지도 모르지. 어쩌면 그 백안시와 곤욕들도 용기 있는 선택으로 자신을 확실히 해 보이지 못한 데 원인이 있었을 테구. 하지만 나는 결국 그렇게 하지 못했어. 그것은 실상 용기의 문제도, 진실의 문제도 아니었거든. 당시로선 도대체 자신의 선택이라는 것도 무의미한 상황이었으니까…… 무엇보다 그때 나는 솔직히 학생들과 의기투합, 시위 차량을 이끌고 서울로 의기양양 진군해 들어오고 싶은 생각 같은 건 없었거든. 그때로선 그 같은 학생들의 방법이나 주장에 전면적으로 공감하고 있었던 터도 아니구. 보다는 형식적인 인솔자에 불과하지만, 사단을 앞에 한 선생으로서 적어도 학생들을 학교까지 무사히 데리고 가는 것이 우선의 도리였지. 학생들의 주장이 아무리 크고 옳은 것이더라도 당장의 선생 앞엔 그런 나랏일보다 학생들의 안위가 문젯거리였거든. 큰일과 작은 일로 몫이 서로 달랐던 셈이지. 사실은 그 작은 일조차도 감당할 자리가 이상했어. 학생들을 위한다고 저들을 설득하러 나서봐. 그 자리가 어디야. 그게 학생들에게 먹혀들 자리야? 어용의 낙인이 두려워서가 아니라, 그건 나 자신과 선생이란 자에 대한 사회 통념상의 최소한의 기대마저 버리는 일이었어."

A는 그래 결국 이도저도 아무런 노릇을 못한 채 심장이 없는 시체 꼴로 돌아온 것이었다.

그렇다. 그는 그때 과연 볼품사나운 시체였을 것이다. 하지만 감히 데데한 소견 한마디를 덧붙이자면, 그것은 때로 자기 진실조차도 함부로 드러낼 수 없는 뼈아픈 자기 배반의 한 사례가 되지 않을는지. 나아가 그것은 한 집단의 큰 진실 앞에 개인의 작은 진실은 진실일 수가 없음을, 참 진실의 값을 지닐 수 없음을, 그 값이 증거될 수 없음을 더러는 그것의 드러냄 자체가 역사적(!) 범죄가 될 수 있음을 웅변으로 보여준 사례가 아닐는지. 다시 말해 그 자기 진실이라는 것을 근거로 한 고백적 선택조차도 불가능한 경우를 말이다.

── 인화 불능의 필름.

9·28수복 후, 내 외종형 한 분은 천신만고의 피신길 끝에 경찰 부대와 함께 고향 마을로 돌아왔다. 외가댁 가족이 몰살을 당하던 날 내의 바람으로 야반 탈출을 해간 뒤로 생사의 종적을 모르던 분이었다. 그 형이 돌아오자 주위에서들은 지레 무서운 보복극을 예상하고 두려움에 떨었다. 반대로 가까운 집안사람들은 그 화려한 복수극과 함께 일대를 호령할 위세를 기대했다.

그러나 외종형은 그런 두려움이나 기대들에는 아랑곳이 없었다.

사람들 앞엔 잘 나서지도 않았고, 보복극커녕은 누구를 함부로 원망하는 일조차 없었다. 비명에 간 가족들의 무덤을 다시 짓는 일 외엔 집 밖 출입도 좀처럼 드물었다. 공부를 한다면 으레 군수, 경찰서장이나 판검사를 꿈꾸던 그 시절인데도, 시골 국민학교에선 제법 머리가 괜찮다는 소리를 듣던 내가 그 형을 찾아가기라도 할라치면, 공부해서 벼슬 얻을 생각 마라, 위에 서서 사람을 다스리려고도 말고, 어느 한쪽에 끼어 살려고도 하지 마라, 아직은 그 뜻을 잘 알 수 없는 말들을 혼잣소리처럼 일러오곤 할 뿐이었다. 사람이 엉뚱하게 변해버린 것이었다.

그러다 형은 1년쯤 뒤에 집을 버리고 산으로 들어가버렸다. 주위 친척들과는 의논 한마디 없이. 그 실망스런 친척들의 만류도 전혀 아랑곳을 않은 채, 아무것도 가진 것 없이 암수 염소 한 쌍을 끌고 산으로 숨어 들어가 그 염소젖을 짜 먹으며 살아갔다. 그러나 마침내는 건강을 잃고 거기서 몇 년 뒤 아주 세상을 떠나고 말았다.

중학교 때의 한 선생님은 차림새나 용모가 늘 초라해 보이던 분이었다. 하면서도 음악에 대한 열정만은 누구 못잖게 대단한 분이었다. 피아노 연주에는 특히 열심이었다. 날씨가 몹시 추운 겨울에도 선생님은 늘 텅 빈 계단교실의 교습용 피아노에서 연주 연습에 혼자 골몰해 계시곤 하였다. 피아노 건반 앞에 번데기처럼 조그맣게 등을 구부리고 붙어 앉아 있는 선생님의 모습은 궁상맞고 써늘하고 을씨년스럽기만 하였다. 선생님의 행색이나 주변머리론 화려한 연주회 같은 건 상상해볼 수도 없었다. 하여 우리들은 선생님이 무엇 때문에 그토록 연주 연습에 열심이신지를 알 수 없었다. 하지만 그건 전혀 우리들의 상상이 모자란 탓이었다.

마침내는 그 선생님의 회심의 연주회가 베풀어졌다. 학기가 끝나가던 그해 늦겨울의 마지막 음악 시간. 청중은 물론 중학교 2학년인 우리 반 까까머리 60명 아이들. 수업 시간이 시작되자 선생님은 어딘지 좀 쑥스러운 표정으로 두 손을 모아 잡고는,

—에, 오늘은 이론 공부 대신 내 피아노 연주를 들려드리겠습니다. 그간 내 딴엔 꽤 열심히 연습을 해왔지만, 재능이 모자라 바라는 만큼의 멋진 연주는 되지 못할 것 같습니다. 그러나 이것은 지난 1년간에 걸쳐 내 음악에 대한 열정을 모두 쏟아 넣은 연주이니, 아무쪼록 애정과 관용을 가지고 감상해주시기 바랍니다……

느닷없는 연주회의 개막을 선언하시는 것이었다. 그것도 진짜 연주회를 치르는 사람처럼 어린 청중들에게 정중한 인사말을 덧붙이고 나서는 허리까지 공손히 굽혀 보이는 것이었다.

선생님은 그러고 나서 곧 피아노 앞으로 가 앉았다. 그리고 건반을 두드리기 시작했다. 그때의 곡목이 무엇이었는지, 그리고 그 연주가 어느 정도 수준의 것이었는지, 아마 당시엔 분명한 느낌과 소개가 있었으련만 지금은 제대로 기억할 수가 없다. 비록 곳곳에 틀린 연주가 있었더라도 그때의 우리로선 그조차 눈치챌 수가 없는 형편이었으므로.

하지만 우리는 그 선생님 앞에 썰렁한 계단교실의 추위와 짜증스러움을 견디며 꼼짝없이 예의바른 청중이 되어 앉아 있을 수밖

에 없었다. 연주는 기껏 20여 분 정도에 불과했지만, 피아노 독주 20여 분이면 예의 바른 감상엔 수월찮은 인내가 필요했다. 그러나 우리는 악곡뿐 아니라 추위와도 계속 필사적인 싸움을 벌이고 계신 선생님 앞에 그 20분을 점잖게 잘 견뎌냈다. 그리고 선생님이 연주를 끝내시고 피아노에서 일어나 그 20분을 기특하게 잘 참아낸 우리들 60명의 꼬마 청중에게 감사의 허리 굽힘을 보내셨을 때, 우리는 마침내 그 견딤과 기다림에서 풀려난 기쁨으로 우레 같은 박수갈채를 아끼지 않았다. 하지만 박수란 으레 뒤에 숨은 사연 같은 건 따질 것이 아닌 것. 선생님은 그 청중의 감동(!)에 다시 한 번 허리 굽혀 답례를 하셨는데, 그 선생님의 추위와 웃음기로 일그러진 눈언저리에는 가는 이슬기마저 맺히고 있는 듯싶었다.

오랫동안 나의 뇌리를 떠나지 않고 있는 두 분의 모습이다. 그리고 그것은 전혀 서로 다른 의미를 지닌 사진들이다. 그 동기야 어디에 있었든 외종형의 경우가 '혼자 견디기' 혹은 '혼자 살기'를 지향하는 삶의 모습이라면, 음악 선생님의 그것은 타인과의 공유와 공감을 갈망하는 '함께 살기'의 시도요 그 몸부림이라 할 수 있을 것이다. '인간'에 대한 절대의 회의와 절망 끝에 오로지 그 자신의 진실만을 좇아 거기 의지해 살다 간 외종형의 삶과, 힘들고 헛된 몸짓일망정 공유와 공감에 대한 소망을 눈물겹게 갈구한 그 음악 선생님의 삶, 그것은 요즘 자주 쓰이는 말로 개인적 삶과 공동체적 삶의 의미로 번역·대비될 수 있을 것이다. 그리고 삶의 원리적 양식에 관심 갖는 문학에서는 그것을 다시 '개성적 삶'과 '사회적 삶'의 그것으로 대비해볼 수 있을 것이다. 혼자 살기의 바탕인 개인적 진실이란 사람사람마다의 고유한 개성을, 함께 살기의 질서와 규범은 우리가 속해 있는 사회의 정의와 도덕성을, 각각 그 기초로 하고 있기 때문이다. 이와 관련하여 내 개인적인 소견 한 가지를 먼저 밝히자면, 소설에서는 그 두 가지가 서로 무관한 선택적 대립 관계로 취급되어서는 바람직스럽지 못하다는 것이다. 한마디로 말해, 소설이란 그 개성적 삶과 사회적 삶의 동시적 드러냄의 양식인 때문이다.

소설은 그 개성적 삶과 사회적 삶과의 온당하고 창조적인 관계의 드러냄이어야 한다. 그것은 모든 소설이 일차적으로는 개성과 사회성이라는 두 개의 기둥 위에 기초하고 있음을 뜻한다. 대개의 소설들은 그 인물 고유의 개성을 근거로 한 개인 단위의 삶에서, 그것이 보다 큰 사회적(혹은 역사적) 삶으로 확대·승화되어나가는 과정을 보여준다. 개인 단위의 삶의 진실이 공동체적 삶의 진실로 확대되어나가는 과정에서의 수많은 갈등과 고통과 지혜와 결단들이 작품의 살을 이룬다. 그리고 거기서 소설의 덕목과 임무가 실현된다. 그것은 소설의 기본이자 상식이다.

하여 소설은 우선 개성과 그 개성적 삶을 작품 성립의 제1차적 근거로 삼게 된다. 하지만 개성과 개성적 삶의 드러냄 자체가 마지막 목적이 아니다. 그것은 더 넓은 공동체적 삶에의 창조적 관계를 지향해나가야 하며, 그 추진력의 기초가 되어야 한다. 소설은 거기서 더 높은 덕목이 실현되며, 강한 개성과 개성적 삶의 요구 또한 그런 관계의 창출력을 위한 것임에 다름 아니다.

인물들의 개성은 그들의 삶에 대한 일정한 태도를 드러낸다. 따라서 색이 강한 개성은 그만큼 힘있는 태도로 대사회 관계를 지향하게 되고, 그것의 질서에 유효하게 조화된다. 그리고 그 같은 조화스런 관계와 정의로운 사회적 태도의 창조로써 소설의 마지막 임무가 완수된다. 선후 관계로 말하면 소설은 그러므로 개성(혹은 개성적 삶)이 앞을 서고 그 개성의 지향과 완성으로서의 사회적 삶이 뒤를 따르는 식이다. 거기서 좀더 과감하게 말하자면 개성은 수단이나 과정이 되고 사회성(역사성)은 전체적인 목적처럼도 보인다. 하지만 그런 기능의 선후나 수단·목적 관계는 소설의 실제에서는 별 의미가 없는 것이다. 앞에서도 이미 말했듯, 실제에 있어서 소설의 구조는 그 개성과 사회성, 혹은 개인적 진실과 사회적 태도들의 동시적 드러냄으로써 총체적 조화 관계를 지향하게 되는 때문이다. 한 작품에서의 개성과 사회성은 서로 분리될 수 있는 대립적 양가성으로서가 아니라 동전의 양면처럼 관계 결합체이자 그 지양적 조합물로서의 상호 작용을 하고 있는 것이다. 그것을 나누어 선후 경중을 따지려는 것은 한 편의 작품을 내용과 형식의 요소로 분리하여 그 각각의 성패로써 작품의 값을 매기려는 무의미한 환원주의의 답습에 불과하다.

이 모든 것 또한 소설에 대한 우리의 상식이다. 한데도 그처럼 당연한 이야기를 여기서 중언부언하고 있는 것은 다른 이유 때문이 아니다. 근자 내가 접해온 몇몇 소설 작품들의 양상은 그 같은 나의 소설의 상식에서 꽤 먼 거리에 있는 듯한 인상 때문이다. 요즘 소설들은 인물들의 개성이나 그것의 지양적 확대 과정보다는 사회적 공의나 그에 대한 신념 쪽에 관심의 초점이 모아지고 있는 듯이 보인다. 바로 개인적 진실의 문제보다 공동체적 삶의 태도나 그 신념이 중시되고 있음이다. 사회적 공의가 개인의 진실에 앞서야 할 뿐 아니라, 우리에겐 그것이 그만큼 더 절박 절실하게 된 시대의 요구 때문일 것이다. 그리고 그런 공의에 입각한 확고한 신념이나 태도의 천명은, 다시 한 번 되풀이하거니와 소설이 도달하고자 하는 숨은 목표이기도 하다. 하지만 개성의 지양적 확대와 완성으로서가 아닌 기정(선험적 가치로서의)의 공의와 신념과 태도들은, 그리고 그것만을 지나치게 신앙한 나머지 몰개성의 인물, 자아 부재의 인물들이 소설 속에 자주 횡행하게 되는 것은 문제가 아닐 수 없을 것이다. 개성이 없고 보면 소설 속의 모든 인물들은 비슷한 모습의 유형화가 불가피해지지 않을 수 없게 되고, 그런 인물들은 어떤 행위의 원인이나 판단의 근거들을 자기 아닌 바깥의 사회적 공의에서 구하게 마련이다. 자아와 세상 간의 함수 관계나 굴절 작용이 이루어질 수도 없게 된다. 그래서 어느 소설에서나 대개 같은 몸짓 같은 목소리의 인물들만 판을 치게 된다면? 소설이 지향하는 공동체적 삶의 질서는 카드 섹션 놀이의 그것과는 다르다. 카드 섹션에선 모든 개인이 하나의 색깔의 단위로서만 그 존재의 의미가 허용된다. 그것은 전체를 떠나서는 독자적 의미나 자율성을 지닐 수 없는 기계적 기능의 단위일 뿐이다. 소설에서의 개성과 개인은 그 자체로 자율적인 완성체로서 독자적 존립이 가능한 진실의 단위이다. 그것은 그 자신의 자율성에 의하여 사회적 삶의 공의에 편입되고 그 질서에 조화된다.

나는 오히려 그런 개인들의 개별적 진실과 사회적 진실이 서로 간섭·충돌·조화되어나가는, 갈등의 극복 과정에 소설의 참 기능이 수행되는 것이라 믿고 싶은 것이다. 어떤 신념이나 태도가 탐구·창출되고 나면 그에 바탕한 공의적 삶의 양식에는 또 다른 문화적 동의는 사실상 그리 값진 것이 아니기 때문이다. 가장 엄밀하게, 혹은 심하게 말해서 소설질은, 어떤 기정의 진실에 대한 동의나 투표 행위가 아니기 때문이다. 세상에 누군가가 거기에 동의하여 목소리를 증폭시키고 그것을 힘차게 지속시켜나가야 할 일이 많은 게 사실이다. 구호의 반복이나 같은 목소리의 합창 같은 것은 그런 공인과 증폭의 과정에 기여한다. 하지만 어떤 일에 대한 기여에는 나름나름의 고유한 방법이 있음도 부인하기 어렵다. 소설에서의 진실의 힘은 동의와 투표에 의해서보다는 그 자체가 자율적 창조성〔실제적으로, 어떤 개인의 어떤 진실(개성)이 다른 사람들의 그것과 어떻게 충돌하고 그것을 어떤 식으로 정직하게 극복해나가며, 그리하여 마침내는 보다 더 넓고 화창한 공동체의 질서와 사회적 공의로 편입·조화·확대되어나가는가 따위〕에 의해 그 주장과 지속성이 더욱 크게 좌우되는 것은 아닐는지.

　우선 내 개인적인 처지나 성향으로 말하면, 나는 애초에 문학이라는 것을 혼자 살기의 방법 쪽에서 출발한 격이었다. 앞서 소개한 외종형의 충고 외에도, 어릴 적 일이나마 6·25는 내게 사람에 대한 불신과 공포감을 적지 아니 경험시켜주었고, 주위에는 유난히 가까운 육친들의 죽음이 또한 많았었다. 젊어 죽은 맏형이 남기고 간 책이나 일기장들도 내 유소년 시절의 상당 부분을 지배했다. 그런 나에게 중학교 초학년 때에 한 선생님으로부터 젊은 시절의 꿈이 '돈 많은 시인'이었노라는 고백을 들은 것은 참으로 황홀한 충격이었다. 다분히 오해에 기인했을 수도 있겠지만, 나는 그때부터 서서히 혼자 사는 삶의 방법에 기울기 시작했고, 그것을 문학으로 이룰 수 있으리라 믿게 되었다. 거기다 아무도 관심하지 않은 나락 끝 같은 처지, 자신밖에는 어디에도 의지할 데가 없는 무책(無策)의 삶이 이후로도 계속 그런 성향을 내게 심화시켜온 꼴이었다.

내 소설질은 그런 자폐성을 바탕으로 시작된 셈이었다. 거기에선 무엇보다 자신의 진실이 문제일 수밖에 없었다. 하지만 나이를 먹어가며 차츰 한 개인 속에 머물러버린 진실의 의미에 의구심이 일기 시작하고 거기에 따른 일련의 반성이 불가피해진다. 그리고 필경은 그것이 개인 차원의 의미를 뛰어넘어 사회 공동의 가치로 편입·확대되어나가기를 희망하게 된다.

하지만 나는 이때도 물론 내 자신의 개인적 진실을 소홀히 할 수는 없었다. 그것은(이기적이고 세속적인 욕망까지도 포함하여) 어느 때나 내 소설의 근거요 출발점이었다. 그리고 그 개인적 진실의 사회에의 귀의, 개인과 사회의 힘있는 조화 관계, 그를 위한 통합적 가치 질서의 발견, 그것들이 내 소설의 종착점인 셈이었다. 그러나 그것이 결코 쉬운 작업일 수는 없었다. 나 자신의 진실의 정당성에 나름대로의 회의가 없을 수 없고, 그 사회적 진실이라는 것 또한 시대에 따라서, 혹은 관점과 해석의 방법〔저 르네 지라르에게서 보는 성(聖)과 폭력 간의 정치한 공모〕에 따라서 상당한 가

변성을 지닌 때문이었다. 거기에 소설의 수단인 언어조차가 투명하고 고정적인 다른 예술 장르들의 그것에 비하여 끊임없는 진화 과정을 겪어나가는 사회성 의존의 비순수 매체임에랴. 그것은 화살도 사람도 표적도 다 같이 움직임 속에 있는 활쏘기 격이었다. 움직이면서 이동하는 표적을 쏘아 맞히기란 좀처럼의 노력으론 가능한 일이 아니었다. 그래서 나의 문학적 탐구와 노력의 대부분도 그 개인과 사회적 진실의 통합적 질서의 창출에 바쳐져온 것이다. 그리고 그때 거기 따른 문제들을 해결하기 위해 스스로 묻고 고심한 질문들은 이런 것이었다. 개인적 진실의 한계는 무엇이며, 문화적 투쟁의 대상은 무엇인가. 그것은 차라리 바깥세상보다도 자신(내부의 진실 혹은 적)과의 싸움의 양식이 아닐까(만해나 서해 혹은 저 비용이나 로르카까지도). 문학이 아무리 함께하는 삶의 진실을 지향한다 하더라도 거기에 정직한 자아의 자리(진실)가 정위되지 않는다면 그것은 한낱 공리성의 거짓 몸짓에 불과할 것이 아닌가. 작품에 대한 작가의 서명은 문학 행위의 한 숙명이 아닌가. 문학 작품의 발생론적인 동기와 공리성의 지향 뒤에 숨겨진 음험스런 엘리티즘, 작품에서의 진실과 힘 혹은 용기와의 함수 관계는 어떤 방법으로 풀어야 하는 것인가 등등.

그런데 근자 우리 소설에서의 개성(개인적 진실, 혹은 혼자 살기 식 삶) 홀대 경향은 그런 나를 꽤나 미심쩍게 만든다. 거기서 내가 우선 느낄 수 있는 것은 부질없는 이분법적 이해 방식이다. 한 편의 소설에서 개성과 사회성을 늘 별개의 대립적 가치 질서로 나누어 생각하려는 듯한 경향, 그것은 일종의 선택 지향의 사고이다.

거기엔 중용과 통합적 사고가 용인되지 않는다. 아니 사실은 그에 그치지도 않는다. 그것은 외견상 선택을 표방하고 있는 듯이 보이나 실제로는 그조차도 잘 용인하지 않는다. 개성과 사회성의 이분법적 사고는 개성을 사회성과의 양립적 덕목으로보다도 이기적 파괴성으로 매도키 위한 방편상의 과정처럼 보이기 때문이다. 한쪽 가치에의 일방적인 선택의 강요는 이미 선택이 아닌 때문이다.

하게 되면 거기에선 어떤 개인적 진실이나 그것의 극복·승화 과정으로서의 갈등 양상들은 거의 도외시한 채, 그 결과로서의 사회적 태도만을 요구하기 십상이다. 그리고 소설 속의 모든 사고나 갈등을 재빨리 신념화하고 태도화하는 것이 소설쟁이의 절대 미덕이 되게 마련이다. 하지만 소설은 어떤 태도나 신념의 창출 과정이지 그것의 완결적 주장이 아니라는 점에서 그러한 현상들엔 경계와 반성이 따르지 않을 수 없는 것이다. 한 사회가 개인의 삶에 대한 억압 체제가 되어서는 안 되듯이, 문학이나 소설 또한 개인과 그 진실(개성)에 대한 억압 구조로 군림해서는 안 될 일이 아니겠는지……

그럼에도 그러한 미심쩍은 현상은 비단 소설에서만 볼 수 있는 것도 아니다. 당연한 일이겠지만 그러한 현상들은 우리 주위(특히 젊은 층)의 실생활에서도 자주 만나게 된다. 적절한 예가 될는지는 모르지만, 내가 접해온 요즘의 젊은이들은 혼자서 지내기를 좀처럼 싫어한다. 언제나 친구들과 함께 어울려 지내려 한다. 어린 학생들의 경우는 조용한 집을 두고 도서관을 찾아가고, 심지어는 시험공부마저도 늘 어울려 함께한다. 다른 동기와 목적에서이기도 하겠지만, 농악놀이·탈춤마당·연극 공연(특히 그 오랜 연습 과정의 즐김)들이 성행하는 것도 그런 경향의 한 연장이 아닐까도 생각해본다. 아니 어떤 땐 혼자 지내기를 꺼려 하는 정도를 넘어서 그런 행위 자체를 용납치 않으려는 경향마저 엿보인다. 외톨이로 도는 것을 죄악시하고 경멸하는가 하면, 남의 주장을 인정하거나 거기 승복하려는 노력들에도 심히 인색해 보인다. 어떤 모임에의 불참이나 이탈 행위는 무기력한 자폐증이나 비겁한 배신으로 매도당하기 일쑤다. 혼자 자신을 견디며 지내는 모습이 아름답게 보이기까지 하던 나의 한 시절과는 전혀 다른 현상이다. 그것은 한마디로 삶의 다양성과 통합적 사고의 부재 현상을 초래하게 될 수도 있지 않을까 의심해본다. 그리고 아마도 근자 우리 사회 전반에 확산되고 있는 정치화 현상의 모종의 영향이 아닐까도 상상해본다. 한 사회에서의 정치력의 크기는 무엇에도 우선할 만큼 압도적이라는 점에서 올바른 정치력의 정립이야말로 그 사회의 제일의 과제일 수 있을 것이다. 그리고 바로 그런 점에서(그리고 그것에 부도덕한 때일수록) 문학적 진실(덕목)의 정치적 진실(덕목)에의 귀속은 일정한 설득력을 지닐 수 있을 것이다. 그러나 한 사회를 건강하게 지탱해나가는 데에는 정치력의 기둥 하나만으로는 매우 어려운 것도 또한 자명한 일이다. 그것은 각기 고유한 기능의 여러 기둥들로 함께 떠받쳐질 때가 더 튼튼하고 안전하다. 다양성을 잃고 획일화된 사회가 탄력이 부족할 것은 두말할 필요가 없는 일이다. 모든 것이 조급하게 정치화되고 만 사회는 그 기둥이 아무리 크고 굳센 것이라 하더라도 그것 하나로는 거꾸러지기 쉽다. 반면에 한 사회는 그것을 이루는 겹이 많을수록 건강하고 활기차다. 정치의 겹 하나로 이루어진 사회는 그 정치 구조 한 겹의 건강성 여부로 모든 운명이 결판난다. 문학은 그 문학으로서의 고유의 진실과 기능을 발휘할 때 세상을 전체적으로 떠받드는 일에 더 크고 유효하게 기여할 수 있으리라는 것이다.

그런 뜻에서 문학은 궁극적으로 정치적 진실을 지향해야 하겠지만, 그것을 문학 본래의 자리에서, 그 문학 고유의 방법(직접적인 힘의 행사는 못 될지언정, 산이 멀면 소리도 먼 것을 강원도 아리랑은 우리에게 일깨워준다)으로 수행해나가야 한다. 반세기 이전의 낡은 어법을 한번 더 인용하자면, 얻은 것은 정치요 잃은 것은 문학이라는 우직스러운 개탄이 또다시 되풀이되어서는 안 될 것이기 때문이다.

하지만 실상 상식의 위력은 대단한 것이다. 그리고 한번 버릇들인 고정관념의 독성은 끈질긴 것이다. 그것은 물론 내 소설이 아직 그 통합적 질서의 드러냄에서 아직 한참이나 모자란 탓이겠지만, 나는 저간의 노력과 이해의 방편들에도 불구하고, 자신조차 아직 그 개성(개인적 진실)과 사회 공의라는 이분법적 사고의 버릇에서 멀리 벗어나지 못하고 있는 처지인 것이다.

그것은 이를테면 내 소설을 감시하는 두 개의 전짓불인 셈이다. 말할 것도 없이 하나는 개인적 진실 쪽에서요, 다른 하나는 사회적 공의(당국과 독자는 그런 점에서 같은 편의 검열관들이다) 쪽에서다.

나는 소심하게도 그 두 개의 전짓불에 쫓기면서 끊임없이 선택을 강요당하고 있는 꼴인 것이다. 하지만 그것은 이미 선택의 문제가 아니다(보다는 차라리 자신과 세상과의 싸움의 문제이다). '지시된' 선택은 선택이 아니려니와, 양자는 다 같이 소설이나 삶 속에서 선별적 택일의 대상이 될 수가 없기 때문이다. 그것은 선택의 대상이 아니라 필경은 조화와 통합의 대상인 것이다(그것을 끝끝내 대립 관계로 수용하여 전짓불의 감시에 강압당하고 있는 데선 쫓기는 자의 역설적 권리마저 생길 수 있고, 거기 의지하는 이점도 그리 적지 않을 터이기 때문이다).

되풀이하거니와 나는 아직 그 통합과 조화의 자신 있는 방법을 못 만나고 있는 꼴이다. 그간의 나의 소설적 성과도 별로 만족할 만한 것이 못 되는 형편이다. 그러함에도 나는 그밖엔 다른 길이 없어 보이는 사례들을 요즘도 되풀이 경험하게 되곤 한다.

──독사진과 합동 사진.

언젠가 한번은 광주에서 오랫동안 도자기 일에만 빠져 지내오던 선배가 나를 그곳으로 부른 일이 있었다. 나를 맞은 선배는 그간 그곳을 중심으로 한 우리나라의 도기 제작사와 도공들의 삶의 역사를 설명했다. 그런 끝에 내게 소설을 써보라며 비극적인 사실 한 가지를 소개했다.

조선 왕조 후반, 여주나 광주의 관요 도공들은 좋은 그릇을 구워 조정이나 관가에 바치는 것이 그들의 삶에 부여된 절대적 임무이자 생존의 수단이었다. 관요가 아닌 민간요의 도공들도 그릇을 구워 성중에 들여다 파는 것이 전래의 생업이었다.

그런데 반상의 봉건 질서를 타파하고 만인평등의 세상을 주장하는 사람들은 사기의 성중 반입을 결사코 반대했다. 사기를 사고 그 호사를 누리는 것은 성중 귀족들이나 벼슬아치들 아니면 유족한 부유층들이 대부분이기 때문이었고, 도기의 제작과 성중 반입은 그 사람들의 누림과 체제에의 봉사가 되는 때문이었다. 하여 평등한 민권의 주창자들은 사기 반입자들의 목까지 베어가며 그릇의 반입을 철저히 막았다. 하지만 도공들은 또 죽음을 무릅쓰고서라도 그릇을 성중으로 들여가지 않을 수 없는 처지였다. 그릇을 들여가지 않으면 이번에는 관가의 양반들이 목을 베기 때문이었다. 그리하여 한때 그 사기 반입 통로로 이용되던 시구문 밖 일대에는 도공들의 시체가 끊일 사이가 없던 적이 있었다……

선배는 내게 그런 도공들의 비사를 소설화해보라는 것이었다. 나로서도 물론 속이 어지간히 뜨거워져오는 이야기였다. 만인평등과 민권 사상은 누구보다 그 도공들의 삶을 위한 것이었다. 그럼에도 그 숭고한 대의 아래 누구보다 도공 자신들이 죽어가야 하는 배반 현상, 그들의 죽음은 과연 어떤 뜻을 지니며 어떻게 읽히고 기억되어야 할 것인가……

나는 물론 소설을 쓰겠노라 선배 앞에서 약속했다. 하지만 그간 나의 다짐이나 열망에도 불구하고 실제론 아직 손도 못 대고 있는 숙제이다. 이야기의 깊은 진실은 물론 그 도공들의 어이없는 죽음 속에 있을 것이었다. 민권주의자들의 대의도 그 도공들의 삶의 (혹은 죽음의) 진실 속으로 통합되어야 할 것(반대로 도공들의 죽음의 대의에의 통합은 역사적 사실 자체다)이었다. 그런데 나는 아직 그 통합의 구체적이고 합당한 방법을 찾아내지 못하고 있는 것이다. 어느 한쪽의 진실도 전면적으로 부정되거나 주장될 수가 없는 그 상호 모순과 대립의 관계를 역동적 창조 관계로 힘있게 드러낼 통합의 방법을 못 만나고 있는 것이다. 아마도 그 압도적인 민권주의자들의 대의가 어느 경우에도 폄하되어서는 안 된다는 저간의 고질적 고정관념의 탓일는지 모른다.

하지만 나는 언젠가는 그 비극적 배반 현상의 증거에만 그치지 않을 적절한 통합의 방법을 찾아내어 그것을 실제로 작품으로 써내게 될 희망을 버리지 않고 있음이 물론이다. 그리고 그를 위해 나름대로 힘과 지혜를 모아가게 될 것도 사실이다. 하지만 여기에선 다만 그러한 자신의 희망만으로 내 소설의 방법에 대한 소견의 일단을 대신하면서, 이 이야기와 관련해 한두 마디 개인적인 생각을 덧붙여두고 싶을 뿐이다.

──문학은 궁극적으로 역사적 진실을 지향해야 하지만, 그러나 이 세상 모든 개인들의 삶이 그것을 지향하기를 요구할 권리는 우리에게 없는 것이 아닌지. 그리고 문학에서나 실제의 삶에서나 그 역사라는 것은 재현의 거울이기보다 지양의 거울의 기능을 지녀야 하는 것이 아닐는지.

──당신들의 배역.

(『문학과사회』 1987년 봄호)

소주 체질

　내 경험으로 고향 선배 갈곡(葛谷) 형은 흔치 않은 술 예절 두 가지를 가지고 있었다. 그 첫째는, 갈곡은 언제나 술잔만 앞에 하면 기분이 무작정 좋아지는 점이었다. 하긴 술이라는 게 원래 사람의 감정을 단순·솔직하게 만드는 마물인 만큼 그 앞에서 기분이 좋아지는 것이 결코 갈곡만의 독특한 버릇이라곤 말할 수가 없을는지도 모른다. 하지만 우리는 때로 술을 빌려 원망이나 화풀이를 하기도 하고, 때로는 제 마음의 아픈 상처를 달래기도 한다. 심지어는 남을 헐뜯거나 음험한 책모를 꾸미기도 곧잘 한다.

　하지만 갈곡은 술 앞에서 절대 그런 음습한 감정을 내보인 일이 없었다. 술만 마시면 세상이나 이웃들의 일 모두가 그저 고맙고 즐거울 뿐이었다. 그것도 무슨 고성방가나 실없는 허품을 떨어대는 식이 아니라, 세상사 모든 일을 넉넉한 품으로 안아버린 사람처럼, 잔잔한 감사와 즐거움이 기분으로 흘러넘치는 식이었다. 별

의별 술쿠세가 많은 세상에 그건 확실히 정갈스런 주법이 아닐 수 없었다.

한데, 그의 그런 기분 좋은 음주법과 무관하지 않은 일로, 남에게 술 선물을 하기를 좋아하는 것이 갈곡의 두번째 술 예법이었다. 주위에서들 여럿이 경험한 일이지만, 갈곡은 후배들과 술자리를 함께하고 난 다음 날쯤이면 그중 누구에겐가 술병을 선물로 보내오는 일이 가끔 있었다. 그것은 아무 데서나 구할 수 있는 술이 아니라, 고급 상표의 값비싼 양주병이나 오래고 희귀한 가조주(家造酒) 따위였다. 갈곡은 자신이 직접 그런 술을 가지고 나타나거나, 아니면 사람을 시켜 보내면서 이런 소리를 덧붙이곤 하였다. ―속이 아플 테니 해장을 좀 하라구. 좋은 술이니 밖에서 친구들과 들이마셔버리지 말고 집에 가서 혼자 아껴가면서 천천히……

나도 물론 예외가 아니었지만, 그렇게 갈곡에게서 술 선물을 받은 친구가 나의 주변에는 여러 명이 있었다. 그것은 물론 술 좋아하는 사람들 간엔 있을 수 있는 일이었다. 하여 우리는 갈곡 선배에겐 어딘지 그런 술이 자주 생기는 데가 있나 보다, 그래 위인은 집에서 늘 그런 술만 마시고 지내겠지, 그쯤 헐거운 선심으로 여겨 넘겼을 뿐이었다.

한데 알고 보니 사실은 그게 아니었다. 그의 집까지 가서 술자리를 함께해본 친구들에 의하면, 갈곡이 집에서는 늘상 소주만을 마신다는 것이었다. 그것도 무슨 좋은 술을 아끼기 위해서가 아니라, 소주를 그만큼 좋아해서라는 것이었다. 뿐더러 그의 집엔 우리가 짐작해온 바와는 반대로 고급 술이 한 병도 간직되어 있지 않더라는 것이었다.

"가끔 좋은 술이 생길 때가 있긴 하지. 하지만 그런 좋은 술을 어떻게 내가 먹나. 나는 소주면 그만이거든."

언젠가 한 친구가 어떻게 좋은 술은 남을 주면서 자기는 소주만 마시느냐는 소리에 갈곡이 웃으면서 한 소리가 그랬다고. 게다가 그의 부인의 푸념 섞인 귀띔엔 듣는 쪽이 민망스러울 지경이었다는 것이다.

"좋은 술이 집 안에 남아 있을 틈이 있나요. 저이는 그저 색다른 술만 생기면 누구한테 못 갖다 줘서 안달인걸요."

그가 늘 그렇게 술 선심을 잘 쓰는 것은 물론 사람이 헤퍼서가 아니었다. 한번은 나도 그의 집에서 함께 술을 하다가 그의 부인으로부터 같은 푸념을 들은 일이 있었는데, 그때 도도하게 술기가 오른 갈곡의 변이 이랬었다.

"허허, 그런다고 내가 아무에게나 술을 주나. 전날 밤 술주정이 사나운 녀석들을 보았을 때나 그랬지……"

하면서 그가 들려준 곡절인즉, 남 앞에 주사가 심한 친구들은 제 속에 필시 어떤 응어리를 지니고 있게 마련이라는 것, 그때 그 응어리를 주사로 풀려다 보면 옆엣사람을 괴롭혀 자리를 꺼리게 만들고, 하다 보면 또 주사만 더 늘어가는 악순환을 빚는다는 것.

"하지만 그런 사람에게 누가 좋은 술을 보내어 그걸 혼자 마시게 해줘봐. 제놈이 사람이라면 남이 준 술을 마시면서 심사가 사나워질 까닭이 있겠어? 부질없는 주사보단 그 술하고 조용히 속이야기나 나누게 되기 십상이지. 그러면서 제물에 고맙고 즐거워지는 거구. 그 술엔 원래 보내준 사람의 호의와 말 없는 충고가 함께 담겨 있게 마련이거든. 더욱이 좋은 술에선 그걸 읽어내기가 더 쉬운 법이구, 허허."

돌이켜보니 그의 말은 사실이었다. 나 역시 갈곡에게 술 선물을 받았던 사례가 그런 술주정 뒤끝이었음이 분명했다. 그리고 그때 나는 혼자서 그 술을 마시면서 나의 깊은 곳을 어루만져주는 듯한 그가 얼마나 고마웠으며, 그것으로 또한 어떻게 자신 속의 사나운 말 응어리를 묵묵히 삭여낼 수가 있었던가……

위인이 은근히 다시 보이지 않을 수 없었다. 더욱이 그가 늘 술 자리에서 조용한 감사와 즐거움에 젖는 것도 그 자신 누구에게선 가 말 없는 이해와 위로의 손길을 느끼기 때문이라는 데엔 경탄마 저 금할 수가 없어질 정도였다. 그래 그는 전날 밤 주사로 괴로움 을 당한 녀석에게 거꾸로 다시 술병까지 보내준단 말인가.

술에 대한 갈곡의 그 두 가지 호인풍 예법은 결국 한 뿌리에서 비롯된 것이었다. 그리고 그건 참으로 행복스런 지혜요, 버릇이 아닐 수 없었다.

하지만 그 같은 지혜스런 버릇이 우연히 얻어질 수는 없는 것이 었다. 누구나 그리 될 수 있는 일도 아니었다.

한데 갈곡에게 그런 버릇을 심어준 건 다름 아닌 그의 어머니였 다. 갈곡은 그러나 그것만은 좀처럼 말하려 들지를 않았는데, 뒷 날 언젠가 술기운이 한창 절정에 올랐을 때, 그는 무슨 즐거운 추 억거리라도 되는 양 슬그머니 이런 소리를 털어놓았다.

"……이미 알고 있는 놈이 있을지 모르지만, 우리 어머닌 아버지의 황음(荒淫)에 일생을 망친 분이었지. 허허. 아버지가 술로 일찍 돌아가시면서 집 한 칸 남겨주신 게 없었으니까. 한데 알 수 없는 건 남편을 빼앗아가고 당신의 생애마저 크게 그르치게 만든 그 원수 같은 술에 대한 노인네의 태도였어. 허허. 고학을 한답시고 도회지로 나가서 이 고생 저 고생을 다하고 돌아다니다 어쩌다 한 번씩 화풀이 삼아 시골로 당신을 뵈러 가면, 어머닌 콧구멍만 한 셋방구석으로 나를 맞아들여놓고는 술부터 앵기시는 것이었어. 허허. 그러시며 내게 하시는 말씀이, 이 술이나 한잔하고 푹 자다 가거라. 너하고 나하고 무슨 할 말이 있었냐. 네 할 말 내 다 알고, 내 할 말 네 다 아는디. 글쎄, 그게 술아비 아들한테 원망을 숨기고 그러시는 게 아니라, 진심으로 나를 위해 그러시는 거였어. 허허, 그래 그 어머니 앞에 나는 정말로 아무 말도 못하고 술만 마시고 잠만 자다가 다시 조용히 당신을 떠나오곤 했었지. 필경 누구보다 술이란 걸 잘 알고 계실 당신을 감히 거역할 수가 없었거든. 섣부른 주정 따윈 더더욱 엄두가 안 났구. ……헌데 이상스러운 건 그 술의 효험이었어. 그렇게 술을 마시고 잠만 자다 떠나면서도 나는 늘 당신한테 할 말을 다 털어놓고 가는 기분이었거든. 허허, 어머니가 어떤 마음으로 내게 그렇듯 술을 권했는지 깊은 심중을 다 헤아릴 수가 없었지만, 그 술로 하여 당신과 나는 늘 서로 간에 많은 말을 대신하고 난 기분이었어. 그만큼 깊은 위로를 받은 느낌이기도 하였고 허허…… 지금도 그래 난 술만 마주하면 당신의 그 소리 없는 말씀을 듣곤 하지. 시골에선 지금도 소주 이상의 명주가 없겠지만, 특히 그 시절 당신이 그리 자주 사 오시던 소주 앞에선 말이여. 허허, 그래 나는 그때부터 아예 소주 체질이 되고 만 꼴이지. 해서 좀 억울하지만, 값지고 묵은 술은 남이나 줄 수밖에…… 허허."

여전히 지나치듯한 객담 조였으나 그대로 그냥 흘려듣고 넘어갈 이야기가 아니었다. 그가 지금도 술 앞에 고맙고 즐거운 기분이 되곤 하는 속사연이 바로 거기 있었기 때문이었다. 뿐더러 위인이 집에서 자신은 소주만 마시면서 귀한 술은 아꼈다가 간밤의 주정꾼에게 선물을 보내는 지혜와 미덕도 그 숨은 내력이 함께 밝혀진 것이었다. 그야 그때 누구도 갈곡이 그 귀하고 값비싼 술보다 소주가 더 편하다는 소리까지는, 그래서 귀한 술은 남을 주어버린다는 푸념 투까지는 그래도 다 곧이를 들을 수가 없었지만.

(1988)

종이새의 비행

거실 앞 잔디밭에 떨어져버린 종이비행기는 지난여름 내가 이 잠실동 18층 아파트의 1층으로 집을 옮겨온 바로 이튿날 아침부터 발견되기 시작했다. 집을 새로 옮기고 난 흥분기와 새 동네에 대한 신선한 호기심으로 아침 일찍 잠이 깨어 거실로 나가보니, 아직도 어두컴컴한 창문 밖 잔디밭에 희끗희끗 종이비행기들이 몇 개 내려앉아 있었다. 나는 물론 처음엔 그것을 별로 대수롭게 여기지 않았다. 어느 높은 층 개구쟁이 녀석들이 밤새 종이비행기 놀이 시합이라도 벌였던 게지…… 그쯤 무심스레 넘기고 말았는데, 다음 날 아침에도 창밖 잔디밭에는 비슷한 수의 종이비행기들이 여기저기 내려앉아 이슬에 젖고 있었다. 다음 날뿐 아니라 그 다음 날도 다시 그다음 날 아침에도 종이비행기는 계속 떨어져 내려앉아 있었다.

나는 비로소 그 종이비행기들에 대한 느낌이 달라지기 시작했다. 처음에는 그저 청소부나 괴롭혀댈 휴지조각 정도로나 여겨지던 그 흰 종이접이들에서 하루하루 날이 감에 따라 무슨 살아 있는 생명체의 조용한 숨결 같은 것이 느껴져오기 시작한 것이다. 아니 그 은밀스런 종이접이의 숨결 뒤에는 내게 어떤 소리 없는 호소의 손짓마저 어리고 있는 것 같았다. 그것들은 때로 하루나 이틀쯤 잔디밭 위에서 햇빛에 바래다가 어느 사이 일시에 자취가 사라지기도 하였고, 때로는 청소부의 발길이 늦어져 잔디밭에 며칠씩 낭자해 있을 때도 있었다. 셋…… 다섯…… 아홉…… 아침마다 수를 더해가던 그것들이 어느 땐 열몇 개까지 늘어 있을 적도 있었다. 날이 더해가고 종이접이의 숫자가 늘어가면 갈수록 그것의 숨결과 호소의 손짓 또한 더욱더 가깝고 역력하게 느껴졌다. 나는 이제 그것들을 그저 철부지 어린애들의 무심스런 장난질로만 보아 넘길 수가 없었다. 버려진 비행물체들의 어렴풋한 숨결과 조용한 손짓은 다름 아니라 바로 그것을 밤마다 창밖으로 날려 보낸 사람의 것인 때문이었다. 어떤 아이일까. 아니면 다소 감상기가 심한 파과기의 처녀? 이후부터 나는 그 새벽의 창문 앞에 종이비행기의 주인공을 상상해보곤 하였다. 내게 먼저 떠오른 것은 그 꿈이 많은 내향성의 어린 사내아이나 소녀 취향을 아직 못 벗어난 청소년기의 여자였다. 소년의 상상은 그런 경우에 누구나 머리에 그려보기 마련인 우울기가 약간 배색된 그림이었다. 몸이 몹시 허약하여 어른들의 과보호 속에 사는 아이, 어쩌면 아예 심신 어느 한쪽의 장애 때문에 문밖출입이 불가능한 아이, 그래서 밤마다 그 자신이 날고 싶은 간절한 마음을 종이비행기에 실어 날려 보내는 아이,

아니면 무슨 진학시험 준비 같은 것으로 밤을 새우다가 잠시 창밖의 어둠을 향해서 지친 심신을 달래곤 하는 아이……

청소년기의 여자에 대한 상상은 그보다 좀 특별한 경험이 밑그림을 이루었다. 언젠가 나는 한 인척을 병문하러 이름난 정신병원을 찾은 일이 있었다. 그때 내가 일을 마치고 병원 뜰을 걸어 나오고 있을 때였다. 머리 위에서 누군가 다급한 목소리로 나를 부르는 소리가 들려왔다. 머리를 들어 쳐다보니 5, 6층 높은 병실 창문에서 웬 여자 환자 한 사람이 나를 손짓해 부르고 있었다. 스물 안팎의 젊은 아가씨였다. 그녀는 내가 자기의 부름을 알아들은 것을 보고는 흰 종이 한 장을 살창문 밖으로 떨어뜨려 내리며 애원하듯 소리쳤다.

——이 편지 좀 우리 집으로 전해줘요. 날 여기서 내보내달라구요.

팔랑팔랑 떨어진 종이를 집어 펴보니, 그러나 그것은 아무것도 적혀 있지 않은 빈 백지였었다.

이번에 내가 그 종이비행기에서 어떤 젊은 아가씨의 모습을 그려보게 된 것은 그때의 기억이 이상스레 오랫동안 머리에서 지워지지 않고 남아 있었던 때문이었다.

어느 쪽이나 별로 화창하고 유쾌한 그림은 아니었다. 그것을 쉬운 대로 꿈이나 소망의 날려 보냄이라고 한다면, 아쉽게도 그 간절한 꿈이나 호소는 낢이 소망처럼 길지를 못했다. 기껏해야 창문 아래 잔디밭으로 떨어져 어둠 속에 버려지고 잊혀진 꿈이었다. 그리고 그 꿈이나 소망의 숨결은 한낮의 햇빛 속에 바래고 변색되어 미구에 한 줌의 귀찮은 쓰레기로나 치워지게 마련이었다. 좋게 말하여 꿈의 껍데기, 혹은 그 서글픈 잔해들이라고나 할까. 그 주인공이 앞서의 상상대로라면 더더욱 우울한 정경이 아닐 수 없었다.

하지만 나는 왠지 그것들이 그렇게 보이질 않았다. 어딘지 서럽고 애틋해 보이면서도, 보다는 따스하고 정겨운 느낌이 앞서곤 하였다. 때로는 거기서 아름답고 행복스런 감동기 같은 걸 느낄 때마저 허다했다. 그런 따스하고 행복스런 감동 속엔 밤 어두움을 향하여 창가에 마주 선 젊은 부부의 실루엣도 지나갔고, 친구처럼 의가 좋은 아비와 어린 아들, 먼 여행길을 떠나간 그 아비를 그리는 다감한 모자나 모녀들의 모습도 스쳐가곤 하였다. 하면서도 다만 한 가지 미심쩍은 느낌은 내 마음 깊은 곳의 어떤 불안감 같은 것이었다. 그것은 물론 그 따스하고 정감스런 유희가, 혹은 그 꿈과 소망과 삶이 행여 어떤 장애에라도 부딪칠라, 하는 따위의 우려에서만이 아니었다. 보다는 오히려 나의 상상의 허구성 혹은 진위 여부에 대한 회의와 불안감에서 비롯된 것이었다. 저 종이비행기들이 과연 누군가의 아름답고 행복한 소망의 착륙체들일까. 내가 전혀 엉뚱한 상상을 하고 있는 게 아닐까…… 그것은 바로 그 보이지 않는 사람의 삶과 그 삶에 대한 회의와 불안감에 다름 아닌 것이었다. 무엇보다도 그 끈질기게 계속된 착륙물의 소리 없는 호소와 손짓은 그것들을 그저 아름다운 정경으로만 보아 넘길 수가 없게 했다. 하다 보니 자연 어떤 날은 낙하물이 거의 없다시피 하거나 반대로 어떤 날은 비둘기 떼라도 내려앉은 듯 잔디밭이 하얗게 뒤덮였거나, 그 단속과 숫자의 변화에도 나는 공연히 신경이 쓰이곤 하였다. 낙하물이 아예 하나도 안 보이거나 반대로 그 수가 갑자기 엄청나게 늘어 있는 아침엔 주인공의 어떤 마음의 흔들림, 아니면 모종 절망적인 파탄의 기미를 보는 듯하여 자신마저 공연히 안절부절을 못해하곤 하였다.

　나는 결국 언제부턴가 그 종이비행기가 날아 내리는 시각과 현장을 내 눈으로 직접 한번 보고 싶은 충동에 쫓기기 시작했다. 저것들은 과연 어디서 언제쯤 날아 내려앉고 있는가. 몇 층쯤의 높이에서 어떤 사람의 취미와 정성이 그토록 대단스러운가. 나는 밤마다 그 종이접이들이 어둠 속으로 날아 내리는 현장을 보기 위해 혼자 거실로 잠자리를 빠져나와 창문 앞을 멍청히 서성거리곤 하였다. 하지만 한 번도 그 종이비행기가 어둠 속을 날아 내리는 현장은 목격되지 않았다. 하루는 아예 집까지 나가서 잔디밭 주위의 벤치에 눌러앉아 18층까지의 창문을 지켰으나 그것도 싱거운 헛일이 되고 말았다. 어둠 속에 밖으로 열려 있는 창문을 찾아내기가 어렵거니와, 때마침 어디선지 종이접이가 떨어져 내린다 하여도 그것이 몇 층의 창문에선지를 가려내리기도 그리 쉽지가 않을 일이었다. 그 어둠 속 탐색에서 얻어낸 소득이 있다면 비행기를 접은 종이들이(나는 알 수 없는 저어감 때문에 이때까진 거의 엄두를 못 내다가 이날 밤 처음으로 그걸 하나 집어다 보았는데) 이때까지의 막연한 예상과는 달리, 어린애들의 낙서장 조각이나 신문지 나부랭이가 아닌, 옛날 유행가집 책장이라는 것 정도였다. 하지만 내가 그것으로 더 이상 무엇을 알아낼 수 있었을 것인가. 그건 내게 여전히 은밀스런 수수께끼의 비밀 기호 한가지로 오히려 궁금증만 더해왔을 뿐이었다. 그리고 또 아침엔 어느 샌지 그것들이 누군가의 괴로운 불면의 선물처럼 잔디 위를 촉촉이 어지럽히고 있는 것이었다.

나는 그럴수록 심사가 더 어지러울 수밖에 없었다. 일테면 그것들은 내게까지 엉뚱한 불면의 구실이 되어갈 뿐 아니라, 점괘가 그리 신통치 못한 무당점장이처럼 엇나간 상상들을 되풀이하게 하였다. 혹은 그것은 그 보이지 않는 종이접이의 주인공에 대한 나의 지향 없는 소망을 그만큼 간절하고 깊게 해간 것이기도 하였다. 특히나 그 착륙물이 하나도 없는 날이나 한꺼번에 갑자기 늘어 있는 날 아침엔 그의 꿈과 소망이 어떤 손상을 입게 되지 않았기를, 손상을 입기 전에 눈부신 비상이 성취되기를 얼마나 간절하게 빌었는지 모른다. 하고 보면 그것은 뭐라고 하더라도 그 종이비행기의 주인공에 대한 나의 꺼림칙한 불안기의 다른 표현인 셈이었다. 한마디로 나는 그 누군가의 종이접이 장난질로 하여 (물론 그것이 이유의 전부는 될 수가 없겠지만) 자신까지 마침내 잠을 잃은 불면의 환자 꼴이 되고 만 것이다.

하지만 그도 다 예정된 진실에의 길이었는지 모른다. 그 불면증이 드디어는 내게 그 종이비행기의 주인공을 보게 해준 것이었다.

추석달이 거의 반쪽으로 이울어든 지난 10월 초순의 어느 날 새벽이었다. 나는 그간의 불면의 버릇에다 달빛까지 유난히 차갑고 맑아서 밤잠을 좀처럼 이룰 수가 없었다. 나는 아예 잠자리를 차고 거실로 나와 새벽녘 가까이까지 밤을 지키고 앉아 있었다. 그

차가운 새벽녘 달빛에 공연히 심사가 아득해 있던 참이었다. 어느 순간 얼핏 창밖을 스쳐 내리는 물체의 그림자 같은 것이 곁눈질로 느껴졌다. 나는 불현듯 망연스런 의식을 되찾으며 자신도 모르게 창 쪽으로 다가갔다. 무슨 밤새의 야행처럼 창밖을 스쳐 내린 검은 그림자는 의심할 바 없는 그 종이비행기일시 분명했다. 창문 밖 잔디밭엔 과연 방금 떨어져 내린 종이접이 하나가 다소곳이 날개를 접고 앉아 있었다. 나는 드디어 오랜 기다림 끝에 종이비행기가 내려앉는 현장을 목격한 것이었다.

물론 이날 밤 그 종이접이의 낢과 내려앉음을 본 것은 그 한 번만의 일이 아니었다. 거기서 잠시 더 시간이 흐른 뒤 또 하나의 종이접이가 달빛 속으로 내려앉았다. 그리고는 다시 또 세번째, 네번째…… 뿐더러 그 종이접이의 수가 더해갈수록 나는 이상하게 마음이 조급해지고 있었다. 그 숫자가 여섯번째에 이르러서는 마치 그 날렵한 내려앉음에도 불구하고 어떤 크고 무거운 물체의 떨어짐에서처럼 둔탁한 추락음마저 들은 것 같았다. 나의 가슴속에서도 그 추락음의 깊은 진동이 일고 있었다.

나는 드디어 더 참지를 못하고 그길로 집을 나와 앞뜰 쪽으로 돌아갔다. 그리고 거기서 나는 비로소 그간의 나의 엉뚱한 오해를 깨달았다.

도대체 나는 어째서 그동안 어린아이나 감상기의 아가씨들만을 상상하고 있었던 것일까. 어찌하여 삶의 시작에 선 사람들의 꿈과 소망밖엔 생각할 수가 없었을까……

나의 오해란 다름이 아니었다. 내가 집을 돌아 앞쪽 잔디밭에 이르러서도 종이비행기는 계속 날아 떨어지고 있었다. 아파트 건물의 위층을 쳐다보니 과연 거기 한 창문이 열려 있는 게 보였다. 그리고 거기 아직도 하얀 잠옷의 그림자 하나가 창밖으로 소리 없이 종이접이들을 드문드문 날려 보내고 있었다. 그것들이 늘 멀리까지 날지 못하고 바로 우리 거실 앞 잔디 위로 모여 떨어지는 것은 알고 보니 그 창문이 5, 6층 정도의 높이에 불과한 때문이었다. 그가 그 창문가에 조용히 붙어 서서 이따금 그 종이접이들을 날려 보내고 있는 모습은 분명 어린이나 여인의 그것이 아니었다. 그 맑고 차가운 달빛 속에 그 자신이 한 마리 종이새가 되어 금방이라도 하얗게 허공을 날아 내릴 것 같은 창문가의 인영(人影)은 그리하여 내게 어떤 조용한 비탄과 소망의 소리가 번져오는 듯한 그 그림자의 주인공은 분명히 이 아파트에선 흔치 않게 나이를 먹은 노인의 것이었다. 하지만 나는 이날 밤 그것이 정말로 나이를 많이 먹은 노인인지 어쩐지, 노인이라면 그것이 할아버진지 할머닌지, 그런 데까지는 분명히 확인할 길이 없었다. 사실을 말하면 그보다 나는 아직도 설마하는 마음에 그 조용하고 하얀 모습 뒤에서 또 다른 하나의 사람의 그림자—어쩌면 거기 함께 밤을 지켜 새우고 있을지도 모르는 그의 청상 딸이나 어린 손주의 모습을 찾는 데에 더 신경이 쓰이고 있었으니까. 하지만 나는 이날 밤 끝내 그밖에 다른 기미는 볼 수가 없었고, 달빛 속에 드러난 그 하얀 그림자도 정체가 제대로 확인이 안 된 채 그대로 창문이 닫히고 만 것이었다.

인영(人影)의 정체가 제대로 밝혀진 것은 그러니까 그로부터 이틀이 더 지난 뒤, 그리고 그 두 밤 사이 어느 때보다 그 종이새들의 낙하가 불안하게 만들었던 세 밤째가 지나고 난 다음 날 아침이었다. 아마도 그는 그 밤하늘을 날기 위해 그동안 그토록 몸을 말려온 것이었을까. 간밤엔 별다른 기미나 소리를 느끼지도 못했는데, 이날 아침 창문 밖 잔디밭 위에는 그 낭자한 종이접이들의 형체 속에 그가 조용히 내려앉아 누워 있었다. 여든 살 가까이나 나이를 먹으면서 하얗게 여위어온 한 정갈한 늙은이가 마치 그 자신 한 마리 종이새로 간밤의 하늘을 날아 내려온 듯이.

(『서울대 동창회보』 1989년 2월)

금지곡 시대
─가위 밑 그림의 음화와 양화 3

고등학교 1학년 때의 일로 기억된다. 내가 몹시 조심스럽게 받들던 한 점잖은 부인의 여행길을 기차역으로 배웅 나간 일이 있었다. 그 부인은 차를 타기 전 역 대합실에 붙어 있는 화장실을 다녀나오시더니, 혼자 웃음을 참지 못하다가 내게 속삭이듯 작은 소리로 실토하셨다. 아무개야, 나 남정들처럼 선 채로 일을 보고 나왔다. 바닥이 어찌나 지저분하던지…… 말할 것도 없이 그 순간 내 머리엔 점잖은 부인이 흰 치마를 걷어 올리고 남자처럼 선 채로 일을 치르는 모습이 떠올랐다. 그리고 부인의 어이없는 파격에 함께 따라 웃지 않을 수 없었다.

한데 이상한 것은 그냥 엉뚱스럽고 우습기만 한 것이 아니라, 묘한 감동이 함께 스치고 간 것이었다. 그 장난스런 우스개식 파행이 그녀에게선 수치스런 기행성보다 이상한 품격을 발해 보인 것이었다. 그것은 어느 날엔가 그 부인이 가을꽃이 만발한 그 댁

뜰가에 나와 앉아 한적, 투명한 오후의 햇볕 속에 당신의 먼 옛 시절의 추억에 젖어들다 어느 순간 문득 잠이 들어가는 코를 골기 시작했을 때의 감동, 그때의 그 순연하고 정갈스런 품위를 되새기게 하였다.

하지만 그때 나는 그것이 내게 왜 그처럼 품위 있고 아름다우며 감동스럽게까지 느껴지는지, 이유를 거의 알 수 없었다. 그것이 진실로 감동할 만한 일인가, 어떤 품위나 아름다움 따위와 상관이 있는 일인가도 알 수 없었다. 그 이유는 알 수 없었지만, 그것을 나름대로 소중한 경험으로 마음속 깊이 새기게 된 것이었다.

따지고 보면 그 무렵 내겐 이미 이유나 의미가 아리송한 일들이 부인의 경우에 앞서서도 얼마든지 많았었다.

그보다 몇 년 전, 열두 살 때의 여름, 나는 밤마다 마을 소년대에서 군가 합창과 비판 회의로 자정이 가깝도록 시달리곤 하였다. 그러던 어느 날 밤 나는 끝없이 이어지는 비판 놀음에 견디다 못해 변소라도 가는 척 어둠 속으로 혼자 슬그머니 회장을 빠져나와버렸다. 그때 회의를 이끌던 소년대장이 가까운 친척 형이었으므로 내심 그의 묵인이나 비호를 기대하고서였다. 한데 알고 보니 그날 밤 그런 식으로 회의장을 몰래 빠져 도망간 것이 나 이외에도 여러 명이던 모양이었다.

이튿날 저녁은 집회 벽두서부터 전날 밤 이탈자들의 색출 작업이 시작됐다. 회의실 옆에 붙은 작은 골방 안에 대장인 친척 형이 혼자 들어앉아서 대원들을 한 사람씩 들여보내게 하였다. 방을 들어간 대원들은 그 형으로부터 뭔가 비밀 질문을 받고, 옳게 대답하면 제자리로 돌아가 앉게 했고, 대답이 틀리면 회의장 앞에 따로 늘어서 있게 하였다. 골방 안에서 무엇을 묻는지만 미리 알아내면 곤경을 빠져나갈 방도가 있었다. 하지만 골방을 들어갔다 나온 대원들은 누구도 그곳의 질문을 발설할 수가 없었다. 상호 감시에 길이 든 데다가 분위기마저 매우 살벌했기 때문이었다. 하지만 나는 일루의 희망을 버리지 않았다. 친척 형의 비호에 대한 기대 때문이었다. 그 형도 그 일이 좋아서가 아니라, 진작부터 감시의 대상이 되고 있는 성분 나쁜 자기 집안을 구하기 위하여 부러 열성을 부려온 터였다. 그런 만큼 내 어려운 처지를 헤아려 곤경을 면하게 해줄 걸로 기대한 것이었다.

하지만 형에 대한 나의 기대는 어림없는 희망에 불과했다. 형이 그걸 무참스럽게 외면해버린 것이다. 차례가 되어 골방으로 들어가니, 형은 나에게 아무 귀띔도 없이, 어젯밤 해산할 때 마지막 부른 노래가 무슨 군가였느냐고, 섭섭하게도 매우 공평하게 물었다. 나는 물론 물음에 대답을 못하고 어물쩍한 눈길로 형의 처분만 기다렸다. 형은 그러는 나를 회의장 앞 이탈자들의 열 끝으로 가 서게 했다. 결과는 다른 몇몇 이탈자들과 함께 전날 밤의 반동 행위에 대한 (자아 및 상호) 비판의 과정을 거쳐서, 그 비판이 대원들에게 접수되는 절차로 40여 명 전체 대원들로부터 볼따구니와 눈두덩이 퉁퉁 부어오르도록 돌림귀뺨치기를 감내해야 했던 것—머리에서 지워버리고 싶은 어린 날의 괴로운 기억의 한 갈피이다. 뿐더러 (그 무렵) 한동안 원망과 의혹 속에 나를 헤매게 한 불가사의한 수수께끼의 한 장이었다. 명색 집안의 형이란 사람이 어떻게 그랬을까. 사람이 어찌 차마 그럴 수가 있었을까……

또 한 번은 이런 일도 있었다.

앞서의 일과 거의 같은 무렵, 집안 어른 한 분이 어느 날 저녁 죽음의 막다른 위협에 쫓기고 있었다. 날이 어두워지면 그날 밤 안으로 마을 사람들의 마지막 심판을 받게 되어 있다고 하였다. 그런 기미를 알아차린 어른이 초저녁 어둠을 타고 우리 집으로 몰래 피신을 청해왔다. 그때 우리 집 부엌 나무청 밑에는 비밀 지하실이 하나 숨겨져 있었다. 일제 때부터 이런저런 강제 공출 물품이나 생솔가지·밀주 술항아리 등을 숨겨오던 곳이었다.

그 어른이 누구에겐지 그곳을 귀띔 받고 급한 처지 피신을 청해오신 것이었다. 우리는 내심 물론 반가울 리가 없었다. 그 무렵 시국이나 마을 사람들의 서슬 퍼런 분위기로 보아서 그런 인물을 집안에 숨겨주는 것은 섶을 지고 불길로 뛰어드는 것 한가지로 위험한 노릇이었다. 하지만 어머니는(아버지는 그때 이미 돌아가시고 안 계셨다) 그런 위급지경에도 주름살 하나 없이 깨끗한 나들이 차림을 하고 오신 그 집안 어른의 어려운 주문 앞에 감히 내키잖아 하는 기색을 내보일 수가 없었다. 어머니는 다만 그처럼 어려운 집안의 어른을 비좁고 습기 찬 지하실 따위에 모시게 된 것을 자신의 허물인 양 송구스러워했을 뿐이었다. 그 지하실은 아닌 게 아니라 비좁고 습기가 눅눅한 외에도 검댕이와 거미줄이 주렁주렁 매달린 데다 생쥐들의 출입까지 빈번했던 때문이었다.

하지만 우리는 사정이 사정인지라 그 같은 위험과 송구스러움을 무릅쓰고 그 어른을 지하 밀실에 숨겨드리는 수밖에 없었다. 그리고 기왕 저지르고 나선 일일 바에야 들키지나 말고 일이 무사히 지나가주십사 오돌오돌 문밖 기미만 지키고 앉아 있었다. 그런데 이게 웬 망발이란 말인가. 그로부터 두어 시간쯤 지나고 났을 때였다. 마을 사람들의 동정은 아직 향배를 알 수 없는 자정 녘쯤이었다. 죽은 척 숨을 죽이고 숨어 앉아 있어야 할 어른이 손수 지하실 뚜껑과 나뭇단을 헤치고 저벅저벅 부엌문을 걸어 나오시는 것이었다. 그리고는 놀라 어쩔 줄 몰라 하는 어머니와 우리 식구들은 아랑곳도 않은 채 구겨지고 더럽혀진 옷자락을 툭툭 털면서, "나 죽더라도 내 집에 곱게 앉았다가 잡혀가 죽겠네" 한마디를 남기고는 의연한 걸음걸이로 어두운 사립을 걸어 나가버리시는 것이었다.

하고 보니 이 또한 불가사의한 수수께끼의 하나가 아닐 수 없었다. 그 시절 그 나이론 도대체 그 어른의 처신을 이해할 수가 없었다. 어른이 어째서 다시 지하실을 나오고 말았을까. 지하실이 아무리 비좁고 누추하단들 목숨을 구하자고 숨은 곳이 아니던가. 당신은 죽음도 두렵지 않았단 말인가. 죽음의 위협 앞에서도 참아낼 수 없었을 만큼 다른 어떤 무엇이 있었더란 말인가. 그것이 대체 무엇이었을까. 밖에서 기다리는 죽음의 위험조차도 그를 붙잡아두지 못하고 지하실을 나가게 한 것이 과연 무엇이었을까……

하지만 그도 물론 그 당장엔 이해가 전혀 불가능한 일이었다. 그래서 내게 썩 오래도록 마음의 숙제로 남아온 일이었다.

속을 털어놓은 김에 균형을 취하기 위하여 어릴 적 이야기를 한 가지만 더 덧붙여두고 싶다. 역시 초등학교 시절의 전란기 후반.

세상이 다시 한 차례 바뀌고 나서였다. 어느 날엔가 마을회관 앞 마당에는 동네 청년들 3, 40여 명이 모조리 불려 나와 두 줄로 서로 마주바라기로 세워졌다. 청년들을 향해 모임을 주관하러 나온 면 지서 순경은 어정버정 김이 빠진 그 집합 상태를 한동안 사납게 닦아 세우고는, 그 벌로 청년들에게 서로 자기 앞사람의 뺨따귀를 후려갈기게 하였다. 청년들은 목시울 카랑카랑 독이 오른 순경의 구령 소리에도 불구하고 그저 마지못해 손을 들어 상대방의 볼을 어루만지듯 매질의 시늉들만 해 보이고 있었다. 평소에 허물없이 지내온 이웃들을, 그나마 나이마저 들쭉날쭉 위아랫사람이 마주 선 처지들에 차마 힘을 넣은 귀쌈질은 어려웠기 때문이었다. 지휘 순경은 그러나 인정사정이 없었다. 몇 차례 호통에도 성과가 안 보이자 드디어는 자신이 시범을 보이기 위해 줄의 맨 앞에 선 향도 앞으로 다가섰다. 그리고는 이렇게 기합을 넣어 때리라며 앞사람 의 볼따귀를 주먹으로 힘껏 내갈겼다. 그 시범과 다그침에 몰린 청년은 그제서야 이젠 어쩔 수가 없다고 체념한 듯(혹은 자기만 일 방적으로 얻어맞은 데에 분통이 동한 듯) 손바닥에 약간 힘이 태이 고 있었다. 뿐더러 그 상대방도 이젠 손해를 볼 수가 없다는 듯 좀 더 세차게 손을 올려붙였다. 순경은 그 시범조의 경쟁적인 가격을 신호로 나머지 대열의 사람들에게도 똑같은 구령으로 매질을 강요 했다. 하낫 둘, 하낫 둘…… 순경의 우스꽝스런 구령은 대열 전체 가 차츰 열을 얻어 나중에는 서로가 상대방에 지지 않으려고 제풀 에 악이 받쳐 사나운 주먹질이 정신없이 오갈 때까지 계속 속도를 더해갔다. 친소의 관계도 소용이 없었고 체구나 나이차도 상관이 없었다. 키가 큰 사람은 매를 덜 맞으려고 고개를 잔뜩 뒤로 빼올린 채 두 손을 마구 휘저어대었고, 키가 작은 사람은 손해를 볼세라 바락바락 몸을 솟구치며 독기를 뿜어댔다. 그런 어이없는 난장판은 순경의 "그만!"이라는 마감 구령에도 한 대라도 상대를 더 갈겨주려는 집념으로 한동안이나 기세가 잦아들지를 않았다……

한편으론 겁이 나고 한편으론 우스꽝스럽기조차 했던 그날의 진풍경 역시도 내겐 오랫동안 잊혀지지가 않았다. 그 기이한 행작들이 아무래도 잘 이해가 가질 않았다. 어떻게 서로 허물이 없는 줄 알면서도 상대방에게 뺨따귈 올려붙일 수 있었을까. 처음 사람은 순경의 강요 때문이었다 치더라도 나중엔 서로가 원수지간이나 된 것처럼 다투어 열을 올려댄 것은 무엇이란 말인가. 사람이 어떻게 그럴 수가 있는 것인가. 사람이 어째서 그리될 수 있는 건가……

그러나 물론 그런저런 일들이 나 혼자만의 경험일 수는 없는 일이고, 더욱이 그것이 필생의 수수께끼로 남아 있을 수도 없었다. 대개 다른 사람들의 경우가 그렇듯이 나 또한 한 해 두 해 나이를 먹어가면서 그 이유나 의미들을 서서히 깨달아가기 시작했다. 일례로 그 잔혹스럽고 희극적인 줄뺨치기 기합 같은 것은 그로부터 한참 더 나이를 먹은 뒤 20대 시절에 군대엘 가서야 그 비의가 비로소 분명해졌다. 이전에도 물론 철이 조금씩 들면서부터 어떤 짐작이 없었던 것은 아니지만, 군영 시절 그 가차 없는 선착순 기합놀이에 시달리면서, 내가 남을 뒤로 잡아제치고 앞에 서지 않으면 내 몫의 고통이 끝이 없음을 보면서, 옛날의 그 줄뺨의 더러운 비의에 대하여 새삼 사무친 각성이 이루어진 것이었다.

그런 깨달음들은 다른 수수께끼들에 대해서도 대개 비슷한 경로로 이루어지게 되었는데, 그런저런 각성이나 이해의 내용은 결국 다른 것이 아니었다. 그게 사람과 세상의 모습이요, 사람이 살아가고 세상 돌아가는 길이라는 것이었다. 일테면 옳고 그름의 심판을 떠나서 사람의 본성과 삶의 길에는 그 부인에게서와 같은 아름다운 환상과 빛나는 꿈이 있을 수 있는가 하면, 친척 형의 고발과 같은 잔혹스런 배반도 불가피할 때가 있을 수 있다는 것, 죽음의 위협에 맞서 스스로 지하실을 나온 자존성이 있을 수 있는가 하면, 원망이 없이도 남의 뺨을 갈겨대는 맹목적 폭력성 또한 서글픈 속성의 하나일 수밖에 없다는 것—다시 말해 사람과 삶의 길에는 그 밝은 곳과 어두운 곳(혹은 신성과 마성이라 말해도 좋을지 모르겠다)이 함께 있을 수 있으며, 경우따라 그것이 이렇게도 저렇게도 드러날 수 있음과 같이, 사람따라 그것을 이렇게도 저렇게도 이해하고 볼 수 있는 복합적 시선의 괴로운 자리에 서게 된다는 것이었다.

　—수수께끼의 얼굴들.

아랫자리 사람이 승진을 하려면 윗사람에게서 보거나 보았어도 못 본 척해야 하는 세 가지 금기의 장면이 말해진 때가 있었다. 그 상사가 용변소에 앉아 있는 것, 침을 발라가며 열심히 돈을 세는 것, 마지막으로 이성과 잠자리를 같이하는 은밀스런 장면. 사람이 살아가면서 겪어가게 마련인 용렬한(그래 보이기 쉬운) 장면을 남에게 들키고 나면 그 상대방은 곱게 기억되기 어려워 뜻하지 않은 피해를 입게 된다는 뜻일 게다.

이와 비슷하게 우리 주위에는 보지 말아야 하고 듣지 말아야 하고 말하지 않아야 할 일상적 생활의 금계 사항들이 허다하다. 시집살이 석삼년의 부덕은 고사하고, 제 마누라나 자식 자랑을 하는 것은 팔불출로 매도되며, 제 전답가 풍년 농사 자랑은 추수를 망치게 할 망발로 힐난 받는다. 남의 자식 허물이 아무리 크다 해도 그것을 입에 담지 않는 것 또한 자식 가진 사람의 덕목으로 되어 있다. 가톨릭 신부님은 신자에게서 접문한 고해의 내용을 밖에 말하는 것이 절대 금기로 되어 있다. 구미 소설에서는 오랜 세월 동안 고해성사의 장면을 묘사하는 것조차 삼가해온 것이 전통이라고 듣고 있다. 사람의 배설물이나 인체의 치부 명칭들은 우리도 흔히 ×, 혹은 ×× 따위로 적고 말하는 것이 관례로 되고 있다. 필경 후련스런 장면임엔 분명하겠지만, 그래 우리 소설에서 배변의 장면을 잘 찾아보기 어려운 것도 같은 맥일 것이다.

긴말할 것 없이 사람들이 함께 살아가기 위해선 어쩔 수 없게 된 현상들일 것이다. 서민은 위대하며, 그 삶에 상처나 아픔을 주는 것은 큰 죄악이라는 것이 우리 모두의 양식의 합의인 것처럼, 그래서 그것들은 궁극적으로 한 사회의 풍속이나 도덕적 규범 혹은 그 덕목들과도 깊이 관련된다. 그것을 함께 지켜나갈 때라야 서로 간에 삶이 더 편해지고 그 값을 높일 수 있기 때문이다. 어떻게 보면 이웃과 더불어 살아가는 길을 위하여 우리 스스로가 제 본성의 일부를 묶고 지내자는 약속인 셈이다.

먼저 결론부터 말한다면, 그 같은 불가피성과 덕성에도 불구하고 한 사회의 활력까지 억압하는 금계망의 절대화는 우리에게 적지 않은 갈등을 야기시킴도 사실이다. 그 같은 묵계나 금계 체계들은 본시 우리 본성의 일부의 억제나 조절을 전제로 하고 있는 것인 데다, 한 사회의 금계 체계는 시대의 변천에 따라 그 요구와 도덕적 구속력이 달라지는 때문이다. 뿐더러 그 같은 삶의 방식과 풍속의 변화에 따라 자율적 덕성의 근거를 잃어버린 낡은 금계망은 그 굳어진 체계의 구속력으로 우리의 삶을 부단히 간섭하고 억누를 뿐인 때문이다. 그래 한편으론 우리의 삶은 그처럼 낡고 맹목적인 금계망을 부수고 뛰어넘으려는 시도를 끊임없이 계속해온 것도 사실이다. 어찌 보면 바로 우리 인간들의 삶의 역사는 그 낡아버린 금계망의 간섭으로부터 우리의 삶을 해방시켜내려는 끊임없는 도전의 역정처럼도 보인다. '보았던 사실을 말해서는 안 된다'는 간단한 금지와 우리 인간의 본성에 관련하여 저 시대와 양의 동서를 넘어서 인구에 회자해온 '임금님의 귀' 설화는, 다른 한편으로 우리 인류의 그 같은 끈질긴 노력의 한 실례가 될 것이다. 그것은 바로 한 가지 본성에 대한 금계의 압력이 우리의 삶을 어떻게 왜곡시키고 파괴하며, 거기 길들지 않으려는 본성의 저항이 얼마나 집요하고 끈질긴 것인가를 보여준다 할 것이다. 우리의 삶에 그같이 맹목적인 금계망의 간섭을 벗어던지려는 노력이나 그 성과들은 오늘 우리의 일상 가운데서도 얼마든지 체험이 가능한 일이다. 앞서 예로 든 금계 사항들이 오늘 우리에겐 이미 금기가 아닌 것들이 많으며, 어떤 글들에서나 ×나 ××로 대신되어온 비어 · 상소리들이 거침없이 표기되어, 그것이 오히려 글의 활력과 사실성을 더해 주는 미덕이 되고 있다. (그래서 어떤 나이 든 선배는 요즘 들어 놈 자 년 자가 함부로 횡행하고 남녀간 치부 명칭의 직접적인 호칭이 다투어 선호되고 있는 현상에 이 무슨 저급스런 감각주의의 창궐인가고 한탄과 비애를 금치 못했었지만.)

하지만 이 같은 끈질긴 노력과 낡은 금계망의 척결 노력에도 불구하고 우리의 삶에는 그 금계의 무게가 늘 일정한 정도로 지속되어온 것도 부인할 수 없는 사실이다. 그것은 물론 일정 정도의 금계망의 수락은 우리가 살아가는 데에 필요한 질서와 덕목의 기초를 이루는 운명일뿐더러, 그것은 어느 때, 어느 곳에서나 우리에게 요구되는 삶의 지혜소(素)인 때문이다. 다시 말해 한 시대의 낡은 금계망이 힘을 잃고 물러가면 그에 대신하여 새로운 시대를 위한 새로운 금계망이 계속해서 다시 조성된다는 것이다. 뿐더러, 세상이 더욱 복잡해지고 우리 삶의 양상이 다양해져갈수록 그것을 조화롭게 통일시키고 이해와 가치의 상충을 해소해나갈 '공동선'의 기초로서의 금계 체계의 요구도 그만큼 더 절실하고 일반적인 현상이 되어갈 것임이 분명하다. 그 금계 사항의 명문적인 표현이 법률 체제라고 한다면 우리 삶 가운데의 수많은 법조문(특히 형법)들은 그 같은 현상의 한 단적인 예가 될 것이다. 어찌 보면 우리는 요즘 그 수많은 금계의 덫과 법률의 지뢰밭 한가운데에서 육신과 정신이 꽁꽁 묶여 서 있는 느낌이 들 때마저 없지 않다. 이런저런 일상의 풍습과 규범들로 인해서, 사상과 체제의 대립이 독점해온 가파른 생존의 조건들로 인해서, 심지어는 한 시절 우리가 경험한 저 압살적 권위주의 권력의 형성과 그 유지 과정들 가운데서.

하지만 누구나 짐작하고 있듯이 금계가 많은 세상이 그만큼 더 좋은 세상이라고 말할 수는 물론 없다. 법이 많은 세상이 결코 좋은 세상일 수 없듯이. 보다는 오히려 금계가 많은 세상일수록 우리 삶이 더 불편하게 억눌리고 답답해지기 쉬운 것이 당연한 이치일 것이다. 그것이 아무리 우리 삶을 위한 불가피한 장치라 하더라도 금계나 법률은 우리 본성의 일부를 묶어 억제하는 것이 전제가 되기 때문이다. 하물며 그 수많은 금계망들 가운데는 낡아빠진 외각(外殼)의 권위로 우리의 삶을 부당하게 구속하려 들거나, 일부의 이익만을 위한 거짓과 폭력의 수단으로 이용되고 있는 경우마저 없지 않음에랴.

다시 한 번 승복하거니와 우리 삶에서의 일정한 금계망은 그의 수락이 어차피 불가피한 사정이다. 우리가 함께 살아가는 길에서는 그에 따른 압력과 심신 간의 부자유도 감내해나가는 것이 우리의 운명이다. 그러므로 이는 또 다름 아니라 그 같은 금계망의 압력 자체는 그리 큰 문제가 아니라는 뜻이기도 하다. 낡고 부당한 금계망은 버리고 삶의 활력까지 고갈시킬 정도의 과도한 압력은 이를 조절해나갈 객관적 필요성과 기준이 어느 정도 분명한 때문이다. 그 금계망의 보다 큰 문제는 그러므로 내겐 그 일도양단식 이분법적 선악관과 그에 따른 사물 인식의 획일적 단면성 쪽에 있어 보인다.

당연한 노릇이지만, 하나의 금계 체계는 세상의 모든 사물 현상과 인간의 행위를 '해도 좋은 일'과 '안 되는 일'로 단순하게 이분한다. 해도 좋은 일은 선한 것이며 안 되는 일은 부도덕하고 악한 것으로 명백히 규정한다. 사물 현상이나 인간의 행위에는 옳고 그름이 공존하는 양가성이 얼마든지 있을 수 있지만, 현실의 금계망은 하나의 사물에서 그 같은 복합 가치를 용인하지 않는다. 하나의 사물에서 복합적 양가성을 인정할 수 없을뿐더러, 필요할 때에는 그러한 양가성마저 금지와 허용 혹은 선한 것과 악한 것의 일면적 가치체로 통합 인식하여, 허용·불용의 기준을 결정한다. 본질의 단계에서나 인식의 단계에서나 그의 값과 뜻을 재는 금계 체계의 자는 선악 이분의 눈금밖에는 못 지닌다는 말이다.

바로 그것이 내게는 금계망의 보다 큰 문제점으로 보이는 것이다. 왜냐하면 우리 세상사나 인간의 행위들에는 절대적으로 옳고 선한 것이나 절대적으로 그르고 악한 것이란 실상 알아보기가 그리 쉽지 않은 때문이다. 우리 인간의 됨됨이가 원래 그러하듯 그보다는 오히려 사람의 행위나 세상의 일들은 옳은 것과 그른 것, 선한 것과 악한 것, 아름다운 것과 추한 것들이 부분적으로 함께하는 가치와 의미의 복합체로 이루어져나가기 예사다. 심하게 말하면 그것들은 거의가 이렇게도 볼 수 있고 저렇게도 볼 수 있는 양가성의 존재요 현상들이기 십상이다. 따라서 그것들은 당연스럽게도 그 이분법적 금계 체계의 단순한 눈길 앞에 나서기를 싫어한다. 그 단순한 획일성의 눈금에 의한 자체 의미와 가치의 계측을 싫어한다. 일면적 가치체로의 가차 없는 판정과 귀속을 두려워하기 때문이다. 그것들은 원래 선악 양가성의 복합적 전체성으로 인식될 권리를 보유하고 있는 이외에도, 그 금계망의 투박한 자로 인한 선악 간 단가성으로의 획일적 귀속이 자체의 모습과 본질에 대한 오해·왜곡으로 인한 가치의 감소가 불가피해질뿐더러, 경우에 따라서는 당해 금계망의 혹독한 박해마저 감내해야 할 처지가 되기 쉬운 때문이다.

그런 까닭에 어떤 금계망의 힘이 지나치게 압도적일 때 그를 거스를 어떤 행위나 현상들은 물론 사실상의 양가적 가치 구조체들까지도 그 존재나 외향적 작용을 드러내려 하지 않을 것이 당연하다. 그것은 그 보이지 않는 삶의 이면에서 어두운 자기 침잠과 은밀한 침묵 속에 또 다른 새로운 금계망의 압력과 갈등을 스스로 빚어 담는 세월을 이어간다. 그 한 시절 세상을 이끌고 지배해나가는 힘있는 금계망에 대한 어떤 명분이나 자기 증거조차도 드러내지 못한 채. 그리하여 모든 압력과 갈등을 자기 무력성의 대가로 체념한 채.

크지 않은 체구에도 계산(谿山)의 위인됨은 언뜻 바위를 느끼게 한다. 크고 우람하기보다 그의 아호처럼 어느 한적한 산길 계곡가의 인적어린 바윗덩이, 잠시 쉬어 앉아 세상 살아가는 이야기라도 몇 마디 나누고 가고 싶은 바위, 실상은 아무 이야기가 없었으면서도 다시 일어서 길을 떠날 때는 그 묵연스런 침묵의 말 속에 저절로 아쉬운 정회를 느끼며 한두 번 눈길을 되돌아보게 되는 바위——거꾸로 말하면 계산은 그렇듯 허물이 없으면서도 단단한 것이 느껴지고, 정회가 깊으면서도 침묵으로 말하고, 순리를 좇아 물 흐르듯 가식 없는 삶을 살아가면서도 제자리를 좀처럼 바꿔 앉을 줄 모르는 위인으로 보인다. 한마디로 쉽게 자신을 드러내 보이지 않는 위인이다……

이는 언젠가 내가 남녘 무등산의 한 산곡에 들어박혀 이날 입때껏 그림에만 빠져 지내는 계산이란 친지에 대해 적은 노트의 한 대목이다. 계산은 한마디로 내게 그런 느낌과 인상으로 새겨진 위인이었다. 그 계산의 부인에게 나는 몇 해 전 어떤 필요에서 아내로서 겪어온 계산에 대한 이야기를 좀 적어 보내주십사 부탁의 편지를 보낸 일이 있었다. 그 부인의 답장 가운데에 뜻밖에도 나를 놀라게 한 대목이 있었다.

……나는 지금 깊은 꿈을 꾸고 있소. 이 깊은 꿈이 퍼뜩 깨는 날 나는 내 모든 것을 훌훌 털어버리고 멀리 날아갈 것이오. —언젠가 그이가 제게 한 말입니다. 그때 저는 그의 그런 한 깊은 삶 곁으로 한 발짝도 가까이 다가갈 수 없는 자신을 발견했습니다. 그리고 비로소 우리가 서로 얼마나 크나큰 외로움 속에 서럽게 마주 서 있는가를 절감했습니다……

나를 놀라게 한 것은 물론 그가 무엇 때문에 그 부인 앞에 그토록 비정하고 가슴 아픈 고백을 털어놓았는가 하는 잔인스러움 때문이었다. 하지만 나는 이내 그의 진심을 깨달을 수 있었다. 이유는 확연히 설명할 수 없지만, 그가 사실은 가장 정직하게, 그리고 눈물겹도록 순정하고 아름답게 그의 아내와 자신을 사랑하고 있다는 확신이 들어온 것이다. 그가 꿈을 깨는 날 어디론지 훌훌 날아가버리겠다고 한 것도 그의 아내와 자신의 삶을 포함한 지상의 현실을 모두 버리고 떠나겠다는 것이 아니라, 그의 예술의 화창한 성취 위에 눈과 정신이 한껏 자유로워져서 그의 아내와 자신을 포함한 지상의 현실을 보다 더 힘있게 사랑할 수 있게 되기를 바라는, 그러나 그것이 좀처럼 쉽지 않음을 절감한 안타까움과 절망감을 이기지 못해 솟아오른 피맺힌 절규로 읽힌 것이다. 버리고 떠남이 더 큰 믿음과 돌아옴의 길이 된다! 떠남에의 꿈이 더 아름답고 큰 사랑을 말한다! 그것은 내게 참으로 절절한 감동으로 가슴을 적셔왔다. 그리고 그때 나의 머릿속엔 그가 이미 깊은 꿈을 깨고 일어나 그의 산 정상에서 은빛 날개를 펴고 찬란한 비상을 준비하고 있는 모습이 선했다. 그것은 참으로 눈부시게 아름다운 삶의 구가요 승리의 모습이었다.

　나는 이후부터 주위에다 실없이 그 이야기를 떠벌리고 싶은 충동에 자주 쫓기곤 했다. 하지만 나는 누구에게도 쉽게 그 이야기를 할 수 없었다. 지금도 물론 마찬가지지만, 그 이야기의 진실을 전하는 데에는 보통 어려움이 따르지 않았기 때문이다. 그것은 물론 내 이야기 방법의 미숙성에서 온 허물의 탓이겠지만, 무엇보다 내겐 우선 그 '훌훌 날아간다'는 일차적 사실 의미가 마음에 걸렸다. 그 말의 일차적 어의는 '지상의 일들에서 떠난다, 현실적 삶의 문제들을 외면한다'는 뜻이 강했다. 그 같은 직접적이고 사실적인 지시성에 비해 그것이 보다 큰 '돌아옴과 사랑의 길'이 되리라는 내 이차적 의미 해석은 너무도 관념적이고 무기력한 것이었다. 그 결과로 이야기의 의미가 '떠남과 외면' 일방으로 귀일하게 되고 보면, 그것은 더 이상 감동스러울 수가 없는 부도덕한 현실 유기의 일화가 될 뿐이었다. 나는 그 같은 오해에 대한 방비책에 자신이 없었다.

거기다 그 이야기가 어려웠던 두번째 이유는 그 같은 삶의 어떤 완성감이나 밝은 행복감 때문이었다. 당사자의 고통과 진실이 어떤 것이었든지, 그리고 그의 비정한 선언과 그 아내의 가슴 아픈 절망감에도 불구하고, 앞서처럼 나는 두 사람의 삶과 사랑에서 눈부신 행복과 성취를 느낀 것이었다. 그것은 일테면 스스로 충족된 삶의 완성감이었다. 그리고 바로 그것이 나를 망설이게 하였다. 스스로 충족된 삶에는 더하거나 더 나은 데로 향해 나아갈 것이 아무것도 없는 때문이었다. 따라서 그것은 그 두 사람 이외에 다른 사람들에게는 아무것도 상관을 지닐 수가 없는 삶인 때문이었다. 참으로 그런 느낌만을 주게 될 일이라면 그것은 굳이 다른 사람에게까지 이야기를 건넬 바가 없을 것이었다. 아니, 보다도 그것이 어쩌면 우리 이웃들의 넋을 뽑고 잠재우는 퇴행적 배덕 행위가 될 수도 있을 것이었다……

여기서 한번 소인배의 과민성과 금계망의 눈금으로, 우리가 부르는 노래를 대강 밝고 행복한 삶을 구가하는 '즐거운 노래'와 힘들게 억눌린 어두운 삶을 원망하는 '슬픈 노래'로 이분해본다. 그리고 어느 시대, 어떤 곳의 일반적인 삶의 양상이 지극히 부조리하고 고통스런 어둠 속에 갇혀 있는 상황을 상정해본다. 그런 경우 우리는 그 어둠의 마당에서 즐거운 노래를 부를 수가 있을까. 그런다면 그것은 말할 것도 없이 상갓집에서의 노래와 같은 미친

짓이 될 것이다. 거기서는 마땅히 힘든 삶을 비탄하고 억누름에 분노하며 부조리를 증거하고 밝은 삶을 기원하는 '슬픈 노래'가 어울리기 때문이다. 거기 비해 밝고 '즐거운 노래'는 상갓집에서의 노래와 같은 부도덕성뿐 아니라, 갇히고 억눌려온 어두운 삶에 대한 올바른 현실 인식을 방해하는 것은 물론, 나아가 엉뚱한 환상과 미망 속에 의식의 마비 현상을 가져올 수 있는 때문이다. 아니 이젠 그런 구차한 가정법을 써야 할 필요도 없으리라. 굳이 드러내 말하지 않더라도 우리는 바로 그 같은 '즐거운 노래'의 부도덕성의 한 시절을 알고 있는 것이다. 즐거운 노래가 아름답지 않을 바는 아니지만, 당분간은 그런 노래를 삼가해 부를 것——한마디로 내가 그 화가의 이야기에 애를 먹은 것은, 그것이 그 시절의 묵시적 요구였고, 스스로도 거기 동의가 불가피해진 때문이다. 나아가 나의 동의 여부에 관계없이 그것이 그 시절의 한 당위적 명제로 이해된 때문이었다. 더 솔직하게 말하면 그 같은 시대의 엄중한 명제 앞에 나는 그 이야기가 '즐거운 노래'로만 일면적으로 해석될 오해의 가능성을 배제할 능력에 자신이 없었고, 그로 인한 본의 아닌 폐해와 배덕성에 스스로 두려움이 앞선 때문이었다. 그래 나는 차라리 그 노래와 금계망의 거친 이분법 앞에 혼자 속에 숨어 있는 '전체적 진실'의 유보적 실체로서 그것을 지금까지 지녀온 것이었다.

그렇게 혼자 숨기고 참아온 이야기가 그 남녘 산골짝의 화가의 일만이 아니었음은 물론이다. 1장에서 보인 바나 그 밖의 몇몇 경험들에 대해서도 나는 여태 그 같은 의구심과 자제를 제법 계속해온 셈이었다. 이 세상 사물 현상들이 모두 복합적 양가성을 지닌 것이라 하더라도, 그리고 이 세상과 우리 삶 자체가 그런 것이라 하더라도, 나는 그것을 전체성으로 설득력 있게 드러내 보일 능력이 모자랄뿐더러, 그중의 어떤 것들은 이웃 일반에게만이 아니라 나 자신에게까지도 그저 밝고 즐겁게만 보이는, 그래서 뜻모르게 아름답게만 보이는 일면적 소모성의 성취담 조 이야기에 그칠 가능성이 큰가 하면, 반대로 어떤 것들은 그저 맹목적 파괴성과 패륜적 잔혹성만을 드러내고 있는 듯 싶어 보인 때문이었다. 개인적이고 내면적인 감동에 반하여 우리 사회의 일반적 금계망에 순응하여 이성적 판별력으로 발설을 억제해온 사정은, 가령 근자에 주위에 무성해진 농악놀이 소리나 박수 소리에 맞춘 우렁찬 합창 소리를 만났을 때의 내 정서적 반응 상태에서도 마찬가지다. 상당한 의혹의 위험성을 각오하고 고백한다면, 나는 근 40년 전 어느 한 시절의 무서운 경험 이후로 농악기의 연주와 박수 소리에 실린 다중의 합창 소리를 그리 좋아하지 못한다. 좋아하기보다 은근히 가슴이 내려앉는 경우마저 없지 않다. 초저녁에 농악 소리가 울려 퍼지고, 마을회관에서 동네 청년들의 박수와 합창이 계속되는 날 밤이면 끔찍스런 일들이 일어났던 때문이다. 하지만 나는 그 같은 개인적 사연이 있음에도 내 진심을 함부로 털어놓지 못한다. 근자에 잦아진 농악기들의 놀이와 다중의 합창 행사는 그 시대적 의미가 각별하기 때문이다. 내 개인의 진심을 털어놓고 그것을 설명하고 주장하려 할수록 그 역기능만 자꾸 더해갈 뿐이기 때문이다. (밤늦은 시각이나 새벽녘에 울리는 전화벨 소리는 누구나 반가워할 바가 아니거니와, 앞서의 일에 비해 그 전화벨 소리에 유난히 병적인 공포감을 발동하곤 하는 내 심리 상태나 그 사연은 고백이 한결 용이할 것이다. 왜냐하면 그 같은 전화벨 소리에 대한 공포감이나 그 사연의 고백은 모종 물리적 보복의 위험 외에 이 시대 일반의 진실의 동의를 얻을 수 있기 때문이다.)

  하고 보면 나 또한 그 눈에 보이지 않는(그래서 더욱더 일반적으로 수렴력이 강한) 한 시대의 금계망에 스스로가 꽁꽁 묶여 지내온 격이 되리라. 그리고 그로 인한 자기 갈등의 압력을 지어 지녀온 셈이리라. 하지만 나는 물론 그것을 불평하거나 원망하지 않는다. 되풀이 말하거니와 그 거친 이분법적 인식망과 그에 기초한 금계망의 수락은 우리 시대의 한 운명적 명제이자, 나 자신보다 크고 이성적인 진실을 향한 자의적 지향과 결단의 결과로 이해되기를 바라는 때문이다.
  그럼에도 불구하고 내게는 아직 좀 신중하게 되새겨보아야 할 몇 가지 본질적 문제들이 남는 것도 사실이다. 그것은 우선 세상사 모든 것을 선악 일면체로 귀결 짓고 마는 이분법적 금계 체계의 인식법에 대한 의구심이다. 세상엔 정말로 그처럼 절대적으로 선하고 절대적으로 옳은 일이 있을 수 있는 것인가. 모든 현상과 행위들에 대해서 그런 구분이 가능한 것인가. 그러한 태도나 인식의 기준은 무엇이며 그것들은 궁극적인 정당성을 지닐 수 있는 것인가. 다음으로는 그것이 비록 가능하다 하더라도 우리가 그중의 어떤 것(일방적 해석을 기피하려는 것들까지 포함하여)을 멀리하거나 입을 다무는 식으로 취사선택을 행하는 것이 온당한 노릇인가, 우리에게 그런 권리가 있는 것인가, 밝고 행복한 이야기는 정말로 우리의 정신을 마비시키고 속이기만 하는가 하는 등등에 대한 의문이다. 앞서 예를 든 '즐거운 노래'는 그 자체로서는 물론 무고한 것이다. 나아가 그것이 표상하는 밝고 행복한 삶은 우리 생존 과정의 필수적 조건이자 궁극의 목적이다. 우리가 널리 선택해온 삶, 그 어둠 속에 억눌리고 고통 받은 삶들의 '슬픈 노래'도 궁극의 목표는 그것들을 물리치려는 자기 각성과 결단을 통하여 밝고 행복한 삶을 열어가려는 데에 있을 것이다. '슬픈 노래'는 그러므로 실상 우리 인간성의 아름다움과 행복한 삶의 고귀성들을 말하기 위한 반어적 수사법의 한 방편에 다름 아닌 것이다.

'즐거운 노래'가 부도덕시되는 것은 그 자체의 반도덕성 때문이 아니라, 그것이 오히려 허무맹랑해 보일 만큼 세상을 힘들고 어둡게 이끌어온 무리들의 허물과 그 허물을 엄격히 추궁하고 척결하려는 한 시대의 양심의 결벽성 때문일 것이다. 그리고 그런 점에서, 또는 우리 삶과 세상이 그처럼 투철하고 결벽스런 도덕성과 진보적 인격체들에 의해서만 영위되고 있지를 못하다는 점에서 그같은 '슬픈 노래'에 대한 배타적 선호와 '즐거운 노래'에 대한 금기시 현상은 경우와 본말을 너무 무시한 일종의 독선으로도 보인다. 아니 그 같은 독선적 금계망 또한 넓게 보아 우리 삶을 또 한 번 되묶는 답답한 굴레나 어두운 함정이 되는 게 아닐까…… 솔직히 말하여 그간에 나는 거기 스스로 순응을 해오면서도 그 같은 의구심들이 끝내 사라지질 않았고 그 도도하고 압도적인 금계망의 결벽스런 명분 앞에 그에 대한 확연한 자기 해답을 얻지도 못해온 것이다. 그리고 그에 대한 의혹이 깊을수록 나는 그 '슬픈 노래'의 비장미나 비극미에의 경사 속에 한편으론 화창하고 '즐거운 노래'들에 대한 꿈을 혼자 은밀히 간직해온 터이다.

자연히 그만큼 갈등의 압력도 더해갈 수밖에 없었다. 언젠가 나는 「전쟁과 악기」라는 어쭙잖은 소설에서, 그 소리가 아무리 위험하고 파괴적인 것이라 하더라도 한 줄의 소리[音價]를 제거해버린 (혹은 유보해버린) 악기의 연주는 온전한 음곡의 연주가 될 수 없음을 말한 일이 있었다. 하물며 그렇게 추방된 음가(즐거운 노래)가 궁극적으로 우리 인간들 개개인의 삶에 있어 추하고 부도덕하기보다 오히려 가장 소중한 덕목이자 아름다운 가치의 표상일 경우에랴. 더욱이 그 부도덕성의 자의적인 시인과 그로 인한 금계망의 명백한 수락에도 그에 대한 은밀스런 꿈과 향수가 끝끝내 잠들지 못하고 있음에랴. 그 갈등의 압력의 크기는 더 말을 할 나위도 없으리라. 그래 그 같은 갈등의 압력이 '노래' 대신 이런 식의 남루한 넋두리로 변한 것인지 모르지만, 그러나 그 압력이 이런 넋두리로도 감당불급이 된다면 그때는 다시 무엇으로 대신될 수 있을 것인가.

──금지곡에 대한 향수.

골목길에서 일은 퍽 다급한데 주위에는 아무래도 마땅한 장소가 없다. 마침내는 더 이상 참을 수가 없어져 사람의 발길이 뜸한 사이에 에라 모르겠다, 담벼락에 마주 붙어 급한 일을 치른다. 사람이 나타나기 전에 일을 끝내려 있는 힘을 다해 용을 써대면서. 하지만 아무리 기를 쓰고 덤벼도 아랫배의 욕망은 시원스럽게 꺼져 들질 않는다. 그저 무한정 답답하고 지루한 분출만 계속된다. 그 길고도 초조한 자기 쫓김. 그러다 끝내는 누군가의 방해로 미처 다 욕망을 풀지 못한 채 묵지근한 기분 속에 꿈이 깬 경험은 누구나 어렸을 때 한번씩은 겪게 되는 악몽일 것이다.

이와 비슷한 사출 욕망의 꿈은 그보다 훨씬 나이를 먹은 뒤 사춘기의 짜릿짜릿한 춘몽기 때였다. 나의 사춘기는 별로 고운 것도 심각한 것도 못 되었지만, 그런 가운데도 나잇값을 치르느라 제법 뜬구름 같은 한 시절을 지나갔다. 눈에 보일락 말락, 손에 닿을락 말락, 때로는 전혀 엉뚱한 상대와 부끄러운 고개까지도 오를락 말락. 그러다 대개는 아쉬움 속에서 못내 허무하게 꿈이 깨고 마는 안타까움——이도 또한 누구나 비슷하게 겪어 넘기게 마련인 악몽록일 터이다……

나는 어디선가 내 하루 동안의 마음의 균형을 고르기 위해 어릴 적부터 가끔 아침 녘으로 그 화투패의 점괘를 떼어보는 남세스런 버릇을 고백한 일이 있다. 뿐더러 나는 거기서 내가 원하는 좋은 점괘가 애초에는 그저 재미있는 놀이나 좋은 음식을 얻어먹는 따위에서 나이를 먹어감에 따라 가슴이 두근거려지는 이성의 문제로, 그리고 다시 재물 등속의 선호 과정을 거쳐 종당에는 주위와 자신의 무탈을 비는 마음의 즐거움으로, 그 소망이 서서히 바뀌어가더라는 고백을 덧붙였던 것으로 기억된다. 그런데 사람이 나이를 먹어가면서 변해가는 것은 화투패 점괘에서처럼 마음으로 바라는 소망뿐만 아니라 꿈의 내용도 마찬가지일 것이 분명하다. 나이를 먹어가면서 겪는 일이나 소망하는 일도 함께 달라지는 때문이다.

돌이켜보면 내가 이날까지 시달려온 꿈(악몽)들도 그 주요 레퍼토리와 내용들이 계속 달라져온 게 사실이다. 연차별로 되돌아본 내 악몽들의 주요 목록의 내용은 대개 이런 식이 됨 직하다.

우선 앞서의 요몽(尿夢)과 비슷한 시기의 꿈으로 저 무서운 흉한에게 쫓겨대는 도망질 꿈이 있다. 강도나 악당에게 끝없이 쫓기는 꿈, 그러다 어떤 땐 높은 나무나 지붕, 언덕 끝 같은 데서 천길 허공으로 몸뚱이가 떨어져 내리는 꿈. 떨어져도 떨어져도 끝이 없는 추락에 제물에 소스라쳐 잠이 깨고 나서도 한참씩 후줄근히 땀에 젖고 있다간, 아가 또 꿈을 꿨구나, 키 크려고 그런다, 곁에 계신 어머니의 다독거림을 받고서야 비로소 다시 안심하고 눈을 감는 그런 꿈. 같은 무렵, 그 인자스런 어머니가 돌아가신 꿈 때문에 베갯잇을 적시며 훌쩍거리다가 바로 그 어머니의 꿈 단속의 손길에 어둠 속에 혼자 멋쩍고 안심스런 한숨을 삼키던 밤도 부지기수였을 것으로 기억된다.

그런 꿈들은 물론 이후로는 별로 자주 꾸게 되지도 않거니와, 어쩌다 비슷한 걸 꾸게 되더라도 내용이 많이 우회적이다.

좀더 사연이 깊은 꿈은 거기서 더 나이를 먹어 겪은 저 6·25전란에 대한 악몽이다. 6·25의 참화가 나만의 경험이 아닌 바에야 그에 대한 악몽 또한 나만의 특별한 꿈 목록일 수는 없겠지만, 어쨌거나 그 처참한 전란을 겪은 뒤부터 6·25는 한동안 두렵고 절망적인 내 악몽의 단골 레퍼토리로 마감조차 기약 없는 잔인한 장기 공연을 시작한 것이다. 어떤 땐 다시 전란이 한창 치열하게 계속 중인 시절을 꿈꿀 때도 있었고, 어떤 때는 유사한 새 전란이 일어나 막막한 불안감에 허둥대고 있을 때도 있었다. 뒤늦게 오인으로 밝혀지긴 했지만, 마치 언젠가 민방위 본부의 공습경보 사이렌으로 사람들이 한동안 심한 불안감과 혼란에 싸였던 것처럼. 전란 중에 외가가 멸문을 당하다시피 한 내 전란 공포증은 그렇게 자주 나를 괴롭혀온 악몽의 주류가 되고 있었다.

이와 비슷하게 나를 안타깝고 주눅 들게 한 것은 앞서 말한 희미한 사춘기를 지난 뒤 청년기 무렵부터의 군영 생활의 꿈이다. 나는 물론 일찌감치 병역의 의무를 끝내고 나온 처지니 가끔씩 그런 꿈을 꾸게 되는 것도 이상해할 일은 아닐 게다. 하지만 그 꿈속의 내 병영 생활은 대개 옛날 일의 단순한 재현이 아닌 데에 괴로움이 있었다. 일단 제대를 해 나갔던 내가 어떤 사유로 해선지 재입대를 해 들어와 애를 먹고 있는 경우가 허다했다. 꿈속에서도 나는 이미 내가 병역 복무를 끝내고 제대를 해 나간 처지임을 알고 있다. 그래서 뭔가 일이 잘못되어 재입대를 해 들어오게 된 억울한 사정을 호소하고 싶어 한다. 그러나 누구도 그것을 인정하고 잘못을 시정해주려지 않는다. 그래서 끝내는 제대까지의 세월을 날짜로 셈하고 그것을 다시 밥그릇 수로 세면서 수첩에서 하루하루 그것을 지워가던 그 옛날의 막막한 절망감을(그것을 두 번이나 다시 시작한다는 것은, 그리고 그것을 알면서도 한번 더 견뎌야 한다는 것은 얼마나 더욱 막막하고 낭패스러웠던가) 되씹으며 사지가 녹아나고 오금이 무너지는 듯한 절망과 체념의 시절을 감수한다. ……그런 악몽의 한 시절을 견뎌낸다.

그에 이어 마흔 줄에 들어서면서부터 새롭게 등장한 내 숙성하지 못한 꿈의 소재나 등장인물들은 그간의 깊은 마음속 은인들. 나 하나의 경우뿐 아니라 사람은 누구나 오랜 삶의 과정에서 여러 가지 보살핌과 은덕을 입게 마련이다. 온정을 입고 지혜를 얻고, 혹은 삶의 의지나 경제적 도움에까지도. 돌아보면 나의 경우는 그런 신세 짐과 은혜 입음이 유난히 많았던 듯싶어질 때가 있다. 그런 신세 짐이 특별히 많았다기보다 그 신세 갚음, 은혜 갚음이 많이 모자랐다고 하는 편이 나을는지 모른다. 은혜를 입고 보은을 하는 것은 마치 술 사기나 경조사에의 부조 행위처럼 오는 곳으로 되돌아가기가 어렵다. 사는 곳이나 시기에 따라서 오는 곳 가는 곳이 다른 때가 허다하다. 언제 한번 그 어른을 찾아 뵙기라도 해야 하는데…… 마음속 벼름뿐 그 일의 실행에는 불가피한 사정이나 구실들이 일쑤 앞장을 서곤 한다. 그게 두고두고 마음의 빚으로 남아서 나를 죄스럽고 민망하게 만든다. 뿐더러 내가 스스로 찾아 뵙고 배은을 사죄드리기 전에 불시에 어디서 불쑥 만나지지나 않을까, 지레 혼자서 두려움에 쫓기기까지 한다……

그런데 언제부턴가 그분들이 정말로 꿈속으로 홀연히 나를 찾아 나타나기 시작하신 것이다. 세상 살아나온 것을 이따금씩 되돌아보는 버릇이 생기면서부터였던 듯싶다. 차를 타고 가다가, 어떤 모임 가운데서, 어떤 때는 나의 집이나 혹은 얼토당토않은 미지의 장소들에서. 그러니까 꿈속에서의 그런 갑작스런 만남이 전혀 즐

겁고 떳떳한 것일 수가 없다. 꿈속에서도 그런 만남이 송구하여
제 두려움 속에 혼자 조바심을 쳐댄다. 그리고 그런 때 상대방은
대개 이쪽의 진심을 차갑게 외면해버리기 일쑤다. 어떤 변명과 사
죄의 노력에도 그저 냉랭한 외면의 눈길뿐. 어떤 혹심한 질타보다
도 더 괴롭고 아픈 침묵뿐······

  하지만 이제는 이 정도로 그만 내 괴로운 악몽의 목록을 마감하
는 게 좋을 것 같다. 이후로도 물론 여기에 추가될 흉몽의 최근판
들이 없는 것은 아니다. 일테면 졸지에 위아랫이빨이 옥수수알처
럼 빠져 쏟아진다든지, 신발짝을 잃고 마냥 조바심을 쳐댄다든지,
잔칫날을 만나서 지겹도록 음식을 먹어댄다든지(나는 언제부턴가
늘 소화 기능이 좋지 못한 편이다)······ 이런 따위 자신의 부실한
건강에 대한 우울증의 변주편이 자주 등장하는 것도 필경은 그런
예의 하나일 수 있을 것이다. 하지만 근자 나의 악몽의 무대는 그
런 건강의 변주 편들에도 불구하고 전혀 새로운 변화가 일고 있는
것이다. 복고 편이랄까, 종합 편이랄까. 요즘 들어선 그 건강의 변
주 편들 이외에 옛날에 이미 상연을 거친 꿈들이 번갈아 새롭게 재
연되기 시작한 것이다. 게다가 요즘엔 그 횟수마저 부쩍 더 빈번
하여 건강에 대한 변주 편은 차라리 그 리바이벌 무대의 막간물에
나 불과해 보일 정도이다. 그러니 이제는 새 악몽 목록의 소개보
다, 어찌하여 갑자기 지나간 악몽들의 재연이 그토록 빈번해지고
있는지, 그 이유나 사연 쪽이 더욱 수상해진다.

  그야 앞에서도 말했듯이, 그간에도 물론 옛날의 악몽들이 한 시
절로 말끔히 사라진 것은 아니었다. 어린 날의 요욕에서부터 근래

의 그 은인들에 대한 자기 배신감에 이르기까지. 그간에도 나는 꿈속에서 종종 괴로운 재연을 겪어온 게 사실이다. 하지만 다시 또 이 나이가 되어서 어린 날의 요욕과 추락의 위기에 쫓기고 6·25의 두려움과 멀어진 은인에 대한 자기 배신감에 되풀이 몸을 떨어야 하는 악몽들이라니…… 그 같은 과거의 즐겁잖은 악몽들이 판을 차지하고 나서듯 빈번해진 현상엔 나름대로의 사연이 있을 게 분명한 것이다. 그리고 그것은 사정을 조금만 따져 생각하면 해답이 그리 먼 데 있는 것도 아니다.

저 19세기의 족집게 해몽가 프로이트 박사를 빌려올 것도 없이, 꿈이란 우리의 실제 삶 속에 잠재된 욕망이나 두려움 혹은 그로 인한 억압된 갈등과 무의식의 표현이다. 그래 우리는 그 꿈속에서도 현실에서처럼 욕망을 성취하려 하거나 갈등을 해소하려 애를 쓰게 마련이다. 그런데 내가 꾼 악몽들에서는 그 소망들이 거의 이루어지질 않는다.

낭떠러지에서 계속 떨어지는 과정 속에 꿈이 깨고 마는 것처럼 6·25전란의 끔찍스러움이나 은인들에 대한 깊은 죄책감에서도 그것을 벗어나고 싶은 간절한 소망 속에 안타까운 꿈이 깨게 되는 때가 대부분이다. 그리고 비로소 의식을 되찾곤 후 한숨을 내쉬곤 한다. 하지만 그것이 꿈속에서 시달린 욕망과 갈등의 참 해결책은 될 수가 없다. 그것이 현실의 대행적 변주요, 현실의 갈등이 엄존하고 있는 이상엔 문제 중단의 가짜 해결일 뿐인 것이다.

그리고 그런 점에서 꿈속에서의 욕망이나 괴로운 갈등들은 꿈속에서 성취되고 해소되어도 안 되는 것일 게다. 그게 바로 악몽의 악몽다운 점이지만, 꿈속에서의 욕망의 실현은 곧바로 현시의 악몽을 낳는 때문이다. 그 팽팽한 어린 날의 요욕이나 춘몽들의 경우는 더러 꿈속에서 깨끗이 해소되는 경험이 없지 않을 것이다. 그것은 꿈속의 욕망의 해소이자 현실의 그것의 해소이기도 할 것이다. 하지만 그 분출 뒤의 낭패스런 현실 각성. 그것은 바로 그 현실까지도 괴로운 악몽으로 적셔버리는 것이 아닌가.

악몽 속의 욕망이나 괴로운 갈등은 다만 그 꿈을 깨는 것만으로는 해소될 수가 없는 것이다. 더욱이 현실의 숙제가 풀리지 않고 있는 한엔 그것들이 꿈으로 해소되어서도 안 되는 문제들인 것이다. 꿈이야말로 (아니 그 꿈조차도) 바로 우리의 삶과 의식의 감시 장치인 까닭이다.

요즘 와서 옛 악몽들이 빈번하게 다시 재연되는 현상도 이제는 사연이 자명해진 셈이다. 그것은 아직도 옛날의 소망이나 갈등의 문제들이 현실에서 정직하게 해소되지 못하고 있는 탓일 것이다. 그래서 그것이 요즘 와서 다시 나를 감시하기 시작한 때문일 것이다. 아니 어쩌면 나이를 먹어가면서 내게 그만큼 부질없는 기우나 겁이 나는 탓일 수도 있으리라. 나는 차라리 그러기를 바란다. 이제 와서 그 6·25와 재입대의 악몽들에 되풀이 시달리는 것이 현실의 문제는 아니기를 바라는 때문이다.

── 악몽의 그림자.

(『문예중앙』 1989년 봄호)

잃어버린 절

──가위 밑 그림의 음화와 양화 4

　남녘 해변가의 고향 고을 북역(北域)에 천관산이라는 이름의 큰
뫼가 하나 있었다(라고 사실을 과거형으로 말하는 것은, 여기서의
그것은 내 유년의 기억의 산을 이름인 때문이다). 천관산이라는 본
래의 이름보다 일대에선 그저 '큰산'이라 부르고, 오랜 세월 그렇
게 알려져온 산이었다. 큰산에 비 몰려온다, 큰산으로 소풍 간다,
큰산이 울었다──등등으로 말해질 뿐 아니라, 역내의 각급 학교들
이 예외 없이 그 산세와 정기를 예찬하고 있는 교가들도 천관산으
로보다는 그저 큰산으로 일컬어온 그런 산이었다. 산뚜껑의 꼭지
처럼 거대한 바윗덩이가 무겁게 올라앉아 있는 정봉(구룡봉이라
하였다)은 날씨가 좋은 날에도 자주 구름에 가려지고, 가뭄이 들
거나 장마가 지는 것들도 모두 그 산의 영기와 조화의 탓인 듯 말
해질 정도로 근동에선 빼어나게 높고 우람한 산이었다. 산이 그렇
듯이 더 크고 높아 보이는 것은 남쪽 기슭이 바로 십 리 안팎으로

바다에 임해 있어 표고가 한눈에 드러나 보이는 탓도 있었을 것이다. 배를 타고 앞바다를 나가보면 산이 이내 속으로 뿌옇게 멀어지다 제물에 사라져갈지언정 시야가 가려 그 모습이 숨어드는 법이 없었으니까. 어떤 사람들은 산의 정상인 구룡봉엘 올라서 보면 제주도가 멀리 물 위에 떠 있는 보릿대 모자처럼 아득히 건너다보인다 하였고, 부근에는 한라산의 봉화를 영암의 월출산으로 받아이어주는(그 말대로 한라산과 월출산을 바로 이어주는 것은 아니었겠지만) 봉수대 터가 아직 그대로 남아 있다고도 하였다.

이 산은 그러니까 나의 향촌인 대덕이나 장흥 고을뿐만 아니라이웃 강진이나 물 건너 완도의 일역(약산·고금면 등)에까지도 성가가 꽤 알려진 명악인 셈이었다. 뒷날 기록을 찾아 알게 된 일이지만, 이 산은 예로부터 내장산·월출산·변산·두륜산 등과 함께호남의 5대 명산으로 불리어왔다 하니 이에서도 그 웅자나 풍치를대강은 짐작할 수 있을 터이다.

자연히 이 산에는 옛부터의 고태스런 이야기들이 많았고, 더욱이 이곳 지역민들의 삶의 애환과 변천사에는 이 산이 사단(事端)이 되고 있는 경우가 많았다.

그 산에 대한 나의 어릴 적 기억은 단오·망종이나 추석 같은 명절에 마을 남정들이 아침 일찍 그 산으로 놀이를 가는 것이었다.그것은 물론 산놀이보다도 깊은 산골의 야생 과일 열매나 약초·나무새들을 찾아가는 산행이었다. 봄철 산행에선 갖가지 나물 자루들이, 찬 달빛에 젖어 돌아오는 가을 녘 산행에선 밤이나 감 자루들이, 절기따라 마을 사람들의 어깨를 무겁게 하고 있었다.

하지만 그 같은 봄·가을 큰산행은 8·15 이후부터 그 관습이 사라졌다. 고을 안 산길가 큰 나무의 둥치들이 하얀 삐라들로 도배질이 되면서부터였다. 그리고 종종 밤어둠을 타고 그 '산손님들'이 내려와 피아간 인명을 상하고 다닐 때부터였다. 마을에선 보통 '공비'나 '반란군'으로 부르는 그 사람들을, 밤으로 산길에서 마주치게 되거나 저들의 불시 방문을 당하게 됐을 때는 '산손님'이나 '밤손님'으로 정중하게 부르도록 단속되던 시절이었다. 그 사람들 역시도 근본을 알고 보면 바로 한 동네나 인근 마을들에서 산으로 들어간 사람[入山者]들이었지만, 그새 성정들이 모질게 달라진 위인들의 은신처가 그 큰산의 깊고 험준한 산속인 때문이었다.

마을 남정들은 그래 이제 그 산행의 절기가 되어도 큰산으로 가는 대신 대창들을 깎고 경비막을 지어 올려 제 마을들만 지켰다. 때로는 면사무소나 지서 주위에 대울타리를 둘러치고 방어호를 파는 울력에 가가호호 사람들이 동원되어 나가기도 하였다. 그러다 한번은 온 고을 남정들이 손에 손에 대창을 들고 사방팔방으로 큰산을 에워싸고 올라가는 일대 수색전이 벌어진 적도 있었다. 그날 수색에는 얼마나 많은 사람들이 동원되어 나섰던지, 정오쯤에는 10여 리 밖 상거에서도 산꼭대기가 사람으로 하얗게 뒤덮인 것을 볼 수 있었을 정도였다. 그런 대규모 수색전은 그 후 그 6·25의 혼란기를 거쳐 정세가 평정을 되찾을 때까지 몇 차례나 번갈아 되풀이되어나갔다.

그런 건 너무 거창한 싸움 이야기고, 눈길을 좀 바꿔보면 큰산을 둘러싼 인간사 가운데는 그 풍정이 제법 넉넉해 보이는 다툼들

도 있었다. 다름 아니라 그것은 대덕과 이웃 관산 고을과의 오랜
세 겨룸 현상들인데, 두 고을 간의 갖가지 세 겨룸의 원인인즉 바
로 그 큰산의 위치와 산세 해석에서부터 비롯된 것인 데다, 다툼
의 승부 또한 그 산세의 해석의 향방으로 결과되는 때문이었다.

　이 산은 구룡봉 정상 부근을 경계로, 대덕은 산의 서남쪽에, 이
웃 관산은 산역의 동북쪽에 각각 위치하고 있었고, 산세의 흐름조
차 어느 방향에서 보아도 나름대로의 얼굴을 짓고 앉아 있었다(산
의 표상이랄 만한 것들로 구룡봉 바위는 대덕에 속하였고 봉수대 시
설은 관산역에 위치했다). 하여 대덕과 관산 사람들은 예로부터 이
산의 정기를 독점해 누리고자 네 산이다 내 산이다 다툼이 잦아온
것이었다. 관산은 실상 이 산의 이름[天冠山]에서 고을명이 유래
(1936년 고읍면에서 관산면으로 개칭)한 데다 동북으로 흘러내린
완만한 산역에 깃들어 사는 인총이 많으니 제 쪽 산이라 하였고,
대덕은 대덕대로 남쪽을 향해 품을 열고 앉은 넓은 산세와 방위를
내세워 자기 쪽 산이라 우겨온 것이었다. 두 고을 간의 그 같은 다
툼은 그저 그 이름과 정기를 누리려는 명목상의 겨룸에만 그치지
않고 보다 현실적인 실세의 부딪침마저 빚어져오고 있었다. 양쪽
고을 초군(樵軍)들이 산 경계에서 벌이는 씨름판이 잦은 것도 그
러했고, 농사철 가뭄에 기우제를 올릴 때면 예외 없이 심한 편싸
움이 벌어지는 사정도 그러했다. 가뭄이 심해지면 두 고을 사람들
은 서로 번갈아가며 큰산으로 올라가 기우제를 지냈다. 그 대규모
기우제 끝에는 산중 분묘를 파헤쳐서 불사르는 파묘 행사가 뒤따
랐다. 가뭄이 드는 것은 큰산에 누군가가 묘를 잘못 써서 화기(火

氣)를 돋워 올려 수맥을 말려버린 탓이라 해서였다. 사람들은 산의 기맥을 해치는 분묘들, 특히 평장으로 도장된 분묘들을 찾아내어 유골을 파헤치고 불태워 뿌렸다. 그 같은 파묘의 대상을 대덕 사람들은 관산 쪽 산역에서, 관산 고을 사람들은 대덕 쪽 산역에서 찾아내려는 데서 말썽이 일곤 했다. 일테면 서로가 제 고을 묘는 지키고 남의 고을 분묘만 파헤치려는 데에서 그같이 험악한 집단 폭력이 빚어지곤 했던 것—

큰산을 둘러싼 두 고을 간에는 자연히 사사건건 대립과 다툼이 많을 수밖에 없었다. 그런 대립과 다툼 가운데서도 상대 쪽 고을보다 유능한 인재 길러내기, 학교 세우기와 장학 사업 일으키기, 읍 승격 성취와 편의 기관 유치 운동 같은 것은 두 고을 공히 발전적이고 진취적인 고을세 부양의 계기가 되어준 것도 많았다. 그렇듯 큰산은 대덕과 관산면 두 고을 역사의 공동의 마당이자 지역세 발전의 소중한 동력 구실을 감당해온 셈이었다.

그런데 이 큰산과 관련하여 빠뜨릴 수 없는 일의 하나는 옛날에 이 산에 규모가 엄청난 큰 절이 하나 자리 잡고 있었다는 사실이다. 어렸을 때 나는 사람들이 그 큰산을 말할 때 절에 관해서도 꼭꼭 한마디씩 하는 소리들을 들을 수 있었다.

—큰산엘 들어가면 사방에 옛 절터가 남아 있는데, 그 도량이 얼마나 컸던지 절이 불타 없어질 때 죽어 쌓인 빈대 껍질이 지금도 발등을 덮어올 정도란다.

—큰절터 앞에는 산중복껜데도 용둠벙이라고 부르는 깊은 소(沼)가 하나 뚫려 있어, 그 소에서 아홉 마리의 용이 살다가 등천

을 해갔단다. 그래 절터 뒤엔 지금도 용이 꿈틀거리며 하늘로 올라간 발자국 모양이 남게 됐고, 큰산의 정봉을 구룡봉이라 하는 것도 거기서 이름이 유래한 것이란다.

——용이 하늘로 올라간 것은 절이 불타 없어져 거기서 더 살 수가 없게 된 때문으로, 그로 하여 용들이 떠나버린 큰산은 이후부터 정기를 잃은 죽은 산이 되고 말았단다. 그래 산만 컸지 이 산 아래선 큰사람이 나기가 어렵게 되었고……

큰산에 걸맞은 큰절의 전설이었다. 그것도 그냥 그런 이야기로만이 아니라, 산중복께에 실제로 절터와 용소가 남아 있다는 것이었다.

하지만 나는 나이 어려 거기까지 산을 직접 들어가본 일이 없었다. 산이 크니까 으레 절도 있었겠지 하는 정도로, 그 절의 이름이 무엇이었으며 어느 때 어떤 일로 불타 없어지게 되었는지, 그런 데 대해선 별로 마음을 써본 일이 없었다. 뿐더러 절이 불타 없어지고 용들이 산을 떠나 하늘로 올라가버린 일을 아쉬워하거나, 그래 큰산이 정기를 잃고 죽은 산으로 변하여 그 아래선 큰사람이 나지 못하게 된 것을 그리 섭섭해해본 일도 없었다. 심지어 그 절은 처음부터 불에 탄 절터로만 남아 있어온 듯 절로보다 절터와 그 전설에나 익숙해온 것이었다.

그것은 이곳 고을 사람들조차도 그런 데엔 그리 관심을 두지 않아온 탓이기도 하였다. 내 어릴 적의 그 어른들 역시도 큰산의 큰 절터로(천관산을 그저 큰산으로만 말하듯) 막연히 말할 뿐, 본래의 절 이름을 말하거나 그걸 궁금해하는 일이 없었다. 절이 세워지고 융성할 때의 일은 물론 그 절이 언제 어떻게 불타 없어지게 되었는지에 대해서도 입에 올리거나 궁금해하는 일이 별로 없었다. '큰절'로보다는 '큰절터'로만 말하듯, 그리고 늘상 그 절터의 규모에만 감탄을 일삼듯 그때의 어른들도 절이나 그 절이 있었던 사실보다는 절이 남긴 절터와 그 선담조(禪譚調) 전설들에나 귀가 오래 익어온 것이었다.

큰산은 그래 절이 없는 '큰절터'와 그 절터가 빚어낸 '절터의 이야기'만을 지녀온 것이었다.

큰산과 큰산의 절터에 대한 관심이 내게서 되살아난 것은 그로부터 어언 20여 년의 세월이 흐른 뒤, 해남 고을 대흥사에서 한 보물급 동종을 만나고부터였다. 광주 지역으로 중학교를 나갔다가 집안이 파산하여 식구들이 이리저리 흩어진 바람에, 나는 근 20년 간 실망과 열패감 속에 고향 고을을 거의 등진 채 살아가고 있었다. 새 삶의 터를 잡기에 힘이 부친 탓도 있었지만, 고향 고을이래야 찾아들 집칸조차 없어진 데다 늘상 암울하고 부끄러운 무력감만을 부추겨온 때문이었다. 어렸을 적의 작은 추억조차도 깃들일 수가 없던 곳, 내 어린 꿈을 무참히 짓밟아버렸던 곳, 나를 일찍부터 내쫓긴 자의 신세로 떠돌게 만들었으며, 돌아가 안길 곳이 그리도 긴 세월 허락되지 않던 곳…… 어쩌다 한번씩 그쪽 가까운 길을 스쳐 지나가게 되거나, 어렸을 적 일들이 떠오를 때마저도 고향은 내게 늘 그런 식의 남루하고 척박스런 느낌뿐이었다. 자연히 큰산과 큰절터의 기억도 머릿속에서 까맣게 잊혀지다시피 되고 있었다.

그렇게 한 20년을 흘려 지내고 난 어느 해(아마 60년대 중반쯤의 어느 해였을 것이다) 가을, 나는 한 가지 글거리의 확인차 해남 고을의 큰가람 대흥사의 법계를 찾은 일이 있었다. 그리고 그곳 표충사의 유물관을 구경하다 뜻밖에 장흥 쪽 큰산의 종 하나가 그곳으로 옮겨와 보관돼오고 있는 사실을 알게 되었다. 나는 물론 큰산(천관산)의 옛절 유물로 그런 종이 남아 있었던 사실조차 모르고 있었으니, 그 종의 유래나 그것이 어디서 어떻게 옮겨온 물건인지, 그런 걸 미리 알고 있었거나 알아봤을 리가 없었다. 나는 처음 종이 종각에 매달려 있지 않고 유물관에 구경거리로 앉아 있는 게 별스러워 그 앞에 잠시 발길을 머물러 서게 됐을 뿐이었다. 그런데 그게 사실은 저 유명한 탑산사 구리종으로, 이후 큰산과 큰 절터에 대한 내 길고 긴 꿈과 서글픈 탐색의 계기가 된 것이었다.

탑산사 동종(銅鐘)──임시로 대용한 석조물 좌대 위에 아무렇게나 앉혀놓은 석 자 높이(鐘高 79센티미터, 口經 43센티미터) 정도의 고태스런 동종 앞엔 그 같은 표찰 아래 종의 내력이 간략하게 소개되어 있었다. 내용인즉, 이 종은 본시 장흥골 천관산의 탑산사에 있었던 것으로, 임진왜란 때 절이 불타 없어지고부터 이곳으로 옮겨와 보관되고 있다는 것, 보물 88호로 지정되어 있는 이 종의 제작 연대는 여러 설이 있으나, 그 기법이나 종신에 새겨진 문양·명문[계사(癸巳)라는 연대가 새겨져 있음] 들로 보아서 고려 때의 작품으로 알려지고 있다는 것, 소리는 성륜(聲輪)이 몹시 장원하고 양명(陽明)하다는 것 등이 주 요점이었다.

나는 새삼스레 종의 이모저모를 자세히 살펴보지 않을 수 없었다. 그리고 서서히 자신도 모를 어떤 형언할 수 없는 정회에 빠져들기 시작했다. 큰산에 정말로 탑산사라는 이름의 절이 있었다니. 뿐더러 그 절이 이런 종을 남기고 불타 없어졌다니. 나는 마치 자기 뿌리를 모른 채 제 조상을 욕하며 세상을 부박하게 떠돌아다니던 탕아가 어느 날 문득 자신의 본모습을 깨달았을 때처럼 부끄럽고 뜨거운 회한기가 치솟았다. 그리고 그 같은 서글픈 회한기는 종의 자태가 고아하고 미려해 보일수록〔종의 정부(頂部)는 두 발로 교묘하게 여의주를 받들고 있는 정교하고 아름다운 용형 조각으로 이루어지고, 세 부분으로 나누어진 음관(音管) 몸체는 그 마디마다 연화문과 당초문·보살상 등의 모습이 아름답고 섬세하게 조각되어 있었다〕, 그런데도 이제는 소리를 잃은 채 한낱 유물관의 관람물로나 주저앉아 있는 처지가 무심스러워 보일수록 나를 더 애틋하고 하염없는 상념에 빠져들게 하였다.

　나는 결국 유물관 안내인과 법랍이 높으신 스님들까지 찾아가 종에 대해 더 자세한 설명을 구했다. 종의 내력이나 소장 경위는 물론 그 원적소였던 탑산사에 대해서도 부쩍 더 알고 싶은 것이 많았기 때문이었다. 고향 고을 큰산 속에 탑산사라는 절이 있었다는 게 정말 사실인가. 그 절은 언제 누가 세운 절이며, 규모와 사세는 어느 정도였던가. 임란 때 절이 소실된 게 사실이라면 그 자세한 경위는 어떠하며, 그에 대한 후일의 도모는 어떠했던가. 종은 누가 어떻게 이 절로 옮겨왔으며, 그에 대한 소상한 기록이나 구전 같은 것은 없는가…… 그런 궁금증과 아득한 정회들이 나를 끝없이 휘감아든 때문이었다.

하지만 안내인도 나이 드신 노장들도 탑산사와 구리종의 내력에 대해서는 기대처럼 자세한 걸 알지 못했다. 탑산사는 다만 종신의 보살상 아래 새겨진 명문〔塔山寺火香徒上玄智云云……〕과 한 향토지(조선조 말엽에 찬술된 것으로 추측된 무명씨의 필찬본『장흥풍정록』)에 매우 단편적인 기록이 발견될 뿐이어서 자세한 사실(史實)까지는 알 수가 없지만, 그나마의 명문과 기록들로 미루어 저 신라조의 애장왕 연간(788～809년)에 영통화상이라는 스님이 그런 이름의 절을 천관산에 세운 바가 있었던 게 분명하며, 그 절이 소실된 것은 후일 조선조 때의 임란을 전후한 병화 때문인 것으로 알려져왔다는 것이 스님들의 설명의 전부였다. 더욱이 지금까진 그 천관산에도 옛날 탑산사의 절터로 확인된 곳이 없어서 굳이 거기에 관심을 두어온 사람이 없었다는 것——하지만 천관산엔 원래부터 고사지(古寺址)가 많을뿐더러, 아직까지 불사를 계속해오고 있는 선방이 몇 군데 남아 있어 그중의 어느 곳이 탑산사의 법맥을 잇고 있는 곳인지 모른다는 추측이 뒤따랐을 뿐이었다. 그야 이미 수백 년 전에 없어진 절간인 데다 그 유지(遺址)나 기록조차 별로 확실한 것이 없다면 누군들 거기 관심을 갖거나 자세한 내력을 알고 있을 리가 없었다. 더욱이 그 절이 오늘의 대흥사에까지 특별한 법연이 닿아 있을 수도 없는 외방의 도량임에랴.

하지만 이제 탑산사라는 이름의 한 사찰이 오랜 세월 동안 큰산으로 불리어온 고향골 천관산에 실재하고 있었던 사실은 내게 차츰 분명해지고 있었다. 그리고 그 절에 대한 뒷흔적이 희미하면 희미할수록, 후인들의 관심이 공소하면 할수록 나는 그 당연스런 세정의 흐름이 더없이 속절없고 애틋하게만 느껴졌다.

　나의 그 같은 수수로운 감회는 그 구리종의 뒷이야기들에서 더 한층 깊어갔다. 종에 대해서도 절사람들은 그것이 어떻게 이 절로 옮겨왔는지 자세한 경위를 알지 못했다. 하지만 그 종이 아직껏 현존해 있는 데다 그것을 오랫동안 보관해온 탓에선지, 종에 대한 절사람들의 관심이나 기억은 그 종으로 하여 멀리 법덕을 발했을 절에 대해서보다는 한결 더 확연하고 사실적인 데가 많았다. 그중에서도 특히 왜정 때의 수난사는 가슴속 깊은 곳을 아프게 후려왔다.

　조선을 강점한 일제 때의 왜인들은 조선 땅의 농토나 산야뿐 아니라 모든 생산물과 재화를 마음대로 빼앗아갔다. 그중에도 특히 물욕에 눈이 먼 자들은 문화 유적지나 고분들을 도굴하고 사찰의 유품들까지도 닥치는 대로 훑어갔다. 이런 노략질엔 대흥사의 유물관도 예외가 될 수 없어 몇 차례나 같은 화를 당했다 하였다. 그 중 한번은 유물관에 보관된 금자어서병풍(金字御書屛風, 임진란 때의 서산대사의 충절에 뒷날 정조 임금이 금자어서로 유덕을 칭송하는 글을 써 내린 하사품)과 탑산사의 구리종을 함께 도둑맞은 일도 있었댔다. 하지만 원래 대흥사 도난 유품들은 그 자체의 신통력을 발휘하여 큰 화를 입기 전에 되돌아오게 마련이었는데, 이때의 기이한 사연인즉 이러했다.

　——나라가 무력하게 국권을 빼앗긴 지 어언 30여 년, 그리고 표충사 유물관에서 구리종이 모습이 자취를 감춘 지 십수 년째 되어가던 일제 말 무렵의 어느 해 일이었다. 어느 여름날 한 일본인이

예의 구리종을 수레에 숨겨 싣고 대흥사 절길을 찾아가고 있었다. 구리종을 다시 표충사로 돌려주고 제 집안의 액운을 거둬가주십사 부처님께 빌기 위해서였다. 그 종은 그새 이리저리 여러 사람의 손을 거치고 있었는데, 그때마다 그것을 지니게 된 자는 까닭 없이 졸지에 가운이 기울고 게다가 자주 천역까지 앓게 되어 오래잖아 다시 다른 사람에게로 은밀한 거래가 이뤄져오곤 했던 것. 그러다 종당엔 위인이 멋모르고 그걸 사 지니게 된 것인데, 작자 역시 그때부터 매사가 불운하고 까닭 없이 가세가 기울기 시작한 것이었다. 위인은 생각다 못해 끝내는 어느 점쟁이를 찾아가 그 까닭을 묻기에 이르렀다. 점쟁이의 점괘인즉, '절에 있어야 할 귀하고 영험스런 물건을 지니지 못할 사람이 지닌 허물' 탓이라는 것이었다. 그래 위인은 종의 원 소재지를 이리저리 수소문하여 몇 달 만에 제 발로 대흥사를 찾아가던 길이었다.

종과 함께 도난당한 금자어서병풍도 왕조 말기부터의 수난의 기간이 좀더 길기는 하였지만 그 수난의 사연은 엇비슷하였다. 그리고 금병풍은 그쯤 수난과 신통력의 발휘 끝에 무사히 옛 절로 되돌아올 수가 있었다. 거기 비해 동종이 절까지 돌아오는 데는 거기서도 좀더 곡절이 뒤따랐다. 아니, 그 구리종의 안타까운 수난은 거기서부터가 외려 더 기구했다.

그 왜인이 마침 수레를 이끌고 해남 헌병대 앞길을 지나갈 때였다. 뭔가 수상하게 보자기로 짐을 덮어 싣고 지나가는 그 수레로부터 입초를 서고 있던 일인 헌병의 귀에 웅웅웅웅 이상한 소리가 들려왔다. 헌병은 냉큼 수레꾼을 불러 짐을 열게 하였다. 하고 보니 속에서 종이 혼자 울고 있었다. 그 소리인즉 종이 절을 떠난 이후 위급 지경에 처할 때마다 울어온 소리였다. 사람의 힘으로는 전혀 그치게 할 수가 없는 소리였다.

하지만 왜병은 그러거나 말거나 종소리 따위엔 별 관심이 없었다. 이 무렵은 바로 부족한 전쟁 물자를 조달키 위한 쇠붙이 공출이 한창이던 때였다. 왜병은 두말없이 구리종을 징발하여 부대 건물 뒷마당의 기둥에다 매달았다. 편이 닿으면 다른 철물과 함께 차상급 수집지로 보내기 위해서였다.

하지만 위인들은 그 구리종을 끝내 외지로 실어 보내질 못했다. 헌병대 뒷마당 기둥에 매달려서도 종이 혼자 계속 울어대는 바람에 일인들이 그것을 두려워한 때문이었다. 구리종은 결국 헌병대 뒷마당의 기둥에 매달린 채 8·15 종전과 해방을 맞이하게 되었다. 그리고 이후 한동안 대흥사 앞산의 만일암에 보관되어오다 뒷날에 다시 표충사 유물관으로 옮겨오게 된 것이었다.

되풀이하거니와 그 구리종은 애초 본사가 왜란 중에 불타 없어진 바람에 정처를 다른 절로 옮겨온 처지였다. 그 종이 다시 시대를 건너뛰어 재차 왜인들에게 욕을 당한 꼴이었다. 서글프고 기구한 운명이 아닐 수 없었다……

하지만 종은 이제 그도저도 소리가 없었다. 소리를 잃은 채 객사의 유물관에 깊고 먼 침묵만 지키고 앉아 있었다. 불가의 범종이 그 법덕을 발하는 데에 자리를 가릴 바는 아닐 일이겠지만, 이제는 그 소리조차 울릴 수 없게 된 처지가 영락없는 유배지의 신세 한가지로만 보였다. 확실한 원처(元處)를 찾을 길이 없는 터에다,

이제는 입이 닫혀 제 소리와 내력까지 까맣게 잊혀져가고 있는 무심스런 구리종…… 내가 그 앞에 그리 허망스럽고 서글픈 심회를 금할 수 없었음은 오히려 당연한 일이었을 것이다.
　—잃어버린 종.

　하지만 그날의 대흥사 길은 내게 그런 허망하고 서글픈 감회뿐 아니라 몇 가지 소중한 확신 같은 것을 굳게 심어주고 있었다. 큰산이라 불리어온 천관산에 옛날 탑산사라는 이름의 사찰이 실재했다는 것—바꾸어 말해, 나는 이때 비로소 큰산의 큰절터가 탑산사라는 실명 사찰의 유지였을지 모른다는 추측과 함께, 그 사찰이 임란을 전후하여 불타 없어진 뒤 유물로서 오직 범종 한 점이 대흥사로 옮겨지게 된 사실을 알게 된 것이었다. 그리고 그것은 큰산의 '큰절터'로만 막연하게 이야기 듣고 기억되어오던 그간의 내 무지와 무관심을 일깨워 탑산사라는 이름의 실재의 사찰이 내게 어떤 구체적인 진실의 모습으로 어렴풋이 현신을 시작해온 것이었다. 이때까지의 내 삶이 스스로 그토록 무력하고 무위하게 느껴져온 탓이었는지 모른다. 그리고 막연히나마 스스로 거기 어떤 자기 탈각의 욕망이 숨쉬고 있었는지도 모른다. 탑산사라는 절의 실재 사실, 그 절이 임란의 병화로 소실되었다는 사실, 그것들은 내게 그 큰산과 큰산의 절터뿐 아니라 자신의 삶에 대해서도 모종의 유사한 무지와 미망의 기미를 맡아내게 한 것이었다. 왜냐하면 나는 여태까지 한번도 그 절터에 앞선 사찰의 실재를 생각해본 일이 없었고, 사람들은 언제나 절이 폐사된 내력을 '빈대가 들끓어 그 극성을 못 이겨 불태우고 만 것'으로 말해온 때문이었다.

한마디로 나는 이후부터 큰산과 큰절에 대한 인식을 새로이 하기 시작했고, 더욱이 아직도 불사를 계속하고 있는 선방 암자들이 몇 곳 남아 있다는 데에는 언제고 직접 한번 산을 찾아가야겠다는 결심까지 굳히게 되었다. 일테면 사라진 탑산사의 옛 사지를 찾아보고 그 성세시의 법덕과 영광을, 그 큰산과 큰절의 옛꿈을 오늘에 다시 되새겨보고 싶어진 것이었다. 아니, 거기엔 오랜 세월 제정처를 잃어버린 유배의 신세로, 끝내는 그 소리마저 빼앗기고 앉아 있는 대흥사의 구리종을 제자리로 옮겨와 그 소리를 맘껏 울리게 하고 싶은 막연하면서도 소박한 소망이 함께하고 있었을 수도 있었다.

어쨌거나 그런저런 내 소망은 무엇보다 탑산사가 실재했었던 사실과, 그 소실의 원인이 '빈대 떼의 극성'이 아닌 '임란시의 병화 때문'이었다는 사실에 크게 부추김을 받은 셈이었고, 굳이 내가 산까지 찾아 올라가고 싶어 한 것도 우선은 그러한 사실들의 확인을 위해서였을 터였다.

물론 나는 그것으로 당장 산을 찾아가 오를 수는 없었다. 고향 쪽 나들이가 그리 쉽지도 않거니와 어쩌다 근방을 지나치는 길이 있어도 산세가 너무 깊어 쉽사리 엄두를 낼 수 없는 때문이었다. 산부터 불쑥 찾아 오르기보다는 사전 지식이 더 필요하리라는 생각도 있었다.

나는 산을 오르기 위한 준비 작업으로 큰산의 실태와 탑산사에 대한 자료들을 시간을 가지고 차근차근 찾아 모으기 시작했다. 고향 쪽을 지나거나 그쪽 사람들을 만날 때면 큰산에 대한 이런저런 이야기들을 다시 묻고, 이곳과 관련이 있음 직한 고서나 사찰지, 향토지들을 대할 때마다 이 산과 그 사찰에 대한 숨은 기록들을 찾아보곤 하였다. 그런데 그 같은 사실의 확인 작업은 나를 새삼 놀라고 감동케 하였다.

표고 723미터 높이의 '큰산'은 우선 명칭부터가 근자의 천관산 외에도 천풍산, 대흥산 혹은 지제산 따위로 옛부터 이름이 내외에 널리 알려져온 명악이었다. 이 산에 대한 문헌 자료는 16세기 중엽의 『동국여지승람(東國輿地勝覽)』, 18세기 중엽의 『여지도서(輿地圖書)』 등의 고기들과 근래에 편간된 여러 향토지들에 적지 않은 기록이 남겨져 있었다.

그 한두 예로, 『동국여지승람』에는 이 산의 이름과 산세에 대하여, "천관산은 옛날 천풍 혹은 지제산이라 불리었는데, 산세가 몹시 높고 험하여 가끔 흰 연기와 같은 기운이 서린다(天冠山……舊天風或云支提極高險往有異氣如白煙……)" 하였고, 다시 이 산의 불적에 관한 설명〔長興都護府 佛宇條〕 중에서 "천하를 통한 것이 다 일기(一氣)로 쏟아져 내려와 개천이 되고 그 쌓임은 산을 이루었다. 영(嶺)의 남쪽 바닷가에 임한 땅, 옛 오아현의 경계에 천관산이 자리하니, 꼬리는 궁벽한 구석에 도사리고, 머리는 큰 바다에 잠겨 그 일어서고 엎드림을 거듭하여 구불구불 몇 주의 땅에 걸치며 그 기운의 쌓임이 크기도 하다〔僧靜明記 通天下一氣也, 世爲川讀 積成山云云……〕"고 감탄한 승 정명의 기문(記文)을 소개하고 있었다. 이렇듯 천관산은 예로부터 그 웅자가 외방에까지 널리 알려져, 더러는 호남의 금강 혹은 5대 명산의 하나라 칭하기도 하였고, 심지어 전술한 『장흥풍정록』의 저술자는 "천관산은 예로부터 영묘하고 기이하기로 이름이 높았고, 두류나 서석과 같이 높은 산으로도 당할 수가 없었다"고 했을 만큼 그 성가가 돋보여온 산이었다.

자연 이 산엔 산세와 기령에 걸맞게 불사가 크게 성했음도 당연했다. 앞에서 인용한 향토지에는 이 산의 크고 작은 골짜기들에 1백여 소가 넘는 가람과 암자, 전각들(보현사, 화엄사, 천관사, 왕룡사, 일림사, 심숙암, 영은암, 서운암, 장천암, 동일암, 내장암 등등)이 산재하여 있었다는 기록뿐 아니라, 앞서 대흥사나 옛날 고향 고을 사람들이 말했듯이 오늘에까지도 산의 곳곳에 실재의 사지와 여맥의 선실들을 남기고 있다 하였다.

먼저 천관보살이 주거했다는 데에서 절 이름이 유래했다는 천관사에 관해서는 앞의 책 『동국여지승람』의 장흥도호부 불우조(佛宇條)에 연하여, "……영통화상이란 이가 일찍이 꿈을 꾸니 북쪽곶〔北岬〕이 땅으로부터 솟아오르는데, 화상이 가지고 있던 석장(錫杖)이 날아 산꼭대기를 지나 그 북쪽곶에 이르러 내려꽂혔다. 화상이 꿈에 석장이 꽂혔던 곳에 숲을 베고 가람을 세우니 이가 바로 지금의 천관사다〔有靈通和尙嘗夢北岬從地而泥所云云……〕"라는 창건 설화가 소개되고 있었다. 하지만 이는 불가의 선담식 유래일 뿐이요, 그 자세한 창사의 경위는 이 책의 다른 곳과 앞서의 향토지에 좀더 사실적인 기록들이 남아 있었다.

기록을 종합하면, 이 절의 원래 이름은 화엄사로서, 신라 성덕왕 4년(705년) 보현사의 정천암을 크게 개축하여 그 절 이름을 화엄사로 개칭하고 교종의 승려 영변 등 5인에게 운영케 하면서 화엄경을 설하게 하였던 바, 후일 애장왕 대(800~801년)에 이르러 영통화상이라는 이가 다시 천관사로 개명, 재창건한 것으로 되어 있었다. 그에다 신라 성덕왕(당시엔 아직 화엄사였을 때인 듯)은 쌀 3백 석과 등유 두 석을, 그리고 뒷날 애장왕은 다시 밭 8백 결(結)과 노비 4백 명을 이 절에 시주했던 사실도 그 사세와 관련하여 유념해볼 대목이었다. 그리고 오늘날까지 남아 있는 이 절의 유적으로는 절터 입구에 아직도 절이름을 지키고 남아 있다는 극락전 당우 이외에 3층 석탑(고려 초기 제작 추정, 보물 795호)과 석등(우리나라 현존 석등 가운데에 가장 아름다운 것의 하나로 제작 연대는 통일신라 말기 800~860년으로 추정, 지방문화재 184호), 극락보전 전면 왼쪽 계단 앞에 서 있는 5층 석탑(고려조 후기 조성 추정, 지방 유형 문화재 115호) 등을 들 수 있었다.

다음으로 또 하나 빼놓을 수 없는 불적으로는 관산 쪽 산복에 남아 있는 옥룡사지. 이 절은 일찍이 고구려를 친 당장(唐將) 설인귀가 남쪽 천관산이 승지(勝地)란 말을 듣고 도승을 데리고 이곳까지 찾아와 불전을 세우고 화엄경을 설하게 했다는 유래를 지닌 곳이었다. 그때가 고구려 보장왕 26년(667년)이니 이 절의 창건은 천관사보다도 40여 년이나 앞서는 셈이다. 이 절 역시 귀한 유적 유물을 많이 남기고 있는데, 그중에도 특히 좌상석불(총고 2.1미터, 고려조 중기 조성 추정)과 금동약사여래입상(金銅藥師如來立

像, 1964년 4월 10일 발굴, 백제계 작품으로 7세기 후반 조성 추정)
은 그 작품들의 미술적 가치뿐 아니라 절의 연혁을 추정해내는 데
도 중요한 단서가 되고 있다는 것.

이 밖에도 천관산엔 구룡봉 아래로 수많은 절터들이(사람들은
89찰이라 하였다) 집중되어 있는 데다, 산간엔 그 같은 사지나 유
물들뿐 아니라, 앞서의 천관사나 옥룡사들처럼 당우의 일부가 아
직까지 남아 있어 후인들이 그 도량을 지키고 있는 경우도 있었고,
아니면 사라진 절 이름을 빌려 새 절을 앉힌 곳도 여러 곳이라 하
였다.

그처럼 큰산과 그 절들에 대한 기록들을 찾아내고, 사지와 유물
들의 빛이 분명하게 밝혀져갈수록 내게선 서서히 옛 성세시의 법
경의 형세가 되살아나고 있었다. 일테면 어릴 적의 그 큰산과 큰
절터가 이제는 천관산과 천관사로(혹은 여타의 이름이 밝혀진 절들
로) 기명화되면서, 그 위에 희부연 은성연월(殷盛烟月)의 성세가
꿈결처럼 아득히 떠오르곤 하였다. 그것은 내겐 참으로 일찍이 경
험하지 못한 소중한 감동이었다. 그리고 자신과 고향 고을에 대한
어떤 울림 깊은 자각, 자긍심의 징후가 아닐 수 없었다.

하지만 나는 그런데도 아직은 산을 실제로 찾아 들어가볼 생각
을 못하고 있었다. 그저 이따금 산의 주변만 맴돌면서 이런저런
기록이나 이야기들만을 취합할 뿐 정작에 자신이 사지들을 탐사하
러 산을 들어가볼 엄두는 못 내었다. 이제는 물론 다른 일이 바빠
서나 고향 길이 주저스러운 탓에서가 아니었다. 그 일을 부질없게
여겨서도 아니었다. 나는 이후부터 틈이 날 때마다 고향 길을 자

주 찾아 나서곤 하였다. 한번쯤 직접 산을 찾아 올라보기 위해서였다. 산과 절에 대한 꿈이 간절해질 때면 예정 없이 불쑥 길을 나서기도 하였다. 어떤 땐 가슴속의 충동을 가다듬기 위해 일부러 해남까지 대흥사 길을 들러서 돌아 들어가기도 하였다. 그래 거기 '유배소'의 구리종의 침묵 앞에 회한 깊은 심회를 실어 가보기도 하였다.

하지만 아무래도 실제의 산행은 이루어지지 않았다. 나는 아직도 탑산사의 위치나 그 절에 대한 기록은 찾아내지 못한 때문이었다. 애초 이 산과 산의 절들에 대한 나의 관심은 '탑산사의 구리종'이 실마리였고, 하여 이 산에서 제일 먼저 사지나 기록을 찾아보고 싶은 곳이 탑산사였음은 두말할 나위가 없었다. 하지만 내가 만난 고기나 사지, 향토지들에선 내 주관심사인 탑산사에 대한 더 이상의 자세한 기록을 찾아볼 수가 없었다. 기록뿐만 아니라 이 절에 대해서는 사람들의 기억 속에도 흔적이 남아 있는 것이 거의 없었다. 절터의 위치를 알고 있는 사람도 없었고, 대흥사 구리종 한 점을 제외한 다른 출토 유물이 남아 있는 것도 없었다. 하다 보니 근역에선 천관산에 그런 절이 있었던 사실을 알고 있거나 믿으려는 사람조차 흔치 않았다. 어쩌다 우연히 그런 절 이름을 주워들은 일이 있는 사람들 중에서도 그저 아득한 전설로 흘러 들어왔을 뿐, 실재했던 이야기로나 절 이름으로는 알고 있는 사람이 드물었다. 하물며 그 절에 대한 옛날의 일들을 알아보려는 사람이 없는 것은 더 말을 할 필요도 없었다. 아직은 내 견문이나 조사가 부족한 탓도 있었겠지만, 그 절에 대한 탐색의 유력한 단서는 여태도 그 대흥사 구리종의 명문과 『장흥풍정록』중의 짧은 언급(대흥사에서 처음 설명들었던 바, 신라 애장왕대에 영통화상이 창건한 절로 전해져오고 있다는), 그리고 그를 인용한 근간 향토지들의 애매한 추측들이 전부인 셈이었다.

하여 그 탑산사의 실재 사실 여부는 내게 다시 한동안 깊은 의혹거리가 되고 있었다. 그리고 그런 답답한 의문은 한때 탑산사가 별개로 실재했던 절이라기보다 바로 천관사의 별칭이 아니었을까 하는 무모한 추측까지 낳게 했다. 지금까지도 몇 개의 선실이 남아 그 법맥을 이어오는 천관사에 대해선 앞서 말했듯 기록이 비교적 소상하게 남아 있을 뿐 아니라, 그런 기록이나 탑산사라는 절이름의 유래를 캐고 보면 추측이 가능한 대목이 많았다. 신라 말엽의 애장왕과 영통화상——고기나 향토지의 기록에 의하면 두 절은 창건자나 창건 연대가 거의 같았다. 한데도 탑산사에 대해선 그 절 이름 이외에 다른 기록을 거의 찾아볼 수 없는 것이 두 절은 애초 하나의 가람으로, 탑산사가 천관사의 한때의 별칭이었을 가능성이 충분했다. 아니면 서로 비슷한 시기에 탑산사가 천관사의 말사(末寺)로 건립되었다가 그 본찰인 천관사에 앞서 폐사된 절이었을 가능성도 농후했다.

탑산사가 천관사의 별칭이었을 가능성은 바로 천관산의 또 다른 별칭(탑산)의 가능성에서도 그러했다. 앞서 말했듯 '천관보살의 거소'에서 그 이름이 유래했다는 천관산은 옛날의 천풍이나 대흥산, 오늘의 큰산 외에 지제산이라는 또 하나의 별칭이 있었다. 그런데 이 '지제'라는 옛날의 별칭은 이 산에 불탑과 불적이 많을 뿐 아니라, 산형이나 지세가 흡사 불탑을 닮은 데서 유래한 것이라 하였다. 그렇다면 사람들은 지제산 외에도(어쩌면 천풍이나 지제산보다도 먼저) 이 산을 '탑산'이라 불렀을 수도 있었다. 그리고 그 산 이름을 따라 이 산의 대표 가람 격인 천관사를 탑산의 절—바로 탑산사로 불렀거나 그 이름의 말사를 세웠을 수도 있었다. 나아가 만약 그런 추측이 사실과 부합한다면, 탑산사는 결국 그 법맥이 천관사로 면면히 이어져오고 있는 절이랄 수 있었다. 말하자면 탑산사는 이 산의 모든 다른 절터들과 함께 오늘의 천관사 혹은 큰절로 이름이 대신되고, 그 유지가 천관사나 큰절의 그것으로 표상되어도 큰 잘못이 없으리라는 말이다.

하지만 그것은 어디까지나 한갓 추측에 의한 가능성에 불과할 뿐, 사실로 주장할 수 있는 뚜렷한 근거가 있는 일은 아니었다. 사실의 주장커녕, 추측의 근거들에 대한 정반대의 해석이 가능하기까지 하였다. 절의 창건자와 시기가 같거나 비슷한 것은 당시 이 산에 불사가 한창 성행했던 사실로 보아 충분히 그럴 수 있는 일이었다. 뿐더러 탑산사가 천관사의 별칭이었거나 말사였다면 후세의 천관사지 중에 그런 사실이 한번쯤 거론되었을 법한데도, 그간엔 어디서도 그런 흔적을 찾아볼 수가 없었다.

탑산사가 천관사의 별칭이었든 말사였든, 그런 추측의 근거가 확인될 수 없는 한, 탑산사는 여전히 천관사와는 별개의 사찰로 그 사지나 법맥이 탐명되어야 하였다. 그리고 끝내 그 탑산사의 유지나 위치를 찾아낼 수 없음은, 그 절이 영영 과거의 암흑 속에 전설의 선방으로나 묻혀버린 사실은 나의 산행을 늘 견딜 수 없는 허망감으로 가로막아버리곤 하였다. 산행을 결심하고 모처럼 고향 길을 들어서고 보면 어느새 가슴속이 휑하니 식어버리곤 하였다. 아릿한 흥분기 속에 눈앞에 역력하던 그 산과 절간들의 성세경은 온데간데없어지고 가슴속엔 그저 황량하고 무참스런 폐허감뿐이었다. 그것은 물론 사라진 절에 대한 내 애틋한 감회의 변이 현상일 수도 있었지만, 따지고 보면 실은 이 산과 고을 일대의 세정이 그처럼 척박하고 무기력해 보인 때문이기도 하였다. 오늘엔 실제로도 산이 너무 앙상하게 헐벗은 모습인 데다, 근동의 세정마저 그에 못잖게 메말라 보이기만 하였다. 그 바위산의 앙상한 모습은 이 산이 한시절 그렇듯 큰 불덕을 품었던 사실조차 상상하기 어렵게 하고 있었다. 산자락에 깃들어 사는 사람들의 삶이나 세태상역시도 어느 한시절 성세가 지나간 흔적이라곤 거의 찾아볼 수 없을 만큼 남루하고 피폐했다. 탑산사만 하여도 이들에겐 그저 그 '큰산의 큰절터' 속의 한 전설의 절일 뿐이었다. 그것도 저 왜인들의 병화와 분탕질 때문이 아니라, 빈대 떼의 극성으로 불로 태워 없애버린, 그래서 지금도 발목이 덮일 정도로 껍질이 수북하다는 허문과 폐허 속의 한 절터일 뿐이었다. 불덕이 넘쳐 흐르던 은성연월의 성세는 도대체 이 산과 이 고을 사람들과는 아무 상관도 없는 헛꿈이었던 듯만 싶었다. 고향 고을을 찾아간 나의 가슴속에선 모든 것이 그처럼 허망스런 헛꿈으로 여겨지기 일쑤였다. 탑산사를 비롯한 이 산의 성세는 아예 있은 적도 없었거나, 아니면 어떤 알지 못할 이변으로 모든 것이 사라져버리고 만 듯한 허망스런 느낌만 들어오는 것이었다.

어쨌거나 나는 그 황폐감과 무력감에 스스로 발이 묶여 실제의 산행을 단행하지 못한 채 고향과 산 주변만 계속 맴돌아 다니고 있었다. 그리고 그럴수록 나는 더 초조하게 산행의 소망에 깊이 쫓겨대는 꼴이기도 하였다. 따라서 그만큼 탑산사의 사지나 실제 위치에 대한 아쉬움도 더해갔다.

　무엇보다 나는 이제 거기서 산에 대한 소망을 단념할 수가 없었다. 지금 와서 다시 그것을 버리기엔 나의 꿈과 정회가 너무 깊어진 뒤였고, 그것도 또한 자신과 고향 고을의 긍지를 다시 한 번 팽개쳐 잃는 일이 되는 때문이었다. 누추하고 무력하고 황폐스러울망정 그곳은 필경 내 운명의 모태였고, 내 삶의 마지막 귀소지였다. 다행히 산과 절에 대한 옛일의 근거도 확실했다. 지금은 어떤 경위로 형세가 그리됐든, 거기 수많은 절들과 성세가 있었다는 사실만은 부인할 수가 없었다. 무엇보다 이곳의 절에 있던 구리종이 다른 고을 다른 절에 유물로 가 있었다. 그리고 그곳 유물관 대좌 위에 제 소리를 잃은 채 세월만 기다리고 있었다. 나는 언제부턴가 그 종의 침묵을 그런 어떤 기다림으로 새겨 지녀온 것이었다.

　감상적인 생각일시 분명하겠지만, 다름 아니라 나는 이제 막연히나마 이 고을의 산과 세태의 피폐상을 그 구리종과 종소리를 잃은 탓으로 여겨온 것이었다. 뿐더러 탑산사의 실재 사실의 확인은 그 구리종의 귀환을 위한 연고권의 유력한 근거가 될 수 있으리라 여긴 것이었다. ……종이 옛 자리로 돌아와 그 소리를 다시 울려 퍼지게 한다면(그것은 어쩌면 내가 그 구리종의 침묵 앞에 섰을 때부터 마음속에 싹이 터 자라기 시작한 소망이었는지 모른다) 이 산의 성세와 밝은 법덕을 다시 일으켜나가게 될 수도 있을 일이 아닌가. 언젠가는 그 종을 다시 이 고을로 옮겨와 잃어버린 소리를 맘껏 울리게 해야 하였다. 유배지에서 긴 세월 침묵으로 쌓아온 법덕을 이 산하에 맘껏 발하게 해줘야 하였다. 그래 그 과거의 성세시의 소리로 해서나마 이 척박스런 고을의 피폐감과 무력감을 씻어낼 길을 찾아봐야 하였다.

하지만 그 같은 내 범박한 소망에 비해, 그 소망을 실현해나갈 길은 찾기가 어려웠다. 그리고 나는 그러면 그럴수록 그 종소리가 울려 퍼지던 성세시의 산에 대한 꿈과 감회만 더 깊어갔다. 아니, 그 꿈과 감동이 깊어갈수록, 헐벗은 산과 메마른 세정에 대한 내 허망감이 깊어가면 갈수록, 나는 그 산행에 대한 바쁜 소망에 쫓겨대며 멀찍이 대흥사와 고향길의 허행들만 계속하고 있었다. 이번에야말로 정말 산을 올라가보리라, 제법 작심을 하고 고향길을 들어섰다가도 끝내는 그 허망감과 무력감에 앞이 가려 발길을 다시 슬그머니 돌이키곤 해온 것이었다.

——잃어버린 절.

그러나 나는 언젠가는 결국 산을 올라가야 하였다. 그것은 적어도 큰절이 빈대 떼의 극성으로 사라진 것이 아니라는 것, 이 고을의 삶이 원래부터 그렇듯 누추하고 무력한 것이 아니었다는 사실의 확인의 길이었다. 그리고 또한 이 산과 고을의 성세가 영락하게 된 바른 경위를 찾아가는 길이며, 오늘의 황량스런 피폐상을 되돌아보고 옛 성세를 다시 도모해나갈 방도를 구하는 일의 시작이기도 하였다. ……한데 알고 보니 동기는 다를망정, 나의 그 산행은 내게 그동안 여러 가지 이야기로 도움을 주어오신 그 큰산 밑 마을의 내 누님의 마음속 소망이기도 하였다. 세시 때마다 그 산의 암자들로 치성을 드리러 다니던 초로의 누님이 한번은 내게 넌지시 이런 말을 건네왔다.——내 언젠가 내가 다니는 절(나중에 알고 보니 그게 바로 새로 세운 탑산사였다) 스님께 자네 말을 했더니, 스님 말씀이 진작부터 자네란 사람을 알고 있었다데그래…… 자넨 언젠가 산을 찾아 올라와 당신을 찾게 될 사람이라고, 스님은 진작부터 그걸 기다리고 있었다고 말이네. 그러니 자네 나하고 언제 한번 산을 안 가볼라는가?

그것은 물론 스님이 어디서 미리 내 일을 이야기 듣고 한 말일 수 있었다. 그러나 나는 그런 스님의 우연찮은 한마디도 내 앞일을 미리 내다본 불가항력의 예언처럼 마음이 끌렸다. 그리고 거기 담긴 나를 위한 누님의 발원의 뜻이 새삼 나를 더 심하게 재촉해댔다.

그런데 과연 나의 산행에 대한 스님의 예언 조나 누님의 발원은 오래잖아 나의 발길을 그 큰산으로 이끌어가고 있었다. 아직도 매번 산 아래나 멀찌감치 스쳐 지나다니며 마음의 짐만 더해가던 그해 늦봄 녘이었다. 이때도 나는 큰산 쪽 산행 대신 종이나 한번 찾아보고 길을 돌아설 양으로 느지막한 행로에 예의 해남골 대흥사를 찾아들었다. 한데 웬일인지, 이번엔 그 유물관에 앉아 있던 구리종의 모습이 보이지 않았다. 사연을 알아보려 주위를 살폈으나 마땅히 물을 만한 사람조차 없었다. 나는 이상하게 마음이 조급해

져 유물관을 나와 법당 쪽으로 내려갔다. 구리종에 무슨 변고가
생겼는지 알아보기 위해서였다. 내가 한 스님의 뒤를 쫓아 법당
앞 돌계단을 올라섰을 때는 스님들이 방금 불상 앞에 저녁 공양 예
불을 올리려던 참이었다. 나는 왠지 불경스런 느낌이 들어 어문
(御門)으로 그것을 들여다보기가 민망했다. 그래 다시 다른 스님
을 찾아 그 앞에서 몸을 막 돌이키려던 참이었다. 느닷없이 등 뒤
에서 벼락치듯 한 종소리가 내 뒤통수를 후려쳤다. 그 순간 나는
머릿속이 얼얼해져 그 자리에 그대로 몸이 굳어 서버리고 말았다.
소리를 듣고 몸이 얼어붙어 굳어 선 순간에 바로 나는 그것이 어떤
종소리인지를 알아차린 것이었다.

——그 종소리다! 종이 드디어 소리를 다시 얻은 거다.

소리를 들어본 일이 없는 종이었다. 그저 막연한 마음속 상상뿐
실제 소리가 어떠리라는 것은 전혀 그려본 일조차 없던 나였다.
더욱이 그 종소리는 내게 어떤 울림이나 성륜으로서가 아니라, 머
리를 후려치듯 세찬 불몽둥이질을 가해온 격이었다. 한데도 나는
그 순간 바로 그것을 그 구리종 소리로 단정한 것이었다. 그리고
온몸을 타고 내리는 절절한 감동 속에 무연히 소리가 다하기를 기
다렸다.

소리는 계속 다섯 번을 울리고 나서 나를 서서히 충격에서 풀어
주기 시작했다. 내가 제정신을 되찾고 났을 땐 종소리는 이미 산
등성을 넘어가고 그 여운만 낮고 여리게 귓가를 맴돌고 있었다.
종소리는 실상 내가 느낀 것처럼 우람했던 것 같지는 않았다. 굴
곡이 심한 성륜의 여운으로 보아 그것은 깊고 장원하기보다 밝고

애연한 소리였음이 분명했다. 그것이 내게는 불시에 머리를 후려치는 천둥소리로 들려온 것이었다.

정신을 차리고 다시 안을 들여다보니 과연 법당 왼편 쪽 나지막한 종대에 그 구리종이 이미 소리를 거둔 채 조용히 매달려 있었다. 소리가 이미 사위어진 마당에 금방 들은 종소리가 거기서 울려 나온 것인지도 알 수가 없었다. 하지만 나는 의심치 않았다. 소리가 끝난 뒤에도 나는 아직 그 소리를 듣고 있었기 때문이었다. 종소리는 다만 그 한 번이나 다섯 번의 타종에 의해서만이 아니었다. 종은 계속해서 내 귓가에 소리를 울려 번지고 있었다. 타종이 끝나고 내가 그 법당 안에 매달린 종을 들여다보았을 때도 그리고 소스라치듯 발길을 돌이켜 그 앞을 떠나 절을 나올 때까지도——내게는 그 소리의 여운이 귓전을 쉴 새 없이 떠돌아다니고 있었다. 마치 그 종에 어떤 변고가 생길 때마다 제물에 소리가 번져 흘렀듯이——

적어도 내게선 그렇듯 구리종이 기나긴 침묵을 깨고 다시 소리를 울리기 시작한 것이다. 그리고 나는 쫓기듯 바로 예정을 바꾸어 장흥 쪽으로 천관산을 찾아 나서게 된 것이었다. 이번에야말로 그토록 오래 미뤄오기만 하던 산행을 작심하고 나선 것은 거기까지 계속 나를 뒤쫓아온 종소리의 질타 때문이었다. 법당 앞에서 벼락 치듯 뒤통수를 후려친 이후로, 종소리는 내가 그 법당 앞을 떠나 절길을 내려올 때도, 그리고 드디어 산행을 결심하고 큰산 쪽으로 발길을 돌려가고 있을 때도 끊임없는 질타와 울림 깊은 절규로 나의 산행을 재촉해온 것이었다.

따지고 보면 좀 맹랑한 노릇일 수도 있었다. 하지만 그것이 맹랑한 만큼 내겐 더 절실하고 화급한 일이었다(그걸 믿을 수는 없는 일이지만, 그때 내게 그 큰산 암자 스님의 예언의 말이 떠올랐던 것도 그 한 원인이었다 할는지). 어쨌거나 그로 하여 그해 늦은 봄 어느 날, 미루고 미뤄오던 나의 산행은 마침내 그 실현을 보게 된 것이었다. 내가 대흥사에서 종소리에 쫓겨 장흥의 큰산 밑 누님을 찾아 들어간 바로 다음 날이었다.

하지만 미리 결과부터 말하자면, 그것은 내게 또 다른 낭패와 실망의 도정에 다름 아니었을 뿐이다.

그날은 마침 우중충한 날씨에 아침부터 보슬비가 내려 젖고 있었다. 나는 뒤늦게 마음이 조급해진 참이라, 그만 보슬비쯤 아랑곳하지 않고 누님을 길잡이로 큰산행 길을 나섰다. 길을 나서고 보니 그도 그리 산행엔 나쁜 일진이 아니었다. 두어 시간 남짓 걸리는 산길에 습기진 공기는 외려 호흡하기에 편했고, 비에 젖은 신록에도 싱그러움을 썩 더했다. 게다가 일단 산길을 들어서고 보니 절을 찾아 나선 건 우리 쪽만이 아니었다. 무슨 특별한 절후제도 아닌 날에 앞뒤로 간간이 같은 산행꾼들이 길을 이어 올라가고 있었다. 그간에 이미 들어 알고 있던 일이지만, 산골엔 아직도 몇몇 선실을 갖춘 암자들 이외에, 다른 여러 종교나 무속 신앙의 기도소·치성대들이 한데 뒤섞여 들어와 있다 했다. 머리에 제물 꾸러미를 꾸려 인 아낙들은 각기 그 암자나 기도소들로 치성을 드리러 가는 길이었다. 누추한 생존 속에 웬 소망들은(그래 소망거리들이 더 많은지도 모르지만) 그리들 많은 건지, 그런 치성길은 무싯날을 가리지 않고 다른 날도 연일 그침이 없는 터에 이날은 마침 봄비에 일손을 놓고 나선 아낙들이 더 많아 보인다는 누님의 귀띔이었다. 하긴 누님도 길을 나선 김에 나름대로 제물 꾸러미를 하나 마련해온 터였으니, 본격적인 치성길에야 더 이를 바가 없겠지만.

이래저래 이날 나의 산행은 때를 제법 탄 격이었다. 그 가운데도 무엇보다 다행스러운 것은 관산 쪽 사람들의 봉수대 복원 작업 소식을 들은 것이었다. 종소리가 갑자기 나를 질타하여 산행을 서두르게 한 것은 이때를 놓치지 않게 하려는 데서였는지도 모른다. 산을 오르다 보니 산행꾼 가운데엔 아낙들만이 아닌 남정들까지 몇 사람씩 끼어 가고 있었다. 사연을 알고 보니, 이날로 관산 쪽에서 봉수대 복원 작업대가 산을 올라온다는 것이었다.

봉수대란 아는 대로 높은 산꼭대기에서 불을 피워 그 횃불〔烽〕과 연기〔燧〕로 급보를 전하는 옛 통신 방법이었다. 봉수망은 한시도 기능이 중단될 수 없었으며, 설치 장소는 관망이 편리한 높은 산봉우리에 20리 내지 30리 상거를 기준으로 하였던바, 기록에 의하면 천관산에도 고려 의종 때부터 봉수대가 설치 운용되어왔다 하였다. 이 산은 얘기되어온 것처럼 한라산과 월출산을 직접 연결하지는 않았더라도 사방의 이웃 고을과 봉수를 주고받은 남해안의 중요한 통신 기지였음이 분명했다. 산의 정상에는 그래 아직도 가로 8미터, 세로 7.5미터 넓이의 봉수대 터와 그 석축 일부가 남아 있는바, 그 밑받침만 하더라도 장정 7, 8명이 겨우 움직일 수 있을 정도의 큰 바윗돌들로 둘러져 있으며, 넓은 판석들을 시루떡처럼 차근차근 쌓아 올라간 일부의 석벽도 원래의 규모를 충분히 짐작케 한다는 것—

이 봉수대의 활동이 끝난 것은 그러니까 조선 말엽(1896년) 새로운 통신 방법과 교통의 발달로 전국의 봉수 제도가 폐지되면서부터였다. 그런데 전국적인 봉수 제도의 폐지가 이 산에선 다만 불이 꺼지게 된 것만이 아니었다. 봉수대의 불이 꺼지자 고을 사람들은 방구들장으로 혹은 돌다리 반석으로 그 대벽을 헐어 내려간 것이었다. 더러는 골짜기의 암자나 치성소들에서 그것을 허물어가기도 했다 하였다. 봉수대는 결국 기단석 일부만 남아 있게 되었고, 그것은 바로 봉수대의 파괴뿐 아니라 큰산 자체의 마지막 파괴로 이어지게 된 것이었다. 대의 불이 꺼지고 폐허화의 길을 걷게 된 그 봉수대의 종말이야말로 이 산과 고을과 그 영욕을 함께 해온 또 다른 영고사의 한 상징인 셈이었다. 그런데 근자 들어 인근 고을(관산) 사람 수인간에 폐허로 버려진 대터를 보다 못해, 그 자취마저 아주 사라져 없어지기 전에 복원을 서두르자는 논의가 있어왔다고. 그리고 상당 기간 의논과 준비 끝에 마침 이날로 그 현장 작업이 시작된다는 것이었다—그것은 내겐 여태 생각지도 못해온 반가운 소식이었다. 폐허로 버려졌던 봉수대를 되세우려는 사람들이 있었다니! 그런데 여태까지 어디서도 그런 움직임의 기미를 만나지 못하고 있었다니—그것은 어쩌면 이 고을 사람들이 그 허물어진 심성 속에 자긍심을 되찾으려는 움직임의 기미임이 분명한 것이었다. 그리고 이들로 하여 언젠가는 봉화대에 횃불이 다시 밝혀질 수가 있다면, 잃어버린 종소리가 이 고을에 다시 법덕을 펴게 될 날도 기대해볼 수 있을 것이었다. 내가 여태까지 그런 기미를 몰랐던 것은 내로라 고을 일을 좌지우지해온 인사들만을 찾아온 까닭이었다. 그 사람들의 입에서는 그런 소리를 들은 일이 없었다. 나중에 확인이 된 일이기도 하지만, 그 일을 의논하고 손을 맞잡고 나선 사람들은 관산에서나 대덕에서나 이름을 드러내지 않은 초군 농부들이었다. 옛날에 큰산으로 산과일을 따러 다니고 여름 가뭄에 기우제를 다니던 촌가 필부들이었다. 산행 중의 남정들을 내가 아무도 알아보지 못한 것도 바로 그 때문이었다. 하지만 내겐 그러한 사실이 더 뜻깊고 반가웠다. 내가 만나온 유지급 인사들은 그런대로 그 처지들을 자족하고 있음에 반하여 뒤에 물러앉아 살아온 필부들은 그것으로 가슴 깊이 숨겨져온 소망을 드러내고 있는 때문이었다.

하지만 그런 값지고 고무적인 기미들에도 불구하고 이날의 내 산행은 끝내 더한 서글픔과 낭패의 행정이 되어버리고 말았다.

나는 일단 이날의 산행으로 그 오랜 숙제의 문을 열고 들어선 셈이긴 하였다. 그러나 막상 산을 오르고 보니, 그 산과 절터와 봉수대들의 폐허상은, 그리고 그 산간과 절간들의 피폐상은 아래서 상상했던 것보다 정도가 훨씬 심했다. 그것은 우선 그 황폐한 산림과 절터들의 형세에서부터 여실하게 절감됐다. 해발 7백여 미터의 명악답지 않게 길 주변의 숲은 높이를 더해갈수록 개암이나 철쭉, 싸리, 도토리, 노간주 따위 관목류 일색으로, 줄기가 큰 나무는 기껏 개느티나 잎이 넓은 떡갈나무 정도뿐 볼품이라고는 거의 찾아보기가 어려웠다. 골짜기 곳곳에 널려 있는 절터의 유지들도 그러한 폐허감을 갈수록 더해갔다. 산중턱부터는 아닌 게 아니라 골짜기골짜기 옛 절터들이 즐비했다. 더욱이 정상 부근 용바위 아래로는 수많은 절터들이 마치 동네를 이루듯 하고 있었다. 탑산사에 앞서 도중에서 멀리 바라다본 천관사——그 수많은 고사지들 중에서도 아직까지 사운을 면면히 이어가고 있는 천관사의 법경은 특히 그 성세시의 흔적이 어디보다 완연했다. 거기에 하늘을 떠받고 있는 듯한 용바위의 위용하며, 여기저기 암자들이 다시 들어앉아 있는 골짜기의 정경들——대개가 그간 산 아래서 듣고 예상해온 바 그대로인 것이 많았다. 하지만 한때의 성세가 스쳐간 폐허에의 감회는 이야기로보다도 그 실상 앞에 더 처연스러워지게 마련이었다. 막상 내가 본 그 절터들의 폐허는 산 아래서 듣고 상상해온 것보다 훨씬 더 비애롭고 무참스러운 것이었다. 어느 한 곳 옛 성세를 되돌이켜보려 한 흔적이 없었다. 그저 버려지고 잊혀져왔을 뿐이었다. 버려지고 잊혀져온 것만이 아니었다. 사람들은 그것을 괴이한 방법으로 오히려 부수고 짓밟아오고 있었다. 곳곳에 자리 잡은 수상한 교적(敎籍)의 암자들이나 칠성각, 산신각, 치성대의 번창이 그 원인이었다. 지세나 경관이 웬만한 곳에는 어김없이 암자나 무가가 들어앉아 있었고, 볼품 있는 바위나 맑은 샘물 근처는 아낙들의 치성이 줄을 잇고 있었다. 골짜기는 불덕의 밝은 서기보다 각종 무속기가 판을 치고 있었다. 그야 큰산과 무가에의 치성을 안 좋게만 보아온 내 처지는 아니었다. 아무리 몽매한 무가풍 치성에도 나름대로의 정성과 그에 대한 보상이 있게 마련이었다. 그 보상 중에서 가장 값진 것이 생자와 망자 혹은 영계신령들과의 영혼의 교합을 믿음에서 돌아가신 선인들과의 친화력을 유지하고, 생사의 경계를 뛰어넘는 것이었다. 그러한 노력과 믿음과 소망은 힘들고 고달픈 이들의 삶에선 크나큰 위안이 아닐 수 없었다. 산을 찾아다니는 내 누님이 바로 그러했다. 누님은 그 산행에서 매번 돌아가신 자형의 내생을 축원하고 그 자식들의 앞날을 의탁했다. 그러고 산을 내려온 누님의 표정은 더없는 미더움과 안도감에 젖어 있곤 하였다. 나는 그런 누님을 부질없어하지 않았다. 누님에겐 그것이 무엇보다 익숙한 자기 구원에의 길이었다. 산을 찾아 빗속에 치성을 드리고 있는 아낙들에게도 그것은 가장 익숙한 신앙의 길(그것이 정통적인 현대 종교이든 무속의 방법이든)이었다. 하물며 이들의 치성과 기구에는 그 찌들고 남루한 삶의 역정으로 하여 누구보다 간절하고 깊은 비원이 서리고 있을 터임에랴. 그 앞엔 목이 메고 가슴이 뜨거워져오는(왜 이들은…… 어찌하여 이들은 끝끝내 이토록!) 비애가 솟을망정, 뉘라서 그것을 소리쳐 허물할 수는 없는 것이었다.

하지만 그것은 어디까지나 이 고을과 이 산의 현상에 대한 당위적 이해일 뿐, 그러한 현상을 거꾸로 뒤집어보면 거기 어떤 완고한 자폐성의 징후를 만나지 않을 수 없었다. 무엇을 행하고 어떻게 살아가든 뉘라서 상관할쏘냐! 우리에겐 오직 이뿐 다른 길이 없는 것을! 거기엔 그런 어떤 강한 거부감과 숙명적 자폐성이 보이지 않는 장벽을 쌓고 있는 느낌이었다. 그리하여 산은 그 스스로 잊혀진 산이 되고, 고을의 삶은 그 스스로 잊혀지고 버려진 변방의 기민상 격이 되어가고 있었다. 게다가 내가 이날의 산행에서 내 오랜 숙제의 해답으로 감지해낸 그 자폐성의 징후는 언제부턴가 내 산행을 기다리고 있었다는 그 새 탑산사의 스님에게서까지 기미가 짙게 느껴졌다.

우리가 그 산중복께의 탑산사에 이르자 스님은 이날의 산행까지도 미리 알고 기다리고 있었던 듯 누님이 미처 소개도 하기 전에 나를 허물없이 반겨 맞아들였다. 그리고 누님이 불당으로 치성을 드리러 들어간 뒤, 우리는 한동안 둘이서만 마루 위에 자리를 마주하고 앉아 있게 되었다. 우리는 당연히 스님이 나를 기다리게 된 연유에서부터 이야기를 시작했다. 이미 짐작해온 대로 스님이 나를 기다린 것은 별다른 신통술을 발휘해서가 아니었다. 스님은 언제부턴가 내가 그 절골과 탑산사의 내력을 찾아다닌다는 소문을 듣고 있었노라 하였다. 그래 실은 자신도 예의 대흥사 구리종을 회수해올 길을 마련할 생각에서 그 '옛 절터'에 동명의 암자를 세우고 때를 기다려오던 터라 나와는 필경 뜻이 통할 데가 있으리라 여긴 때문이랬다. 뜻이 그러하매 언젠가는 산을 찾아오게 마련이겠고, 그것은 그에게도 더없이 반값고 큰 힘이 될 수 있겠기 때문이었노라…… 스님은 과연 기다린 보람이 있었다는 듯 나를 지기처럼 허물없어하였다.

하지만 그 스님도 기대하고 온 바와는 달리 옛 탑산사의 내력엔 그리 밝은 데가 없었다. 기껏해야 내가 그간에 찾아 안 정도뿐, 알고도 그러는지 몰라서 그러는지 더 이상 자상한 일은 속을 털어놓으려질 않았다. 절의 성쇠사나 구리종이 대흥사로 옮겨진 경위들에 대해서도 나와 한가지로 그저 막연한 짐작과 추정들뿐이었다.

그런 식의 막연한 자신의 추정 위에 구리종을 되찾아올 깊은 소망만으로 동명의 절을 짓고 기다려온 것뿐이었다.

　그런 스님이 나를 크게 실망시켰음은 두말할 것이 없었다. 한데다 스님은 종에 대한 염원과 집착 때문인지 별로 이렇다 할 근거도 대지 못한 채 그의 암자의 위치에 대해서는 거의 맹목적인 확신을 가지고 있었다──이곳이 옛 탑산사의 자리였던 것은 분명하지요. 소승도 그간 백방으로 알아보고, 그 도량의 법맥을 잇고자 이곳에 다시 불사를 시작한 것이니까요. 탑산사의 옛 자리는 말할 것도 없이 내 가장 주된 관심사이자 이날의 산행의 목적이기도 하였다. 그래 스님에게 어찌하여 이곳에 탑산사라는 이름의 절을 세우게 되었느냐, 그것이 옛 자리를 바로 찾아 한 일이냐고 조심스레 물었을 때, 그는 거침없이 단언해온 것이었다. 그리고 스님은 그 같은 확신의 근거가 무엇이냐는 내 되물음에 대해서도 여전히 별다른 근거가 없는 말로, 그저 때가 되면 자기 말이 사실임이 밝혀질 날이 올 것이다, 무조건의 믿음만을 강요해온 것이었다.

　하지만 나는 물론 별 근거가 없는 그의 일방적인 주장을 받아들일 수가 없었다. 아니, 그저 그것을 받아들일 수 없거나 그로 인한 실망이 깊어진 정도를 넘어, 스님에게서마저 어떤 남루한 허욕과 자폐성의 기미가 느껴져온 것이었다. 무엇보다 그것은 진실로 종을 기리고 그 소리를 염원하는 길이 될 수 없었다……

　나는 그 스님과는 더 이상 긴 이야기를 나눌 생각이 없었다. 다시 말하거니와 스님은 어딘지 그 구리종을 기리고 소리를 원함에 있어 나와는 길이 크게 달라 보인 때문이었다. 나는 그쯤 스님 앞을 물러 나와, 이번에는 혼자서 산의 정상을 향해 봉수대 터를 찾아 올라갔다. 누님의 치성에 시간을 보태드릴 겸, 산을 올라온 김에 정상을 한번쯤 올라가 봐야 했기 때문이었다.

하지만 그 정봉 길도 내게는 역시 실망감뿐이었다. 무엇보다 이날은 날씨가 궂어서 정봉의 조망이 좋지가 못했다. 뿐만 아니라 그곳 정상의 봉수대의 폐허까지 궂은 날씨만큼이나 나의 심회를 음습하게 적셔왔다. 이미 이야기를 들은 것처럼 봉수대의 모습은 원형을 상상해볼 수 없을 정도로 무참스럽게 허물어져 있었다. 그냥 허물어져 주저앉은 게 아니라, 대석들을 이리저리 져 옮겨가 흔적을 아예 찾아볼 수가 없었다. 남은 것은 아래쪽 몇 층의 벽계석(壁階石)과 깨어져 버려진 돌조각들뿐이었다. 거기에 복원 차산을 올라온 사람들이 어디선가 되찾아다 놓은 벽계석 몇 점이 실비 속에 하염없이 젖고 있을 뿐이었다. 하지만 허물어지고 사라져간 것들은 다만 그 폐허의 자리를 남길 뿐, 스스로 그 사연을 말하지는 못했다……

나는 새삼 황량하고 처연스런 심사 때문에 더 이상 그 앞에 머물러 있을 수가 없었다. 도망치듯 발길을 되돌려 비 젖은 풀섶길을 헤치고 다시 탑산사 쪽으로 내려왔다.

그러나 이날의 나의 산행은 그걸로도 아직 다 마무리지어진 것이 아니었다. 내가 그 누님의 탑산사 치성소 가까이까지 길을 내려와서였다. 나는 우연찮게도 그곳에서 비로소 이날의 산행의 절정이라 할 만한 기이하고 충격적인 일을 목도하게 되었다. 산을 내려와 절간 오른쪽 계곡께에 자리한 누님의 두번째 치성소(누님은 먼저 불전 공양이 끝나면 그곳 석간수 앞에 두번째 치성을 드리고 있으리라 하였다)를 찾아 내려가고 있을 때였다. 아깟번 스님과의 마주침을 피하여 발기척을 조심조심 절간 앞뜰을 건너가고 있는데, 예의 계곡 쪽에서 웬 왁자지껄한 사람들의 소리가 들려왔다. 남정과 아낙들이 한덩이로 얽혀 싸우는 심한 다툼 소리였다. 나는 슬금슬금 불당 앞을 가로질러 소란이 일고 있는 그 계곡길로 내려 섰다.

그쯤에서 나는 더 길을 내려갈 필요가 없었다. 다툼질도 그때쯤 엔 이미 한고비를 넘긴 뒤였다. 절문에서 멀지 않은 골짜기 쪽으로 커다란 바위 아래 노천 치성대가 한 곳 마련되어 있었고, 그 석 계석 치성대 주위로 웬 아낙들이 떼를 지어 웅성거리고 있었다. 그리고 그 아래 골짜기 쪽으로는 아낙들의 저주와 앙칼진 드잡이 질에 놀라 쫓긴 듯 괭이나 삽 같은 공구들을 멘 남정들이 슬금슬금 절 경내를 비켜 내려가고 있었다. 어느새 누님까지 함께 뒤섞인 아낙들의 무리는 여기저기 빗속에서 치성을 드리고 있던 여자들이 었고, 그 패악질에 쫓겨 내려간 남정들은 이날로 부서진 봉수대의 복원 작업을 온 사람들이었다. 나중에 누님에게 들어 안 일이지만 다툼의 사연인즉 다름이 아니었다. 봉수대 복원 작업을 올라온 남 정들이 그 일을 위해 우선 허물어져 흩어진 벽계석부터 찾아 모으는 일을 시작한 것이었다. 여기저기 그 벽계석을 옮겨갔을 만한 곳을 찾아 헤매 다니던 위인들이 이 절에 딸려 있는 치성대 계단석에서 비슷한 판석을 찾아낸 것이 화근이었다. 위인들은 다짜고짜 그 판석들을 제자리로 파 옮겨갈 요량으로 괭이질을 내려찍고 덤

124

벗는데, 그때 일대의 치성꾼 아낙들이 순식간에 남정들을 에워싸고 막아선 것이었다. 아낙들의 그 같은 결사적 방해전은 신성한 치성대의 훼손이나 파괴를 막기 위한 것이었음이 물론이었다.

하지만 거기서 나를 더 놀라게 한 것은 그 같은 소동에 대한 스님의 태도였다. 이때쯤엔 그 아깟번 암자의 스님까지 뒤늦게 선실 앞마루로 나와서서 묵묵히 소동을 지켜보고 있었다. 그 산신령이나 거묵기암에의 치성은 물론 온당한 불가의 법속이 아니었다. 더욱이 방금 소동을 불렀던 치성대 시설은 누가 보아도 이 절에 딸린 기복소임이 분명했다. 스님은 의당히 그 상서롭지 못한 세간인들의 소동을 가름해줘야 하였다. 한데도 스님은 소동에 아무런 처결을 내릴 생각이 없이 그저 묵연히 구경만 하고 있었다. 아니, 그저 그렇게 남의 일을 바라보듯 구경만 하고 만 것도 아니었다. 그는 그렇듯 오불관언식으로 한동안 침묵만 지키고 서 있더니, 소동이 거의 다 가라앉는 기맥을 보고서는 제물에 천천히 고개를 가로젓고 있었다. 그리고 거기 넋이 빠져 서 있는 나를 두고 흘려대듯 혼잣소리식으로 중얼거리고 있었다. ──흐흠, 저들에게 그보다 간절한 불사가 없고 보면, 저들을 물리치고 그걸 옮겨갈 수는 없는 일인 것을······

──잃어버린 산.

큰산의 산행은 오랜 숙제를 벗기보다, 나를 더한층 참담스런 망실감에 젖어들게 하였다. 나는 거기서 종이 돌아올 수 없는 보다 더 확연한 사유를 보게 된 격이었다.

　종이 돌아올 수 없는 것은 애초 탑산사와의 연고를 입증해낼 수 없는 때문이었다. 연고의 근거가 될 탑산사의 실재 사실과 종의 이전 경위가 밝혀져야 하였다. 적어도 탑산사의 옳은 사지나 위치라도 제대로 밝혀져야 하였다. 그것들이 밝혀져서 이쪽에 그 옛 절의 법맥을 이어갈 도량이 다시 세워진다면(그리고 거기에서 그것을 원한다면), 대흥사 쪽에서도 종의 반환을 긍정적으로 고려해보겠다는 여유 있는 태도였다. 대흥사 쪽의 태도를 쉽게 곧이들을 수는 없는 일이지만, 그걸 그대로 곧이듣는다 하더라도, 이쪽에선 아직 그 사지 하나 제자리를 찾을 길이 없었다. 그것은 그날의 산행에서도 마찬가지였다. 새 암자의 스님은 일언지하에 단언하고 나섰지만, 아무 근거도 보여주지 못한 그 말은 누구도 곧이들을 수가 없는 것이었다.

　종이 돌아올 수 없는 사정은 그뿐만이 아니었다. 그날의 산행에서 목도한 보다 깊은 사유는 이 고을의 망연한 삶에 있었다. 아니, 그날의 산행에서만이 아니라 그간에 줄곧 부딪혀온 이 고을의 삶의 풍정은 헐벗고 허물어진 산세 이상으로 황폐하게 느껴져온 것이 내 솔직한 심경이었다. 원인이 결과가 되고 결과가 다시 원인이 되어 도는 악순환의 역사랄까. 절이 불타고 종소리가 사라짐으로 하여 고을이 그토록 피폐하게 되었다면, 이제는 그 피폐해진 산야와 세정으로 하여 종소리가 다시 돌아올 수 없게 된 셈이었다. 그 완고한 무속화의 자폐성, 그 굴레 속에 견고하게 옭매인 고을 사람들의 망연스런 생존상 속에는 종의 귀환을 위한 아무 관심이

나 준비가 없었다. 비록 대흥사 쪽의 아량이 있다 한들 그 위에 옛 절의 옳은 자리가 찾아지고 종의 이전 경위가 제대로 밝혀진다 한들, 이대로는 구리종이 돌아올 수가 없었다. 돌아오게 된다 한들 무슨 뜻이 있을 수가 없었다.

종이 되돌아올 수 없는 보다 깊은 사유는 그 누추하고 자폐적인 고향 고을의 망연한 삶 속에 있었다. 그리고 그것을 한번 더 분명히 깨달을 수 있었던 점에서 그날의 내 산행은 부질없는 허행으로 끝난 것이 아니었다. 그것은 나를 더욱 안타까운 의구심에 쫓기게 하였다. 그 같은 실망과 황폐감에도 불구하고 나는 그 절과 구리종의 일을 그만 단념하지 못하고 오히려 전보다 초조한 심사 속에 고향 고을 주위를 자주 맴돌게 된 것이다.

어찌 보면 그건 그 소리 없는 종소리의 환청 때문이기도 하였다. 다름 아니라 그날 그렇듯 심한 낭패감 속에 산을 내려오고 있을 때, 나는 느닷없이 뒤통수를 후려치듯 하던 그 대흥사에서의 종소리를 다시 들은 것이다. 뿐더러 그 소리는 그날 이후로 나를 계속 일깨우고 재촉해대듯이 때 없이 귓가에 맴돌았다. 언제 어디서도 나는 그 소리를 벗어날 수가 없었다. 고향 고을에서도 대처의 집에서도 그걸 잊고 다른 일에 몰입해보려 하면 할수록, 소리는 더 집요하고 극성스럽게 나를 그 큰산 쪽으로 쫓아대곤 하였다.

하여 나는 이후로도 예서나 제서나 틈만 나면 늘상 그 가망 없는 구리종의 일에 다시 매달려들곤 하였다. 이제는 사실상 근거를 알 수 없는 옛 사지를 찾는 일은 거의 단념을 하고 있었다. 보다는 언젠가의 종의 귀환에 대비하여, 이쪽 사람들의 마음속 자리 마련쪽에다 더 관심을 기울여갔다. 그것이 어찌 보면 옛날의 사지나, 그와 구리종과의 연고를 밝히는 일보다 더 중요해 보인 때문이었다. 이제는 옛 절터나 연고권보다도 고을 사람들의 삶이나 의식이 더 문제인 때문이었다. 거기 대해 어떤 실제적인 고양책이 당장 마련될 수는 없었다. 오랜 세월 동안 고향 고을을 등지고 살아온 주제에 그것은 내게 가능한 일도 아니려니와 새삼 분수를 넘어서는 일이었다. 고향 고을 사람들이 그 완고한 자폐성과 황폐한 삶의 굴레를 벗는 일엔 우선에 허물어진 자긍심을 되살려내는 일이 중요하다면, 내게는 다만 그 자긍심의 근거를 고을의 역사와 그 영광 가운데서 찾아보는 작업이 가능할 뿐이었다. 그리고 그것은 고을 사람들뿐 아니라 그간에 더 황량하고 무기력하게 허물어진 내 삶과 자긍심을 위한 일이기도 하였다.

나는 계속 기회가 닿는 대로 고향 고을을 찾아가 큰산 부근을 맴돌면서, 이번에는 그 큰산과 절뿐만 아니라 인근 고을들의 삶의 영고사까지 광범하게 조사해나갔다. 누구나 제 고향 고을에 눈길을 쏟다 보면 그런 느낌이 들게 마련이겠지만, 나는 그 뒤늦은 고향 탐색 과정에서 새삼 가슴이 뜨거워져오는 감회를 절감하게 될 때가 한두 번이 아니었다. 더러는 큰산과 그 법계에 대한 내 막연한 추단을 분명히 해준 것도 있었고, 더러는 흩어지고 버려진 채로 눈길을 무심히 스쳐 지나온 일들에도 더없이 소중스런 역사의 숨결이 깃들어 있는 것들도 많았다. 그 쉬운 예 몇 가지를 소개하면 대개 이러하다.

──어렸을 적 나의 초등학교가 자리하고 있던 회진리(천관산 남

쪽 10리 거리 포구 마을) 주변에는 여기저기 오랜 흙성(토성)과 석성의 혼적들이 많았었다. 사람들은 그게 모두 옛날 왜구의 침노를 막기 위한 성이었다 하였지만, 어릴 적 일이라 그저 무심스레 지나쳐 들어넘긴 성지였다. 그 성지가 바로 임진·정유년 간의 중요한 수군 기지요 충무공 이순신의 명량대첩의 출진지로 여러 기록에 드러나 있었다.

조선 시대의 수군 편제는 각 지역 요소에 만호진이 설치되고, 이들 몇 곳의 만호진들은 차상급 지휘관인 첨사(僉使, 혹은 僉節制使)의 관할에 속했으며, 그 첨사 위에 다시 전라 좌수사·우수사가 있었다. 회령포진(회진리의 옛 군영 명칭)은 그런 만호진의 한 병진으로 명종 연간(1545~67년)에 이 지역에 왜구가 출몰하자 이웃 보성에서 이곳으로 옮겨 장흥부 유일의 해상방어 요새로 설치된(1554년) 것이었다. 회령포진이 이곳으로 옮겨진 이듬해인 을묘년엔 바로 왜구들이 남해안 일대(강진, 장흥, 영암)를 쑥밭으로 만든 을묘왜변(왜구들은 이때 회령포 등의 만호들이 진을 친 득량만을 피하여 강진만 쪽으로 상륙해 들어왔다)을 겪었고, 이어 후일에는 저 임진년과 정유년의 왜란을 치르게 된 것이었다.

하고 보면 이때 흉포한 왜병들이 산과 절을 불태우고 그 소장물들을 약탈해갔을 것은 상상하기가 어려운 일이 아니었다. 왜화는 또한 그뿐만이 아니었다. 그로부터 3백여 년이 흐른 저 왕조 말기, 왜인들은 다시 이 땅을 강점하여 그간에 우거진 수림을 남벌해가 큰산을 또 한차례 벌거숭이로 만들어버린 것이었다.

그런데 그보다 중요한 것은 그렇듯 계속적인 왜화 속에서 이 고

을 사람들이 그때마다 저들의 난적질을 그저 무기력하게 보고만
있지를 않았다는 사실이었다. 저 왜란기의 호국승 허한대사
(1542~1633, 임란 당시 승의병을 모집하여 승군의 좌영장으로 분
전)가 어렸을 때 이곳 천관산에서 계를 받아 입문을 한 것도 우연
이 아니려니와, 이 고을 사람들은 누구보다도 제 땅을 지키는 일
에 앞장서 나섰고, 자존과 긍지를 진력해 지켜온 백성들이었음이
분명했다. 그것은 당시 백의종군중의 충무공이 이곳에서 흩어진
전열과 군비를 재정비하여 명량대첩의 위업을 이룩하게 된 경위에
서만도 충분히 입증이 되고 남았다.

충무공의 『난중일기』에는, 공이 백의종군으로 광양에서 구례,
옥과, 낙안, 보성 등을 거쳐 정유년 8월 18일 회령포진에 도착하
기까지엔 별다른 군비를 확보하지 못한 상태였다. 하던 것이 공이
이곳에 머문 뒤부터 병선과 군량, 병기들뿐 아니라 병원(兵員)까
지 상당수 충원이 가능하여 전열을 어느 정도 정비할 수 있었다.
그것이 복직 후의 공의 힘이 되었고, 명량대첩 출진의 밑받침이
된 것이었다. 여기엔 물론 관민을 망라한 이 지역민들의 성원과
희생적 참여가 앞장을 섰던 것은 더 말할 나위가 없었다. 그 한 사
례로 충무공 등을 보좌한 관군 협찬 활동과 공이 회령포진에 머물
렀던 일과 관계가 컸을 것으로 짐작되는 장흥인들(천관산 아래 관
산은 장흥부의 고읍으로 지역적으로 이때의 장흥인이란 관산과 대덕
을 중심한 인근 지역민들이 많았을 것이다. 1392년 조선 태조원년 이
전의 장흥부는 고장흥, 즉 현재의 천관산하 방촌리 일대에 자리함)의
의병 활동 참여도는 전라 53개 읍 중 10위권을 벗어난 읍세에도

불구하고 그 규모가 각각 5위 이내로 기록되고 있으니, 이 한 가지 사실만 보아도 회령포를 중심으로 한 당시 장흥인들의 의기와 그에 따른 희생이 어떠했던가는 극명히 알 수 있는 터이다. 더욱이 그 같은 높은 의기는 한낱 제가 사는 고을이나 지키려는 편협한 향토애에서가 아니라 나라의 위난을 앞장서 물리치려는 멸사구국의 차원(그 참전지의 광범위함!)에서였음에랴. 그런데 이러한 드높은 기개는 이후로도 계속 이 고을 사람들의 정신적 전통으로 면면히 이어져 내려오고 있었으니, 왕조 말엽의 동학 혁명 활동과 을사·병술(1910년) 국치 때부터 45년 민족해방 때까지의 이 지역 의병 활동·항일 투쟁사들이 그 좋은 본보기인 것이다.

동학혁명의 최후 저항지는 이곳 장흥과 강진 지역이었으며, 1895년 갑오 12월 그 마지막 석대들 싸움에서 분사한 동학군 중 지금까지 이름이 전해진 희생자 46명 가운데에 천관산하의 대덕·관산인이 23명에 이른다. 이에 남도장군으로 일컬어지던 혁명군 지휘자 이방언은 장흥에서 일군에게 체포되어(12. 25.) 후일(1896. 4. 25.) 독자 성호와 함께 장흥 장대(將台)에서 참형을 당한다.

이후 구한말의 항일 의병 활동과 일제 치하의 독립 운동 사례들은 일일이 다 헤아리기가 어려운 형편이다. 한마디로 천관산의 지나간 역사는 그 찬연한 법계의 성세뿐 아니라, 이 산의 정기를 이어받은 지역민의 의롭고 영광스런 삶이 늘 함께해온 셈이었다. 그리고 이제는 그 영광과 성세가 오늘의 폐허상으로 변하게 된 사연도 썩 분명해진 셈이었다.

하지만 나는 그럴수록 더 감회가 창연스러워지기만 하였다. 산

과 고을이 이처럼 피폐해진 것은 절들이 불타 구룡이 하늘로 올라
가 버려서나 종소리의 법덕이 사라진 때문이 아니었다. 산의 정기
가 끊겼거나 고을 사람들의 심성이 비루해져서도 아니었다. 고을
사람들의 기개나 제 땅에 대한 사랑은 오히려 넘칠 만큼 충만해온
셈이었다. 아니, 이 고을은 의기나 자강·자각이 모자람에서가 아
니라, 넘쳐 흐름에서 오히려 그 산하와 삶의 초토화를 불러들인
셈이었다. 임진·정유년 간의 항전은 제쳐두고 동학 혁명군의 최
후 결전시만 하더라도 장흥 근역에는 농민군 3만 명이 집결했고,
천관산 인역에도 그 수가 4, 5천에 이르렀으니 그 분전상과 인명
피해 및 재산상의 손실은 더 이를 바가 없을 터이다. 고을의 피폐
화는 그 장흥인들의 자생적 의기의 한 결과일 수 있었다. 절이 불
타고 종이 유실된 것도 어찌 보면 피폐화의 원인이기보다는 그 과
정과 결과일 수 있었다. 또한 그런 뜻에서 오늘의 피폐상은 그 의
기와 영광스런 역사의 역설적 응보의 표상이랄 수 있었다. 그것은
역사의 어이없는 모순이자 잔인스런 배반이 아닐 수 없었다. 하여
그 역사가 의롭게 빛나 보이면 보일수록 나는 그 애틋하고 허망스
런 심회가 더 깊어가기만 하였다. 심지어 그 역사라는 것에 대한
야릇한 배반감 앞에 가슴속이 차갑게 얼어붙기까지 하였다. 이 피
폐하고 무기력한 현실이 진정 그 의로운 피흘림의 역사의 옳은 응
보란 말인가. 그것이 비록 그 큰 역사에 바쳐진 희생이었다 하더
라도 한번 허물어져 폐허가 된 땅은 이토록 다시 일어서기가 어려
운 것인가. 역사의 참값은 물론 그것이 아닐 것이다. 그 보상이 그
런 것은 아닐 터였다. 그 역사의 진실한 유산은 그것을 이어 살아

가는 후세의 삶을 더 힘차고 자랑스럽게 해주어야 하였다. 그 힘으로 허물어지고 쓰러진 것들을 다시 일으켜 세울 수 있는 근기(根氣)라야 하였다. 하여 그 역사를 이어 사는 사람들의 삶이 스스로의 행함 속에 보다 더 힘차고 빛나는 것이 되게 해주어야 하였다. 의로운 역사에는 그런 힘과 빛이 지녀 있게 마련이었다.

한데도 그렇듯 허물어진 산하와 그 삶을 힘차게 다시 일으켜 세우지 못하고 무심히 방치해온 책임은 어디에 있는가. 그 황량스런 자폐증의 굴레 속에 그 삶이 스스로 무력해져가고 있는 세정의 허물은 어디에 있는가. 불에 타 사라진 절들과 유배행의 구리종에? 허물어진 봉수대와 그 불길의 사라짐에? 상징적으로는 아마 그렇게 말할 수도 있을 터이다. 하지만 이제 와 다시 생각해보면, 그것들은 폐허화의 한 과정이자 결과적 현상으로서, 폐허화의 원인으로서보다는 다시 일으켜 세움의 대상으로서의 상징물 쪽에 더 가까운 것들이었다.

허물과 책임은 그런 물상보다 역시 고을 사람들의 심성 쪽에 물어져야 하였다. 그런 물상들을 잃거나 다시 세우는 일은 역시 사람의 소임에 속하는 때문이다. 그렇다면 다시 그 허물은 이 고을의 어떤 사람들에게 물어져야 할 것인가. 누가 그 허물과 책임을 자임하고 허물어진 것들을 다시 일으켜 세우러 나서야 할 것인가. 그 무속적 치성에 의지해 살아가는 이 고을 여인들이? 혹은 봉수대의 벽계석을 허물어다 방구들을 놓았다는 산 아래 사람들이나 사라진 봉수대를 다시 세우고자 빗속에 흩어진 벽계석들을 회수하려다 곤욕을 치르고 쫓겨난 촌부들이? 아니면 그 어이없는 광경을 보고도 고개만 가로젓고 있던 암자의 스님이?

책임은 물론 그 모든 사람들에게 함께 있을 것이었다. 그중에도 유지층이나 산의 여맥을 지켜온 절간의 스님들에겐 누구보다 그 책임이 더할 것이었다. 하지만 그 책임이 모든 사람들에게 공유되고 있다 함은 어느 누구도 진실로 책임을 져야 할 사람이 없다는 것 한가지였다. 그 허물을 앞장서 짊어지고, 허물어진 것을 다시 일으켜 세우러 나서야 할 사람이 없다는 것 한가지였다.

그것은 일의 옳은 방책이 아니었다. 허물어짐의 근원과 허물을 밝히는 것은, 그로 하여 다시 일으킴의 길을 열고 방법을 얻는 일이며, 다시 일으킴의 시발점이 될 수 있는 때문이었다. 그리고 그 다시 일으킴이야말로 나의 가장 큰 관심사이자 목적인 때문이었다.

한데도 나는 어디에도, 어느 누구에게도 그 분명한 책임을 지울 데가 없었다. 그리고 무엇보다도 그것이 나를 무던히도 난감하게 하였다.

——잃어버린 역사.

하지만 기왕지사 마음을 깊이 못 쓰고 살아갈 바에야 차라리 그런 식으로 시일이나 흐르다가 그럭저럭 일이 끝나는 게 나았을는지도 모른다. 거듭된 낭패와 실망감 때문인지, 그간 다시 몇 년의 세월이 흐름에 따라 내게선 그 종소리의 환청 현상이 차츰 뜸해지기 시작한 데다, 그 정도도 제법 견딜 만하게 되어간 때문이었다.

한데 그러던 중 드디어는 그 서글픈 진상이 드러나기에 이르고 만 것이다. 그것도 몹시 놀랍고 달갑잖은 경위로 해서였다.

천관산 근동에선 이 고을의 의기나 영광과 관련하여 관산인 존재 위백규 선생의 유덕이 자주 되새겨 기려지곤 하였다. 존재 선생은 조선 시대 영·정조 때(1727~98)의 천관산하 고읍 방촌 출생으로, 후일 천문, 지리, 율력, 산수 등에 통달하고, 특히 주역에 밝아 그 생애 중에『존재집(存齋集)』『정현신보(政弦新譜)』『경서조대(經書條對)』『시소전기서설(詩疏傳記序說)』등 많은 저술을 남긴 큰 학자였다. 이 어른의 생애가 유별난 감회를 느끼게 한 것은 정조 연간에 당신의 학덕이 조정에 알려져 선공감부봉사(繕工監副奉事), 옥과 현감, 경기 전령 등 여러 번 관직에 제수된 바 있었으나, 당신은 끝내 벼슬길을 사양하고 향리에서 학문과 저술, 양영(養英)에만 끝까지 전념한 것이었다. 그 고고한 기개와 높은 학덕, 그리고 향군 수성과 탐구의 정신은 이 지역민의 오랜 사표가 되어오고 있었다.

나도 물론 이전부터 이 어른에 관한 기록과 전문들을 적잖이 접해왔음이 물론이었다. 하지만 나는 한서의 독해력도 미치지 못하거니와, 대부분의 저술들이 내 관심사 바깥 것들이어서 거기 크게 마음을 써오지 않았던 터였다. 그런데 뒷날 나는 천관산하 한 고택에서『지제지(支提志)』라는 선생의 새 저술 한 가지가 발견된 일이 있다는 소문을 접하게 되었다.『지제지』라면 천관산의 옛 별칭이 지제산이었으니, 바로 그 천관산의 지지(地誌)일시 분명했다. 뿐더러 그것이 천관사의 지지가 분명할진대, 그 산의 절들, 특히 탑산사에 관한 기록을 거기서 기대해볼 수 있었다. 나는 그 귀한 소식에 자신의 게으름과 주의의 소홀했음에 자신을 탓하면서도, 새로운 긴장과 흥분기에 쫓기듯 단걸음질에 다시 고향 고을로 내려갔다. 그리고『지제지』가 소장되고 있는 선생의 방촌리 종손가를 찾아갔다. 허물어진 산이나 피폐해진 세정에 대한 책임의 소재가 아직까지 밝혀지지 못했더라도, 그것들을 다시 일으켜 세우는 일은 보다 더 중요한 일인 때문이었다.『지제지』에 만약 탑산사에 대한 내력이 적혀 있다면, 적어도 그 옛 자리만이라도 밝혀져 있다면, 그것은 그 절을 다시 일으켜 세우는 일의 시발점이 될 수가 있었다. 그리고 탑산사가 이 산과 고을의 허물어짐의 상징일 수 있듯이, 그것들을 다시 일으켜 세우는 일의 상징도 될 수 있었다.

위씨 종가의 하 씨는 과연 소문으로 듣던 대로였다. 하 씨는 몇 해 전 선생의 재실 서고 정리 중에『지제지』라는 저술을 한 권 찾아낸 바 있었다 하였다. 그리고 거기엔 내가 기대해온 대로 천관산의 지세나 여러 사찰들의 내력이 상술되어 있을 뿐 아니라, 탑산사의 창건사나 위치에 대한 것들도 밝혀져 있었던 걸로 알고 있다 하였다.

그런데 안타깝게도 이번 일 역시 행운은 거기까지뿐이었다. 거기서부터는 일이 이상한 방향으로 흘러가기 시작했다. 책이 발견된 것은 생각보다 오랜 일로 이미 5, 6년 이전의 일이었다. 하지만 아쉽게도 그는 이미 그 책을 집 안에 지녀오지 못하고 있었다. 어디서 어떻게 소식을 들었던지, 그 새로 지은 탑산사의 스님이 두어 해 전에 그곳으로 책을 보러 왔더라 하였다. 그리고 그 책을 훑어보고 크게 반색하면서 전권 필사를 청해오더라는 것이었다.

『지제지』는 그래 그때 한두 달을 기한하고 스님이 필사를 위해 산으로 옮겨간 것이었다.

스님으로선 족히 그럴 만한 일이었다. 옛 절의 이름을 빌려 새 암자까지 세운 스님에겐 그 책이 무엇보다 귀중한 전거거리가 아닐 수 없었다.

문제는 스님이 여태도 그 책을 돌려보내 주지 않고 있는 점이었다. 약정한 기한을 한참이나 넘기고도 소식이 감감하여 사람을 보냈더니, 처음에는 그저 좀 일이 늦어지고 있노라, 이런저런 핑계로 시일을 끌더니, 어느 땐가부터는 아예 책을 잃어먹었노라, 엉뚱한 발뺌을 하고 나서더라는 것이다. 그래 하 씨는 이 2, 3년간 탑산사까지 몇 차례나 헛걸음질만 시켰을 뿐 차마 이러지도 저러지도 못할 처지에서 어정쩡한 세월만 흘려보내고 있는 터랬다.

나는 낭패감이나 실망보다 그런 스님의 경우부터가 의심스럽지 않을 수 없었다. 그건 하 씨도 마찬가지였지만, 그가 진정 책을 잃고 그러는 것 같지가 않았다. 산골 절간에서 그런 책을 훔쳐갈 사람이 있기도 어렵거니와, 약조한 기일이 한참이나 지난 뒤에야 그런 식의 발뺌을 하고 나선 것, 더욱이 그간에 필사의 일조차 시작하지 않고 있었다는 데에 이르러서는(하 씨는 하다못해 그의 필사본이라도 돌려받고 싶어 했으나, 스님은 그조차 일을 착수하기 전에 변을 당했노라, 시치밀 떼고 있다는 것) 누구도 스님을 곧이들을 수 없게 되어 있었다. 필시 스님에게 그럴 만한 곡절이 있음이 분명했다. 책을 가져간 것이 두세 해 전이라면, 내가 실제 그 큰산을 올라가 스님을 만나보기 이전의 일이었다. 그리고 그땐 그가 필사를 했거나 말았거나 책의 내용을 다 알고 있었을 때였다. 아직은 근거를 밝힐 수 없지만, 언젠가는 분명히 그의 새 절터가 옛 탑산사의 자리를 제대로 찾아 앉은 사실이 밝혀지게 될 때가 오리라 서슴없이 단정한 것도 그로 인한 모종의 확신이 있었기 때문일 수 있었다. 상식을 벗어난 그의 실덕엔 그의 절과 관련된 어떤 곡절이 있을 수 있었다.

나는 이번에는 실망과 흥분보다 새로운 의혹 속에 다시 산을 찾아 올라갔다. 우선 새 탑산사의 스님을 만나보기 위해서였다.

하지만 예상한 대로 스님은 내게 대해서도 역시 딴전뿐이었다. 하 씨의 말대로 그가 연전에 거기서 『지제지』를 빌려온 건 사실이지만, 그 후 필사의 일을 시작하기도 전에 실제로 그 책을 잃어먹고 말았노라는 변백이었다. 그래 그 책의 원본은 물론 필사본조차 지니지 못하고 있다는 발뺌이었다. 더욱이 스님은 그 책을 잃어먹었다는 사실 이외에 그 경위나 책임에 대해서는 일언반구의 설명이 없었다. 그 책이 언제 어떻게 없어졌느냐, 이런 산속 절간에서 그런 일이 있을 수 있느냐, 그런 책을 탐한 자가 누구겠으며, 그 책이 이곳에 올라와 있는 사실을 안 자가 누구겠느냐, 그 귀한 책을 분실한 책임을 어떻게 지겠느냐, 책을 되찾기 위한 어떤 방책을 강구해왔느냐…… 내 연이은 다그침들에도 스님은 그저 막무가내식으로 맥없이 고개만 가로저을 뿐이었다.

불행 중 다행이랄까, 그나마 끝에 가서 그가 마지못해 시인을 해온 것은 책을 가져다가 잃어먹기 전까지 몇 차례 내용을 훑어보았다는 사실이었다. 책이 전판 한문으로만 씌어져 있어 그가 그

필사의 일을 시작하기 전에 내용의 해독 작업부터 착수했던 때문이었다. 책이 사라진 건 그 해독 작업이 거의 끝날 무렵이어서 스님은 아직 그 내용을 일부나마 기억하고 있을 것이 분명했다. 나는 그 스님의 기억의 내용에 마지막 기대를 걸었다.

하지만 스님은 거기 대해서도 별반 시원한 응답이 없었다. 지금은 사라지고 없는 수십 곳의 옛 사찰과 산세, 지형지물들을 옛 명칭들로 설명하고 있어 확실한 해독이 어려웠다는 핑계로, 뿐더러 그간 시일이 오래 흘러 기억이 확실치 못하다는 핑계로, 스님은 거의 다른 곳에 대한 이야기는 입을 열지 않았다. 스님의 응답은 다만 그 사라진 탑산사조(條)에 대한 것뿐이었다. 그것도 막연한 감탄조 속에 스쳐 흘린 그 절의 규모와 위치에 대한 몇 마디뿐이었다.

──전번에 오셨을 때도 그런 말씀을 드린 듯싶습니다만, 그 절자리가 지금 바로 이곳이었던 것은 분명했지요. 기록엔 절이 거느린 당우나 선소들이 여러 곳 따로 소개되고 있었는데, 그 도량이 이 산에선 어느 곳 못지않은 굴지의 법계였던 모양이구요.

……그로선 당연한 일이었는지 모르지만, 그는 애매한 대로 탑산사의 규모나 위치에 대해서만은 그렇듯 자신 있는 추단을 서슴지 않았다. 그리고 언제고 책이 다시 나타나면 그 모든 사실이 확인될 수 있을 거라며 스스로도 그 『지제지』가 몹시 아쉬운 듯 그것을 잃게 된 자기 힐책을 겸하여 엉뚱스런 몇 마디를 덧붙이고 있었다.

──하지만 아까 선생도 이런 산속에서 그 책을 탐할 사람이 누구겠느냐고 하셨듯이, 그 책이 어디 그리 멀리까지 갔겠습니까.

어차피 이 산속 어디쯤에 있겠지요. 눈으로 직접 본 일이 아니니 그게 꼭이 어디라 지목은 못하지만, 책이 이 산속에 남아 있기만 하다면 언제고 사실을 드러내게 될 테고요……

나로선 물론 스님이 탑산사의 위치나 규모를 확인해준 것만이라도 그런대로 큰 소득이 아닐 수 없었다. 그리고 그 스님마저 『지제지』의 분실을 아쉬워하는 판국에 더 이상 그를 다그치고 들 수도 없었다. 하지만 그 엉뚱한 스님의 몇 마디는 그대로 무심히 흘려들을 수가 없었다. 거기엔 필경 잃어버린 책에 대한 스님의 암시가 들어 있음이 분명했다. 그리고 그가 '이 산속 어디'라고 한 것은 같은 산역의 천관사를 가리키고 있음이 분명했다.

나는 새삼 어떤 예감이 치솟기 시작했다. 그래 다시 그것을 스님에게 물었다. 책이 가 있는 곳이 천관사입니까, 그 책이 천관사로 간 거라 보십니까—스님은 일단 나의 그런 예단을 나무라듯 말없이 고개를 가로저었다. 하지만 내 생각은 대개 과녁을 적중하고 있었다. —나는 보지를 못한 일이오. 허나 그곳에서도 그 책의 내용을 일부 알고 있다 하더이다…… 고개를 가로젓고 나서 스님은 다시 은근히 시인을 해왔다. 나는 다시 스님에게 그 이유를 물었다. 그 책이 아무리 귀한 보물이라 한들, 같은 법문을 받들고 살아가는 이웃 절 처지에 거기까지 무리한 짓을 저지를 까닭이 무엇이겠느냐. 스님은 이번에도 확연한 대답을 회피한 채, 짐짓 말끝을 흐려두는 식이었다. —글쎄, 소승도 설마 거기서 그랬을 거라곤 믿고 있지 않소이다만…… 그 책으로 하여 탑산사가 이 산의 큰 법맥을 이어온 가람으로 밝혀지게 된다면, 지금까지 이 산의 본사 노릇을 해온 곳으로서는 속이 그리 편치가 못할 대목도 있겠지요.

하여 내가 이날 탑산사를 나선 길로 그 천관사까지 찾아보았을 건 당연했다. 그걸로 쉽사리 진실이 밝혀질 수는 없겠지만, 일단은 사실 여부라도 알아보기 위해서였다.

하지만 예상한 대로 천관사에서도 결과는 마찬가지였다. 천관사에서도 사실이 밝혀지기커녕은 오히려 일이 더 아리송해져가기만 하였다. 천관사는 역시 그 넓은 도량으로 하여 한때의 성세를 족히 짐작할 만한 큰 가람터였다. 폐허가 되다시피 한 넓은 도량 안엔 그런대로 아직 몇몇 당우와 선방들이 성세의 여맥을 지키고 남아 있었다. 선걸음에 잠시 찾아 만나본 그곳 스님은 탑산사의 스님보다도 법랍이 꽤 깊어 보였다. 한데다 스님은 그 법랍의 깊이만큼이나 마음이 열린 탓에선지, 사람의 말을 그다지 회피하는 편이 아니었다.——탑산사에서 없어진 책을 알아보러 오신 게지요? 스님은 첫 대면서부터 내가 찾아온 용건을 미리 알고 물어왔다. 뿐더러 그런 일이 한두 번이 아닌 듯 스님은 내 탑산사에서의 일들을 눈에 보듯 샅샅이 짐작하고 있었다. 나는 그 스님 앞에 차라리 마음이 편해져서 거두절미 『지제지』의 행방부터 물었다. 나의 물음에 스님은 오히려,——그 절에 있는 책을 어디에다 묻습니까, 핀잔을 하듯이 되묻고 나서는, 그 책은 아직도 탑산사에 그대로 잘 간직되고 있을 거라, 간단히 단언했다.

나는 다시 한 번 어리둥절해진 속에서도, 스님에게 그 까닭을 묻지 않을 수 없었다.——책을 원본째 숨겨서 무슨 득을 보려고요?

그 책이 무슨 그럴 만한 값이 있는 겁니까? 하지만 그건 어리석은 물음이었다. 스님은 딱하다는 듯 혼자 껄껄 웃고 나서, 그에 대한 얼마간의 설명을 덧붙였다.——그건 아마 위인이 새 절터를 잘못 짚어 잡은 탓일 게요…… 이 산에 옛날 탑산사라는 규모 큰 절간이 있었다는 건 사실이지요. 위인이 그걸 알고 탑산사의 법맥을 잇겠다고 이리저리 옛날의 절터를 찾다가 거기다 자리를 정하고 절을 지어 앉혔겠지요. 헌데 이번에 그 책이 나타나고 보니, 거기 쓰인 기록에 절터를 잘못 잡아 앉은 것이 드러나게 된 거지요. 옛 탑산사의 재창건이 아니라, 생판 다른 절을 지어 앉은 꼴이 된 거 아니겠소…… 일테면 그래 그 새 탑산사의 스님은 그런 사실을 덮어두기 위해 책을 숨기고 말았으리라는 것이었다. 나는 다시 묻지 않을 수 없었다. 그렇다면 당신은 그 숨겨진 책의 내용을 어떻게 알고 있느냐, 지금의 탑산사가 옛 자리를 찾아 서지 못했다는 사실을 어디서 어떻게 알았느냐——스님은 제법 거기 대해서도 그럴 만한 근거가 있었다. 탑산사의 스님은 한문으로만 되어 있는 그 책 내용 해독 중 몇 차례 이쪽의 도움을 청해왔었다는 것. 그리고 그 옛 탑산사의 자리가 드러남과 동시에 책이 어디론가 자취를 감추고 말았다더라는 술회였다. 한데도 탑산사는 천관사에 그런 도움을 청한 일조차 없는 듯이 책을 묻는 사람에게마다 은근히 이쪽을 지목해오곤 했었다고.

그 허심탄회한 어조와 사리의 흐름으로 보아 스님의 추단은 사실일 수도 있었다. 하지만 나는 그 같은 사실의 이해에도 불구하고 마음이 더 무겁고 혼란스러워지기만 하였다. 그렇다면 탑산사는 어찌하여 다만 책을 숨긴 것으로 일을 마무리질 않는 것인가. 스스로 책을 숨기고도 그 허물을 굳이 천관사 쪽에 돌리려 해온 이유는 무엇인가. 그것으로 그가 무슨 이득을 얻을 수가 있는가. 아니, 그는 언젠가는 책이 다시 나타나게 될 때가 있을 것이고, 그때는 그의 새 탑산사가 옛 절의 자리라는 것이 분명히 밝혀지리라 자신하고 있었다. 그것은 도대체 무엇을 말하고 있었음인가. 탑산사와 천관사 중에 어느 쪽의 말을 사실로 곧이들어야 할 것인가.

천관사의 스님은 그런 의문점들에도 나름대로 그럴듯한 추리를 거들었다. 그 책의 일이나 사실이 밝혀질 날이 오리라 한 것은 한마디로, 탑산사의 스님이 언젠가는 그 책의 기록에 나타난 옳은 옛 절 자리에 제대로 절을 다시 세워 앉히려는 생각 때문일 터이며, 그때까지는 지금의 절 자리가 옳은 곳이 아님을 덮어두고 지내다가 새 절을 제자리에 세우고 난 다음에는 책이 다시 나타나고 사실이 드러나더라도 상관이 없는 일 아니겠느냐는 것이었다. 한데다 그런 일로 굳이 책을 숨기기까지 했어야 할 필요가 무엇인지, 더욱이 그 허물을 천관사 쪽에 덮어씌울 까닭이 무엇인지, 그로 하여 그가 얻을 이득이 무엇이겠느냐는 내 잇따른 추궁에 대해서도 스님은,──그 해답은 당신이 이미 탑산사 쪽에서 가지고 온 것 아니겠소, 가벼운 힐책 투로 한마디를 되묻고는,── 한 산속에 이웃해 있는 도량이니 그게 제법 사리에 닿아 보이는 탓도 있겠지만, 보다도 그 위인 자신이 말했듯이, 탑산사로 이곳 법계의 중심을 삼고 싶어선 게지요. 보다시피 여기도 이젠 어느 절 법맥을 이었다 할 수 없을 만큼 폐허가 다 된 마당이라⋯⋯ 탑산사가 제 옳은 자리를 찾아서 이곳보다 맘에 맞는 큰 절을 세우고 보면 이 골 사람들의 불공길 발길도 그쪽으로 많이들 몰려갈 게 아니겠소. 게다가 그 책엔 탑산사뿐 아니라 이 천관사에 대한 기록도 적지가 않았으니 말이외다. ……도량이 적잖이 넓어 보이는 속에서도 노골적인 폄하와 힐난의 기미를 숨기지 못해하고 있었다. 그 스님의 말씀인즉 과연 얼마든지 그럴 만한 개연성이 있는 일이었다.

하지만 나는 그 모든 것이 비록 사실이라 하더라도 거기서 비로소 사실을 만나게 된 후련한 기분이 될 수가 없었다. 후련한 기분 커녕 모든 것을 깡그리 부인해버리고 싶을 만큼 마음이 자꾸 더 무거워지고 있었다. 탑산사고 천관사고 양쪽의 말을 다 곧이듣기가 싫었고, 그 말 속의 사실 자체를 부인해버리고 싶었다. 그 같은 혼란과 낭패감은 스님이 그때 내게 무심히 던져온 마지막 몇 마디로 하여 더욱 그 깊이를 더해가고 있었다.

──하다면 어쨌거나 그 잃어버린 절이 다시 빛을 볼 때가 오기는 할까요? 일테면 그 옛날 탑산사의 옳은 자리에 절이 다시 설 때가 오겠느냐는 말씀입니다.

절을 내려오기 전 깊은 낭패감 속에 자기 위안 삼아 한마디 건네본 나의 말에, 스님은 모처럼 정색을 한 표정으로 고개를 가로젓고 만 것이었다.

──아마 당분간은 어려울 거외다. 어쩌면 영영 안 될 일일지도 모르고. 사람들의 불사에도 각기 제격에 맞는 길이 있음이라, 지금은 아무래도 이쪽이나 그쪽이나 이대로 그럭저럭 격이 제법 맞는 듯싶어 보이니 말이외다……

이제 이 이야기는 이쯤에서 그만 끝을 맺는 것이 좋을 것 같다. 어쨌든 이제는 사정이 어느 정도 분명해졌을 뿐 아니라, 나로선 더 이상 이야기를 계속해나갈 수도 없는 때문이다.

아니, 아직도 사실이 제대로 드러났다고 할 수 없을는지 모른다. 『지제지』는 아직도 소재나 행방이 밝혀지질 않았고, 그의 분실 여부조차 분명해지지 못했다. 하지만 그것들은 이제 중요한 것이 아니었다. 『지제지』는 어쩌면 탑산사에 그대로 간직되어 있을 수도 있었고, 그쪽 말대로 천관사로 자리가 옮겨져 있을 수도 있었다. 어떤 뜻에선 두 절이 손을 맞잡고 그것을 숨겨오고 있는 격일 수도 있었다.

어쨌거나 그건 내게 큰 상관이 없는 일이었다. 중요한 것은 일이 그렇게 되어온 사유였다. 탑산사나 혹은 두 절에서 일을 그렇게 만들어온 숨은 목적이었다. 그것도 이제는 속사정이 거의 분명해진 셈이었다. 그 헐벗은 산, 기나긴 세월 속에 폐허로만 남아온 이름 없는 사지들, 황량하고 무기력한 고을의 피폐상, 그 자폐성의 굴레를 벗지 못하고 있는 불사의 무속화——그것은 아마 그런 일들과 크게 상관이 되고 있을 터이었다. 그리고 무엇보다 대흥사의 구리종이 이 산으로 되돌아오지 못하고 있는 사정과 상관이 있을 터였다. 그것은 그 무심한 탑산사의 스님이 흩어진 봉수대의 벽계석으로 인한 소동에도 그저 무연히 침묵만 지키고 있다가 내뱉고 돌아선 말, 저들에게 그보다 간절한 불사가 없고 보면 운운…… 스님 자신도 이제는 그 흐름을 거역할 수 없는 듯싶어 보

이던 수상한 체념 투나, 천관사 쪽의 늙은 스님이 지금은 이대로
가 격에 맞는 불사가 되고 있어 구리종이 돌아오기 어려울 거라던
말들에서 그 동기가 충분히 감지될 수 있었다. 한마디로 이곳에선
구리종이 돌아오는 걸 원치 않고 있었다.

하지만 나는 여기서 그 동기를 말하고 싶진 않다. 『지제지』의 기
록으로 절의 옳은 위치가 밝혀지자 그 기록을 숨겨버려야 했듯이,
나도 또한 그 동기를 짐작할 수 있으되 그것을 차마 여기서 말할
수가 없는 것이다. 어쩌면 이토록 지루한 이야기를 함께해온 일이
나 그 끝에 만나게 된 작은 진실이나마 그것을 속 시원히 드러낼
수 없게 된 내 작은 동기까지도…… 그로 하여 내겐 비록 제물에
벙어리꼴이 되어야 하는 그 숙명과도 같은 답답함이 뒤따른다 하
더라도. 그리고 바로 그날 산을 내려오면서부터 다시 귓가에 맴돌
기 시작한 그 구리종의 유장한 종소리가 이날까지 끊임없이 나를
괴롭히고 따라다닌다 하더라도.

──잃어버린 말.

밝힘

1) 글 속의 탑산사와 천관사, 혹은 그곳 봉수대와 고을 사람들,
스님들에 대한 서술은 전혀 사실과 거리가 먼 허구임을 밝혀둔다.
절과 고을 사람과 스님들에 대한 나의 생각은 오히려 그와 반대일
것이나, 작의상 그 같은 왜곡이 불가피해진바, 행여 이로 하여 거명
된 고을이나 도량들, 그 스님들께 누를 끼치게 될까 염려되어 사족

146

을 덧붙인다.

2) 『지제지』에 대한 서술 역시 같은 이유로 얼마간의 허구가 가해졌다. 『지제지』는 이미 1976년에 그 원본이 한글로 주역(註譯)되어 발간된 바 있다. 글 중에선 책 내용의 일부를 『장흥풍정록(長興風情錄)』이란 가상 책명의 것으로 대신하여 사용했다.

3) 이 밖에 역사적인 사실이나 지지의 근거는 『동국여지승람』이나 『여지도서』 『지제지』 등의 고기(古記)들 이외에 다음의 글들을 참고, 혹은 직접 인용하였다.

* 「동학농민전쟁·석태들 전투」(강수의, 장흥문화원장)
* 「봉수제도와 천관산 봉수대 복원」(위황량)
* 「임진왜란과 장흥의병」(조원래, 순천대 교수)
* 「천관산의 불교유적」(성춘경)
* 「항일투쟁과 장흥」(이상근)
* 「회령포진성과 정유재란」(이해준, 목포대 교수)

(『현대문학』 1989년 7월호)

키 작은 자유인
── 가위 밑 그림의 음화와 양화 5

　1954년 4월 3일 오후. 고향 마을 산모퉁이의 한가한 바닷가 개
펄 바닥. 어머니와 나는 썰물 진 개펄을 헤매며 게를 잡고 있었다.
나는 그해 이른 봄 광주의 한 중학교 입학시험에 합격하여 개학날
이 이틀 뒤로 다가와 있었다. 내일이면 나 혼자 고향집과 어머니
를 떠나 광주의 한 친척집으로 더부살이를 가야 했다. 어머니는
빈손에 아이를 맡기러 보낼 수가 없어, 일테면 그 미안막이 선물
로 갯가에 지천으로 나와 노니는 게라도 한 자루 잡아 보내려는
것이었다. 그 시절 어려운 시골의 봄철 살림엔 그 밖의 다른 치렛
거리를 마련할 길이 없었기 때문이었다. 산비탈을 스쳐 지나가는
솔바람 소리에도 가슴이 메어오고, 먼 수평선 위를 흐르는 흰 구
름덩이까지 공연히 눈물겹기만 하던 한나절, 어머니와 나는 그 막
막하고 애틋하고 하염없는 심사 속에 짐짓 더 열심히 게들만 쫓고
있었다.

그리고 이튿날, 나는 아직도 살아 바글거리는 게 자루를 짊어지고 왼종일 3백 리 버스 길에 시달리며 내 숙식을 의탁할 광주의 외사촌누님네를 찾아갔다. 그러나 막상 그 집에까지 도착하고 보니 게 자루는 이미 아무 소용도 없는 꼴이 되어 있었다. 게 자루 따위가 변변한 선물거리가 될 수도 없는 터에, 덜컹대는 찻길에 종일을 시달리다 보니, 자루 속의 게들은 이미 부스러지고 깨어져 고약스레 상한 냄새를 풍기고 있었다. 나는 그 게 자루가 그토록 초라하고 부끄러울 수가 없었다. 그것이 내 남루한 몰골이나 처지를 대신하고 있기라도 하듯이 그 외사촌네 사람들 앞의 자신이 그토록 누추하고 무참하게 느껴질 수가 없었다. 하여 그 누님이 코를 막고 당장 그 상한 게 자루를 쓰레기통에다 내다버렸을 때, 나는 마치 그 쓰레기통 속으로 자신이 통째로 내던져 버려진 듯 비참한 심사가 되고 있었다.

　하긴 그렇다. 그것은 바로 그날까지의 나 자신의 내던져짐이었음에 다름 아니었을 터였다. 내가 고향에서 도회의 친척집에 가져올 수 있는 것이 오직 그뿐이었듯, 그 게 자루에는 다만 상해 못쓰게 된 게들만이 아니라, 남루하고 초라한 대로 내가 그때까지 고향에서 심고 가꾸어 온 나름대로의 꿈과 지혜와 사랑, 심지어는 누추하기 그지없는 가난과 좌절, 원망과 눈물까지를 포함한 내 어린 시절의 모든 것이 담겨 있었다. 그래 그것은 내 어린 시절의 삶 전체가 무용하게 내던져 버려진 것 한가지였다. 그리고 그것은 어찌 보면 지극히 당연한 노릇이기도 하였다. 나는 이제 그 남루한 시골살이의 껍질을 벗어던지고 보다 더 깔끔하고 강건하고 영민한 도회인의 삶을 배워 익혀나가야 했기 때문이었다. 고향 마을에서들은 누구나 그것을 동경하고 부러워했듯이, 바야흐로 내겐 그런 삶의 길이 앞에 한 때문이었다. 맵시 곱고 정갈스런 누님이 아니었더라도, 나는 상한 냄새의 게 자루와 함께 고향과 고향에서의 모든 것들을 스스로 미련 없이 내던져 버렸어야 하였다. 그래서 부단히 배우고 익혀 아는 것도 많고 거둬 지닌 것도 많은 생산적 의식층으로 자라났어야 하였다. 했더라면 아마도 내 삶에는 좀더 이루고 얻은 것이 많았을는지 모른다. 이루고 얻은 것이 많지 않더라도, 마음만은 한 곬으로 값진 뜻을 좇아서 부질없는 헤매임이 적었을는지 모른다.

하지만 내겐 아마도 그런 노력이 많이 모자랐던 모양이다. 아니면 지혜가 모자랐는지도 모른다. 나름대론 노력을 안 한 바도 아니었고 지혜를 구하지 않은 바도 아니건만, 한마디로 내게선 그 쓰레기통에 버려진 게 자루가 여태도 멀리 떠나가주질 않고 있는 것이다. 어린 시절과 함께 내던져져 썩어 없어졌어야 할 게 자루가 그 남루한 꿈과 동경의 씨앗자루처럼, 혹은 좌절과 눈물의 요술자루처럼 이날 입때까지 나를 계속 따라다니며 사사건건 간섭을 일삼고 있는 것이다. 그리고 그로 하여 나의 삶의 몰골은 끝없는 갈등과 무기력한 망설임 속에 형편없는 왜소화와 음성화의 길만을 걷게 해온 것이다. 도회살이 이미 40년에 가까우면서도 서울에선 늘상 임시 기류 생활 같은 어정쩡한 느낌에 고향을 종종 다시 찾아 내려가보기도 하지만, 고향에선 또 고향에서대로 오래전에 이미 떠나간 사람이 되어버린 자신을 발견하고 부끄럽고 면구스런 발길을 되돌아서야 하는━, 그 자랑스런 도회인도, 그렇다고 고집스런 고향지기도 될 수 없는 어정쩡한 떠돌이의 서글픈 여정 속에. 그 조심스럽고 누추한 자유의 추억 속에.

하고 보면 그날의 부끄러운 게 자루는 그렇듯 누추한 내 음화성 삶의 여정에서 끝끝내 버릴 수 없는 서글픈 숙명의 짐꾸러미가 아니었던지━

━숙명의 씨앗 자루.

그 고향 마을을 떠나기 훨씬 이전의 어린 시절━ 더운 여름날이면 들일을 나고 들던 어른들이 마을 앞 정자나무(팽나무) 아래서 지친 몸을 한참씩 쉬어가곤 하였다. 한번은 들일을 나가던 마을 교회 장로님이 그 자리로 끼어들며 짐짓 엉뚱스런 푸념을 하였다.

━우리 집 새끼들은 사시사철 개짓머리(감기)나 몸살기 한번 드는 놈이 없단 말여. 이런 흉년엔 가끔 입맛을 잃고 드러눕는 놈이라도 생겨야 하는 건데 말여.

슬하에 줄줄이 8남매를 둔 장로님이 여름 생계가 어려운 것을 농으로 흘린 말이었다. 8남매를 거느린 가장 노릇을 하자면 나이 들고 점잖은 장로님이라도 그토록 늘상 힘든 들밭 일에 매달려 지내야 했을 것은 말할 나위가 없었다.

그러던 어느 일요일 한낮. 면소 마을 교회의 젊은 목사님(우리 마을 교회에는 그때 아직 담임 목사님이 없던 터라 그 면소 교회 목사님이 가끔씩 먼 길을 찾아와 예배를 인도해주고 돌아갔다)이 예의 정자나무 아래로 장로님을 찾아 나타났다. 아침 녘에 일찍 주일예배를 끝내고 들일을 나간 장로님이었는데, 이날사말고 하필이면 때가 늦어 당도한 면소 교회 목사님이 길을 돌아서기 전에 그의 면대를 청해온 것이었다. 전갈을 전해 받은 장로님은 손발조차 씻을 틈이 없이 바짓가랑이를 걷어 올린 채 황망히 정자나무께로 달려왔다. 그리곤 목사님이 무슨 일로 그를 크게 꾸짖으려는 기미도 없는 터에, 장로님은 지레 그 나무 그늘 아래 쉬고 있던 젊은 목사님 앞에 죄인처럼 쩔쩔매며 손을 비벼댔다.

— 저 들판에 피어 있는 백합꽃을 보십시오.

그런 장로님을 향해 자신이 바로 그 백합처럼 흰 피부와 깔끔한 옷차림을 한 목사님은 거기 어디 정말로 백합꽃이 피어 있는 것이 눈에 보이기라도 하듯 여름 볕에 타고 있는 지친 들판을 가리켜 보이며 조용조용 간절한 목소리로 말했다. — 주님의 날에는 백합꽃들까지도 일하지 않습니다. 주님의 날에는 오직 저의 빛깔과 향기로 주님을 찬송할 뿐입니다. 그리 해도 주님께선 당신의 큰 사랑과 영광 속에 저들을 지켜주시고 열매 맺게 해주십니다. 그 백합꽃이 주님의 날을 맞아 입을 걱정, 먹을 걱정을 하는 걸 보았습니까?

어딘지 좀 엄숙하고 준열스런 데가 있어 보인 건 사실이었지만, 그러나 그 목사님의 잔잔한 목소리나 웃음기 띤 얼굴빛은 늙은 장로님보다도 더 너그럽고 인자해 보이기만 하였다. 한데도 장로님은 그럴수록 더 그 앞에 몸둘 바를 몰라 하며 자신의 허물을 빌었다. — 이거, 정말로 면목이 없구만요. 제 믿음이 아직 모자란 탓입니다. 믿음이 모자라 주님의 역사에 눈이 어두운 탓입니다. 이제부터라도 열심히 더 많은 기도를 하렵니다. 목사님께서도 이 어리석고 가엾은 종을 위해 기도해주십시오……

뒤에 안 일이지만, 젊은 목사님 앞에 장로님이 그토록 얼굴을 붉히며 송구스러워한 것은 더 말할 것도 없이 그가 이날 주일 예배를 소홀히 하고 안식일에 들일을 나간 허물 때문이었다. 그 허물이 과연 작지가 않았음은 그때 그 같은 장로님의 간청을 저버리지 못한 목사님이 그 자리에 선 채로 장로님의 흙 묻은 두 손을 붙잡고 한참이나 회개의 기도를 올리고 간 사실로도 짐작이 충분히 가능했던 일이었다.

하지만 이제 와 사실을 말하자면, 나는 아무래도 그 일이 수상했다. 주님의 날에는 일을 하지 않아도 주님께서 알아서 먹여주고 입혀주신다—? 그것은 내게 참으로 놀라운 사실이었다. 주일날에는 오직 주님을 노래하고 그 은혜에 감사할 뿐, 자신이 입고 먹을 것을 구해서는 안 된다는 인심 좋은 계율은 잔일에 찌들어온 여름살이 시골 아이에겐 더할 수 없이 고마운 복음이 아닐 수 없었다. 하지만 그건 역시 나어린 내 소견에도 쉽사리 믿기지 않는 꿈같은 이야기였다. 실제로는 절대로 그렇게 될 수가 없는 어른들의 허황스런 말속임질만 같았다. 속임수가 아니라면 머리 나쁜 사람들의 억지고집일 것도 같았다. 무엇보다 내가 그걸 곧이들을 수 없게 한 것은 장로님의 그 먹성 좋은 8남매 아이들이었다. 내가 그것을 곧이듣고 싶어 할 때마다 장로님의 그 8남매가 줄줄이 눈앞에 떠올라온 때문이었다. 그리고 어쩌면 장로님이 정말로 그중의 한둘이 몸살기로 몸져누워 입맛을 놓게 되기를 바랐을 것 같았기 때문이었다. 때로는 그 장로님이 들일을 나가지 않고 주 찬미의 노래만 일삼고 있는 동안 그의 여덟 아이들은 허기와 배앓이로 몽땅 몸져누워 신음을 하고 있는 광경이 스쳐 지나가기도 하였다. 그런데 장로님은 정말로 그 말을 믿을 수가 있었을까. 그래 이제부터는 주일날 하루라도 그의 들밭 일을 쉬게 될 수가 있을까……

일테면 내 그 같은 비뚤어진 의심 속은 외람되게도 그 나이 드신 장로님의 신앙심에까지 당찮은 욕을 먹여드린 셈이었다. 하지만 뒷날에 와 나의 그런 의구심은 전혀 근거 없는 것이 아니었음이 드러났다. 그것도 바로 장로님 자신이 그것을 밝혀 입증해 보인 것이었다. 장로님이 이후부터 주일날 하루라도 들일을 나가지 않고 온종일 주님을 위한 기도와 찬송만으로 지냈는지 어쨌는지는 지금 기억이 확실치 않다. 하지만 장로님이 비록 목사님의 충고대로 그 안식일의 계율을 충실히 지켜 오직 기도와 찬송 속에 진종일을 지냈다 하더라도, 그는 그 기도와 찬송 가운데서 자신과 그의 먹성 좋은 여덟 아이들을 주님께서 낙번 없이 먹여주시리라는 점에 대해서는 믿음이 그리 많지 못했음이 분명했다. 얼마 뒤 장로님은 어디선지 그 무렵 논밭에 설쳐대는 들쥐약을 잔뜩 들여다가 동네 가가호호 고루 돌려 팔았는데, 오래잖아 그 약이 생쥐새끼가 먹어도 죽어줄 생각을 않는 가짜 밀가루 약임이 드러나게 됐던 것——. 그리고 그래 그 가짜약 구설수에 장로님은 끝내 그 교회를 지키지 못하고 늘그막에 마을까지 떠나게 되고 만 것이다.

주일날 안식일의 계율을 지켜서 기도와 주찬미 속에 지내는 장로님보다 자신과 여덟 아이들을 위해 안식일의 계율까지 어기며 찌는 들밭 햇볕 아래 흙 묻은 손으로 이마의 땀을 씻어내리는 그 정직한 늙은이에게서 오히려 섭리자의 신선한 사랑을 찾고 싶어 해온 내 고약스런 곡해벽—이건 이렇고 저건 저렇다 치자고 사람들 간에 미리 서로 약속된 일의 값과 질서들, 나아가 그 진실성과 권위를 의심하고 믿지 못해하는 내 겁 많고 옹졸스런 인간관(혹은 세상관)의 한 달갑잖은 씨앗을 그 누추한 자루 속에 담아 지니게 된 사례다.

하지만 내게 그런 의혹과 불신의 몹쓸 씨앗을 심어 담아준 것이 그 고향 마을 장로님의 일뿐만이 아니었음은 두말할 나위가 없는 일이리라. 국민학교 5학년 때의 내 담임 선생님의 일 또한 그런 사단 중의 하나일 것이다.

6·25 전화로 교사를 잃은 우리는 새 교사가 세워질 때까지 이 동네 저 동네의 각 마을회관들로 흩어져 분산 수업을 받고 있었다. 5학년은 마침 우리 동네 회관을 빌려 쓰게 되어, 그 담임 선생님도 아예 우리 동네로 숙소를 얻어 들어와 있었다. 그런데 그 선생님의 숙소가 하필 마을 처녀들의 밤마실 방 아랫집인 것이 동네 청년들의 심사를 건드렸다. 본교에 하나뿐인 오르간까지 끌어다 놓고 선생님은 밤마다 처녀들을 불러내어 노래를 가르치는 판이었으니, 동네 청년들이 그 총각 선생님을 곱게 볼 리가 없었다. 마을엔 오래잖아 선생님에 관한 갖가지 민망스런 소문이 떠돌았고, 그만큼 선생님과 동네 청년들 간에는 이런저런 갈등과 다툼질이 빈번

했다. 그 선생님과 청년들 간의 불화가 끝내는 내게까지 불똥을
튀겨왔다.

　청년들 중에 제법 말발깨나 내세우던 가형이 그 선생님을 골탕
먹여온 뒷모사의 주역으로 지목된 때문이었다. 그 형에 대한 유감
으로 선생님은 언제부턴지 사사건건 나를 못 봐 하기 시작한 것이
다. 지난날을 돌이킬 때 누구나 흔히 하는 소리지만, 그때까지만
해도 나는 늘 학과 성적에서나 품행 면에서나 남이 넘볼 수 없는
모범생으로 되어 있었다. 그런 나를 선생님은 조금도 알은척해주
려 하질 않았다. 숙제를 아무리 잘해가도 내 차례에선 매번 외면
을 하고 지나갔고, 그림 그리기 같은 걸 열심히 해가도, 이게 누가
대신 그려준 것이냐고 엉뚱스런 추궁이나 핀잔이 예사였다. 그리
고 그해 5월 어린이날 행사 때는 몇 년간 내리 도맡다시피 해오던
모범어린이상이 뒤늦게 도회 학교에서 전학을 해 들어온 어업조합
이사님의 아들에게로 돌아갔다.

　그것은 내게 큰 충격이 아닐 수 없었다. 억울하고 분한 마음에
누구보다 그 선생님이 원망스러웠던 것도 사실이었다.

　하지만 나는 미처 그 선생님을 헐뜯고 다닐 틈조차 없었다. 내
가 그 어린이날 모범상을 뺏긴 것은 마을에서도 하나의 사건이 되
어버린 때문이었다.──제가 발길 디밀고 들어와 살고 있는 동네
아일 젖혀두고 다른 동네 녀석한테 상을 발랑 넘겨줘? 그 아이 아
비가 어업조합 이사라서? 나를 대신하여 다시 그런 노골적인 험담
들이 나돌기 시작했고, 그것은 평소에 그를 못 봐 해오던 동네 청
년들 간에 특히 더했을 것이 뻔했다. 청년들의 그 같은 비방은 어

느 날 참으로 고약스런 행동으로까지 나타나기에 이르렀다. 그날 아침 그 회관 교실 앞 선생님의 교탁 위엔 보기에도 흉칙스런 커다란 똥무더기가 힘차게 사리를 틀고 올라앉아 있었다. 간밤에 누군지가 교실로 숨어들어 선생님에 대한 분풀이로 그래 놓고 간 것임이 분명했다. 선생님에겐 더없이 고약하고 곤욕스런 선물이 아닐 수 없었다.

나는 웬일인지 그 꼴을 본 순간 이상스레 예감이 좋지를 못했다. 아직은 선생님이 나타나기 전이어서 먼저 온 녀석들은 물색없이 그 꼴을 재미있어하고들 있었다. 나도 물론 녀석들처럼 그 꼴이 은근히 고소했을 건 당연했다. 하지만 그게 고소한 건 한순간뿐이었고, 내겐 이내 불안스런 예감이 덮쳐들기 시작했다. 선생님이 설마 나를 의심할 리는 없었다. 그것은 전혀 사리에도 맞지 않는 일이었다. 한데도 나는 왠지 자꾸 그 일의 허물이 내게 있는 것처럼 기분이 지레 난처했다. 그리고 제물에 두렵고 부끄러운 느낌마저 들었다. 가형도 물론 그런 짓까지 저지를 위인은 아니었지만, 불길스럽게도 자꾸 그 형님의 얼굴이 눈앞을 어지럽혔다.

아니나 다를까. 그 상서롭지 못한 나의 예감은 선생님의 심중을 정확하게 적중하고 있었다. 잠시 뒤 회관 교실 문을 들어선 선생님은 처음엔 아예 화조차 나지 않는 듯 교탁 위의 그 흉칙스런 오물덩이를 향해서 한동안 망연스런 표정만 짓고 서 있었다. 하더니 이윽고는 제정신이 돌아온 듯 침착한 눈길로 천천히 주위를 둘러보다 말고, 끝내는 그 시선을 정확히 내게로 겨눠왔다. 그리고는 비로소 치밀어 오르는 분노를 간신히 억누르고 있는 듯한 목소리로,

─ 네가 똥을 치고 교탁을 닦아라!

낮고 짤막하게 명령했다. 내겐 그 낮고 짤막한 선생님의 한마디가 무엇보다 단호하고 위협적일 수밖에 없었다. 넌 이게 누구 짓인 줄 알겠지? 그러니 그걸 알고 있는 네가 똥을 치우는 게 당연한 책임이지? 선생님의 위태롭게 자제된 목소리에서 나는 역력히 그런 추궁과 힐책의 소리를 듣고 있었던 것이다.

나는 감히 무고의 변명 한마디 하고 나설 엄두도 못 내보고 선생님의 명령을 묵묵히 수행하는 수밖에 없었다. 아무도 도와줄 거 없다, 저 혼자도 잘할 거다 ─ 선생님이 짐짓 아이들을 향해 오금을 박아대는 소리에 나 역시 끓어오르는 원망과 굴욕감을 짓씹었다. 멀찌감치서 그 꼴을 지켜보며 밉살스럽게 킬킬대는 녀석들의 원망스런 눈길 속에서.

그러나 그날 내가 애꿎게 떠안은 곤욕거리는 그뿐만이 아니었다. 선생님은 다행히 내가 그 교탁의 오물을 치우고 냄새 한 점 나지 않게 물걸레질을 마칠 때까지 더 다른 아무런 추궁이 없었다. 교탁 청소가 끝나갈 무렵쯤에 내 쪽은 더 이상 거들떠보지도 않은 채 그 혼자 한가하게 창가에 기대서서 수첩에다 무엇인가를 적고 있을 뿐이었다. 하긴 선생님도 증거가 없는 일이니 나에 대한 힐책이 더 이상은 무리였을 터였다. 뿐더러 그 일은 건드리면 건드릴수록 구린내가 자꾸 더 번져나게 마련이었다. 선생님 자신의 체면을 위해서, 그쯤에서 조용히 일을 덮어두고 넘어가는 게 나았다…… 그게 선생님에 대한 나의 판단이자 소망이었다.

하지만 알고 보니 나의 그런 판단과 소망은 뜻밖에도 표적을 전혀 빗나가고 있었다. 교탁을 말끔히 씻어내고 나자, 선생님이 이번에는 새로운 힐책 대신 그새 미리 마련해둔 쪽지접이 하나를 내 앞에 내밀었다.

— 이거 지금 당장 네 형이라는 사람한테 갖다드려.

말투부터 매우 심상찮아 보이는 그 선생님의 쪽지접이는 내가 교탁의 오물 자국을 지우는 동안 그가 말없이 창가에 기대서서 마련한 것이었다. 나는 다시 한 번 사지가 가라앉는 듯한 절망감이 앞을 섰다. 아직 일이 다 끝난 게 아니었구나…… 하지만 이번에도 나는 어쩔 수가 없었다. 아직 내용이 밝혀진 건 아니었지만, 그 내용이 무엇이 되었건 나는 그 명령을 거역할 수 없었다.

나는 말없이 쪽지를 받아 쥐고 힘없는 발걸음으로 다시 집으로 돌아갔다. 집이 가까워질수록 이번에는 선생님보다 그런 쪽지를 전해 받을 형님 쪽의 반응이 나를 더 두렵게 하기 시작했다. 평소에도 나에겐 무엇보다 두려운 것이 그 터울 많은 형님의 불 같은 성깔이었다. 쪽지에 씌어져 접힌 내용에 따라서는 우선 내 다리몽둥이부터 그 자리에서 요절이 나게 될 판이었다. 나는 아무래도 그냥 그대로는 쪽지를 갖다 바칠 수가 없었다. 일의 성질에 따라서는 형님 쪽에 대해서도 사전 대비책이나 적절한 호신책이 마련되어야 하였다. 그래 나는 그 10리만큼이나 멀게만 느껴지는 골목 돌담길 모퉁이에 숨어 서서 내 먼저 그 서면의 개봉을 단행했다.

하고 보니 참으로 기가 막힐 일이었다. 선생님은 대체 무엇을 근거로 그 같은 판정을 내렸는지 모른다. 그건 어쩌면 선생님이 직접 형님을 지목할 수 없어 그 형님이 제풀에 허물을 자복하고 나

서게 하기 위한 술책이었을 수 있었다. 하더라도 명색이 선생님이
라는 사람이 그 제자에게 어찌 차마 그처럼 비정스런 배역을 시킬
수가 있었던지——

쪽지 속엔 대개 이런 식의 글발이 서슬을 세우고 있었다.

······전번 5월 5일 어린이날의 모범학생 표창 시 귀 자제의 수상
탈락 사실과 관련하여 당해 아동의 담임교사로서 본인은 그간 귀 자
제의 주변인들로부터 참을 수 없는 수모와 교권상의 손상, 나아가
부당한 비방을 당해온 바 있습니다.

근자에는 더욱이 귀 자제의 품행이 현저히 방자하여, 혹은 선생님
에게 무단히 반항하고 혹은 아동으로서 상상할 수조차 없는 기괴한
소문들을 퍼뜨려 모욕적인 행사를 일삼고 있는가 하면, 심지어는 엄
숙, 신성해야 할 교육장과 학습 분위기를 훼손하는 망측스런 행위까
지를 서슴지 않는 등, 그 비행과 탈선이 극에 이르고 있습니다.

따라서 본인은 담임교사로서 귀 자제의 교육을 더 이상 책임져 나
갈 수 없는 것으로 사료되어, 유감스러우나 이에 자진 퇴학을 권고
하오니, 귀 부형께서는 이상의 제 사실들을 양찰, 숙고하시어, 아래
양식의 부형 동의란에 서명 날인하여 송부하여주시기 바랍니다.

(점선 아래로) 자퇴서. (다시 줄을 바꿔) 제5학년 이름 아무
개······ 자퇴 이유── 위 아동은······ 수학 능력 부족 및 성격상의
결함 운운······ 이상의 사유로 자진 퇴교코자 합니다······ 이에 자
퇴를 동의합니다······ 1952년 5월 ○일 위 아동의 학부형 아무개
(날인)······

한마디로 그것은 선생님 자신에 대한 그간의 비방과 모욕 행위의 배후로 나와 가형을 싸잡아 겨냥한 자퇴 권유서였다. 아니 권유나 동의 서식이기보다 그 자체가 퇴학 처분의 통보서에 가까웠다. 그야 형식이나 절차로 보아서 그것으로 퇴학이 다 결정 난 것이라고는 생각할 수 없었다. 앞서 말한 대로 그것은 혹은 뒤에 숨은 형님의 자복을 끌어내기 위한 술책이거나, 더 이상의 비방과 모욕 행위에 대한 엄중한 응징의 경고일 수도 있었다. 하지만 다만 그렇게만 보기에는 문맥의 흐름이 너무도 단호하고 단정적이었다. 나를 빌미 삼아 형님이나 마을 청년들과의 일전도 불사하겠다는 의지가 너무도 역력했다. 나는 그 선생님의 적의만만한 도전이 새삼 두렵고 원망스러웠다. 그리고 쪽지에서 그것을 읽게 될 형님의 성깔이 지레 더 겁이 났다. 그건 내겐 일테면 사형선고장 한가지였고, 나는 그 자신의 사형선고장을 자신의 손으로 집행인에게 들어 바치려 가고 있는 꼴이었다. 형님의 성깔은 필시 선생님에게보다도 내게부터 벼락을 내릴 것이 뻔했다. 이 못난 병신 새끼야! 도대체 무슨 바보 멍청이 짓거리를 했길래…… 그렇다고 그 형님 앞에 그걸 전해 바치지 않을 도리도 없었던 그 절망스런 처지라니—

하지만 이제 나는 그날의 뒷이야기는 이쯤 생략을 하고 넘어가는 편이 나을 듯싶다. 내가 그렇듯 어쩔 수 없는 처지에서 쪽지를 집까지 가져가기까지의 참담스런 심정은 누구라도 짐작이 가능할 터이므로. 그리고 때마침 형님이 집을 비우고 들일을 나간 사이

멋모르는 어머니에게 쪽지를 맡겨두고 나 역시 그길로 나무지게를 짊어지고 학교 대신 산속으로 도망을 치고 만 다음 일들에 대해서도 더 이상 자세한 설명이 필요치가 않을 터이므로.

결론만 말한다면 나는 그 며칠 동안 끼니때만 지나면 식구들과 선생님과 학교 아이들을 피하여 때아닌 나뭇짐질에나 열중해 지내다가, 한 주일쯤 뒤에는 어른들 사이에서 일이 그럭저럭 해결되어 나도 다시 어물쩍 학교를 나다니기 시작하게끔 되었다.

하지만 내가 아직도 그 일을 잊지 못하고 오늘 다시 그것을 되돌아보게 되듯, 그것으로 일이 다 끝난 건 아니었다. 그 1년간의 껄끄러운 학교 시절에 대한 것은 말할 것도 없거니와, 미덥고 존경스러워야 할 그 담임 선생님에 대한 나의 아픈 기억—성스러운 사도, 페스탈로치의 교육 정신, 군사부일체…… 그런 말들을 들을 때마다 나는 아직도 그때의 일들이 사라지지 않고 오히려 앞장서 머리를 내밀곤 하는 것이다. 물론 내게도 그 전후의 초등학교 시절과 중학교·고등학교·대학 과정들을 거쳐 이날 입때까지 세상살이를 해오면서 마음으로부터 존경하고 사랑과 은혜를 크게 입어온 살아 있는 스승상이 없는 것은 아니다. 하지만 불행히도 그렇듯 귀중한 선생님들의 모습 뒤에도 내겐 늘 그 시절의 어두운 기억이 한 가닥 검은 장막을 드리고 있곤 하였다. 선생님도 사람이다. 선생님도 똥을 눈다. 그걸 먼저 알아야 참 선생님의 모습을 알 수 있다!

그 성직에 대한 그릇된 편견과 비뚤어진 인식—하지만 새삼 돌이켜보면 나는 무엇보다 그것을 일찍이 버렸어야 하였다. 그랬어야 참으로 그 선생님들에 대한 나의 권리를 주장하고 세상일들도 더 편해졌을 터였다. 한데 아직도 그 일을 이런 식으로 기억하고 있음은 내 밴댕이 속 같은 좁은 소견이 여태도 그럴 수가 없었던 탓일 게다. 성스런 사도에 대한 비뚤린 편견의 더러운 씨앗, 그 광주 길에 그것을 자루째 던져 없애버리지 못한 내 용렬성 탓인 게다. 하여 자업자득, 사람과 세상사에 대한 나의 그런 의심과 불신의 버릇은 내 삶까지를 이토록 비좁고 누추한 것으로 만들어온 것이리라. 하기야 나의 세상살이가 이렇듯 비루하고 누추해진다 한들, 그 씨앗이 거짓이나 허구 속에 열매맺어진 것이 아니라 사실의 경험과 그 빛 속에 익어진 것일진대, 그 발아를 어찌 쉬 발본해 버릴 수 있었을까마는──

가령 이런 경우, 나는 진실로 그것이 가능하지 못함을 부끄러워해야 할 일인지 모르겠다.

나는 이미 전편에서, 저 6·25전란 중에 어두운 지하실 피신처에서 일어나와 당신 자신의 죽음의 자리로 결연히 걸어갔던 한 집안 어른의 이야기를 쓴 일이 있을 것이다. 나는 거기서 그 어른이 그렇듯 집을 나간 다음 일은 밝힌 바가 없었다. 그런데 그날 밤 우리를 놀라게 한 것은 오히려 그 어른이 집을 나가고 난 다음에 일어난 일이었다.

어른을 부엌 나무청 지하실에 숨겨두고 우리가 더욱 불안해한 것은 우리 집 식구 외에 그 비밀 지하실의 존재를 알고 있는 이가 한 사람 있었기 때문이었다. 한 해에 방 한 칸씩을 늘려가는 식으로 아버지(당시엔 이미 고인이 되신)가 십수 년 전 몇 해에 걸쳐서 그 집을 지을 때, 그 어려움을 함께하며 아버지의 일을 도왔던 마을 친지분이었다. 마을에선 오직 그 한 사람만이 우리 집 지하실의 비밀을 알고 있었다. 오래전 일이라 잊어버렸을 수도 있었고, 성정이 별나게 모가 난 사람도 아니었다. 더욱이 아버지의 타계 이후에도 우리 집과는 각별한 친분을 계속해온 터이라 그를 크게 걱정할 처지는 아니었다. 하지만 시국이 시국인 데다 만에 하나 그가 마음을 달리 먹고 보면 우리에겐 크나큰 재앙이 덮쳐들 수 있었다. 우리는 말로는 '그가 설마' 하면서도 내심으론 은근히 걱정이 안 될 수 없었다. 그리고 그 때문에 어려운 일이 생기기 전에 어른이 제물에 우리 사립을 나가준 것이 그토록 고맙고 다행스러울 수 없었다.

그런데, 그러고 얼마쯤 뒤였다. 우리가 만에 하나 기우와 불안 속에서도 설마설마 하던 일이 실제로 일어났다. 그날 밤엔 마을회의에서도 어른의 피신을 미리서 점치고 있었던 모양이었다. 뿐더러 그 행선지나 은신처의 소재도 제때에 밀고가 되어 있었던 꼴이었다. 아니 그건 굳이 밀고라고도 할 수 없는 자랑스런 폭로였으리라는 편이 더 옳을는지 모른다. 어른이 집을 나가고 식구들이 한동안 불안한 가슴을 가라앉히고 있을 때였다. 사립 쪽에서 갑자기 사람들의 급박한 발자국 소리가 들려왔다. 발자국 소리들은 우리집 식구들을 아랑곳도 않은 채 곧바로 부엌의 나무청 쪽으로 몰려갔다. 그리고 두런두런 나무청을 들추고 지하실을 샅샅이 살피는 기척이더니 이윽고 수런수런 허탕친 발길로 다시 서둘러 나왔다.—이 집엔 안 왔구만. 나무청 밑이 아니면 이 집 안엔 달리 숨을 만한 데가 없어. 일행을 의기양양 앞장서 왔다가 허탕을 치고 돌아가면서 자기네들끼리 주고받은 그 목소리의 주인은 바로 돌아가신 아버지를 도와서 지하실을 함께 팠고, 아버지 사후에도 우리 집과 변함없는 우의를 나눠왔던 그 고마운 친지분이 분명했다.

이제 우리는 일을 용케 무사히 넘기게 된 것을 다행스러워할 수조차 없었다. 오직 치가 떨리고 사람이 두려울 뿐이었다. 나중에 안 일이지만, 그날 밤 이들은 당사자인 어른 자신의 집보다 우리 집 쪽부터 먼저 덮쳐온 것이라 하였다. 어른의 거취나 은신처에 대한 예단과 제보가 어떤 것이었는지, 그 친지분의 의기양양한 장담이 어떤 것이었는지가 눈에 보듯 훤했다. 식구들의 불안감은 절망적일 수밖에 없었다. 그리고 그때의 나의 배신감은 이날토록 그 더러운 싹이 썩어 묻히지 못한 채 더러는 인자하고 관용스런 사람들에게서, 더러는 정의롭고 강직한 사람들에게서, 심지어는 지극히 숭고한 지성과 신념의 사람들에게서마저도 언뜻언뜻 그 저열스런 불신의 얼굴을 겹쳐 내밀곤 해온 것이다.

하지만 어쨌거나 그것이 내게 그처럼 사실과 사실의 경험에 근거해 있고, 내 삶 속에 썩지 않은 씨앗으로 살아 숨을 쉬고 있는 판에, 내가 어찌 그것을 쉽사리 외면하고 딴전을 피우듯 살아갈 수가 있을 것인가. 그로 하여 오히려 사람과 세상일에 대한 이해의 잘못이나 무모한 거짓을 부르게 되는 일은 없을는지 ─ 스스로 누추하고 불편스러워진다 하더라도 나는 아직 그 같은 자문의 폐습을 버릴 수가 없는 것이다.

─ 지워지지 않는 음화 필름.

하더라도 역시 의혹과 불신과 갈등의 씨앗은 내게서 일찍이 발아를 막아야 옳았을 터이다. 하여 그 퇴영성과 자기 왜소화를 지양하고 보다 더 대범하고 전향적인 도량으로 우리의 삶을 바라봐야 했을 것이다. 이 세상과 인간사를 보다 더 미덥고 희망적인 것으로 이해하고 좇을 수 있어야 했을 것이다. 그랬더라면 아마도 나의 삶도 보다 더 힘있고 떳떳하게 도모해나갈 수 있었을지 모른다. 비록 이루고 거둔 것은 없더라도 이렇듯 무력하고 혼란스런 삶보다는 판다운 판이라도 한번쯤 벌여볼 수가 있었을지 모른다. 나는 결국 그러지를 못한 셈이었다. 다시 말할 것도 없이 애초의 화근은 그 도회로의 청운의 길에서 쓰레기통에 버려진 게 자루와 함께 내 어린 날과 고향 고을에서의 삶의 기억들을, 그 어설픈 기억들의 씨앗자루까지를 버리지 못한 탓이었다. 앞서의 일들은 그러니까 자신도 차츰 그 독성을 깨닫게 되었던 만큼 기억의 씨앗을 미련 없이 버림이 마땅한 것들이었다. 뿐더러 실제로 그러고자 애를 쓴 일들이기도 하였다. 한데도 내 삶 속에 아직 그 뿌리가 남아 있음은 그 생명력이 턱없이 모질어, 어떤 토양과 기후 조건 아래서도 제 뿌리를 내리고 싹을 피우는 잡초처럼, 버려진 다음에도 썩어 죽음이 없이 매번 다시 새싹을 내어 민 때문이었다.

버려 치운 씨앗들도 사정이 그러하니, 항차 내 자신이 그 독성을 모르고 마음이 기운 일의 경우들엔 더 말을 할 것이 없었다. 그러한 경우로서, 가령 내가 여태껏 진취적인 야망 속에 큰일을 도모할 대인풍을 못 배우고 비루한 소인배의 무위무용한 허념 속에 덧물려 어둡고 비좁은 음화의 세계 속을 헤매고 살아가고 있음은 그 어렸을 적부터의 꿈과 전범이 바로 그러했던 때문이 아닌가 생각된다.

그 시절 나의 시골집 골목 앞집엔 이런저런 기행과 일화투성이의 김 씨 영감님 한 분이 살고 있었다. 늘그막에까지 체격이 썩 실팍하여 도깨비들과도 두려움 없이 친하고, 혹은 시신의 혼백과도 말이 잘 통했다는 영감님이었다. 그것은 어렸을 때 그 댁 할머니로부터 내가 실제로 이야기 들은 일인데, 젊었을 적 한번은 밤바다로 그물질을 나갔다가 한밤중에 빈손으로 돌아온 영감님이 그날따라 웬일로 부엌에서 손수 요기상을 들고 나와 허둥지둥 사립을 다시 나가더랬다. 할머니에겐 그저 알은체하지 말고 집 안에 가만히 기다리고 있으라는 눈짓 당부를 남기고서였다. 할머니는 일이 하수상하여 어둠 속에 먼발치로 영감님을 살글살금 뒤밟아갔더니, 영감님은 한달음에 동구 앞 둑방께까지 상을 들고 내려가선 거기 기다리고 있던 어둠 속의 누군가에게 당신의 저녁을 대신 요기시켜주더라는 것. 할머니는 어인 일로 손님을 집으로 데리고 오지 않고 요기상을 거기까지 내가게끔 되었는지 전후사가 더욱 궁금하여 어둠 속으로 바싹 더 거리를 좁혀 들어가보았지만, 그녀에겐 그저 영감님이 도란도란 손님에게 음식을 권하는 소리뿐, 상대방 쪽에선 보이는 것도 말소리도 사람의 기미를 느낄 수 없었더라고. 한참 만에 손이 먹다 남긴 음식을 주위에다 깡그리 뿌려버리고 돌아온 영감님께 그런저런 곡절을 물었더니, 당신의 대답인즉, 그간 몇 밤 동안 적적한 밤어장길을 뒤따라다니며 제물에 길동무 노릇을 해준 도깨비가 있었는데, 녀석이 이날따라 배가 심히 고프대서 그런 식으로 저녁 대접을 해보낸 것이었다더라고—

　다른 한번은 또 영감님의 밤그물에 고기 대신 사람의 시신이 걸려 올라온 일이 있었는데, 그때도 김 영감은 두려움커녕은 세상 만인 중에 당신에게 하필 의지 없는 저승길을 의탁해온 고단한 혼백의 뜻을 고맙게 받아들여 서슴없이 그 치상을 감당해주었댔다.—낼부턴 필시 고기 떼로 그물이 메어질걸세. 그 혼백이 내게 약속을 했거든. 하긴 오늘 난 위인 때문에 말짱 밤일을 놓쳤으니께. 내일이라도 고기를 몰아와주면 뉘 좋고 매부 좋은 식의 행운인 게지. 허허.

　그뒤 그 혼백이 과연 당신의 말대로 그물이 메어지도록 고기 떼를 몰아다주었는진 확실치가 않지만, 그게 김 영감이 그 밤으로 시신을 뭍까지 메어다가 자기 들밭 귀퉁이에 매장을 해주고 돌아와선, 물색 모르고 당신의 빈손만 섭섭해하는 '수두배기 할멈'을 실없이 놀리며 달래던 소리였댔다.

　그런데 김 영감은 그 밤바닷일에서만이 아니라 밝은 날의 뭍일에서도 그렇듯이 늘 아무것도 거치는 것이 없었다. 일제 말기나 독립 정부 수립 후에 단속이 매우 심했는데도 김 영감은 바로 자기 집 텃밭에 잎담배를 재배하여 피웠고, 장독 근처에다는 비상약용으로 앵속까지 버젓이 꽃을 피워냈다. 어느 여름엔가는 손버릇이 좋지 않은 동네 녀석 하나가 이 집 담 너머로 가지를 늘어뜨린 풋배송이에 손을 대다가 영감한테 들켜 달아난 일이 있었는데, 김 영감은 바로 그 아이네 집으로 알이 채 여물지도 않은 풋배를 한 소쿠리나 따 보내어, 녀석의 아비가 지레 겁을 먹고 달려와 백배 사죄를 하고 가게 만들기도 하였다.

그렇듯 매사에 거침이 없는 것처럼 자기 싫은 일에는 어떤 손해도 아랑곳을 않는 김 영감이었다. 한번은 그 할머니가 봄비 속에 촉촉히 낮잠을 즐기고 있던 영감님을 깨워 일으켜, 들밭에 고구마 순을 좀 내고 오라 채근했더니, 김 영감은 아무 말 없이 텃밭에 어우러진 고구마순을 거두어다 작두질로 둥성둥성 길이를 잘라낸 다음 웬 느닷없는 쟁기질 채비를 갖춰가지고 사립을 나가더랬다. 그러고서 김 영감은 밭두둑을 치는 대신 토막친 고구마순들을 거름 부리듯 논밭에 뿌려 널어놓고는 쟁기질로 그것을 갈아 덮는 것으로 일을 대충 끝내고 돌아왔다는 것— 또 다른 한번은 빗속에 어정어정 마을을 갔다 들어오는 영감님의 몰골에, 으레 또 낮술타령이나 하다 돌아오는 길이려니 싶어 할머니가 몇 마디 싫은 소리를 했더니, 김 영감은 금세 무슨 긴요한 나들이라도 생각키운 듯 별안간 장롱 속의 새 옷을 꺼내오라더랬다. 그리곤 할머니가 영문을 모른 채 꺼내다준 새 옷을 갈아입고 나선 어허 취한다, 허이구 취한다, 느닷없이 헛 건주정 소리를 내질러대면서 새하얀 나들이 옷이 흙범벅이 될 때까지 섬돌 아래 빗물 속을 나뒹굴어대더랬다.

그런 어이없는 김 영감의 심술통에 이후부터 그 할머니가 영감 싫어할 소리나 주문을 삼간 것은 더 말할 나위가 없었다. 기왕 술 이야기가 나왔으니 말이지만, 김 영감에겐 그 주벽이나 주량에 대한 일화도 남다른 것이 많았다. 김 영감은 늘상 바닷일에 매달려 살아온 만큼, 그래 한땐 안 노인이 술을 마시지 않았을 때마저 애

먼 잔소리를 일삼았을 만큼 얼굴에 늘 불콰한 주기가 맴돌 때가 많았다. 언제 어디서고 술병만 눈에 띄면 아예 그 자리에서 바닥을 보고 나야 자리를 일어서는 식이었다. 그러니 실제로 술기를 하지 않았을 때도 김 영감은 늘 언동이 반쯤이나 취한 사람처럼 호방하고 엉뚱했다. 어느 아침엔 할머니가 서 홉들이 맥주병에다 배급 석유를 가득 받아다 마루 끝에 놓아두었더니, 영감님이 아침에 바닷일을 나가면서 그 석유병을 슬쩍 집어 들고 갔더랬다. 해 질 녘에 바다를 다녀온 그 김 영감, 할머니의 추궁에 건성으로 대꾸를 해온 소리인즉, 그래? 그게 그래서 뒷맛이 좀 이상했구만— 단숨에 병을 비우고 입을 떼는데 어디서 어렴풋이 석유 냄새가 스치더라니. 하지만 어쨌든 취하긴 마찬가지던걸 뭘…… 배탈이라도 나기는커녕 아직도 술기가 완연해 보인 얼굴로 너털너털 웃어넘기고 말더라는 것이었다.

김 영감은 결국 그 술로 인해서 어이없는 화상을 입기까지 하였다. 김 영감의 나이 어언 환갑 고개를 넘고 있을 무렵이었다. 하루는 겨울 빗속에 바닷일을 다녀오면서 젖은 몸에 술기가 너무 심해 있더랬다. 더욱이 이날은 심한 술기에도 뼛속까지 스민 한기가 잦아들지 않은 듯 계속해서 온몸을 떨어대고 있더랬다. 그래 안 노인은 영감님의 옷을 벗기고 아랫목에 누인 다음 아궁이 하나 가득 장작불을 지폈다고. 그렇게 한나절 동안이나 영감님을 재웠다가 이젠 좀 몸이 풀리고 쉴 만큼 쉬었으려니 싶어 곤히 잠들어 있는 영감님을 깨워놓고 보니, 그의 몸은 그사이 등짝과 엉덩이와 종아리, 발꿈치들이 방바닥에 온통 익어 눌어붙어 있는 꼴이었다고.

이후 김 영감은 몇 달 동안 고생고생 끝에 몸을 다시 일으켰으나, 상처는 좀처럼 아물지를 않았고 걸음걸이마저 심하게 절뚝거리며 지내다가 끝내는 그날의 후유증을 안은 채 당신의 생애를 마감하게 된 것이었다——

일테면 김 영감은 자신의 한세상을 아무렇게나 살고 간 셈이었다. 그런데 웬일인지 내게는 이날까지 그 김 영감의 모습이 두고두고 한 우람한 거인의 동상을 짓고 서 있는 것이다. 세상을 위해서 나 자신을 위해서 남이 이루지 못한 큰일을 이룬 사람들, 그 생의 역정이 그만큼 장쾌했던 사람들의 이야기를 접할 때마다 내게는 번번이 그 영감님의 모습이 함께 떠오르곤 해온 것이다. 남을 위해 큰일을 행한 바도 없었고, 따라서 큰일을 이룬 바도 없었으니 나 자신 그럴 만한 까닭을 알 수 없는 일이다. 굳이 어떤 까닭을 캐려 한다면 김 영감은 오히려 그 남의 삶을 개의치 않는 자의 성 속에 그의 삶이 그렇듯 거침없고 진실되어 보였다고나 할 수 있을지 모르겠다.

그렇게 말하고 보니 뒤늦게 한 가지 생각키는 일이 있는데, 그 김 영감에겐 실상 우리 마을뿐 아니라 근동 일대에 크게 이름이 알려진 아들 하나가 있었다. 일제 때 대처로 나가 사범학교를 졸업한 뒤 조국 광복과 사회 운동에 투신한 젊은 사상가였다. 6·25전란 중 사망 소식이 전해질 때까지 도피와 옥고와 영광이 교차한 우여곡절의 삶을 살고 간 젊은 풍운아였다. 그의 영욕은 능히 그 육친인 김 영감의 삶에까지 짙은 그림자를 드리울 수 있었다. 하지만 그 아버지인 김 영감의 생애는 그의 아들로 하여 한 번도 눈에 띄는 변전을 겪은 일이 없었다. 학교 공부를 나간 뒤 죽음에 이를 때까지 마을에서 함께 지낸 때가 많지 않았던 탓도 있었겠지만, 김 영감은 도대체 그 아들의 일을 내놓고 입에 올린 적이 거의 없었다. 제 자식이 쫓기며 곤욕을 치를 때 그 목소리가 죽는 일도 없었고, 그 아들이 제 세상을 만나 경배를 받을 때 새삼스레 허리가 높아지는 일도 없었다. 자식의 일엔 도대체 오불관언식으로 자기 세상을 살아갔다. 때로는 한마을 사람들조차도 김 영감에게 그런 아들이 있다는 사실을 잊고 지낼 적이 많았는데(그래 실은 나 역시 그 일이 뒤늦게사 생각났을 터이지만) 김 영감은 그 아들의 마지막 소식을 접했을 때도 그저 한동안 앞집 지붕 너머 하늘만 쳐다보고 앉았다간, 이 시절이 그놈을 그리 데려간 것인데 우리가 어쩌겠는가, 지금까장 우리가 제 놈만 쳐다보고 살아온 배도 아니고…… 위로 투의 한마디를 안으로 내뱉고는 그걸로 간단히 체념을 하고 난 듯, 나아가 자식의 일은 아예 망각을 해버린 듯 이후로는 한 번도 그 일을 입에 담는 일이 없었다는 것이었다.

그 거침없는 호방성 외에도 남의 삶 위에서 자신의 삶을 이루고 누리려 하지 않음, 그 아들의 삶과 죽음마저 자기 삶의 이룸이나 누림거리로 삼지 않음 — 그것이 내게 그 김 영감의 모습을 거인의 그것으로 지니게 한 것인지 모른다. 그것이 지금까지도 무턱대고 나를 종종 감동케 하고 있는지 모른다.

스스로 기억의 뿌리를 뽑아버리고 싶지 않은 내 철없는 동경의 인물상은 그러나 물론 그 김 영감의 한 경우에 한한 것일 수는 없을 터. 그 밖의 여러 다른 초상들 중에서 여기에 하나만 더 소개하자면 규순이라는 이름의 한 실없는 장난꾼 청년의 경우다.

규순 씨는 일찍이 6·25전란 초반에 군엘 들어갔다가 한쪽 발뒤꿈치를 잃고 의병 제대를 해나온 상이용사였다. 그 규순 씨는 입대 전 마을에서 성미가 퍽 괴팍하고 심술이 사나운 청년으로 알려져 있었다. 마을 사람들과는 공연히 이런저런 일들로 시비가 잦았고, 고집이나 심술기도 그를 앞설 사람이 없었다. 집안이 원래 그랬던지 위인에겐 동네에서 어른들도(제 아비나 집안 어른들조차도) 당해낼 수 없다는 별종 심술꾸러기 조카아이가 하나 있었는데, 그 소문난 조카아이의 고집통이나 심술기마저도 그 앞에선 전혀 기를 못 폈을 정도였다. 일이 그리 된 연유인즉, 어느 추운 겨울 밤 그 조카아이의 부모가 집을 비울 일이 있어 심술쟁이 두 숙질 간에 모처럼 한방 잠자리를 하게 되었는데, 그 어린 고집통이 드디어는 먼저 심술기가 발동하여 삼촌에게 공연히 이부자리를 못 덮게 빼앗아 가버리더랬다. 기미를 알아차린 삼촌은 아무 말 하지 않고 시간을 기다렸다가 이불을 독점하고 나서 직성이 풀린 조카 녀석이 옷을 홀랑 벗은 채 오줌을 누러 나간 사이(녀석은 물론 제 이불이 못 미더워 삼촌에게 몇 번씩 다짐을 받고 나갔지만) 모른 척하고 안에서 문고리를 잠가버렸더랬다. 추위 속에 서둘러 일을 끝내고 방으로 들어오려던 녀석이 잠겨버린 방문 앞에 있는 대로 악을 쓰며 심통을 부려댔을 건 말할 것이 없었다. 이 새끼야, 개새끼야, 네 맘대로 해봐. 녀석은 울며불며 잠겨버린 문틀에다 주먹질 발길질을 쉴 새 없이 퍼부어댔다. 난 이제부턴 방으론 죽어도 안 들어갈 것인께, 내가 여기서 얼어 죽어버려서 너 새끼도 아부지한테 맞아 죽게 할 것인께 …… 하지만 규순 청년은 일언반구 대꾸가 없이 깜깜한 침묵 속에 녀석의 항복을 기다리고 있었다. 그 문밖의 영악스런 심술꾼도 그만 소동쯤은 통할 기미가 없음을 알아차린 듯, 이번에는 어물쩍 방법을 달리하여 울음 속에서도 은근히 애원 조로 나오기 시작했다. 이 새끼야, 규순이, 개순이 이 새끼야 인자 들어오라고 해라, 문 열어놓고 들어오라믄 인잔 들어가줄께 …… 규순 청년은 그래도 아직 대꾸를 안 했다. 차제에 아예 녀석의 고집통을 고쳐놓기 위해서였다. 그런데 과연 그 규순 청년의 매정스런 침묵 작전은 드디어 기대했던 전과를 나타냈다. 한동안 끈질기게 애소를 계속하던 녀석이 마침내는 갑자기 울음소리를 뚝 그치고 말짱한 목소리로 말해온 것이었다.— 삼촌? 나 인자 울음소리 그쳤제? 그런께 인자 좀 들어오라고 해보소. 그럼 나 아부지헌티도 일러바치지 않을 텐께—

그런 식으로 제 조카 녀석의 고집통까지 보기 좋게 까뭉개준 위인의 성깔이었다. 그런 성깔의 규순 청년이 전쟁터에서 한쪽 발을 다치고 돌아와 절뚝절뚝 목발걸음을 하고 다니게 되었으니 마을 사람들은 은근히 위인의 행패가 두렵지 않을 수 없었다. 사지를 헤매다 돌아온 사람인 데다 그 무렵엔 상이군경들의 행동거지도 거칠어 위인 또한 어지간히 성깔이 더 거칠어졌으리라, 지레짐작을 하게 된 탓이었다. 그래저래 마을에선 그를 함부로 가까이하려는 사람이 없었다.

그러나 한동안 시일이 흐르다 보니 마을 사람들의 예단은 전혀 터무니없는 기우임이 드러났다. 자세한 속사정은 알 수도 없었지만, 그는 그 육신의 불구를 안겨다준 전장의 와중에서도 사람이 조금도 달라진 것이 없었다. 심성이 모질고 표독스러워지기보다는 있던 성깔까지 오히려 전보다 너그럽고 싹싹해진 쪽이었다. 그를 꺼리는 어른들에겐 상대 쪽이 민망스럴 정도로 지극히 공손했고, 아랫사람들에겐 늘상 실없이 보일 만큼 쾌활하고 장난스럽게 굴었다. 그는 마치 아직 철이 덜 난 어리뱅이처럼 동네 조무래기들과 어울리기를 특히 좋아했는데, 위인에겐 그 옛 심술통과 고집기조차도 아이들과의 그런 어울림의 방편이 되고 있었다. 그는 그 어린 친구들을 즐겁게 해주기 위해 다친 자리를 더 우스꽝스럽게 절뚝거려 보이기도 하였고, 때로는 마을 앞 팽나무 그늘 아래서 조무래기들에 둘러싸여 전쟁 무용담에 한창 신이 나 있기도 하였다. 그러다 마을로 엿장수라도 들어오면 푼푼치 못한 자기 주머니를 털어 새삼 어린 친구들의 환심을 사기도 하였다.

한번은 주머니가 아예 빈 터수에 엿장수가 그냥 마을을 지나쳐 가는 것을 보고는 마음이 썩 안됐던지 아이들에게 뒤늦게 엉뚱한 엿심부름을 시킨 일이 있었다.──이 한쪽 신발짝을 가지고 가서 엿이나 바꿔오너라. 그는 발뒤꿈치를 다쳐 늘상 맨발을 하고 다니던 한쪽 발 신짝을 짐짓 무용지물처럼 목발로 걸어 던지며 아이들에게 말했다. 그리고는 설마 싶어 어물어물 결행을 망설이고 있는 녀석들에게 천연덕스런 얼굴로 재촉을 해댔다. 나헌티 이쪽 신발은 있으나 마나 한 거 아니냐. 빨랑 쫓아가서 엿을 바꿔오라니까. 아이들은 그제서야 안심을 하고 그 멀쩡한 한쪽 신발을 들고 가서 정말로 엿가락을 바꿔왔다. 규순 청년은 아이들에게 엿가락을 고루 나눠준 다음, 이번에는 그 혼자서 절뚝절뚝 요란스레 목발을 휘둘러대며 예의 엿장수에게로 쫓아갔다. 그리고는 그 엿장수의 엿판 밑에서 자신이 방금 들려 보낸 한쪽 신발짝을 찾아들곤 엿장수 사내를 족쳐대기 시작했다.—그러면 그렇지, 내 분명코 이럴 줄 알았다니까. 이놈들이 내 신발짝을 여기다 훔쳐다준 거 아니냔 말여! 헌데 당신은 이런 철딱서니 없는 놈들헌테 얼씨구 좋다구 엿을 바꿔줘? 당신 눈엔 그래 이 한 다리가 안 보여? 다리를 다친 병신은 아예 신발짝이 소용없다는 거여 뭐여! 제대로 꿰고 다니지도 못할 신발이니 엿이나 바꿔먹으라고 당신이 놈들을 시켜 짜고 한 짓 아니여? 이런 경우가 도대체 어떤 경우여…… 허면 어디 한번 이 병신 다리목의 맛을 좀 볼 테여? 절뚝절뚝 목발을 짚고 나타나 불문곡직 엿판 밑을 뒤져대는 바람에 그렇지 않아도 기가 잔뜩 질려 있던 엿장수는 규순 청년의 노기 어린 호통에 얼굴색이 하얗게 변해갔을 건 당연했다. 그래 그는 결국 고무신발에 엿가락에 이미 당해놓은 손해는 고사하고 일이 그리되게 된 변명 한마디 못한 채, 거꾸로 애걸복걸 제 몹쓸 실수에 대한 사죄의 표시로다 남은 엿가락을 한줌이나 더 덜어 바치고서야 눈앞이 캄캄했을 그 위기를 넘기고 허겁지겁 마을을 떠날 수 있었다.

그처럼 엉뚱스런 웃음거리를 빚곤 하던 위인의 장난기는 비단 그 어린 친구들을 상대로 해서만이 아니었다. 일종의 낙천성이나 호사성이라고도 할 수 있는 위인의 짓궂으면서도 악의 없는 장난기는 어른들의 진중하고 절박스런 일에서도 똑같이 발휘됐다.

그의 방유(放遊) 시절, 다른 한번은 편모슬하의 가난한 마을 청년 하나가 면소 마을 장터거리에서 불의에 군 입영 요원으로 붙잡혀가게 된 일이 있었다. 청년이 백 리 밖 읍내 학교의 집결지까지 끌려가 속수무책 자신의 신체검사 날만을 기다리고 있을 때였다. 그 시절 그런 식으로 무영장 길거리 징집을 당해갔을 경우엔 바깥에서 누군가가 손을 잘 써주면 어렵잖이 길을 찾아 다시 몸을 빼나올 수 있던 때였다. 당시 청년의 집안 사정은 그의 입영이 너무도 절망적인 상태였다. 그러나 청년에겐 손을 써줄 사람도 힘도 없었다.

그러던 참에 규순 청년이 뜻밖에 일을 쉽게 자청하고 나섰다. 그것도 방법이나 절차에 조금도 힘이 들어 보이지 않은 우스개 장난거리식 계교로 해서였다.

일이 끝난 뒤 마을 사람들 간에 은밀히 떠돌아다니던 위인의 계교는 이러했다. 일을 자청하고 나선 그는 친구의 어머니에게 밥과 떡을 찌게 하여, 그것을 큼지막한 보자기에 싸들고 읍내까지 나가서는 절뚝절뚝 장정들의 집결지로 찾아갔다. 그리고 자신의 상이용사 복장과 증명서의 힘을 빌려 집결지 정문의 위병소를 간단히 통과해 들어갔다.

그런데 얼마 뒤 상이용사 복장에 모자를 깊숙이 눌러쓰고, 한 손엔 빈 밥통 보자기를, 다른 한 손엔 목발을 끼어 잡고 절뚝절뚝 위병소를 다시 빠져나온 것은 아깟번의 규순이 아닌 그의 마을 친구였다. 규순 청년이 친구를 변소칸으로 끌고 가 옷을 서로 바꿔 입은 다음 자기 대신 친구를 빼내 보낸 것이었다. 그러고서 위인은 친구를 대신하여 이틀 뒤에 행해진 신체검사장에서, 농삿일을 하다가 농기구에 잘못 발뒤꿈치를 잃게 된 병신 행세를 연출하여, 애송이 군의관을 거뜬히 속여 넘기고 의기양양 마을로 되돌아온 것이었다.

각박하고, 살벌하던 그 시절의 일로 해선, 그것도 엄중한 군 관계의 일로 해선 웬만큼 간덩이가 부은 사람이거나 세상일의 경중을 알아차리지 못하는 사람이 아니고선 아예 상상이나 엄두조차 못 낼 계교였다. 하지만 위인은 그 일을 망설이거나 두려워하기보다 무슨 짓궂은 내기놀음이라도 즐기듯 간단히 해치우고 만 것이다. 그러고도 무슨 공치사나 보답을 바라기커녕 일의 과정과 성공만을 통쾌해했을 뿐이었다. 일의 진행 과정에서도 겁을 먹고 망설인 것은 오히려 당사자인 청년 쪽이었고, 위인은 그저 제 장난기를 못 참아 하는 듯한 가벼운 표정이었을 뿐이었다고.

몸을 다치고 와서 그 짓궂고 고집스런 성깔마저 밝고 티 없고 수월해진 규순 청년. 그래 그 마음에 막힌 곳이 없어 보이던 키 큰 어른 친구──그러니 그가 원체 아이들과 어울리기를 좋아하기도 했겠지만, 아이들도 그를 아무 두려움이나 허물이 없는 친구로 즐거운 한 시절을 함께한 것이었다. 그리고 나는 아직도 선악관에 투철한 결벽스런 정의의 심판자들을 볼 때마다, 혹은 사랑과 용서의 철학을 펴나가는 우리 시대의 지성과 양심들을 볼 때마다 혼자서 은밀히 그의 기억을 그립게 떠올리게 되곤 하는 것이다.

이 역시 내 삶을 도모해나가는 데에 한 번도 목소리를 높여보지 못하게 한, 허세와 흉내로나마 대인 풍모 한번 꿈꿔보지 못하게 한 허물일 게다. 그리고 그 허물 또한 그 보잘것없는 씨앗자루를 미련 없이 버리지 못했던 탓일 게다.

——이중 노출의 초상.

되풀이하거니와, 일반적인 상식과 세상관 위에서 자신과 세상일을 경영해가기 위해선 그 모든 내 어린 날의 초라한 꿈의 초상들을 일찌감치 버렸어야 하였다.

하지만 나는 그로 인한 내 삶의 왜소화와 비생산성에도 그것들을 끝내 버리지 못해온 셈이었다. 한골목 김씨 영감이나 규순 청년들처럼 내 어린 꿈이 스민 동경의 초상들은 물론이려니와, 동네 장로님이나 담임선생님, 지하실의 밀고자들처럼 의혹과 불신과 원망의 대상으로 조성된 사람들조차도 끝끝내 그럴 수가 없어온 것이다. 누가 뭐래도 그것들은 내가 직접 체득한 정직한 사실이자 진실인 때문이었다. 더욱이 전자들은 세월이 쌓이고 사람과 삶에 대한 경험이 더해갈수록 더욱더 소중스런 내 자유인의 초상으로 모습지어온 때문이었다. 남의 삶을 빌려 그에 기대지 않음으로 하여 자기 삶에 조금도 거침이 없었던 김 영감, 어두운 지하실에서 차마 더는 낮아질 수가 없어 스스로 그곳을 나와 배신자가 기다리는 자기 죽음의 자리로 꿋꿋이 걸어 나간 집안 어른의 자존심, 죄없이 불구의 몸이 되어 돌아와서도 원망이나 복수심 대신 자신과 이웃과 세상을 용서하고 스스로 마음이 열려 우리들의 즐거운 친구가 되어준 어른 장난꾼(원망이나 복수 대신 자신과 이웃을 용서하여 스스로를 해방해나간 사람으로는 언젠가 다른 곳에서 소개한 바 있는 나의 외종형—천신만고 위험한 죽음의 도피행에서 살아 돌아와 주위의 두려움과 은근한 기대에도 그 혼자 말없이 염소 한 쌍을 끌고서 산으로 들어가버린 그 외종형의 경우도 마찬가지일 터이다), 그 비정스런 담임선생님까지는 아니더라도(그 역시 혈기 방장한 젊은 선생님이었다는 점에선 달리 생각해야 할 대목이 없지 않겠지만) 심지어는 식욕 좋은 여덟 자식들 때문에 주일예배를 소홀히 한 그 고달픈 장로님까지를 포함하여, 이들의 초상은 내게는 누구보다 참되고 분명한 자유인, 비록 키가 작아서 제 발밑 땅밖에 넓고 먼 삶의 터는 일궈낼 수 없었다 하더라도 그럴수록 내겐 더 알뜰하고 소중스런 자유인의 초상으로 지녀져온 것이다.

하고 보면 옛날 내 초라하고 남루한 상광길의 게 자루는 이날까지 오래오래 내 삶을 모양 짓고 이끌어온, 보잘것은 없으나마 그런대로 소중한 꿈과 진실의 씨앗, 무엇보다 내 나름의 자유인의 모습과 그에 대한 꿈의 씨앗이 함께 깃들어온 셈이었다. 하지만 거기 깃든 자유인의 모습이 어찌 그 몇 경우들뿐이었을 것인가. 온종일 고된 논밭 일에 시달리다 돌아와서도 밤마다 희미한 등잔불 아래 먹을 갈고 붓을 다스리시던 내 집안 당숙 어른(생전엔 한번도 당신의 필서를 남에게 보이거나 내보낸 일이 없었는데, 당신 사후에야 장 속에 버려 쌓인 글씨가 한 아름이나 뭉쳐 나와, 가계가 어려웠던 늙은 숙모님이 어떤 도회인에게 지폐 몇 장 건네받고 그걸 깡그리 건네주고 말았다 하였다), 온갖 농작물의 새 품종을 구해다가 시험 재배를 하면서, 동네 아이들이 길섶으로 기어 나온 참외꼭지

하나라도 잘못 건드렸다간 어디선가 반드시 불호령을 쏘아대곤 하던 호랑이 농사꾼 정빈 씨—하면서도 또 엉뚱스레 마을에서 누군가 어려운 일을 당했거나 빈가집 아이가 대처 지역 윗학교엘 들어가는 일이라도 생기면 때마다 은밀히 사람을 불러다가 힘을 보태곤 했다는 명색 없는 독지가, 그런 사람들의 모습도 내게는 누구보다 기품 높은 예술가, 유족한 재산가, 아니 오히려 그 자리를 넘어선 자유인의 모습으로 소중하게 살아 숨쉬고 있는 것이다.

그러니 어찌 그 싱싱하게 여문 씨앗들을 게 자루와 함께 버려져 썩게 할 수 있었겠으며, 그리하지 못했음을 아쉬워하기만 할 것인가. 내 삶판이 아무리 비좁고 무력하여 이룸이 적다 하더라도 나는 어차피 그럴 수가 없었겠고, 앞으로도 그럴 것이 분명해 보이는 것이다. 이에 대해선 근자에 내가 고향 마을을 찾은 길에 한 이웃 어른의 인생 체험 속에서 다시 한 번 분명히 확인받고 온 바 있어, 내 어설픈 감상 투를 대신하여 그 어른의 무심한 듯 범상찮은 회고담으로 이 지루한 이야기의 마무리를 삼고 싶다. 듣고 나니 문득 어떤 외국 작가의 우화풍 소설의 한 장면이 연상되던 그 노인 어른의 회고담의 요지는 이런 것이었다.

—내 나이 아직 마흔 살 안짝의 한창 시절이던 그 경인년 전란(6·25) 때의 한여름…… 함자를 대면 자네도 누군지 알겠네만, 그때 우리 동네 윗자리 일을 맡고 있던 차 씨 어른이 하룻밤엔 중요한 마을 회의를 앞두고 나를 은밀히 당신 집으로 불러 이르데…… 내일 회의에선 자네를 젊은 사람들의 책임자로 삼을 테니, 그때부텀은 자네가 앞장서 나서서 이 동네가 근동의 모범이 되게

끔 힘차게 새 시대를 열어나가야 하네— 허니 어쩌겠는가. 그 앞에선 어물어물 고개를 끄덕여주고 자리를 물러나올밖에. 허나 그 어른이 나를 앞세우려는 속셈이나, 그 시대에 대한 책무라는 것이 어떤 것인지는 뻔한 속 아니었겠나. 그래 정작에 회의가 열린 다음 날엔 위험을 무릅쓰고 일찌감치 뒷산으로 몸을 피해 올라갔지. 올라가선 온종일 온몸의 피가 마르고 치가 떨리는 공포 속에 긴긴 하루해를 꼴깍 다 넘기고 내려왔어. 그러나 일이 어디 그것으로 끝났겠는가. 그로하여 이후 나는 그 몇 달 동안을 보이지 않는 죽음의 위협에 쫓기면서 지레 한시도 마음을 놓고 지낼 수가 없었지. 그 두려움이 어찌나 깊었던지, 세월이 많이 흘러간 지금에 와서도 그때의 일이 통 잊혀지지가 않는구만. 허지만 나는 이날 입때까지 그때의 내 결정을 한번도 후회해본 일이 없었네. 그때 그 어른의 말을 고분고분 들었으면 한때는 제법 행세깨나 했을 테고, 그 담은 또 무슨 일이 어찌 됐을지 모르지만…… 하지만 그건 뭣보담도 사람의 일이 아니었거든. 산꼭대기의 바위틈에 혼자 숨어앉아 내려다본 그 마을회관 마당의 야릇한 광경…… 낭자한 아우성 속에 바글바글 들끓어대던 그 악착같은 인간들의 볼품없는 소동이라니…… 끔찍하고 저열스럽기가 그건 아무래도 사람의 일이 아니었어……

(『문학사상』 1989년 8월호)

이 여자를 찾습니다

이 글은 근자 필자가 처지가 퍽 딱해 보이는 한 고향 친지를 위해 대필해준 심인(尋人) 광고 소책자의 내용을 차용해 쓴 것인바, 아직도 어디선가 그 애달픈 인생행로를 헤매고 있을 그의 누이의 종적을 널리 물을 겸해 여기 다시 몇몇 대목 이해의 편의를 위한 첨삭을 가하는 것으로 이 글자리의 이름과 구실을 대신하고 나름대로의 보람도 얻고자 했음을 밝힌다(* 표 대목은 책자를 그대로 인용한 부분임).

 * 책제(冊題) : 박장순 여인을 찾습니다.

 * 호소와 당부의 말씀(실종인 박장순을 찾는 사람 남동생 박장덕의 기원) : 소생은 앞에 적은 실종녀 박장순과 일점혈육의 남매지간으로 뒤에 그 곡절을 소상히 밝혀드리게 될 것인바, 심히 안타

깝고 불가피한 사정으로 그동안 거진 20년 가까이나 허망하고 격절스런 상리(相離)의 세월을 보내온 처지입니다. 그러나 근자 들어 소생은 끝내 그 고혈(孤子)한 누이의 실종까지 초래한 수난의 사연에 관해 뜻밖에 새로운 사실을 알게 되어, 뒤늦게 뼛속이 짓녹아 내리는 창연스런 회한에 이르게 되었습니다. 〔중략〕 이 뒤늦은 깨달음과 회오의 정한으로 해서나마 소생은 이제라도 누이를 다시 찾아 만나 그 누이 곁에서 남은 인생행로를 함께하며 작으나마 위로와 의지가 되어주고 싶습니다.

그러나 이제는 그 누이의 종적이나 뒷소식조차 전혀 들을 길이 없는 형편이 되고 말았습니다. 〔중략〕 그간의 소생의 소홀과 패덕(悖德)에 대해서는 스스로 그 허물을 책임져나갈 각오인바 이 어리석은 글을 접하신 독자 제위께서는 부디 저의 허물을 뒤로 미루시고, 불행한 누이를 위한 이 죄 많은 사내의 간절한 소망과 미욱한 충정을 너그러이 헤아려 살펴주시기를 빕니다. 나아가 잡초처럼 무력하고 고달픈 삶이나마 그간에 잃고 살아온, 미미한 대로 소중스런 사람의 값을 되찾아 그것을 함께 귀하게 누리며 살고 싶어 하는 이 가련한 오뉘를 위하여 모쪼록 뒤에 적은 사연들을 마저 다 읽으시고, 행여 제 누이의 소식이나 소재로써 저희 남매가 생애를 걸어 뼈에 새기고 살아가도록, 자애로운 은혜를 베풀어주시기를 거듭 머리 숙여 당부드립니다.

1989년 4월 일

실종인의 남동생 박장덕 삼가 적음

＊실종인의 신상 사항

본적: 전남 장주군 흥덕면 갈평리 482번지

성별 및 나이: 여, 42세(1948년생)

가족 사항: 부 박순도(1962년 본적지에서 해상 실종 사망)

　　　　　모 곽성녀(1963년 가출 실종)

　　　　　동생 박장덕(남 39세, 위 박장순을 찾는 사람)

＊실종 시기와 경위: 1970년까지 본적지에서 위 남자 동생 박장덕(당시 나이 20세)과 함께 단둘이 살아오던 누이 박장순(당시 나이 23세)은, 이해 3월 장주 읍내(문외동 20번지)의 윤씨가(尹氏家)에 후취로 출가(재혼부 윤 씨의 당시 나이 68세). 같은 해 9월 후처 박장순이 보양제로 제공한 뜸부기 곰국을 먹은 직후, 그 남편 윤 씨가 이유 불명으로 급사하자, 위 박장순은 그 윤 씨가 일족들에 의하여 그녀가 가주 윤 씨를 살해할 목적으로 뜸부기 곰국에 독물을 투입, 그를 죽게 했다는 혐의로 사직 당국에 고소됨. 이후 2심까지 1년여 간의 재판 과정에서 그녀의 혐의와 죄과가 인정되어 1971년 11월 무기 징역형을 확정받고 광주와 전주, 대전 등지의 교도소에서 총 17년간 복역. 1987년 8월 15일 광복절 특사의 혜택을 입어 나이 40세로 순천교도소에서 출감. 출감 직후 잠적. 현재까지 실종 상태임.

＊실종녀 박장순의 특징

외모: 신장 160센티미터 정도의 건장한 체격에 황갈색 머리의

말상형 얼굴. 콧잔등 주위에 약간의 마마 자국이 있고, 왼쪽 눈에 상당한 사시 증세가 있어 유년 시 마을에서 '째그시' 또는 '새우눈'이란 별명으로 자주 놀림을 받음. 평상시 대개 입을 벌리고 지내나 말은 거의 없는 편임. 어눌하고 순한 말씨. 걸음걸이는 구부정한 어깨에 성큼성큼 남자풍.

성품: 순박하고 선량한 편. 자기 일에 대한 악의나 경계심이 태무한 낙천적 순응형. 특히 성적 수치심이 박약하여 자기 방어력이 허약함.

＊실종 시까지의 안팎 정황

실종 전의 사정: 부 박순도는 1962년까지 상기 장주군 주소지에서 본인과 처 곽성녀, 장순·장덕 남매 4인 가족의 가장으로 연안 채취선 일에 종사타가 이해 가을 돌풍으로 사망(당시 나이 48세).

모 곽성녀는 이듬해(1963년) 5월(음력 초파일) 인근 천일산 관음사에 수중원혼이 된 망부의 천도 치성을 갔다가 행방을 감추고 잠적(당시 나이 37세). 후일 소문엔 한마을 고용살이 총각과 작반 도주한 것으로 알려짐.

이후 7년 동안 무학의 박장순은 남동생 장덕(모 가출 당시 13세로 초등학교 4년 중퇴)을 보살피며 어려운 집안 살림을 맡아 꾸려온 처지였으나, 동생 장덕 편에서는 그 누이 장순을 오히려 부끄럽고 귀찮은 존재로 여김.

이 시절 장순에 대한 마을 사람들의 회상: 아버지가 바다에서 죽어 돌아오지 못한 일이나 어머니가 나이 어린 오누이를 버리고 마을의 고용살이와 도망을 친 일들에 대하여 장순은 원망이나 슬픔보다 어쩔 수 없는 자신의 운명에 순응하듯, 또는 그 비극성을 미처 감지하지 못한 듯 전날과 별 다름없이 동생 장덕과 함께 태연스럽고 담담하게 생계를 연명해감……

여기에 필자가 알고 있는 사실을 좀더 덧붙이자면 이를테면 이런 식이었다. 그 박장순은 일종의 체념 기나 병적인 낙천성 속에 모든 일을 되어가는 대로 맡겨두고 사는 식이어서, 동생 장덕이 학교를 중도 퇴교한 일에 대해서도 그를 만류하거나 애석해하는 일이 없었고, 어른 없는 자기 책임의 집안 살림에 대해서도 무사태평 식으로 방심스런 대응 태도였다. 다른 사람을 두려워하거나 의심하고 경계하는 일이 없어, 마을의 청소년들로부터 가끔 성적 유희의 대상이 되기까지 했지만, 장순은 그 치매성 순박성으로 인하여 자신의 성적 수치심마저 숨기지 못한 정도. 한번은 마을 젊은이들이 야반 작당 장순을 집단 추행한 비행이 있었던바, 그 일이 마을에 알려진 사연은 가해자들의 은밀스런 침묵에 반하여 피해 당사자인 장순 자신의 동네 총각들 양물 품평과 행위 시의 숙달성에 대한 사후 감상담이 주인(主因)이었다고 전해진다. 이는 물론 동네 아낙들의 실없는 호기심의 부추김에도 일부 허물이 있었으려니와, 어쨌거나 그로 하여 어린 동생 장덕까지 마을의 심심찮은 놀림감이 되었으며, 그 장덕 또한 그의 누이를 얼간이 반편 취급, 심히 불결시하고 소원시하며 학대한 것이다.

＊비극의 길, 후취 혼인: 1970년 3월 나이 23세의 박장순은 그의 마을의 한 생선 행상 여인으로부터 장주 읍내 거주 늙은 홀아비 윤 씨의 후처 자리로 혼처를 권유받음. 당시 윤 씨는 나이 65세로 본처를 사별하고 3년 가까이 단신으로 지내온 영감으로, 재산도 아쉽잖고 자식들 봉양도 나무랄 데 없었으나, 열 자식 효성이 한 악처의 홀대만 못하다는 식으로, 그 심사나 행실이 편치가 못해 보여, 드디어는 그 자식들의 의견을 수합하여 노부의 말년을 맡길 만한 재취감을 물색하고 나섰던 것⋯⋯

통혼이라기보다는 영감의 노년 시중과 회춘연(回春宴)에 봉사할 공녀(貢女) 천거 격이었다. 당연히 그만한 반대급부의 조건이 곁따랐다. 윤 씨 생존시의 호의호식과 자의롭고 공경받는 내외 생활의 보장은 물론, 선부 망시에는 장순이 희망가에서 후일을 누리고 살 만한 충분한 유산을 배분하고, 그녀 출가 후의 장덕에 대해서도 혼자서 제 앞날을 도모해나갈 수 있는 가계를 지속적으로 보장해준다는 것이었다.

하여 며칠 후 장순은 장덕의 의식주를 포함한 모든 일을 그 매파 격인 생선 장수 여인의 처분에 맡긴 채 그녀를 따라 간단히 읍내의 윤씨가로 떠나갔다.─내 특별히 너를 생각해서 발 벗고 나선 일이구만. 영감쟁이의 나이가 좀 기운 게 흠이지만, 막말로 니 처지에 그런 자리라도 아니면 시집가서 계집 구실 한번 해볼 날이 있겠어? 것도 아직 그 나이에 영감이 기력만은 젊은 사람 못잖이 팔팔하다는디. 세상사 쓴맛 단맛 다 겪어본 처지에 젊은 색시 귀염은 또 오죽이나 할 거구. 마음만 정하고 나서믄사 그길로 니 팔자

는 바로 장주 성내 부자 영감 안방마님 팔자여! 생선 행상 여인의
급한 다그침 외에도 당사자인 장순이 다른 사람 일처럼 단자리에
서 마음이 쉬 기울어든 때문이었다.

그렇게 일단 읍내 윤씨가의 사람이 되어간 장순은 그런대로 별
말썽 없이 순탄한 몇 달간을 보냈다. 애초의 약속이나 기대와는
달리 몇 가지 아쉬운 점은 있었다. 생선 행상 아낙의 시퍼런 장담
과는 딴판으로 신랑 영감은 들은 말보다도 나이가 오륙 세나 더 많
은 70대 중반쯤의 노구로 보이는 데다, 젊은이 못지않다던 기력
또한 공연스런 아낙의 허풍에 불과했다. 당연한 일로서 자식들이
다 장성해 있고, 집안 간의 우애가 썩 돈독해 보이는 이외에, 가세
나 재산이 그리 내놓고 자랑할 만한 정도도 못 되었다. 하지만 장
순은 그런 것을 굳이 허물하려 들지 않고 그런대로 제 처지에 만족
하고 지내려는 편이었다. 집안에서 특별히 공경을 못 받고 호의호
식까지는 못하더라도 지아비의 성품이 너그러운 편인 데다, 영감
쟁이에 대한 잔시중거리 이외에 특별히 다른 주위 사람의 눈치를
볼 일은 없었기 때문. 먹고 입고 자는 데에 큰 불편이 없었고, 무
엇보다 고향 마을의 생선 행상 아주머니가 이후로도 자주 윤씨가
를 드나들면서 장덕의 일을 대신 잘 보살펴준 때문이었다.

그러나 불행히도 장순의 그런 태평시절은 오래가질 못했다. 윤
씨가 후취살이 반년 남짓 되어서 이해 9월 윤씨 영감이 불의에 급
사의 변을 당하자, 그에게 보양제로 뜸부기를 몰래 고아 먹인 후
취댁 장순에게 늙은 지아비 독살의 혐의가 씌워진 것이다.

하지만 그 같은 비극은 이미 전서부터 무관찮은 전조가 있었던

일이었다. 장순이 일찍부터 성적 수치심이 박약했던 것은 그녀의 정서적 결손 현상에서가 아니라, 어머니로부터 물려받은 성 형질의 자연스런 발로 때문이었는지 모른다. 늙은 윤 씨와의 잠자리에서 장순이 남정의 양기를 과도하게 탐한다는 소리가 출가 얼마 뒤부터 행상 아낙을 통하여 친가 동네에까지 흘러 들어오곤 하였다. 그 보챔이 어찌나 심하던지 몇 달이 안 가서 늙은이의 기력을 말이 아니게 탈진시켜 그 자식들과 아랫사람들을 민망하고 걱정스럽게 한다 하였다. 그러나 장순은 그럴수록 더 노구를 못 견디게 보채었고, 그 바람에 종내는 기가 진한 늙은이까지 그녀를 썩 탐탁해하지 않는다는 소문이었다. 그런 중에도 이렁저렁 여름철까지 넘기고 선선한 가을 절기로 접어들 무렵이었다. 장순이 이번에는 어디서 소문을 주워듣고 누구에게 은밀히 부탁을 해두었던지, 무기력한 노구의 기력을 북돋기 위한 보양제로 뜸부기 한 마리를 구해 들여와서는 다른 식구들 몰래 그것을 늙은이에게 고아 먹인 것이었다.

　* 남편 독살범으로 무기형 복역――가석방 출옥――실종: 확실한 근거는 없는 말일지언정, 뜸부기가 신묘한 남성의 보양제나, 허약한 몸에다 과다하게 취하면 감당 불급으로 오히려 해를 당한다는 이야기는 근동에 널리 알려진 바였다. 망인의 일족들도 물론 그것을 알고 있었고, 어리석은 후취댁의 과실을 과실로 너그럽게 접어 넘어갈 수도 있는 일이었다. 그러나 끝내 윤씨가는 망인의 죽음을 독살로 치부했고, 이후 1년여 간의 송사 끝에 그녀를 무기수의 죄

인으로 만들었다……

여기에는 윤씨가 나름대로의 그럴 만한 사정이 있었다. 윤씨가
사람들은 애당초 일을 그렇듯 시끄럽게 끌어갈 의도가 아니었다.
뜸부기의 독성 작용과 후취댁의 무지와 무모성을 감안하여 장순만
을 조용히 집에서 내보낼 생각이었다. 그런데 장순은 무슨 배짱에
선지 한사코 윤씨가를 떠나려 하지 않았다. 자신에겐 뜸부기를 고
아 먹인 허물밖에 다른 아무런 잘못이 없으니, 그녀에게 처음 약
속된 재물을 내줘야 집을 나가겠다고 버티었다. 그러나 윤씨들은
그럴 수는 없었다. 애시당초 그럴 생각에서 한 약조도 아니려니와
그녀는 어쨌든 늙은 지아비를 죽게 한 죄인이었다. 망부 생시부터
도 사정이 불가피해 입을 다물고 참아온 밉상의 여자였다. 거기다
제 허물은 아랑곳이 없이 막무가내식이니 더 다른 방도가 있을 수
없었다. 윤씨들은 결국 장례식 한 달쯤 뒤부터 장순을 살인범으로
몰아갔다. 이번에는 뜸부기를 잘못 고아 먹인 과실로 해서가 아니
라, 그 속에 몰래 독극물을 풀어 먹인 고의적인 독살의 혐의를 걸
어서였다. 일단 송사를 시작한 윤씨들은 있는 재력과 인력을 다
동원하여 일방적으로 그녀를 닦달해나갔다. 뿐더러 이때부터 몸과
생각이 감방 속에 꼼짝없이 묶여 지내게 된 장순의 처지에선 어떤
방어나 자구책도 마련할 수가 없었다.──어따, 계집 색정 드센 건
뱃속에서 타고난 모양이더라만, 그런다고 늙은이한테 그런 숭한
짓거리까지 저질렀어야 쓰겠냐. 그랬으믄 또 고이 지를 나가랄 때
냉큼 물러나올 일이제, 그 마당에 누가 저를 곱게 보아 뒷감당을
해준다고 버팅기기는 버팅겨. 그러니 재산 탐으로 뜸부기가 아니

라 독물을 타 먹였다는 허물까지 뒤집어쓰제. 설사 그렇게 재산 탐이 바쁘더라도 미욱하게 그리 보채고 들어야 할 일은 또 무엇이고. 가만히 죽어 참고 기다리고 있었으믄 영감탕구 앞날이 얼마나 남았다고. 그런 중정 저런 중정 미리 헤아리지 못하고 년의 처지만 생각하고 나선 내가 죽일 년이제…… 마지못해 한번씩 구치소 면회를 다녀오거나 제 마을 사람들을 만나게 될 때마다 제물에 애가 탄 듯 넋두리를 늘어놓곤 하는 행상 아낙마저도 윤씨들보다는 장순 쪽의 허물을 나무라대는 판이니, 무지하고 무력한 장덕은 말할 것도 없거니와 누구라도 밖에서 그녀의 뒷일을 힘써 돌봐주려는 사람이 있을 수 없었다. 장순은 그렇듯 고립무원의 처지에서 모든 일을 그저 '법에서 알아서' 처결해주리라는 막연한 희망뿐, 자기 사활의 갈림길 앞에서도 속수무책 시간만 기다리는 처지였다.

하지만 그 장순의 마지막 한 가닥 희망이었던 '법'이라는 것도 별반 믿을 것이 못 되었다. 그녀의 곤핍한 처지를 위해서 국선 변호인이 붙여지고, 죽어 묻힌 시신을 다시 파헤쳐내는 소동까지 벌이고서도, '법'에선 어인 일인지 그녀의 독살 혐의를 인정하여 가혹하게 무기징역형을 선고한 것이다. 뿐더러 장순으로선 별로 소망치도 않은 몇 달간의 2심 절차의 결과도 예상했던 대로 무기징역형 그대로였다.

하지만 장순은 이제 그것을 그리 억울해하지도 않았다. 재판 과정에서 자신의 결백을 힘써 주장하려 들지 않았듯, 자신의 삶이 통째로 결딴나는 무서운 운명의 갈림길 앞에서도 그녀는 마치 별

다른 감회나 원망이 없는 사람처럼 묵연스런 체념 속에 자신을 순종시켜나간 것이었다. 자기 운명의 결판의 마당에서마저 매사 그렇듯 순응적인 심성이고 보니, 그녀의 수형 생활 역시 특별한 변고나 곡절이 있을 수 없었다. 광주와 대전, 전주 교도소들을 두루 거쳐 다닌 기나긴 복역 생활을 장순은 하루같이 차분하게 잘 치러나갔다. 새삼스레 허물을 벗고 싶어 하는 일도 없었고, 억울한 수형 생활을 답답해 못 견뎌 하거나 짜증스러워하는 일도 거의 없었다. 장순은 차라리 그곳을 자신의 필생의 안식처로 삼고 지내듯 어딘지 평온하고 안정된 생활이었다. 그만큼 자기 일에 성실하고 열심인 것은 물론, 동료 죄수들에 대한 마음 씀씀이도 늘 한가족처럼 따뜻하고 인정 깊게 굴었다. 처지가 애초에 그런 탓도 있었지만, 다른 사람처럼 특사나 감형을 고대하거나 출감 일을 초조하게 기다린 일도 없었고, 누군가 바깥사람의 면회를 소망하는 일도 없었다. 형이 확정되고 난 이후 복역 생활 중의 면회나 출옥 희망에 대해선, 언젠가 단 한번 그 고향 마을의 행상녀가 광주 근처 교도소로 장순을 찾아갔을 때, 그녀가 부지중 잊고 있던 사람의 기억이 되살아나기라도 하듯이, 우리 동상 장덕이는 어디서 여태까지 무엇을 하고 있답디까…… 어디서 무슨 일을 하고 살고 지내든지 어서어서 제발 덕덕 큰돈이나 벌어와서 이 못난 동기간 신세를 좀 살펴주란다고 해주시오…… 전에 없던 한탄 투의 하소연을 늘어놓았던 것뿐이랬다. 그러나 그것도 소리를 전해 듣고 끌려가듯 찾아간 장덕을 앞에 했을 땐, 나는 일없다, 나는 일없으니 내 걱정은 하지 말고…… 너라도 돈을 벌어 사람값을 하고 살거라. 사람

없고 돈 없으면 누구라서 사람값을 지니고 살겠더냐…… 자기 지내는 처지는 상관하려 하지 않고 무심한 장덕이 힘든 세상 살아갈 일만을 되풀이 당부하더랬다.

장순은 그런 식으로 세상에서 까마득히 잊혀진 채 기나긴 17년의 옥살이를 치른 끝에 1987년 8월 15일 전남 순천 교도소에서 광복절 가석방 특사의 혜택을 입어 밝은 바깥세상으로 다시 풀려나오게 되었다.

그러나 당시로선 교도소 내의 관련 부서 사람들이나 그녀와 가까웠던 감방 동료들 이외에 그녀의 출감 사실을 안 사람이 아무도 없었다. 따라서 그녀가 옥문을 나선 이후로 어디론지 종적을 감추고 사라져버린 사실도 당시로선 전혀 아는 사람이 없었다. 그녀의 출감과 실종 사실을 동생 장덕이 알게 된 것은, 그로부터 1년쯤 뒤인 1988년 4월경 그 역시 이런저런 범죄의 이력과 오랜 도피행 끝에 2년여의 쓰디쓴 옥살이를 치르고 나와서였다. 자신도 나이 들어 누이와 함께 옥살이를 치르면서, 속절없이 시들어가는 그 누이의 인생사를 새삼 가슴 아파해오던 차에, 형기를 마치고 고향 마을을 찾아들었다 뜻밖에 그 누이의 옛날 '범행'과 관련하여 새로운 사실을 알게 됨으로 해서였다. 예의 한 동네 행상녀로부터 뒤늦게 누이의 '범행'에 숨겨진 새로운 사연을 듣고서, 뜨거운 회한과 분노 속에 한달음에 그녀를 찾아가보니, 누이는 이미 한 해 전에 옥을 나가 그 행방이 묘연해져버린 것이다.

* 동생 박장덕의 누이 장순에 대한 곡해와 회한, 간구의 사연:

실종녀 박장순의 처지가 그런 곤경에 이르도록 비정스런 무관심과 외면으로 일관해온 동생 장덕의 몰인정의 허물은 가위 배신과 패륜에 버금가는 것이겠다. 뿐더러 이제는 박장덕 자신도 그것을 자인하고, 참담스런 회한 속에 누이를 다시 찾아 만나서 속죄의 길이 열리기를 간구하고 있는 터이다……

그러나 한편, 장덕의 그 같은 매정스런 외면에는 나름대로 그럴 만한 사연이 없지 않았다. 그 생김새나 말씨나 행실들이 하나같이 반편스런 누이 장순의 존재는 유년 시부터 장덕의 부끄럼건지에다 그의 삶의 애물스런 걸림돌 격이었다. 더욱이 그녀의 성적 수치심이 결여된 행실들은 그를 늘 혐오스럽고 분노케 하였다. 장순이 어디서 팔푼이 짓을 하고 나면 장덕도 한 물색의 얼간이 취급을 당했고, 그녀가 마을 사내들의 놀림감이 되고 나면 그도 창피스런 웃음거리가 되곤 했다. 장덕이 초등학교 4학년으로 중도 퇴교를 하고 만 것도 아버지의 죽음이나 어머니의 가출보다 그 누이로 인한 창피스러움을 더 감당하기 싫어서였다. 장덕은 때로 그런 장순이 소리 없이 갑자기 죽어 없어지거나 제 곁에서 어디로 사라져주기를 바랐고, 실제로 그런 식의 행동을 해 보이기까지 하였다. 그러나 그것은 물론 부질없는 헛소망이었다. 장순은 아버지나 어머니보다도 지겹고 끈질기게 그의 곁에 남아 붙어 괴롭고 거추장스런 그의 삶의 굴레가 되고 있었다. 그리고 희한하고 저주스런 성희에만 눈이 뜨여가고 있었다. 그녀가 그 행상녀의 허황스런 몇 마디에 히죽히죽 마음이 쉽게 기울어든 것도 그녀의 그런 어이없는 색정기 때문으로만 보였다. 뿐더러 장덕에겐 장순이 곁을 떠난 짧은 한 시절을 빼앗아가고 장순에겐 그 기나긴 영어의 생활을 불러온 뜸부기국 소동도 장덕은 대개 그 장순의 어이없는 색정기의 재변쯤으로 믿게 된 것이었다. 행상녀의 넋두리도 처음엔 그런 식이었거니와, 장덕은 그래 누이의 처지가 그 지경에 이른 때에도 그녀와 그녀의 색정기를 저주하며, 누이의 전정이 어떻게 짓밟히든 오불관언 눈을 돌리고 지내온 것이었다.

아니, 그것으로도 장덕은 그 누이로 인한 피해를 다 모면할 수가 없었다. 분명하게 눈에 드러나 보일 일은 아니지만, 어떻게 생각하면 장덕의 삶 역시도 그 누이 장순으로 하여 결판이 나고 만 격이었다.─그래도 자네는 한 피붙이가 아닌가. 자네 말고 또 누가 찾아가볼 사람이 있는가. 이제라도 한번 찾아가 만나보소. 어디서 뭣을 하고 살고 있길래 소식 한번이 없느냐고, 언제 돈 벌어 저를 살려주러 온다더냐고, 자네 기다리는 원정에 목이 꺽꺽 메데…… 누이의 옥살이가 5년 너머까지도 그녀의 일에서 끝내 눈을 돌리고 지내오던 장덕이, 더욱이 이제는 심신이 제법 거칠게 굵어진 사내가, 누이의 면회 길을 다녀온 행상녀의 푸념에 뒤늦게 귀를 준 것이 첫 사단이었다. 장덕은 왠지 그때부터 제 삶의 어느 대목에선가 문득문득 그 누이의 소리가 들려오기 시작했다. 동상아, 동상아…… 나를 이래 두고 너는 어디서 무엇을 하고 있을 거나, 어서어서 돈이나 많이 벌어와서…… 전부터 늘 가슴 깊이에서 듣고 있었으면서도 짐짓 모른 척 외면을 해왔던 듯싶은 소리는 이제 그에게 둥지를 틀고 들어앉은 듯 끊임없이 그의 마음을 어지럽혀대었다. 그가 모처럼 누이의 면회 길을 나선 것도 행상녀의 푸념

이나 누이의 처지 때문이 아니라, 그 소리의 성화에 끌려서였달
수 있었다. 그래 그때 장덕은 누이가 정말로 그를 직접 괴롭혀대
는 장본인이기라도 하듯이 매정하고 퉁명스럽게 그녀에게 말했었
다. ─이게 다 운이 사나운 누님 팔자 소관이제 나하곤 아무 상관
이 없는 일 아니여! 그리 알고 인자부턴 날 기다리려고도 하지 말
어. ─나는 일없다. 나는 일없으니 내 걱정은 하지 말고…… 그
때 그 누이의 간절한 당부 역시 그를 귀찮게 할 기미는 조금도 없
었다. 하지만 그것도 다 소용이 없었다. 면회를 다녀오고 나서도
그 마음속 소리의 성화는 여전했다.

　장덕은 끝내 그 소리를 피해 도망치듯 그의 집을 버리고 고향 마
을을 떠나갔다. 처음 한동안은 연안 고깃배 일을 따라다니다 몇
년 후엔 다시 육지로 올라와 간척장이나 댐 공사, 도로 공사 같은
막일판으로 해변 지역 일대를 두루 헤매 다녔다. 그러면서 그는
공사판 주변에 성행하는 밤 노름판엘 차츰 가까이하기 시작했고,
종내는 근동의 한다 하는 꾼들과도 자리를 함께하며 만만찮이 솜
씨를 겨루기에 이르렀다. 한데도 그는 아직 그 소리를 완전히 벗
어나지 못했다. 소리가 여전히 그를 쫓아다니고 있었다. 너라도
어서어서 돈 많이 벌어와서…… 아니 이제는 그 자신 누이의 애절
한 소망처럼 돈벌이부터 서둘러야 한다고 이를 갈아붙였다. 하면
서 언젠가는 제 힘으로 정말로 누이를 구해내주고 싶어 마음이 턱
없이 조급해지기조차 하였다. 손쉽게 한몫 움켜쥘 기회는 노름판
을 앞설 곳도 흔치가 않았다. 게다가 어장과 공사판 주변은 어디
보다 밤 노름판이 성한 곳이었다. 장덕은 날이 갈수록 노련하고

대담한 꾼의 자리를 굳혀갔다.

그러나 판세만 요란하고 손길만 번잡할 뿐 자리를 일어서고 나면 손에 잡힌 건 늘 보잘 것이 없었다. 들고 나는 일이 때로는 엇갈리는 터에다, 씀씀이가 그만큼 헤퍼진 이외에, 이따금은 단속 관서 사람들의 예기찮은 기습으로 무마비까지 적잖이 털려나가는 때문이었다. 어떤 땐 그마저 여의치가 못해 보여 판돈과 밑천까지 고스란히 팽개쳐두고 빈손 도주를 불사해야 하는 때도 드물지가 않았다.

그래 한 10여 년 그쪽 밥을 먹은 끝에 장덕은 아예 이번에는 그 '싹쓸이 사냥꾼' 쪽으로 얼굴을 바꾸었다. 어느 날 밤 또 한차례 단속반에 걸려들어 판돈을 팽개치고 쇠수갑까지 매단 채로 줄행랑을 놓게 된 걸 계기로 해서였다. 위험을 벗어난 뒤에 수갑을 풀어 들고 곰곰 생각하다, 그걸 좀 유용하게 활용해볼 방도가 떠오른 것이었다. 그러지 않아도 늘 일이 손쉬워 보이던 터에, 제물에 그럴듯한 무기가 굴러든 격이었다. 무엇보다 중요한 사냥 무기가 생긴 터에 기회를 섣불리 놓쳐 보낼 수가 없었다. 하여 그는 이후부터 그 쇠수갑 하나를 밑천 삼아 얼굴이 알려진 지역을 비켜가며 거꾸로 노름판을 털고 다니기 시작했다. 장덕이 지닌 신분의 징표라곤 제가 제 팔에서 풀어낸 그 쇠붙이뿐이었으나, 그 동네 밥 이력을 3년 너머나 쌓아온 장덕은 누구보다 그 풍속과 꾼들의 약점을 익히 알고 있었다. 장덕은 그 특유의 우악스런 말씨에다 좀 무지스런 뚝심의 힘을 빌려 어쭙잖기 짝이 없는 그 쇠붙이 하나로도 어사또 못지않은 큰 위력을 발휘했다. 그만큼 벌이가 크고 손쉬운 대신 신변의 위험도 가중되게 마련이었다. 그는 끊임없이 쫓기면서 덮치고, 덮치고 나서는 다시 자신이 쫓겼다. 동상아, 동상아, 나는 이래 두고…… 그 귓속 깊은 곳에서 들려오는 소리가 아직도 여전한 채, 그러나 그 누이를 구해내기 위해서라는 건 떳떳지 못한 제 사냥질의 구실일 뿐 하룻밤새 억만금을 손에 끌어 쥐었대도 정작에 그녀를 찾아 나서려는 생각 같은 건 염두에도 두어본 적이 없는 채였다.

그런 세월이 다시 몇 년을 흘러갔다. 그리고 장덕은 이번에야말로 진짜로 자신의 손목에 쇠고랑을 차게 됐다. 이어 도박과 공갈 협박, 재물 탈취, 공무 집행 방해와 사기, 폭력 행사 등 갖가지 혐의로 재판을 거친 끝에 드디어는 2년여 간의 감옥살이를 시작하게 되었다.

장덕의 처지가 거기에 이른 것도 근본의 허물은 누이 장순에게서부터랄 수 있었다. 하물며 장순 자신의 신세를 그르치게 된 일에는 자신 아닌 다른 누구에게 허물을 물을 수 없었다. 그녀 자신 말고 다른 누가 그 값을 대신해줄 수가 없었다. 장덕은 그래 그 누이의 신상에 어떤 일이 닥쳐들든 모든 것을 그녀 자신의 그 얼뜬 색정기 탓으로, 그녀 스스로 자신의 더러운 피로 불러들인 업보로 치부하고, 그도 또한 좀처럼 다스리기가 수월찮은 제 피의 요동질을 달래기에나 열중해온 것이었다.

장순의 인생길을 망친 재앙의 사단은 뭐니 뭐니 해도 그 어머니로부터의 더러운 핏줄의 유산에 있었다── 장덕은 그렇듯 그 누이의 암기를 시종일관 불결스런 유전성으로 저주했다. 뿐더러 그것을 누이의 재앙에 대해 무관심한 외면의 의당한 구실로 삼아오면서, 그러는 자신을 늘 떳떳한 것으로 믿어왔다. 적어도 그가 그 옥살이에서 풀려나, 고향 마을의 행상녀를 다시 만나게 될 때까지는 그러했다.

옥문을 나서면서 문득 누이를 한번 찾아가보고 싶은 생각이 인 것도 그러니까 알고 보면 피를 나눈 동기간의 정리에서보다도 옥살이의 신고를 함께하고 난 사람의 지향 없는 자기 연민의 심사에서랄 수 있었다. 어쨌거나 장덕은 그녀의 복역지조차 알 수 없어 고향 마을부터 찾아 들어갔더니, 예의 그 행상녀가 그의 옷깃을 붙들고 누이의 해묵은 비밀 한 가지를 실토해온 것이었다.

—순이 년이 그때 뜸부기를 과 먹인 것은 영감의 애기 하나를 배고 싶어서였다네그래…… 애기를 낳아놔야 무슨 일이 생기더라도 쉽게 집을 쫓겨나지 않으리라는 요량에서였겠제. 내 그때는 저쪽 사람들 말 단속이 심한다다 자네 맘만 더 아프게 할 것 같아 입을 닫고 있었네만, 내가 그때 광주로 면회를 갔을 때 년이 뒤늦게 그런 속을 털어놓데. 서에서나 재판 때나 그런 소리를 해봤지만 죄를 만들려는 덴 아무 소용이 없더라고…… 생각 없는 금수도 제 살 지혜는 있더라고, 년한테 어디서 그런 중정이 생겼던지. 그런 년을 제 집으로나 돌아와 살게끄럼 손을 맞잡아주진 못할망정 철없는 색정기에 눈이 뒤집힌 년으로나 치불 하고 들었으니, 그런 내가 굳은 땅에 쎄를 박고 죽을 년이제……

옥살이를 하고 나온 장덕의 눈이 먼 행패가 두려워선지, 아니면 정말로 남매의 겹친 고난에 마음이 아파선지, 그녀가 뒤늦게 털어놓은 진실 앞에 장덕은 새삼 뜨거운 회한의 정이 복받쳐 오르지 않을 수 없었다. 그는 곧 그길로 발길을 되돌려 누이의 마지막 소식이 있었다는 순천 교도소로 무작정 그녀를 찾아갔다. 그리고 거기서 장순이 1년 전에 이미 출감을 해나간 사실을 알게 됐다. 늙은 지아비를 독살한 죄로 오랜 옥살이를 하고 나온 제 부끄러움에서였든지, 혹은 아직도 동생 장덕이 고향 고을 부근을 떠돌고 있을 줄 알고 그의 짐거리가 되고 싶지 않아서였든지 — 장덕으로선 그 어느 쪽이더라도 가슴이 아팠지만 — 어쨌든 이제 장순은 감옥을 나와서도 계속 고향 마을을 등진 채 어디론지 종적을 감춰가버리고 만 것이었다.

하지만 그 동생 박장덕은 이제 알고 있는 것이다. 그의 누이 장순은 그 핏속의 음기를 못 견뎌 한 얼치기 색녀가 아니었다. 그 암기로 남정을 탐하여 늙은이에게 약을 먹여 죽인 독부도 아니었다. 암기는 그녀의 가장 소중스럽고 눈물겨운 생의 능력이었고, 그녀는 그 암기를 모성으로 품어 익혀 제 앞의 삶의 길을 마련하려 했던 것뿐이었다. 그것은 부끄러운 죄악이기보다 그녀에겐 무엇보다 절실한 삶의 소망이었을 터였다.

이번에는 누이를 더 모른 척 버려둘 수가 없었다. 그것은 그 젊음을 통째로 빼앗아간 기나긴 옥살이에 이은 또 한 번의 무책임하고 잔인스런 유기였다. 누이와 자신을 함께 버리는 패륜적 인간 유린의 철면피한 범죄였다. 누이에게도 그녀 나름의 소중스런 사람값과 알뜰한 삶의 길이 점지되어 있게 마련이었다. 이제라도 기어코 그녀를 찾아 만나 그의 삶의 값을 누리고 살게 해주어야 하였다. 그것은 다름 아닌 사람으로서의 누이의 권리이기도 하였다…… 장덕은 그로부터 전심전력 가뭇없는 누이의 행방을 찾는 일에 모든 노력과 정성을 기울였다. 그러나 이렇다 할 성과를 못 얻은 채 어언 1년여의 시간만 흘러갔다. 그래 끝내는 막다른 궁리 끝에 이 같은 광고 책자까지 꾸며내게 된 것이다.

 * 마지막 당부 ── 글 대필자로서

무심히 지나치고 계신 당신 주위 어디에 혹여 이 가엾은 여인의 얼굴이 숨어 섞여 있을는지도 모른다. 그리고 지금 그녀의 지치고 여린 삶의 숨결이 속절없이 사위어가고 있을지 모른다. 부디─, 이 일을 자업자득 남의 일로 꾸짖으려지만 마시고 너른 마음 한구석에 작은 흔적을 남기셨다가 행여 반가운 소식으로 두 오뉘에게 큰 은혜 베풀어주시기를 이 글의 대필자로서 다시 한 번 손 모아 기원한다. 이 남루한 글, 너그러운 마음으로 끝까지 읽어주신 데에도 다시 한 번 깊은 감사를 드린다.

이미 다 짐작한 일이겠지만 박장덕의 그 회한 어린 소망은 그로부터 몇 해가 지난 이날까지도 이루어지지 못하고 있다. 그래 필자는 지금도 하루빨리 그의 소망이 이루어져 두 남매가 서로 만나 함께 살게 되기를 마음 깊이 기원하며, 그를 위해 독자 제위의 관심을 거듭 당부드리고 싶다. 필자 역시 장순에게도 사람으로서의 삶의 길이 있어야 하며, 그 길 속에 제 사람의 값을 누리고 살 권리가 있다는 데에 진심으로 공감하는 때문이다.

아울러 사족일시 분명하지만, 장순과 장덕 남매의 기쁜 상봉의 날을 위해 꾸며진 작은 광고 책자의 내용을 빌린 이 이야기를 끝내면서 마지막으로 한 가지 더 소개해두지 않을 수 없는 논담은, 근자 한 정치인의 남한 단독 유엔 가입 시비에 대한 박장덕 씨의 돌연스럽고도 완강한 소견이다. 그 정치인의 당국에의 충고인즉, 지금 북한 측이 반대하는 남한 단독의 유엔 가입 추진이 우리 한민족 전체의 소망인 남북통일 문제에 행여 부정적으로 작용할 소지가 없겠느냐는 것이었다. 그에 대한 장덕 씨의 영문 모를 반감은 생각 밖으로 진지하고 단호한 것이었다. ……북한도 한때는 남북한 동시 유엔 가입을 희망한 적이 있다. 그후 북한은 그것이 여의치 않자 태도를 바꾸어 남한 측을 배제한 북한 측만의 단독 가입을 집요하게 노려왔다. 따라서 지금 와서 북한 측이 남북한 동시 (유엔) 가입을 민족 분단 고착화 책동으로 매도하며 반대하는 것은 자기들 쪽 저의를 등 뒤에 숨겨놓은 정략적 술책의 거짓 선전일 뿐이다. 북한 측이 그토록 동시 가입을 반대하는 것은 민족 분단의 고착화를 걱정해서가 아니라 동시 가입으로 저들이 얻는 것보다 남쪽에서 얻는 것이 더 클 것으로 판단한 때문이다. 저들의 반대는 자기들 쪽 가입을 원치 않음이 아니라, 남쪽의 가입을 막아내는 것이 목적이다. 생각해보라. 남쪽이 배제되고 저들만의 단독 가입의 길이 열리게 된다면 저들이 통일에 장애가 될 것을 염려하여 그 기회를 미루거나 단념할 수 있겠는가…… 또한 남쪽만이 먼저 가입이 이루어지면, 저들은 국토와 민족의 분단 상황 고착화를 염려하여 비회원국으로 계속 남으려 할 것인가. 북쪽은 저들만의 단독 가입으로 저들만이 민족을 대표하고 싶은 것이다. 우리 국민 중에 그것을 모르는 사람이 있는가. 그런데 이 사람은 무엇을 걱정하고 있는가. 지금 한 나라의 유엔 가입 문제는 그 나라 그 민족의 지위와 위신, 나아가 자존심과도 관계된다. 북쪽이 가입을 미루고 싶어 한다 하여 남쪽까지 함께 기회를 미뤄둔 채 언제까지 주변국으로만 남아 있어야 하는가. 더욱이 저들만의 단독 가입을 통한 저들만의 대표성 획득 획책을 외면한 채. 남쪽만의 가입이거나 남북 동시 가입이거나 그것이 통일의 장애가 된다는 것은 진실을 외면한 정치적 수사일 뿐이다…… 북쪽이 어떤 이유에서든 동시 가입을 반대한다면 우선 남쪽만이라도 가입을 해야 한다. 우리와 유엔과의 관계에 있어서나, 민족의 권위와 자존심을 위해서나, 우리 국민은 그럴 조건과 자격이 충분하다……

어울리지 않는 자리에 엉뚱한 인용이 길어져 민망스럽기 그지없지만, 박장덕 씨의 주장을 줄거리만 요약하면 대개 그런 식이었다. 이 글에 소책자의 내용을 차용함에 있어, 장덕 씨는 왠지 굳이 그같은 자신의 주장의 개진을 절대적인 조건으로 내세운 것이다. 필자는 물론 그가 어째서 그 일에 그리 관심이 깊은지를 알 수가 없었다. 무엇 때문에 그가 그 일에 그토록 진지하고 열을 내고 있는지, 어디서 그토록 나름대로 해박하고 정연한 논리를 익혔는지, 무엇보다 그것이 그의 누이를 찾는 일과 어떤 상관이 있는지를 전혀 이해할 수가 없었다. 하지만 필자로선 이제 이 정도의 소개로써 그에 대한 더 이상의 논의는 삼가려 한다. 그는 마치 그것이 누이를 찾는 일에 어떤 필수적인 조건이나 되는 양, 혹은 누이의 신세가 그리 된 것이 마치 유엔 가입이나 통일 문제와 어떤 관련이라도 있는 양 집착을 하면서도, 그에 대한 곡절엔 별 시원한 말이 없었던 때문이다. 한세상 노상 밟히지만 않고 살려다 보니 그런데도 그만한 소견이 생기더라던가— 하지만 어쨌든 이 글을 씀에 있어 그것은 필자에겐 불가사의하고도 불가피한 조건이었다.

그래 필자는 아직도 그 깊은 속을 모른 채, 그의 주장의 옳고 그름이나 공감 여부에는 별 상관함이 없이(솔직히 말하면 부질없는 노릇으로 여겨지기까지 한 터이지만), 다만 그와의 무조건식 약속을 이행한 것뿐이니, 독자 제위께서는 그쯤 너그러이 양해해주시면 고맙겠다.

(『현대소설』 1989년 겨울호)

지관의 소

1

……이 형? 나 이거 양정관이란 위인이오. 하두 오랜만이라 이름자나 잊어버리지 않았는지 모르겠소. ……허허, 아직 잊지 않으셨다아, 그거 고맙소. 헌데 근간에 내 전시회 안내 팸플릿 같은 거 받아보신 일 있소? ……알겠소. 받아보지 못했다면 오히려 다행이오. 애당초 맘에도 없는 일이었는데, 원했대도 할 수가 없게 됐어요. 명색 오늘이 개막전 날인데 마침 한동네에 달갑잖은 잔치를 벌인 집이 있어서요. 최루탄 화염병에 이쪽 길이 몽땅 다 틀어막혀버렸어요. 덕분에 전시회고 뭐고 다 깽판이 난 거지요. ……나한텐 차라리 잘된 노릇이지 뭐요. 허허…… 그러니 행여 이 형도 이쪽엔 발걸음일랑 할 생각을 마요. 어차피 팸플릿을 못 받으셨다면 그럴 예정도 없었겠지만…… 어쨌든 그리 아시고, 그럼

나 전화 끊어요. 기회 닿으면 또 소식 나누기로 하고……

　15년 가까이나 소식을 알 수 없던 지관 양정관(止觀 梁正觀) 화
백으로부터 그런 갑작스럽고 두서없는 전화를 받은 것은 지금부터
2년여 전 1987년 초여름 어느 날 저녁 무렵의 일이었다.

　나는 전화를 끊고 나서도 선생이 정작 내게 무슨 말을 한 것인
지, 얼핏 진의를 종잡을 수가 없었다. 선생 자신의 말 그대로 이름
을 기억해내기조차 수월치 않을 만큼한 세월이 흐른 데 반해, 그
의 전화가 너무도 갑작스러웠던 데다, 그 투박하고 덤벙대는 성품
마저 조금도 달라지질 못하고 있는 탓이었다. 뒤죽박죽으로 쏟아
댄 그의 말의 앞뒤를 추려보면, 그가 모처럼 개인전을 가지면서
내게 미리 그 개막날을 알려주려고 안내 팸플릿을 보냈는데, 한
동네 거리에 무슨 변고가 일어나 개막전을 망치게 되었노란 이야
긴 모양이었다. 그런데 자기 작품전을 준비해온 사람이 그 일이
애초부터 맘에 없었다는 건 무어고, 깽판이 난 게 오히려 잘된 노
릇이라니? 그야 옛날에도 자기 그림 일을 늘 시답잖게 비하하여
개인전 같은 건 염두에도 없어하던 양 화백이긴 했다. 그 대범스
럽고 덜렁대는 성품에 자기 전시회 이야기라니 말이 그리 쉬울 수
는 없었을 터였다. 그것도 그동안 소식 한 번 없다가 갑자기 사람
을 불러대는 일이라니. 하지만 경위야 어찌 되었든 일단 작정을
하고 벌이고 나선 일인 데다 안내 팸플릿까지 다 찍워 보낸 마당이
었다. 개막전 절차에 어떤 변고가 생겼다면 뒷단속부터 서두르고
나서는 게 당연했다. 그런데 아직 그 팸플릿조차도 못 받아본 사
람에게(그래 당연히 찾아갈 생각도 해본 일이 없는 사람에게), 무턱

대고 전시장 발길부터 막고 나서는 경우라니, 그의 말을 그대로 곧이들어야 할지 어쩔지도 한동안 망설여지지 않을 수 없었다.

아니, 실상 이제는 그의 진의가 어느 쪽이 되었든, 그런 게 문제가 될 수는 없었다. 소식을 들은 이상엔 그가 원하건 원하지 않건 간에, 나로선 어차피 전시장엘 한번쯤 가봐야 할 처지였다.

하지만 그도 물론 쉬운 일이 아니었다. 안내 책자도 아직 도착하지 않은 데다 통화 중에 자세한 장소를 말한 일이 없어 전시장이 어딘지부터 알 수가 없었다. 전시장 길목이 최루탄과 화염병 잔치로 출입이 어렵게 된 사정 설명은 있었지만, 근간엔 곳곳에 화랑도 많았고 게다가 최루탄과 화염병 소동으로 길이 막히는 곳도 많아서 그게 어디쯤인지 짐작이 쉽지 않았다. 옛날 잡지 일로 함께 어울려 지내던 사람들도 그의 소식을 모르고 지내오긴 마찬가지여서, 길을 찾아가자면 시중의 모든 화랑들에 전화를 걸어보는 길밖에 없겠는데, 그건 보통 정성이 뻗치지 않고는 못 해낼 일이었다. 진의가 어느 쪽인지 분명치는 못했지만, 한마디로 병 주고 약 주는 식의 그의 지레 사양이 내 게으른 성미에다 그런저런 구실을 덧얹어준 셈이었다. 그리고 나는 결국 그런 식으로 하루이틀 일을 미루고 있다가 끝내 그 전시 기간을 넘기고 만 것이었다.

하지만 뒤미처 그런 사실이라도 알게 된 것은 사후에나마 그가 보냈다던 그 전시회 안내 팸플릿을 받아볼 수 있게 된 덕이었다. 그러니까 내가 그 팸플릿을 받은 것은 정작 그 닷새간의 전시 기간을 넘기고도 이틀쯤이나 더 시일이 지나고 난 6월 25일께의 일이었다. 그것도 곡절이 어찌 된 것인지, 발송일이 전시회가 거의 끝나가던 23일 자로 소인되어 있는 지각 우편물이었다. 나는 그 뒤늦은 팸플릿의 도착으로 해서야 전시회가 이미 끝나버린 사실을 비롯하여 이런저런 앞뒤 사정들을 대충 짐작할 수 있게 된 것이었다.

팸플릿을 받아보니 책자 뒷면에 적힌 그의 주소와 전화번호가 경기도 광주군의 한 촌락 마을께로 되어 있었다. 나는 그의 전시회 일로 인한 민망스러운 마음뿐 아니라, 서울 시내 학교에 교직을 갖고 있던 선생이 그새 한적한 시골 마을로 들어가 지내게 되기까지의 사정도 궁금하고 하여 그쪽 번호로 곧 전화를 걸었다. 하지만 이날도 선생은 어딘지 집을 나가고 없었고, 전화를 받은 것은 전에 한 번도 얼굴을 본 일이 없는(양 화백과의 술자리는 늘 바깥에서뿐이었고, 그는 유독 더 집안일 따위를 입에 올리는 일이 없었다) 그의 부인이었다. 부인은 옛날에 잡지 일을 함께한 인연과 양 화백이 한두 차례 내 소설의 삽화를 그려준 일로 하여 예상보다 나를 잘 기억하고 있었다. 그리고 그만큼 첫 전화 통화에도 별 허물을 느끼지 않는 투였다.

"여기로 온 지가 10년이 훨씬 넘었어요. 서울 학교 일도 그만둔 지 오래고요. 그림을 좀 그려보자고 저지르고 나선 일이었는데, 웬걸요…… 여기 와서도 그림 일보다는 술타령이 더 많았지요. 옛날 분들하곤 대개 소식을 끊고 지냈지만, 가까운 그림 동네 친지분 몇하고 이 동네 젊은 사람들하고였지요."

몇 마디 인사말 끝에 역시 대범스런 남자풍 목소리의 부인이 화백의 근황을 전해온 말이었다. 알고 보니 그 전날의 전시회 일 역시도 선생의 성품이나 그날의 뒤죽박죽 식 전화 통화 이상으로 엉망이 된 꼴이었다. 부인은 근래 새삼 선생의 그런 저조한 침체가 염려되어, 그림 일에 대한 의욕을 좀 부추겨보려는 뜻으로, 그간에 이따금 손을 보아 던져놓은 작품들을 정리하여 조촐한 개인전을 마련했었다 하였다. 선생은 물론 처음부터 고개를 내저었지만, 그러는 남편을 몇 번씩 설득한 끝에, 전시회를 위해 그가 새 그림을 그리지 않는다는 다짐과 그림 동네의 가까운 몇 사람 이외엔 전시회 소식이나 안내 책자를 만들어 돌리지 않는다는 조건으로 간신히 승낙을 얻어낸 일이었다고. 승낙이 떨어진 뒤에도 선생은 계속 남의 일 보듯 관심이나 참견을 해오는 일이 거의 없어, 부인이 혼자서 작품 표구도 맡기고, 그의 눈을 피해가며 안내 책자까지 몇 부 만들어, 그런대로 작품전의 모양새를 갖췄댔다.

"그런데 하필이면 전시회 개장 첫날 한 동네서 그 민정당 후보 지명 대회 잔치가 벌어지질 않겠어요. ……그래요. 전시장이 민정당사 부근의 같은 안국동이었으니까요. 시위대와 전경들로 길이 막혀버린 바람에 손 보탬을 하러 미리 와 있던 몇몇 사람 외에는 개전 예정 시간이 한참이나 지나도록 얼굴을 내민 사람이 하나도 없었지 뭐예요. 그야 지독한 최루탄 가스 때문에 미리 와 있던 사람들까지 문을 닫고 서둘러 회장을 철수해 나와야 할 판이었으니까."

부인은 새삼 그날의 궂은 상황에 속이 상한 듯 흥분기로 목소리가 떨리고 있었다. 부인의 그런 아쉬운 푸념은 결국 한 동네잔치나 최루가스 쪽보다도 남편 양 화백에 대한 원망이 번져가고 있었다.

"우리는 차라리 개막을 다음 날로 미루자고 하였지요. 그렇지만

이 양반이 어디 남의 말을 듣는 성밉니까. 정한 시간을 넘겼으면 그걸로 되었다는 거예요. 아니 그걸로 모른 척하고 넘어가주기나 했으면 좋았게요. 이 양반 갑자기 무슨 망발이 솟는지, 팸플릿을 보내드리려고 내가 미리 연락처를 구해둔 친지분들 명단을 들춰대며 한 분 한 분 전화질을 시작하는 거예요. 눈도 맵고 코도 매운 그 최루가스 속에서…… 그날 이 선생님이 받으신 그런 전화 말예요. 연락처만 마련해뒀을 뿐, 당신의 생각도 그렇고, 조심스러운 데도 있고 하여 몇몇 분밖에는 보내드린 데가 없었는데, 아마 내가 당신 몰래 명단대로 책자를 모두 보낸 걸로 지레짐작을 한 거였지요. 내가 아무리 사정을 설명해도 곧이들을 생각은 아예 안 하구요. 그래 아마 이 선생님도 며칠 뒤에 팸플릿을 받아보게 되셨을 테지만요. 당신이 그런 전화질을 해버린 터이니 늦게라도 책자를 보내드리긴 해야 하지 않았겠어요……"

그의 요령부득의 전화가 걸려오게 된 경위며, 엉망이 되어버린 전시회 개막 정황, 그리고 팸플릿이 뒤늦게 도착하게 된 전후사가 그걸로 대강 다 밝혀진 셈이었다.

한데 그런저런 사연과 경위를 듣게 된 이상, 나는 그 전화만으로 선생에 대한 내 인사를 대신하고 말 수는 없었다. 전날에 가까이 지내온 처지에 비해 그동안 서로 너무 적조해온 터인데다 모처럼의 개인전이 초장부터 그렇듯이 민망스럽게 된 지경에, 늦게라도 현장을 찾아가보지 못한 나로서는 본인 부재중의 부인과의 전화 통화 정도론 그에 대한 인사가 모자란 때문이었다.

내가 새삼 부인에게 그의 칩거지 방문을 약속하고 오랜만에 그

곤지암께의 농가풍 화실까지 선생을 찾아나서게 된 저간의 경위였다.

2

　며칠 뒤 나는 그런 일에 마음이 넓은 오랜 벗 백야(白也) 형에게 차편을 부탁하여 그와 함께 광주(廣州)까지 그 양 화백의 숨은 거소를 찾아갔다. 가는 길에 차 속에서 일부러 길을 잡아 나서게 된 그간의 사정과 양 화백에 관한 일화 몇 가지를 귀띔 받고 난 백야는 짐짓 좀 어이가 없어 하는 얼굴로 나를 허물하고 들었다.

　"그대도 참 어지간히 한가한 사람이구만. 그래, 장장 15년 동안이나 소식을 끊고 지내온 사람의 전시회 하나 못 가봤다고 이렇게 꼭 먼길에 뒷인사를 치르러 가야 하나? 가랑이 사이에서 요령 소리가 낭자하게 잇속을 쫓아 다녀도 사람 구실이 어려운 시절에…… 그것도 때가 한참이나 지나간 일에다 바쁜 사람 차울력까지 시켜가면서 말여!"

　그건 물론 백야의 진심이 아니었다. 내가 하필 그 백야에게 동행을 청하게 된 데도 그만한 이유가 있었지만, 그는 실없는 농조와는 반대로 이런 일엔 누구보다 이해가 깊은 위인이었다. 하면서도 늘상 본심을 숨긴 채 허물없는 농기를 좋아할 뿐이었다. 그런 농기는 오히려 이번 일과 나에 대한 그 나름의 공감의 표시인 셈이었다. 그것은 잠시 뒤 위인이 자복하듯 한 번 더 덧붙여온 소리에서도 충분히 읽을 수 있는 일이었다.

"이름이 정관(正觀)이고 아호가 지관(止觀)이라 했던가. 이름이나 아호는 차분할 것 같은데, 그 양반 그 먼 데까지 자넬 끌어들인 걸보니 성품이 어지간히 파격적이긴 한 모양이구만. 자넨 늘 범상하고 상식적인 사람보다 어째 꼭 별스런 기벽이나 광기 같은 게 긴 위인들 쪽에 더 끌려온 터이니 말여."

역시 허물없는 농담 투에다 자신의 진심을 얹고 있는 소리였다. 하지만 그것이 순전한 객담이든 다른 어떤 추궁기를 담고 있는 소리이든, 그의 지적은 정확히 내 정곡을 꿰뚫은 셈이었다.

이유야 어찌 됐든 끝내 전시장엘 가지 못한 자책감이나 뒤늦은 전화질로 민망스러움만 더한 끝에 그의 부인에게 방문을 약속한 것이 이번 나들이 길의 직접적인 동기인 것은 사실이었다. 하지만 백야 말마따나 이즘처럼 바쁘고 각박스런 세상에, 그것도 정작 본인에게선 방문이나 면대를 바라는 말 한마디 듣지 못한 마당에 그만 이유들로 그런 번거로운 행보는 쉽지가 않은 일이었다. 그동안 내내 소식을 끊고 혼자 숨어 지내온 것도 양 화백이었고, 장소도 알 수 없는 작품전엘 못 오게 길을 미리 막아선 것도 그쪽이었다. 선생은 애초 나와의 새삼스런 면대를 원치 않고 있을 수도 있었다. 내게는 그에 대한 어떤 책임이나 의무도 있을 수 없었다. 한데도 내가 굳이 그를 찾게 된 데는 분명히 다른 이유가 있었을 터였다. 그 양반 성품이 어지간히 파격적인 모양이라—자넨 늘 별스런 기벽이나 광기가 긴 사람들 쪽에 끌려들길 잘하더라—그 다른 이유는 양 화백에 대한 백야의 그런 거친 청취담과 주변 인물에 대한 나의 괴팍스런 선호를 꼬집는 소리 속에 적절한 해답이 들어 있었다. 양 화백은 과연 그럴듯한 언행에 기인풍과 광태가 완연한 인물이었고, 내가 굳이 그 번거로운 행보를 마련하고 나선 것도 그의 그런 질펀한 성품과 기질에 더 마음이 끌려선 게 사실이었다. 양 화백과 나와의 옛 어울림을 되돌아보아도 그 동기나 내용이 대개 그의 그런 분위기와 크게 상관이 있을 터였다.

내가 양 화백을 처음 만난 것은 1968년 가을 무렵 무교동 근처에서 뜻 맞는 몇 사람과 한 월간 잡지 창간 일을 진행하면서부터였다. 그때 그 잡지의 문화면 쪽 일을 맡고 있던 나는, 삽화나 도안 일로 사무실을 자주 드나들던 화백과는 누구보다 일손을 같이하는 시간이 많았었다. 덕분에 나는 그 10년에 가까운 연배 차에도 불구하고 자연스레 그와의 술자리가 잦게 되었고, 그래 그 초장부터 그의 질펀한 성품에 적지 않은 매력과 호기심을 느끼기 시작한 것이었다.

양 화백은 우선 자신이나 세상에 대해 거의 격식을 따지지 않고 살아가는 사람이었다. 평소에도 늘상 술기가 돌고 있는 듯한 검붉은 안색에, 손빗질 정도로 대충 빗어 넘긴 더부룩한 머리 모습과 성긴 턱수염, 그리고 돋보기 너머로나 건너다보듯 하는 짓궂은 눈길에, 어딘지 늘 조급하고 메다꽂듯 퉁명스럽고 거친 말씨들이 화백이 그 시절 내 기억 속에 심어놓은 대강의 풍모였다. 거기다가 그는 걸음걸이마저도 머리와 어깨를 앞으로 수굿이 기울인 채 출렁이듯 건들거리는 타조 걸음 형국이었다.

그렇듯 매사에 초탈스런 양 화백은 술자리의 풍모 또한 이만저만 호방하고 질펀스런 것이 아니었다. 그의 주풍은 흔히들 말하듯 청탁불문에다 때와 장소를 가리는 일이 전혀 없었다. 아침저녁 아무 때나 혼자서 술기에 얼굴이 벌겋게 젖어 나타나는 일이 다반사인 데다, 누구와 동행으로 술을 함께하러 갈 때도, 상대방이 누구든지, 그 처지가 어떻든지 얼굴이나 경우를 아랑곳하지 않고 아무데나 되는대로 먼저 자리를 정해 들어앉아버렸다. 그리고는 역시 주류의 청탁을 가리지 않고 무작정 질펀하게 취해버렸다. 그럴 때의 그의 방만하고 거침없는 객담도 피아간의 체면이나 화재(話材)의 품격 같은 걸 염두에 두는 일이 없었다.

"내 양가 성의 뿌리 말이오? 진짜 가문의 성자가 뭔지도 모르는 별 볼일 없는 가짜 양씨 혈통이에요. 옛날 중국에서 벼슬아치들 말고삐에 매달려 조선 땅으로 들어온……"

그와 만난 뒤 첫 번 술자리에서 서로 간에 향산(鄕山)과 이력들을 건네다가 강원도의 한 시골로 드러난 그의 고향 고을과 양씨 가문과의 지연에 관한 이야기 끝에 그가 느닷없이 자조적인 어조로, 하면서도 어딘지 유쾌한 험담 투로, 거침없이 털어놓는 자기 집안 이야기였다.

"조상님 중의 한 분이 중국 땅에서 어느 시절 말먹이 실력을 인정 받아 그 동네 사신님들의 말고삐를 붙들고 조선 땅까지 따라오게 된 거지요. 헌데 이 양반 조선 땅엘 나와보니 날씨도 따뜻하고 인심도 괜찮거든. 그래 생각이 달라진 모양입디다. 말고삐 붙들고 다시 중국으로 돌아가봐야 어차피 별 볼일 없는 말 종놈 신셀 터에, 에라 그냥 이곳에 주저앉고 말자고 말이오. 하지만 그 양반 어

떻게 한양 땅에 신분을 드러내고 살 수가 있었겠소. 그길로 줄행
랑을 놓아 강원도 첩첩산중으로 숨어 들어간 거예요. 그리고 거기
서 되는대로 척족이 드문 양가로 성을 갈고 지금까지 아들 낳고
딸 낳고…… 내가 바로 그 후손의 한 사람이오. 중국 하천민 출신
마부의 후손…… 허헛!"

　사실인지 어떤진 알 수가 없었지만 첫 대면 격 술자리에서부터
그는 그렇듯 엉뚱스런 객담으로 주위의 심중을 파고든 것이었다.
그리고 그의 그런 거침없고 방만스럽기까지 한 기질은 시일이 지
날수록 진가를 더해갔다.

　"이 형 이거 한번 이야기로 써봐요. 조선 놈들이 일본 땅으로 건
너가 조선 놈 오줌을 일본 놈들 눈병약으로 팔아먹은 이야기인데
말이오……"

　내가 소설 공부를 하는 처지인 걸 알게 된 화백은 이후부터 나와
술자리를 함께할 때마다 내게 그 소재를 제공한다는 명목으로 쉴
새 없이 새 기담(奇談) 유를 늘어놓곤 하였다. 6·25전란 때 배를
주린 고아들이 목숨을 걸고 미군 부대 보급창을 털어낸 이야기 따
위에서, 그런 필사의 얌생이질이 남대문 거리의 '딸기시계' 시절을
거쳐 '유 바이' 도깨비시장으로 발전하기까지의 어두운 사회사로.
스커트 아래로 거대 양물의 위세를 과시하기 위한 남근 자루가 매
달린 팬티스타킹식 남성 복식을 비롯한 중세 서양의 의상 풍속사
에서 정치 풍자만화의 창시자라 할 수 있는 프랑스 혁명기의 '환쟁
이' 도미에(1808~1879)가 그 왕권 전횡 시절 황제를 골탕 먹인
예술적 지략과 용기에 이르기까지. 그리고 그의 만년의 유화와 수

216

채화가 끝내 세인의 평가를 못 받은 채 절망 속에 혼자 비참하게 죽어간 그 기구한 예술가의 운명담(運命談)까지 ─ 그의 다양하고 해박한 견문은 동서고금 눈길이 미치지 않은 데가 없어 보일 정도였다.

그런데 양 화백은 무엇보다 그 본업이 화가인 만큼 그런 그의 분방하고 파격적인 기질은 그의 그림들에서 더욱 역력하게 드러났다. 술자리에서 흥이 날 때 그가 가끔 장난 삼아 상대방의 얼굴을 캐리커처해줄 때나, 잡지사 일을 위해 정색한 얼굴로 그림 일을 할 때나 그는 중도에서 붓을 쉬는 일이 없이 단 한 번의 운필로 그림을 단번에 완성해버렸다. 그의 손이 종이 위에 춤을 추듯 선묘(線描)의 회돌이를 치다 멈추면 그림이 어느새 끝나 있곤 했다. 그는 그만큼 대상의 일반성을 과감하게 생략하거나 무시해버린 채 극도로 단순화된 사물의 형상 속에 그가 감응한 특정의 느낌만을 강조해 표현했다. 그래 자연히 그의 그림들에서는 그 분방한 선묘의 형태 속에 정사진과 스냅 사진의 대비에서와도 흡사한 충동적인 생동감 같은 것이 느껴지곤 하였다. 그의 그런 인간과 화풍의 진면목은 그의 본격적인 그림 작업이랄 수 있는 유화 작품들에 이르러선 더 말할 것이 없었다. 그것은 우선 그가 자기 그림의 소재로서 홍수와 농악 놀이, 황소 따위 몇 가지에 깊이 집착하고 있는 데서 쉽게 읽을 수 있는 일이었다.

그 무렵 언젠가 나는 술기를 핑계 삼아 떼를 쓰다시피 하여 청파동 근처 학교에 있는 그의 작업실을 잠깐 구경한 일이 있었는데, 창고처럼 어둡고 비좁은 화실 벽과 바닥에는 하나같이 어둡고 혼탁한 암갈색조의 그림들이 고물상처럼 아무렇게나 난장판을 이루고 있었다. 거의가 아직 다 마무리 손질이 끝나지 않은 미완성의 작품들로, 낭자한 가락 속에 정신없이 휘돌아가는 농악 놀이 마당이나 태초의 혼돈과 여명을 담고 있는 듯한 우렁차고 거대한 홍수의 흐름, 그리고 무엇보다 대지를 향해 그 육중한 돌진을 감행하고 있는 억센 뿔과 하늘을 후려치듯 용틀임질 치고 있는 꼬리의 형상 속에 제 힘과 격정을 견디지 못하여 온몸으로 고통스런 몸부림을 토하고 있는 황소의 그림들이 어수선하게 한데 섞여, 마치 그 마지막 숙성과 출진의 날을 기다리는 옛 아기장수 설화의 밀벽 속처럼 웅성웅성 양 화백의 마지막 손길을 기다리고 있는 형국이었다.

한마디로 그것은 내게 하나의 힘차고 거대한 소용돌이 같은 것을 느끼게 하였다. 파괴와 창조를 함께 잉태한 창세기적 혼돈의 거대한 소용돌이. 그러나 아직은 개벽의 날을 더 참고 기다려야 하는 고통스런 몸부림과 격정의 소용돌이. 그 광포한 힘과 영혼의 소용돌이—아니, 이후 나는 그의 그림뿐 아니라 화백 자신이나 그의 삶 자체가 하나의 커다란 용광로의 소용돌이처럼 느껴지기 시작했다.

그렇다. 술기운에 얼굴이 검붉게 충혈 되어 숨을 식식거리며 까닭 없이 나를 노려볼 때의 화백이 때로 그 그림 속의 난폭스런 황소나 홍수처럼 느껴지듯 이제는 양 화백의 그림을 포함한 그의 삶 전체가 내겐 하나의 질펀하고 거대한 소용돌이의 굽이침으로 다가오기 시작한 것이다. 그러나 아직은 그의 그림들이 미완성으로 남아 기다리듯 그의 삶의 불길 또한 그 치열스런 연소에도 불구하고 아직은 제 원활(遠活)한 출구를 얻지 못하고 요동치는 그 혼돈과 광기의 소용돌이……

일테면 나는 그 양 화백의 세찬 영혼의 소용돌이 앞에 자신을 위태롭게 드러내고 선 격이었다. 그리고 그만큼 그의 삶의 흐름이 하루빨리 질서와 안정을 찾아서 힘차고 정연하게 흘러가게 되기를 소망했다.

하지만 화백은 끝내 그 자기 소용돌이를 잠재울 생각이 없었는지 모른다. 이후 한동안 어울림을 계속하면서도 나는 그가 자신의 그림들을 서둘러 마무리 지으려 하거나 일상사들을 규모 있게 다스려나가려는 기미를 볼 수가 없었다. 그림들은 언제까지나 그런 식으로 내팽개쳐두고 있는 눈치였고, 일상의 행신도 한결같이 방만스럽고 충동적인 그의 기질 그대로였다.

"제 얼굴 돼먹은 생김새대로 살아갈밖에. 나서부터 성정이 그리 천방지축이었던지 정관(正觀)하며 살라고 정관이라 조용한 이름을 지어주었는데, 정관하려면 지관(止觀)해야 한다고 친구 녀석 한 놈이 본이름 정(正) 자에서 지붕을 벗겨버린 지관(止觀)이란 새 호를 지어주지 뭐요. 하늘이 훌쩍 열리고 말았으니 정관이고 지관이고 늘 밖으로 헤맬밖에…… 허헛."

언젠가 그가 자신의 아호 지관의 글자풀이로 자기 성품과 기질을 빗대었듯, 그는 그 용솟음치는 자기 소의 힘을 감당 못해 고삐를 놓고 함께 요동을 쳐대는 격이랄까. 아니면 그 소용돌이에 자신을 내맡긴 채 소용돌이의 삶 자체를 살아가고 있는 격이랄까. 자연히 내가 거기 끌려들 위험성도 그만큼 더 커질 수밖에 없었다.

그리고 그럴수록 나는 그것을 피하려 할 때마다 자신을 움츠러들게 된 것도 당연한 노릇이었다.

하지만 그 싸움은 물론 쉽사리 결판이 날 수 없었다. 소용돌이가 나를 끌어내고 있는 듯싶으면 나는 그때마다 그것을 멀리하려 본능적으로 안간힘을 써댔고, 자신이 어느 정도 안전하다 싶으면 어느새 그의 주위로 다시 호기심 어린 발길이 끌려들곤 해온 것이다. 일테면 나는 늘상 그와 처지를 함께하고 지낼 수도 없었고, 그렇다고 간단히 그의 곁을 떠나버릴 수도 없는 형편이었다.

하지만 결국 결별의 때가 찾아왔다. 그것은 역설적이게도 내가 그에게 가장 가까이 다가들어 있었던 무렵의 일이었다. 그만큼 위험을 크게 느끼게 된 탓일 수도 있을 게다. 하더라도 그것은 내 쪽에서 결단을 내린 일이 아니었다. 어쩌다 사정이 그리 된 것뿐이었다.

이듬해 이른봄 함께 시작한 잡지 일이 반년도 못 가서 파장이 나고서도 양 화백과 나 사이엔 계속 그런 만남과 어울림이 이어져가고 있었다. 이번에는 내가 어떤 잡지의 소설 연재를 맡게 되어, 그 삽화로 양 화백을 소개했던 바, 잡지사 담당자도 그의 화풍을 흥미 있게 보아주어 이른바 동업 관계가 시작된 것이었다. 하고 보니 나는 이전보다도 그에게 한 발짝 더 가까이 다가든 셈이었다. 술자리의 어울림은 말할 것도 없었고, 당연히 내 식으로 이끌어가야 할 소설 이야기까지도 그 발상법이나 인물의 행태에서 적지 않이 그의 영향을 받고 있었다. 그때 내 소설은 주인공 청년이 도회적인 질서와 격식에서 벗어져 나와 한여름 강변에서 매운탕 가게 일을 하면서, 그곳 작부들이나 자연 풍물과 어울려 호방한 한 시절을 보내는 이야기였는데, 줄거리가 몇 달간 진행되어가다 보니, 그가 내 이야기에 삽화를 그리고 있다기보다 내 쪽에서 그의 삽화의 분위기를 뒤쫓아 그의 인물을 따라가는 격이 되고 있었다. 삽화 속의 그의 인물의 기질적인 특성이 나를 그만큼 앞질러가면서 멋대로 이야기를 이끌어가고 있는 식이었다. 나는 그만큼 자신의 입지에 심한 위기의식을 느끼지 않을 수 없게 됐고, 끝내는 그에게 조종당하고 있는 이야기의 청년이 강물의 흐름까지 틀어막으려는 무모한 충동성과 광기를 드러내기 시작하자 나는 그에 대한 자신의 경사(傾斜)를 더 이상 참을 수가 없게 된 참이었다. 그런데 그 일엔 양 화백도 성품대로 삽화의 원고를 미루고 미루다가 마감날을 며칠씩 넘기는 일이 잦아 잡지사 담당자도 더 참을 수가 없는 지경이 되었던지, 내 쪽엔 일언반구 양해도 구함이 없이 삽화가를 일방적으로 바꿔버리고 말았다. 일이 그리 되고 보니 그간의 내 불편스럽던 속이야 어찌 됐든 나는 그 앞에 내 민망스런 마음을 일러 감당할 길이 없었다. 담당자의 간단한 사후 해명 그대로, 서운한 대로 나는 그런 담당자의 난처한 사정을 납득할 수도 있었고, 삽화를 바꾼 것이 그의 그림이 못마땅해서가 아니라는 점도 이해할 수 있었다. 한편으론 차라리 그편이 일이 더 잘된 건지 모른다는 생각이 들어오기도 한 나였다. 하지만 사전 상의조차 없이 일방적으로 그림이 끊겨버린 양 화백으로선 아무래도 언짢고 불쾌한 처사가 아닐 수 없었다. 나는 마치 그것이 자신의 허물이라도 되는 양 섣불리 아는 체를 하고 나서기가 몹시 거북했다. 일의 사정을 설명하고 이해를 구하려기는커녕 당장엔 그와의 면대조차 어색하고 어렵게 느껴졌다. 당분간은 모른 척 면대를 삼갔다가 그쪽에서 언짢은 심사가 가신 뒤에 그를 다시 보는 것이 더 자연스럽고 편할 것만 같았다.

하여 나는 한동안 소식을 미룬 채 그럭저럭 혼자서 내 식대로 소설을 꾸려나갔다. 그런데 그것이 바로 선생과의 헤어짐이었다. 그도 과연 심사가 편치 못했던지, 그리고 나의 그런 내심을 환히 다 헤아리고 있었던지, 그 후론 내게 그 일의 시말을 묻거나 거론하고 들려는 기미가 없었다. 그에겐 차회의 원고를 전하지 않은 것으로 언짢은 통보를 대신하고 말았다는 담당자의 말인데도, 선생은 그 뒷사연을 알고 싶어 하긴 고사하고 이후론 전화 연락 한마디 안 보내온 것이었다. 그리고 달이 넘고 해가 넘어가도록 그걸로 소식이 영영 끊어지고 만 것이었다. 나 역시 그렇게 세월따라 무심스레 잊어온 선생이었다. 나중엔 나다니던 학교까지 그만둔 처지여서 어디서 어떻게 지내고 있는지 소식을 알아보려도 그럴 길조차 없어온 선생이었다.

그런데 장장 15년의 잠적 끝에 느닷없는 전화에다 성과야 어찌 됐든 개인전까지 가졌다니, 그때의 헤어짐이 내 한쪽의 허물일 수는 없었지만, 나로선 적이 심사가 착잡하고 발 무거운 방문길이 아닐 수 없었다. 더욱이 그동안 선생의 그림이나 삶의 역정에 어떤 변화가 있었는지 새삼 조급스런 궁금증이 앞을 서기도 하였다. 그의 그림은 아직도 그 혼돈의 소용돌이 속을 맴돌고 있는 걸까. 거기서 어떤 화창한 창조가 새로 태어나고 있을까. 그리고 그의 황음(荒飮)과 탈속적인 성품은? 내가 굳이 이번 길을 나서게 된 것도 선생에게 그런 어떤 면모를 확인하고 싶은 희망이 그 큰 이유의 하나였지만, 사실 선생의 그런 충동적이고 파행적인 정신 질서에 대해선 그 무렵부터서 나 혼자 은밀하고 민망스런 의구심을 품어온 때문이었다.

"틀렸어! 이게 무슨 그림이야."

"무슨 놈의 소 새끼가 이리 돼먹었어…… 흐흣!"

양 화백은 이따금 자신의 그림 앞에서 제풀에 그렇듯 자조적이 될 때가 있었다. 그리고 그 같은 자조적인 질책기는 그의 소 그림에 대하여 그 정도가 유난히 더 심했다. 그것은 물론 자신의 그림, 특히 그 소 그림에 대한 작가로서의 결핍감과 불만 때문일 터였다. 나는 그런 양 화백을 볼 때마다 민망스럽게도 그와 동시대의 한 동료 화가와 그 화가의 유명한 소 그림을 떠올리게 되곤 하였다. 그가 가끔 말해왔듯, 일찍이 청년 시절 양 화백과 함께 그림을 그리다가, 그에 앞서 같은 소재의 소 그림 몇 작품을 세상에 내놓고 짧은 생애를 마감해간 ㅈ 화백, 그래서 사람들 간에 그의 천재성이 더 널리 알려진 ㅈ 화백의 소 그림— 당시로선 차마 입 밖에 내어 말할 수 없는 일이었지만, 지금 와서 솔직히 털어놓고 말한다면, 나는 그 앞에 ㅈ 씨의 소 그림을 떠올리며 양 화백의 그 자기 결핍감과 어떤 거북살스런 갈등의 뿌리 같은 것을 상상해보곤 한 것이었다.

물론 섣불리 단정할 수는 없는 일이었다. 예술가들에게서의 그런 자기 결핍감이나 비교적 불만감은 어쩌면 하나의 본질적 속성

이랄 수도 있을 만큼 누구에게나 흔하게 볼 수 있는 것이었고, 그
것은 오히려 자기 극복과 발견, 독자적 창조성의 힘찬 계기가 될
수도 있었다. 게다가 그는 ㅈ 화백의 인품이나 그림들에 대해 듣기
거북한 소리를 입에 올린 일이 한 번도 없었다. 젊었을 적 어울림
이 있었던 처지에선 오히려 이야기가 너무 없었던 편이었다. ―그
작자, 참 보기 드문 멋쟁이였지. 행운아였고…… 어쩌다 우정 어
린 회고담을 한두 마디 흘리고 지나갈 뿐, 그의 소 그림에 대해선
특히 말을 삼갔다. 그가 ㅈ 씨의 소 그림을 마음에 걸려 하는 기미
는 좀체로 찾아볼 수가 없었다.

아니, 그의 소와 ㅈ 씨의 소가 전혀 다르다는 점에선 그에겐 애
초에 그럴 필요나 이유조차 없었을 수 있었다. 그림의 세계를 잘
알지 못하지만, 그 색조나 표현 기법의 차이에서, 대상을 이해하
고 그 본질을 포착해내는 정신의 모습과 세계관의 차이에서, 나아
가 그 소들의 심성과 힘의 성격에서, 두 사람의 소는 내게도 각각
고유 명사와 보통 명사의 차이만큼이나 다른 것으로 보였다.

하지만 그걸로는 내 송구스런 의구심이 말끔히 다 가시지 않았
다. 그 세계나 지향이 아무리 서로 다르다 하더라도, 자기 동시대
인의 소가 온 세상의 소를 대표하듯 널리 사랑받고 있다는 데에서,
거기다 그도 하필 같은 대상에 깊이 매달려 있다는 데서, 그는 역
시 심사가 그리 편했을 수가 없었다. 그가 늘 ㅈ 씨의 소 그림을
염두에 없어해온 태도나, 멋쟁이니 행운아니 ㅈ 씨의 회고담에 관
용기를 보인 것도 어쩌면 그 반대되는 심사의 표현일 수 있었다.
염두에 없어 하거나 말을 삼가는 것은 그만큼 자의식이 강한 탓일

수도 있겠거니와, 요절한 예술가를 행운아라고 말한 것은 그의 화려한 성가가 남을 한발 앞서 챙긴 소재의 선점성과 그 짧은 생애로 하여 덤을 사게 된 거라는 소리로도 새겨들을 수 있었다.

하고 보면 그는 역시 자신의 소 외에 죽은 ㅈ 씨의 소와도 피나는 싸움을 벌이고 있었을 수 있었다. 그리고 그 극심한 내면의 갈등과 진짜 자기 소의 고삐를 움켜쥐려는 싸움이 그의 삶과 예술혼을 그토록 치열하고 충동적인 소용돌이로 들끓게 하고 있었는지 모른다.

그렇다면 그 혼돈스런 소용돌이의 의미는 무엇이었던가. 말할 것도 없이 그것은 새로운 창조와 탄생의 전조였다. 선생의 삶과 예술이 새로 태어나려는 산고의 몸부림과 신음 소리 같은 것이었다. 이제는 감히 말해도 상관없는 일이겠지만, 그 무렵 나는 그 선생의 분방스런 격정 속에 그것을 강하게 예감하고 또 믿고 있었던 것이다. 내가 그 무렵 양 화백에 대한 그 민망스런 의구심을 버리지 못해온 진짜 이유였다. 그리고 지금껏 수수께끼를 풀지 못한 채 이날 굳이 그 먼 행보를 나서게 된 숨은 소이였다.

그것은 물론 선생 자신이 그 같은 결단이나 변화의 기미를 좀체 보이지 않고 있었던 탓도 있었지만, 그보단 그 예기찮았던 무심스런 헤어짐과 그 후의 그의 오랜 칩거의 허물이 더 클 터였다. 하지만 나는 어쨌든 아직도 그에 대한 내 예감과 믿음을 버릴 수는 없었다. 소식을 알 수 없게 되고서야 뒤늦게 깨달은 그의 오만성— 자기 진실에 대한 믿음이 없고서는 자신과 자신의 그림에 대하여 그토록 아픈 폄하와 매도가 불가능할, 그토록 자신을 허심관하게 열어버릴 수 없는, 그래서 한때는 그를 제법 알 듯싶던 나마저도 그것을 자기 결핍감과 자학의 몸짓으로만 잘못 읽었던 그 도저한 오만성, 그것 때문에도 나는 새삼 그의 변화와 재탄생에의 궁금증을 지울 수가 없어진 것이다.

그런데 그가 이젠 개인전을 가진 데다 스스로 소재를 드러내온 것이다. 그것은 나의 기대와 궁금증에 대한 그 식의 응답일 수도 있었다. 그렇다면 그의 그 오랜 잠적은 그의 변화와 재탄생의 은밀스런 부화기가 아니었을까. 부인의 전화로는 별반 그런 기미를 느낄 수 없었지만, 어쨌든 이제는 그 긴 잠적에서 벗어져 나와 자기 이름의 전시회까지 감당하려 나섰다면, 이날 우리들의 수월찮은 방문길도 충분히 기대를 걸어볼 만한 행보였다. 그동안 과연 그의 삶과 그림들엔 그만한 변화나 변모가 이루어진 것일까. 이제는 그 충동적이고 분방스런 영혼의 질주를, 끓어오르고 소용돌이치는 힘과 격정을 자신 속에 의연히 감당해나갈 수가 있게 된 것일까. 그 치열스럽고 질펀한 예술혼의 소용돌이에 어떤 새 창조의 질서가 깃들여 흐르게 된 것일까. 그리고 무엇보다 그 사납고 힘겨운 황소와의 싸움은? 이제는 그 선생 자신의 소를 찾아 고삐를 옳게 움켜쥐고 녀석을 뜻대로 부릴 수가 있게 된 것일까⋯⋯ 그것이 대체 어떤 모습으로 어떻게?

나는 선생의 그런 변화의 모습이 못내 궁금할 수밖에 없었고, 달리는 차 속에서도 그에 대한 기대와 궁금증으로 마음이 더 갈수록 조급해지고 있었다.

3

    그러나 막상 사람을 만나고 보니 선생은 기대나 궁금증과는 딴판으로 그동안 별다른 변화의 기미가 엿보이지 않았다. 선생이 화실과 거처로 쓰고 있는 오두막은 곤지암 근처의 한 개천가 마을 끝께의 채전 한가운데에 자리 잡고 있었다. 마을 사람들의 당부대로 동네 초입 공터에서 미리 차를 내려 울울한 옥수숫대와 호박 넝쿨이 엉클어진 그 채전가 샛길을 건너가니, 벌건 대낮부터 거실 마루에 나앉아 농주 항아리를 끌어안고 있던 낯익은 얼굴이 열린 사립문으로 미리 우리를 내다보고 있었다.

    문을 들어서서도 우리는 오랜만의 재회에 걸맞은 인사조차 변변히 치를 겨를이 없었다. 그의 옛 성품 그대로 무작정 사람을 주저앉히기부터 하고 드는 그의 손짓 재촉에 이끌려, 우리는 뒷술자리를 끼어들듯 엉거주춤 자리들을 정해 앉은 다음 그 오지항아리의 막걸리를 넘치도록 한 사발씩 받아 비우고 나서야, 그나마 동행해 온 백야 형을 간신히 소개할 수 있었다.

    내가 선생의 근황을 좀더 살필 만하게 된 것은 그렇게 어우러진 대낮 술자리가 다시 몇 참을 넘기고 나서, 그가 '감독관 마누라쟁이'라고 부르는 부인이 광주 장길에서 돌아와 남편의 취흥을 참견하고 들기 시작하면서부터였다.

    "여기 와서라고 그 술버릇이 어디로 가겠어요. 주야장천 당신 혼자 구름을 타고 앉은 주선 놀음이지요."

나에 대한 호소를 겸한 그 부인의 당차고 허물없는 푸념 소리만
하여도 선생의 옛 술버릇은 그새 조금도 달라진 데가 없는 게 분명
했다. 한데다 그는 이날처럼 늘상 혼자서만 취해나는 것도 아니랬
다. 전화에서도 이미 들었듯 술꾼이란 어디서나 벗을 끄는 법이어
서, 이곳엘 와서도 동네 청년들 가운데에 그를 따르는 사람이 한
둘이 아니랬다. 언제부턴지 그는 사기나 목기, 혼수용품이나 길쌈
기구 따위의 옛 생활 용구들을 취미로 수집해 들이기 시작했는데,
동네 청년들이 그런 걸 구해오면 그에 합당한 값을 매겨 쳐주거나
사례의 주석을 마련해주곤 하였댔다. 그것이 결국 상례가 돼버려
이즘엔 날이 궂거나 술 생각이 동해오면 쓸모없는 질그릇이나 돌
멩이 조각들까지 아무거나 집어 들고 와서 술을 얻어먹고 간다는
것. 변하지 않은 것은 그 주벽만이 아니었다. 선생의 그림이나 주
변 정황 또한 옛날에 그의 화실이나 풍모에서 분위기를 느꼈던 것
과 조금도 다를 바가 없었다. 그가 부인의 성화를 피하여 변소 길
을 핑계 삼아 잠시 자리를 뜬 사이 집안을 얼핏 둘러보니 거실이고
화실이고 안정된 정돈감이라곤 찾아볼 수 없었다. 전시회를 마치
고 되돌아온 그림들과 쓰다가 팽개쳐둔 원고용지들, 동네 청년들
이 술값을 얻으려 주워다 놓고 간 예의 옛 생활 용구들과 이런저런
모양의 온갖 잡동사니들이 먼지를 뒤집어쓰거나 혹은 아직도 신문
지 같은 것에 싸인 그대로 집 안을 온통 어수선하게 하고 있었다.
값지고 쓸모없는 것을 따로 가리지 않고 아무 데나 뒤죽박죽으로
한데 들쑤셔 넣어놓은 그 혼잡상이라니, 그대로 그것이 선생의 내
면상의 반영인 것 같았다. 거기다 선생은 장마 때 산사태로 봉분

이 쓸려 내려간 주인 없는 무덤에서 수습해온 해골바가지를 비롯하여, 그 속에 무엇이 들어 있는지도 알 수 없는 상자 꾸러미들을 어두운 다락방에 하나 가득 쌓아두고 있다는 것이다.

변화가 없어 보이기는 그의 그림 역시 마찬가지였다. 전화로 이미 사정을 짐작할 수 있었지만, 그의 작품전은 역시 별 성과가 없었던 듯, 화실이나 집안 곳곳에 팸플릿에 올라 있던 그림들이 대부분 그대로 되돌아와 널려 있었다. 그런데 그 그림들은 소재나 내용 분위기 모두가 옛날에 내가 보고 느끼던 그대로의 것이었다. 소와 홍수와 농악 놀이에 집중된 소재도 그랬고, 그 혼돈스럽고 우중충한 색조하며 퉁겨나갈 듯 힘이 태인 분방한 선묘법…… 굳이 변화를 찾아 읽을 수 있다면 홍수 그림들의 짙은 암갈색 조에 어떤 어렴풋한 탄생의 전조처럼 얼마간의 녹황기와 홍조의 밝은 빛이 깃들이고 있는 것과, 제 힘에 못이겨 몸부림을 쳐대는 광포스런 황소들에 얼마간 설화풍의 의인화(擬人化)가 가해져 우직스러움과 희화성이 더해진 것뿐이었다. 그리고 농악 마당의 흥취와 신명기가 좀더 활기차고 질펀해진 정도였다.

하지만 그 정도 변화의 기미는 내게 별다른 뜻이 있을 수 없다. 그것은 다만 내 부실한 기억의 착오 탓일 수도 있었고, 그러한 변화가 사실이라 하더라도 나로선 그 미미한 변화의 의미를 읽어낼 안목도 없었다.

나로선 선생의 풍모나 분위기, 그 기질과 작품에 이르기까지 어느 한 대목 분명한 변화의 흔적을 찾을 수가 없었다. 변모나 변화는커녕 오히려 그 초탈성과 질펀한 방만성만 더해 보인 것이었다.

자신과 자신의 소에 대한 그 고통스런 싸움이 아직도 끝장이 나지 않고 있음이었다. 게다가 이제는 그의 은밀스런 자기 믿음과 오만성마저도 자신과 세상에 대한 자학적인 열패감과 외로운 소외감 같은 것으로 노골화되어가는 조짐마저 엿보였다. 선생의 그 같은 퇴영적인 징후는 우리와 마주한 그 몇 시간 동안의 심상찮은 농담 투 속에서도 그 자신 몇 차례나 드러내 보였다.

"그 친구들 틀렸어. 틀려도 한참씩 빗나간 멍텅구리들이지. 도대체 제 녀석들이 무얼 안다고 나서 설쳐! 내 한번 찾아가 혼쭐을 내줄까. 제 녀석들이 무얼 모르는지도 모르는가를 똑똑히 알으켜 주게 말야……"

선생은 옛날 군복무 시절의 낯익은 동료나 수하 장교들이 오늘의 정가를 주름 잡고 있는 사실을 들어 전에 없이 바깥세상 일에 관심을 보이며 기고만장 당대의 권력자들을 매도했다. 그러다간 이내 또 내 알 바 아니라는 듯,

"그 뭐, 지네들 맘대로 해먹으라고 놔둬버리지. 내가 무슨 지성인 민주 투사님이시라고, 안 그래요, 이 형! 허허."

엉뚱스런 도량과 만용기를 발휘하며 키들키들 제물에 자신을 비하시키곤 하였다. 그의 심중을 정확히 알 수는 없었지만, 내게는 그것이 그 무렵 흔히 듣곤 하던 우국충정의 토로로는 들리지 않았다. 그보다 자신과는 무관하게만 돌아가는 그 바깥 세상에 대한 어쩔 수 없는 관심과 배반감, 그에 뒤짝한 자조적 열패감과 원망의 음색에 더 가깝게 들렸다.

하지만 그의 열패감이나 소외감이 사실이든 아니든, 그의 생활

이나 그림과의 싸움에 어떤 변모가 있었든 말았든, 선생의 다른 한 가지 주문만 없었다면, 우리는 그쯤 확인과 인사치레 정도로 길을 돌아섰을 테고, 그리했더라면 그것으로 그만, 선생의 일을 계속 염두에 두거나 그 집을 다시 찾을 일은 없었을 터였다. 한데 이윽고 두번째로 변소길을 다녀온 선생이 다시 술자리로 끼어들며 내게 뒤늦게 그다운 일거리 주문 한 가지를 내놓았다.

"내 그동안 광주와 여주 이천 지역의 도자기 역사 자료를 샅샅이 다 뒤져 챙겨왔어요. 이 골엘 와보니 옛날 가마들의 귀중한 사료들이 무심히 사장되거나 사라져가고 있어서 언젠가 내 손으로 정확한 역사를 정리해두고 싶어서 말야요."

새삼스레 털어놓은 그의 수장(收藏) 자료의 내용인즉, 옛날 이 지역에 번창했던 관요나 민간요의 사료 · 사적 일체에 관한 것으로, 거기엔 도자업에 종사해온 하층민들의 안타깝고도 애끓는 비사(悲史)까지 다 망라되고 있었다. 나의 관심이 미칠 만한 것으로, 그가 찾아 수집한 이들의 비사들 가운데는, 한 예로 옛날 이 지역 관요들의 생산품이 성곽 동남쪽 시구문을 통하여 성중 관서로 납품되어갈 때의 절망스럽고 통한스런 천민사가 있었다. 성 밖에선 그때 왕실이나 권부의 부패상에 항거, 시구문 근처에서 그 관수품 반입을 방해하는 세력이 있었는데, 도자업 종사자들은 이들의 눈을 피해 짐을 몰래 들여가려다 억울한 죽음을 당하는 일이 많았다는 것. 그렇다고 그게 두려워 할당받은 물목을 제때 들여가지 못하면 이번에는 서슬 푸른 권부의 관헌에게 역시 목이 베이는 절통할 진퇴유곡의 천민 수난사가 그 내용이었다.

선생이 수집해놓은 자료들 가운데는 그 밖에도 비슷한 것이 얼마든지 많다 하였다. 선생은 그 자료들의 목록을 대충 설명하고 나서 옛날에도 자주 그런 권유를 해왔었듯 그걸로 내게 책을 한 권 써보라는 것이었다.

"애석한 생각에서 자료를 찾아 모으기는 했지만, 이 형도 알다시피 내게 무슨 그럴 만한 글재주가 있어야지. 내 이담번에 앞뒤 차례나 좀 정리하여 이 형한테 원고를 통째로 다 넘겨드릴 테니, 소설을 만들든지 휴지로 버리든지 이 형 마음대로 처릴 좀 해주시구료."

어조는 헐거웠지만, 이번에는 그저 지나가는 권유 정도가 아니라 간곡한 당부 투의 주문에 가까웠다.

그러나 또 다만 그것뿐이었다면 역시 그를 다시 찾는 일이 없었을는지 모른다. 선생의 그런 식의 호의에 대해선 전에도 늘 같은 생각으로 사양을 해온 터였지만, 그의 오랜 집념과 노고의 결정이랄 수 있는 원고를 그런 식으로 내가 섣불리 챙기고 나설 일이 아닌 때문이었다. 그런데 그보다 내가 다시 한 번 그 광주 길을 찾아가지 않을 수 없게 된 연유는 거기에 그 부인의 다른 주문 한 가지가 덧붙여진 때문이었다.

"경우 없는 말씀이 될는지 모르겠습니다만, 이 선생님이나 이 선생님 주위에 혹시 저 양반 옛날 그림을 지니고 계신 이가 없을까요. 저 양반 옛날에 술만 마시고 다니느라 자기 그림 간수를 하나도 못해왔거든요."

근래에 회수한 몇몇 작품 이외에, 선생의 옛 그림들은 거의가

이 사람 저 사람 남의 손에 넘겨져 떠돌아다니게 되었는데, 지금
와선 그것을 누구에게 주었는지, 어디에 남아 있는지조차 알 길이
없게 되고 말았다는 것이었다. 그래 나도 한때 선생과 가까이 지
낸 일이 있었으니 어쩌다 그림 한 점이라도 받아 지녀온 것이 있거
나 주위에 그런 사람을 알고 있으면, 다음번 오는 길에 그 그림을
한 번만 볼 수 있게 해달라는 것이었다.

　행여 아직껏 지녀온 그림이 있으면, 그리고 그 소장자의 양해만
얻을 수 있으면, 그에 상당한 근작으로 대신 교환을 해주거나 원
하는 값에 작품을 회수하는 게 소망이지만, 불연이면 이쪽에서 그
림의 사진이라도 찍어올 수 있는 길을 마련해주면 그보다 고마울
일이 없겠다는 것이었다.

　나는 물론 그 부인의 뜻을 충분히 이해할 수 있었다. 그리고 과
연 나의 서가 어느 구석엔가 선생의 그림 한 점이 아직도 뿌연 먼
지 속에 책과 뒤섞여 파묻혀 있으리라는 사실이 머리에 떠올랐다.
옛날 둘이서 술에 취해 그의 학교 작업실을 들렀다 나오면서, 그
가 문득 생각난 듯 선반 위에 얹혀 있던 암갈색투성이의 풍경 한 점
을 집어다가, 그 화폭 뒤에 「홍수 뒷날」이란 화제(畵題)와 1975년
7월 중순 정도로 기억되는 서명 날짜를 써넣은 뒤, 이거 두고 보
면 싫증은 덜 날 거요, 하면서 불쑥 어색스런 몸짓으로 건네준 그
림이었다. 10호 남짓한 작은 화면인데도 그 느낌이 워낙 무거워
방에 건 일은 없었지만, 그것을 준 사람의 고마운 뜻을 생각하여
그간 집을 옮겨 다닐 때마다 빠뜨리지 않고 꼭꼭 책과 함께 옮겨
보관해온, 그러나 다음번 다시 집을 옮기게 될 때까지는 눈에 띄

거나 염두에 두어본 일이 거의 없었던 그림이었다.

나는 물론 즉석에서 그 그림의 소장 사실을 말했다. 그리고 그
사실만으로도 반가움을 못 이겨 하는 부인의 숨은 소망 앞에 나
역시 그 그림을 되돌려줄 즐거움에 더없이 가슴 뿌듯한 보람을 느
끼지 않을 수 없었다.

두번째의 광주 길이 불가피해진 것은 그러니까 내게 대한 선생
의 호의나 주문보다 오히려 그 옛 그림을 주인에게 되돌려줄 일과
그에 대한 부인과의 약속 때문이랄 수 있었다.

4

시일을 그리 오래 끌지 않으려던 그날의 다짐과는 달리, 선생의
그림을 되돌려주러 가는 길은 그러나 좀처럼 쉽지가 않았다. 뒤늦
게 그림이 아까운 생각이 들어서가 아니었다. 쉽게 마땅한 기회가
생기지 않은 데다, 그런 일로 일부러 날을 잡아 길을 나서기도 어
딘지 새삼스럽고 멋쩍은 기분이 들곤 한 때문이었다.

내게 그런 멋쩍은 기분이 들게 한 것은 따지고 보면 선생과는 정
반대격인 부인의 그 결벽스런 성격에도 일부의 책임과 허물이 있
었다.

"공짜 그림을 오래 지니고 감상했으니 이젠 저도 무상으로 되돌
려드려야지요. 사례라면 오히려 제 쪽에서 해야 할 일이구요."

그림을 돌려드리러 근간 다시 한 번 찾아오겠노라는 내 약속을

부인은 금세 그냥 받아들이기가 어려운 듯, 경우가 절대 그럴 수 없다는 사양 조에 덧붙여, 한사코 그림 값이나 적당한 근작과의 대환(代換)을 일방적으로 다짐했다. 그것이 내 발길을 적지 않이 부담스럽고 거북하게 해온 것이었다. 굳이 반환의 대가가 필요하다면 나는 그 선생의 도요사 원고나 한번 얻어볼 수 있으면 그것으로 충분했다. 그것도 탐이 나거나 용도를 생각해서가 아니라, 어차피 한 번 더 걸음걸이를 하게 될 바에는, 더욱이 선생이 그새 나를 위해 원고를 정리해두고 있다면 그거나 한번 공부 삼아 훑어보고 싶었기 때문이다.

그림을 그리기 좋아하거나 알지 못한 탓이겠지만, 그림 값을 쳐받거나 다른 그림을 대신 바꿔올 생각은 추호도 없었다. 하지만 부인이 끝내 생각을 바꾸지 않는다면 나로선 그 또한 어쩔 도리가 없는 일이기도 했다. 하다 보니 그새 어떤 은밀스런 기대감까지 움직이고 있었던 것일까. 나는 그 반환이나 대환의 절차에 지레 혼자 멋쩍고 어색해져서, 어물쩍 그 기회를 회피해온 대목조차 없지 않았던 것이다. 그리고 이상스럽게 거북한 망설임, 좀더 정확히는 그림을 하루빨리 돌려줘야 한다는 책무감과 대환 작품에 대한 은근스런 미련과의 갈등 속에 나는 어느새 2년여의 어정쩡한 세월을 흘려보내고 말았다. 그러다 어느 날 드디어 그 두번째 광주 길을 나서게 된 것은 지난해 초여름 싱그러운 녹음이 성중 인총을 온통 교외로 불러내던 5월 중순 무렵의 일이었다. 실은 이번에도 백야 형이 기회를 마련하여, 그와 둘이 함께 동행을 해서였다. 그날 오후 백야는 사무실 일을 일찌감치 끝내고 찾아와, 오랜만에 함께 바깥바람이라도 쏘일 겸, 가까운 교외로 나가 목이나 축이고 오자고 나를 슬슬 끌어댔다. 그래 대낮에 술추렴을 나서려면 그럴 만한 구실이 있어야지 않겠느냐고, 기회가 닿은 김에 그의 차에 그림을 싣고 나선 것이었다.

그런데 막상 선생 댁엘 당도해보니 어쩐지 날이라도 잘못 잡아 찾아온 듯 처음부터 매사가 엇나가는 느낌이었다. 우선 선생은 모처럼 술기가 없어 보이는 얼굴로 우리가 찾아온 것을 보고도 반기는 기색이 별로 없었다. 맹숭맹숭한 얼굴로 격에도 맞지 않는 라디오 어린이 프로 같은 것을 듣고 있다가 전혀 그답지 않게 담담한 분위기 속에 앉을 자리나 겨우 권해올 뿐이었다. 한동안 사람을 접하는 법을 잊고 살아온 사람처럼 우리와의 대화조차 어쩐지 어색하고 설어 하는 듯싶은 선생의 표정 속엔 전에 없이 쓸쓸한 적막감마저 감돌고 있었다. 어수선한 주변은 그리 달라진 데가 없었지만, 선생에게선 도대체 처음 보고 처음 겪는 별스런 분위기였다. 그간에 무슨 심상찮은 변고가 있었음이 분명해 보였다. 지관 선생 스스로도 그런 어색한 기분을 느꼈던지 뒤늦게 그에 대한 변명 조의 양해를 구해왔다.

"내 며칠 전 술을 좀 과하게 했더니 마누라쟁이 성화가 어찌나 심한지…… 술기를 며칠 못하니까 기분까지 이리 저조해지는구만……"

"당신, 그래도 술은 절대로 안 돼요. 술로 아예 세상을 거덜 내고 싶으시면 몰라도."

뒤늦게 사립을 들어서던 그의 부인 역시도 인사보다 우리의 술

자리부터 경계하듯 전에 없이 단호한 어조로 참견을 하고 들었다. 인사를 겸해 계속된 그 부인의 푸념의 내용인즉, 선생은 며칠 전 멀리서 찾아온 고향 후배 한 사람과 24병들이 소주 한 상자를 밤을 새워 비우고 나서 그 주독과 후유증으로 이날까지 그 지경이 되어 있다는 거였다. 듣고 보니 그 부인의 호통 조 앞에 그답지 않게 다소곳해 있는 선생의 야윈 몰골은 한동안 신병에라도 시달려온 사람처럼 기력이 새삼 쇠진해 보였다.

하지만 선생의 그런 황음은 역시 그의 변화나 저조한 기분의 원인으로 보기가 어려웠다. 그걸 곧이듣기엔 그다음 일들이 납득하기가 너무 어려운 사정이었다.

선생의 건강을 위해서나 부인의 조심스럽고 언짢은 심사로 해서나 우리는 굳이 거기서 술자리를 벌이고 싶은 생각이 조금도 없었다. 술은 나중에 돌아오는 길에서도 얼마든지 가능했다. 하더라도 가져온 그림만은 돌려주고 가야 했다. 나는 일찌감치 이번 방문길의 용무를 끝내려 마루로 미리 들여다 놓은 그림의 포장을 푼 다음 내외 앞에 내놓았다.

그런데 일은 거기서부터가 더욱 이상하게 돌아갔다. 선생은 뜻밖에도 자신의 그림을 별로 반기는 기색이 없었다. 반가워하기는커녕 그림을 정면으로 바라보지도 못하고 거기 무슨 두려움이나 부끄러움이라도 타는 곁눈질로 슬금슬금 훔쳐보듯 할 뿐이었다. 무언지 당황스럽고 난감스럽기까지 해 보인 그의 그런 표정은 그 그림이 어디서 어떻게 그려진 것인지도 잘 기억이 나지 않은 것 같았다. 나는 보다 못해 그림의 뒷면에 적혀 있는 선생 자신의 서명까지 뒤집어 보여줬다. 그러나 선생은 자신의 서명과 1975년 7월 15일로 되어 있는 그림의 기증 날짜에도 여전히 기억이 잘 떠오르질 않는 듯 고개를 계속 갸웃거리고 있었다. 그때의 그 선생의 어정쩡하고 어색하고 적막스런 표정이라니—

그러나 그런 선생은 오히려 뒷전이었다. 부인은 거기서도 한술을 더 뜨고 나섰다.

"그런데 어떻게 오늘 이 그림을 가져오셨어요?"

본인보다 먼저 그림을 알아본 듯 부인이 다시 한마디를 끼어들었다. 시일을 너무 오래 끌어 속마음을 그토록 섭섭하게 한 탓인가. 아니면 내외간에 계산속을 미리 짜고 안면 몰수를 하고 나선 것인가. 설마 그럴 리야 없을 테지만, 부인은 전사에 자신이 먼저 그림을 소망했던 일이나 그에 대한 매입이나 대상(代償)을 자청했던 사실들, 게다가 이쪽의 사양에도 몇 번씩 거푸 다짐했던 일들을 말끔히 다 잊어먹고 있는 듯한 말투였다. 나는 일순 어이가 없을 수밖에 없었다. 어이가 없기보다 무슨 숨은 꿍심이라도 들킨 사람처럼 제물에 심히 당황스러워지기까지 하였다. 그래 엉겁결에 궂은 속셈을 다시 거둬들이듯,

"선생님 쪽이 저보다 옛날 작품이 더 소용되실 듯해서요……"

어쩌고 어물어물 당치도 않은 변명 투를 늘어놓고 있었다. 그녀라고 약속을 잊어먹었을 리가 없는 터에, 경위를 밝혀봐야 처지만 서로 더 어색해질 뿐, 그것이 전부 이쪽의 자의에서인 양하여 쑥스러운 처지나 넘어가자는 속셈에서였다.

한데 그녀는 대체 무슨 속셈에선지 이후로도 끝내 전날의 약속

은 한 토막도 염두에 없어 하는 식이었다…… 그런데 어째 하필 오늘 그림을 가져올 생각을 했느냐, 그말고 다른 동기나 이유가 없느냐, 당신의 호의를 그대로 믿고 받아들여도 되느냐…… 부인 은 아직도 내 속내가 미심쩍은 듯 계속 꼬치꼬치 캐묻고 들었다. 그건 영락없이 자기 약속을 실효시키고, 그것을 내게 분명히 확인 시켜주는 음회한 연극 조로 보이기까지 하였다. 그리고 그녀는 한 마디도 빗나갈 수 없는 나의 맹세 투 확인을 듣고서야 얼마간 마음 이 놓이는 듯,

"그렇다면 이 선생님의 뜻을 고맙게 받아들이겠어요. 정말로 감 사해요."

냉담스럴 정도로 사무적인 어조로 괴로운 추궁을 겨우 마감해주 는 것이었다.

하지만 이날의 언짢은 일들은 거기서도 아직 다 끝이 나질 않았 다. 뿐더러 그 모든 일이 나이를 좀더 먹은 내외간의 노회한 계산 성 위에 연출된 연극일지도 모른다는 의구심은 지관 선생이 다시 그 깊이를 더해왔다.

우리는 이제 그쯤에서 자리를 일어서려 하였다. 그림 일을 그렇 게 응대하고 나오는 마당에 말도 꺼내보지 않은 그 도요 자료 원고 따위는 더 미련을 남길 일도 못 되는 때문이었다. 그런데 선생이 그제서야 새삼 우리의 출발을 잠시 지체시키고 나섰다. 다름 아니 라 그는 뒤미처 생각이 떠오른 듯 서둘러 부인에게 화실 문을 열게 했다. 그리고 잠시 혼자 그쪽으로 자리를 옮겨 들어갔다가 순식간 에 그림 한 점을 그려 봉투에 담아 들고 돌아왔다.

"빈손 보내기가 뭣해서 모처럼 만에 붓을 잡아보았더니 손이 말을 안 듣는구면. 가다가 차 속에서나 한번 들춰보고 내던져버리시구려."

봉투에 넣어온 그림을 내게 불쑥 내밀면서 그가 작별 인사 겸 건네온 말이었다. 그러나 나는 솔직히 그것을 받아들고 나설 생각이 조금도 없었다. 그림커녕 이제는 그의 농담 투 인사치레 말에조차 제대로 응대할 기분이 아니었다. 오랜만에 자기 그림을 찾아들고 간 사람이니, 전날의 그 부인과의 약속이 아니더라도 그냥 소품 한 점쯤 그려주고 싶었을 경우는 충분히 이해할 수 있었다. 하지만 나는 차에서나 한번 열어보고 내던져버리라는, 그의 옛 성품 그대로의 겸사의 소리마저 그대로 들리지 않았을 정도로 그의 호의를 올바로 받아들일 수가 없었다. 부인의 약속을 부러 모른 척 해 넘기려다 끝내 속이 편치 못해 그런 식으로나 마음의 빚을 벗어 넘기려는 요량인 것만 같았다.

나는 차라리 더 기분이 상한 채 이번에는 정색을 하고 완강하게 그림을 사양했다. 하지만 그도 역시 소용이 없는 일이었다. 선생은 자기 치레 소리와는 다르게 되돌려진 봉투를 한사코 다시 내게 떠맡겼다. 그리고 그것으로 자기 할 일을 다한 듯 서둘러 우리를 문밖으로 쫓아냈다.

나로선 더 이상 어쩔 수가 없는 일이었다. 봉투 속에 어떤 그림이 그려 넣어진 것인지, 인사 삼아 한번 꺼내볼 겨를도 없이, 그에 대한 작별 인사도 변변히 못 치른 채, 속으로는 정말로 다른 그림을 기대하고 갔다가 간신히 허탕질이나 면하고 나온 사람처럼, 그

240

렇듯 민망스럽고 씁쓸한 기분으로 어물쩍 발길을 돌이킬 수밖에
없었다.

일이 그리 되고 보니 그 무참스런 기분은 돌아오는 차 속에서도
마찬가질 수밖에 없었다. 허겁지겁 서둘러 찻길을 꺾어 돌아오면
서도 나는 차라리 유구무언 격으로 한동안 입조차 떼지 못하고 있
었다. 전후사를 환히 다 보고 들은 백야 형도 그런 내 심사를 빤히
다 헤아린 듯 내내 섣부른 참견을 삼가고 있었다. 어디서 술부터
한잔하고 가자는, 있을 법한 권유의 말 한마디 없었다. 나는 그 백
야 형에게마저 공연히 언짢고 민망스런 심사를 가눌 수 없어 말없
이 창밖만 내다보고 있었다.

하지만 역시 백야 형은 직접 당사자가 아니었다. 뿐더러 위인은
그 같은 침묵 속에 서서히 어떤 희극기가 느껴져오기 시작한 모양
이었다.

"그러니까 결국 내 그림 내주고 애꿎은 야단질까지 당하고 돌아
오는 격인가. 허헛!"

끝내는 그가 더 참을 수 없어진 듯, 또는 그도 혼자 나름대로 언
짢은 심사를 삭이고 난 듯, 너털너털 웃음 속에 나를 놀리고 들기
시작했다.

"그러니까 애초에 돌려줘야 할 일이면 다른 꿍심 갖지 말고 깨
끗이 내주고 말 일이지, 어디라고 그딴 음흉한 생각을 품고 뭉그
적거려! 그대의 속내를 그 양반이 뻔히 알아차리고 그리 나온 거
아냐? 그나마 마지막에 길품팔이삯 거리라도 얻어오게 돼 다행이
지만, 허허. 헌데 어차피 선심을 써준 것이니 얼마짜리쯤 되는지

그림 값이나 한번 매겨보시지그래. 가다가 차에서 꺼내보고 버리
랬잖아."

평소 백야가 자주 즐겨온 험구질이었다. 그런데다 이날은 그 밖
의 다른 적당한 어법도 없어 보였다. 사정이 그렇고 보니 나로서
도 이젠 더 입을 다물고 앉아 있을 수가 없었다. 더 이상 기분을
풀지 못하고 있다간 나를 부러 놀려대는 위인의 험구를 사실로 시
인해주는 꼴이 될 터인 데다, 그의 말마따나 기왕지사 대환물로
얻어온 그림일 바엔 그 앞에서 봉투 속을 한번쯤 들춰봐야 할 처지
였다.

"그것 참, 이제 보니 자네도 한 장 그려달랠걸, 섭섭하게 됐구
만."

비로소 나도 위인의 험담에 걸맞은 한마디를 내뱉고는, 그러나
여전히 내키지 않는 심사 속에 뒷자리에 아무렇게나 던져놓았던
봉투를 집어와 그림을 꺼내었다. 꺼내놓고 보니 대개 예상했던 대
로 8호 정도 크기의 황소머리 그림이었다. 그새 서서히 어둠이 스
미기 시작한 차 속인 데다 그림이 흔들려 제대로 볼 수가 없었지
만, 단숨에 붓을 비비고 문질러대듯 해 그린 그의 눈익은 단골 수
법의 묵화였다. 단골 소재에 단골 기법의 황소 그림. 시간이 촉박
한 탓에선지, 무겁고 암울스럽던 그의 혼탁한 색조가 거기선 아예
동양적 무채색으로 단조롭게 정리된 것이 눈길을 끌었지만, 나는
그 그림에 더 이상의 관심이나 흥미를 느낄 수는 없었다. 아니 옛
날의 교분만 아니었다면 나는 그걸 어쩌면 차편을 내준 값으로 백
야에게나 미련 없이 주어버릴 수도 있었을 터였다.

"버릴 테거든 밖으로 내던지지 말고 차 안쪽에다 버려. 내키지 않으면 나라도 주워가게."

핸들을 붙든 채 한두 번 곁눈질을 보내오던 백야가, 내가 다시 그림을 봉투에 집어넣고 있는 꼴을 보고 그런 소리로 계속 약을 올려대고 있었으니까.

하지만 나는 차마 거기까지는 기분대로 처결을 지을 수가 없었다. 선생과의 옛 정의를 생각해서라도 그것은 내 쪽의 도리가 아니었다. 그 되돌려주고 온 홍수 그림만 하여도, 부인의 옛날 그림에 대한 소망을 보고 나서부터 그걸 여태껏 보관해온 것을 얼마나 다행스럽고 보람스러워했던가.

어쨌거나 그 그림만은 내가 지니고 보관하는 게 옳은 도리였다. 그리고 나는 실제로 그렇게 하였다. 나는 더 이상 대꾸를 않은 채 백야와 그냥 곧바로 시내로 돌아와 그때부터 이날의 언짢은 기분을 씻어내듯 모처럼 결판 지게 술만 마셔댄 것이었다. 그리고 그 취기 속에 집으로 돌아와선 그림을 봉투째로 벽장 속 깊숙이에다 던져넣어버린 것이었다.

그러니까 전날의 홍수 그림에 대해서도 그랬듯, 나는 그것으로 그림 일은 아예 잊어버리기로 한 것이었다. 그의 그림 일을 잊고 지내려는 마당에 하물며 그의 다른 일들엔 더 관심을 남길 바가 없었다. 그의 소가 어떻고 홍수가 어떻고, 자기 소에의 열패감이나 오만감이 어떻고, 그의 그림의 추이나 생활 태도의 변화 따위는 이제 내가 궁금해하거나 상관할 바가 아니었다. 그날의 어이없는 연극의 속사연 역시도 내게는 이미 별 관심이 남아 있을 수 없었다. 일테면 나는 이제 그 지관의 그림이나 삶의 모든 것과 깡그리 다시 결별을 하고 지내게 된 것이었다.

5

그러나 나는 당시 그 같은 결별의 진짜 뜻을 미처 알아차리지 못한 셈이었다. 그것은 사실 진짜 결별이 아니었다. 나는 오래잖아 그의 슬픈 소식에 다시 한 번 광주 길을 다녀와야 했던 때문이다. 그리고 그때서야 나는 그것이 진짜 영원한 결별이었음을 깨닫지 않을 수 없었다.

그렇듯 서먹하고 꺼림칙한 기분으로 선생을 헤어지고 돌아온 지 겨우 한 달쯤 만에 부인으로부터 다시 뜻밖의 전화가 걸려왔다. 선생의 별세 소식이었다.

"근자 그이에게 유독 따뜻한 마음을 전해주신 이 선생님이라 소식을 전해드리지 않을 수 없어서요. 전번엔 본의 아니게 무례하게 굴었던 일을 사죄드리고 싶기도 하고요."

부인의 완곡한 희망이 아니더라도, 그리고 전사가 어떤 식이었든, 나는 바로 서둘러 문상을 나서지 않을 수 없었다. 갑작스런 선생의 타계 사실도 그렇거니와, 전번에 본의 아니게 운운…… 하던 부인의 뒷말에 나는 그날의 수수께끼 같은 일들과 관련, 새삼 어떤 예감이 치솟아오른 때문이기도 했다.

나는 이번에도 또 백야의 양해를 구해 그의 차로 급히 광주로 달려갔다. 자연히 그날의 수수께끼 같은 일들에 대한 어떤 예감이 어린 추측들은 달리는 차 속에서도 나와 백야 사이를 끊임없이 넘나들었다. 모처럼 술기를 띠지 않고 있던 그날의 선생의 저조한 기분과 전에 없이 담담하고 적막스런 표정들, 일전 고향 친지와의 폭음 탓이긴 했지만, 병색이 어려 보일 만큼 야윈 얼굴에, 자신의 그림조차 바로 바라보지 못하고 부끄러움을 타듯이 곁눈질로 흘깃거리고 있던 그 어색하고 난감스런 모습들…… 선생은 그때 이미 자신의 죽음을 예감하고 있었던 게 아닐까. 그래서 우리의 갑작스런 방문에 오히려 당황스러워진 것이 아니었을까…… 그렇다면 선생이나 부인으로선 전일의 약속 따위가 염두에 있었을 리 없었다. 그래 나중엔 다른 기회를 기약할 수 없어 나의 거푼 사양과 만류에도 불구하고 서둘러 그림 빚을 갚고 싶어 한 게 아니었을까—

그런데 정작 빈소엘 도착해보니 모든 것이 예감하고 추측해온 그대로였다.

"병원에서 가망이 없다는 말을 듣고, 간장이 좀 안 좋지만 집에서 술을 끊고 요양을 계속하면 별로 걱정할 것 없는 정도라고 안심을 시켜서 돌아와 있던 참이었어요. 그러다 며칠 후엔 그 고향 후배분이 찾아오신 바람에 죽자사자 폭음까지 하고 난 뒤였지요."

빈소에 백야 형과 분향헌주(선생의 영전 앞엔 그 생전의 오지 술 항아리가 마련되어 있었다) 재배를 끝내고 나오니, 소복의 부인이 전날과는 다르게 애틋하고 안타까운 호소 조를 늘어놨다.

"그런데 그런 참에 이 선생님이 갑자기 그림을 가지고 오셨으니, 저는 영락없이 어디서 나쁜 소식을 듣고 찾아오신 줄만 알았지요. 다른 데 어디서 소식을 듣고 오신 건 상관이 없지만, 혹시 당신이 직접 연락을 해선가구요. 전 그때까지 당신이 병세를 모르고 계신 걸로 믿고 있었거든요. 당신이 직접 연락을 하셨다면 자신도 사실을 알고 계신 폭이니, 저는 긴가민가 기미를 살피느라 다른 경황이 있었겠어요……"

하지만 알고 보니 나의 그 물색 모른 방문과는 상관없이 선생은 이미 사실을 알고 있었더라 하였다. 그렇다면 지관 선생은 그때나 나중까지 당신의 병세를 모르고 계시다 가셨느냐는 나의 위로 조 물음에, 그녀는 새삼 눈시울이 젖어들며 고개를 가로저었다.

"어디가요. 그때는 몰랐지만 돌아가신 뒤에 보니, 당신도 미리 다 짐작하고 계셨어요. 보세요…… 집안에 그이 그림이 한 점도 없지 않아요. 그림뿐 아니라 그 많던 수집품들도 남아 있는 것이 없어요. 당신이 미리 다 없애버린 거예요. 처음엔 주변을 좀 정리하고 싶다고 물건들을 하나하나 화실로 옮겨다 열쇠까지 채워두시길래, 전 당신 자신도 모르게 마음까지 달라져가는가 했더니, 돌아가신 다음에 보니, 그걸 언제 어디로 치워 없애고 말았는지 화실이 휑하니 비어 있지 않겠어요. 화실뿐 아니라 벽장 속에 뭉치 뭉치 쑤셔넣어둔 것들도 깡그리 흔적이 사라지고 없구요. 마지막을 미리 알고 차근차근 주변 정리를 하고 계셨던 거예요. 이 선생이 그리 굳이 사양을 하신데도 그날로 꼭 그림을 그려드리려 하신 것도 자신은 분명히 의식하지 못했더라도 사실은 그런 준비의 하나였던 것 같구요."

"그럼 선생님께선 자신의 병세를 언제쯤부터 분명히 알고 계셨을까요?"

나는 선생의 그날의 숨은 심중을 한 번 더 헤아려보고 싶어 조심스레 다시 한마디 덧붙이고 나섰다. 하지만 미망인은 이제 와서 그게 무슨 소용이냐는 듯 한동안 망연스레 입을 다물고 있다가 한숨 섞인 목소리로 그 시기를 대충 확인해왔다.

"글쎄, 그게 어느 때쯤부터였던지…… 아마도 그 후배분과 폭음을 하셨을 땐 그걸 알고 있었던 게 분명한 것 같아요. 그때 전 저이가 쓸데없는 자신이 생겨서 저러나 보다, 혼자서 내내 속을 태웠는데. 사실은 그때 이미 자포자기 상태가 되어 있었달까……"

하고 보니 내가 원했든 원하지 않았든 그것으로 수수께끼는 모두 풀리게 된 셈이었다. 고향 후배와 폭음을 한 것이 병세를 비관한 자포자기였다면, 우리가 찾아갔던 날은 물론, 그 이후의 일들은 모두 그런 정황에서 빚어진 것이었다.

그러나 나는 그 수수께끼들이 풀림과 동시에 지관 선생의 삶이나 예술 의지와 상관하여 새삼 더 무거운 숙제를 떠안게 된 격이었다.

"야속하고 박절한 양반…… 살아생전엔 그리도 천지 사방 자신을 흘리고 다니신 당신이 종말은 어찌 그리 결벽스러워지셨는지."

문상을 끝내고 우리가 돌아올 때 문밖까지 배웅을 따라나온 부인은 작별 인사도 잊은 채, 그렇듯 고인에 대한 원망스런 넋두리를 늘어놓고 있었다.

"그것이 어찌 그리 절박한 일이었는지 그 속을 알다가도 모르겠더이다. 하다못해 당신 체취가 남긴 그림 몇 점이라도 남겼으면 이토록 서운하고 야속한 생각은 덜 들겠더이다……"

바로 그 원망 어린 미망인의 탄식 속에 나의 새 궁금증과 숙제가
모습을 드러낸 것이었다.

나 또한 미망인의 원망과 탄식처럼 고인이 무슨 생각으로 주변
을 그렇듯 말끔히 정리하고 간 것인지 정확한 속사연을 알 수가 없
었다. 그렇다고 거기에 대해 아무런 짐작이 없는 것은 물론 아니
었다. 부인 역시도 그쯤은 이미 다 짐작이 있었겠지만, 선생이 그
렇듯 생전의 흔적을 깡그리 지우고 간 일에 대해서는 나 나름대로
의 어떤 추측이 상당 정도 가능했다. 섣불리 단언할 수는 없는 일
이지만, 그것은 어쩌면 선생의 삶 혹은 그림 일의 의미나 완결성
같은 것에 깊이 관련이 지어진 일일 터였다. 그리고 그런 점에서
나는 선생의 결단과 처결을 그런대로 납득하고 공감도 보낼 수 있
었다.

나를 더욱 궁금하고 마음 무겁게 한 것은 그보다 선생이 그날 내
게 그려준 황소머리 그림이었다. 시기를 따져보면 그것은 아마도
그가 그 주변을 정리하기 시작했을 무렵의 일로 추측됐다. 그리고
이후의 선생의 기력이나 심적 정황들을 감안해볼 때 그것이 그의
마지막 그림이었을 공산이 매우 컸다. 그렇다면 선생은 대체 어떤
심사에서 다른 그림들은 정리를 서두르던 과정에서 하필이면 내게
그 그림을 새로 그려준 것이었을까—그야 나는 그의 옛 그림을
되돌려주러 간 사람이니 그에 대한 단순한 고마움의 표시나 마지
막으로 빚을 갚고 싶은 심정에서 그랬을 수도 있었다. 차에서나
한번 들춰보고 내던져버리라던 소리도 그의 평소의 대범성에서가
아니라 말 그대로 당부였을 수 있었다. 하지만 그의 그 막무가내

식 떠맡김이, 허물없이 내던져온 그 자기 비하 투가 정말로 내게 그것을 내던져버리게 하려는 의도에서였을까. 자신의 당부대로 내가 정말 버리게 될 거라고 믿을 수 있었을까…… 나는 아무래도 그의 진의를 알 수 없었다. 하지만 그의 진의가 어떤 것이었든 나는 자꾸 선생이 그것으로 나를 골라 이승에 남기고 간 어떤 무언의 숙제처럼 여겨졌다. 뿐더러 그 속에 담겨진 비의(秘意)가 그렇듯 궁금하고 마음까지 새삼스레 무거워진 것이었다. 그 원망 어린 부인의 푸념대로 그것이 과연 선생이 이승에 남기고 간 유일무이의 마지막 작품이라면, 그리고 그렇듯이 간절하고 애절스런 부인의 소망(그녀는 차마 직접 그런 말을 못했지만)이 있었고 보면, 이번에도 나는 그 그림부터 고인의 집으로 되돌려주는 것이 우선의 도리였다.

그야 나로선 그림을 되돌려주는 일 자체는 문제가 아니었다. 하지만 나는 그것이 고인의 뜻에 부합하는 일인지 아닌지는 아직 알 수 없었다. 고인의 본뜻이 그것이 아니라면 나는 그걸 간단히 되돌려 보낼 수가 없었다. 고인의 유지를 멋대로 거스르고 나설 수도 없을뿐더러, 어쩌면 그로 하여 선생이 내게 남기고 간 어떤 소중스런 비의를 지나쳐 넘김으로써 선생의 생애와 예술의 참뜻을 본의 아니게 욕스럽게 할 수 있는 때문이었다.

내 솔직한 느낌으로 말한다면, 나는 그 되돌림이 적지 않이 조심스럽고 망설여진 편이었다. 그것은 아무래도 선생이 마지막에서 자신의 삶과 그림의 흔적들을 말끔히 지우고 간 사실이 마음에 걸려온 때문이었다. 그 마지막 소머리 그림마저 한 번쯤 들춰보고 내던져버리라던 소리가 선생의 진심처럼 자꾸 되살아난 때문이었다. 어떤 동기나 뜻에서든지 그가 이승의 생애와 그림의 흔적을 모두 치워 없애는 게 진심의 소망이었다면, 그리고 나에 대한 그 겸양 조의 주문 역시 그의 진심에서의 소망이었다면, 내가 지닌 그림 역시도 그의 소망에 따라 그의 부인이나 나나 다른 누구의 손에도 이 세상엔 흔적이 남아 있어선 안 되었다.

그러나 거기 어떤 다른 비의가 숨겨 있다면, 그리고 그것이 내게 주어진 숙제의 수수께끼라면 그림은 그 비의가 해독될 때까지 내게 그대로 보관되어 있어야 했다. 적어도 그 비의가 숨겨져 있는지 어떤지가 밝혀질 때까지는. 그림을 당장 되돌려보내는 일은 이래저래 아무래도 더 신중을 기해야 할 일이었다.

그런데 그런저런 선생의 일에 대한 생각은 동행을 해온 백야 역시 마찬가지던 모양이었다.

"생각할수록 아슬아슬한 시기에 큰 짐을 벗은 셈이구먼. 일이 이리 되고 보니, 그때 그림을 돌려드리러 가지 않았으면 두고두고 그저 마음의 짐으로 남게 되었을 거 아니여……"

돌아오는 차 속에서 내 곤혹스런 심사를 위로하듯 백야가 긴 침묵 끝에 던져온 소리였다. 나 또한 그 백야의 심중을 헤아리지 못한 바 아니었으나, 거기 좀더 솔직한 생각을 듣고 싶어졌다.

"내 마음 빚은 용케 때를 맞춰 벗었지만, 그 통에 애꿎은 그림만 한 점 더 사라지게 됐는걸 뭘. 가만히 있었으면 그거라도 남는 건데……"

"그 대신 새 그림을 한 점 그려 받지 않았나. 마지막으로 옛날 그림 보고 가게 해드리고, 이쪽에선 유일하게 새 그림을 그려 받았으니 양쪽이 서로 두루 잘된 일 아니여? 헌데 그 양반 무슨 생각으로 작품들을 모두 없애고 가신 거지? 그림들도 다 저세상으로 함께 가지고 가신 건가?"

부러 좀 애석해하는 듯한 내 엇비긴 소리에, 백야도 한 번 더 시치밀 떼보는 소리였다. 하지만 그 백야로서도 자신의 말대로 선생이 그림을 없애고 간 일만은 짐작이 그리 쉽지 않았을 터이므로 거기 대해선 내가 다시 심중의 소리를 몇 마디 덧붙이지 않을 수 없었다.

나는 근년 들어 지관 선생의 그림이나 삶의 변화에 관심이 다시 기울기 시작하면서 전날의 ㅈ 화백 대신 이번에는 새삼 그 도미에라는 옛 프랑스의 화가를 자주 머리에 떠올리게 되곤 했었다. 선생이 옛날 깊이 심취했던 사람인 데다, 그 천재성과 파란 많은 생애에도 불구, 그의 본격적인 회화 작품들은 생전에 빛을 못 보고 간 사실 때문이었다. 거칠게 말해서 지관 선생의 삶은 일생 그 도미에 식 갈등으로 일관하다 말 것인가. 아니면 그것을 넘어설 어떤 전환이 가능할 것인가. 가능하다면 그것이 어디서 어떤 전기로? 그런 민망스런 궁금증과 기대가 그의 그림에 대한 변화의 기대와 함께 나를 꽤 조바심치게 해온 것이 사실이었다. 그런데 선생은 그 마지막 순간에 그의 그림과 삶의 흔적들을 스스로 모조리 지우고 감으로써 어렴풋이나마 내게 그 해답을 준 셈이었다. 선생은 그것으로, 사후에나마 결국 작품의 성가를 얻게 된 도미에와 본질적으로 길을 달리하면서 그를 일순에 뛰어넘어버린 것이었다.

"그 양반 자신의 그림과 삶을 철저한 과정으로만 살고 가신 때문이었겠지. 그 점에서 당신이 늘 마음속에 품어온 도미에란 사람을 넘어설 수가 있었구. 자기 그림의 평가를 후세에 맡기고 간 도미에란 사람은 그림을 삶의 과정으로서가 아니라 승부의 목적으로 삼았던 셈이거든…… 선생은 끝내 자신의 그림에마저 얽매이지 않은 자유로운 삶을 살고 가신 거지."

백야는 역시 이해가 빠른 사람이었다.

"자신의 그림을 다만 자유로운 삶의 과정으로만 끝맺음하려 했다면, 게다가 그게 자기 그림으로부터의 해방을 위한 결단이었다면 자네한텐 또 무슨 생각에서 그 소 그림을 남기셨지? 무심스런 실수로 그랬을 것 같지는 않은데 말여. 자네한테 유일한 유작을 지니는 행운을 주시려고?"

그가 다시 내 정곡을 찌르고 들었다. 나는 그 앞에 좀더 솔직해지지 않을 수 없었다.

"글쎄, 나도 지금 그 점을 궁금해하고 있던 참이라네. 그 속 곡절을 분명히 알 수가 없으니 그림을 어떻게 처분해야 할지도 알 수가 없거든."

"그림을 처분하다니?"

"내게 그 그림을 새로 그려 남겨준 확실한 사연은 잘 알 수가 없지만, 그게 소를 그린 그림이라는 건 당신이 마지막까지 그 자기 소에 매달려 있었다는 뜻이 될 수도 있겠지. 거기다 당신이 자기 그림을 삶의 과정으로서만 깨끗이 마감해버리고 싶어 한 것은, 어찌 보면 그 자신 당신의 소에 대해 끝끝내 절망을 하고 있었다는

뜻이 될 수도 있겠구. 다시 말해 그게 그의 그림이나 삶에 대한 절
망과 실패의 괴로운 자기 증거라도 된다면…… 나는 선생을 위해
이 그림도 그의 다른 그림들처럼 세상에 계속 남겨둘 수가 없는 일
이 아닐까. 한번 들춰보고 내던져버리라던 그때의 말뜻 그대
로…… 선생의 참뜻이 정말로 그런 데에 있었다면……"

"결국 그 소 그림의 성패 정도가 문제겠군."

백야는 이제 사정을 분명히 이해한 듯 그 한마디로 그만 입을 다
물어버렸다. 그런데 그 백야의 간단한 한마디는 이심전심 우리가
해야 할 다음 일을 대신 확인시켜주고 있었다.

우리는 그 숙제의 결론을 미룬 채 그것이 우리의 당연한 소임이
자 절차이듯 선생의 마지막 그림이 보관된 우리 집 쪽으로 말없이
차를 몰아 달려갔다. 그리고 우리가 집까지 당도하여 선생의 그림
을 서둘러 앞에 하게 되었을 때 뜻밖에 백야가 나에 앞서 그 해답
을 찾아내고 있었다.

"이 소 그림 바로 그 양반 자신을 그린 거구만그래. 그때 차를
모느라 제대로 볼 수가 없었지만, 이 얼굴의 표정이나 분위기가
영락없이 그 양반 그대로 아니야?"

과연 그러했다. 그때는 나 역시 오랜 선입견에 젖어온 눈길에다
심사까지 워낙에 불편해 있었던 탓으로 그것을 깨달을 수가 없었
는지 모른다. 그리고 이날도 그런 나보다는 3자격인 백야의 눈이
나 느낌이 훨씬 더 신선했던 탓인지 모른다.

백야의 소리에 그림을 다시 보니 과연 그의 말 그대로였다. 거
기에 정말로 소의 모습을 한 지관 선생의 얼굴이 숨어 있었다. 그

것도 그 옛날의 충동적인 힘과 고통스런 몸부림기 같은 것이 완전히 가셔진 온화한 모습 속에 선생이 마치 그 깊은 영혼의 눈길로 자신을 응시하듯 조용히 나를 바라보고 있었다. 선생이 마침내 자신의 아호처럼 지관(止觀)의 경지에 도달한 격이랄까. 그래 그 자신의 소고삐를 바투 틀어쥐고, 자신과 그 소가 하나로 다시 태어난 격이랄까. 아니 거긴 이제 지관 선생도 소도 아닌 그 자신과 소를 포함한 모든 삶의 영욕과 질곡의 끈을 넘어선 자유로운 영혼의 얼굴이 초상되어 있었다.

하여 나는 비로소 볼 수가 있었다. 삶과 죽음의 경계마저 무심히 넘겨보고 있는 듯한 그 그윽하고 묵연스런 눈길, 맹렬한 연기와 불꽃이 사위고 난 모닥불의 은근한 연소와도 같은 그 영혼의 응시 속에 새롭게 태어난 그의 삶과 예술의 빛을. 그리고 또한 역력히 들을 수 있었다. 그 혼돈스럽고 고통스런 소용돌이를 안으로 깊이 삼킨 채, 여전히 질펀하고 거대한 흐름을 지어 흘러가고 있는 그 「홍수 뒷날」의 힘찬 강물처럼, 선생의 묵연스런 침묵 속을 굽이쳐 흐르는 천지개벽과도 같은 우렁찬 영혼의 울림 소리를.

내 숙제의 해답은 자명해진 셈이었다. 무엇보다 그 그림 속 소의 얼굴이 선생 자신의 얼굴이라면, 지관 선생 자신이 이 세상의 유일한 존재였듯 그의 소 그림 또한 세상에서 유일한 것이었다. 뿐더러 인간의 삶이고 그림이고를 막론하고 유일한 것은 마땅히 세상에서 오래 기억될 가치가 있었다. 진정한 예술 작품은 바로 그 하나뿐인 것으로 우리에게 더욱 오래 기려질 값을 지니는 것이었다. 더욱이 그것이 우리가 새로 만난 귀한 자유인의 힘찬 넋이 담겨진 것일진대.

"선생이 원했든 원하지 않았든 이 그림 함부로 처분할 수 없겠구만. 사모님하고도 근간 한번 의논을 해야 할 것 같고……"

나는 비로소 그 마지막 숙제의 짐을 벗는 기분에서 모처럼 확신에 찬 소리로 말했다.

"우리의 삶이나 정신의 자유가 담긴 작품이라면 누구도 훼손할 권리가 없으니까."

하니까 백야 형도 금세 그런 내 심중을 알아차린 모양이었다. 위인 역시 아직 그 그림 쪽에 계속 눈길이 끌어 매인 채 제물에 한두 차례 고개를 끄덕이고 나서, 그러나 그 짓궂은 험구기가 꿈틀대기 시작한 듯 짐짓 더 정색스럽고 아쉬운 미련기가 담긴 어조로 눙을 쳐오고 있었다.

"허, 그거야 그림 임자 맘대로겠지. 허지만 이번엔 대신으로 바꿔올 새 그림도 없을 텐데? 그것도 이젠 그저 마지막 한 점의 값이 아니라 그 양반의 생애와 예술 전체가 담긴 대표작이 된 격인데. 그거 아무래도 좀 아까운 노릇 아닐까…… 내 모른 걸로 해두고 허물하지 않을 테니, 좀더 놔두고 신중히 생각해 보지그래. 허헛!"

(『문학정신』 1990년 3월호)

용소고(龍沼考)

몇 년 전 어느 핸가, 그해 초여름 불혹 연배의 백산 장강수(白山 張康秀) 형과 충청도 예산(禮山) 쪽으로 하루 산 바람기를 쏘이러 갔을 때였다. 점심때쯤 해서 수인사(修仁寺)를 들러 나오다가, 백산 형은 실상 한 20여 년 전에 허한 심기(心氣)를 단속코자 반년 남짓 이 절골에서 지내다 간 일이 있었다는 뒤늦은 고백과 함께, 그 무렵 자신이 자주 드나들던 분위기 좋은 음식점 겸업의 여인숙이 한 곳 있었는데 아직도 그 집이 남아 있는지 모르겠다며, 점심 마련을 겸해 굳이 그 집을 다시 한 번 찾아보고 싶어 하였다.

외국으로 나가 사는 한 이름 있는 화가하고도 인연이 깊다는 그 반월정(伴月庭)이라는 이름의 아담한 한식 초옥 식당은 다행히 아직도 옛날 그 자리에 옛 모습 그대로 문을 닫지 않고 있었다. 아늑하고 편해 보이는 안채의 구조나 요란스럽지 않으면서 그 옥호처럼 단아한 정취가 깃든 정원의 꾸밈새들은 물론, 마루에 나앉아

256

받은 깔끔한 겸상 차림에도 어느 정도 옛 반상(飯床)의 법식이 이어져 내려온 듯 여느 집의 그것과는 썩 색다른 풍미가 엿보였다.

그런데 둘이서 모처럼 조용한 주반을 시작하려다 보니, 진작부터 자꾸만 심사를 거슬러오는 일이 한 가지 있었다. 상 시중을 들고 있는 20대 초반쯤의 이 집 총각 녀석 때문이었다.

"어, 어서 오십시오. 자, 잘 오셨습니다!"

문간을 들어설 때부터 더듬거리는 고함 소리로 사람을 갑자기 놀래켜오던 녀석이었다. 무슨 특수군 부대풍의 붉은색 베레모에 얼룩무늬 군인 복색을 자랑스럽게 차려입은 녀석이, 제 집 문간을 한번 들어선 손님은 절대로 놓쳐 보내지 않겠다는 듯 그 차림새에 걸맞게 절도 있는 목소리로 계속 외쳐대고 있었다.

"저, 저의 집에선 소, 손님들을 아무나 드, 들이지 않습니다. 사, 사장님들같이 나, 나이가 지긋하시고 저, 점잖으신 분들만 모, 모시고 있습니다."

한눈에 어딘지 함량이 좀 모자란 듯싶어 보이는 친구였다. 어느 나라 궁성 앞의 근위병의 그것을 연상시키는 괴상한 차림새나 그 꼭두각시 같은 뻣뻣한 거동들이 좋게 보아주어서 그저 멋진 복장에 반해 어떤 특수군 부대의 입대를 지원했다가 불의의 낙방을 하고 돌아와서 아직도 그 꿈을 버리지 못하고 계속 혼자서 그런 흉내질을 즐기고 있는 위인쯤 되어 보였달까.

하지만 녀석은 그런대로 또 손님맞이 시중만은 잘 훈련이 되어 있는 성싶어 보였다.

—시, 식사를 바, 방 안에서 드시겠습니까. 마, 마루에서 드시

겠습니까.

　─야, 약주는 어, 어떤 걸로 하시겠습니까.

　녀석은 우리가 시원한 청마루로 자리를 잡아 앉은 다음 한 가지로 정해진 이 집 전래의 식단과 약주를 주문받아 가기까지, 그리고 "고, 곧 나옵니다" "죄, 죄송합니다" "조, 조금만 기, 기다려주십시오" 등등 거듭된 다짐과는 달리, 한동안 지루한 시간이 흐른 다음에야 허둥지둥 주문한 주반상을 내다 주고 나서, "그, 그럼 두, 두 분 사장님 마, 맛있게 드십시오. 저, 저는 이제 그만 무, 물러갑니다." 깍듯한 인사와 함께 제 임무를 마치고 퇴장할 때까지, 우리의 재촉이나 핀잔 소리엔 조금도 언짢거나 귀찮아하는 기색이 없이 손님의 부름엔 그저 몇 번이고 즐겁게 응해왔다. 그 표정이나 말투, 행동거지들이 자기 일에 남다른 사명감과 자부심을 느끼고 있음이 분명했다. 말씨는 비록 심하게 더듬거릴망정 그가 그 정중하고 절도 있는 군대풍의 예절을 분수 없이 뽐내고 다니는 데에도 위인의 그 괴상한 차림새에 걸맞은 자기 숙련성 같은 것이 엿보이고 있었다.

　"밥 먹고 사는 길도 참 여러 가지로구만."

　녀석이 물러간 뒤 장 형이 술을 따르며 쓴웃음 속에 한마디 건네 온 소리 그대로, 거기까지는 그래도 얼마간의 연민이나 고소 정도로, 그쯤 치부를 하고 넘어가줄 만한 일이었다.

　그런데 우리가 그 첫 술잔을 미처 다 비워내기도 전이었다.

　"저, 저의 집 야, 약주 맛이 어떻습니까?"

　어느새 녀석이 다시 마루청 앞에 나타나 장승처럼 버티고 서서 제집 술맛 감상을 큰 소리로 묻고 있었다. 잘 손질된 검정색 군화에 부동자세를 취하고 서서 따지듯한 눈길로 우리를 건너다보고 있는 품이 녀석 앞에 섣불리 술맛 타박을 했다간 금세 시비라도 걸고 들 형세였다. 뿐만 아니었다. 녀석의 참견이 이젠 좀 귀찮은 생각이 들어, 사실은 별로 이렇다 할 특색을 느낄 수가 없으면서도, "거 술맛이 꽤 괜찮구만. 이만하면 됐어요. 그러니 이젠 건너가 다른 일 보라구." 비위 상하지 않게 녀석을 좋이 달래 보내고 난 잠시 뒤였다. 평일인 데다 늦은 점심때가 되어 다른 자리 손님이 뜸했기 때문이었을까.

"무어, 다, 다른 거 부탁하실 일 없으십니까?"

녀석이 어느새 또 마루 앞에 나타나 간덩이가 떨어지게 큰 소리를 떠질러놓고는 시치미를 떼듯 부동자세를 취하고 서 있는 것이었다. 나도 이제 위인이 귀찮은 정도를 넘어서 심사까지 은근히 불편해지기 시작했다. 녀석에게 괜히 신경이 쓰여서 주반을 제대로 나누기가 어려웠다.

하지만 나는 아직도 덩치에 걸맞게 도량이 넓은 백산 쪽이 녀석의 일을 의연히 웃어 넘기고 있는 것을 생각하여,

"여긴 됐다고 하지 않아. 필요한 거 있으면 우리가 알아서 부를 테니 안심하고 돌아가 자네 일이나 보시라구, 응?"

불편스런 심기를 한번 더 꾹 참아 누르며 사정하듯 녀석을 얼러 쫓아 보냈다.

"아, 알겠습니다. 그럼, 피, 필요한 일 있으면 다, 다시 불러주십시오."

기억력이 썩 좋지 못한 대신 복종심만은 철저하게 잘 입력된 로봇처럼 정확하고 예의 바르게 몸을 돌려 물러갔다.

하지만 녀석이 자동 로봇라면 그 기억력 면에선 영 실패한 작품 꼴이었다. 녀석은 이후로도 몸을 돌이키고 나면 바로 앞일을 잊어먹고 마는 듯 몇 분이 못 가서 다시 마루청 앞에 나타나 시시콜콜 우리를 간섭하고 들었다. ……무어 더 부족한 게 없으십니까. 부족한 게 있으면 말씀만 하십시오. 거기 김을 좀 싸 들어보십시오. 저의 집 김은 진짜 참기름을 발라 구운 것입니다. 더덕무침을 좋아들 하시는구먼요. 그걸 조금 더 가져다 드릴까요. 약주를 한 되 더 하시겠습니까? 식후에 누룽지 숭늉을 끓여다 올릴까요? ……

녀석의 달갑잖은 참견 때문에 도대체 한 참도 마음 놓고 식사를 계속할 수가 없었다. 아니 이제는 녀석이 그저 딱하고 귀찮은 정도를 넘어서 우리 쪽이 오히려 녀석에게 놀림을 당하고 있는 듯 슬그머니 부아가 치밀어오르기까지 하였다. 자비심 많은 어느 윗골 절 스님이 이런 저런 인연으로 숙식이라도 얻어 지내게끔 주선을 해 보냈음 직한 풍신이건만, 어찌 보면 또 멀쩡한 정신에 일부러 그런 식의 모지리놀음으로 손님들을 웃기면서 제 속으론 이쪽의 대응을 은밀히 계측해보고 있는 듯싶기도 하였다. 그래 나는 녀석이 다시 그 로봇 식 꺽둑걸음으로 마루청 앞에 나타나자 이제는 아예 그 거북하고 불편스런 숟갈질을 중단한 채 녀석의 우둔하고 덜떨어져 보이는 얼굴만 노려보듯 멀거니 건너다보고 있었다.

그런데 그때, 여태까지 계속 사람 좋은 웃음기만 흘리고 있던 백산도 끝내는 더 참을 수가 없어진 모양이었다.

"자네 여기 언제부터 있었나?"

그가 무언가 녀석을 다시 못 오게 할 방책이라도 생각난 듯 모처럼 얼굴색을 달리하며 녀석에게 물었다.

"예, 제, 제가 여기 있은 지가 사, 3년쯤 됩니다!"

내게 번번이 내침만 당해오던 녀석도 모처럼 백산이 물어주는 소리에 신이 나서 절도 있게 소리쳐 대답했다. 그러자 백산은 내게 자신의 계책을 두고 보라는 듯 녀석 몰래 눈을 한번 끔벅여 보이고는 우정 더 진중스런 목소리로 물었다.

"3년이라…… 여기 온 지가 3년쯤 되었으면, 그럼 자네 옛날 이 절골의 털보란 사람 이야기 들어본 적이 있는지 몰라?"

그런데 신통스런 일은 그 백산의 계책이 어떤 것인지 녀석에게 금방 효과를 발휘하기 시작한 것이었다.

"예, 무, 물론 드, 들은 일이 있습니다. 터, 털보 씨 이야기는 이 동네선 유명한 저, 전설인걸요."

백산의 입에서 그 털보 소리가 나오자 녀석은 새삼 두 눈이 휘둥그레지며 자세를 더욱 꼿꼿하게 추슬러 올렸고, 백산은 그럴수록 더 여유만만 녀석의 의표를 찌르고 드는 투였다.

"그래, 그렇담 그 털보의 이야기를 어떻게 들었던고?"

"예, 예, 옛날 이 저, 절골 사람들이 서, 서울 깡패 놈들의 행패 앞에 버, 버얼벌 떨면서 기고 살고 있을 때, 그, 그분이 무, 무슨 비법의 무, 무술을 숨기고 있다가 하, 하룻밤엔 혼자서 그 서울 카, 칼잽이 놈들을 모, 몽땅 다 쓸어 모, 몰아내버렸다고요."

"그리고 나서 그 털보는 어떻게 되었구?"

"그, 그리고 그 터, 털보 씨는 여, 여기서 자, 자기가 할 일은 다 했노라고 자신도 바, 바람처럼 떠, 떠나가버렸답니다. 하, 하지만 한번 혼녀락을 다, 당하고 쫓겨난 깡패 놈들은 그, 그 후론가, 감히 다시 이 골에 바, 발길을 드, 들여놓을 수가 없게 되어, 지, 지금까지 이 저, 절골은 아, 아무 타, 탈 없이 편안하게 지, 지내오고 있는 거라구요. 그, 그분 이야기를 모르고, 그, 그 은혜를 모, 모른다면 지, 진짜 이 골 사람이 아니랄 저, 정도지요."

"그럼 그 후로 그 털보가 다시 이 절골에 나타났다는 이야기는 없었던가?"

"그, 그런 이야기는 드, 듣지 못했습니다. 그, 그리고 이 동네 사, 사람들은 그, 그분이 이 고을을 구, 구하러 일부러 잠시 와, 왔다 간 의인이라 다, 다시는 차, 찾아올 리가 없을 거라구요. 그, 그러니까 그 터, 털보 씨 이야기는 우리 저, 절골의 자랑스런 저, 전설이 되고 있는 것이지요…… 그, 그런데 사, 사장님께서는 그 터, 털보 씨 이야기를 어, 어떻게 아십니까!"

털보를 입에 담고 나선 백산을 앞질러 제 녀석이 괜히 먼저 신바람이 나서는(거기다 흥분기로 말씨까지 더 심하게 더듬거리며) 예의 털보 자랑을 잔뜩 늘어놓고 난 위인이, 이번에는 손님이 털보의 이야기를 알고 있는 것만도 신기한 일이라는 듯 새삼 반갑고 진지한 표정으로 그 사연을 물었다. 녀석의 정중하고도 진지한 눈빛에 나까지 은근히 그 백산의 대답이 궁금해질 지경이었다.

하지만 녀석에 대한 백산의 응대는 너무도 의뭉하고 천연덕스러 웠다.

"자넨 그 털보가 이 고을에 다시 나타나지 않을 거라고 했는데, 만약에 그 털보가 다시 나타났다면 어쩔 텐가?"

백산은 비로소 다시 얼굴빛을 부드럽게 바꾸면서 마음속에 어떤 비밀을 숨기고 있는 사람처럼 능청스런 어조로 되물었다. 뿐더러 둘 사이의 수작이 그쯤 되고 보니 나도 이젠 대강이나마 백산의 속셈을 얼마쯤 짐작할 수 있었다. 이때 비로소 다시 생각이 난 일이지만, 백산 자신도 한 시절 이곳에 몸을 의지해 지낸 일이 있고 보면, 그 역시 그 털보 이야기를 들어 알고 있었을 수가 있었다. 백산은 일테면 자신이 그 털보의 성가를 빌려서 위인의 기를 꺾어 쫓아 보내려는 계책임이 분명했다. 더욱이 백산은 안성맞춤 격으로 남달리 건장하고 우람스런 체구에, 부질없이 늘 면도질만 귀찮게 한다는 훤하게 넓은 하관의 소유자였다…… 뒤미처 거기까지 생각이 미치고 보니 나도 이젠 슬그머니 생각이 달라지기 시작했다. 위인 때문에 술판까지 깨진 김에 백산을 거들어 골탕이라도 좀 먹여주고 싶은 짓궂은 장난기가 동해온 것이었다.

해서 나는 그 백산의 넓고 검푸른 턱과 볼에 무성한 수염을 보며, 아직 그 말뜻을 알아듣지 못하고 어정쩡한 표정으로 서 있는 녀석에게 백산 대신 짐짓 나무라는 투로 내질렀다.

"이 친구, 털보는 이야기만 들었지 직접 눈으론 본 일이 없다니 상상을 못할 일이겠지만, 그 털보 씨가 다시 나타났는데 무얼 그렇게 어리벙벙해 있기만 해!"

그러나 녀석은 아직도 그 말뜻을 분명히 알아듣지 못했다.

"그 터, 털보 씨가요? 그, 그 어른이 어디에요?"

놀란 눈빛으로 엉뚱하게 사방을 두리번거리고 있는 위인에게 나는 내친김에 마저 꼭지를 따주듯 몇 마디 덧붙였다.

"그 친구 딱하기는…… 아무래도 눈이 한참 먼 것 같구만. 본인을 앞에 두고 털보를 어디서 찾아!"

하고 보니 위인의 이후의 반응은 더 가관일 수밖에 없었다. 내 핀잔 투 다그침에 녀석은 비로소 사정을 알아차리기 시작한 듯 놀란 두 눈알이 한 곳으로 고정되며 몸이 더욱 뻣뻣하게 굳어졌다. 그리고 졸지에 눈앞에 마주하게 된 행운을 아직 잘 실감할 수가 없는 듯 벌어진 입조차 다물 엄두를 못 낸 채 한동안 멍청히 그 백산 쪽만 바라다보고 있었다. 하더니 이윽고는 백산의 얼굴에서 그 나름의 분명한 확신을 얻은 듯한 표정 속에 차츰 어떤 새삼스런 놀라움의 빛—존경심과 감동과 흥분과 경탄기가 함께 뒤섞인 그 기묘한 외경의 빛이 떠오르기 시작했다.

하지만 백산은 위인의 그런 꼴을 앞에 두고 그게 무슨 대수로운 일이냐는 듯, 그리고 거기 굳이 더 무슨 깊은 속을 이를 바가 있겠느냐는 듯 녀석의 놀라움을 우정 더 모른 척 의뭉스런 웃음기만 흘리고 앉아 있었다.

녀석은 그럴수록 그 풍모가 더욱 우람하고 근엄해 보이는 백산 앞에 오금이 저린 듯 오도 가도 못하고 있었고, 그러는 위인을 백산은 대인답게 방면해 놓아주듯, 짐짓 더 부드럽고 타이르듯 한 목소리로,

"자, 그럼 이젠 돌아가 자네 일 보지그래. 여긴 이제 더 상관하지 말고."

미리부터 속으로 별러왔음 직한 한마디를 내던졌을 뿐이었다.
그리고 그 소리에 위인은 비로소 다시 제정신이 돌아온 듯,

"예, 그, 그동안, 모, 몰라뵈어 죄, 죄송합니다. 저, 저 같은 것
은 이제 그, 그만 무, 물러가겠습니다. 그, 그럼, 펴, 편히 쉬시다
가 처, 천천히 가십시오."

도대체, 알아들을 수조차 없을 만큼 심한 더듬거림 속에, 뿐더
러 이번엔 새로운 존경심과 넘치는 추종심으로 하여 아예 귀청이
다 떨어져나갈 정도로 힘차고 절도 있게 예의를 표한 뒤에, 예의
그 군대식 뒤로돌아 자세로 우리 앞을 황급히 물러갔다.

그것으로 위인이 다시 우리 앞에 함부로 얼씬댈 수가 없게 됐음
은 물론이었다. 백산의 계략이 내 적절한 조력으로 보기 좋게 성
공을 거둔 셈이었다. 고소하고 통쾌한 데가 없을 수 없었지만, 어
딘가는 좀 싱겁고 뒷맛이 씁쓸한 승부이기도 하였다.

그런데 사실 이날 내가 더 실없고 어이가 없게 된 것은 그보다
오히려 그다음 번 일에서였다. 그것도 그 어병한 녀석으로 해서보
다 나와 합작으로 짓궂은 계략을 성사시킨 장 형으로 해서였다.

백산과 그럭저럭 다시 남은 점심을 끝내고 상을 물리고 난 뒤였
다. 그간에도 계속 먼발치로 슬금슬금 이쪽 동정만 살피고 돌아가
던 녀석이, 우리가 마침내 자리를 뜰 기미를 보이자 제가 먼저 재
빨리 눈치를 알아차리고 문간으로 앞장서 부리나케 달려갔다. 그
리고 근위병처럼 빳빳한 차려 자세로 우리를 기다렸다가,

"아, 안녕히 가십시오. 다다, 다시 찾아주시면 무, 무쌍의 여,
영광이겠습니다!"

예의 그 절도와 존경심에 넘치는 환송 인사와 함께 우리가 그 앞을 지나쳐 나올 때까지 정중한 거수경례 자세를 취하고 서 있었다.

하지만 나는 이제 녀석이 행여 우리 수작을 뒤늦게 눈치채고 불시에 태도를 표변하고 나서지 않을지, 지레 혼자 속이 켕겨오던 참이라, 그런 위인이 그저 우습다거나 마음에 편해 보일 수만은 없는 형편이었다. 보다는 오히려 조급스런 기분 속에 쫓기듯 문간을 빠져나오고 만 꼴이었다.

그런데 백산은 역시 사람이 달랐다. 그는 아직도 오른손을 제 이마에 빳빳하게 올려붙이고 있는 녀석 앞에, 자신이 정말 그 털 보이기라도 하듯이, 그리고 그 극진한 아랫사람의 도리에 윗사람으로서의 도량과 격려를 아낄 수 없다는 듯, 지나치려던 발길을 의연히 멈춰 섰다. 그리고는 마치 왕별이 번쩍이는 군부대의 높은 사람이 까마득한 말단 계급의 졸병을 얼러대듯 부드러운 손길로 녀석의 어깨를 짚어주며, "그래 잘헌다. 앞으로도 더욱 그리 열심히 해야 헌다. 힘든 일이나 애로 사항이 있으면 주인과 잘 의논하구, 틈 있으면 내 언젠가 다시 올 테니……"

어쩌구, 자상하고 너그러운 치하 투의 당부 말을 천연덕스럽게 주절대고 있었다.

그런데 그 백산이 녀석에 대한 당찮은 격려의 절차까지 모두 끝내고, 우리가 드디어 반월정을 뒤로하며 건너편 가겟거리로 지른 개천 길을 하나 건너섰을 때였다. 우리가 개천 길을 건너가고 있을 때부터 맞은쪽 가겟거리 길목을 혼자 서성거리고 있던 50대 전후의 중년 아낙 하나가 유독 백산 쪽에 눈길을 쏟고 있는 듯싶더니, 드디어는 허겁지겁 그를 향해 내달려 나오며 감격에 찬 목소리로 외쳐대는 것이었다.

"아니 내가 오늘 어떤 귀한 양반을 만나뵙게 된 거여? 정녕 내가 지금 그 털보 어른을 다시 만나뵙게 된 거 아니여. 그 옛날의 이 절골의 은인 털보 어른을 말이여!"

백산 형은 실상 가짜 털보가 아니었다. 다른 사람 아닌 백산 자신이 바로 진짜 털보였다.

그가 그 절골의 전설적인 의인 털보였음이 밝혀진 것은 가겟집 아낙 한 사람으로 해서만이 아니었다. 털보가 이 절골에 얼마나 미덥고 존경스런 인물이었던가도 아낙의 반색이나 반월정 녀석의 극진하고 감격 어린 존경심으로 해서만이 아니었다. 반월정 녀석의 그에 대한 외경심은 사람이 좀 부실하여 그렇다 치더라도 가겟집 아낙 역시 그를 알아보고는 숫제 제정신을 못 차릴 정도였다. 그를 다시 보게 된 반가움에 못 이겨 그녀는 그곳이 번잡스런 길 한복판인 것도 잊은 채 백산을 덥석 끌어안고 뼁뼁이질까지 쳐댄 것이었다. 뿐만 아니라, 그러는 아낙을 백산 쪽이 오히려 거북스러워하면서 어물쩍 몇 마디 인사말만 건네고 가겟거리를 서둘러 내려왔을 때에도 비슷한 소동이 몇 차례나 거듭되었다. 곳곳에서 백산의 발길을 가로막고 반가움과 치하의 소리들로 한동안씩 주위를 떠들썩하게 하곤 하였다. 더러는 등 뒤로 손가락질을 해가며 그에 대한 면식을 조심스레 자랑하고 있기도 하였다.

하지만 나는 갈수록 기분이 더 멋쩍어지고 있었다. 털보 이야기를 어이없게 속아 넘어간 것은 반월정 녀석이 아니라 거꾸로 내 쪽이 되고 만 것이었다. 그것도 그 귀찮은 위인의 기를 죽여 쫓는답시고 물색없이 앞장을 넘겨짚고 나선 일이고 보니 그 백산과 녀석 앞에 제가 제 올가미에 걸려든 꼴이었다. 백산에게 달리 무슨 꿍심이 있었을 리는 없었지만, 어쨌거나 나는 그 어이없는 낭패감에 위인이 은근히 괘씸스러워지기까지 하였다.

백산이 필경은 나의 그런 언짢은 심기를 헤아리지 못할 리 없었다.

"그러니까 지금부터 근 20년 전, 심신 요양을 핑계 삼아 이 절골에서 한 반년 남짓 빈둥대다 간 일이 있었던 건 아깟번에 이미 말을 했었지."

둘이 그럭저럭 길을 다 내려와 주차장에 세워둔 그의 차에 몸을 싣고 다시 귀로에 올랐을 때였다. 궁금한 대로 계속 입을 다물고 앉아 있기만 한 내 불편스런 심사를 달래듯, 백산이 두 손을 운전대에 얹어둔 채 비로소 자초지종을 털어놓기 시작했다.

"나는 그 무렵 턱이나 볼 할 것 없이 얼굴에 왼통 수염을 더부룩하게 기르고 있었지. 얼굴에 원래부터 수염이 많은 데다, 마음을 닦을 겸해 몸을 쉬러 온 처지에 아침마다 면도질을 하기도 귀찮아 그냥 자라 오르는 대로 놔 기른 거였지. 털보라는 별명은 그래 그무렵 이 절고을 사람들이 내게 지어 붙여준 거였어……"

백산이 혼자 한동안 그리 길게 늘어놓고 있는 이야기를 듣다 보니, 그 사연이 참으로 엉뚱하고 맹랑했다. 그저 장난스런 후일담으로나 들어 넘기기엔 뒷맛이 적지 않이 허망하고 개운찮은 대목까지 담긴 이야기였다. 하여 그 털보라는 그럴듯한 별명을 얻어

지니게 된 데서부터, 그로 하여 뒷날 뜻하지 않게도 의인의 전설까지 낳게 된 백산의 사연을 좀더 자세히 소개하면, 절골 시절의 위인의 처지나 사정은 대개 이러했다.

원래도 여느 사람들보다는 많이 걸쳐 보이는 체구에 얼굴이 온통 검푸른 수염투성이가 되다 보니, 그는 어느새 나이가 10년쯤은 더 들어 보였고, 주위에 대한 처신도 그에 걸맞게 삼가나갈 수밖에 없었다. 의연한 풍모에 늘상 조용하고 진중한 행신이 마치 어떤 남모르는 비장의 무술로 수양을 쌓아온 사람처럼 저절로 썩 어른스런 위엄을 발했고, 웬만한 나이의 주위 사람들로 하여금 그 앞에 섣부른 언동을 삼가며 스스로 노장(老丈) 대접을 하고 지내게끔 하였다. 게다가 매사 눈앞의 일들을 대범스레 넘겨보는 인품의 도량에다 드물게 터져 나오는 그의 웃음소리 또한 항아리가 박살나는 듯 호방하기 그지없었다.

"허허, 이 사람들이 뭐 그런 일을 가지고…… 으허허……"

그는 그렇듯 위엄 있는 풍모와 호방한 도량으로 동네일에 엉뚱한 해결사 노릇을 감당해낸 일까지 종종 있었다.

"으허허, 그 무슨 비밀 술법은……"

그의 완곡한 부인에도 불구하고 절골 사람들의 그에 대한 신망과 존경심은 그럴수록 그가 정말 비상한 용심술과 정체를 숨기고 살아가는 초야의 의인이듯 날이 갈수록 깊이를 더해가고 있었다.

그러던 어느 날 저녁. 그날 저녁엔 참으로 그로선 감당하기 힘든 난감스런 일이 졸지에 닥쳐들었다. 저녁을 막 끝내고 잠시 하숙집 마당을 거닐고 있는 참인데, 절간의 한 객사에 시험 공부 차

와 있던 동네 서생 한 녀석이 숨을 헐떡거리며 급히 사립을 박차고
뛰어들었다.

"털보 양반, 큰일났습니다. 지금 빨리 좀 같이 가주십시오."

털보를 찾아 달려온 위인의 곡절인즉 백산으로선 참으로 예상치
못한 일이었다.

이 절골엔 그때부터 절문 앞에 즐비하게 늘어선 가겟집들 외에
도, 30호가 넘는 음식점과 하숙옥들이 골짜기 곳곳에 파고들어 앉
아 있었다. 자연 그 하숙옥과 일대 암자들의 객방엔 힘든 시험공
부나 병 요양을 위해 들어와 있는 사람의 수 또한 적지가 않았다.

그런데 이 절골에선 1년에 한두 차례씩 대처의 한 난폭스런 불
량배 패거리가 덮쳐 들어와 이들 가겟거리와 하숙객들을 상대로
금품을 마구 갈취해가는 소동이 벌어지곤 하였다. 그도 그저 공갈
협박 정도로 주머니를 털어가는 것이 아니라, 들이닥치는 길로 먼
저 난폭스런 폭력부터 시위하여 지레 기가 질려버린 절골 사람들
이 알아서 금품들을 모아 바치게 하는 식이었다. 그러다 보니 자
연 위인들의 행패나 폭력 시위의 정도가 이만저만 사납고 흉포스
러워지지 않을 수 없었다. 공포와 수모까지 덤으로 겪게 되는 그
울며 겨자 먹기 식 정기 상납 행사가 절골의 괴로운 연중행사가 되
다시피 해온 것이었다.

백산도 이곳을 들어와 가끔 들어온 이야기였다. 하지만 그 몇 달
간은 위인들의 발길이 잠잠하여 그냥 저냥 남의 일로나 치부해 잊
고 지내온 터였는데, 이날 저녁 기어코 일이 닥치고 만 것이었다.
더욱이나 이날은 절골을 내려 다니던 패거리들 중에서도 성깔이 가

장 표독스럽고 악질적인 녀석이 다른 졸개를 두 놈이나 데리고 나타나 절간 객사 하나를 온통 쑥밭으로 만들고 있다는 것이었다.

"그러니 털보 양반이 지금 같이 가셔서 좀……"

두말할 것도 없이 때맞춰 그 털보의 구원을 청하러 달려온 객방 서생 녀석은 헐레벌떡 단숨에 그곳 사정을 고하고 나서, 이제는 숫제 체면도 내팽개친 채 애원을 하고 들었다.

하지만 진퇴유곡, 백산으로선 참으로 난감스런 일이 아닐 수 없었다. 위인의 자세한 설명이 아니더라도 젊은 녀석이 그렇듯 체면 불구하고 겁에 질려 달려온 꼴로만 해서도 절간 방의 살벌하고 위급한 정황은 이미 상상을 하고 남았다. 보나 마나 녀석들은 그의 털북숭이 얼굴 따위에 겁을 먹고 가만히 물러설 놈들이 아니었다. 실속 없는 수염이나 빈 목소리 따위를 잘못 믿고 나섰다간 거꾸로 초주검 꼴이나 당하기 십상이었다. 본심은 아니었지만, 공연히 실속 없는 허세를 일삼다가 이만저만 망신스런 낭패지경이 아니었다. 그렇다고 이제 와서 나 몰라라 의리 없게 꽁무니를 빼려 들수도 없는 일. 절골 사람들의 그에 대한 평소의 신망과 존경은 이를테면 바로 이런 경우에 대비한 매우 지혜로운 투자였던 셈이었다. 그들의 신망과 말 없는 소망을 모른 척 외면하기는 더더욱 어려웠다.

그는 한동안 묵묵히 자신의 허한 마음을 추스렸다. 그리고는 이윽고 이판사판 식으로 결연스레 행동을 취해나가기 시작했다. 속으로는 아직도, 이제 난 죽었다, 오늘 밤이 바로 내 제삿날이 되는구나, 우습게 비장한 생각까지 들면서도, 그러나 어차피 당해야 할 일이라면 사내답게 한번 선공을 취하고 들어가 허우대의 허세라도 시험해볼 요량으로, 하면서도 여전히 무엇을 어떻게 해야 할지 그저 답답하고 막막한 심사 속에, 불가의 부나비가 위험을 알면서도 어쩔 수 없이 불길로 이끌려 들어가듯, 떨려오는 가슴을 애써 달래가며 무작정 그 패거리들의 소굴로 달려갔다.

그런데 그 자포자기 식 만용을 발휘하여 몽유병 환자처럼 남의 정신에 곧바로 길을 차고 올라가보니, 녀석들이 진을 친 암자의 객방은 예상보다 한결 주위가 조용했다. 그를 뒤쫓아온 서생 녀석이 말없이 눈짓해 보인 한 객사의 방문 앞에 10여 켤레가 넘는 신발 짝들이 어수선하게 널려 있고, 안에서는 벌써 한바탕 드잡이질이 지나간 듯 녀석들의 협박조 으르렁거림 소리만 뜸뜸이 들려왔다.

—새끼들, 이거 영 머리통들이 자갈밭이구만. 이래도 아직 사람대접을 어떻게 해야 하는 줄 모른다 이거여?

—모르긴 뭘 몰라! 이게 어디 어제 오늘 처음 겪는 일이야? 녀석들이 괜히 한번 의뭉을 떨어보느라 그러는 거지.

—이거 안 되겠구만. 꼴들이 안돼 보여 이쯤 알아서들 기게 해줬더니, 아무래도 좀더 따끔하게 손을 봐줘야겠어…… 야, 이 새끼야 너. 너부터 이리 나와 이 칼을 뽑아 들어. 그리고 그 칼로 네가 먼저 내 이 배때기를 그어 내려!

듣자 하니 방 안에선 한바탕 초반 소동을 치르고 나서도 일이 아직 결판이 나지 않고 있는 모양이었다. 절골 위인들이 겁만 잔뜩 집어먹었을 뿐 패거리의 속셈을 미리 헤아려 움직이고 나서주지를 않은 탓일 터였다. 그것이 녀석들의 울화통을 더 심하게 건드리고 있는 게 분명했다. 옹색하고 비겁한 대로 그 역시 방어의 한 방책일 수 있었지만, 그에 따른 위험 또한 그만큼 심상한 것일 수가 없었다. 험악하게 돌아가고 있는 방 안의 급박한 형세가 바로 그러했다. 녀석들은 지금 서생 하나를 지목하여 그에게 먼저 자기 뱃가죽을 그어 내리라고 다그치고 있었다. 다음 차롄 물론 네 배가 그 칼 맛을 보게 되리라는 포악스럽고 살벌한 협박이었다……

백산은 더 머뭇거리고 있을 수가 없었다. 녀석들의 포악성이나 방 안의 험악한 사정을 더 자세히 알고 나면 행동도 그만큼 더 어려워질 게 분명했다.

"이놈들을 죽여라! 어떤 놈들이냐. 이놈들을 모두 죽여!"

그는 마치 겁 많은 수영 선수가 눈을 감은 채 물속으로 뛰어들듯 갑자기 벽력같은 고함 소리와 함께 신발째로 와장창 창문을 부숴뜨리며 무작정 몸을 날려 안으로 돌진해 들어갔다.

그다음 한동안은 무슨 일이 어떻게 돌아가는지 백산 자신도 당시로선 전혀 생각을 가려나갈 수가 없었다. 성난 돝처럼 몸을 던져 뛰어들면서 우선 눈에 들어온 것은 방 한가운데에 날이 선 시퍼런 식칼을 꽂아놓고 그 앞에 제 배퉁이를 훌떡 까 내밀고 앉아 있는 패거리의 왕초였다. 다음으로 눈앞을 스쳐간 것이 녀석의 맞은편에 머리들을 수그린 채 한 줄로 얌전히 무릎을 꿇고 앉아 있는 절골 서생들과 이들의 수상한 낌새를 감시하듯 위인들 양쪽에 한 사람씩 나무 몽둥이를 거머쥐고 버티어 선 졸개 녀석들이었다.

하지만 백산은 이것저것 가려 살피고 있을 겨를이 없었다. 문을 박차고 돌진해 들어간 기세 그대로 방 가운데에 내리꽂힌 칼자루를 걷어차며 몸 전체로 냅다 왕초부터 덮치고 들었다. 이어 그 불의의 공격에 엉겁결에 몸이 벌렁 뒤로 나자빠진 녀석의 배를 타고 앉아 있는 힘을 다해 놈의 목줄기를 졸라대기 시작했다.

"이놈의 새끼들! 네놈들이 오늘은 진짜 주인을 만났다. 네놈들을 여기서 아예 골로 보내주겠다."

치솟는 노기와 용력을 억제할 수 없는 듯 그는 녀석을 무섭게 닦달했다.

그의 체구가 체구인지라 그 기세와 완력이 놈들에겐 그만큼 더 위협적이었을 터였다. 그래 실상은 초반에 기가 질려, 부지중 호랑이 꼬리를 붙들어버린 형국인 상대방의 두려움은 미처 눈치를 챌 수가 없었는지 모른다. 백산의 밑에 깔린 왕초 녀석은 말할 것도 없었고, 몽둥이를 짚고 선 다른 두 졸개 놈도 그의 기세 앞에 별다른 대항의 빛이 없었다. 제놈들의 왕초가 그런 꼴을 당하고 있는데도 무엇을 좀 어떻게 해볼 엄두를 못 낸 채 어정쩡한 표정으로 눈알만 굴려대고 있었다.

"이 새끼들 몽땅 모가질 비틀어버려!"

"다시는 못 오게 다리몽댕이들을 꺾어버려!"

얌전히 머리를 수그리고 앉아 있던 서생들까지 이제는 형세가 바뀐 걸 알아차리고 우르르 한꺼번에 자리를 차고 일어나 기세들을 올리기 시작했다. 그리고 그것으로 싸움은 의외로 간단히 끝이 났다.

"형님, 한번만 살려주십시오. 형님!"

주먹잡이답게 일찍 대세를 깨달은 왕초 녀석이 캑캑대는 목소리로 바로 항복을 해왔다. 그도 그저 임시방편 식 계교로서가 아니라 우월한 힘 앞엔 쉽게 꼬리를 내리는 위인들 나름의 충직스런 복종기가 담긴 다급한 호소였다.

"형님, 용서만 해주시면 정말로 제 형님으로 모시겠습니다."

이른바 주먹잡이 동네식의 깨끗한 항복이었다. 무조건의 항복과 복종의 맹세였다.

백산은 녀석의 그 소리를 듣고서야 비로소 차츰 제정신이 들어왔다. 그리고 비로소 자신이 여태까지 어떤 아슬아슬한 위험지경에 있었는지에 생각이 미치자 새삼 등골에 식은땀이 솟으며 목줄기를 틀어쥔 그의 두 손에서 서서히 힘이 빠져나가기 시작했다.

그쯤에서 놈의 항복을 받아들이는 게 옳았다. 공연히 녀석들을 더 몰아붙이려 들다간 다시 위인들의 반격을 부를 위험이 있었다. 그는 그런 여력도 의사도 없었다. 녀석이 의외로 쉽게 항복을 해준 것이 그로선 고맙고 다행스럴 뿐이었다. 그는 녀석의 진심을 다짐하듯 위인의 목줄기에 한번 더 세찬 힘을 가하고 나서 말없이 손을 떼고 그에게서 물러났다.

하고 나니 놈들은 역시 놈들다운 신의와 굴종의 미덕이 있었다. 왕초 놈은 마치 씨름판에서 나가떨어진 역불급의 패자처럼 부석부석 어색하게 몸을 털고 일어나 아픈 목을 쓸어대며 제 스스로 백산 앞에 무릎을 꿇어앉았고, 이어 두 졸개도 기가 다시 살아난 서생들의 손에 의해 무장이 해제되어 녀석 곁에 나란히 무릎이 꿇려 앉혀졌다.

"용서해주셔서 감사합니다. 앞으로 제 평생 형님으로 모시겠습니다. 허락해주십시오."

왕초는 다시 한 번 진정 어린 감사와 청원의 말을 외웠고, 그러고도 위인들은 그 성난 절골 서생들의 모욕과 비아냥과 윽박질의 표적으로 한동안 더 괴로움을 당해야만 하였다.

"허, 그 화상들, 꼴들 한번 참 볼만하구만. 무어? 아깐 우리더러 제 배때기를 그어달랬겠다? 그래, 이젠 느이들 주문대로 해줄테니 그게 정 소원이람 어디 다시 한 번 그런 독기를 부리고 나서 보시지! 병든 달구 새끼들처럼 갑자기 그리 비틀대지들만 말구 말여!"

"인생들이 가엾어 보여 이쯤에서 용서를 해주신 것이니, 오늘이 도량 크신 어른을 만난 거 조상 묏자리를 잘 쓴 덕인 줄이나 알어!"

하지만 왕초나 두 졸개 녀석은 거기 조금도 반발을 하거나 아니 꼬워하는 빛이 없이 졸지에 뒤바뀌고 만 제 난감스런 처지들을 놀랍도록 얌전히 잘 견뎌내고 있었다. 어떤 심한 화풀이나 윽박질에도 나는 이제 껌벅 죽은 목숨이요 식으로 참을성 좋게 머리만 조아리려대고 있을 뿐이었다.

하지만 백산은 이제 위인들을 더 붙들고 있기가 불안했다. 그 서생 녀석들의 실없는 수작엔 차라리 짜증기마저 치솟아, 남은 일을 마저 매듭짓고 서둘러 자리를 떠나고 싶은 생각뿐이었다.

"어이, 자네! 얼굴을 쳐들고 나를 바로 보라구!"

그는 드디어 자리를 마무리 짓기 위해 목소리를 가다듬어 주위를 제지하고 나섰다. 그리고는 계속 머리를 수그린 채 처분만 기다리고 있는 왕초 놈을 채근하여 마지막으로 엄숙하게 다짐을 해나갔다.

"내 여길 쫓아올 때만 같았어도 당장에 요절들을 내주고 말았겠지만, 자네들이 금방 주제들을 깨닫고 잘못을 뉘우치고 나선 바람에 맘이 달라지는구만. 내 각별히 그 점을 참작해서 오늘은 더 이상 허물을 묻지 않을 모양이니, 대신 지금부터 내가 하는 말을 잘 듣고 명심했다가 차후엔 절대로 다시 이런 불상사가 없도록 해야 할 것이야."

그는 거기서 잠시 말을 끊고 녀석들의 표정을 하나하나 점검하고 나서 다시 다짐을 이어나갔다.

"미안하지만 나는 솔직히 자네들의 형님 노릇을 하고 싶은 생각이 추호도 없는 사람이야. 그러니 굳이 자네들이 마음을 크게 고쳐먹고 새사람이 되라고까진 바라진 않아. 그걸 자네들한테 주문할 생각도 없구. 그 대신 정말로 자네들이 잘못을 깨달았다면 지금 당장 이곳을 떠나줘야겠다 이 말씀야. 그리고 한번 이곳을 떠나가면 다시 이곳엔 나타나지 않는 거야…… 난 원래 같은 말을 두 번씩 되풀이하는 사람이 아니야. 만약 이 말을 쉽게 알았다가 다시 한 번 내 눈앞에 얼씬거리고 들었다간 그것이 자네들 밥숟갈 놓는 날이 될 게야. 아직 창창한 앞날들이 가엾어 내 오늘 모처럼 이만한 기회를 마련해주는 것이니. 그럼 이제 내 말을 따를 텐가, 아닌가."

단호하고도 가파른 다짐 끝에 백산은 짐짓 더 목소리를 낮추어 마지막으로 한 번 더 오금을 박고 들었다.

그러나 이제 위인들의 대답은 들으나 마나였다.

"고맙습니다, 형님! 형님 말씀 잘 명심하고 모든 걸 처분대로 어김없이 따르겠습니다. 그리고 오늘 이 은혜 절대로 잊지 않겠습니다!"

생각보다도 관대한 처분에 녀석들은 새삼 감격한 얼굴로 다시 한 번 일제히 머리를 수그리며 입을 모아 순종을 굳게 다짐했다. 그리고 이젠 그것으로 위인들에 대한 절골 사람들의 마지막 추방 절차가 신속하게 취해졌다.

백산을 비롯한 절골 서생들은 곧 녀석들을 앞세우고 어둠 속에 암자를 나섰다. 그리고 미리 소식을 전해 듣고 몰려나온 가겟거리 사람들의 경탄과 찬사 속에 무슨 큰 중죄인들이라도 호송해가듯이 의기양양 동네 한가운데로 밤길을 행진해 내려갔다. 이제는 이날의 영웅적인 백산도 저절로 어깨가 으쓱해질 정도였다. 자존심이 구겨질 대로 구겨진 녀석들이 그 낯 따가운 중인환시 속에서도 군소리 한마디 없이 고분고분 길을 잘 내려가준 것이나, 때마침 길 아래쪽 가겟거리 입구에 빈 택시 한 대가 기다리고 있어준 것까지도 모두 일이 두루 다행스럽고 통쾌하기만 하였다. 그는 그 모든 일이 진정 자신의 숨은 힘과 뜻으로 이루어낸 결과인 양 새삼 은근히 기분이 들떠 오른 것이었다.

하지만 실상 이날 위인들과의 마지막 순간으로 말하면 백산에게 그건 그리 유쾌한 것만은 아니었다. 일행이 가겟거리 아래쪽 입구에 이르러, 때마침 절골을 나가는 손님을 기다리고 있던 택시에 가차 없이 위인들의 등을 떠밀어 넣고 났을 때였다.

"형님, 괜찮으시다면 한 가지만 물어봅시다."

온양이나 천안쯤에다 녀석들을 메쳐버리라는 백산의 당부와 함께 차가 막 움직이려 할 때였다. 운전석 옆자리를 그냥 비워둔 채 졸개들과 뒷자리로 함께 떠밀려 들어간 왕초 녀석이 새삼스럽게 그때 다시 창유리를 내리며 백산에게 물어왔다.

"형님께선 전에 대체 서울 어디쯤 계셨수? 기회 있으면 형님을 꼭 다시 한 번 모시고 싶수다."

풍모나 말투, 행동거지들로 보아 백산을 필시 서울 어디쯤에서나 놀아먹던 위인으로 단정하고 있는 물음이었다. 녀석으로선 미상불 궁금한 일이기도 했을 터였다.

녀석들은 물론 백산으로부터 그에 대한 대답을 들을 수가 없었다. 백산으로선 녀석들 앞에 사실을 실토할 수도 없으려니와 갑자기 건방기가 되살아난 녀석의 말투 속에 그는 뭔가 다른 심상찮은 뜻이 엿보여 기분이 일순 섬뜩해온 때문이었다.

"다시 말하지만, 내가 전에 어디 있었든, 앞으로 어디에 가 있게 되든, 그런 건 자네들이 상관할 일이 아니야. 그 형님 소리도 더 듣고 싶지 않고. 자네들은 다만 내 앞에 다시 나타나는 일만 없도록 하면 되는 거야. 내 아직 한동안은 이곳과 인연을 맺고 지내야 할 처지지만, 뒷날 세월 따라 언제 어디에 가 있게 되더라도 자네들 일은 반드시 살피고 있을 테니, 그 점 잘 명심하고!"

그는 같은 말을 되풀이하지 않는다는 자신의 다짐도 잊은 채, 녀석의 건방진 물음에 대한 대답 대신 우정 더 위협적인 어조로 녀석들을 한 번 더 야무지게 단속했다. 그리고 바로 그런 기세로 녀

석들은 어두운 밤길에도 불구하고 절골에서 가차 없이 내쳐지고
있었다.

하지만 백산은 그렇게 녀석들을 쫓아 보내고 나서도 녀석의 그
마지막 소리가 아무래도 자꾸 마음에 걸렸다. 그리고 그의 그런
꺼림칙스런 기분은 며칠이 지나도록 사라지질 않았다.

"사실을 말하자면 기분이 찜찜한 정도가 아니었어. 혼자서 괜히
마음이 초조하고 불안해지기까지 했으니까……"

엉터리 무용담에 자신도 모르게 장시간 열을 올리고 있던 백산
이 드디어 이야기를 마무리 지으려는 듯 거기서부터 문득 자신의
솔직한 심사를 털어놓고 있었다.

"……형님, 서울엔 어디에 계셨수, 기회 있으면 꼭 다시 한 번
모시고 싶수다…… 녀석이 마지막으로 남기고 간 소리가 그 무렵
내게는 차라리, 오늘은 이런 꼴로 좋이 물러가주지만 그 빚을 언
제고 꼭 다시 갚아주고 말 테다ㅡ, 그런 오기스런 다짐처럼 귓가
에서 떠나질 않았거든. 녀석들이 미구에 다시 보복의 칼을 갈아
쥐고 들이닥칠 것만 같아서 하루하루가 영 바늘방석 같은 기분이
었지."

그런데 그런 백산을 그렇듯 거북하고 괴롭게 한 것은 녀석들과
의 그 마지막 일만이 아니었다. 그를 괴롭히기는 그에게 신세를
진 절골 사람들 또한 마찬가지였다.

"거기다 속 모르는 절골 사람들까지 나를 자꾸 진짜 구세주인
양 칭송이 자자하지…… 글쎄, 내가 그 넋이 나가 쫓아온 암자 서
생 녀석한테 쪽지를 덜컥 붙들려 할 수 없이 놈들의 소굴로 달려갈

때, 그때 내 정신이 온전한 것이었겠어. 난 이제 오늘로 죽는 몸이구나…… 몽유병자 같은 뿌연 의식 속에 그저 그런 절망스런 느낌뿐이었지. 두 눈 꼭 감고 방으로 뛰어들며 이놈들 죽여라 외쳐댈 때도 나는 차라리, 나 죽여라아, 나 죽는다아 하고 외쳐댄 격이었는걸. 그전에 놈들도 절골 사람들도 그런 내 속은 짐작조차 못한 거지…… 하다 보니 아무래도 다른 방도가 없더구만. 그래 결국은 어느 하룻밤 내 쪽에서 거꾸로 도망치듯 동네를 빠져나와버린 거야. 그리고 여태까지 이래저래 뒤가 켕겨 20년 가까이나 이쪽으론 한사코 발길을 피해온 거구……"

그는 솔직한 자백에 이어 잠시 더 여담 투로 덧붙였다.

"그런데 그게 외려 이쪽 사람들에겐 진짜 의인이나 도인의 경륜으로 보였던 모양이구만, 허허. 거 무슨 절골을 구해준 의인의 전설이라? 세상일이란 참. 그 일이 그런 식으로 여태까지 가지가 자라고 있을 줄은 꿈에도 몰랐지. 내 진작부터 일이 이런 식으로…… 내가 그런 의인의 주인공이 되어 있는 줄을 알았으면 좀더 일찍부터 여길 찾아보는걸. 허허."

사연을 다 끝내고 나서 백산은 이제 그때의 난처한 처지와 불안스런 기분이 깨끗이 가신 듯 혼자 큰 소리로 웃어젖혔다. 어찌 보면 사실 엉뚱스럽고 허망하기가 그지없는 세태사의 한 마당임을 웃어 넘긴 것일 터였다. 하지만 그러면서도 백산은 제 마음속 한편으로 그 일을 몹시 흐뭇해하고 있는 것도 사실이었다. 내 이런 줄은 꿈에도 몰랐지, 내가 이리 된 줄 알았으면 좀더 일찍 찾아오는걸…… 싱거운 농조와 허탈스런 웃음기 속에서도, 그가 옛날 그 조마조마한 심사 속에 쫓기듯 절골을 내려가야 했던 때와는 달리, 이번에는 새삼 고을의 은인으로 당당하게 그곳을 다녀가게 된 것을 은근히 자랑스러워하고 있는 백산이었다. 하기야 그 일에 백산이 책임을 져야 할 대목이나 크게 누구를 해롭게 한 일이 없을 바에, 그가 그걸 굳이 언짢아하거나 쑥스러워해야 할 이유는 없었다. 백산으로선 기분이 흐뭇해지는 것이 오히려 당연했다.

그러나 왠지 나는 아직도 그 백산처럼 기분이 썩 가벼워지지를 못했다. 어딘지 새삼 기분이 들뜨고 있는 듯한 위인과는 딴판으로, 이제는 위인에게 두 번씩이나 거푸 속아 넘어간 것 같은 허망스런 낭패감…… 내겐 귀로가 유쾌하기는커녕 그 반월정 녀석을 피해 문간을 서둘러 빠져나올 때의 조마로운 느낌이 새삼 되살아나, 이번에도 녀석에게 뒤를 쫓기고 있는 듯한 씁쓰레한 기분이 자꾸 더해온 것이었다.

사람의 심사란 것은 참 엉뚱하고 잔인스런 데가 많았다.

그로부터 두어 달이 지난 그해 7월 중순 무렵, 우리는 짓궂게도 그 수인사 절골의 반월정을 다시 찾은 일이 있었다. 이번에는 백산과 나 단둘이서가 아니라 다른 가까운 친구 둘을 더 동행해서였다. 백산 쪽은 어떤 속셈이 따로 있었는지 모르지만, 나에 관한 한 그것은 처음부터 미리 예정을 하고 나선 일이 아니었다. 전번처럼 이번에도 백산이 차를 내어 온천 목욕이나 하루 다녀오자고 쉬운 대로 온양 근처까지 내려간 길에서였다. 집을 나서면 늘 끼니가 그렇듯이 해거름에 한차례 목욕을 끝내고 나온 일행이 저녁을 어디서 치를까 망설이고 있을 때였다.

"적당한 데 없으면 소풍 삼아 한번 저 너머 수인사 절골까지 가 보지. 아직 시간도 충분하겠다, 그 동네에 반월정이라는 괜찮은 밥집이 한 곳 있다니까. 게다가 여기 바로 그 동네 구세주 격인 영웅담의 주인공이 계시니 덕분에 우리도 대접 좀 받아보게……"

일행 중에 제일 키가 작은 최씨 성 친구가 뜻밖에 그 반월정 일을 알은척하고 나서며 얼핏 장난기 섞인 제안을 내놓았다.

그러나 그건 그냥 장난 삼아 한번 해본 소리가 아니었다.

"그게 괜찮겠구만. 차제에 우리 백산의 진면목이 어느 정돈지 고매한 인품을 재인식할 기회도 삼을 겸……"

절골 말이 나오고 보니 길을 처음 따라온 싱겁쟁이 민가 성까지 금세 맞장구를 치고 나섰다. 그 절골과 반월정 일에 대해선 그도 이미 곡절을 알고 있는 게 분명했다.

"그야 좋을 대로…… 하지만 처신들을 잘못했다간 대접커녕 큰 망신만 당하게 될 테니, 미리 마음의 각오들을 해둔다면……"

위인들의 제안에 갑자기 표정이 진지해지면서 마음의 각오를 당부하고 나서는 백산 역시도 그 표정이나 말투완 다르게 절골행이 그리 싫은 기색이 아니었다. 싫다기보다는 그걸 외려 은근히 기다렸거나, 애초에 이쪽으로 길을 잡아들 때부터 그 혼자 작정을 숨기고 있었던 것 같기도 했다.

"어째, 마음의 준비들이 되었어?"

그가 일행을 돌아보며 재차 다짐을 하고 드는 것이 영락없이 그랬다.

나중에 알고 보니 그것은 과연 거의 사실에 가까웠다.

한마디로 나는 백산과의 그날 이후 그 일은 누구에게도 말한 일이 없었다. 그날의 허망하고 찜찜스런 느낌 외에도, 그 이유가 그리 확연치는 못했지만, 그럴 만한 사연이 한 가지 있었기 때문이다.

나는 그날 백산과 서울로 돌아와서도 그 일이 계속 머리에서 떠나지를 않았다. 전에도 어디선가 그 비슷한 일을 겪었던 듯한 어렴풋한 느낌이 자꾸만 머릿속을 맴돌고 있었다. 당시엔 내가 거푸 위인에게 속아넘어갔다는 느낌에 거기까진 미처 생각이 미치지 못했지만, 하루 이틀 시간이 더해갈수록 어떤 기억층이 서서히 내 의식 위로 솟아오르기 시작했다. 그리고 마침내는 그 기억층의 표면 위로 문득 하나의 이름이 떠올랐다.

두천이, 방두천이 — 깊은 기억의 연막 속으로 뿌연 내 어릴 적 상상 속의 모습이 그런 이름으로 되살아나온 인물. 그리고 그를 둘러싼 어른들의 은밀스럽고 겁먹은 저주 소리. — 그, 방두천이같이 심성이 탐욕스런 놈이다. 욕심이 그리 많으면 두천이 꼴밖에 안 된다.

— 방두천이 뺨치게 간악한 놈이구나. 두천이 모양으로 제 명에 못 죽을 녀석이다.

내 어렸을 적 집안이나 동네 어른들은 못된 일만 보면 늘상 그 두천이란 이름의 인물을 끌어대어 그에 대한 저주 겸 경계를 일삼았다. 제 욕심만 채우려는 사람도 방두천이 같다 욕했고, 학교에 매질 잘하는 선생이 있다 해도 제가 제명에 못 살다 죽을 놈이라, 방두천이의 이름으로 비방을 대신했다. 동네에 도둑이 들었다 나가도 두천이가 왔다 간 모양이라 주위들을 단속했고, 심지어 나라 세금이나 곡량 공출량이 힘겨운 데에도 나랏일을 맡은 사람이 방두천이 같은 위인인 게다. 농사철에 심한 가뭄이 들어도 우리 고을 어디에 두천이가 숨어 있어 하늘이 그를 굶겨 죽이려 작정을 한 게다, 온갖 허물과 원망을 그에게로 돌렸다.

성정이 간악하고 무도한 두천이—

제 잇속밖에 모르는 노랭이 두천이—

남을 한사코 못살게 괴롭히는 두천이, 도척이 두천이, 인정머리도 없고 의리도 없는 두천이, 하늘에서까지 저주를 받은 방두천이—

하지만 그렇듯 온갖 못된 심성에 온갖 못된 짓들만 하고 돌아다니는 방두천이란 위인이 실제로 사람들 앞에 모습을 나타낸 일은 한 번도 없었다. 어른들이고 누구고 그를 실제로 보았다는 사람이 아무도 없었다. 동네에선 실상 그 두천이란 위인이 진짜 누구인지 알고 있는 사람이 아무도 없는 것 같았다. 어떤 때 내가 그런 걸 물어봐도, 어른들은 그저,

— 이 근자 우리 골에 그런 못된 인간이 하나 숨어 돌아다니고 있다는구나. 하지만 너네들은 아직 위인이 누군지 그런 것까지는 몰라도 된다. 알거나 함부로 입에 올릴 만한 인간이 못 된다. 쓸데없이 그런 걸 알려고 들었다간 위인한테 큰 화를 입게 된다.

막연한 소리로 어물쩍 넘기면서, 섣부른 아는 체를 엄히 단속할 뿐이었다. 마치 그 어른들도 놈이 워낙 간악하고 흉포스러워 언제 어떤 화를 입게 될지, 근심과 두려움에 쫓기고 있는 얼굴로.

어찌 보면 방두천이란 위인은 한 사람의 실제 인물일 수가 없어 보이기도 하였다. 누가 그를 실제로 본 일도 없었고, 누군지를 알지도 못할 뿐만 아니라, 어느 한 사람이 그런 온갖 저주거리를 고루 갖춰 지니기는 어려운 일이었다. 그러나 다른 일방 위인이 어떤 식으로든 실제의 인물일 가능성 또한 무시할 수 없었다. 성씨까지 분명한 위인의 이름 하며, 그에 대한 사람들의 여실한 두려움, 그리고 번번이 위인의 짓으로 치부된 여러 변괴의 흔적들이 그럴 가능성을 충분히 뒷받침해주고 있었다.

결국 위인은 어느 간악한 한 인물의 이름에 모든 악덕과 악행을 한데 몰아 허물 지운 반실제 반가공의 악인의 표상이기가 쉬웠다. 사람들은 그 방두천이란 이름으로 주위의 온갖 악덕과 악행을 저주하고, 두려움을 견디며 경계를 꾀해왔기가 쉬웠다. 마치도 위인을 잘못 입에 담았다간 그가 불시에 눈앞에 나타나 무서운 위해라도 가해올 것처럼 어린것들의 아는 체를 엄하게 단속하면서.

반실제 반가공의 악인 방두천—

처음부터 내게는 얼굴이 없는 인물이었던 데다, 그 어른들의 금기시와 엄한 단속으로 나는 그를 길게 맘에 지닐 수가 없었다. 나이를 먹고 고을을 떠난 후로는 오랜 세월 잊고 지낸 위인의 일이었다.

그런데 어느 날 그 방두천이 내 뿌연 기억의 장막을 들치고 내 앞에 모습을 드러내온 것이었다.

희미하나마 이번에는 그 얼굴이 없는 모습이 아니었다. 내게 자꾸 비슷한 기억이 있는 듯싶었던 게 그 때문이었겠지만, 이번에는 전혀 경우가 다른데도 그 위인의 형상에 뜻밖에 백산의 모습이 얹히고 있는 것이었다.

내가 그 절골과 반월정에서의 일에 말을 꽤 참아온 것은 그 때문이었다. 위인의 일을 섣불리 입에 담지 않으려는 당시의 버릇이 다시 나를 강박해온 탓도 있었지만, 나로선 그 백산과 방두천의 연결을 쉽사리 용납할 수가 없었기 때문이다. 백산의 일과 방두천의 연결은 애초 말이 안 되었다. 그것은 생각조차도 민망스런 일이었다. 나는 다시 머릿속에서 양자 간의 연결을 끊으려, 그런 연상 자체를 지우려 한사코 애를 썼다. 불연이면 방두천의 진짜 얼굴로 백산의 그것을 대신시키려, 이제라도 위인의 분명한 내력이나 정체를 알아볼 길이 없을까 한동안 궁리를 일삼기도 하였다. 그것이 내게 확연해지기 전에는 어떤 섣부른 이야기도 어려웠다. 심지어는 당사자인 백산 본인을 상대로 해서도 그랬다.

하지만 시간이 갈수록 그 방두천의 얼굴은 점점 더 백산의 그것을 닮아갔다. 그리고 그럴수록 나는 그걸 더욱 납득하기 어려웠고, 마음까지 자꾸만 무너져가고 있었다.

그런데 정작 일의 당자 격인 백산 자신은 그 일을 주위에 아무 스스럼없이 자랑하고 다닌 모양이었다. 그리고 이날은 바로 자신의 성지 격인 그 절골과 반월정을 다시 찾는 일에도 아무런 의구심이나 주저함이 없었다.

그렇다고 내가 그러는 그를 군이 허물하고 나설 수는 물론 없었다. 백산 자신처럼 대범스레 지나쳐 넘어가면 될 일을 내가 너무 부질없이 마음을 쓰고 있을 수도 있었다. 실은 그 위인들 앞에 그

런 내 심사를 멋쩍게 내색해 보일 수도 없었다. 위인들은 이미 생
각들을 정하고 앞장서 길을 나서고 있는 터였다. 내키지는 않았지
만 나 역시 이제는 일행과 행동을 함께하는 수밖에 없었다. 뿐더
러 기왕 길을 함께할 바엔 될수록 마음을 가볍게 지어먹고 서로
간의 유쾌한 나들이가 되게 해야 했다.

우리는 결국 별다른 이견 없이 수인사 절골까지 다시 차를 몰아
갔다. 하지만 나는 차가 절골에 가까워질수록 마음이 차츰 다시
무거워지기 시작했다. 반월정에서의 전날의 일들에다 백산의 태도
까지 자꾸 마음에 켕겨온 탓이었다.

그리고 그렇듯 일의 앞뒤나 사람의 속을 깊이 헤아리지 못하고
나선 이날의 행사는 예감대로 끝내 적지 않은 낭패를 빚고 말았다.

절골이나 반월정엔 물론 아직 별다른 변화가 없었다. 반월정 베
레모의 백산에 대한 숭모의 태도 역시 조금도 정도가 달라지지 않
고 있었다. 백산이 일행을 이끌고 문간을 들어서는 것을 보고 녀
석은 졸지에 반가움과 놀라움으로 거의 울상이 될 지경이었다. 그
더듬거리는 말투가 여전할 뿐 자신이 다시 '털보 어른'의 시중을
들게 된 자부심과 자랑스러움으로 녀석의 목소리나 인사 동작들은
한결 더 힘이 차고 절도가 있었다.

"어, 어서 오십시오. 다닷, 다시 뵙게 되어 영광입니다. 저, 저
희 집에선 서, 선생님들께서 아시다시피 소, 손님을 아무나 모, 모
시지 않습니다."

머리가 좋지 못한 탓엔지 전날의 백산의 주의를 잊어먹고 하나

하나 귀찮게 똑같은 손님 맞이 절차를 되풀이하고 다니는 것이 유감이었지만, 어딘지 제법 거드름기가 배어 있던 녀석의 느린 시중 동작들 또한 '사장님들'이 '선생님들'로 바뀐 데서처럼 눈에 띄게 더 공손하고 민첩했다.

녀석의 그런 민첩성과 충직성은, 우리가 뜰 건너 별채 방으로 대충 자리를 정해 앉고 나서,

"어이 총각, 밥상 들어오기 전에 약주부터 한잔하게 무슨 다른 안줏거리 없을까? 전번에 보니 술안주 따로 없이 밥 반찬거리로 함께 차려 내오던데, 그런 거 말고 버섯볶음 같은 거라도 술안주를 따로 좀……"

백산이 술이 급해 우선에 식전 주안을 청했을 때에도 그 자의성과 진정성이 충분히 입증되었다.

"죄, 죄송합니다만, 젓, 저희 집에선 수, 술안주 접시를 땃, 따로 내지 않는데요."

뜻밖에 '털보님'의 주문을 정중히 거절하고 나서는, 그러나 금세 다시 요령을 발휘하여, 술이 정 급하시다면 바로 아랫집이 전문술 가게니 거기서 따로 안주를 시켜 오면 되는 일이라며,

"그, 그 집 안주도 드, 드실 만하실 겁니다. 그, 그 집은 나, 나물이나, 버, 버섯볶음 같은 걸 트, 특별히 잘하는 지, 집이니까요. 시, 시키기만 하시면 시, 시간도 빠, 빠르구요."

이웃 가겟집에 대한 보기 드문 아량으로 편의에 친절과 성심을 다해온 것이었다. 그래 우리가 반월정 약주에 아무 데서나 알아서 두어 접시 안주를 시켜오라는 주문에, 녀석이 그 남의 집 장사거

리 심부름에 철없이 신바람이 나서 문간을 부리나케 달려나가는 것을 보고는 우리 일행 중의 두 초행자들까지 '과연' 싶은 얼굴로 서로 간 깊은 수긍의 눈길을 주고받았을 정도였다.

이날 일이 좀 흥하게 되기 시작한 것은 녀석의 장담처럼 그 아랫집 술안주가 제집 밥상 먼저 신속하게 날라져 온 데서부터였다. 녀석은 아예 그 아랫집 가게에서 자신이 직접 자리를 지켜 서서 안주 마련을 재촉해온 모양이었다. 그리고 나중에 알게 된 일이지만, 녀석이 그렇듯 그 집 안주 주문을 흔쾌해한 것이나 시간을 재촉해 서둘러댄 데는 녀석 나름대로의 이유가 있었기도 했다. 어쨌거나 녀석은 과연 몇 참도 안 되어 그 집 종업원 아가씨와 안주 접시를 하나씩 나눠 들고 의기양양 방문 앞에 대령했다. 거기다 녀석은 '털보'에 대한 지극한 공경심에선지, 아니면 그를 단골로 모시게 된 자랑스러움에선지 안주 접시를 들리고 온 아랫집 아가씨를 방 안까지 끌어들여 도에 넘치는 친절을 베풀었다.

"이 서, 선생님들, 보, 보통 귀하신 어른들이 아니시다, 너. 이분들을 뵈, 뵙게 된 것을 너도 여, 영광으로 알고 고, 공손히 잘 차, 차려 올려야 한단 마, 말이야."

공연한 알은체 속에 제가 할 상차림까지 남의 집 아가씨를 대신 시키는 것이었다.

그게 실은 녀석 스스로가 자기 곤경을 불러들인 꼴이었다. 여자아이도 그걸 정말로 영광으로 알았는지, 아니면 녀석의 당부를 마다할 수 없어선지 문 쪽에 엉거주춤 허리를 구부린 채 제집 안주 접시와 그새 녀석이 다시 신속하게 챙겨 온 반월정 술잔들로 고분

고분 말없이 주안상을 마련했다. 그리고 손수 방 아래쪽 손들 앞에 상을 들여다놓고 그녀가 다시 방문을 나가려 할 때였다.

"거, 기왕 들어온 김에 아가씨가 술이나 한잔씩 따라주고 가지 그래."

상을 들여올 때 목 아래로 흘러 열린 엷은 저고리깃 사이로 잠시 그녀의 흰 가슴살을 훔쳐본 최가가 장난스레 한 눈을 찡긋해 보이며 이내 그녀를 다시 붙들어 세웠다. 그러자 바로 문 쪽에 앉아 있던 민가 성까지도, 여자 꼴을 보고서 어찌 사내들끼리 제 술을 따라 먹을 수 있겠느냐, 이웃집 일이니 얼굴을 보인 김에 첫 잔이라도 한잔씩 따라주고 가는 게 도리 아니겠느냐—, 옷자락을 끌어 잡으며 짓궂게 맞장구를 치고 들었다.

제가 앞장서 남의 집 여자아이를 불러들인 베레모 녀석도 거기까지는 미처 생각을 못했던 모양이었다. 여자아이는 엉거주춤 옷자락을 붙들린 채 그 노릇이 과히 싫지도 않은 듯 히죽히죽 처분만 기다리고 있는 눈친 데 반해, 녀석은 금세 얼굴색까지 붉어지며 제풀에 어쩔 줄을 몰라 하는 표정이었다. 하더니 아무래도 거기까진 아가씨를 내돌릴 수 없다는 듯 뜻밖에 완강한 목소리로, 속으론 제 흥분기를 참느라 유난히 더 심하게 더듬거리는 어조로 일행 앞에 느닷없이 선언해왔다.

"저, 저희 지, 집에서는 여, 여자에게 수, 술은 딲, 따르게 하, 하는 일이 없습니다. 야야, 양해해 주, 주십시오."

그 어조가 더없이 단호하고 완강할 뿐 아니라 녀석은 일테면 그 여자아이의 일로 하여 심한 모욕감까지 느끼고 있는 낌새였다. 녀

석은 그걸로 여자에게 절대로 술을 따르지 말라는 자신의 의사를
분명히 한 것이었다.

　결국은 녀석과 여자애 사이가 보통이 아니라는 게 드러나게 된
셈이었다. 하고 보니 일이 더욱 짓궂어질 수밖에 없었다. 둘 사이
의 사정이나 녀석의 아픈 심사를 알아차린 술 놀이꾼들이 그걸 그
대로 얌전히 보고 넘어갈 리가 없었다. 위인들은 그걸 외려 재미
있어 하면서 녀석을 더욱 난처하게 괴롭히고 있었다.

　"그거, 공연히 남의 집 아가씨 가지고 자네가 왜 나서?"

　"그 뭐 보아하니, 두 사람 사이가 그게 아닌가 본데, 여자가 남
자에게 술 한번 쳐준다고 어디가 닳아 망가지나."

　한창 나이의 남정이 넷이나 되는 데다 제 사부님 격인 '털보'까
지 함께하고 있는 일이고 보니 녀석으로선 처음부터 감히 맞대들
고 나설 자리가 못 되었다. 녀석은 이내 형세를 알아차리고 막막
한 얼굴로 잠시 울상을 짓고 있었다. 그러나 그는 이내 다시 태도
를 바꾸어 이번에는 거의 애원에 가까운 사정 조로 나왔다.

　"제, 제가 대, 대신 술을 땄, 따라 올리겠습니다. 저, 저 아가씬
그, 그냥 보, 보내주십시오. 여, 여기서 계, 계속 이러고 있다간
우린 두, 둘이 다 쪼, 쫓겨나게 됩니다."

　그걸로 마지막 구원을 청하듯, 눈길은 여태껏 일이 되어나가는
귀추만 지켜보고 있는 '털보님' 백산 쪽을 향한 채였다. 아닌 게
아니라 이제는 그밖에 더 다른 데는 매달리고 들 데가 없는 처지였
다. 녀석의 초조하고 다급한 눈길 속엔, 자신이 어떤 곤욕을 치르
게 되더라도 제 여자에게만은 절대로 술을 따르지 않게 하겠다는

비장한 결의와, 그에 대한 털보의 넓은 관용을 호소하는 안타까운 갈망의 빛이 엇갈리고 있었다. 그런 녀석의 절박스런 처지 앞엔 여태까지 방관자로 구경만 하고 있던 나까지도 덩달아 심사가 잔뜩 조급해지면서 백산 쪽으로 문득 시선을 모았다.

백산도 물론 그것을 알고 있었던 것 같았다. 그는 과연 곧 녀석의 어른답게 좌중의 일을 간단히 결정지어버렸다.

"술을 따르도록 해! 자넨 나가보구."

마치 제집 아랫사람을 다루듯한 위압적인 명령이었다.

그런 백산의 태도나 일방적인 처결이 나로선 좀 뜻밖이었다. 머리가 그다지 영민하지는 못할망정 바탕이 거칠거나 비뚤어진 아이들은 아니었다. 그저 좀 더듬하고 단순한 심성에다 나름대로 정성과 친절을 다하고 싶어 한 아이들이었다. 평소에 백산이라면 그런 아이들을 거기까지 괴롭히고 들 사람이 아니었다. 아니 백산도 말을 하고 나선 짐짓 시치밀 떼고 있는 듯한 표정이, 녀석들이 어찌나오나 시험 삼아 한번 그래 본 것 같기도 하였다. 그도 정말 장난기 말놀음으로 그랬을 수 있었다.

하지만 문제는 그 여자아이나 베레모 녀석의 태도였다. 내가 기대 밖으로 느껴지고 있는 마당에 녀석의 놀라움이나 실망은 더 말할 것이 없었다. 백산의 뜻하지 않은 명령이 떨어지자 위인은 행여 자기가 말을 잘못 들은 거나 아닌지 제 귀를 의심하듯 어리둥절한 표정으로 한동안 백산 쪽을 멍하니 바라다보고 있었다. 그러다 그 수염도 없는 털보의 얼굴 표정에 더 아무런 변화의 기미가 안 보이자 녀석은 비로소 사태를 분명하게 알아차린 듯 그 눈길에 차츰 견딜 수 없는 원망과 깊은 절망기가 어려들기 시작했다. 그러나 그는 가슴속 깊은 곳에서 뜨겁게 치솟아 오르는 막판의 분노조차 백산 앞엔 함부로 내색하기가 두려운 듯, 아직도 비죽비죽 헤픈 웃음만 흘리고 있는 여자아이 쪽을 향해서,

"이, 이젠 난 모르겠다. 이, 인저는 네, 네가 알아서 하는 거여. 지, 진짜로 수, 술집 각시처럼 수, 술을 따, 따르든지 말든지, 말이여!"

엉뚱한 화풀이를 대신해버리고는 제 소리에 제가 겁이라도 먹은 듯 나 몰라라 방문을 빠져나가버리는 것이었다.

뿐만이 아니었다. 공연히 말로만 그래 본 것일지 모른다는 나의 기대와는 딴판으로 백산은 실상 처음부터 생각이 달랐던 모양이었다. 일이 거기에 이르러서도 위인은 여전히 생각을 바꾸려는 기색이 아니었다. 커녕은, 녀석이 아예 방을 나가준 것이 오히려 다행스럽다는 듯, 어쩌면 내심 처음부터 그것을 노리고 있었던 듯 그제야 슬며시 굳은 표정을 풀어 내리며 참았던 웃음을 입가에 흘려 물었다. 그리곤 아직도 제 사내 녀석의 속을 잘 헤아릴 수가 없는 듯 어물어물 발길을 망설이고 있는 여자애를 사람이 금방 달라지기라도 한 것처럼 부드러운 목소리로 얼러대기 시작했다.

"그, 왜 아직도 그러고 있나? 남의 집 일에 서로 간섭을 할 처진지 아닌진 모르지만, 그 친구도 자네가 알아서 할 일이라잖아. 자, 그러니 이제 여기 앉아 한잔씩 따라 올려봐. 그런다고 누가 자넬 잡아먹을 것도 아니니까. 대신 우리가 자네 집 안주를 계속 시켜줄 테니. 더운 날씨에 손님도 그리 없어 보이던데, 그쪽 일 걱정

은 마음 푹 내려놓고……"

역시 그저 해보는 말놀음이 아니었다. 그는 끝내 그런 식으로 여자애를 억지로 끌어 앉히다시피 해서는 기어코 술을 한잔씩 따르게 하였다. 아니, 위인의 행세는 그것으로도 아직 끝이 나지 않았다. 여자애가 마지못해 자리를 돌아가며 술잔을 채워주고 나서 그걸로 이제는 그만 자리를 일어서려 할 때였다.

"술을 따랐으면 자네도 한잔쯤 잔을 받고 가는 게 인사지."

단숨에 자기 술을 비워낸 백산이 그녀를 재빨리 다시 붙들어 앉히며 빈 잔에 술을 하나 가득 부어 건네주는 것이었다.

그래저래 아가씨는 이후로도 좀체로 방을 빠져나갈 수가 없었다. 거의 어거지로 술잔을 비워낸 그녀를 이번에는 또 다른 술잔들이 거듭 강요하고 들었다. 게다가 이제는 그 베레모 녀석조차 이따금씩 문 앞을 흘깃거리고 지나갈 뿐 방 안엔 모습을 전혀 나타내지 않았다. 이후로 녀석이 다시 방문을 들어온 건 진짜 제집 음식상이 나왔을 때 한 번뿐이었다. 계집아일 끌어내기 위해 녀석이 상 준비를 재촉했던지, 이날은 전번보다 그 음식상이 훨씬 일찍 차려져 나온 거라도 다행이었다 할는지, 그래 그런지 말없이 계속 찌부듯해 있기만 한 얼굴 표정과는 달리 녀석의 그 상 심부름 동작 역시도 이날따라 유난히 더 신속하기 짝이 없었다. 그러나 이때도 녀석의 기대는 이루어질 수가 없었다. 백산이 그걸 미리 알아차린 듯 아랫집에 안주를 덧시켜버린 때문이었다. 그리고 음식이 들어올 때부터 그를 기회로 자리를 일어서려는 여자아이를 향해,

"자넨 그냥 여기 앉아 있어. 저 친구보고 대신 좀 갔다 오라구.

어, 총각, 자네가 대신 좀 갔다 와!"

들썩거리는 엉덩이를 끌어 앉혀버리고는 그를 핑계 삼아 오히려 베레모를 방에서 다시 내쫓아버리는 것이었다. 아가씨도 녀석도 그 백산 앞엔 물론 감히 어떤 거역의 엄두를 못 냈다. 그의 뜻을 섣불리 거스르고 들었다간 어떤 재앙을 입을지 두려움이 앞서는 듯, 그것이 그에 대한 의당한 도리요 의무이기라도 하는 양 그의 명령을 말없이 잘 따라주고 있었다.

하지만 나는 이제 그런 백산이 아무래도 도를 넘고 있다는 생각이 들었다. 백산의 이날 행실엔 애초부터 좀 엉뚱스러워 보인 데가 없지 않았지만, 이제는 그게 거의 폭군의 작태에까지 이르러가는 느낌이었다. 고된 삶의 연속에서 모처럼 마음을 풀고 나선 장난기에서려니, 그러다 저러다 곧 허허한 웃음기 속에 자리를 털고 일어서게 되려니, 혼자서 잘난 척 파흥을 하고 들기보다 실없는 장난질이 끝나기를 고이 참고 기다리고 있던 나로서도 끝내는 백산이 그 털보 전설의 진짜 의인이기나 하듯이, 그리고 그의 옛 무용담이 모두 사실이기라도 하듯이, 제물에 알 수 없는 위압감마저 느껴져왔을 정도였다. 스스로도 잔뜩 위엄을 떨어대고 있는 그 백산은 어찌 보면 내친김에 이 절골에서 '의인 털보'로서의 자신의 위력이 얼마나 한 것인지를 끝까지 확인해볼 겸 그것을 우리 앞에 남김없이 누리고 싶어 하고 있는 것 같기도 하였다.

나는 마침내 그런 백산이나 일행의 수작 앞에 적지 않이 심사가 뒤꼬여들고 있었다. 한데다 나 역시 술기가 번져 올라 뒤늦게 동색의 장난기가 동했거나, 자포자기 식 가학성이 발동해온 것인지 모른다. 나는 그 백산이나 일행에 대해 못지않게 밸이 빠진 아가씨나 베레모 녀석 역시도 언짢고 못마땅하기는 매한가지였다. 더욱이 그 백산의 실속 없는 위세 앞에 나 몰라라 제 계집까지 내팽개쳐 맡겨둔 채 슬금슬금 눈치나 봐도는 녀석에겐 엉뚱스런 오기마저 금할 수가 없었다. 녀석을 더욱 못 견디게 몰아쳐주고 싶은, 그래서 끝내는 녀석의 두려움이나 참을성, 그 복종심의 마지막을 보고 싶은 무책임한 호기심과 잔인스런 가학성까지 나를 못되게 충동하고 들었다.

하여 마침내 나까지 가세하고 든 일당의 작태는 갈수록 더 거칠고 방자스러워질 수밖에 없었다. 그리고 그것으로 베레모 녀석이나 이 동네 사람들의 백산의 대한 숭앙심은 더없이 잘 입증이 된 셈이었다.

"술 더 따러!"

"여기 안주 하나 더 가져와!"

채 다 먹지도 못할 술과 안주를 계속 시켜 들이고 남의 가게 여자를 붙들어 앉혀놓고 논다니 작부처럼 무한정 함부로 희롱하고 있는 꼴들을 문밖 사람들이 좋게 볼 리는 절대로 만무였다. 한데도 바깥에선 베레모뿐 아니라 누구 하나 그것을 말리려 들거나 싫은 기척을 보여오는 사람이 없었다. 아랫가게에서조차도 남의 집 술 상머리에 붙잡혀 앉아 있는 제집 아이를 재촉해오는 기척이 한 번도 없었다. 백산을 그만큼 존경하고 미더워해서든지, 그를 두려워해서든지, 도대체 방 안 일을 알은척해오는 사람이 하나도 없었다.

한마디로 오만하고 방약무도한 무뢰배들의 광태 같은 작태였다.

그리고 그렇듯 난폭한 술자리는 끝내 베레모나 다른 누구의 간섭 때문이 아니라 밤늦게까지 시달리다 못한 그 여자아이의 눈물바람으로 해서야 겨우 파장을 보게 됐다. 일행 중의 최가가 종당엔 취기를 감당하지 못하고 회유 반 위협 반으로 여자아이를 제 무릎 위에까지 올려 앉히기에 이르렀고, 여자아이는 그러자 이러지도 저러지도 못할 거북스런 처지에서 소리 없이 눈물만 뚝뚝 떨구기 시작한 것이었다.

"이거 봐라? 사내가 여자 호강시켜 주는데 뭐가 싫어서 눈물바람인고."

"그만 그치지 못해. 괜히 술맛 떨어지게."

최 형과 백산의 연이은 핀잔 소리도 이제는 귀에 들어오지 않는 듯 아랑곳이 없었다. 여자로서의 마지막 수치심을 참고 있는 자기체념과 소리 없는 원망의 눈물인 셈이었다.

그러니 그쯤 그녀를 놓아 보내주거나 우리가 자리를 일어섰으면 그런대로 뒤가 그만했을걸, 백산이 갑자기 얼굴이라도 깎인 듯 여자 대신 바깥 녀석을 닦달하려 든 것이 이날 일의 마지막을 더욱 민망스럽게 만들고 말았다.

"어이, 총각. 여기 좀 봐! 여기 말이야."

여자아이가 전혀 말을 들어먹지 않고 눈물바람을 계속하자, 백산은 마치 그 허물이 바깥의 베레모 녀석 때문이기라도 하듯 짜증기와 노기가 가득 찬 목소리로 벼락같이 녀석을 불러댔다. 하지만 방 안일을 체념하고 문을 나간 녀석으로부터도 이제는 아무 대꾸가 없었다.

"어이, 베레모! 여기 부르는 소리 안 들려!"

문밖에 기척을 숨기고 있는 사람을 불러대듯 한 그 백산의 목소리에 갈수록 노기만 더해갈 뿐이었다.

나는 이제 아무래도 더 보고만 앉아 있을 수가 없었다. 녀석의 침묵이 괘씸하거나 불안해서가 아니었다. 녀석을 끝까지 굴복시키고 싶어 하는 백산의 행동에 얼굴이 문득 화끈거려온 때문도 아니었다. 보다는 백산의 거듭된 부름에도 끝끝내 반응을 보이지 않는 녀석의 대응 태세가 궁금해진 때문이었다.

질펀한 술기 속에 서서히 제정신이 돌아오며 녀석의 그 말 없는 저항의 기미에 새로운 기대와 호기심이 머리를 쳐들어온 때문이었다. ──녀석이 이젠 정말 막판까지 간 것인가. 그래 이제는 어디 한번 할 테면 맘대로 해보라는 배짱이 생긴 것인가…… 이윽고 용변길 겸하여 슬그머니 혼자 방을 빠져나갔다. 그리곤 먼저 용변소를 거친 뒤, 안채 부엌방 문턱에 다리를 반쯤 걸치고 엎어져 있는 녀석에게로 조심조심 다가갔다.

가까이 가보니 녀석의 꼴새는 이번에도 영 기대와는 딴판이었다. 다름 아니라 녀석은 군홧발을 문턱 위로 아무렇게나 뻗어 걸친 채 상체를 방바닥을 향해 제 머리통을 뒤로 감싸고 엎어져 있는 꼴이었고, 그런 녀석의 머리통 위에선 때마침 이 집의 부엌 아낙 하나가 안쪽 문으로 얼굴을 반쯤 들이민 채 위로 섞인 재촉과 원성을 쏟고 있는 중이었다.

──이 위인아, 그 참에 아예 귀머거리가 되어버렸냐. 그래, 아직도 저 방 손님들 부르는 소리가 안 들리느냔 말이다.

— 오냐, 그래 네 맘대로 실컷 심통을 부려보거라. 나중에 공연히 누구 원망일랑 하지 말고!

— 쯧쯧…… 그래도 제가 제법 사내꼭지 형상이라고……

녀석에 대한 동정인지, 손님들에 대한 불안감에선지, 연신 건넌방 쪽 기미를 살펴가며 초조하게 얼러대는 아낙의 다그침이었다.

녀석은 그 아낙의 채근에도, 아직도 이따금 마당을 건너오는 백산의 부름에도 여전히 대꾸가 없었다. 하긴 녀석으로선 그만만 해도 대단한 용기요 배짱인 셈이었다. 나는 그쯤 녀석의 고집을 사주고 싶어지기도 하였다.

하지만 끝내는 그도 다 허사였다. 나의 접근조차 눈치를 채지 못한 아낙의 넋두리가 무한정 계속되자 녀석이 끝내는 더 버티기가 괴로운 듯 어느 순간 불쑥 엎드린 채 머리통을 비틀어 올렸다. 그러다간 뜻밖에 아낙과 반대쪽에 그를 내려다보고 서 있는 내 쪽과 눈길이 마주쳤다. 그러나 그때 녀석의 눈길 속엔 나로 인한 놀라움과 두려움 이외에 어떤 다른 항의나 도전의 빛 같은 걸 찾아볼 수가 없었다. 항의나 도전커녕 역시 지저분한 눈물범벅이 된(그도 또한 울고 있었다!) 눈길 속에, 이젠 제발 좀 그만 괴롭혀주십사, 그만 좀 괴롭히고 물러가주십사 — 무기력한 원망과 비굴스런 애원기만 가득할 뿐이었다.

내 기대와는 너무 거리가 먼 꼴상이었다. 녀석의 그 초라하고 딱한 모양새 앞에 나는 이제 차라리 맥이 풀리고 말았다. 녀석에겐지 누구에겐지 한순간 고통스런 노기가 치솟다 말고 끝내는 그런 자신이 외려 더 부끄럽고 혐오스러워지고 있었다. 그래 녀석이 다시 그 지저분한 상통을 방바닥 쪽으로 파묻어버리자 나 역시 내심 더 씁쓸한 심사 속에 뜰 건너 일행 쪽으로 되돌아오고 말았다.

그러나 나는 이제 다시 방 안의 술판으로는 끼어들어갈 수가 없었다. 시간도 꽤 늦었겠다, 이제는 그쯤에서 자리를 일어서는 게 그나마 경우였다.

"어때, 이젠 그만들 내려가보지. 백산은 지금 수제자의 몰골이 어떤 꼴이 되어 있는지 한번 나와 알아보시고."

나는 맥없이 마루 끝으로 걸터앉으며 방 안을 향해 짜증스럽게 내던졌다. 이제는 방 안의 위인들도 녀석이나 바깥의 심상찮은 기미에 웬만큼 장난기가 가라앉아가던 참이었던지,

"그래, 그럼 그러세. 공연히 예서 더 시간을 끌다간 백산의 진짜 본색이 들통 날 수도 있겠구…… 자, 그럼 이제 자네도 자네 일 보러 가보구."

그간 아가씨를 유난히 짓궂게 괴롭혀대던 최가가 의외로 선선히 여자를 놓아주며 부석부석 먼저 자리를 일어섰다. 이어 아가씨가 손으로 얼굴을 감싼 채 방을 나와 도망치듯 안채 쪽 부엌께로 달려갔고, 잠시 뒤 천천히 그녀를 뒤따라 나온 백산들도 하나하나 흩어진 신발을 찾아 꿰는 길로 차례로 뒤껼 화장실부터 찾아갔다.

나는 위인들을 더 기다리고 있을 필요가 없었다. 어쩔 수 없이 다시 백산을 배웅해야 할 녀석의 꼴을 다시 보고 싶지도 않았다. 나는 그사이 안채 쪽으로 건너가 주인 여자에게 음식 값을 치르고 혼자 먼저 문간을 빠져나왔다. 문간을 나오면서 한번 더 녀석 쪽을 돌아보니, 위인의 자세는 아직도 움직임의 기미가 없었다. 그런 식

으로 제법 마지막 불만의 표시를 해 보이는 것인지, 아니면 극단적인 상실감 속에 자신을 아무렇게나 팽개쳐두고 있는 것인지, 녀석은 마침내 손님들이 자리를 끝내고 돌아가는 기척에도 두 발을 여전히 문지방 밖으로 내뻗고 엎드린 채 누구에게도 알은체가 없었다. 털보라 하더라도 가든 말든 아랑곳을 않으려는 자세였다.

그 진짜 흉중이야 어찌 됐든 녀석의 그런 자세는 뒤에까지 끝내 변함이 없었던 모양이었다. 최 형이나 민 형에겐 말할 것도 없었고, 녀석은 자신의 살아 있는 우상 격인 '털보 어른' 앞에서도 여전히 그 자세 그대로 알은체나 움직임이 전혀 없었던 것 같았다. 그리고 녀석의 그런 뜻밖의 태도엔 위인들도 놀라움이 적지 않았던 모양이었다. 그것도 누구보다 백산에게 그 충격이 더했던 게 분명했다.

혼자서 먼저 대문을 빠져나온 내가 일종의 자기 형벌과도 같은 심한 모멸감을 짓씹으며 아랫길목 어둠 속에 잠시 일행을 기다리고 나서였다. 최가와 민가가 이윽고 그 어두운 가겟길을 어정어정 내려왔고, 거기서도 시간이 한참이나 지나서 백산이 다시 마지막으로 모습을 드러내어 내려왔다. 백산이 유독 그렇게 시간이 늦어진 것은 뒷용변을 보고 오는 탓이라는 민가의 말이었다. 그런데 이유가 어디에 있었든지, 그렇게 뒤늦어 길을 내려온 백산의 얼굴 표정이 아무래도 전처럼 호기스럽지가 못했다. 자기를 기다리고 있는 일행을 보고서도 그새 갑자기 기분이 달라진 사람처럼 말 한마디가 없는 데다, 얼굴엔 아깟번의 질펀한 술기 대신 까닭 모를 긴장 기 같은 것이 짙게 깔려 있었다. 그야 어두워진 반월정 문을 나오고 나서 묵묵히 서로 말을 꺼리고 있었던 나나 민가들도 사정은 마찬가지였다. 하지만 민가나 최가들은 백산이 길을 내려와 합류하고부터는 가라앉았던 기분들이 금세 되살아나 참았던 소리들을 함부로 떠벌리기 시작했다.

"거, 베레모 녀석 심사가 많이 뒤틀린 꼴이더구만. 녀석이 백산 앞에 오금을 못 펴 망정이지, 그러지 않았다간 무슨 봉변을 당할지 모르겠던걸."

"반성하라구, 반성해. 남의 계집을 녀석 눈앞에서 강제로 무릎위에 앉히고 논 사람부터. 제 계집을 그런 식으로 가지고 노는 데 눈에 쌍심지가 돋지 않을 놈이 어딨겠어. 나중엔 백산까지 소 닭 보듯 하고 나자빠져 있는 품이 거기서 더 심사를 건드리고 들다간물불 가리잖고 난장판을 내겠던걸."

"우리야 털보 선생 백산을 믿고 한번 그래 본 것뿐인데 뭘. 사단은 애초에 백산에게 있었으니 일을 당해도 백산이 당했겠지. 일의 경위가 그렇게 되지 않았나, 백산? 그러니 이담부턴 백산도 녀석을 조심해 대하라구. 공연히 그 엉터리 털보 빽만 믿지 말구."

다행인지 불행인지, 녀석의 마지막 자포자기식 외면에 위인들도 꺼림칙한 불안기를 숨기지 못한 채 그걸 짐짓 범상스런 너스레로 무시하려 백산 쪽을 부러 더 긁어대는 소리들이었다.

하지만 백산은 거기에도 여전히 기분이 풀리지 않는 얼굴이었다. 위인은 아직도 어정쩡한 침묵 속에 뒷일이 아무래도 신경이 쓰이는 듯 슬금슬금 곁눈질을 계속하고 있었다. 그리고 한시바삐 그 절골을 빠져나가고 싶은 듯 전에 없이 발길을 서둘러대었다.

백산 역시 무언가 녀석의 뒷일을 불안해하고 있음이 분명했다. 평소의 백산에게선 쉽게 볼 수 있는 일이 아니었다. 나도 처음 그 백산이 조금은 의아스럽고 우습기조차 하였다. 위인이 웬일로 저리 갑자기 태도가 달라졌나. 방금 전까지만 해도 그렇듯 녀석 위에 폭군처럼 군림하며 위세를 떨어대던 위인이 이제는 어둠 속을 앞장서 도망치다시피 하고 있는 우스운 꼴이라니. 녀석의 그 말 없는 불복 시위 따위가 위인에게까지 그렇듯 기분을 언짢게 하거나 겁을 먹고 불안해지게 했을 수는 없었다. 위인과 녀석 간에 그사이 필시 그럴 만한 다른 곡절이 있었음이 분명했다. 나는 이제 그저 우스운 느낌을 넘어서 그 곡절이 새삼 궁금해지기까지 하였다.

그러나 실상 백산이 그리 될 만한 별다른 사단이나 곡절은 없었다.

"자네, 도대체 기분이 왜 그래? 혹시 혼자서 뒤처져 오다가 누구한테 말 못 할 망신을 당한 거 아냐?"

절골 길을 내려와 온천장 쪽으로 다시 찻길을 잡아 나오면서 우리는 그 사유를 몇 번이나 캐물었지만, 백산은 그때마다 시치미라도 떼듯이,

"망신은 무슨…… 녀석 일에 공연히 기분이 좀 언짢아서 그러지. 이제 그 일은 그만들 잊어버리라구."

마지못해하는 어조 속에 쓴웃음을 지어 흘리며 녀석의 일을 한사코 회피하려고만 들었다. 그러다 겨우 실토를 해온 것이 그가 그 부엌방 앞을 지나오다 우연히 목도하게 됐다는 녀석들의 그 '꼴

사나운 뒷다툼질' 정도였다.

"음식 값을 치르고 자네들이 나간 걸 보고 그길로 일행이 모두 물러간 줄 알았던 모양이야."

차가 거의 온천 근처 숙소에 가까워지고 있을 때서야 백산이 겨우 좀 기분이 홀가분해진 얼굴로 그나마 뒷이야기를 털어놓는 것이었다.

"화장실을 다녀나와 부엌방 근처를 지나다 보니 그새 어디선지 그 계집아이가 방 안으로 쫓아 들어가 녀석의 머리통을 싸안고 애가 타서 통사정을 들이대고 있는 꼴이지 뭐야. 녀석은 이제 내 알 바 아니니 네 일은 네가 알아서 맘대로 하라는 듯 계집아이에게 제 머리통을 아무렇게나 내맡겨둔 채 두 눈 꼭 감고 옴짝도 않고 있는 중이었구. 통사정의 내용은 자세히 알아들을 수 없었지만, 눈물 찌금 콧물 찌금 성화를 대고 있는 게 오늘 일로 녀석의 용서를 빌고 있는 참이었겠지…… 그 꼴을 보게 되니 공연히 가슴이 섬뜩해오더구만. 자네들 말대로 녀석이 불시에 발작이라도 일으키고 나설 것 같아 은근히 겁이 났는지도 모르고. 그래 난 녀석들이 눈치를 못 채게끔 살금살금 대문을 빠져나오고 만 거지. 그 왜 도둑놈이 제 발 저린다는 격으로 말씀이야. 공연히 막판에 안 볼 것을 본 것 같은 떨떠름한 느낌이 영판 안 좋구만."

백산은 아직 그런 기분이 잘 가시지 않은 듯 새삼 눈살을 찌푸렸다.

어쨌거나 백산에게 우리가 모르는 곡절이 있었다면 불의에 그 어리숙하고 딱한 한 쌍의 뒷사랑 싸움을 목격한 일 정도였다. 뿐더러 백산이 그 말을 여태까지 참아온 정도로 보아 그것이 그의 그 불안스런 쫓김의 참 곡절일 수도 있었다. 그 밖엔 다른 곡절을 생각할 수가 없었다.

하고 보니 나는 아직 그 꺼림칙한 불안기를 씻어버리지 못하고 있는 백산의 심중이 새삼 다시 우스웠다. 반월정 녀석이 제 우상 격인 백산 앞에 주눅이 들어 그의 횡포를 고스란히 겪어낸 것은 그래도 처지를 이해할 만한 경우였다. 그에 비해 백산은 자신이 지어 만든 거짓 힘의 우상 앞에 자신이 겁을 먹고 쫓기고 있는 격이었다. 거짓 힘의 운명이란 원래 그처럼 허망스런 것인지 모르지만, 위인은 바로 자신의 허상에 자신이 불안하게 쫓기고 있는 꼴이었다. 뿐더러 이제는 그가 거짓으로 꾸며 지닌 자신의 우상을 그 스스로 깨부숴 허물어뜨리고 있는 꼴이었다.

그런 백산이 우습지 않을 수 없었다. 아니 그저 위인이 우습기만 한 게 아니었다. 어쩌면 그가 그저 우습기보다도 베레모 녀석의 처지에 더하여, 나는 그 백산 앞에 다시 한 번 연거푸 속아 넘어간 듯싶은 느낌에 위인이 더없이 괘씸스럽기까지 하였다. 베레모 놈의 형세가 그리 만만해 보이지가 않았던 건 사실이지만, 그렇다고 위인의 그 질펀한 호기는 어디 가고 이렇듯 간단히 형세가 바뀌다니…… 그래 이런 위인의 거짓장난 놀음에 눈이 먼 절골 사람들이나 녀석의 꼴들은 다 뭐란 말인가. 보다도 그사이에서 우왕좌왕 몇 번씩 양쪽으로 속아 넘어간 내 꼴은 또 무어구……

당연한 일이지만, 그래 나는 이후부터 기회 있을 때마다 그 백산에게 또 한번의 절골행을 부추기고 들곤 하였다. 나하곤 별반 상관이 없는 일인데도 절골 일을 그냥 그대로 잊어 넘기기에는 마음에 걸리는 대목이 많았던 때문이었다. 베레모와 아가씨의 뒷일은 물론, 의인 털보의 참모습을 목격한 반월정이나 절골 사람들의 그 후 동향이 어떻게 돌아가고 있는지가 궁금하기 그지없었다. 그런 일에 어떤 부채감 같은 것이 느껴지기도 하였고, 눈앞에 문득문득 변전을 거듭한 백산을 그대로 보아 넘길 수도 없었다.

하지만 내가 그 절골행을 백산에게 부추기고 든 것은 내 쪽의 궁금증이나 심적 부담감보다 위인의 그 찌뿌듯한 불안기가 더 큰 계기였다. 백산은 이후로 절골 쪽 이야기는 다시 입에 올리고 드는 일이 없었다. 주말마다 계속된 야외 소풍 길에도 절골 쪽은 아예 처음부터 제외되고 있었다. 어쩌다 다른 사람의 입에서 그쪽 이야기가 나와도 백산은 그저 못 들은 척 거론 자체를 피했다. 아직도 그쪽 일이 어지간히 마음에 켕기고 있음이었다.

나는 그런 백산이 은근히 고소할 뿐 아니라, 위인을 점점 더 심하게 몰아붙여보고 싶었다.

―어때, 수인사 절골이나 한번 다시 가보면?

―그 반월정 녀석, 계집아이 일로 기가 좀 빠진 것 같던데 다시 가서 버릇을 고쳐놔야지 않아. 녀석에게 털보가 쉽게 보이게 되면, 자네보다 녀석한테 인생의 지표가 무너져버리는 격이거든. 어떤 뜻에선 그곳 사람들이나 녀석을 위해서도 다시 한 번 가봐줄 필요가 있는 거지.

나는 위인의 아픈 곳을 파고들며 다음번 절골행을 더욱 집요하게 부추겨대곤 하였다.

하지만 백산은 내가 뭐라든 아예 들은 척을 않거나, 절골은 또 무슨, 거기가 뭘 더 볼 게 있다고…… 시큰둥하게 어물쩍 뭉개 넘기고 말 뿐이었다.

나는 백산이 그렇듯 난처해할수록, 그가 그 절골행을 피하고 들면 들수록, 어떻게든 그를 다시 절골로 끌고 가려 위인을 끈질기게 괴롭히고 들었다. 반월정 녀석이나 그곳 사람들 앞에 위인을 다시 세워 처지가 달라진 자신의 국면을 어떻게 처결해내는가를 기어코 보고 싶어 하였다.

—사람하고는 참, 그래 그 허우대에 녀석이 그렇게 겁이 난단 말여? 그쪽을 그리 슬슬 피하려고만 들게.

—하긴 또 모르지. 녀석이 이번엔 생각을 바꿔먹고 자네가 나타나기를 별러대고 있는지. 머리 함량이 부족한 친구들일수록 한번 일을 벌이고 나서면 물불을 안 가리는 법이거든. 그 계집아이하고의 일이 잘못되기라도 하는 날엔 털보고 사부님이고 눈에 보일 리가 없겠지.

하지만 거기까지는 그래도 아직 전주에 불과했다. 어느 편이냐 하면, 그 백산에 대한 다그침은 아직도 대개 위인에게 시험 삼아 골탕이나 먹이려는 짓궂은 추궁에 가까운 것이었고, 그러한 추궁성 다그침 자체가 그에 대한 응징이 되고 있었던 셈이었다.

그런데 그 여름 더위가 한창 기승을 부리던 7월 하순 무렵엔 그것이 내게 훨씬 더 분명한 과제로 변해 갔다.

피서 여행을 겸하여 몇 년 만에 모처럼 남해안 쪽 고향 고을을 찾아가서였다. 한 며칠 고향 사람들과 어울려 지내다 보니 나는 문득 백산의 일이 생각나 새삼 그 옛날 방두천의 수수께끼를 꺼내 놓아보았다. 그런데 유감스럽게도 그동안 워낙 세월이 흐른 데다 세상과 사람들이 많아 달라진 탓인지 마을에는 그 일을 분명하게 기억하고 있는 사람이 하나도 없었다.

── 글쎄, 그게 8·15 해방 전이던가 언제쯤이던가, 한때 그런 욕 지거리가 돌아다녔던 것 같기는 하네만, 그 후론 그런 소리를 들 은 일이 없어서……

── 방두천이란 위인이 있었제. 그런데 그 위인이 아마 6·25 땐 가 언제 사람들 앞에 잡혀 나와 큰 곤욕을 치렀었다네…… 그리고 는 영 어디서 죽었는지 살았는지 들은 일이 없구만.

젊은 사람들은 아예 들어본 적조차도 없는 일이었고, 나이 든 어른 중에도 겨우 몇 사람이 희미한 기억 정도를 남기고 있을 뿐이 었다. 그러니 위인에 대한 전기적 사실이나 자세한 후일담은 알아 낼 길이 없었다.

그런데 다행스럽게도 옛날 초등학교 때의 은사님 한 분이 읍내 문화원의 향토사 정리 작업에 깊이 관계를 맺고 계셨다. 방두천 일 따위가 지역 역사의 관심사가 될 바는 아니었지만, 그래도 나 는 행여나 하는 마음에서 귀로에 그 읍내 문화원으로 은사님을 찾 아갔다. 그리고 거기서 뜻밖에도 간단히 나의 오랜 수수께끼를 풀 게 되었다.

"그 방두천이란 사람 일제 때 이 고을 서 고등계 형사였지. 조선 인으로 거기까지 직위가 올라간 것만 봐도 벌써 알 수 있는 일이지 만, 이만저만 악한 인물이 아니었어. 독립 운동이나 사회 운동가

들은 물론 무고한 양민들까지 그자 손에 수없이 생곤욕을 치렀으니까."

이런저런 인사말 끝에 내가 지나간 이야기처럼 그 방두천의 일을 끌어내자, 은사님은 거침없이 그에 대한 비밀을 활짝 벗겨주신 것이었다. 뿐더러 그는 옛날 위인에 대한 고을 사람들의 두려움 어린 저주를 누구보다 잘 알고 있었다. 그리고 그 속에 깊이 숨은 뜻을 누구보다 정확하게 새겨두고 있었다.

"그래서 사람들은 누가 먼저랄 것도 없이 위인을 그런 식으로 저주하기 시작했지. 그게 종당엔 고을 사람 전체의 저주로 변해갔고. 심지어는 그가 누군지, 어디에 그런 사람이 정말로 살고 있는지조차 모르는 촌부들까지도. 세상에 악하고 못된 짓은 모조리 위인의 이름으로 돌려서. 누구에게 가르침을 받은 바가 없으면서도 참으로 기특하고 지혜로운 대처였지. 그래서 위인은 해방에 뒤이은 6·25 동란을 거치면서, 어디서도 정체를 숨기고 지낼 수가 없게 되어 끝내 이 고을 사람들의 심판을 받게 됐던 게고. 지혜는 있어도 이 고을 사람들의 심성이 모질지를 못해서 그때도 위인의 목숨까진 차마 뺏을 수가 없었지만……"

거기까지만 하여도 그 방두천에 대한 일은 내게 더없이 분명해진 셈이었다. 그런데 은사님이 더욱 고마운 것은 위인의 뒷일과 관련한 당신의 뜻 깊은 설명이었다. 은사님도 위인이 목숨을 건져 고을에서 사라진 이후의 일에 대해서는 알고 있는 것이 아무것도 없었다. 고을 어디에 그가 아직도 숨어 살고 있는지 아니면 어디서 이내 세상을 떠나고 만 것인지, 이후엔 한번도 소식을 들은 일이 없다는 것이었다. 뿐더러 그런 일엔 이미 관심도 없으려니와 알아야 할 필요도 없다는 말씀이었다. 나는 어딘지 그것만은 은사님을 잘 납득할 수가 없었다. 그것은 한때 그토록 고을 사람들의 입에 자주 오르내리던 방두천의 그림자가 어느새 그렇듯 말끔히 잊혀지고 있는 일과도 무관치가 않아 보여 나는 더욱 그 이유가 궁금했다. 그래 그런 위인의 더러운 이름이 어떻게 그리 쉽게 잊혀질 수 있느냐고, 얼마간 추궁기가 깃든 물음을 덧붙였을 때였다. 선생은 잠시 혼자 생각에 잠기는 듯 눈을 감고 계시다가 이윽고 조용히 말씀해오신 것이었다.

"위인의 이름은 이미 소용이 없어졌으니까. 사람들은 때로 악을 내치고 선을 지키기 위해 엄청난 지혜를 발휘할 때가 있지. 저주와 경계와 응징의 대상으로 그 방두천을 상징적 표상으로 삼은 것처럼. 그러나 그러한 설화성 표상은 그것을 낳게 한 실제 인물의 정체가 드러나면 그 표상으로서의 구실은 더 못하게 되고 말지. 실제의 인물이 그 상징적 표상성을 죽여버리고 마니까. ……사람들이 흔히 마을 앞 연못 속에 용이란 영물을 기르는 것과 같은 이 칠세. 사람들은 제 일에 길운을 열고 흉변을 피하기 위해 연못 속에 그 용이란 영물을 기르지만, 그 실은 연못의 물속이 아니라 자신의 마음속에 그걸 기르고 있는 걸세. 그런데 누가 정말로 그 용을 잡으려 들겠나. 그래 그 용이 그 앞에 정체를 드러내고 나왔다면 그게 뭔가. 이를테면 승천이 그런 표현의 하나겠지…… 용이란 원래 실체가 없는 마음속 표상이라, 그것은 거꾸로 그 용의 존재를 부인하는 것밖에 되질 않아. 못 속의 용이거나 제 마음속 용이거나 그걸로 종말이 되고 만다는 얘기지…… 사람들 앞에 끌려나와 정체를 드러내고 만 방두천은 그걸로 이미 그 전설의 설화적 표상성을 잃고 만 존재였어. 사람들은 그런 그를 굳이 더 기억할 필요가 없어진 거지……"

여행에서 돌아오자 내겐 이제 그 백산과의 절골행이 한층 더 분명하고 현실적인 과제로 다가오게 된 경위였다. 여태까지는 그 실현성보다도 아직은 추궁 삼아 그래 본 정도였다면, 이제는 위인을 절골 사람들 앞에 내세워 정체를 마저 벗겨 보일 이유가 분명해진 것이었다. 백산이 방두천과 경우가 같을 수는 없었지만, 사람들이 그 선악 길흉 간의 각기 제 용들을 길러온 것과는 별 차이가 있을 수 없었고, 더욱이 이젠 그 생사 간의 종적이 사라져간 방두천이 어느새 절골의 털보나 백산으로 문득문득 환생을 거듭해온 때문이었다.

백산에 대한 내 다그침은 그만큼 더욱 집요하고 극성스러워질 수밖에 없었다. 한데 알고 보니 나의 그런 다그침마저도 그 무렵의 백산에겐 별 필요가 없었다. 백산도 실상 이때쯤엔 내심 언젠가 절골을 한번 다시 가볼 생각을 품고 있었기 때문이다.

그 무렵 어느 날, 이번에도 잠시 바깥바람이나 쏘이고 오자고 나를 끌어낸 위인이, 이날따라 웬일인지 더 다른 말이 없이 차를 한참이나 남쪽으로 몰아갔다. 기미를 보자 하니 차가 온양이나 그 절골 쪽을 향해 가고 있음에 분명했다.

"이거 지금 우리 온양 쪽으로 가고 있는 거 아냐? 드디어 절골을 다시 가볼 작정인가?"

기미를 알아차리고 내가 뒤늦게 물으니 위인도 비로소 고개를 끄덕이며 시인했다.

"왜, 자네가 늘상 내게 원했던 일 아닌가. 기왕 길을 나선 김에 오늘 거기나 한번 다시 가보지 뭐…… 실은 나도 그간 거기 두고 온 내 꼴이 어떻게 됐는지가 썩 궁금했거든……"

하니까 그 백산과 나의 세번째 절골행은 그가 내 집요한 다그침을 견딜 수 없어서거나, 위인의 자존심이 상한 때문에서가 아니었다. 나의 심한 입살에 비위가 꽤 상했을 건 부인할 수 없겠지만, 보다는 그 백산 자신의 궁금증과 결단에 따른 일이라 해야 옳았다.

위인의 실토대로 그동안 말을 참고는 있었지만, 그도 그 반월정이나 절골 일이 꽤나 궁금했었던 게 분명했다. 하지만 그는 반월정 녀석이나 절골 사람들보다도 거기 남겨진 자신의 모습이나 그에 대한 미련 때문에 길을 나선 꼴이었다. 어찌 보면 위인은 전날 일로 잠시 기분이 언짢아졌던 것뿐 베레모나 절골 사람들의 그 충직스런 공경심에 대해선 조금도 의심을 않고 있었는지 모른다. 그래 전날의 추태에도 불구하고 그에 대한 실망감엔 어떤 손상도 없었음을 다시 한 번 똑똑히 확인해보고 싶었는지도 모른다.

백산은 말하자면 그 절골에 숨어 자라온 또 하나의 자신을 찾아가고 있는 셈이었다. 혹은 그에 대한 집착과 미련 때문에 그 권위와 권능을 되살려 지키러 가고 있는 길이기도 하였다.

그러나 이제 그것은 자신의 거짓 모습에 대한 부질없는 미련이요 집착일 뿐이었다. 이제 그는 이미 물 위로 정체를 드러내기 시작한 거짓 용의 마지막 행로를 밟고 있음에 다름 아닌 때문이었다.

하고 보니 어딘지 자신이 만만해 보인 백산과는 달리 나는 혼자 속으로 자꾸 긴장이 되지 않을 수 없었다. 절골에선 지금 위인의 모습이 어떤 식으로든 변하고 있는 것일까. 아니면 아직도 위인의 느긋한 믿음처럼 어떤 손상도 입지 않고 있는 것일까. 반월정이나 절골 사람들이 그 '털보' 백산을 어떤 식으로 맞을 것이며, 그와 어떻게 맞서 나오게 될 것인가. 과연 그와 맞서고 나설 형편이나 되어 있을 것인가. 그리고 그 결과는 털보의 종말이 될 것인가, 재림이 될 것인가……

차가 절골에 가까워질수록 나는 그곳 형편과 일의 귀추에 대한 궁금증으로 마음이 자꾸 더 긴장되고 있었다. 게다가 나는 아직도 그 절골 사람들 앞에 백산을 어떤 식으로 내세울 것이며 그의 정체를 어떻게 마저 드러내 보이게 할 것인지에 대해서도 분명한 방책이 서 있질 못했다. 어떤 효과적인 방책을 미리 마련해가야 한다는 생각뿐 구체적인 생각은 아무것도 떠오르지가 않아서였다. 부질없이 초조한 공념의 헛바퀴만 계속 돌리고 있는 꼴이었다.

하지만 실인즉은 그도 이미 다 소용이 없게 되어 있었다. 우리가 막상 절골로 들어서고 보니 그곳 사정은 나를 앞질러 모든 것이 이미 결판나 있었다. 그것도 처음엔 일이 거꾸로 풀려가고 있지 않은지 오해를 했을 만큼 완벽한 모양새로 해서였다. 다름 아니라, 우리가 그 절골 입구 주차장에 차를 세우고 이제는 제법 눈이 익은 가겟길을 올라가고 있는데도 이날은 웬일로 백산에게 알은척이나 관심을 보내오는 사람이 아무도 없었다. '털보'를 알아본 사람이 몇쯤은 없지 않을 텐데도 누가 오든 가든 전혀 아랑곳을 않은 채 묵묵히 제 할 일들만 하고 있었다. 그런 사정은 우리가 반월정을 들어섰을 때에도 마찬가지였다. 반월정엔 왠지 그 베레모 녀석의 모습이 눈에 띄질 않는 데다, 안채 쪽 아낙들까지도 흘끗흘끗 무심스런 눈길만 스치고 지나다닐 뿐 이쪽엔 어떤 알은체나 손님맞이를 서두르고 나서는 기미가 없었다. 묻는 말조차 모르는 척 돌아서 버리는 그 급전직하 격의 차가운 분위기에 우리는 잠시 어찌할 바를 모르고 어리둥절해 있을 수밖에 없었다.

하지만 오래지 않아 사정이 밝혀졌다. 잠시 후 어디선지 30대쯤으로 보이는 한 건장한 사내가 문간을 들어섰다. 힘깨나 써 보이는 당당한 체격에 얼굴엔 제법 지어 바른 점잖기가 흐르는 친구였다. 그는 처음부터 백산을 목표하고 뒤를 쫓아온 듯 곧바로 그 앞까지 걸음을 다그쳐 들어왔다. 그리고 백산 앞에 몸을 멈춰 세운 다음 그를 잠시 위아래로 훑고 나서는 일방적인 어조로 자신을 소개했다.

"나, 저 웃동네서 털보 씨가 보내온 사람이오."

백산이 전날 한때 그랬었듯이 적잖이 위압적이고 자신만만한 어조였다. 하지만 우리는 처음 그의 말뜻을 얼른 알아들을 수가 없었다. 그래 백산이 심상찮은 기미를 애써 외면하듯 위인에게 되물었다.

"본인을 앞에 두고 털보는 또 누구요?"

그런데 그 백산의 무심스런 한마디에 모든 일이 금방 결판나고 말았다.

"뭐라고…… 털보?"

백산의 되물음에 사내는 한순간 눈가에 희미한 웃음기 같은 것이 떠도는 듯싶더니, 이내 표정이 사납게 뒤바뀌며 경멸기 어린 어조로 으르렁대기 시작했다.

"털보 좋아하시는군. 당신은 이제 털보가 아니야. 남의 집 장사에 행패나 부리고, 좋아하는 아이들 못된 훼방을 놓아서 울고 갈라지게나 만들고…… 그런 게 어디 털보가 할 짓이야! 털보는 오랫동안 이 동네 어려움을 지켜주신 어른이란 말야. 당신네들 같은 못된 건달이나 깡패들에게서 이곳을 보호하고 세상살이가 고단한 사람들의 꿈이 돼주고…… 그리고 그 진짜 털보 어른은 지금 저 위에 계시단 말씀이야. 그런데 당신 같은 건달뱅이가 아직도 무슨 잠꼬대야. 털보라면 아마 그 어른을 사칭하고 다니는 가짜 털보겠지."

반말지거리마저 서슴지 않는 모욕적인 질타였다. 위인의 그 거침없는 매도 속에 나는 이제 대충 사정을 짐작할 수 있었다. 그날의 추태와 베레모 녀석의 일이 이미 온 고을 사람들에게 알려졌음이 분명했다. 사내의 말로 추측건대 베레모 녀석이 눈에 띄지 않은 건 그날 일로 끝내 심통을 부리다가 제물에 어디론지 일자리를 옮겨간 탓일 터였고, 온 동네 사람들이 그렇듯 백산을 백안시한 것은 녀석들의 그 안쓰런 파탄을 사단으로 그의 참 정체를 알게 된 탓일 터였다. 하지만 그보다 더 충격스러운 일은 그새 절골에 또 새로운 털보가 나타나 있는 일이었다. 어딘지 전날의 백산을 연상시키는 그 턱수염이 거뭇거뭇한 사내의 얼굴이나 행동거지들이 어쩌면 그 사내 자신이 새로운 털보로 당분간 옛 털보의 권위를 빌리고 있는 것일 수도 있었다. 그리고 그것을 고을 사람들이 한맘으로 용납해 받아들이고 있는 것일 수 있었다. 일은 결국 그 베레모 녀석들의 뼈저린 희생을 부르고 말았지만, 그로 하여 고을 사람들이 그 늙은 털보 백산의 분명한 정체를 깨닫게 된 것이었다. 그리고 그새 고을에 새로운 털보가 나타난 것은 지극히 당연한 일이었을지 모르지만, 나에겐 참으로 뜻 깊고 충격이 아닐 수 없었다. 사내가 자신을 바로 털보로 칭하지 않고 대행인으로만 행세하고 있는 데는 일종의 감동마저 느껴지고 있었다.

나는 사내의 호된 질책 앞에 아무 말도 대항을 하고 나설 수가 없었다. 나로선 실상 그럴 처지도 아니었고 그러고 싶은 생각도 없었다. 오히려 어떤 후련스런 해방감 속에 백산의 기미만 조용히 지켜보고 있었다.

하지만 사내의 마구잡이 언동 앞에 그 모습이 놀랍도록 조그맣게 작아진 백산은 아직도 일의 형세가 잘 납득이 가지 않는 모양이었다. 백산으로선 그것이 오히려 당연했을지도 모르지만, 어쨌거나 그는 이미 풀이 잔뜩 꺾인 목소리로 그나마 마지막 체면치레 격 반격을 시도하고 들었다.

"난 통 뭐가 어떻게 된 일인지 곡절을 알 수가……"

그러나 백산은 그 마지막 시도조차 사내에게 무참히 제지당하고 말았다. 사내는 이제 더 구구한 설명을 부질없어하였다. 그는 백산의 말이 채 끝나기도 전에 한 손으로 불쑥 백산의 어깨를 짚어 누르며 거두절미, 마지막 통첩을 내뱉었다.

"당신은 거기까지 다 몰라도 상관없어. 대신 이제는 자신이 털보가 아니라는 것만 똑똑히 명심하면 되는 거야. 그리고 지금 바로 나하고 같이 주차장으로 내려가서 차를 타고 즉시 사라져 없어지는 거야. 그게 나를 보내신 우리 털보 씨의 바람이시니까. 어때, 그렇게 하겠어, 못 하겠어?"

영락없이 언젠가 백산이 불량배 패거리들을 내쫓아 보냈다던, 그때의 험악한 정황 바로 그대로였다.

하고 보면 이제는 여기서 더 긴 이야기를 늘어놓고 있을 필요도 없는 일이리라. 정황이 비슷한 것은 그 사내의 우악스런 다그침 앞에 다른 사정의 말 한마디 건네볼 겨를이 없이, 더 큰 망신당하기 전에 제물에 어정어정 그 반월정의 문간을 나서고 만 일이나, 거기서부터 계속 등을 떠밀리다시피 하면서 그 긴 가겟길을 행진해 내려와 차에 실려 절골을 빠져나오기까지의 과정들도 사정이 거의 다 같았던 때문이다. 그때와 사정이 좀 다른 것이 있었다면 이번에는 밤이 아닌 밝은 낮 시간이었다는 점과, 옛날 털보에 대한 마지막 호의에서였던지 가겟거리 사람들이 우리의 추방 행진을 보고서도 그때처럼 야유나 비웃음을 보내지 않고 길을 올라올 때의 그 무관심한 침묵으로 우리를 여전히 모른 척해준 것 정도였다.

하지만 내겐 그 밝은 대낮과 바닷속처럼 무거운 침묵 속의 행진이 더욱 큰 곤욕이 아닐 수 없었다. 주차장까지의 몇백 미터 내리막길이 그렇듯 막막하고 멀어 보일 수가 없었다.

내 심사가 그 지경인 마당에 직접 당사자 격인 백산의 경우는 더 말할 것이 없었을 터였다.

하지만 아직 행인지 불행인지 백산은 그 우습도록 참괴스런 처지에도 위인 특유의 대범성과 뱃심으로 자신을 제법 잘 견뎌 나가고 있었다. 한 수갑에 묶인 두 공범자 꼴이 된 내가 이따금 곁눈질로 위인 쪽을 살펴보니, 그는 곧 몸이라도 무너져 내릴 것처럼 발길을 흐느적대면서도 그의 마지막 자존심이 걸린 그 입가의 허허한 웃음기만은 끝내 잊질 않고 있었다.

그러니까 내가 그때 위인의 심기를 좀 다독여준답시고,

"이게 다 자네가 못물을 나와 하늘로 올라가는 승천 의식인 게여."

어쩌고 그가 잘 알아듣지도 못할 소리를 지껄여댄 것도 사실은 위인을 위해서보다는 자신의 심중을 다시 한 번 확인하고, 그것으로 고역스런 제 심기를 부추기려는 자기 위로의 한 방책에 불과했을 터였다. 짐작대로 백산은 이번 역시 그것이 무슨 뜻인지 알아듣지 못한 듯 허청허청 말없이 발길만 이끌어가고 있는데도, 나는 그에 전혀 아랑곳이 없이 한동안 제 소리만 지껄여대고 있었던 때문이었다.

"용이란 한번 물 위로 모습을 드러내 보이고 나면 그걸로 그 물을 떠나 사라져야 하는 법이거든. 정체를 드러내는 것이 바로 숨어 살아야 하는 운명을 지닌 용이란 동물의 끝장인 거지. 그러니 이 절골에 다른 용이 다시 숨은 둥지를 틀고 들어앉게 된 것 역시 매우 당연한 일이구……"

(1990)

영원한 젊음, 불완(不完)의 텍스트

이소연
(문학평론가)

1. 끝에서 시작되는 이야기

언어에 기대어 뜻을 펼치고 정하는 작가에게 있어서 '말'의 죽음은 곧 자신의 죽음을 뜻한다. 언어 자체를 문제 삼는다는 것, 말의 근거를 파고들어간다는 것은 이승의 죽음 너머에 있는 '무'의 경계를 넘는 일이다. 그 안에 무엇이 자리하고 있는지 알 수 없는 심연을 들여다보려면 모든 것을 무릅쓰는 용기가 필요하다. '진실'이라는 것도 마찬가지다. 수많은 작가와 철인과 성자들이 저마다 '의미'를 추구했던 이유는 그 궁극에 개인과 공동체의 삶을 받쳐주는 견실한 '진실'이 자리한다는 믿음 때문이리라. 그러므로 진실은 물론 이를 추구하는 인간의 '진정성' 자체를 의심하고 그 근거를 정면에서 응시하는 일은 버거울 수밖에 없다. 이는 난경을 넘어 불가능에 가까운 작업이다. 그런 점에서 이청준은 매우 급진적인

radical 작가다. 그는 거의 모든 텍스트에서 '말의 본질'과 '진정성' 같은 질기디질긴 개념을 되씹고 반추하는 작업을 멈추지 않는다. 일단 실마리를 잡으면 그가 찾던 대상의 실체로 직하하는 순간을 놓치는 법이 없었다. 그 과정에서 독자는 진리를 탐하는 그의 예리한 지성과 집요한 열성에 놀라게 된다. 이청준은 어느 인터뷰에선가 "농담같이 들리는 얘기지만, 저는 항상 제가 도달한 것의 마지막의 것을 썼어요"라고 고백한 적이 있다. 이 말을 달리 해석하면 그는 항상 더 이상 쓸 수 없을 데까지 쓴 셈이다. 그러므로 그의 문학은 복잡한 우회로와 의심의 관문을 숱하게 통과한 후 도달한 '끝'의 증언이라고 할 수 있다.

이청준에게 있어 이러한 급진적인 글쓰기는 '주체'에 대한 문제와 겹쳐진다. 이미 많은 독자들, 연구자들은 이청준 소설이 갖고 있는 특유의 '재귀적'인 구조와 반성적인 특징에 주목한 바 있다. '언어사회학 서설' 연작을 비롯해서 그의 소설들은 대부분 글쓰기에 대한 자의식과 소설의 원재료라고 할 만한 언어에 대한 사유를 중심에 위치시키고 있다. 일반적으로 '메타 소설'이라고 명명되는 이러한 구조는 자신이 자기 자신을 지시하고 성찰하는 장면에 이르면 단순한 소설적 장치로서의 위상을 넘어서게 된다. 데카르트의 '방법적 회의'에 견줄 만한 인식과 사유의 근본 원리가 되는 것이다. 아니, 이청준의 경우 이러한 반성적인 성찰은 윤리적 요청이나 다름없다. 그래서일까. 그의 작품 속에는 마치 작가 자신을 모델로 한 것으로 짐작되는 캐릭터들(소설가나 적어도 분신으로 여겨지는 예술가 인물들)이 자주 등장한다. 더욱이 그가 자신을 드러내는 일을 감수해온 정경을 짐작하게 하는 산문과 인터뷰들도 적지 않다. 그러나 그가 자기반성을 통해 한 사람을 '주체'로 세우는 일의 정점에 세운 것은 어쩌면 '자서전 쓰기'가 아니었을까. 자기 자신에 대한 성찰을 넘어서 이를 (가장 반성적인 도구인) 글로 옮긴다는 것은 무한한 용기와 자기 배신을 감수하지 않고서는 도달하기 힘든 경지가 아닐 수 없다.

'언어사회학 서설' 연작에서, 작가는 자기 자신에 대한 이야기를 쓴다는 일의 중함과 어려움을 극화시키고 있다. 이는 자기 자신이 직접 자서전을 집필할 때는 말할 것도 없고 작가가 다른 사람의 이야기를 대신해서 쓰는 경우에도 마찬가지로 해당된다. '언어사회학 서설' 연작의 두번째 이야기인 「자서전들 쓰십시다」에서 작가는 주인공 지욱의 입을 빌려 다음과 같이 말한다.

자서전이란 원래가 주장이기보다는 고백이요, 헌상이어야 했다. 나름대로의 뜻을 지니고 살아오면서 이룩해온 것들을 이제는 이미 그의 것으로서가 아니라 그의 삶의 결과로서 만인의 것으로 그 만인에게 바쳐지고, 그리하여 그 자신은 오히려 그 개인의 유한한 생애에서 해방되어 만인에 의한 만인의 삶이 되어야 하는 것이었다. 그것은 이를테면 생애의 모든 것을 바치고도 마지막 남은 그의 뇌수마저 그의 사후에 인간의 지능 장치를 규명케 하고자 연구실, 수술실로 보내게 한 한 절세의 박애주의자 아인슈타인의 유언——또는 그런 철인의 말없는 뇌수와도 같은 것이어야 했다.[1]

이러한 구절을 읽고 나서, 독자의 관심은 다음과 같은 질문으로 자연스럽게 넘어가게 된다. 그렇다면 작가 이청준은 자기 자신에 대한 글쓰기를 어떤 방식으로 감행할 것인가. 그가 쓴 자서전은 어떤 모양새를 하고 있는가. 이에 대한 답변을 구하는 독자라면, 응당 '가위 밑 그림의 음화와 양화' 연작을 읽어야 할 것이다. 비록 굳이 깐깐한 분류법을 따르자면 '자서전'이라기보다 '자전적 소설', 자신의 삶을 제재로 한 '사소설'의 테두리 안에 놓아야겠지만. 그래도 이런 식으로 정확하게 범주를 짚고 가는 편이 '이청준의 소설은 어떤 면에서 모두 자기 자신의 이야기였다'(사실 이 말은 결코 틀린 것이 아니다)는 식으로 두루뭉수리하게 넘어가는 것보다 더 유용할지 모른다.

2. 자기 진실을 향한 탐색

역설적인 것은 자신이 스스로를 문제 삼고 그 근거를 허물어뜨리는 지경에서 무언가 새로운 사건이 개시된다는 점이다. 자기 자신을 부정하고 종내는 그 부정성마저 극복하고 나서야 독립된 주체로 다시 태어날 수 있다는 이상을 한 사람의 영적 순례 과정으로만 국한할 수는 없을 것이다. 이러한 원리는 소설이 자신의 관습을 의문에 부치고, 말이 자신의 유효성을 의심하면서 자신을 증거

---

1) 이청준, 「자서전들 쓰십시다」, 『자서전들 쓰십시다』, 열림원, 2000, p. 78.

하는 방식에서도 고스란히 반복되고, 중첩된다. 이청준의 글쓰기에서 사용되는 '진정성'의 수사학은 바로 이러한 역설의 구조를 바탕으로 작동되는 것이 아닌가. 이러한 질문은 "그 갈등과 주눅기와 맞서 그것을 이겨나갈 정직한 방법과 힘은 결국엔 자아와 그 진실 속에서 구해 찾아져야 할 것이다"(p. 20)라는 진단에서 실마리를 얻으며 "길은 다만 한 가지. 그 대답은 자신의 진실을 근거로 한 선택이 될 수밖에 없다. 그것은 바로 제 목숨을 건 자기 진실의 드러냄인 것이다"(p. 23)라는 결단으로 이어진다.

'가위 밑 그림의 음화와 양화' 연작을 읽는다. 맨 처음, 이 텍스트는 작가 자신의 어린 시절의 모습, 그리고 과거를 회상하는 한 노작가의 감회, 추억, 반성의 기록으로서 자신의 모습을 드러낸다. 그와 함께 질곡의 한 시대를 건넜거나, 대작가의 행적을 존경하는 마음으로 쫓는 독서 대중의 보편적인 감성에 잔잔한 파문을 남긴다. 그리고 거듭 읽을 때, 자신이 읽는 대상이 산문이라는 평평한 표면이 아닌 '소설'이라는 좀더 복잡한 차원 위에 놓인 텍스트임을 되새김하는 독자에게, 이 글들은 미세한 균열을 드러낸다. 그 미세한 균열을 해결하기 위해 다시 책장을 펼치는 이들을 향해 소설은 거의 윤리적인 심문에 맞먹는 파열, 혹은 난관aporia을 안겨준다. 어째서 그러한가. 1984년 발표된 「가위 밑 그림의 음화와 양화 1─머릿그림」에서 「키 작은 자유인─가위 밑 그림의 음화와 양화 5」[2]에 이르기까지, 다섯 편에 이르는 '가위 밑 그림의 음

---

2) 앞으로 '가위 밑 그림의 음화와 양화' 연작에 포함된 단편의 제목들을 표기할 때는 연작 명과 연작 번호를 생략한다.

화와 양화' 연작을 거듭해서 읽는 도정에서 우리는 여러 차례 이러한 수수께끼와 마주하게 된다.

'가위 밑 그림의 음화와 양화' 연작의 형식이 갖는 독특함, 애매함, 불가해함에 대해서는 이미 수차례 많은 연구자들의 지적이 있었던 터다. 특히 이 연작들을 한데 묶은 최초의 단행본인 『키 작은 자유인』(문학과지성사, 1990)에 덧붙인 권오룡의 해설 가운데 한 대목을 옮겨본다.

이렇듯 이청준은 자신의 실체험과 관련된 비소설적 이야기들을 소설화하여 비소설과 소설의 경계를 애매하게 만들고, 또 그것을 통하여 자신의 모습을 소설 속의 '나'와 겹쳐놓고 있다. 이 겹침을 통해 작가의 모습은 보다 일반적인 '나'로 탈바꿈하게 되며, 작가의 사적인 이야기들 역시 그 의미화의 공간을 스스로 넓혀나가게 된다. 이런 관점에서 본다면 『키 작은 자유인』은 비소설적인 것의 소설화 과정과 구조적 의미론적으로 겹쳐져 있는 개별적인 것의 보편화 과정을 그 의미화의 무대로 삼고 있는 것이라고 말할 수 있다.[3]

박철화 역시 다른 판본의 해설에서 "이 연작의 독특한 글쓰기 양식"에 주목했으며 이러한 독특성의 원인을 "마치 조각보처럼 이어지는 단편적 일화와 에세이에 가까운 짧지 않은 자기 진술이 교차되는 형식"[4]에서 찾는다. 연구자들이 공통적으로 지적하는 것은

---

3) 권오룡, 「잃어버린 '나'를 찾아서」, 『키 작은 자유인』 작품 해설, 문학과지성사, 1990, pp. 363~64. 강조는 인용자.

이청준이 그 누구보다도 소설 양식의 구조화를 위해 고심했으며 실제로 이러한 노력은 다양한 양식상의 실험으로 표현되었다는 사실이다. 작가의 자전적인 기록을 담은 산문과 소설적 허구가 섬세하게 엇갈리면서 현실과 비현실, 소설과 비소설, 글 쓰는 이와 글로 쓰이는 대상이 서로를 침투하는 듯한 효과를 주는 형식은 문학사에서도 유례를 찾기 어려운 것이다. 이는 서구의 고백록과 같은 자전적 글쓰기의 전통이나 가까운 일본의 사소설들을 참조해보아도 마찬가지다. 진정성을 담은 자기고백과 논평, 과거와 현실에서 겪은 에피소드들이 연대기적 순서에 무관하게 의식 혹은 무의식의 흐름을 따라 전개되는 양식은 오롯이 이청준의 서명이 각인된, 예술적 고심의 산물이라고 해야 옳을 것이다.

이 연작의 첫 이야기는 '과거의 복원'이라는 힘겨운 과제로부터 시작된다. 이야기를 이끌고 가는 사람은 자신의 어린 시절을 플래시백 형태로 회상하는 일인칭 서술자 '나'이다. 이 서술자는 어린 시절의 자신을 돌아보고 이를 비판적으로 성찰할 수 있을 만큼 현명해졌다는 인상을 준다. 이로 인해 서술하는 '나'와 서술의 대상이 되는 과거의 '나' 사이의 거리가 발생한다. 그다음에 짚고 넘어가야 할 것은 이 일인칭 서술자 '나'를 실제 작가와 동일시할 수 있는가 하는 문제다. 소설 속에 나타난 여러 정황으로 볼 때 이 서술자는 실제 작가 이청준과 동일인으로 보는 것도 크게 무리가 되는 일은 아니다. 소설에 피력되어 있는 여러 사건들은 이미 그가

---

4) 박철화, 「고통, 화해, 성숙」, 『가위 밑 그림의 음화와 양화』 작품 해설, 열림원, 2008, pp. 184~85.

산문의 형식으로 발표한 글의 내용과 상당 부분 일치한다. 그러나 이런 사실만으로 서술자를 자동적으로 실제 작가와 동일인으로 규정할 수 있는 것은 아니다. 바로 이러한 애매성 혹은 중층성 때문에 이 소설은 자서전이 아닌 허구의 기록, 즉 소설이 된다. 이 소설에 풍부한 자서전적 텍스트성은 전기적 사실의 기록이라기보다 글 쓰는 이가 상상적으로 재구성한 풍경을 담은 정신적인 기록이라고 할 수 있다. 이렇게 볼 때 서술자 '나'는 작가 이청준이 소설을 통해 재현한 '제3의 인물'로 해석될 여지를 독자들에게 얼마든지 남겨둔다. 이러한 과정을 통해서 독자들의 관심은 서서히 자신의 과거를 복원하고 해석하는 현재의 '자신'과 그의 '글쓰기'를 향해 서서히 조여든다. '나'라는 수수께끼를 푸는 열쇠는 과연 어디에 있는 것인가. 이는 글쓴이가 어린 시절에 겪은 사건들의 시간과 수십 년의 간격 너머에서 과거를 재구성하는 현재 사건의 시간에 동시에 각인되어 있다. 그 흔적을 더듬는다.

3. 스스로를 실현하는 텍스트

이 소설에서 서술자가 어린 시절에 겪은 사건들은 연대순이 아니라 앞으로 갔다 뒤로 갔다 하면서 들쑥날쑥 전개된다. 이에 비해 서술자의 현재 시간(혹은 글쓰기의 시간)은 마음의 수면 위에 떠오르는 이미지들의 부침 혹은 발생 순서를 따르면서 나름의 질서를 만들어나간다. 그런 점에서 이 소설의 첫 장이 아버지의 부재를 떠올리는 장면으로부터 시작된다는 사실은 의미심장하다. 아무리 노력해도 기억해낼 수 없는 아버지의 얼굴, 서술자의 마음 한가운데 뚫려 있는 그 헛헛한 빈 구멍은 이후의 글쓰기를 불러들이는 동기이자 과거와 현재의 '나'가 만나는 미묘한 접점이 된다.[5)]

'가위 밑 그림의 음화와 양화' 연작이 갖는 또 다른 특징은 바로 이러한 이야기들을 '연작' 형식에 담았다는 것에 있다. 이 소설 외에도 '언어사회학 서설' '남도 사람' 연작 등 여러 명편을 남긴 것으로 보아 이청준에게 있어서 연작은 결코 생소한 실험이 아니었음을 미루어 짐작할 수 있다. 작가가 연작을 시도하는 이유는 여러 가지가 있겠지만 단일한 구조로 수렴되지 않은 채 파편적, 불연속적으로 나열된 이야기들에게는 나름대로 연유가 있는 법이다. '가위 밑 그림의 음화와 양화' 연작은 독특하게도 그 안에 또 다른 작은 이야기들을 품고 있는 모양새를 이룬다. 이는 그만큼 작가가 자주 사유의 극단에 도달했고 글쓰기를 지속할 수 없는 지점에 강파르게 도달했는지 말해주는 근거가 되는 건 아닐까. 그럼에도 불구하고 이 이야기들은 순순히 중단되지 않고 다시 쓰이고 반복된다. 무의식 저편에서 또 다른 이미지들이 떠오르면 이야기들이 수

---

5) 거의 평생을 이어온 문학적 동지였던 김현은 이청준이 「가위 밑 그림의 음화와 양화」(1984)를 처음 발표했을 때 반쯤 농을 섞어 이렇게 말했다고 한다. "어머니 이야기를 팔아먹다 팔아먹다 바닥이 드러나니까 이제는 다시 제 돌아가신 아버지를 팔아먹기 시작했더구만." 김윤식은 이 사실을 회상하며 다음과 같은 뒷이야기를 덧붙인다. "'제 돌아가신 아버지 팔아먹기'의 결정판인 『키 작은 자유인』(1990)이 출간되었을 때 이청준은 남몰래 통곡하고 있었는데 그의 거울(자의식)이었던 김현이 타계했던 까닭이었다." 김윤식, 「미백(未白)의 사상 또는 이청준의 글쓰기의 기원에 대하여」, 『이청준 깊이 읽기』, 권오룡 엮음, 문학과지성사, 2009, p. 111.

군거리며 모여드는 식이다. 그리고 이들을 읽어갈수록 의식 뒤편의 검은 페이지에서 떠오른 이미지에는 치유할 수 없는 상처가 아로새겨져 있음을 깨닫게 된다. 왜 그는 결정 불가능한 지점, 글쓰기의 아포리아에 그토록 자주 빠져야 했던가. 그것은 작가 자신이 스스로 '나'를 제재 삼아, 일인칭으로 쓰는 일이 얼마나 힘겨운 작업인지 간접적으로 보여주는 증거가 아니겠는가.

　자신과 삶의 진실을 찾아가는 일의 힘겨움은 파편화된 이야기들의 속살을 파고들수록 더욱 사무치게 다가온다. 마치 빛바랜 사진들처럼 차례로 인화되는 과거의 장면들은 죽음의 연속이다. 얼굴이 지워진 아버지, 큰형의 죽음 앞에 슬피 우는 아버지, 막냇동생의 무덤으로 찾아가는 아버지, 그 아버지의 죽음, 생매장을 연상케 하는 울력판의 이미지, 그리고 실제 생매장이라는 무시무시한 만행이 이루어진 6·25의 체험, 무지막지하게 맞아 죽은 누런 개의 주검…… 이들은 모두 "가위눌림" 속에서 목도하는 꿈 장면처럼 "필름 속의 음화가 어쩌면 눈앞에 양화의 현실로 인화되어 나타난 격"이라고 묘사된다. 그리고 이러한 이미지들은 꼬리를 물고 자기 자신의 죽음이라는 가장 두려운 사건의 조짐으로 이어진다. "자기 부재, 혹은 자아 폐쇄" 또는 "자기 망실(忘失)" 등의 단어로 명명되는 현상이 그것이다. 불가사의한 것은 자기 망실이 때로 현실과 자기 자신을 초월하는 듯한 쾌감을 준다는 사실이다. 이러한 자기 상실의 욕망은 어쩌면 프로이트가 말한 쾌락원칙 너머에 있는 죽음 충동, 열반에의 욕망과 통하는 것이 아닐까. 화자는 자신이 평생 이러한 충동에 맞서서 싸워왔다고 고백한다. 그에게서 자기 자신을 망각 속에 묻어버리려는 욕망에 맞서서 자신을 회복시켜준 것은 "제 목숨을 건 자기 진실의 드러냄"이었던 것이다. 잠시 의식을 잃어버렸다가 되찾았던 짧은 일화를 소개하는 대목은 기실 그가 쓰고 있는 텍스트 자체, 나아가 '글쓰기' 일반의 의미에 대해 논평하는 메타 텍스트의 역할을 한다. 그가 이렇게 힘겹지만 의식에 떠오르는 영상들을 붙잡는 이유, 기억하기도 싫은 과거의 상처들을 드러내는 힘겨운 글쓰기의 고투를 중단할 수 없는 까닭은 바로 자기 진실의 드러냄을 통해 자신을 잃지 않으려는 노력이 아니겠는가. 이 대목에서 우리가 주목해야 할 부분은 자기가 말하는 내용을 자신이 실현하는 자기수행적 글쓰기의 미묘함이다. 그는 자신이 쓰는 텍스트를 스스로 수행함으로써 백지에 씌어진 글의 경지를 벗어나 쓰는 이와 읽는 이의 삶으로, 그리고 삶 속에 실현되는 힘으로 변환시키는 마법을 부린다.

4. 자아라는 미망, 주체의 출현

1960년대에 활발히 활동하던 작가들의 특징을 규정짓는 열쇳말 중 가장 중요한 것은 '4·19'라는 역사적 사건 혹은 기호다. 이 혁명적 계기를 통해 근대성이 움텄다고 보는 이들에게 뒤이어 따라나오는 중요한 사건은 '자율적인 주체'의 발견이다. 이청준의 여러 소설에서 깊이 있게 모색되는 자기의식, 그리고 개인과 사회의 관계에 대한 사유는 이러한 시대적인 흐름과 결코 무관할 수 없을 것이다. 그의 소설의 중요한 특징으로 꼽히는 자기 반영성, 메타 소설적 기법, 소설 양식에 대한 다양한 실험 등은 바로 이런 자의식적 주체에 대한 강렬한 관심이 만들어낸 미적 대응물이라고 할 수 있다. 그리고 이청준은 이러한 자의식적 경향을 자기 유폐적인 영역에서 힘겹게 풀어내 자아와 길항하는 타자에 대한 의식, 주체를 방사상으로 만들어지는 공동체, 사회에 대한 관심으로 자연스럽게 확장시킨다.[6)]

이청준이 소설 속에서 많은 시간과 공을 들여 얻어냈다고 하는 종착점은 요약하면 "개인과 사회의 힘있는 조화 관계, 그를 위한 통합적 가치 질서의 발견"이다. 그리고 이러한 이상은 이어지는 이야기들을 통해 몸을 얻는다. 「금지곡 시대」는 개인이 타인과 관계 맺을 때 가장 기본적으로 고려해야 할 '금제'에 얽힌 일화와 사색을 담고 있다. 자아가 상징적 아버지가 부과한 법을 내면화하면서 한 사람의 주체로 성장한다는 사실은 일반적으로 알려진 정신분석학의 논리다. 법의 가장 원초적인 기제가 바로 금제다. 작가는 사회가 부과하는 질서와 억압에 대한 사유를 실마리 삼아 금제와 싸우면서도 일면 이를 수락할 수밖에 없는 사람살이의 갈등에 대해 토로한다. "거친 이분법적 인식망과 그에 기초한 금계망의

---

6) 이에 대해 이광호는 다음과 같이 설명한다. "이들은 개인적 주체성의 원리를 배타적으로 절대화하는 방식으로 사태를 해결하는 것이 아니라, 현실의 일부로서 자신에 대한 반성적 성찰을 끝까지 밀고 나감으로서, 다른 층위의 미적 주체를 재구성한다. 시대에 대한 비판과 자기비판이 조우하는 지점에서 새로운 차원의 심미적 주체를 탄생하는 것이다." 우찬제·이광호 엮음, 「4·19의 '미래'와 또 다른 현대성」, 『4·19와 모더니티』, 문학과지성사, 2010, pp. 59~60.

수락은 우리 시대의 한 운명적 명제이자, 나 자신보다 크고 이성적인 진실을 향한 자의적 지향과 결단의 결과로 이해되기를 바라는 때문이다"(p. 77)라는 고백은 단순한 중용, 또는 타협의 기술에서 머무는 것일 리 없다. 오랜 시간 동안 금제의 부정적인 측면과 맞서 마침내 이를 초극하는 경지에 이른 영혼이 '그럼에도 불구하고' 세상과 사람의 질서를 받아들이기로 결단하는 과정은 좀더 복잡하리라.

개인의 사적인 기억의 회상으로부터 시작된 각성의 진폭은 연작의 중반쯤 되면 한 고을과 지역의 비사(秘史)를 비롯하여 공동체의 집단적 기억과 역사로 확장되는 이야기의 스케일과 조응하면서 점차 범위를 넓혀나간다. 「잃어버린 절」은 이제까지 내면 탐구와 자기 독백조의 논평에 치중했던 화자가 자신의 고향 마을에 자리한 천관산과 그곳에 있었지만 지금은 흔적만 남아 있는 고찰(古刹)에 얽힌 숨은 역사를 풀어나가는 과정을 주로 다룸으로써 역력히 다른 분위기를 전달한다. 그러나 뒤늦게 사명감을 가지고 고향의 사적에 얽힌 수수께끼를 풀어가던 화자는 그간 잊고 지냈던 산에서 유실된 절로, 그 절에 있었다고 전해지는 종의 행적으로, 그리고 잃어버린 절과 종의 비밀을 풀어줄 책으로 탐색의 대상이 자꾸 옮겨가는 이상스런 정황에 마주하게 된다.

애초에 우리는 아버지의 부재와 죽음으로 각인되었던 구멍은 무슨 수를 써도 메울 수 없다는 사실을 이미 알고 있다. 「잃어버린 절」에서도 이러한 상실의 위상학은 고스란히 반복되고 있다. 끝내 없어지지 않고 위치만 바꿔 이리저리 이동하는 구멍은 망실된 자아, 끝내 소유할 수 없는 욕망의 대상들이리라. 이 소설이 회귀하는 지점은 이렇게 검은 얼룩으로 남아 있는 '자기'라는 영원한 수수께끼다. 그리고 이청준의 소설에서 이러한 자아 생성 작업의 미결정성은 종종 '실종'의 형태로 텍스트에 각인된다. 「잃어버린 절」의 결말 역시 결국은 잃어버린 책도, 종도, 절도 찾지 못한 채 미진하게 끝나지 않던가.

이러한 자기 진실 찾기에 관한 테마는 「지관의 소」에서도 여일하게 추구되고 있다. 이청준이 예술이나 기예에 일생을 바친 장인들의 생애에 비상한 관심을 갖고 있었다는 것은 널리 알려진 사실이다. 평생 초인적인 열정을 갖고 예(藝)의 세계에 매달렸던 한 화가의 삶을 그린 「지관의 소」는 대표적인 예술가 소설로 분류할 만하다. 이 소설은 평생 자신의 내면에서 솟구쳐 오르는 열정과 충동적인 힘에 맞서 싸워야 하는 한 예술가의 굴곡 많은 삶을 보여준다. 화자는 지관에게 있어서 예술은 치열한 투쟁, 무엇보다도 "자신과 자신의 소에 대한 그 고통스런 싸움"이나 매한가지였다고 말한다. 일찍이 미학에서 단골 논쟁거리인 피시스physis와 테크네technē 즉 자연과 기예 간의 갈등, 조화는 지관의 삶에서도 역시 풀기 힘든 난제로 작용했던 것이 틀림없다. 지관이 끝까지 자신의 삶은 물론 일생을 바쳐 그려온 그림들을 버리면서 추구했던 것은 모든 투쟁의 국면을 넘어선 '자유'였으리라. 이에 대해 주변인이 내린 다음과 같은 평가는 일견 귀 기울일 만한 구석이 있다. "그 양반 자신의 그림과 삶을 철저한 과정으로만 살고 가신 때문이었겠지. 〔……〕 선생은 끝내 자신의 그림에마저 얽매이지 않은 자유로운 삶을 살고 가신 거지"(p. 252).

지관이 '과정'으로서의 삶만 추구하고 결국 자신이나 매한가지인 소 그림을 버리려고 한 것도 욕망의 대상이 허상임을 안 까닭이다. 그것은 애초에 빈 구멍으로 남겨진 어떤 것이어야 마땅하다. 그러나 그 빈 구멍으로부터 결국 자신의 참모습을 반영한 명편이 탄생하고 만다는 사실은 얼마나 지독한 역설인가. 이 소설을 통해 작가는 자신을 끊임없이 욕망하고 반성하면서도 결국 우리는 그 과정만을 인식하고 향유할 수 있을 뿐, 그 자신을 모종의 동상 혹은 우상처럼 '대상화'할 때 참담한 실패만을 맛볼 수밖에 없다는 쓰디쓴 진실을 전달하고 있다. 이 소설들은 예술과 삶에 대한 이야기이면서 동시에 필생의 테마인 '주체'에 대한 이야기기도 하다. 끊임없이 자기를 지워나가야 하고 부정한 자리에 홀연히 남겨진 빈 구멍, 그 구멍에 떠오르는 '소'의 얼굴, 피시스와 테크네의 경계선이 무너진 혼돈의 자리에서 우리는 무엇을 발견하는가. 그것은 '자아'라는 미망이 삭제된 자리에 출현하는 '주체'라는 사건이어야 하리라. 그리고 독자는 연작의 마지막 종착지에서 마침내 작가가 꿈꿔온 '자유인'의 이상과 조우하게 된다.

5. 부정의 길과 '쓸 수 있는 텍스트'

단편 「용소고」는 스스로에 대한 헛된 미망에 사로잡힌 사람이 결국 자신이 만든 그 미망에 의해 배신당하고 만다는 쓸쓸한 진실을 알려준다. 이 소설의 화자는 백산 선생과 동행한 여행길에서 그가 젊은 시절 얼떨결에 휩쓸린 소동 덕에 한 고을의 수호어른 격으로 격상되어 있다는 사실을 발견한다. 자신이 신화적 인물인 '털보'로 존경받고 있는 정황에 흥미를 느낀 백산은 자신의 지인을 이끌고 그 고을을 재차 방문한다. 그러나 자신의 격상된 지위를 한껏 이용해 소동을 벌이고 난 후, 백산은 이제 자신이 영웅이 아닌 무뢰한의 수준으로 끌어내려져 있다는 사실을 깨닫는다. 설상가상으로 그들은 스스로 '털보'의 대리인을 자처하는 한 남자에 의해 망신을 당하고 쫓겨나는 신세가 된다. 이 소설은 이청준 소설의 또 다른 주요 테마인 신화의 기원과 해체, 그리고 재구성의 과정으로도 읽을 수 있으며, 지배하는 자와 지배받는 자 사이의 이자 관계를 둘러싸고 벌어지는 권력놀음에 대한 알레고리도 담고 있다는 점에서 문제적이다. 결국 「용소고」의 백산뿐만 아니라 사람은 대부분 자신이 가졌다고 착각하는 무언가에 스스로 얽매이고 마는 연약한 존재다. 보잘것없는 권력 앞에 굴종하던 사람이 정세가 바뀌면 쉽게 다른 사람을 지배하곤 하는 것도 이러한 인간의 비루한 본성 때문이다.

백산이 진즉에 '털보'라는 이름을 놓아버리고 다시는 절골에 자신의 존재를 드러내지 않았더라면 어떻게 되었을까. 연작의 마지막인 「키 작은 자유인」에서 작가는 하늘과 땅 사이 어떤 것에도 얽매이지 않고 자신에 관한 어떤 환상에도 집착하지 않는 소수의 사람들을 가리켜 '자유인'이라는 칭호를 붙여준다. 그리고 과거의 추억 속에서 자유인의 모습에 부합하는 사람들을 차례로 끄집어내어 열거한다. 강한 자존심 때문에 몸을 숨겼던 지하실에서 스스로 걸어 나온 집안 어른, 원망을 극복하고 외부의 풍파에 뒤섞이는 일을 거절한 외종형, 가족을 부양하는 고달픈 일에 누구보다 성실했던 고을 장로, "자기의 한세상을 아무렇게나 살고 간" 김 영감, 서슬 퍼런 시절에 남을 돕고자 우스꽝스러운 계교를 써서 위기를 넘긴 마을 청년 등……

　작가가 생각하는 자유로운 '주체'는 비록 남을 지배할 만한 위세는 갖추지 못할지라도 나름대로의 자존과 존엄을 가진 사람들이다. 여기서 말하는 자유란 타자나 외부의 강박에 굴하지 않고 자신 안에 내면화된 '사람'의 길을 따르는 것이 아니겠는가. 그리고 이러한 노력은 이청준의 경우 자신의 지난 삶을 재구성하기 위한 안간힘과 매한가지였던 것이 아닐까. 자기 자신에 대한 글쓰기라는 불가능한 행위와 사람살이의 진실을 찾으려는 노력에서 공통분모를 꼽자면 그것은 둘 다 부정을 통해 도달하는 여정이라는 점이다. 글쓰기뿐이겠는가. 지관의 경우처럼 예술의 길이 그러하고 한 개인과 공동체가 성숙해가는 과정이 크게 다르지 않을 것이다. 자신 안에 있는 상실과 결핍의 자리를 먼저 확인하고 그 불구성을 인정하고 수락하는 과정…… 이를 통해 보편적이면서 특수한 한 '주체'의 삶이 탄생하고 텍스트가 탄생하는 것이리라. 독자는 이청준의 소설을 읽으며 참다운 주체의 발견이라는 내용이 스스로를 의심하고 자신을 해체하는 방식으로 몸체를 만들어가는 자기 반영적 글쓰기라는 형식과 행복하게 조우하는 광경을 목격하게 된다. 이러한 역설의 구조는 작가에게 있어 '진정성'이라는 불가해한 실제를 드러내기 위해 선택한 최선의 방책이었음이 틀림없다.

이청준의 자전적 소설들은 나 자신의 가장 내밀한 심연에서 시작하여 결국은 나 자신을 넘어선 타인, 공동체, 문화와 삶 일반을 모두 아우르는 이야기로 확장된다. 그리고 마침내 그 텍스트를 읽어가는 독자에게 도달하는 순간, 이야기의 층위에는 독자의 실천에 의해 열릴 미래의 차원이 한 겹 더 얹히게 된다. 그러나 그로 인해 텍스트와 독자는 또 한 번의 '반전'을 견디어내야 한다. 이 소설이 지닌 투명한 '자서전성'은 이제까지 읽은 이야기들이 다시 '이청준이라는 개인'의 이야기로 돌아오도록 만든다. 그로 인해 이 텍스트는 그가 만든 '자유인'의 상이 불필요하게 다른 이에게 '동상'처럼 타율적인 이상으로 작용할 위험을 위태롭게 비켜간다. 긴 연작을 마무리하면서 자신이 도달한 결론에 다시 한 번 방점을 찍고 다짐을 두어도 좋으련만, 작가는 다음과 같은 한탄조의 대사로 이야기를 맺는다. "하지만 그건 뭣보담도 사람의 일이 아니었거든. 〔……〕 끔찍하고 저열스럽기가 그건 아무래도 사람의 일이 아니었어"(p. 182). "사람의 일이 아니었"다면 과연 우리는 어떻게 해야 바람직한 '사람'의 상태를 만들어낼 수 있는 것일까. 새로운 '자유인'의 이상은 아직 도착하지 않은 미래의 독자들에 의해 계속 만들어져야 하리라. 그가 자신의 부끄러운 과거사들을 가리켜 "씨앗 자루"라고 이름 붙였었던 것도 바로 그 때문이다. 그리하여 "문화는 스스로의 과거 이야기를 말함으로써 창출되는"것이라고 한 폴 리쾨르Paul Ricœur의 말처럼 이청준의 텍스트들은 '창출되어야 할' 빈자리를 남겨두기 위해 이제까지 쓰어진 것이라고 해도 무방할 것이다. 미완성이 아닌 '불'완성의 상태로 영원히 남아 있는 텍스트의 젊음, 그것이 이청준의 글이 지닌 참다운 힘이 아닐까.

[2014]

텍스트의 변모와 상호 관계

이윤옥
(문학평론가)

「전짓불 앞의 방백」

| **발표** | 『문학과사회』1988년 봄호.
| **최초의 단행본 수록** | 『키 작은 자유인』, 문학과지성사, 1990.

1. 실증적 정보

1)『가위 밑 그림의 음화와 양화』연작: 「전짓불 앞의 방백」은 '가위 밑 그림의 음화와 양화' 연작의 두번째 작품이다. 이 연작은 「가위 밑 그림의 음화와 양화」「전짓불 앞의 방백」「금지곡 시대」「잃어버린 절」「키 작은 자유인」으로 짜였다. 이청준은 '가위 밑 그림의 음화와 양화' 연작 이전에 '관계적 삶'을 다룬 '언어사회학 서설' 연작과 '존재적 삶'을 다룬 '남도 사람' 연작을 발표했다. 그는 두 연작을 집필하는 데 삼십대 전체를 바친 뒤, 사십대 중반에 '가위 밑 그림의 음화와 양화'를 시작했다. 자전적 이야기가 상호의존적인 도회살이와 자족적 시골살이를 그린 이야기를 잇는 것이다. 세 연작에는 각각 다섯 편의 소설이 들어 있다. '가위 밑 그림의

---

* 텍스트의 변모를 밝힘에 있어 원전의 띄어쓰기 및 맞춤법을 그대로 살렸음을 밝혀둔다.

음화와 양화'는 어디까지가 사실이고 어디까지가 허구인지 그 경계가 매우 모호한 독특한 형식의 글이다.

2) 수필 「혼자 견디기」: 1994년 간행된 산문집 『사라진 밀실을 찾아서』에 실린 수필로, 1999년 창작집에 작가 노트로 수록된다. 1987년 쓰인 「혼자 견디기」에는 염소를 데리고 산으로 들어간 외종형과 중학교 음악 선생님의 일화가 들어 있다.

－「혼자 견디기」: 그건 다름 아닌 혼자 견디기 게임이었다. 자의에서건 타의에서건 두 사람 다 혼자 견디기 게임을 내게 시범해 보여준 격이었다. 다른 점이 있다면 외종형의 삶이 그 단단한 외로움과 절망 속에서 허무하게 혼자 지워져 가 버린 대신, 음악선생님 쪽은 헛된 몸짓으로나마 그 공유·공생의 꿈과 소망을 눈물겨운 모습으로 보여준 정도랄까……

2. 텍스트의 변모

1) 『문학과사회』(1988년 봄호)에서 『키 작은 자유인』(문학과지성사, 1990)으로

－ 16쪽 5행: 실제로 나는 그런 절망스런 경험의 기억이 남아 있는 것이다.
→ 내가 실제로 겪어본 그 같은 절망스런 경험 한 토막—

－ 22쪽 17행: 뒤 → 앞

－ 28쪽 12행: 염소 한 마리를 → 암수 염소 한 쌍을

－ 29쪽 14행: 경어의 인사말 → 인사말

－ 30쪽 2행: 섭섭잖은 → 수월찮은

－ 37쪽 13행: 한 사회가 개인의 삶에 대한 억압 체제가 되어서는 안 되듯이, 문학이나 소설 또한 개인과 그 진실(개성)에 대한 억압 구조로 군림해서는 안 될 일이 아니겠는지… → 〔삽입〕

－ 39쪽 18행: 현실 → 처지

－ 40쪽 21행: 이씨 왕조 → 조선 왕조

2) 『키 작은 **자유인**』(문학과지성사, 1990)에서 『**가위 밑 그림의 음화와
양화**』(열림원, 1999)로

 - 37쪽 17행: 한데 그러한 의심쩍은 현상 → 그럼에도 그러한 미심쩍은 현상
 - 38쪽 12행: 모종 영향 탓 → 모종의 영향

3. 소재 및 주제

1) 자아망실증: 「퇴원」을 비롯해 초기작들은 자아망실에 대한 자각과
그에 따른 자아회복, 자기정체성 찾기를 보여준다. 초기작들에서 자아망
실증이 정신적 차원에 그쳤다면, 「전짓불 앞의 방백」에서는 육체적 차원
까지 넓혀진다. 이 증세는 내가 나에게서 사라지는 것인데, 그 극단에 「소
문의 벽」의 박준, 『조율사』의 지훈, 「황홀한 실종」의 윤일섭, 「겨울광장」
의 완행댁, 「조만득 씨」의 조만득 등 광인들이 있다. 그래서 「전짓불 앞의
방백」의 '나'는 치명적인 자아실종에서 벗어나려고 무진 애를 쓴다.

2) 전짓불: 언제나 그렇듯 이청준의 소설에서 전짓불은 양심에 따른 선
택과 정직한 자기진술을 불가능하게 만드는 숨은 폭력의 다른 이름이다.

3) 집단의 진실과 개인의 진실: 개인의 진실은 역사라는 거창한 집단의
진실 앞에 왜곡되고 변형되어 묻히기 일쑤인데, 「뺑소니 사고」는 자기 진
실조차 드러낼 수 없는 자기 배반의 사례를 잘 보여준다(27쪽 8행).

 - 「뺑소니 사고」: 그는 며칠 동안 사실을 밝히느냐 마느냐로 그 나름대로의
   심각한 고민을 겪고 있었다. 그러나 그는 마침내 마음을 작정했다. 우선은
   입을 다물고 말자는 것이었다. 사실을 알려야 하는 기자로서의 사명감보다
   양진욱의 그 '역사에 대한 책임'이 그를 압도해버리고 만 것이었다.

4) 카드 섹션: 소설은 결코 개인의 자기소멸을 전제로 공동체적 삶의
질서를 지향하지 않는다. 그런 점에서 소설은, 개인이 하나의 색 단위로
존재하는 카드 섹션과 다르다. 이청준은 '진짜 질서나 조화는 개성적인 인
격의 창조적 실현과 그 참여의 결과로서 얻어지는 것'으로, 카드 섹션은

예술이 될 수 없다고 말한다(33쪽 17행).

　－ 수필 「질서와 조화에 대하여」: 마스게임이나 카드 섹션 같은 놀이들은 다 같이 통일된 질서와 조화를 전제로 한 힘의 창출 또는 그 힘의 시위를 목적한 행사들이다. 행사의 목적은 어디까지나 힘이며, 그 힘의 시위이다. 그런데 그 힘을 창출하고 시위해 보이기 위해선 통일된 질서와 조화가 절대의 수단으로 전제된 행사인 것이다. 그리고 또한 그 통일된 질서와 조화를 위해서는 거기 참가하고 있는 모든 개인의 자기소멸과 절대 복종심이 전제되고 있는 행사이다.

　5) 돈 많은 시인: '돈 많은 시인'은 정신적 삶과 현실적 삶이 조화를 이룬 상태를 말한다(35쪽 2행).

　－ 수필 「다시 돌아보는 헤매임의 내력」: 그 설문은 학교 선생님들에게 중학교 시절의 꿈이 무엇이었느냐고 물은 것이었는데, 내가 따르고 존경하던 한 선생님이, 당신의 중학 시절의 꿈은 〈돈 많은 시인이 되고 싶었노라〉 대답을 하신 것이었다. 시인이나 문학을 하는 사람이라면 그저 막연히 정신적인 삶만을 누려가는 사람들로 치부해두고 싶었던 나로서는 충격이 아닐 수 없었다. 그 선생님이 말씀하신 〈돈 많은 시인〉이란 그런 정신적인 삶과 현실적인 삶과의 조화를 내게 일깨워주신 것이었다.

　－ 수필 「〈돈 많은 시인〉에의 꿈」: 그리고 그 선생님이 그냥 시인이라 하지 않고 〈돈 많은 시인〉이라 말씀하신 이유는 일반적으로 예술하는 사람들이란 가난뱅이이기가 일쑤요, 그 가난을 오히려 자랑과 긍지로 여기며 살아가는 듯한 태도가 맘에 들지 않아서였을 터였다. 자신은 그렇게 시를 쓰기는 싫다는 뜻으로 생각되고 있었다. 그래 가난해야만 예술다운 예술을 하는 것처럼 인식되고 있던 시대 풍조에 대한 과감하고 솔직한 태도가 더욱 멋있어 보였던 것이다.

　6) 작가의 서명: 문학에서 개인의 진실과 사회 공의는 배타적이 아니라 양립하는 덕목으로 다뤄져야 한다. 그런 점에서 작품에 대한 작가의 기명

행위는 문학의 한 숙명이라 할 수 있다(36쪽 15행).

 – 수필 「작품의 기명 행위에 대해」: i) 익명의 목소리는 자칫 그 책임의 소재가 모호하기 쉬움에 반하여 그의 세력화에는 기명의 경우보다 더한 내적 도덕성과 책임이 뒤따라야 한다는 생각 때문이다. 게다가 지금 우리가 살고 있는 인터넷 시대는 바로 그 얼굴을 가린(아이디 역시도) 익명의 목소리(정보)가 다수의 삶을 주도하는 세상처럼 보이는 만큼 그에 상응한 높은 도덕성과 책임이 요구되기 때문이다. ii) 그러니 그 시인의 경지까지는 아니더라고 우리 모든 문학 작품 창작자들이 자기 작품에 꼭꼭 자신의 서명으로 그 작품에 대한 나름대로의 보증과 책임을 밝히는 것은 얼마나 떳떳하고 자랑스러운 노릇인가.

 7) 검열관들: 이청준은 『씌어지지 않은 자서전』 「전쟁과 악기」 등 여러 작품에서, 의식이 오염된 소시민 대중과 정치권력을 문학예술을 감시하는 두 검열관들로 지목한다(39쪽 21행).

 8) 도공들 이야기: 광주의 도공들 이야기는 삶을 위한 행위가 죽음으로 이어지는 비극적 배반 현상을 보여준다. 이청준은 수필 「씌이지 않은 인물들의 종주먹질」에서 도공들뿐 아니라 다산과 추사, 초의, 소치 등 여러 인물들에 대한 소설쓰기를 꿈꾸지만, 결국 숙제로 남고 말았다고 고백한다(40쪽 21행).

 – 「씌이지 않은 인물들의 종주먹질」: 광주 쪽에서 오랫동안 도자기 일에 빠져 지내던 분이 언젠가 일러준 이야기다. 나는 그것을 〈전짓불 앞의 방백〉이라는 작품 속에 잠시 소개하며 스스로 이런 식의 숙제를 남겼었다./–나는 언젠가는 그 비극적 배반 현상의 증거에 그치지 않고 적절한 방법을 찾아내어 제대로 된 작품을 써낼 희망을 버리지 않고 있다./이래도 저래도 살 길이 없는 막다른 운명의 짐을 진 그 시구문 밖의 사기장 무리가 아직 그 절체절명의 짐을 내려놓지 못한 채 나를 계속 옥죄어 들고 있는 것이다.

「소주 체질」

| **발표** | 1988년.

| **최초의 단행본 수록** | 『가해자의 얼굴』, 중원사, 1992.

「종이새의 비행」

| **발표** | 『서울대 동창회보』 1989년 2월호.

| **최초의 단행본 수록** | 『가해자의 얼굴』, 중원사, 1992.

「금지곡 시대」

| **발표** | 『문예중앙』 1989년 봄호.

| **최초의 단행본 수록** | 『키 작은 자유인』, 문학과지성사, 1990.

1. 실증적 정보

1) 이전 발표 작품과의 연관성: 「금지곡 시대」의 〈수수께끼의 얼굴〉에 「줄빰」의 원화가 들어 있다(60쪽 18행).

2) 수필 「허위의식과의 싸움」: 산문집 『사라진 밀실을 찾아서』에 실린 수필로 「혼자 견디기」와 함께 1999년 창작집 작가 노트로 수록된다. 이청준은 1992년 쓴 이 수필에서 '6·25 민족비극을 소설화함에 있어' 체험 세대와 미체험 세대의 차이를 말한다.

3) 수필 「문학이 뭐 별건가」: 1978년 간행된 산문집 『작가의 작은 손』에 실린 수필로, 지하실에서 나온 집안 어른의 일화가 들어 있다.

2. 텍스트의 변모

1) 『문예중앙』(1989년 봄호)에서 『키 작은 자유인』(문학과지성사, 1990) 으로

* '하지만' '그리고' '그런데' 등 접속사가 대부분 삭제되었다.

  – 73쪽 18행: 일차적 사실이 → 일차적 사실 의미가

  – 85쪽 16행: 죄악감 → 죄책감

2) 『키 작은 자유인』(문학과지성사, 1990)에서 『가위 밑 그림의 음화와 양화』(열림원, 1999)로

  – 77쪽 22행: 어떤 것은 멀리하고 그렇지 못한 것(일방적 해석을 기피하려는 것들까지 포함하여)은 → 어떤 것(일방적 해석을 기피하려는 것들까지 포함하여)을 멀리하거나

3. 소재 및 주제

1) **금계망**: 「소문의 벽」에 나오는 박준의 소설 「벌거벗은 임금님」은 '임금님의 귀' 설화를 변형한 것으로 금계망의 절대화를 비판한다(67쪽).

  – 「소문의 벽」: 이 작품에서 박준이 하고 싶은 이야기란 결국 우리들에게 옛날 이발쟁이 경우에서와 같은 '구원의 숲'은 있을 수 없다는 것, 그러기 때문에 어떤 진실을 목도하고도 그것을 어떤 다른 이해관계나 간섭 때문에 말하지 않으려고 한다면, 그것은 곧 보다 큰 파국을 초래하는 자기 부정의 비극을 낳게 한다는 뜻이 아니었을까.

2) **「전쟁과 악기」**: 한 줄의 음가를 제거하거나 유보해버린 악기는 온전한 음곡을 연주할 수 없다. 「전쟁과 악기」는 온음과 반음의 관계에서 반음을 제거해버린 상황을 그리고, 「금지곡 시대」는 '슬픈 노래'에 대한 배타적 선호와 '즐거운 노래'에 대한 금기시 현상을 보여준다. 두 상황은 '일도양단식 이분법적 선악관과 그에 따른 사물인식의 획일적 단면성'을 보여준다.

3) **화투점**: 마음의 균형을 잡기 위해 화투점을 치던 버릇에 대해 쓴 글은 「여름의 추상」이다. 「여름의 추상」도 『가위 밑 그림의 음화와 양화』 연작처럼 사실과 허구의 경계가 모호한 작품이다(80쪽 16행).

4) **소화불량**: 등단작 「퇴원」을 시작으로 「귀향연습」『조율사』 등 이청

준의 작품에는 배앓이에 시달리는 인물이 많다. 이들의 소화불량은 단순한 병 이상의 의미를 갖는다(84쪽 10행).

「잃어버린 절」

| **발표** | 『현대문학』 1989년 7월호.
| **최초의 단행본 수록** | 『키 작은 자유인』, 문학과지성사, 1990.

1. 실증적 정보

- 이전 발표 작품과의 연관성: 『인간인 1』에 금자어서병풍과 동종에 대한 일화가 들어 있다.

2. 텍스트의 변모

1) 『현대문학』(1989년 봄호)에서 『키 작은 자유인』(문학과지성사, 1990)으로

　* 사찰이 표시된 천관산 지도, 〈표 1〉 전라도 15읍 의병지도자 통계(趙援來의 글 「임진왜란과 장흥의병」 중 인용), 〈표 2〉 전라도 15읍 관군 협찬자 통계가 삭제된다.

- 93쪽 22행: 혐오스런 → 척박스런
- 97쪽 3행: 한데 그같은 나의 감회는 → 나의 그 같은 수수로운 감회는
- 103쪽 11행: 그 기록에 나타나는 절들은 → 〔삭제〕
- 105쪽 17행: 자각 → 자각·자긍심
- 109쪽 7행: 남루 → 척박
- 109쪽 23행: 그리고 그러한 피폐함과 무력감이 내게로 고스란히 옮아오곤 하는 것이었다. → 〔삭제〕
- 111쪽 5행: 황량 → 척박

- 116쪽 20행: 하여 이 산의 봉수대 주위에는 다른 군역(軍役)에 종군하지 않고 봉수의 수송일만 전담하는 봉군(烽軍)이 파견되어 있었을 뿐 아니라, 그 주변에는 표주(標柱)를 세워 경계를 설정하고, 거짓 봉화나 실화가 발생할 시는 그 범인을 병조(兵曹)나 해당 진영에서 극형으로 다스렸다는 것이다. 일테면 천관산 봉수대의 중요성과 위세가 그만했다는 것이었다. → 〔삭제〕
- 118쪽 21행: 노간주 → 〔삽입〕
- 126쪽 4행: 소개 → 이전(移轉)
- 127쪽 1행: (아마 그같은 대흥사 쪽의 여유는 그런 일이 거의 불가능하리라는 믿음에서였을 수도 있었지만) → 〔삭제〕
- 127쪽 8행: 아니, 그것은 허행으로 끝나기보다 → 그것은
- 130쪽 17행: 그 사실적(史實的) 내역 :/회령포진 성의 규모: 동문·북문·남문이 설치되고, 성내에는 객사(客舍)·동헌·사령청·장사청(將使廳)·군기고(軍器庫) 등이, 성 밖에는 조선소(造船所), 주변 섬들에는 연대(煙臺)·요망대(瞭望臺)들이 완비된 규모있는 군진으로, 성의 둘레는 총 1860척(尺)에, 그 벽 높이는 8척이었다(회진리 주위로는 지금도 둘레 2킬로미터의 석축성지와, 집단으로 군마를 조련하던 〈마장골〉이라는 분지형 골짜기가 남아 있다. 1895년 고종 32년 성 폐쇄)./충무공의 전열정비: 이충무공은 백의종군중 회령포에 이르러 싸움에 패해 쫓겨온 병선 12척을 수리하고, 군병 120명을 얻어 명량해전 출진의 기초를 닦았다. 공은 병원과 군량 조달이 활발한 이곳을 수군의 요충지로 삼고 싸우려 하였으나, 장소가 협소함이 아쉬워 해남의 북청 쪽으로 전진을 옮겨나갔다./의병활동: 임진·정유왜란간 장흥인들의(천관산하 관산은 장흥부의 고읍으로 지역적으로 이때의 장흥인이란 관산과 대덕을 중심한 인근 지역민들이 많았을 것이다: 1392년 조선태조 원년 이전의 장흥부(長興府)는 고장흥(古長興), 즉 현재의 천관산하 방촌리 일대에 자리함) 의병활동은 충무공이 당시 회령포

진에 머문 일과 관계가 컸을 것으로, 그 참여도는 〈표〉들에서 볼 수 있듯 전라 53개 읍 중 10위권을 벗어난 읍세에도 불구, 의병활동 및 관군협찬 활동 규모가 각각 5위 이내에 들어 있을 만큼 다른 어느 고을보다 활발했음을 알 수 있다./관군협찬을 포함한 장흥인들의 의병활동과 분전상의 사례들은 이러하다./충무공 휘하의 해전(海戰)에서:/＊장흥 의병정신의 사표 초계변씨(草溪卞氏) 일문의 12의열(義烈) : 당시 왜적들간에 〈흑면비장(黑面飛將)〉으로 알려진 변홍달(卞弘達)과 그 형제인 홍건(弘建)·홍적(弘迪)·홍선(弘選), 이들과 종형제간인 홍원(弘源)·홍주(洪洲)·홍제(弘濟)·홍량(弘亮), 홍주의 아들 덕황(德璜)과 홍건의 다들 덕장(德章), 홍적의 재종질인 연수(延壽)와 그의 아들 12인으로 당포(唐浦)·지포(芝浦)·남해(南海) 등지의 해전에서 거의 전몰 순국./＊장흥인 위방(魏魴) : 의병 백여 명을 이끌고 한산도해전에 참전. 분전 끝에 전사./＊장흥인 김세호(金世浩) : 충무공 휘하에서 조선감(造船監)을 맡아 대함(大艦) 8척을 건조하여 명량해전에서 전공을 세우고 전사./＊장흥인 마하수(馬河秀)·정명설(丁鳴設)·문영개(文英凱) : 민간의 향선(鄕船) 10여 척을 동원하여 회령포진에서 충무공과 합세한 뒤 명량해전에서 큰 공을 세움./＊장흥인 정경달(丁景達) : 문과급제자로서 임란 초전시 선산(善山)부사로 있으면서 금오산전투에서 승전. 다시 죽령에 6진을 설치하여 요격전으로 대공. 뒷날 충무공의 종사관으로 활동(아우 경수(景壽)와 아들 정명설(위 항) 육전과 해전에 참전, 공을 세운 사실 참조)./육전에서 : /＊장흥인 김응생(金應生)·김헌(金憲) 등은 전란중 호남에서 가장 활발한 의병활동을 벌인 의병장 고경명(高敬命, 장흥지방을 중심으로 모병을 시작함)의 휘하에서 중요 막료로 활약./＊장흥인 위대기(魏大器) : 김표(金標)·김여건(金汝健)·노홍(魯鴻)·위공달(魏公達) 등과 의병을 일으켜 웅치전(熊峙戰) 등에서 왜적 다수 참살./＊장흥인 위대경(魏大經) : 병사(兵使) 황진(黃進)의 휘하에서 웅치·상주(尙州)·이현(梨峴) 싸움에서 대첩./

＊ 장흥인 정견룡(鄭見龍) · 백민수(白民秀) · 위덕원(魏德元) · 오대무 (吳大武) · 문위세(文緯世) · 문홍개(文弘凱) · 양간(梁幹) 등은 장수(長水) · 성주(星州) · 행주(幸州) · 금산(錦山) 등의 싸움에서 활약./ ＊ 장흥인 노언향(盧彦鄕): 1593(계사)년의 진주성싸움에서 병사(兵使) 최경회 (崔慶會)의 휘하 수문장으로 분전, 성이 함락되자 남강으로 투신 순국./ ＊ 장흥인 정명세(鄭名世) · 명원(名遠) · 명립(名立) · 명홍(名弘) · 명진 (名振) 형제: 진주성싸움에 참가 순국./ ＊ 장흥인 진사(進士) 문위세(文緯世) · 김여중(金汝重) 등은 이황의 문인으로 임진년 7월 20일 보성관문 (寶城官門)에서 보성인 박광전(朴光前) · 임계영(任啓英) 등과 거병, 장흥 의병의 주축으로 분전. 이때 문위세는 그의 네 아들 원개(元凱) · 영개 (英凱) · 형개(亨凱) · 홍개(弘凱)와 서(婿) 백민수, 종질 희개(希凱) 등을 주위 열읍(列邑)에 파견하여 의병을 모집한 뒤, 임계영을 전라좌의병 장(全羅左義兵將)에 추대하고 자신은 양향관(糧餉官)이 되어 군량 조달의 중책을 수행. 이들의 의병활동은 주로 먼 영남지방에서 전개되었다는 것이 특징으로 이 해 말 전라좌의병군이 성주(星州)수복전을 대승으로 이끄는 데 큰 공을 세움./이상 사례들을 종합하면, 장흥 출신 의병지도집단은 충무공 휘하 이외에 고경명 휘하 1명, 김천익(金千鎰) 휘하 2명, 황진 휘하 4명, 최경회 휘하 1명, 최경장(崔慶長) 휘하 4명, 임계영 휘하 13명, 기타 9명, 전라병사 이복남(李福男) 휘하 2명, 어가호종(御駕扈從) 8명 등이었고, 나머지 26명은 모두 충무공 휘하에서 활동하였으며 이 중 대부분은 해전에서 전사했다./대충 이상의 사례들만 보아도 당시 회령포를 중심으로 한 장흥인들의 참전규모(위의 기록들은 의병활동의 현저한 사례들이며 그 집단의 중심인물의 활약상일 뿐임을 감안하면 더욱)가 얼마나 광범했으며, 그 의기가 어떠했던가를 알 수 있을 터이다. → 그 한 사례로 충무공 등을 보좌한 관군 협찬 활동과 공이 회령포진에 머물렀던 일과 관계가 컸을 것으로 짐작되는 장흥인들(천관산하 관산은 장흥부의 고읍으로 지역적

으로 이때의 장흥인이란 관산과 대덕을 중심한 인근 지역민들이 많았을 것이다. 1392년 조선 태조 원년 이전의 장흥부(長興府)는 고장흥(古長興), 즉 현재의 천관산하 방촌리 일대에 자리함)의 의병 활동 참여도는 전라 53개 읍 중 10위권을 벗어난 읍세에도 불구하고 그 규모가 각각 5위 이내로 기록되고 있으니, 이 한 가지 사실만 보아도 회령포를 중심으로 한 당시 장흥인들의 의기와 그에 따른 희생이 어떠했던가는 극히 알 수 있는 터이다.

- 131쪽 17행: 이후 구한말의 항일의병활동과 일제치하의 독립운동 사례 가운데에 대덕·관산인들의 대표적인 활약상은 대개 다음과 같다./ * 치제(痴齊) 김영엽(金永燁): 관산면 평촌리(平村里) 출생으로 무신(1908)년 왜침에 대항 창의(倡義)를 계획하고 내외 각처에 격문을 발송하여 의병 백여 명을 모집. 장흥·강진 등에서 왜군과 교전, 많은 전공을 거두고 장성의 백양사(白羊寺)로 입거(入據)하였다가 왜적에게 우해(遇害) 순국./ * 위석규(魏錫奎): 관산면 방촌리(榜村里) 출생. 민충정공 자결순국 후 그 충혼을 기리고자 도보로 상경 조위(弔慰)하고 돌아와 1907년 아들에게 유서와 유물을 남긴 뒤 러시아로 망명. 해삼위(海參威)와 간진포(澗陣浦) 등지를 거점으로 동지 박태문(朴泰文)·국사성(鞠思成)·강명운(姜明雲) 등과 광복활동을 하다가 1913년 4월 순국./ * 김재계(金在桂): 대덕면 신상리 출신으로 17세에 상경, 항일투쟁의 근거지인 천도교에 입교, 의암 손병희 선생 지도 아래 광복활동. 기미독립운동 당시 장흥 대표로 활약하였으며, 1931년 향리에 양영사립학교 설립, 인재 양성과 배일사상 고취./ * 김재성(金在性): 김재계와 같은 신상리 출신으로 1933년 천도교 중앙총부 감사원장으로 왜멸(倭滅)기도문을 작성, 전국 지방교구장을 통해 교도들에게 배포. 독립정신 고취 및 항일활동중 38년 일경에 피체, 고문으로 인하여 발병 순국./ * 정종배(丁鍾蓓)·정보수(丁潽壽)·김영복(金永馥) 등: 관산면 등 출생으로 1930년대 초 마을 청년들과 일제의 착취와 폭압에 대항하는 비밀농민조합을 결성, 동지 규합중 일경에

피체./＊최종오(崔鍾五): 대덕면 회진리 출생으로 43년 일제 학도병을 탈출, 중국군 제5전구 101사단에 배속되어 대일군 유격전에 참가한 후, 45년 3월 광복군 제1지대 제3구대 창설에 참가…… → 이후 구한말의 항일 의병 활동과 일제 치하의 독립 운동 사례들은 일일이 다 헤아리기 어려운 형편이다.

2) 『키 작은 자유인』(문학과지성사, 1990)에서 『가위 밑 그림의 음화와 양화』(열림원, 1999)로

＊ ㅎ씨 → 하씨

- 90쪽 12행: 서북 → 동북
- 92쪽 1행: 올라가는 형국의 바위 모양이 남아 있게 됐고 → 올라간 발자국 모양이 남게 됐고
- 97쪽 13행: 훔쳐갔다. → 훑어갔다.
- 114쪽 18행: 하여 나는 이번에는 그토록 오랫동안 미뤄오기만 하던 산행을 그 당장에 바로 서두르고 나섰다. → 오래 미뤄오기만 하던 산행을 작심하고 나선 것은
- 116쪽 11행: 괭이나 삽 같은 작업 공구를 하나씩 걸쳐멘 사람들이었다. → 〔삭제〕
- 138쪽 12행: 말았다는 것이었다. → 말았노라는 변백이었다.

3. 소재 및 주제

1) **침묵**: 입이 닫혀 소리를 잊고 침묵하는 종의 처지는 『춤추는 사제』에 나오는 대왕의 무덤, 유민들의 소망을 품은 채 침묵하는 말의 무덤을 연상시킨다.

2) **무속**: 수필 「우리 굿 문화」에 따르면, 무속은 '천계와 지상 현세' '죽은 자의 영혼과 이승사람들의 삶의 관계'를 평화롭게 조화시킨다. 무속의 이런 가치는 『신화를 삼킨 섬』에서 더욱 커진다(119쪽 20행).

- 「우리 굿 문화」: 그것은 종교적 예배나 신앙이 아니라 일반적인 삶의 문화
다. 그런 면에서 오랜 세월 우리 삶이 함께해온 무속이나 우리 굿은 비록 일
부의 미신 경시에도 불구하고 우리 생활 문화의 한 분명한 국면으로 이해할
수 있고, 종교적 논의를 떠나 우리 삶의 정서나 심성들과 관련한 문화기제로
접근할 때 매우 뜻깊고 유익한 혜택을 누릴 수도 있을 것으로 생각한다.

「키 작은 자유인」

| **발표** | 『문학사상』 1989년 8월호.

| **최초의 단행본 수록** | 『키 작은 자유인』, 문학과지성사, 1990.

1. 실증적 정보

1) 이전 발표 작품과의 연관성: 「키 작은 자유인」에 나오는 장난꾼 청
년 규순의 일화는, 「기로수 씨의 마지막 심술」에 나오는 기로수의 심술 이
야기와 같다.

2) 수필 「문학이 뭐 별건가」와 지하실: 앞의 「금지곡 시대」 주석 참조.

3) 수필 「나는 왜 문학을 하는가」: 이청준은 이 수필에서 「키 작은 자유
인」을 인용해, 그에게 소설쓰기가 무엇인지를 말한다. 그의 '새로운 세상
꿈꾸기 소설질은 현상 질서에 대한 의구심과 함께 그 부조리를 개선하고
싶은 희망을 앞세'운 것이다.

- 「나는 왜 문학을 하는가」: 졸작 「키작은 자유인」 중 한 부분을 요약한 주
인공의 이 같은 술회는 나 자신의 체험 그대로인 셈이다. 뿐더러 그로부터
남루하고 부끄러운 시골뜨기 자신을 그대로 쓰레기통에 던져 버리고 유족하
고 자랑스런 도회인으로 다시 태어나기를 소망했다. 〔……〕 나는 자연히
나를 끼어들여주지 않는 세상에 대한 실망과 원망을 삭이고 무력한 자신을
다독이기 위한 자기 위안의 길이 필요했고, 그것이 나를 배제시킨 현상의

질서보다 내 나름대로 더 나은 다른 세상 꿈꾸기 격인 소설쓰기의 욕망을 싹트게 한 셈이었다.

2. 텍스트의 변모

1) 『문학사상』(1989년 8월호)에서 『키 작은 자유인』(문학과지성사, 1990)으로

* 발표작의 제목 「키 작은 자유인들」에서 '들'이 삭제된다.

- 161쪽 13행: 징집인 → 집행인
- 169쪽 1행: 녀석이 → 녀석의 아비가
- 175쪽 1행: 자세한 속사정은 알 수도 없었지만, → 〔삽입〕
- 180쪽 3행: 한 마리를 → 한 쌍을
- 180쪽 13행: 이끌어 나갈 → 이끌어온

2) 『키 작은 자유인』(문학과지성사, 1990)에서 『가위 밑 그림의 음화와 양화』(열림원, 1999)로

- 148쪽 15행: 기식살이 → 더부살이
- 148쪽 17행: 기어다니는 → 나와 노니는
- 149쪽 2행: 친척집을 → 외사촌 누님네를
- 149쪽 8행: 그것이 나의 몰골이나 처지를 대신하고 있기라도 하듯이 친척집 사람들 앞에 자신이 그토록 남루하고 창피하게 느껴질 수가 없었다. → 그것이 내 남루한 몰골이나 처지를 대신하고 있기라도 하듯이 그 외사촌네 사람들 앞의 자신이 그토록 누추하고 무참하게 느껴질 수가 없었다.
- 181쪽 2행: 정순 → 정빈
- 181쪽 20행: ㅊ성씨 → 차씨

3. 인물형

1) 호랑이 농사꾼 정빈 씨: 『신화의 시대』의 농사꾼 독지가 지사순 씨이다.

2) **외종형**: 「개백정」에 나오는 외종형과 같은 사람이다.

3) **김영감**: 『신화의 시대』의 김장굴이다.

4. 소재 및 주제

1) **지하실**: 이청준은 만년에, 「키 작은 자유인」에 나오는 집안 어른 일화가 들어 있는 「지하실」이라는 소설을 썼다.

2) **거인**: 이청준의 작품에는 장인, 기인, 신념가, 자유인 등 다양한 거인이 있다(172쪽 18행).

3) **전쟁무용담**: 성장소설의 면모를 보이는 「침몰선」에서도 제대한 마을 청년들은 규순처럼, 팽나무 그늘 아래 조무래기들을 모아놓고 전쟁무용담을 들려준다(175쪽 11행).

4) **자존심**: 자존심은 때로 육체적 아픔은 물론 죽음의 공포마저 이기고 넘어선다. 수필 「치질과 자존심」을 보면 지하실을 나온 어른의 자존심이 무엇인지 알 수 있다.

「이 여자를 찾습니다」

| **발표** | 『현대소설』 1989년 겨울호.

| **최초의 단행본 수록** | 『키 작은 자유인』, 문학과지성사, 1990.

1. 실증적 정보

1) **초고**: 육필 초고가 남아 있다.

2) 『**인간인 2**』: 「이 여자를 찾습니다」는 『인간인 2』에서 안장손과 누이 안장덕의 이야기만 따로 쓴 소설이다. 안장손과 안장덕은 「이 여자를 찾습니다」에서 박장덕과 박장순이 된다.

2. 텍스트의 변모

1) 『현대소설』(1989년 겨울호)에서 『키 작은 자유인』(문학과지성사, 1990)으로

- 186쪽 13행: 해상 돌풍으로 실종 사망 → 돌풍으로 사망
- 189쪽 2행: 다른 → 다른 사람
- 199쪽 2행: 동상아, 동상아, 나는 이래 두고…… → 〔삽입〕
- 201쪽 14행: 능력 → 생의 능력
- 203쪽 21행: 또한 남쪽만이 먼저 가입이 이루어지면, 저들은 국토와 민족의 분단 상황 고착화를 염려하여 비회원국으로 계속 남으려 할 것인가. → 〔삽입〕

2) 『키 작은 자유인』(문학과지성사, 1990)에서 『벌레 이야기』(열림원, 2002)로

* 책자 외 필자가 보충한 부분으로 표시되었던 대목들이 대부분 책자를 그대로 인용한 부분으로 표시된다.

- 183쪽 16행: ※표로 묶은 대목은 책자 외 필자의 보충 부분 → * 표 대목은 책자를 그대로 인용한 부분임.
- 190쪽 23행: 2년에 가까운 끈질긴 → 이후 1년여간의
- 191쪽 13행: 두 달 후에 → 한 달쯤 뒤부터
- 202쪽 7행: * 마지막 당부──글 대필자로서 → 〔삽입〕
- 202쪽 12행: 큰 은혜를 베풀어주시기를 → 두 오뉘에게 큰 은혜 베풀어주시기를 이 글의 대필자로서 다시 한번
- 202쪽 17행: 부질없는 사록이겠지만, 필자로서도 → 이미 다 짐작한 일이겠지만 박장덕의 그 회한 어린 소망은 그로부터 몇 해가 지난 이날까지도 이루어지지 못하고 있었다. 그래 필자는 지금도
- 203쪽 1행: 아울러, → 아울러 사족일시 분명하지만,
- 203쪽 5행: 지금 북한 측이 반대하는 → 〔삽입〕

- 204쪽 14행: 이것으로 장덕씨의 생퉁스런 주문에 대한 필자의 약속은 충
  분히 이행이 된 듯싶기 때문이다. → 〔삭제〕
- 205쪽 5행: 한 불가피한 → 불가사의하고도 불가피한

3. 인물형

- 장순: 『자유의 문』에는 한국전쟁 때 희생된 머슴살이하던 안장순 청년이
  나온다.

「지관의 소」

| **발표** | 『문학정신』 1990년 3월호.
| **최초의 단행본 수록** | 『키 작은 자유인』, 문학과지성사, 1990.

1. 실증적 정보

- 초고: 육필 초고가 남아 있다. 초고 제목은 「지관의 소」가 아니라 「엄화
  백의 소」로 '사람의 얼굴'이라는 부제가 붙어 있다. 발표작의 양 화백은 초
  고에서 엄 화백이었다.

2. 텍스트의 변모

**1) 『문학정신』(1990년 3월호)에서 『키 작은 자유인』(문학과지성사, 1990)
으로**

- 208쪽 13행: 하나하나 → 〔삭제〕
- 251쪽 11행: 전날의 ㅈ화백 대신 → 〔삽입〕
- 251쪽 18행: 송구스런 → 민망스런

**2) 『키 작은 자유인』(문학과지성사, 1990)에서 『시간의 문』(열림원,
2000)으로**

- 212쪽 22행: 표현일 수도 있었다. → 표시인 셈이었다.

- 221쪽 12행: 잡지사 담당자에게 꽤 애를 먹여오던 처지였다. → 〔삭제〕

- 239쪽 23행: 싸들고 돌아왔다. → 봉투에 담아들고 돌아왔다.

- 241쪽 21행: 즉각 → 뻔히

- 250쪽 12행: 상념 → 생각

- 253쪽 22행: 아닌게아니라 → 과연

3. 인물형

- 백야: 수필 「작호기」「단 한번의 마지막 보은」「떠남과 돌아옴」에 나오는
  인물이다.

4. 소재 및 주제

1) 도공들 이야기: 앞의 「전짓불 앞의 방백」 주석 참조.

2) 아기장수 설화: 비극적인 아기장수 설화는 이청준의 여러 작품에서
중요한 역할을 한다. 『신화를 삼킨 섬』에서는 프롤로그와 에필로그를 담
당하고, 「비화밀교」『춤추는 사제』에도 나온다(218쪽 8행).

3) 지관의 경지: 「날개의 집」에서 화가 세민이 고통을 이기고 그린 황
소 그림도 보는 사람에게 자유와 평화를 느끼게 한다(254쪽).

「용소고」

| **발표** | 『현대소설』1990년 가을호.
| **최초의 단행본 수록** | 『가해자의 얼굴』, 중원사, 1992.

1. 실증적 정보

- 초고: 육필 초고가 남아 있다. 초고에서 백산은 '백야'다.

2. 텍스트의 변모

1) 『현대소설』(1990년 가을호)에서 『가해자의 얼굴』(중원사, 1992)로

- 276쪽 18행: 귀찮았다. → 불안했다.
- 283쪽 13행: 뿐만이 아니었다. → 〔삭제〕
- 304쪽 23행: 지나올 때의 → 지나오다 우연히 목도하게 됐다는

2) 『가해자의 얼굴』(중원사, 1992)에서 『벌레 이야기』(열림원, 2002)로

- 281쪽 19행: 이야기였다. → 세태사의 한 마당임을 웃어넘긴 것일 터였다.
- 317쪽 5행: 나타나고 그것을 사람들이 용납해 들인 것은 그들에겐 → 나타난 것은
- 318쪽 5행: 그 서울 패거리들을 → 불량배 패거리들을

3. 소재 및 주제

1) 신화적 상상력: 「용소고」는 우리 신화에 맞닿아 있는 영웅 장수 이야기의 변형이다. 이청준은 만년에 신화적 상상력을 근간으로 하는 『신화를 삼킨 섬』 『신화의 시대』를 썼다.

- 수필 「자신을 썻겨온 소설질」: 그러나 나는 아직도 소설이나 글을 쓰고 있고 앞으로도 계속 더 쓰고 싶어하고 있다. 막바로 말해 이 몇 년간의 일이지만, 내 삶과 세상일에 알게 모르게 우리 신화와 신화적 상상력에 맞닿아 있는 부분이 없지 않고, 거기에 빚을 겨온 대목이 적지 않다는 사실(제주도 심방굿과 마을 사람들의 세시(歲時) 정서, 혹은 우리 유년 의식의 한 모태를 이루어온 여러 영웅 장수 일생기 같은 것들의 상상적 근원을 헤아려봄직하다)을 새삼스럽게 발견하게 된 덕분이다.

2) 부활: 연못 속에서 나온 용은 승천하여 사라지지만 그것으로 끝이 아니다. 사람들은 못에 새 용을 기르기 시작한다. 털보도 마찬가지다. 세상에 정체를 드러낸 털보는 사라지지만 새 털보가 나타난다. 『조율사』의

외종형, 「목포행」의 육촌형도 용이나 털보처럼 부활한다. 사람들은 세상 살이에 지칠 때마다 불사조인 그들에게서 새로운 꿈과 힘을 얻는다. 그들이 바로 희망의 신화다(311쪽).

- 『조율사』: 규혁 형의 생존을 나는 이제 거의 사실처럼 믿고 있었다. 그는 내 어린 시절을 통하여 여러 번 죽어갔고, 때마다 불사조처럼 다시 살아났다. 그는 이상한 방법으로 죽음의 늪을 언제나 늠름하게 지나온 거인이었다. 그는 나에게 구원의 신화였다. 그의 이야기는 불사신의 이야기였다.

- 「목포행」: 그렇듯 수없이 죽으면서도 언제나 다시 살아나는 육촌형은 그러니까 제게 죽음을 모르는 불사신, 불멸의 거인이 되어버린 것이구요./다시 말해 그 육촌형의 죽음의 소식은 제게 있어서 그분의 새로운 탄생이며, 그래 그 죽음을 확인하러 간다는 것도 거꾸로 그분의 그 거인적인 불멸의 생존을 확인하러 가는 것이 되는 셈이지요.

- 『신화를 삼킨 섬』: 하지만 사람들은 끝내 그 구세의 영웅 이야기를 잊지 못했고, 언제부턴지 그 아기장수와 용마가 다시 태어나기를 기다리기 시작했다. 그 이야기 속의 꿈과 기다림이 없이는 아무래도 세상을 살아갈 수가 없었기 때문이다.